ALTIN
KİTAPLAR

KİTABIN ORİJİNAL ADI
PET SEMATARY

YAYIN HAKLARI

KAPAK TASARIMI
OSMAN SELÇUK ÖZDOĞAN

BASKI
29. BASIM/KASIM 2023/İSTANBUL
LARUS YAYINEVİ VE TİCARET AŞ
Bağlar Mah. 62. Sok. Yıldızlar Plaza
No: 10/A 34212 Bağcılar, İstanbul
Tel: 0.212.446 38 88 Sertifika No: 49657

ISBN 978 - 975 - 405 - 152 - 0

ALTIN KİTAPLAR YAYINEVİ
Gülbahar Mah. Altan Erbulak Sok.
Maya Han Apt. No: 14 Kat: 3 Şişli / İstanbul
Yayınevi Sertifika No: 44011

Tel: 0.212.446 38 88 pbx
Faks: 0.212.446 38 90

http://www.altinkitaplar.com.tr
info@altinkitaplar.com.tr

STEPHEN

KING

HAYVAN MEZARLIĞI

Türkçesi

Mehmet Harmancı

Yazarın Yayınevimizden Çıkan Kitapları

GÖZ
KUJO
KORKU AĞI
KUŞKU MEVSİMİ
ÇAĞRI
CHRISTINE
MAHŞER
"O"
SİS
SADİST
MEDYUM
ŞEFFAF
CESET
AZRAİL KOŞUYOR
HAYALETİN GARİP HUYLARI
HAYATI EMEN KARANLIK
GECE YARISINI DÖRT GEÇE
GECE YARISINI İKİ GEÇE
RUHLAR DÜKKÂNI
OYUN
ÇILGINLIĞIN ÖTESİ
KEMİK TORBASI
YEŞİL YOL
MAÇA KIZI
RÜYA AVCISI
KARA EV
KARANLIK ÖYKÜLER
BUICK 8
CEP
YAZMA SANATI
BİR AŞK HİKÂYESİ
DUMA ADASI
KUBBE'NİN ALTINDA
ZİFİRİ KARANLIK YILDIZSIZ GECE
22/11/63
DR. UYKU

KARA KULE SERİSİ

KARA KULE (SİLAHŞOR)
ÜÇ'ÜN ÇEKİLİŞİ
ÇORAK TOPRAKLAR
BÜYÜCÜ VE CAM KÜRE
CALLA'NIN KURTLARI
SUSANNAH'NIN ŞARKISI
KULE
ANAHTAR DELİĞİNDEN ESEN RÜZGÂR

KARA KULE ÇİZGİ ROMAN SERİSİ

SİLAHŞOR'UN DOĞUŞU
EVE GİDEN YOL
İHANET
GILEAD'IN DÜŞÜŞÜ
JERICHO TEPESİ SAVAŞI
KARA KULE/YOLCULUK BAŞLIYOR

MAHŞER ÇİZGİ ROMAN SERİSİ

KAPTAN TRIPS

1. BÖLÜM

Evcil Hayvan Mezarliği

İsa bu sözleri söyledikten sonra, "Dostumuz Lazar uyudu" diye ekledi. "Onu uyandırmaya gidiyorum."

Öğrenciler, "Ya Rab" dediler. "Uyuduysa iyileşecektir."

İsa Lazar'ın ölümünden söz ediyordu, ama onlar olağan uykudan söz ettiğini sanmışlardı. Bunun üzerine İsa açıkça, "Lazar öldü" dedi. "Şimdi onun yanına gidelim."

– Yuhanna İncili

1

Babasını üç yaşında kaybeden Louis Creed, büyükbabasını hiç tanımadığı gibi, orta yaşlılığa geçerken bir baba bulacağını aklına bile getirmemişti, ancak olan da buydu işte. Bir insanın babası kadar seveceği bir kişiyi yaşamının epey geç bir döneminde bulduğu zaman yapacağı gibi, bu kişiye "dostum" diyordu. Karısı ve iki çocuğuyla Ludlow'daki büyük ahşap eve taşındıkları akşam tanışmıştı onunla. Winston Churchill de onlarla birlikte taşınmıştı. Church kızı Eileen'in kedisiydi.

Üniversitenin konut arama komitesi çok ağır çalışmış, üniversiteye yakın bir yer bulmak tüyler ürpertici bir serüven olmuştu; öyle ki, orası olduğuna kesinlikle inandığı (*bütün işaretler vardı işte... Sezar'ın öldürülmesinden önceki gecenin gök işaretleri gibi,* diye düşündü Louis) yere yaklaştıklarında hepsi de yorgun, sinirli ve gerilim içindeydiler. Gage'in dişleri çıktığı gibi bütün gün mızmızlık edip duruyordu. Rachel ne kadar ninni söylese de uyumuyordu çocuk. Saati olmamasına rağmen meme vermeye bile kalkışmıştı. Oğlan ağzına sokulan meme başını hart diye ısırıvermişti. Tüm yaşamı boyunca oturduğu Chicago'dan Maine'e taşınmalarını hâlâ pek kavrayamamış olan Rachel hüngür hüngür ağlamaya başlamıştı. Eileen de annesine katılmıştı hemen. Steyşın vagonun arkasında Church yolda bulundukları on üç günden beri olduğu gibi huzursuzca adımlayıp duruyordu kapatıldığı daracık yeri. Kafeste bulunduğu sırada miyavlamasına dayanamamışlardı; ancak kedinin serbest bırakıldıktan sonra arabanın içinde durmadan yürümesi insanın sinirlerini harap ediyordu.

Louis'in de içinden ağlamak gelmiyor değildi. Çılgınca ama yine de makul bir fikir geldi aklına: Eşyalarını getiren kamyonu beklerken Bangor'a gidip bir şeyler yemelerini önerecekti. Sonra kadere rehin olarak vereceği bu üç yolcusu arabadan inince, birden gazı kökleyecek ve arkasına bile bakmadan çekip gidecekti oradan. Güneye, Orlando'ya kadar gidecek, orada Disneyland'de doktor olarak yeni bir ad altında iş bulacaktı. Ancak otoyola çıkmadan önce bir kenarda durup o lanet olasıca kediyi de atacaktı dışarı.

Son dönemeci de aştıktan sonra şimdiye kadar yalnız kendisinin görmüş olduğu ev karşılarına çıktı. Maine Üniversitesi'ndeki işini garantiledikten sonra gönderdikleri fotoğraflardan ayırdıkları yedi olası yere bakmak üzere uçakla gelmiş ve işte bunu seçmişti. New England tipi eski bir ev, aşağıda üç büyük oda, yukarıda dört oda, arkada ileride odaya dönüştürülebilecek uzun bir sundurma ve bu ağustos sıcağında bile evi çepeçevre saran yemyeşil çimenlik.

Evin arkasında çocukların oynayabilecekleri geniş bir alan, onun ardında da sonsuza kadar uzanırmış gibi görünen orman vardı. Emlakçının dediğine göre, bu çevrede yakın bir gelecekte herhangi bir imar girişiminde bulunulmayacaktı. Micmac Kızılderili kabilesinin hayatta kalanları Ludlow'la doğusundaki kasabaların çevresindeki sekiz bin dönüm toprakta hak iddia etmişlerdi, eyalet ve federal mahkemelerin işe karışmalarını gerektiren dava önümüzdeki yüzyılın ortalarına kadar uzayabilirdi.

Rachel birden kesti ağlamasını. Yerinde doğruldu. "Bu..."

"Evet o," dedi Louis. Korkuyordu. Hatta *dehşet* içindeydi. Yaşamlarının on iki yılını ipotek etmişti bunun için; Eileen on yedisine basana kadar borç ödeyecekti.

Yutkundu.

"Ne diyorsun?"

"*Şahane* bir yer," dedi Rachel. Louis'in göğsünden ağır bir yük kalkmıştı. Kafasından da. Karısının alay etmediğini görüyordu; evin arkasındaki sundurmaya uzanan asfalt yolda giderlerken eve bakışından, gözlerinin çıplak pencerelerde dolaşmasından, daha şimdiden perdeler, dolaplara muşamba örtüler ve daha Tanrı bilir neler düşünmesinden anlıyordu bunu.

"Baba?" dedi Eileen arka koltuktan. O da kesmişti ağlamayı. Gage bile kıpırdanıp durmuyordu. Louis bu beklenmedik sessizliğin keyfini çıkardı.

"Ne var yavrum?"

Kızın dikiz aynasından görülen kahverengi gözleri de evi, bahçeyi, soldaki bir evin çatısını ve ormanlara uzanan büyük çimenliği süzüyordu.

"Evimiz burası mı?"

"Evet yavrum."

"Yaşasın!" Kulağının zarı patlayacaktı Louis'in. Kimi zaman Eileen'den çok rahatsız olabilen Louis, Orlando'daki Disneyland'i hiç görmese bile umurunda olmadığını düşündü.

Arabayı sundurmanın önüne park edip motoru kapattı.

Motor takırdadı bir süre. Chicago'dan, State Caddesi'nin kalabalığından sonra çok derin görünen sessizlikte bir kuş cıvıltısı duyuldu.

Hâlâ eve bakan Rachel, "Yuvamız," dedi.

"Yuva," dedi kucağında sakin sakin oturan Gage.

Louis'le Rachel birbirlerine baktılar. Dikiz aynasında Eileen'in gözleri irileşti.

"Duydun mu..."

"Gerçekten..."

"Ne dedi..."

Hepsi bir anda konuşmuşlardı, hep birlikte güldüler sonra. Gage onlara aldırış bile etmedi, parmağını emmeyi sürdürdü. Bir aydır *anne* diyordu, bir iki kez de *baba* demek istediğini belirten bazı sesler çıkarmıştı.

Ancak ya rastlantıyla ya da annesini taklit ederek gerçek bir sözcük çıkmıştı ağzından: *yuva.*

Louis, oğlunu karısının kucağından alıp kolları arasında sıktı.

Ludlow'a böyle geldiler işte.

2

Louis Creed o anı tılsımlı bir an olarak hatırlayacaktı, belki de gerçekten tılsımlı olduğu için, ama bu daha çok, akşamın geri kalanının çılgıncasına geçtiği içindi. Ondan sonraki üç saat içinde ne rahat, ne huzur, ne de tılsım vardı.

Derli toplu, düzenden hoşlanan bir insan olan Louis evin anahtarlarını bir zarfa koymuş, zarfın üzerine "Ludlow Evi, anahtarlar 29 Haziran'da alındı" diye yazmıştı. Zarfı arabasının torpido gözüne koymuştu sonra. Bundan emindi. Ama şimdi zarf orada değildi işte.

Giderek artan bir öfkeyle anahtarları ararken Rachel, Gage'i kucağına alıp Eileen'in ardından çayırlıktaki ağaca doğru yürümüştü. Louis koltukların altını üçüncü kez ararken kızı bir çığlık attı, sonra da ağlamaya başladı.

"Louis!" diye seslendi Rachel. "Kız yaralandı."

Eileen otomobil lastiğinden yapılma bir salıncaktan düşmüş dizini bir taşa çarpmıştı. Önemli bir şey yoktu ama kız sanki bacağı kopmuş gibi bağırıyordu. Louis yolun karşısındaki, oturma odasının ışığı yanan eve baktı.

"Yeter artık Eileen!" diye seslendi. "Karşıdakiler adam öldürülüyor sanacaklar."

"Acıyor ama!"

Louis kendini tutmaya çalışarak arabaya döndü. Anahtarlar kayıptı ama ilkyardım çantası hâlâ gözde duruyordu. Çantayı alıp kızının yanına gitti. Eileen çantayı görünce daha çok yaygara kopardı.

"Olmaz! O yakan şeyi istemem! İstemem o yakan şeyi. Baba, hayır..."

"Eileen tentürdiyot bu. Hem yakmaz, hem de..."

"Koca kız oldun artık," dedi Rachel. "Yalnızca..."

"Hayır, hayır, hayır!"

"Ya sesini kesersin ya da dizinin ağrısından bağırırsın," dedi Louis.

"Kız yoruldu Lou," dedi Rachel.

"Yorgunluğun ne olduğunu iyi bilirim. Uzat şunun bacağını."

Rachel, Gage'i yere indirip Eileen'in bacağını tuttu, Louis kızın artan çığlıklarına aldırmadan tentürdiyodu sürdü.

"Karşı evin kapısına biri çıktı," dedi Rachel. Otlar arasında emeklemeye çalışan Gage'i kaldırdı.

"Bir bu eksikti."

"Lou, kız..."

"Biliyorum, yorgun." Louis şişeyi kapatıp kızına baktı. "Hiç de acıtmadı işte. Açık konuşalım Eileen."

"Acıttı. Çok acıyor. Çooook..."

Louis kızı tokatlamamak için güç tutuyordu kendini.

"Anahtarları buldun mu?" diye sordu Rachel.

"Daha bulamadım." İlkyardım çantasını kapatıp ayağa kalktı. "Şimdi..."

Bu kez Gage haykırmaya başladı. Yaygara koparıyor ya da ağlıyor değildi, Rachel'ın kucağında kıvranıyor, gerçekten haykırıyordu.

Rachel, "Nesi var bunun?" diyerek çocuğu kocasına uzattı. Louis, *bir doktorla evli olmanın yararlarından biri de bu,* diye düşündü. Çocuğun ölmek üzere olduğunu sandığın her zaman hemen uzatıverirdin kocana. "Louis! Ne..."

Çocuk sanki boynunu koparmaya çalışıyor, çılgıncasına, çığlık çığlığa bağırıyordu. Louis, oğlanı çevirince boynunda beyaz bir şiş gördü. Pantolonunun askısında da zayıfça kıpırdayan tüylü bir şey vardı.

Sakinleşmeye başlamış olan Eileen yeniden bağırmaya koyuldu o anda. Korkuyla geri fırlarken az önce başına iş açan taşa bir daha çarptı, sırtüstü yere düştü, şaşkınlık, korku ve acıyla ağlamaya başladı.

Çıldıracağım, diye düşündü Louis. *Çıldırıyorum.*

"Bir şeyler yap Louis! Bir şey yapamaz mısın?"

Arkalarında bir ses, "İğneyi çıkarın," dedi. "İğneyi çıkarın, üstüne biraz karbonat koyun. Şiş iner hemen." Ses öylesine boğuk ve sözcükleri Doğu aksanıyla söylüyordu ki, Louis'in karmakarışık kafası ne dendiğini bir türlü anlayamıyordu.

Dönüp bakınca belki de yetmiş yaşlarında –canlı ve sağlıklı bir yetmiş yaş– bir adam gördü çimenlerin üstünde. Adamın üzerinde bir tulum, sırtında da kırış kırış ensesini açıkta bırakan mavi bir gömlek vardı. Yüzü güneşten yanmıştı, filtresiz bir sigara içiyordu. Louis bakarken adam sigarasını iki parmağının arasında söndürüp izmariti cebine koydu. Elini uzatıp çarpık çarpık gülümsedi sonra. Louis sevmişti adamın gülümsemesini, üstelik insanlara kolayca "alışan" bir tip olmamasına karşın.

"İşinizi öğretmek gibi olmasın doktor," dedi adam. İşte Louis, babası kadar seveceği Judson Crandall'la böyle tanışmıştı.

3

Adam karşıdan geldiklerini görmüş ve kendi deyimiyle "biraz sıkışık durumda" olduklarını fark edince yardıma koşmuştu.

Louis çocuğu kucağında adama doğru uzattı, Crandall yaklaşıp Gage'in boynundaki şişe baktı, romatizmalı elini uzattı. Rachel itiraz edercesine açtı ağzını, adamın eli çok beceriksiz ve Gage'in kafası kadar iri görünüyordu, ama o daha bir şey söyleyemeden yaşlı adamın parmakları kesin bir hareketle oynadı; böceğin iğnesi avucunun içindeydi.

"İriymiş," dedi. "Ödül falan almaz irilikte belki ama yine de esaslı." Louis elinde olmadan güldü.

Crandall o çarpık gülümsemesiyle baktı yüzüne. "Esaslı, değil mi?"

"Ne dedi anne?" diye sordu Eileen. Rachel da kahkahayı bastı. Öylesine gülmek saygısızlıktı belki ama o an nedense hiç de öyle gelmemişti. Crandall cebinden bir paket Chesterfield sigarası çıkardı, ağzının kırışık köşesine bir tane yerleştirip başını salladı. Hepsi gülüyorlardı şimdi, arının soktuğu yerin şişi inmemiş olmasına rağmen Gage de. Yaşlı adam tırnağına sürterek yaktı kibriti. *Herkesin bir numarası vardır,* diye düşündü Louis. *Küçük numaralar belki ama içlerinde iyileri de vardır.*

Louis gülmeyi kesip Gage'in ıslak poposunda olmayan elini uzattı. "Tanıştığımıza memnun oldum Bay..."

"Jud Crandall," diyen adam elini sıktı. "Siz de doktorsunuz sanırım."

"Evet, Louis Creed. Karım Rachel, kızım Eileen ve arının soktuğu da Gage."

"Tanıştığımıza memnun oldum."

"Gülmek istememiştim... yani hiçbirimiz istememiştik. Epey yorulduk da, sinirlerimiz bozulmuş olmalı."

Her şeyi böyle önemsizmiş gibi açıklayıvermesi yeniden kıkırdamasına neden oldu. Yorgunluktan ölecek gibiydi.

Crandall başını salladı. Rachel'a baktı. "Kızınızla oğlunuzu bize götürsenize Bayan Creed. Biraz karbonat koyardık şişin üstüne. Karım da sizinle tanışmak isteyecektir. Pek sokağa çıkmaz. Son birkaç yıldır romatizmaları çok azdı."

Rachel kocasına baktı, Louis başını eğdi.

"Çok naziksiniz Bay Crandall."

"Adım Jud," dedi adam.

Bir korna sesi ardından bir motor gürültüsü duyuldu, büyük mavi bir kamyon evin yoluna girdi.

"Anahtarları da nereye koyduğumu bilemiyorum," dedi Louis.

"Önemi yok," dedi Crandall. "Bende yedek anahtar var. Sizden önce burada oturan Bay ve Bayan Cleveland vermişlerdi, on dört, on beş yıl önce. Epey uzun bir süre yaşadılar burada. Joan Cleveland karımın en iyi arkadaşıydı. İki yıl önce öldü. Bill de Orrington'daki o yaşlılar köyüne gitti. Gidip getireyim, zaten şimdi anahtarlar sizindir artık."

"Çok iyisiniz Bay Crandall," dedi Rachel.

"Yok canım. Çevremizde gençleri görmek istiyorum yine, hepsi bu. Çocuklara yolda dikkat edin Bayan Creed. O yoldan büyük kamyonlar geçer."

Nakliye şirketinin adamları kamyondan inip kendilerine doğru yürüdüler.

Yanlarından biraz uzaklaşmış olan Eileen, "Baba, bu nedir?" diye sordu.

Nakliyecilere doğru yürümekte olan Louis durdu. Bahçenin bitip de çayırın başladığı yerde bir metre eninde bir patika tepeye doğru çıkıyor, çalılıklar ve ağaçlar arasında gözden kayboluyordu.

"Bir patikaya benziyor," dedi Louis.

"Öyle," diyerek gülümsedi Crandall. "Bir gün anlatırım küçükhanım. Bize gidip kardeşini rahatlatalım mı, ha?"

"Elbette." Sonra bir tür umutla sordu. "Karbonat insanın canını yakar mı?"

4

Crandall anahtarları getirdiğinde Louis kendisininkileri bulmuştu. Torpido gözünün üstündeki boşluktan elektrik telleri arasına kaymıştı zarf. Kapıyı açıp adamları içeri aldı. Crandall öteki anahtarları da verdi. Kullanılmaktan parlayan eski bir zincirin ucundaydı anahtarlar, Louis adama teşekkür edip anahtarları düşünmeden cebine attı. Bir yandan da on iki yıllık evlilikleri boyunca toplanan kutulara, eşyalara bakıyordu. Onları böyle yerleri dışında görmek değerlerini azaltıyordu sanki. *Kutulara tıkılmış bir sürü eşya,* diye düşündü, birden canı sıkıldı, üzüldü... Sıla özlemi denilen şey bu olmalıydı, herhalde.

Yanı başında beliren Crandall, "Yeni bir yere taşınmak, kökünden sökülüp başka bir yere dikilmek gibi," dedi. Louis elinde olmadan hafifçe sıçradı.

"Bu duyguyu bilirmişsiniz gibi konuşuyorsunuz."

"Aslında bilmem." Crandall bir sigara yaktı. Akşamın ilk gölgelerinde birden parladı kibrit. "Bu evi babam yaptırmış. Annem bana burada hamile kalmış ve ben de 1900 yılında burada doğdum."

"Yani siz..."

"Seksen üç yaşındayım," dedi Crandall.

"Çok daha genç gösteriyorsunuz ama."

Crandall omuzlarını silkti. "Bütün ömrüm boyunca burada yaşadım. Büyük Savaş'ta gönüllü yazıldım, ama New Jersey'den daha fazla yaklaşamadım Avrupa'ya, Bayonne denen yerden. Berbat bir yerdi. Buraya döndüğüme sevinmiştim. Norma'mla evlendim, demiryolunda çalıştım ve hâlâ buradayım işte. Ama burada, Ludlow'da, pek çok şey gördüm. Çok şey gördüm hem de."

Nakliyeciler Rachel'la paylaştığı büyük yatağın somyasını yüklenmişler, sundurmanın kapısı önünde duruyorlardı. "Bunu nereye koyalım Bay Creed?"

"Yukarı... Bir dakika, ben gösteririm." Louis adamlara doğru yürüyecekken bir an durup Crandall'a baktı.

"Gidin, gidin," dedi Crandall. "Sonra görüşürüz. Taşınmak insanı müthiş susatır. Ben genellikle saat dokuz sularında, kapı önünde oturup bir iki bira içerim. Sıcak günlerde gecenin çökmesini seyretmek hoşuma gider. Norma da bazen katılır bana. İsterseniz siz de gelin."

"Gelirim belki," dedi Louis, gitmeyeceğini bile bile. Çok geçmeden Norma'nın romatizmalarına (hem de bedavadan) bakmasını isteyecekti kuşkusuz. *İyi bir insan,* diye düşündü. *Ancak doktorlar böyle çabuk dostluklar kuran insanlara karşı tetikte olmalılar.* Kaçınılmaz bir şeydi, insanın en iyi dostu bile er geç tıbbi bir fikir sorardı. Yaşlılardaysa bunun sonu yoktu. "Beni beklemeyin ama benim için de pek geç kalmayın... Çok yorucu bir gün geçirdik."

"Yaldızlı davetiye gerekmediğini bilin yeter," dedi Crandall. Adamın çarpık gülüşünde Louis'in ne düşündüğünü çok iyi bildiğini belirten bir şey vardı.

Louis nakliyecilerin yanına giderken yaşlı adamın arkasından baktı. Çok dik ve rahat yürüyordu, seksen yaşında değil de altmış yaşında biri gibi. İçinde o belli belirsiz ilk sevgi kıpırtısını hissetti.

5

Saat dokuzda nakliyeciler gitmişlerdi. Bitkin düşen Eileen'le Gage odalarında uyuyakalmışlardı. Gage küçük yatağında, Eileen de yere atılmış bir şilte üstünde. Kızın çevresi kutularla sarılıydı, sayılmayacak kadar çok mumboyası kalemi, çocuk posterleri, resimli kitapları, giyecekleri akla gelebilecek her şeyi tıkış tıkıştı çevresinde. Church de yanındaydı, hafif hırıltılarla uyuyordu. İri erkek kedinin mırıltıya en yakın çıkardığı ses bu derin hırlamalardı.

Rachel daha önce kucağında Gage'le evin içinde bıkmadan dolaşmış, Louis'in taşıyıcılara bir kenara bırakmalarını söylediği eşyaları adamlara kaldırtmış, başka yere taşıtmış ya da bir kenara istif ettirmişti. Louis adamlar için hazırladığı çeki kaybetmemişti, bahşiş olarak ayırdığı beş tane on dolarlıkla birlikte göğüs cebindeydi hâlâ. Kamyonun boşaltılması bitince çekle parayı adamlara verdi, teşekkürlerini kabul etti, kâğıtları imzaladıktan sonra da uzaklaşan adamlara el salladı. Herhalde Bangor'da durup yuttukları tozu temizlemek için birkaç bira içerlerdi artık. Birayı düşününce aklına Jud Crandall geldi.

Rachel'la mutfakta masa başında otururlarken karısının gözlerinin altının halka halka olduğunu gördü. "Sen git yat hadi," dedi.

"Doktorun emri mi?"

"Evet."

"Peki," diyerek kalktı karısı. "Çok yorgunum, Gage de gece kalkar nasıl olsa. Sen geliyor musun?"

Louis duraksadı. "Sanmıyorum daha değil. Karşıdaki yaşlı adam... beni bir bira içmeye çağırdı. Gidip bir bakayım diyorum. Be de yorgunum ama hemen uyuyamayacak kadar gergin sinirlerim."

Rachel gülümsedi. "Sonunda Norma Crandall'a neresinin ağrıdığını ve nasıl bir şiltede yattığını soracaksın."

Louis güldü, bunun ne kadar komik ve ne kadar ürkütücü bir şey olduğunu düşünerek; evet, aradan bir süre geçince kadınlar kocalarının akıllarından geçeni okurlardı.

"Kendisine ihtiyacımız olduğunda yardımımıza koştu," dedi. "Benim de ona bir iyilik yapmam fazla bir şey değil sanırım."

Louis, karısına Crandall'a bu kadar kısa süre içinde nasıl bir yakınlık duyduğunu anlatmaya hazır değildi. "Karısı nasıl biri?" diye sordu.

"Çok tatlı. Gage kucağında oturdu. Şaşırdım, çok yorgundu üstelik, oysa en keyifli gününde bile tanımadığı insanın yanına gitmez. Eileen'e de oynaması için bir bebek verdi."

"Romatizması nasıl dersin?"

"Berbat."

"Tekerlekli sandalyede mi?"

"Hayır ama çok yavaş yürüyor, parmakları da..." Rachel kendi uzun parmaklarını pençe biçiminde büktü. Louis başını salladı. "Her neyse, çok geç kalma Lou. Yabancı evlerden ödüm patlar."

"Pek uzun süre yabancı kalmayacak," diyerek Louis karısını öptü.

6

Louis eve döndüğünde kendini pek mahcup hissediyordu. Kimse kendisinden Norma Crandall'ı muayene etmesini istememişti, komşuya gittiğinde kadın yatmıştı bile. Jud ise kapalı sundurmanın paravanları ardında silik bir gölgeydi. Eskimiş muşambanın üstünde sallanan bir koltuğun rahatlık verici gıcırtısı işitiliyordu. Louis sinek teli gerili kapıya vurdu. Crandall'ın sigarası yaz karanlığında kocaman ve hoş bir ateşböceği gibi parıldıyordu. Radyodan bir Red Sox beyzbol maçının sesi geliyor, Louis Creed içinde bir yuvaya dönüş duygusu hissediyordu.

"Doktor," dedi Crandall. "Gelenin siz olduğunuzdan emindim."

"Bira konusunda şaka etmediniz sanırım."

"Bira konusunda hiç yalan söylemem. Bira hakkında yalan söyleyen bir insan düşman kazanır. Oturun doktor. Ben her olasılığa karşı buzun üstüne iki kutu yerleştirdim."

Sundurma uzun ve dardı, hasır iskemleler ve koltuklarla doldurulmuştu. Louis bir koltuğa kendini bırakınca oturduğu yerin rahatlığına şaştı. Sol yanında buz parçaları ve birkaç kutu Black Label birası bulunan teneke bir kova vardı. Bir şişe aldı.

"Teşekkür ederim," diyerek birayı açtı. Boğazından geçen ilk bir iki yudum mutluluğun ta kendisiydi.

"Afiyetler olsun," dedi Crandall. "Buradaki günlerinizin mutlu geçmesini dilerim doktor."

"Âmin," dedi Louis.

"Bisküvi falan isterseniz bir şeyler bulurum. Epey olgun bir farem var."

"Neyiniz var?"

"Fare peyniri." Crandall bundan hoşlanmış gibiydi.

"Teşekkür ederim, ama bira yeterli benim için."

"Eh, öyleyse keyfimize bakalım." Crandall mutlu mutlu geğirdi.

"Karınız yattı mı?" diye sordu Louis, neden böyle çanak tuttuğuna kendisi de şaşarak.

"Evet. Kimi zaman kalır, kimi zaman yatar işte."

"Romatizması sancı veriyor mu?"

"Vermeyenini gördünüz mü hiç?"

Louis başını iki yana salladı.

"Yine de katlanılmaz değil," dedi Crandall. "Pek yakındığı yok. Benim Norma'm iyi kadındır." Adamın sesinde büyük ve basit bir sevgi vardı. 15 numaralı yoldan geçen büyük bir tanker yüzünden Louis bir an karşıdaki evini göremedi. Tankerin yanında ORINCO yazıyordu.

"Epey büyük bir tanker," dedi Louis.

"Orinco, Orrington yakınlarındadır. Kimyasal gübre fabrikası. Durmadan gelip geçerler. Benzin tankerleri, çöp kamyonları... Bangor ya da Brewer'da çalışan insanlar da akşamları evlerine dönerler." Başını salladı. "Lodlow'un artık sevmediğim bir yanı bu işte. Bu lanet olası yol. İnsanın rahatı diye bir şeyi kalmıyor. Bütün gündüz ve gece geçerler. Norma uyanır zaman zaman. Beni bile uyandırırlar ki, ben kütük gibi uyurum oysa."

Chicago'nun bir an bile kesilmeyen gürültüsünden sonra Maine'in bu garip köşesini şaşılacak kadar sakin bulan Louis yalnızca başını sallamakla yetindi.

"Günün birinde Araplar petrol musluğunu kapatacaklar, o zaman yolda menekşe yetiştirirler artık."

"Haklı olabilirsiniz." Louis bira kutusunu eline alınca bitmiş olduğunu görüp şaşırdı.

Crandall güldü. "Bir tane daha al doktor."

Louis duraksadı bir an. "Peki, ama yalnızca bir tane. Eve dönmem gerek."

"Hiç kuşkusuz. Taşınma epey dertli bir iş, değil mi?"

"Öyle," dedi Louis. Bir süre konuşmadılar. Birbirlerini çok uzun zamandan beri tanıyorlarmış gibi rahattı suskunlukları. Louis bu duyguyu ancak kitaplarda okumuş, o ana dek yaşamış değildi. Daha önce bedava muayene gibi şeyler düşündüğü için utandı.

Yolda bir kamyon, farları kuyrukluyıldızlar gibi parıldayarak geçti.

"Berbat bir yol," diye söylendi Crandall, sonra Louis'e döndü. Kırışık ağzında garip bir gülümseme vardı. Gülümsemesinin kenarına bir Chesterfield soktu, kibriti tırnağıyla yaktı. "Kızının gösterdiği patikayı hatırladın mı?"

Louis bir an anlamadı adamın ne dediğini, Eileen yorgunluktan bitkin bir halde yatağa düşene kadar bir sürü şey söylemişti. Hatırladı sonra. Otlar arasında, ağaçlara ve tepenin üstüne doğru giden patika.

"Hatırladım. Bir gün anlatacağınızı söylemiştiniz."

"Öyle, anlatacağım da. O patika birkaç kilometre gider ağaçların içinde. 15 numaralı karayolu ve ara yol çevresindeki çocuklar orasını çok kullandıkları için temiz tutarlar. Çocuklar gelip geçerler buradan... Benim çocukluğuma kıyasla daha çok taşınan var artık. O zamanlar bir yeri beğendin mi oraya yerleşirdin. Ama her giden yeni gelene söylüyor olmalı ki, her baharda bir grup toplanıp o patikayı otlardan temizlerler. Bütün yaz boyunca da temiz tutarlar. Kasabadaki büyüklerin çoğu bilmez orasını, bazısı bilir ama çoğu bilmez yine de. Ama bütün çocuklar bilirler. Bahse girerim ki, iyi bilirler hem de."

"Orada ne olduğunu biliyor musunuz?"

"Evcil hayvan mezarlığı," dedi Crandall.

"Evcil hayvan mezarlığı ha?" diye hoşuna gitmiş gibi tekrarladı Louis.

"Kulağa geldiği kadar garip değildir aslında." Crandall hem sigarasını içiyor, hem sallanıyordu. "Karayolunun yüzünden. Yolda pek çok hayvan ölür. Köpeklerle kediler çoğunlukla, ama hepsi o kadar değil tabii. O büyük Orinco tankerlerinden biri Ryder'ların çocuklarının evcil rakununu da çiğnemişti. 1973'te, hatta daha önceydi sanırım. Eyalet evde rakun ya da sansar beslemeyi yasaklamadan önce."

"Neden yasakladılar?"

"Kuduz yüzünden. Maine'de epey kuduz vakası görülüyor artık. İki yıl önce koca bir St. Bernard köpeği kudurdu ve dört kişiyi öldürdü. Berbat bir şeydi. Köpeğe aşı yapılmamış. Sersem sahipleri köpeklerini aşılatsalardı böyle bir şey olmayacaktı. Ama bir rakun ya da sansarı yılda iki kez de aşılatsan bazen aşının etkisi olmuyor. Ryder'ların çocuklarının rakunu eskilerin 'tatlı rakun' dedikleri türdendi. İnsanın yanına gelir... ne de tombuldu ama... köpek gibi yüzünü yalardı. Babaları veterinere para verip tırnaklarını bile söktürmüştü. Epey para vermiş olmalıydı... Ryder, Bangor'da IBM'de çalışırdı. Beş yıl önce, yoksa altı mıydı, Colorado'ya gittiler. O iki çocuğun araba kullanacak yaşa gelmiş olmalarını düşününce şaşıp kalıyor insan. Hayvanlarının ölümüne çok bozulmuşlardı sanırım. Matty Ryder öyle çok ağladı ki, annesi sonunda doktora göstermek istemişti. Şimdi acısı geçmiştir sanırım, ama hiç unutmazlar. İyi bir hayvan yolda ezildi mi, bir çocuk hiç unutmaz bunu."

Louis, Eileen'in hep ayağının dibinde mırıldayan Church'le uyuduğunu anımsadı.

"Kızımın bir kedisi var," dedi. "Winston Churchill. Kısaca Church diye çağırırız."

"Başka kedilere atlar mı?"

"Özür dilerim, anlamadım." Louis adamın neden söz ettiğini bilemiyordu.

"Kısırlaştırıldı mı?"

"Hayır, kısırlaştırılmadı," dedi Louis.

Chicago'dayken bu konuda az konuşmamışlardı. Rachel hayvanın kısırlaştırılmasını istemiş, hatta veterinerden randevu almıştı. Ama Louis randevuyu iptal etmişti. Şimdi bile bunun nedenini bilmiyordu. Kızının erkek kedisinde kendi erkekliğini görüyor gibi basit ya da saçma bir şey değildi bu. Veya komşunun şişko karısı çöp tenekelerinin kapaklarını sıkıştırma zahmetine girmesin diye. Aslında bunların hepsi de vardı ama asıl önemlisi, kedinin yeşil gözlerindeki o "Canın cehenneme!" diyen bakışın kaybolacağını hissetmesiydi. Sonunda Rachel'a kent dışı bir yere taşınacaklarını ve bunun orada bir sorun olmayacağını söylemişti. Şimdi de Judson Crandall kalkmış kendisine oturdukları bölgenin 15 numaralı karayoluyla ilişkili olduğunu söylüyor ve kedisini kısırlaştırıp kısırlaştırmadığını soruyordu.

"Ben olsam yapardım," dedi Crandall, sigarasını iki parmağının arasında ezerek. "Kısır bir kedi pek dolaşmaz. Ama bir hayvan gününü karşıdan karşıya geçerek geçirecekse talihi kısa zamanda ters döner ve sonunda Ryder'ların rakunu, küçük Timmy Dessler'ın köpeği ve Bayan Bradleigh'ın muhabbet kuşunun yanına gider. Kuş yolda ezilmedi tabii ama bir gün nalları havaya dikiverdi işte."

"Düşünürüm," dedi Louis.

"İyi olur." Crandall ayağa kalktı. "Bira bitiyor mu? Ben gidip Bay Fare'den bir parça keseceğim kendime."

"Bira bitti," diyen Louis de ayağa kalktı. "Ben de gideyim artık. Yarın epey yoğun bir gün olacak."

"Üniversiteye mi başlayacaksınız?"

Louis başını salladı. "Öğrenciler daha iki hafta gelmeyecekler ama benim de o zamana kadar ne yaptığımı bilmem gerek, değil mi?"

"Sanırım, hapların nerede olduğunu bilmezseniz başınız derde girer herhalde." Louis, Crandall'ın uzattığı eli sıktı, yaşlı kemiklerin kolayca ağrıdığını göz önüne alarak. "İstediğiniz bir akşam gelin," dedi yaşlı adam. "Norma'yla tanışmanızı isterim. Sizi seveceğinden eminim."

"Gelirim. Tanıştığımıza sevindim Jud."

"Ben de öyle. İyice yerleşin bakalım. Kim bilir belki uzun bir süre kalırsınız burada."

"Umarım."

Louis yola kadar yürüdü, bir kamyonun arkasından beş otomobilin geçmesini bekledi, sonra eliyle selam verip yeni evine girdi.

Eve uyumakta olan insanların sesleri hâkimdi şimdi. Eileen hiç kıpırdamamış gibiydi; Gage kendine özgü biçimde, bacaklarıyla kollarını iki yana açmış sırtüstü uyuyordu, biberonu elinin hemen yanındaydı. Louis bir an durup oğluna baktı; yüreği birden öyle bir sevgiyle dolmuştu ki, tehlikeli bile olabilirdi bu. Bunun bir bakıma, şimdi kilometrelerce uzaktaki tanıdık yerlere ve yüzlere olan özlemden doğduğunu tahmin ediyordu. *Eskiden olduğundan daha çok taşınıyorlar insanlar şimdi... İnsan bir yeri seçti mi, oraya yerleşir kalırdı.* Eh, bir gerçek payı vardı bunda.

Oğlunun yanına gitti, ortalıkta kendisini görecek kimse, hatta Rachel bile olmadığı için parmaklarını öpüp yatağın dik tahtaları arasından elini uzatıp onun yanağına dokundu.

Gage mırıldanarak yana döndü.

"İyi uykular bebek," dedi Louis.

Louis sessizce soyunup yatak diye yere serdikleri çift kişilik şiltenin bir yanına uzandı. Günün yorgunluğunu üzerinden attığını hissediyordu. Rachel kıpırdamadı. Açılmamış kutular hayaletler gibi yükseliyorlardı odanın içinde.

Louis uyumadan az önce dirseği üzerinde doğrulup pencereden baktı. Odaları evin ön tarafındaydı ve pencereden karşıdaki Crandall'ların evi görünüyordu. Gölgeleri göremeyecek kadar karanlıktı hava –aylı bir gecede pek o kadar olmazdı– ama yine de sigara ateşini seçebildi. *Hâlâ ayakta,* diye düşündü. *Uzun bir süre de yatmaz. Yaşlılar pek az uyurlar. Belki de nöbet beklerler.*

Neye karşı?

Louis uyuyakaldığında bunu düşünüyordu. Rüyasında Disneyland'de olduğunu gördü, kenarında bir Kızılhaç işareti olan parlak beyaz bir kamyonet sürüyordu. Gage yanındaydı ve en az on yaşındaydı. Church kamyonetin ön camı önünde parlak yeşil gözleriyle Louis'e bakıyordu. Dışarıda, 1890'ların tren istasyonunun yanında Miki Fare çevresindeki çocukların ellerini sıkıyor, iri beyaz karton eldivenleri çocukların küçük ve güven dolu ellerini örtüyordu.

7

Ertesi iki hafta aile olarak işten başlarını kaldıramadılar. Louis'in yeni işi oldukça yoğun bir tempo gerektiriyordu... Çoğu esrarkeş ve ayyaş, kimi yaygın bir hastalığa tutulmuş, kimi aldığı nota üzgün, evlerinden ilk kez ayrıldıkları için sıkıntılı –çoğu kızdı bunların– olan on bin öğrenci bir araya toplanınca neler olmazdı ki, Louis Üniversite Sağlık Hizmetleri müdürü olarak işine alışırken.

Gage yeni çevresine alışmanın gerektirdiği ölçüde düşüp orasını burasını yaralıyordu; yatma düzeni de bir süre iyice çığırından çıkmış, Ludlow'da ikinci haftalarının sonunda ancak yeniden düzenli uyumaya başlamıştı. Artık yalnızca yeni bir yerde anaokuluna başlama sorunu yüzünden Eileen aşırı heyecanlıydı. Sık sık nedensiz yere gülüyor, ergenlik sıkıntılarını andıran bunalım dönemleri geçiriyor, en küçük bir sözde kıyameti koparıyordu. Rachel kızın okulun kafasında yarattığı gibi korkunç bir yer olmadığını anladığında normale döneceğini söylüyor, Louis de karısına inanıyordu. Gerçekte Eileen çoğunlukla tatlı bir çocuktu.

Akşamları Jud Crandall'la bir iki bira içmek bir alışkanlık olmuştu artık. Gage'in normal uyku düzenine dönmesiyle Louis de iki üç gecede bir kendi bira kasasını getirmeye başladı. Norma Crandall'la da tanışmıştı. Kadın hoş bir insandı, genellikle sağlıklı olan yaşlı kadın ve erkeklerin yaşlılıklarında iyi olabilecek her şeylerini berbat eden türden pis bir romatizması vardı ama buna rağmen kendini acıyla koyuvermiyordu, beyaz bayrak çekmeye niyeti yoktu. Gücü varsa çıksındı karşısına romatizması. Louis kadının önünde pek rahat olmasa bile beş altı verimli yılı olduğunu hesaplıyordu.

Kendi kurallarına karşı çıkmış, kendi isteğiyle kadını muayene etmişti, doktorunun verdiği reçeteleri incelemiş, hepsini yerinde bulmuştu. Kadına yapabileceği bir şey olmadığından içinde hep bir düş kırıklığı vardı, ancak kadının doktoru Weybridge, Norma Crandall için yapılabilecek her şeyi yapmıştı. Pek güvenilemeyen ama her zaman olasılığı bulunan bir yenilik çıkmadıkça hastalık normal seyrini izleyecekti. Bunu kabul etmeyi öğrenmek zorundaydı insan.

Rachel kadından hoşlanmış ve dostluklarını küçük çocukların beyzbolcu resimlerini değiştokuş etmeleri gibi yemek tariflerini birbirlerine vererek perçinlemişlerdi. Norma Crandall ilk olarak elma tatlısı tarifini vermiş, karşılık olarak da Rachel'ın bifteğini almıştı. Norma, Creed'lerin çocuklarını, hele "eski zamanların güzeli" olacağını söylediği Eileen'i çok seviyordu.

Anaokulunun ilk günü geldi çattı sonunda. Dispanser ve sağlık hizmetleri bölümünün yönetimini artık iyice kavramış olduğunu sanan Louis o gün izin aldı. (Dispanser zaten boştu, tek hasta olan kırık bacaklı bir yaz öğrencisi de bir hafta önce taburcu edilmişti.) Gage kucağında, Rachel da yanındaydı kocaman sarı otobüs köşeden dönüp evlerinin önünde durduğunda. Otobüsün ön kapısı açıldı, içeriden çocuk gürültüleri yayıldı tatlı eylül havasına.

Eileen sanki bu kaçınılmaz şeyden vazgeçmenin bir yolu olup olmadığını son kez sormak istercesine baktı omzunun üzerinden. Ama anne babasının yüzlerinde gördüğü bakış kendisine böyle bir şey için çok geç olduğunu söylemiş ve bu ilk gün her şeyin kaçınılmaz olduğunu fark etmiş gibi dönüp otobüse bindi. Kapılar bir canavar soluğu hışırtısıyla kapandı. Otobüs yola koyuldu. Rachel ağlamaya başladı.

"Tanrı aşkına yapma," dedi Louis. Kendisi ağlamıyordu ama ağlamak üzereydi. "Yarım gün nasıl olsa."

"Yarım gün bile kötü," dedi Rachel, daha çok ağlamaya başladı. Louis, karısını kucakladı, Gage iki kolunu ikisinin boyunlarına attı. Genellikle Rachel ağlayınca Gage de ağlardı. Ama bu kez ağlamamıştı. *Şimdi yalnızca ona kaldık,* diye düşündü Louis. *Bunu da çok iyi biliyor namussuz.*

Eileen'in dönüşünü dehşet içinde bekliyorlar, gereğinden fazla kahve içiyorlar, kızın neler çektiğini konuşuyorlardı. Louis çalışma odası olacak arka odaya gitti, kâğıtlarını oradan oraya koyup oyalanmaya çalıştı ama pek bir şey yapamadı. Rachel ise öğle yemeğini hazırlamaya gülünç denecek kadar erkenden başlamıştı.

Saat ona çeyrek kala telefon çalınca Rachel koşup soluk soluğa bir "Alo?" dedi, ikinci kez çalmasına fırsat vermeden. Louis odasıyla mutfak arasında durmuştu, telefon edenin Eileen'in öğretmeni olduğundan ve kızın okula alışamayacağına karar verdiğini bildirdiğinden emindi. Kamu eğitiminin midesi kızı hazmedilmez bulmuş ve şimdi de geri tükürüyordu. Ne var ki, arayan Norma Crandall'dı ve Jud'un mısırların sonunu topladığını, isterlerse kendilerine sekiz on tane verebileceklerini söylüyordu. Louis bir torba alıp gitti ve Jud'a kendisini yardıma çağırmadığı için çıkıştı.

"Çoğu bir boka yaramaz zaten," dedi Jud.

"Ben yanındayken öyle konuşma lütfen," dedi karısı. Antika bir tepsi üzerinde buzlu çay ve Coca-Cola'yla görünmüştü sundurmanın kapısında.

"Kusura bakma sevgilim."

Louis'e bakıp göz kırpan Norma, "Hiç de pişman değildir böyle konuştuğuna," diyerek yanlarına oturdu.

"Eileen'i otobüse binerken gördüm," diyen Jud bir Chesterfield yaktı.

"Merak etmeyin," dedi Norma. "Çoğunlukla alışırlar."

Çoğunlukla, diye düşündü Louis.

Eileen alışmıştı ama. Öğlen eve geldiğinde yüzü gülüyordu, mavi ilk gün giysisi kirlenmişti, dizlerinin birinde yeni bir yara izi vardı, ayakkabısının birinin bağcığı çözülmüştü, saçındaki kurdele kayıptı. "Anne! Baba! Old MacDonald'ı söyledik! Old MacDonald'ı söyledik. Carstairs Sokağı'ndaki okuldaki gibi!"

Rachel, kucağında Gage'le pencerenin önünde oturan kocasına baktı. Bebek uyukluyordu. Rachel'ın gözlerini hemen kaçırmasına rağmen yüzünde kederli bir ifade seziliyordu. Louis bir an paniğe kapıldı. *Gerçekten yaşlanacağız,* diye düşündü. *Gerçek bu. Kimse bize ayrıcalık tanımayacak. Hayat yolunda ilk adımını attı kız... biz de...*

Eileen babasına koşup yeni yaptığı resmi göstermeye, Old MacDonald'ı, Bayan Berryman'ı anlatmaya başladı bir solukta. Church kızın bacakları arasında dolaşıyor, yüksek sesle mırıldanıyordu, kızın ona çarpıp düşmemesi mucizeydi doğrusu.

Louis, "Yavaş kızım," diyerek kızını öptü. Gage odadaki heyecandan habersiz uyuyakalmıştı. "Dur bebeği yatırayım da seni sonra rahat rahat dinlerim."

Sıcak eylül güneşi altında yukarı çıkardı Gage'i, tam merdiven sahanlığına geldiği anda öylesine karanlık ve dehşet dolu bir önseziyle sarsıldı ki, olduğu yerde kıpırdayamadan durup şaşkınlıkla çevresine bakındı. Ne olduğunu anlayamamıştı. Bebeği kucağında biraz daha sıkıca sardı, Gage huzursuzca kıpırdandı. Louis'in tüyleri diken diken olmuştu.

Ne oluyor, diye şaşkınlık ve korkuyla düşündü. Kalbi çılgınca bir tempoyla atıyordu, başının derisi buz gibiydi, kafasını sarmaya yetmeyecek kadar küçülmüştü sanki, gözlerinin ardında hızla akan adrenalin dalgasını hissediyordu. Korku aşırı olduğu zamanlarda insan gözü gerçekten fırlardı, biliyordu bunu. Tansiyon artıp da statik basınç yükselince gözler yalnız irileşmekle kalmaz, fırlardı. *Ne oluyor peki? Tanrım, sanki koridorda bir şey sürtündü gibi geldi bana, neredeyse gözlerimle görebileceğim bir şey.*

Aşağıdaki telli kapı çarptı.

Louis Creed olduğu yerde fırladı, bir çığlık atmak için ağzını açtı, sonra da güldü. İnsanların kimi zaman "iyi saatte olsunların yokladığı" dedikleri anlardan biri olmalıydı bu. Geçici bir şey. Böyle şeyler olurdu. Hayalet diye bir şey yoktu, en azından kendi deneylerinde. Mesleği boyunca on beş yirmi kişinin öldüğünü görmüştü ve bir kere olsun ruhun uçup gittiğine tanık olmamıştı.

Gage'i odasına götürüp yatağına yatırdı. Örtüyü çekerken birden ürperdi, ansızın Carl amcasının "gösteri" odasını anımsamıştı. Ne yeni arabalar vardı orada, ne modern renkli televizyonlar, ne de çalışırken içini görebileceğin önü camlı çamaşır makineleri. Yalnızca kapakları açık kutular, her birinin üzerinde de gizli bir spot lambası. Amcası cenaze levazımatçısıydı.

Tanrım, neden böyle ürktün sanki? Bırak bunları şimdi.

Oğlunu öpüp aşağıya, Eileen'in anaokulundaki ilk gününü dinlemeye indi.

8

Eileen'in okulda ilk haftasını tamamladığı ve üniversitelilerin kampusa dönmelerinden önceki cumartesi günü, Jud Crandall karşıya geçip Creed ailesinin oturduğu çimenliğe doğru yürüdü. Eileen bisikletinden inmiş bir bardak buzlu çay içiyordu. Gage otlar arasında emekliyor, böcekleri inceliyor ve bazen de birkaçını ağzına atıyordu. Proteinini nereden aldığı konusunda pek titiz davranmıyordu henüz.

Louis ayağa kalktı. "Jud, dur bir iskemle getireyim sana."

"Gerek yok." Jud'un üzerinde kot pantolon, yakası açık bir gömlek ve ayağında bir çift yeşil bot vardı. Eileen'e baktı. "O patikanın nereye gittiğini hâlâ merak ediyor musun Eileen?"

Kız hemen ayağa fırladı. "Evet!" Gözleri parlıyordu. "Okulda George Buck hayvan mezarlığına gittiğini söyledi, anneme de anlattım, ama siz orasını bildiğiniz için gitmeyip beklememi söyledi."

"Biliyorum tabii," dedi Jud. "Annenle baban izin verirlerse biraz gezinelim oraya doğru. Ama ayağına sağlam bir bot falan giymelisin, bazı yerleri çamurludur yolun."

Eileen eve koştu.

Jud sevecenlikle baktı kızın ardından. "Belki sen de gelmek istersin Louis."

"İsterim." Louis karısına baktı. "Sen de gelir miydin canım?"

"Gage ne olacak? Birkaç kilometre yürümek gerekiyordu hatırladığım kadarıyla."

"Anne kucağına yerleştiririm onu."

Rachel güldü. "Oldu... ama sen taşıyacaksın, tamam mı?"

On dakika sonra Gage dışında hepsi botlarını, çizmelerini giymiş olarak yola koyuldular. Gage, babasının sırtına asılmış anne kucağının içindeydi, her şeye tepeden bakıyordu. Eileen önden koşuyor, kelebek kovalayıp çiçek topluyordu.

Arka bahçedeki otlar insanın beline kadar geliyordu. Takvime göre ağustos ayı geçeli iki hafta olduğu halde gökte tam bir yaz güneşi parlamaktaydı. Otları kırpılmış patikadan yürüyerek ilk tepenin doruğuna vardıklarında Louis'in koltuk altlarında geniş ter lekeleri görünmeye başlamıştı.

Jud durdu. Louis ilkönce yaşlı adamın soluğunun kesildiğini sandı ama sonra birden arkalarında açılıveren manzaraya gözü ilişti.

Jud dişleri arasına bir ot parçası sokarak, "Burası güzeldir," dedi.

"Müthiş," dedi soluk soluğa kalmış olan Rachel. Suçlarcasına döndü kocasına. "Nasıl oluyor da sen bana söz etmedin bundan?"

"Bilmiyordum da ondan." Louis utanmıştı. Hâlâ kendi mülklerindeydiler, bugüne kadar evin arkasındaki tepeye çıkacak zaman bulamamıştı.

Eileen epey uzaklaşmıştı yanlarından. Şimdi o da saklayamadığı bir şaşkınlıkla yanlarına gelmiş bakıyordu. Church ayakları dibindeydi.

Tepe yüksek değildi. Doğuya doğru sık ağaçlar manzarayı örtüyordu, ancak batıya bakıldığında arazi altın sarısı bir yaz düşü gibi uzanıp gitmekteydi. Her şey sakin, sessiz ve sisliydi. Yolda sessizliği bozacak bir Orinco tankeri bile yoktu.

Gördükleri yer nehrin vadisiydi, Penobscot üzerinde bir zamanlar oduncular kuzeyden Bangor ve Derry'ye kütüklerini yüzdürürlerdi. Bulundukları yer Bangor'un güneyi, Derry'nin de biraz kuzeyiydi. Nehir sanki kendi derin düşündeymiş gibi geniş ve sakindi burada. Louis karşı tarafta Hampden ve Winterport'u görebiliyor, bu yanda da nehre paralel giden 15 numaralı karayolunu izleyebiliyordu. Nehre, ağaçlara, yollara, tarlalara baktılar. Kuzey Ludlow Baptist Kilisesi'nin kulesi karaağaçların ardından yükseliyor, sağda Eileen'in okulunun tuğladan binası seçiliyordu.

Başları üzerinde bembeyaz bulutlar soluk bir kot rengindeki ufka doğru ağır ağır yol almaktaydılar.

"Muhteşem tek kelimeyle," dedi Louis.

"Bir zamanlar Prospect Tepesi derlerdi buraya." Jud ağzının köşesine sigarasını yerleştirdi ama yakmadı. "Hâlâ öyle diyen var, ama şimdi gençler kente göç edeli beri unutuldu gitti. Buraya çıkan genç de kalmadı ya. Tepe çok yüksek olmadığından insana hiçbir şey görmeyecekmiş gibi gelir. Ama gördüğünüz gibi..." Elini uzatıp sustu.

Rachel hayranlık dolu bir sesle, "Her yer görünüyor buradan," dedi. Kocasına döndü. "Sevgilim, burası da bizim mi?"

Louis cevap vermeye fırsat bulamadan Jud atıldı. "Mülkün bir parçasıdır."

Ağaçların arası sekiz on derece daha serindi. Hâlâ geniş ve yer yer çoğu solmuş çiçeklerle (kimi saksıda, kimi konserve kutusunda) işaretli yol çam iğneleriyle kaplıydı. Jud, Eileen'i çağırdığında yarım kilometre kadar yürümüşler ve yokuş aşağı inmekteydiler.

"Küçük bir kız için güzel bir yürüyüş bu, ama annenle babana buraya gelirsen yoldan hiç ayrılmayacağına söz vermeni istiyorum."

"Söz," dedi Eileen. "Neden ama?"

Jud dinlenmek için durmuş olan Louis'e baktı. Bu çamların gölgesinde bile olsa Gage'i taşımak yorucu bir işti. "Nerede olduğunu biliyor musun?" diye sordu.

Louis düşündü, düşündü ama bir cevap bulamadı... *Ludlow, Kuzey Ludlow, evimin arkası, 15 numaralı karayoluyla ara yol arasında...* Başını salladı.

Jud parmağıyla omzunun arkasını gösterdi. "O yanda pek çok yer var. Kent orası. Buradan ileri doğru seksen kilometre kadar hep ormanlıktır. Buralara Kuzey Ludlow Ormanları derler ama Orrington'a da girer, oradan da Rockford'a uzanır. Oradan da sana söylediğim o Kızılderililerin hak istedikleri yerlere kadar uzanır. Anayolun üstündeki telefonlu, elektrikli, kablolu televizyonlu o şirin evinin ıssızlığın hemen kenarında olduğunu düşünmek garip belki ama gerçek bu işte." Eileen'e baktı. "Demek istediğim, bu ormanlarda fazla dolaşmanı istemiyorum Eileen. Patikayı kaybedersen kendini nerede bulacağını ancak Tanrı bilir."

"Kaybolmam Bay Crandall." Eileen etkilenmiş, hatta şaşırmıştı, ama korkmamıştı. Rachel ise huzursuzca bakıyordu Jud'a. Louis de içinde bir huzursuzluk hissetmekteydi. Kentlilerin içgüdüsel orman korkusuydu bu. Louis izcilik günlerinden beri eline pusula almış değildi. İnsanın yolunu Kutupyıldızı'na bakarak saptaması ya da ağaçların yosunlu taraflarına göre yönünü bulması yirmi yıl geride kalmıştı artık.

Jud yüzlerine bakıp gülümsedi. "1934'ten bu yana bu ormanlarda kimseyi kaybetmiş değiliz. En azından bu yöreden birini. En son Will Jepson kaybolmuştu ki o da büyük bir kayıp sayılmazdı zaten."

"Bu yöreden birini dedin," diye Rachel pek normal olmayan bir sesle sordu. Louis onun aklından geçenleri okuyordu: *"Biz bu yöreden değiliz.* Hiç olmazsa şimdilik."

Jud başını salladı. "İki üç yılda bir, bir iki turist kaybolur, anayola bu kadar yakın bir yerde kaybolmayız diye düşünenler. Ama hiçbiri sonradan bulunmamış değildir. Korkmanıza hiç gerek yok."

"Geyik var mıdır buralarda?" diye Rachel korkuyla sordu. Louis gülümsedi. Rachel'ın canı korkmak istiyorsa korksundu biraz.

"Eh, arada sırada görülür, ama tehlikeli değildirler. Çiftleşme mevsiminde biraz sinirli olurlar ama diğer zamanlarda insana bakmaktan başka pek bir şey yapmazlar. Çiftleşme mevsiminden sonra yalnızca Massachusetts'lileri kovalarlar, nedenini bilmiyorum ama böyledir işte." Louis adamın alay ettiğini sandı ama bundan da pek emin değildi. Çok ciddi görünüyordu Jud. "Pek çok kez gördüm bunu. Massachusetts'ten gelmiş bir adam buraya, ağaca tırmanmış, bir geyik sürüsünün kendisini kovaladığını söyleyip duruyor, hem de her biri de tekerlekli bir ev kadar büyükmüş üstelik. Geyikler Massachusetts'lileri korkularından tanıyorlar sanırım. L. L. Bean'den aldıkları o yeni elbiselerin kokusundan olacak belki de. Üniversitede tarımcılık ve hayvancılık okuyanlardan birinin bu konuda bir araştırma yapmasını beklerdim ama bugüne kadar bu konunun üzerine eğilen olmadı işte."

"Çiftleşme mevsimi nedir?" diye sordu Eileen.

"Bırak şimdi bunları," dedi annesi. "Yanında bir büyük olmadan buraya gelmeni istemiyorum Eileen." Rachel kocasına yaklaştı.

Jud üzülmüş gibiydi. "Seni korkutmak istemedim Rachel... ne seni, ne de kızını. Bu ormanlarda korkacak bir şey yoktur. İyi bir yoldur burası, baharları biraz çamurlu olur, hepsi o kadar, ne zehirli sarmaşık vardır, ne de okulun arkasında olan zehirli meşe. Bak, o ağaçtan uzak durmanı istiyorum Eileen, yoksa üç hafta ketentohumu banyosundan kurtulamazsın."

Eileen eliyle ağzını örtüp kıkır kıkır güldü.

Jud hâlâ inanmamış görünen Rachel'a döndü. "Gerçekten güvenli bir yoldur. Eminim Gage bile başına hiçbir şey gelmeden gidebilir buradan, kent çocukları da sık sık gelirler demiştim. Temiz tutarlar burasını. Bunu kimse istemez onlardan, kendiliklerinden yaparlar. Eileen'i böyle bir zevkten yoksun bırakmak istemem." Yaşlı adam eğilip Eileen'e göz kırptı. "Yaşamın diğer şeylerine benzer bu da Eileen. Yoldan ayrılmayacaksın, hepsi bu. Yoldan çıkarsan bir de bakarsın ki kaybolmuşsun şansın yoksa. Sonra arkadan da seni aramaya insan çıkarırlar."

Yola devam ettiler. Anne kucağından Louis'in boynu ağrımaya başlamıştı. Gage ikide bir saçlarını kavrayıp çekiyor ya da böbreklerine mutlu bir tekme indiriyordu. Sivrisinekler insanın gözlerini yaşartan vızıltılarıyla yüzünde, boynunda dolaşıyorlardı.

Yol yaşlı çamlar arasından, fundalıklar içinden geçiyor; hep yokuş aşağı iniyorlardı. Şimdi çamura da girmişlerdi, Louis'in ayakları vıcık vıcık çamurun içine batıyordu. Bir yerde bataklığı aşmak için taş yerine ot öbeklerine bastılar. En kötüsü de buydu. Sonra yine tırmanmaya başladılar. Gage on kilo birden almış gibi ağırlaşmıştı artık, her ne hikmetse sıcaklık da on derece artmış gibiydi. Louis'in yüzünden terler boşanıyordu.

"Nasılsın sevgilim?" diye sordu Rachel. "Oğlanı ben taşıyayım mı biraz?"

"Ben taşırım, iyiyim." Doğruydu bu, kalbinin gümler gibi atmasına karşın. Louis hastalarına verdiği idman öğütlerini kendisi hiç tutmazdı.

Jud'la Eileen yan yana yürüyorlardı; kızın limon sarısı pantolonu ve kırmızı gömleği yeşilimsi kahverengi gölgeliklerde parlak renk lekeleriydi.

"Lou, nereye gittiğini biliyor mu dersin?" diye Rachel alçak sesle sordu.

"Hiç kuşkun olmasın," dedi Louis.

Jud omzu üzerinden seslendi. "Az kaldı... dayanabilecek misin Louis?"

Adam seksenini geçmiş, daha terlemedi bile, diye düşündü Louis. Hafif sinirli bir sesle, "İyiyim," dedi. Kalp krizi geçirmekte olduğunu bilse bile gururundan yine aynı şeyi söyleyeceği kuşkusuzdu. Hafifçe sırıttı. Gage'in anne kucağını biraz sıkıştırıp yürümeye devam etti.

İkinci tepeyi de aştıktan sonra patika insan boyunda çalılıklar arasına girerek daraldı. Louis o anda Jud'la Eileen'in eski tahtalardan yapılmış bir kemerin altından geçtiklerini gördü. Tahtanın üstündeki yazı iyice solmuş boyası yüzünden ancak okunabiliyordu: HAYVAN MEZARLIĞI.

Rachel'a Louis bakıştıktan sonra sanki oraya evlenmeye gelmişler gibi güdüsel bir hareketle birbirlerinin ellerine uzanıp el ele tutuştular.

Louis o sabah ikinci kez şaşkına dönmüştü.

Yerde çam iğnelerinden halı yoktu burada. Otlar hemen hemen tam bir daire biçiminde kesilmişti, yaklaşık on metre çapında. Üç yanı sık çalılıklarla çevriliydi, dördüncü yanındaysa insana ürküntü veren devrilmiş ağaçlar vardı. *Çalılar arasından geçmeye ya da kütüklerin üstünden tırmanmaya kalkışan bir insan çelik don giymeli,* diye düşündü Louis. Ortadaki açıklık çocukların oradan buradan bulabildikleri eşyalardan yaptıkları mezar taşlarıyla doluydu; sandık tahtaları, teneke parçaları gibi. Ancak alçak çalılıklardan ve devrilmiş kütüklerden çitin ortasında güneşe erişmeye çalışan cılız ağaçlar arasından görüldüğünde, yapılmalarındaki beceriksizliğe karşılık, bunlardan insanların sorumlu oldukları düşünülünce görünümde var olan simetri daha da belirginleşiyordu. Geri plandaki orman buraya çılgıncasına derin bir anlam kazandırıyordu. Hıristiyan değil de, putperestlerin bir mezarlığıymış gibi.

"Çok güzel," dedi Rachel, sesinden o kanıda olduğu anlamı çıkarılmıyorsa da.

"Öf!" diye bağırdı Eileen.

Louis, Gage'i omzundan indirdi, yerde emekleyebilmesi için askıdan çıkardı. Sırtı boşalınca derin bir soluk aldı.

Eileen mezar taşlarının birini bırakıp ötekine koşuyor, her biri önünde bir çığlık atıyordu. Rachel gözüyle oğlunu izlerken, Louis de kızın arkasından yürüyordu. Jud yere çömeldi, arkasını bir kaya çıkıntısına verip sigarasını yaktı.

Louis bulundukları yerin yalnızca belirli bir düzene göre hazırlanmıştan da öte, tek merkezli kaba daireler biçiminde düzenlenmiş olduğunu fark etti.

Sandık tahtasından bir mezar taşında KEDİ SMUCKY yazıyordu. Yazı çocuk yazısıydı ama çok dikkatle yazılmıştı. SÖZ DİNLERDİ. Onun altında da: 1971-1974. Dış dairenin kenarında düz bir taşın üzerine artık solmuş kırmızı boyayla BIFFER yazılmıştı.

"Biffer, Dessler'ların köpeğiydi," dedi yaşlı adam. Ökçesiyle yerde küçük bir çukur kazmış, izmaritini gömüyordu. "Geçen yıl bir kamyonun altında kaldı."

Mezarlardan bazıları çoğu solmuş, hatta çürümüş, ama bazıları taze olan çiçeklerle süslenmişti. Louis'in okumaya çalıştığı taşların çoğunun yazıları iyice silinmişti. Bazılarında hiçbir iz yoktu, Louis bunların tebeşir ya da boya kalemiyle yazılmış olduklarını düşündü.

"Anne!" diye bağırdı Eileen. "Bir süs balığı, bak!"

"Görmesem de olur," dedi Rachel. Louis, karısına baktı. Dış dairenin de dışına çıkmış, çok huzursuz bir tavırla duruyordu. *Burada bile huzursuz,* diye düşündü Louis. Ölümün söz konusu olduğu yerde huzuru kaçardı hep – kimin kaçmazdı ki? Bu da kız kardeşi yüzündendi herhalde. Rachel'ın kız kardeşi genç yaşında ölmüş ve karısında Louis'in evliliklerinin ilk günlerinde pek değinmemeyi öğrendiği derin bir iz bırakmıştı. Kız kardeşi Zelda belkemiği menenjitinden ölmüştü. Hastalığı uzun, ıstıraplı ve üzücü geçmiş olmalıydı. Rachel da bundan aşırı etkilenecek bir yaştaydı. Bunu unutmak istiyorsa, üstüne varmanın hiçbir yararı yoktu.

Louis, karısına göz kırptı, Rachel da minnetle gülümsedi ona.

Louis başını kaldırdı. Ormanın içinde doğal bir açıklıktaydılar. Otların böyle yeşermesinin nedeni de bu olmalıydı. Yine de bu hale gelebilmesi için bakım ve sulama gerekliydi. Su kovalarla ya da Gage'in anne kucağından ağır şeylerle taşınmış olmalıydı. Çocukların bu işe böyle sarılıp bunu bu kadar uzun süre sürdürmelerinin yine de garip olduğunu düşündü. Kendi çocukluğunun tutkularıysa çok gelip geçiciydi. Eileen'le olan ilişkilerinde de kızının kendisinden pek farklı olmadığını görmüştü.

Dairelerin içine doğru yürüdükçe mezarlar daha eskiydi, taşlardaki yazılar da daha güç okunuyordu. TRIXIE, 15 EYLÜL 1968, OTOYOLDA ÖLDÜ. Aynı daire içinde toprağa gömülmüş geniş bir tahta vardı. Don ve eriyen karlar tahtayı büküp çarpıtmıştı ama yazısı hâlâ okunuyordu. 1 MART 1965'TE ÖLEN TAVŞANIMIZ MARTA'NIN ANISINA. Bir sıra ileride: GEN PATTON (İYİ KÖPEĞİMİZ!). 1958'de ölmüştü. HOLYNESIA ise (Louis çocukluk masallarını yanlış hatırlamıyorsa papağan olmalıydı) bu 1953'te ölmüştü. Ondan sonraki iki sırada pek okunabilen bir şey yoktu, ama ondan sonra bir parça mermer üstüne kaba harflerle şunlar yazılmıştı: HANNAH DÜNYANIN EN İYİ KÖPEĞİYDİ 1929-1939. Mermer epey yumuşak bir türden olmasına rağmen Louis bir çocuğun bunları kazımak için kaç saatini harcadığını düşünmekten kendini alamadı. Bu sevgi ve acı belirtisi korkunç bir şeydi kendisi için; bu yetişkinlerin kendi ana babaları ya da genç ölmüşlerse çocukları için kolay kolay yapamayacakları bir şeydi.

O sırada yanına gelmiş olan Jud'a, "Ne kadar da eskiymiş bu," dedi.

Jud başını salladı. "Biraz gelsene Louis, sana bir şey göstermek istiyorum."

Ortadan üç sıra ileriye doğru yürüdüler. Burada mezarların daire biçiminde yerleştirilmeleri daha belirgindi. Jud devrilmiş olan bir taşın önünde durdu, çömelip taşı doğrulttu.

"Burada yazılar vardı. Ben kendim kazımıştım. İlk köpeğimi buraya gömdüm. Spot'tu adı. Büyük Savaş'ın başladığı yıl, 1914'te yaşlılıktan öldü."

Louis içinde bulundukları yerin insan mezarlıklarının çoğundan da eski olduğunu düşünerek ortaya doğru yürüdü, taşları incelemeye başladı. Hiçbiri okunmuyordu, çoğu da toprağa gömülmüştü. Hele birinin üstünü tümüyle otlar kaplamıştı, taşı doğrulturken topraktan yırtılırmış gibi bir ses geldi. Açığa çıkan yerin üstünde böcekler koşuşuyordu. Ürperdi Louis. *Buradan hiç hoşlanmadım*, dedi içinden.

"Ne kadar eskiye gidiyor bu mezarlar?"

"Hiç bilmiyorum." Jud ellerini ceplerine soktu. "Spot öldüğünde burası vardı tabii. O zamanlar epey arkadaşım vardı. Spot için çukur kazmama yardım etmişlerdi. Burada toprağı kazmak da o kadar kolay değildir. Çok taşlıktır bir kere. Kimi zaman çocuklara yardım ederdim ben." Nasırlı parmaklarıyla bir iki yeri işaret etti. "Yanlış hatırlamıyorsam, şurada Pete LaVasseur'un köpeği vardı. Şurada da yan yana Albion Groatley'in üç kedisi gömülüdür... Yaşlı Fritchie yarış güvercini beslerdi. Ben, Al Groatley ve Carl Hannah köpeğin öldürdüğü birini şuraya gömmüştük." Jud bir an duraksadı. "Bir ben kaldım geriye, benim dışımda hepsi öldüler. Hepsi."

Louis elleri cebinde, hiçbir şey söylemeden hayvan mezarlarına baktı.

"Toprak taşlık," dedi yine Jud. "Bir şey yetişmezdi zaten."

Gage ağlamaya başlamıştı. Rachel çocuğu kucaklayıp getirdi. "Acıktı," dedi. "Artık geri dönsek Louis." *Lütfen,* diyordu gözleriyle.

"Peki." Louis çocuğun anne kucağını sırtına geçirdi, Rachel'ın Gage'i koyması için arkasını döndü. "Eileen! Neredesin Eileen?"

"İşte orada," diye Rachel devrilmiş ağaçları gösterdi. Eileen sanki okulun jimnastik salonundaymış gibi tırmanıyordu kütüklere.

"Çabuk in oradan!" diye korkuyla bağırdı Jud. "Ayağın bir kayarsa hepsi devrilir sonra."

Eileen yere atladı. Kalçasını ovuşturdu. "Üf!" Derisi sıyrılmamıştı ama kuru bir dal pantolonunu yırtmıştı.

Kızın saçlarını okşadı Jud. "Ne demek istediğimi anladın mı şimdi? Ormanı iyi tanıyan biri bile imkânı olursa bunlara tırmanmaz da çevresinden dolanmaya çalışır. Birbiri üstüne yıkılmış ağaçlar çok tehlikelidir. Fırsat bulurlarsa insanı ısırırlar."

"Gerçek mi?" diye sordu Eileen.

"Elbette. Saman gibi birbiri üstüne yığılmışlar, görmüyor musun? Yanlış birine basmış olsaydın hepsini devirirdin."

Eileen babasına baktı. "Doğru mu baba?"

"Sanırım doğru kızım."

"Vay canına!" Kız ağaç yığınına bakıp bağırdı. "Pis ağaçlar, pantolonumu yırttınız!"

Üçü de kahkahalarla güldüler kıza. Ağaçlar gülmedi. Yıllardır olduğu gibi güneş altında beyazlaşmaya devam ettiler. Louis çok uzun zaman önce ölmüş bir canavarın iskeletine benzediğini düşündü ağaçların. İyi yürekli bir şövalyenin öldürdüğü bir canavarın kemiklerinden oluşmuş bir anıt.

Ağaç yığınının hayvan mezarlığıyla orman arasında (ki Jud buna ara sıra "Kızılderili Ormanı" derdi) duruşundaki uygunluğa daha o zaman dikkat etmişti. Böyle gelişigüzel duruşu bir doğa eseri olmayacak kadar ustacaydı. Hatta...

Tam o anda Gage kulaklarından birini yakalayıp mutlu sesler çıkararak bükünce Louis hayvan mezarlığının ötesindeki ormanda devrilmiş ağaçları falan unuttu. Eve dönme zamanı gelmişti.

9

Eileen ertesi gün babasının yanına geldiğinde sıkıntılı gibiydi. Louis çalışma odasında bir Rolls-Royce Silver Ghost modeli üzerinde uğraşıyordu. Model 680 parçaydı ve 50 parçası hareket ediyordu. Bitmek üzereydi, on sekiz ve on dokuzuncu yüzyılların at arabacılarının soyundan olan üniformalı sürücüsünü direksiyonun ardında krallar gibi otururken hayal edebiliyordu.

On yaşından beri model tutkunuydu. Carl amcasının getirdiği bir Birinci Dünya Savaşı Spad uçağıyla işe başlamıştı. Sonra Revell uçaklarının çoğunu tamamlayıp yirmi yaşlarına doğru daha büyük ve karmaşık modellere geçmişti. Şişeler içinde gemiler dönemi, savaş araçları dönemi, hatta insanın gerçeğinden ayıramayacağı tabanca modelleri dönemleri geçirmişti. Son beş yıldır da büyük transatlantik modelleriyle uğraşmıştı. Üniversitedeki odasında *Lusitania* ile *Titanic*'in, evde konsolun üstünde de, Chicago'dan ayrılmadan az önce tamamladığı *Andrea Doria*'nın birer modeli duruyordu. Şimdi klasik arabalara başlamıştı ve eğer eski temposu sürecek olursa dört beş yıl kadar bunlarla uğraşırdı artık. Rachel kocasının bu tek gerçek özel uğraşısına herhalde hafif bir horgörüyle karışık kadınca bir hoşgörüyle bakmaktaydı. Evliliklerinden on yıl sonra bile bu tutkusundan kurtulmasını bekliyor olmalıydı. Belki de böyle düşünmesinin temelinde babasının fikirleri yatıyordu, kayınpederi ilk evlendiklerinde olduğu gibi damadının hiçbir işe yaramayan serserinin biri olduğuna hâlâ inanırdı.

Rachel haklı belki, diye düşünüyordu Louis. *Belki de bir sabah otuz yedi yaşında kalktığımda bunların hepsini tavan arasına kaldırıp paraşütçülüğe başlarım.*

Bu arada Eileen'in ciddi bir hali vardı karşısında.

Uzaklardan dindarları pazar sabahı tapınmaya çağıran kilise çanlarının sesi duyuluyordu.

"Günaydın baba."

"Günaydın canım, bir şey mi istemiştin?"

"Bir şey yok." Ama kızın yüzü başka şeyler söylüyordu. Yüzünden pek çok şey olduğu, ama hiçbirinin de hoş olmadığı okunuyordu. Yeni yıkanmış saçları omuzlarına dökülmüştü, saçlar giderek kumrallaşmasına rağmen hâlâ sarı rengini tümüyle yitirmemişti henüz. Kızın üzerinde bir elbise vardı. Kiliseye hiç gitmemelerine rağmen her pazar günü elbise giyerdi. "Ne yapıyorsun baba?"

Louis arabanın çamurluğunu dikkatle yapıştırarak yaptığı şeyi anlattı. Kıza jant kapağını uzatarak, "Şuna bak bir," dedi. "Şu iç içe geçmiş R harflerini görüyor musun? Ne kadar ince bir ayrıntı, değil mi? Şükran Günü'nde uçakla Shytown'a gidersek bir L-1011'e bineriz, jet motorlarının üstünde aynı R'leri görürsün."

"Jant kapağı, ne de önemli şey," diyerek kız kapağı geri verdi.

"Eğer Rolls-Royce'un varsa buna tekerlek kılıfı denir. Bir Rolls-Royce alacak kadar zenginsen az bir şey gösteriş yapmana izin vardır. İkinci milyonumu yaptığımda bir tane alacağım. Rolls-Royce Comiche."

Gage'in arabada midesi bulanınca hakiki derilerin üstüne kusar hiç olmazsa.

Neyin var senin böyle Eileen?

Ama Eileen'le böyle konuşulamazdı. Herhangi bir şeyi doğrudan doğruya soramazdınız. Kendini elevermekten çok korkardı. Louis'in hayran olduğu bir huyuydu bu.

"Biz zengin miyiz baba?"

"Değiliz, ama açlıktan ölecek durumda da değiliz."

"Okuldaki Michael Burns bütün doktorların zengin olduklarını söyledi."

"Sen de Michael Burns'e pek çok doktorun zengin olduğunu, ama bunun için yirmi yıllık bir çalışma gerektiğini ve üniversite dispanserinin başında bulunmakla zengin olunmadığını söyle. Uzman olursan zengin olursun. Kadın hastalıkları uzmanı, ortopedist ya da nörolog gibi. Onlar daha çabuk zengin olurlar. Benim gibilerin para sahibi olması daha uzun sürer."

"Peki sen neden uzman olmuyorsun baba?"

Louis yine modellerini hatırladı, bir gün gelip artık savaş uçağı yapmak istemediğini, aynı şekilde Tiger tanklarından bıktığını, şişe içinde gemi modeli yapmanın aptalca bir şey olduğunu düşündüğünü anımsadı. Sonra bir insanın çocukların ayaklarını düztabanlık için muayene etmek ya da uzman bir parmakla bir kadının rahminde yara ya da yumru olduğunu anlamak için lastik eldiven giyerek hayatını geçirmenin nasıl olacağını düşündü.

"Hoşuma gitmiyor da ondan."

Church içeri girdi, durakladı, parlak yeşil gözleriyle durumu inceledi. Sessizce pencere denizliğine atlayıp uyumaya başladı.

Eileen hayvana bakınca kaşlarını çatmıştı, Louis'e çok garip geldi bu. Eileen kediye genellikle insanın içini burkacak derecede güçlü bir sevgiyle bakardı. Kız odanın içinde dolaşıp çeşitli modellere bakmaya başladı. Bir ara olağan olmasına çalıştığı bir sesle, "O hayvan mezarlığında ne kadar çok mezar vardı, değil mi?" diye sordu.

İşte şimdi konuya giriyoruz, diye düşündü Louis, ama dönüp bakmadı. Rolls'ün ön farlarını yerleştirmeye devam etti.

"Öyle," dedi Louis. "Yüzden fazlaydı sanırım."

"Baba, hayvanlar neden insanlar kadar uzun yaşamazlar?"

"Bazıları yaşarlar. Hatta kimisi insanlardan uzun yaşar. Filler çok uzun yaşar, bazı denizkaplumbağalarının yaşlarınıysa kimse bilemez... ya da bilirler ama inanmazlar."

Eileen kolaylıkla karşı bir cevap hazırlamıştı bile. "Filler ve denizkaplumbağaları evcil hayvanlar değildir. Evcil hayvanlar hiç de uzun yaşamıyorlar. Michael Burns köpeğin yaşadığı her yılın bizim sekiz dokuz yılımıza eşit olduğunu söyledi."

"Yedi," dedi Louis. "Ne demek istediğini anlıyorum kızım, bütünüyle haksız da değilsin. On iki yaşında bir köpek yaşlı bir köpektir. Metabolizma diye bir şey vardır, bu metabolizma zamanı söyler. Başka şeyler de yapar kuşkusuz... Örneğin, pek çok kimse yemek yer ve zayıf kalır, annen gibi. Ya da benim gibiler şişmanlamadan yemek yiyemezler. Metabolizmalarımız değişiktir de ondan. Ancak metabolizmanın en önemli görevi, canlılara bir vücut saati olarak hizmet etmektir. Köpeklerin metabolizması epey hızlıdır. İnsanınkiyse biraz daha ağır çalışır. Bizler çoğunlukla yetmiş iki yıl yaşarız. İnan bana, yetmiş iki yıl da çok uzun bir süredir."

Eileen'in gerçekten canı sıkılmış göründüğü için hissettiğinden daha içtenlikli konuşmuş olmayı umuyordu. Kendisi otuz beş yaşındaydı ve o yılların kapının ardından gelen esinti gibi hızla ve uçarak geçtiğine inanıyordu. "Denizkaplumbağalarının metabolizmaları ise..."

"Ya kediler?" diye sordu kız, Church'e bakarak.

"Kediler de köpekler kadar yaşarlar." Yalandı bu, kediler vahşi bir yaşam sürer ve çoğunlukla kanlı bir şekilde son bulurdu yaşamları. Hep de insan gözünden uzakta olurdu bu ölümler. İşte Church karşısında güneşte uyukluyordu (ya da öyle görünüyordu), her gece kızının yatağında uyuduğunu görürdü hayvanın, küçüklüğünde bir yün yumağı gibiydi. Ama Louis onun kırık kanatlı bir kuşu kovaladığını görmüştü, hayvanın yeşil gözlerinin ölümcül bir zevkle parladığına yemin edebilirdi. Kovaladığı şeyi pek ender olarak öldürürdü, bir tek kez dışında. Louis onun iki apartman arasındaki sokakta bir fare yakaladığını görmüştü. Church hayvanı paramparça etmişti, o zaman Gage'e altı aylık hamile olan Rachel banyoya koşup kusmuştu. Şiddetli yaşam, şiddetli ölüm. Televizyondaki kolay kanan aptal köpeklerin aksine gerçek köpekler yakalayıp parçalarlardı kedileri. Ya da başka bir erkek kedi. Zehirli et yerlerdi, geçen bir arabanın altında kalırlardı. Kediler hayvan dünyasının gangsterleriydi, yasanın dışında yaşarlar ve çoğunlukla da orada ölürlerdi. Ateşin yanında kıvrılıp uyuyarak yaşlanan pek azdı.

Ama bunlar ölüm gerçeğini ilk kez merak etmiş olan beş yaşındaki kızına anlatılacak şeyler değildi.

"Church şimdi üç, sen de beş yaşındasın," dedi. "Sen on beşinde olduğun zaman o hâlâ yaşıyor olabilir. Çok uzun zaman var daha."

"Bana hiç de uzun gelmiyor," dedi Eileen. Sesi titriyordu. "Hiç de uzun değil."

Louis modeliyle çalışıyor görünmeyi bırakıp kızını yanına çağırdı. Eileen babasının kucağına oturdu, Louis kızın güzelliğine bir kez daha vuruldu. Koyu tenliydi Eileen, bir Doğulu kadar hem de. Chicago'da birlikte çalıştığı doktorlardan Tony Benton kıza "Hintli Prenses" derdi.

"Tatlım, bana kalsaydı Church'ün yüz yıl yaşamasını isterdim, ama kuralları koyan ben değilim."

"Kim koyuyor öyleyse?" diyerek dudak büktü Eileen. "Tanrı herhalde."

Louis tebessümünü güçlükle bastırdı. Gülünmeyecek kadar ciddiydi durum.

"Tanrı ya da başka biri," dedi. "Saatlerin kurulması biter sonunda, benim bildiğim bu işte. Bu işe hiçbir garanti yoktur yavrum."

"Ben Church'ün o hayvanlar gibi ölmesini istemiyorum!" diye birden parladı kız. "Church'ün ölmesini istemiyorum. Benim kedim o! Tanrı'nın kedisi değil. O gitsin istediği kediyi alıp öldürsün, ama Church'e dokunmasın! Benim kedim o!"

Mutfaktan ayak sesleri duyuldu, Rachel kapıdan başını uzattı. Eileen şimdi babasının göğsüne kapanmış ağlıyordu. Dehşet boy göstermişti artık, ortaya çıkmıştı. Değiştirilemezse bile hiç olmazsa ağlanabilirdi.

"Eileen, Eileen," diye salladı kızını kolları arasında. "Church ölmedi ki Eileen. Orada uyuyor işte."

"Ölebilir ama," diye hıçkırdı kız. "Her an ölebilir."

Louis, kıza sarılıp salladı kolları arasında. Eileen'in doğru ya da yanlış, ölümün kesinliği, küçük bir kızın gözyaşları karşısındaki umursamazlığı için ağladığını biliyordu. Bütün o hayvanlar ölmüş ve gömülmüşlerse, Church de ölebilirdi.

(Herhangi bir an.)

Ölebilirdi ve gömülürdü. Eğer bu Church'ün başına gelebilirse, annesinin, babasının, küçük kardeşinin de başlarına gelebilirdi. Kendisinin de. Ölüm belirsiz bir fikirdi, ama hayvan mezarlığı gerçekti. O kaba saba işaret tahtaları, taşlar bir çocuğun elleriyle bile hissedebileceği gerçeklerdi.

Şu anda yalan söylemek kolaydı, az önce kedilerin yaşam süreleri hakkında söylediği gibi. Ama yalan bir gün hatırlanır, sonunda bütün çocukların ana babaları hakkında tuttukları karneye işlenirdi. Kendi annesi de böyle yalan söylemişti, kadınların gerçekten çocuk istediklerinde bebeklerini otlar arasında bulacaklarını falan; yalan ne kadar masum idiyse de, Louis annesini bunu söylediği için, kendisini de inandığı için hiç bağışlamamıştı.

"Ölüm de yaşamın bir parçası kızım," dedi.

"Kötü bir parçası öyleyse!"

Buna verecek bir karşılık yoktu. Kız ağlamaya devam etti. Sonunda dinecekti gözyaşları. Hiçbir zaman kaybolup gitmeyecek olan bir gerçekle huzursuz bir barış yapmanın ilk adımıydı bu.

Kızını sımsıkı kucaklayıp açık pencereden giren kilise çanlarının seslerini dinledi. Eileen'in gözyaşları dindikten bir süre sonra onun da Church gibi uyuyakalmış olduğunu fark etti.

Louis, kızını yatağına yatırdıktan sonra Rachel'ın kek hamurunu biraz aşırı bir şiddetle dövdüğü mutfağa indi. Eileen'in sabahın ortasında böyle birden patlayıvermesine şaştığını söyledi karısına, kızının hiç alışık olmadığı bir şeydi bu.

"Öyle." Rachel kesin bir tavırla tencereyi tezgâha vurdu. "Dün gece hep uyanıktı sanırım. Yatağında durmadan döndüğünü duydum sabaha kadar, Church de saat üçte dışarı çıkmak istedi. Eileen huzursuzken yapar bunu."

"Peki neden?"

"Nedenini biliyorsun!" dedi Rachel öfkeyle. "O lanet olasıca hayvan mezarlığı yüzünden! Lou, kız çok bozuldu. Yaşamında gördüğü ilk mezarlık bu... Huzuru kaçtı işte. O küçük gezinti için dostun Jud Crandall'a teşekkür edeceğimi hiç sanmıyorum."

Birden dostum oluverdi, diye düşündü Louis. Bundan hem hoşlanmamış, hem de ürkmüştü.

"Rachel..."

"Kızın bir daha oraya gitmesini istemiyorum."

"Rachel, Jud'un patika konusunda söyledikleri doğru."

"Önemli olan *patika* değil, bunu sen de biliyorsun." Rachel tencereyi alıp hamuru karıştırmaya başladı. "Önemli olan o lanet olası *yer.* Sağlıklı bir yer değil orası. Çocukların gidip mezar kazmaları, mezarlara bakmaları, otları kesmeleri... *kötü* bir şey bu. Bu kentteki çocukların hastalıkları her neyse Eileen'in de aynı şeye tutulmasını istemiyorum."

Louis şaşkın şaşkın bakıyordu karısının yüzüne. Her yıl tanıdıklarından iki üçünün yuvaları yıkılırken kendi evliliklerinin devam etmesinin bir nedeninin de esrara gösterdikleri saygı olduğundan kuşkulanırdı. İnsan derinliğine düşündü mü, evlilik diye bir şey olmadığı, birlik diye bir şey bulunmadığı, her insanın yapayalnız olduğu ve sonunda mantığa meydan okuduğu... işte buydu belki de yarı anlaşılmış ve hiç dile getirilmemiş olan esrar. İnsan eşini ne kadar iyi bildiğini sanırsa sansın, bir an gelir, boş duvarlara çarpar ya da çukurlara düşerdi. Kimi zaman da –Tanrıya şükürler olsun pek ender olarak– yabancı bir garipliğin ortasında buluverirdi kendini, bir uçağın ortada hiçbir şey yokken bir hava boşluğuna girmesi gibi. Hiç inanmadığın, hatta psikolojik bozukluk sanacağın kadar sana garip gelen bir şey. O zaman, eğer evliliğine değer veriyorsan, kafa sakinliğine değer veriyorsan, adımlarını dikkatli atardın. Böyle bir şeyi fark ettiğinde, buna kızmanın aslında bir insanın aklından geçenlerin bilinmesinin mümkün olduğuna inananların işi olduğunu hatırlamaya çalışırdı.

"Yalnızca bir hayvan mezarlığı ama tatlım," dedi.

Rachel kaşığıyla çalışma odasını işaret etti. "Az önce orada ağlarken orasının onun için yalnızca bir hayvan mezarlığı olduğunu mu sanıyorsun? Lou, bu kızda bir iz bırakacak. Hayır, bir daha gitmeyecek oraya. Patikadan korkmuyorum, önemli olan orası. Şimdiden Church'ün öleceğini düşünmeye başladı bile."

"Rachel, Church ölecek ama."

Rachel öfkeyle baktı kocasına. "Önemli olan o değil." Geri zekâlı bir çocuğa bir şey anlatmaya çalışırmış gibiydi. "Church bugün ya da yarın ölmeyecek..."

"Ben de ona bunu anlatmaya çalıştım..."

"Ya da öteki gün, hatta belki de yıllarca..."

"Sevgilim, bundan emin olamayız ki..."

"Olabiliriz elbette!" diye bağırdı Rachel. "Hayvana iyi bakıyoruz, ölmeyecek o, burada kimse ölmeyecek, onun için kızına neden daha birkaç yıl anlayamayacağı bir şeyi anlatıp da keyfini kaçırıyorsun?"

"Rachel, dinle beni."

Ama Rachel'ın dinlemeye niyeti yoktu. Öfkeden gözleri parlıyordu. "Bir insanın bir ölümle, ister sevdiği hayvanı olsun, ister bir arkadaşı ya da bir akrabası olsun, herhangi bir ölümle başa çıkması zaten yeteri kadar güçken bir de kalkıp bunu turist ziyareti yeri haline dönüştür... Hayvanlar için asri mezarlık..." Kadının gözlerinden yaşlar yuvarlanıyordu.

"Rachel." Louis ellerini karısının omuzlarına koymak için uzandı. Kadın sert bir hareketle iteledi kocasını.

"Bırak şimdi," dedi. "Benim neden söz ettiğim hakkında en küçük bir fikrin bile yok senin."

Louis içini çekti. "Gizli bir kapak açılmış da dev bir miksere düşmüş gibiyim," dedi. Bir gülümseme beklemişti ama beklediğini bulamadı. Karısının gözleri alev alevdi. Rachel öfkeliydi, kızmış değil de öfkeden gözü dönmüştü hem de. Sözü ağzından çıkana kadar ne diyeceğini bilmeden, "Rachel, dün gece sen nasıl uyudun?" diye sordu.

"Vay vay vay!" Louis başını öfkeyle çeviren karısının gözlerindeki o yaralı bakışı görmüştü. "Çok akıllısın doğrusu. Gerçekten akıllısın. Hiç değişmezsin, değil mi Louis? Ortada aksayan bir şey varsa hemen Rachel'ı suçlarsın değil mi? Rachel yine o garip duygusal tepkilerinden birini gösteriyor."

"Haksızlık bu."

"Öyle mi?" Kadın tencereyi kaldırıp vurarak ocağın yanına indirdi. Kek kalıbını yağlamaya başladı, dudaklarını sımsıkı bastırmıştı.

Louis, "Çocuğun ölüm hakkında bir şey öğrenmesi bu kadar kötü değil ki," dedi sabırla. "Aslında ben bunu gerekli bir şey olarak görürüm. Eileen'in tepkisi, ağlaması normal şeyler olarak göründü bana..."

"Çok normal demek," diyerek Rachel yine kocasına döndü. "Sapasağlam bir kedi için öylesine yürekler acısı bir biçimde ağlamak çok normal, öyle mi?"

"Yeter artık. Çok saçma konuşuyorsun."

"Zaten ben artık bu konuyu tartışmak istemiyorum."

"Evet ama tartışacağız," dedi Louis. Bu kez kızan kendisiydi. "Sen saldırılarını bitirdin, şimdi bana hak tanımaya ne dersin?"

"Eileen bir daha oraya gitmeyecek. Benim için konu kapanmıştır."

"Eileen bebeklerin nereden geldiğini geçen yıl öğrenmişti. Ona Myers'in kitabını alıp olayı anlatmıştık, hatırladın mı? Çocukların nasıl dünyaya geldiklerini bilmeleri gerektiği konusunda fikir birliğine varmıştık."

"Bunun hiçbir ilgisi yok..."

"Var elbette!" dedi Louis. "Kızla içeride Church hakkında konuşurken annemi, bebeklerin nereden geldiğini sorduğumda bana otlar falan hakkında anlattıklarını anımsadım. O yalanı hiç unutamamışımdır. Bir çocuğun anne babasının söylediği bir yalanı unutabileceğini hiç sanmıyorum."

"Çocukların nasıl dünyaya geldiklerinin o uğursuz hayvan mezarlığıyla hiçbir ilişkisi yok!" diye bağırdı Rachel. Gözleriyse başka şeyler söylüyordu: *Canın isterse sabahtan akşama kadar benzerliklerden söz et Louis, ölsem de kabul etmeyeceğim dediklerini.*

Yine de denedi Louis.

"Bebekleri biliyor, ormandaki o yer de işin öteki ucunu bilme isteği uyandırdı kızda. Bence bu dünyanın en doğal..."

"Lütfen bunu tekrarlayıp durmaktan vazgeçer misin!" Karısı öylesine bağırmıştı ki, Louis elinde olmadan geriledi. Dirseği tezgâhın üstündeki un torbasına çarptı, torba yere düştü, un çevreye yayıldı, beyaz bir toz bulutu yükseldi yerden.

"Tanrı cezasını versin!"

Yukarıda Gage ağlamaya başladı.

"Bir bu eksikti." Rachel da ağlamaya başlamıştı. "Çocuğu da uyandırdın işte. Sakin, sessiz, huzurlu bir pazar günü için teşekkür ederim sana."

Karısı yanından geçerken Louis onun kolunu tuttu. "Sana bir şey sormak istiyorum. Canlı varlıklara her şeyin olabileceğini bilirim. Bir doktor olarak bilirim bunu. Kedisi kan kanseri olursa ki kediler çok sık tutulurlar kan kanserine, ya da yoldan geçerken ezilirse bunu ona sen mi açıklayacaksın Rachel?"

"Bırak beni." Kadının gözlerindeki incinmiş ve şaşkın bakış sesindeki öfkeden de üstündü. Bakışları, *bunu konuşmak istemiyorum Louis, beni bu konuda konuşturamazsın,* diyordu. "Bırak da çocuk yatağından düşmeden..."

"Belki de bunu açıklayacak *sen* olmalısın," dedi Louis. "Bu gibi şeylerden söz etmediğimizi, iyi insanların böyle şeyler konuşmadıklarını, bunları gömdüklerini –ama sakın gömme sözcüğünü kullanma, olmaz mı– söylersin de kızı kompleks sahibi edersin."

"Senden nefret ediyorum!" Rachel kolunu kocasının elinden kurtarıp kendini dışarı attı.

Louis böyle konuştuğuna pişmandı, ama iş işten geçmişti artık.

Rachel, "Bırak beni!" diye bağırdı dışarı çıkarken. "Yeteri kadar berbat ettin her şeyi. Bunların Eileen'in önünde konuşulmasını istemiyorum artık. Ciddi konuşuyorum Lou. Ölümde doğal olan hiçbir şey yok. *Hiçbir şey.* Sen doktor olarak bilmelisin *bunu.*"

Karısı çıkınca Louis süpürgeyi alıp yere dökülen unu süpürdü. Rachel'ın son söylediği şey şimdiye dek hiç ortaya çıkmamış bir fikir ayrılığını ortaya koymuştu. Kendisi bir doktor olarak ölümün, belki de doğum dışında, dünyanın en doğal şeyi olduğunu biliyordu. Vergi pek doğal değildi, insan ya da toplum çatışmaları da. Sonunda yalnızca saat vardı ve zaman içinde üzerleri silinen, yazısız kalan taşlar. Denizkaplumbağaları ve dev sekoya ağaçları bile günün birinde ölürlerdi.

"Zelda," dedi yüksek sesle. "Tanrım, onun için ne kadar kötü olmuş olmalı."

Tüm sorun, konu hakkında bir şeyler yapması mı, yoksa oluruna mı bırakmasıydı.

10

"Umarım Eileen çok sarsılmamıştır," dedi Jud Crandall. Louis bir kez daha düşündü yaşlı adamın önemli olan noktaya parmak basmaktaki yeteneğini.

Jud ve Norma Crandall'la akşam serinliğinde Crandall'ların verandasında oturmuşlar, bira yerine buzlu çay içiyorlardı. 15 numaralı karayolunda hafta başı trafiği epey yoğundu, millet her iyi havalı hafta sonunun mevsimin sonuncusu olacağını düşünüyordu. Ertesi gün Maine Üniversitesi'ndeki dispanserde tam olarak göreve başlayacaktı. Dün ve bugün öğrenciler akın akın gelmişler, Orono ve kampustaki evlerle yatakhaneleri doldurmuşlardı. Yataklarını yapıyorlar, eski dostlukları tazeliyorlar ve hiç kuşkusuz sekiz saatlik ders günleriyle okul yemekleri konusunda homurdanıyorlardı. Rachel bütün gün soğuk davranmıştı kendisine, soğuk ne demek, buz gibi hatta. Şu anda yatakta olmalıydı, Gage'i de yanına almıştı herhalde. İkisi de kadının yattığı yana çekilmiş olurlardı, Louis'in yattığı taraf birden genişlemiş gibi olurdu. Uçsuz, verimsiz bir çöl gibi.

"Dedim ki..."

"Özür dilerim," dedi Louis. "Dalmışım. Evet, biraz sarsılmıştı. Nasıl bildiniz?"

"Oraya gidenleri çok gördüm." Jud karısının elini tutup gülümsedi. "Değil mi tatlım?"

"Sürülercesini," dedi Norma Crandall. "Çocukları çok severiz."

"Kimi zaman hayvan mezarlığı ölümle ilk karşılaşmaları olur," dedi Jud. "Televizyonda insanların öldüklerini görürler ama bunların hepsinin oyun olduğunu bilirler, cumartesi öğleden sonraları eskiden sinemalarda gösterilen kovboy filmleri gibi. Televizyonda ya da kovboy filmlerinde insanlar karınlarını veya göğüslerini tutarlar ve devrilirler. Tepedeki o yer çocuklara film ve televizyondan daha gerçek gelir."

Louis başını salladı. *Bunu bir de karıma anlatmayı dene bakalım.*

"Kimi çocuk hiç etkilenmez ya da etkilendiğini anlayamazsın... Sanırım çoğu bu deneyimi evlerine götürür, öteberiyi topladıkları gibi bunu da evde daha iyi inceleyebilecekleri bir zamana saklarlar. Çoğu esaslı çocuklardır. Ama bazıları... Holloway'lerin küçük oğullarını hatırlıyor musun Norma?"

Kadın başını salladı. Elindeki bardakta hafifçe sallandı buzlar. Gözlüğü de göğsünde sallanıyordu. Geçen bir arabanın farları gözlük zincirini bir an aydınlattı. "Ne kadar da çok karabasan görürdü," dedi. "Toprağın altından çıkan cesetler falan. Sonra köpeği zehirli bir şey yemişti galiba, öyle değil mi Jud?"

"Zehirdi. Herkes öyle düşünüyordu. 1925'teydi bu. Billy Holloway on yaşında falan vardı. Daha sonra eyalet senatörü oldu. Temsilciler Meclisi'ne girmek istedi ama seçimi kaybetti. Kore'den az önceydi."

"Arkadaşlarıyla köpeğine bir cenaze töreni düzenlemişti," diye hatırladı Norma. "Bir sokak köpeğiydi ama çocuk çok severdi hayvanı. Anne babasının kötü düşlere falan neden olacağı için gömülmeye karşı çıktıklarını anımsıyorum. Ama iyi bir tören olmuştu. Büyük çocuklardan ikisi bir tabut yapmışlardı, değil mi Jud?"

Jud başını sallayıp buzlu çayını bitirdi. "Dean ve Dana Hall," dedi. "Biri daha vardı, adını pek hatırlamıyorum ama Bowie'lerden biriydi sanırım. Middle Drice'ta eski Brochette evinde oturan Bowie'leri hatırladın mı Norma?"

"Tabii!" Norma olay sanki dün olmuş gibi heyecanlanmıştı. Belki de kafasında öyleydi. "Bowie'ydi! Alan ya da Burt..."

"Kendall da olabilir," dedi Jud. "Her neyse, tabutu kimin taşıyacağı hakkında esaslı bir tartışma çıktığını anımsıyorum. Köpek pek büyük olmadığından ancak iki kişilik yer vardı. Hall'ların çocukları tabutu kendileri yaptıkları için taşıma hakkının da kendilerine ait olduğunu iddia ediyorlardı. Üstelik ikizdiler de. Bill tabut taşıyıcı olacak kadar köpeği iyi tanımadıklarını söylemişti. Babam tabutu ancak ölenin en iyi arkadaşları taşır diyordu. Herhangi bir marangoz değil." Jud'la Norma bu anıya güldüler, Louis yalnızca sırıttı.

"Billy'nin kız kardeşi Mandy Holloway, *Britannica Ansiklopedisi*'ni çıkardığında az daha dövüşeceklerdi. Babası Stephen Holloway, Bangor'la Bucksport arasındaki tek doktor olduğundan o günlerde Ludlow'da ansiklopedi alacak para yalnız onda vardı."

"İlk elektrik de onlara gelmişti," diye atıldı Norma.

"Her neyse, sekiz yaşındaki Mandy o koca cildi kucaklamış, etekleri havada uça uça gelmişti. Billy'yle Bowie'lerin oğlu –sanırım 1942'de savaş pilotu eğitimi görürken Pensacola'da yere çakılıp yanan Kendall'dı– zehirlenmiş, o sokak köpeğini mezarlığa götürme şerefini kazanmak için Hall'ların çocuklarıyla dövüşe hazırlanıyorlardı."

Louis gülmeye başladı. Az sonra kahkahalara dönüşmüştü bu gülüş. Rachel'la tartışmalarından sonra içine girdiği gerginlikten sıyrılmaya başlamıştı.

"Durun, diye bağırdı kız. Şuna da bakın! Hepsi durup baktılar. Kız CENAZE bölümünü açmıştı, Kraliçe Victoria'nın cenaze töreninin bir resmi vardı. Tabutun her bir yanında resmi giysili kırk bir kişi vardı, kimi tabutu kaldırmaya uğraşıyor, kimi de boş boş çevrede dolaşıyordu. Mandy, devlet adına cenaze töreni yapılıyorsa istediğin kadar tabut taşıyıcı olabilir, kitap öyle yazıyor, dedi."

"Böylece sorun çözüldü mü?" diye sordu Louis.

"Elbette. Sonunda yirmi çocuk topladılar, giysiler dışında Mandy'nin bulduğu resimden farkı kalmadı cenazenin. Mandy işi ele aldı, hepsini sıraya dizip ellerine birer çiçek verdi, yola koyuldular. Mandy Holloway'i seçmemekle bu ülke çok şey kaybetmiştir." Jud gülerek salladı başını. "Her neyse, Billy'nin hayvan mezarlığı hakkındaki karabasanlarının sonu oldu bu. Köpeğinin ardından yas tuttu, yas dönemi bitti ve yaşamaya devam etti. Eh, hepimizin de yaptığı bundan başka bir şey değildir ya."

Louis, Rachel'ın mezarlıkla ilgili o isterik hezeyanını düşündü.

"Eileen unutur hepsini," dedi Norma, oturuşunu değiştirdi. "Louis, burada ölümden başka bir şey düşünmeyiz sanıyorsun herhalde, oysa Jud'la ben yaşlarımızın ilerlemesine karşın henüz..."

"Ne münasebet," dedi Louis.

"Yine de hiç olmazsa onunla uzaktan bir dostluk kurmak pek kötü bir fikir değil sanırım. Bugünlerde... bilmem ki... kimse ölüm hakkında konuşmak, ölümü düşünmek istemiyor gibi. Çocuklara zararı olur diye televizyonda da böyle görüntüleri yasakladılar... İnsanlar da cesetleri görmemek için kapalı tabutlara bakıyorlar artık... herkes ölümü unutmak istiyor sanırım."

"Bir yandan da kablolu televizyon diye bir şey çıkardılar..." diyen Jud, Norma'ya baktı. "İnsanların genellikle perdeleri kapalıyken yaptıkları şeyleri gösteriyorlar. Bir kuşaktan ötekine her şey nasıl değişiyor, değil mi?"

"Öyle sanırım," dedi Louis.

"Biz başka bir zamanın insanlarıyız," dedi Jud özür dilercesine. "Ölüme daha yakındık biz. Büyük Savaş'tan sonra salgın hastalık başladığında kadınların, çocukların nasıl öldüklerini düşününce insan bugün doktorların sihirli bir değneğe sahip olduklarına inanıyor. Norma'yla benim gençliğimizde kansere tutuldun mu ölüm emrin imzalanmış sayılırdın. 1920'lerde ışın tedavileri falan yoktu! İki savaş, cinayetler, intiharlar..."

Bir an sustu.

"Ölümü hem dost, hem de düşman olarak görürdük. Kardeşim Pete 1912'de Taft başkanken apandisitten öldü. On dört yaşındaydı, mahallede onun gibi beyzbol oynayan yoktu."

Louis kalkıp gerindi. "Gideyim artık, yarın büyük bir gün."

"Evet, yarın senin için maraton başlıyor, değil mi?" Jud da kalktı. Norma'nın da kalkmaya çalıştığını görünce yardım etti. Norma yüzünü buruşturarak kalktı.

"Bu gece epey kötüsünüz galiba," dedi Louis.

"Pek kötü sayılmaz."

"Yatarken sıkıca örtünün."

"Her gece buna dikkat ederim zaten. Louis... Eileen için üzülme. Yeni arkadaş edinmeye başlayınca orasını unutur. Belki bir gün hep birlikte gidip otları yolarlar, yazıları yeniden yazarlar, çiçek falan ekerler. Akıllarına esince yaparlar bazen. O zaman daha rahat edecektir."

Karım buna izin verirse.

"Yarın akşam gel de kampusta olanları anlat bakalım," dedi Jud. "Bir el de oyun oynarız, yenilmek neymiş görürsün."

"Ben de seni önce sarhoş ediveririm," diyerek güldü Louis.

"Doktor, oyunda hileyle yenildiğim gün senin gibi bir doktor bozmasının beni muayene etmesine izin vereceğim."

Louis iki dostunu gülerek bırakıp yaz sonu alacakaranlığında evine doğru yürüdü.

Rachel yatağın kendi yanında, bebeğini kucaklamış bir halde uyuyordu. Bu öfkesi de geçerdi nasıl olsa, evlilikleri boyunca başka tartışmaları ve aralarına giren soğukluklar da olmuştu ama şimdiye dek olanların en kötüsüydü bu. Hem keder, hem öfke, hem de mutsuzluk duyuyordu Louis, barışmak istiyor ama bunu nasıl yapacağını bilemiyordu, hatta ilk hareketin kendisinden gelmesi gerektiğinden de o kadar emin değildi. Öylesine anlamsız bir şey için hem de... insan zihninin bir oyunuyla dev boyutlar kazanmış bir hiç. Başka tartışmaları da olmuş, Rachel başka zamanlarda da ağlamıştı ama hiçbir zaman Eileen'in gözyaşları ve soruları üzerine çıkan kadar acı olmamıştı bunlar. Bir evliliğin yapısal bir darbe yemesi için bu tür pek fazla kavga gerekmeyeceğini düşünüyordu Louis. Bunun gibi birkaç tartışma evliliklerinin temellerini sarsardı.

Louis soyundu, saati sabah altıya kurdu, duş yaptı, saçlarını yıkadı, dişlerini fırçalamadan bir mide tableti attı ağzına (Norma'nın buzlu çayı hazımsızlık yapmıştı). Belki de hazımsızlığının nedeni eve geldiğinde Rachel'ı yatağın kendi yanında yatıyor görmesiydi. Kolejde tarih dersinde yeryüzünde en önemli, diğer her şeyi belirleyen şeyin sınırlar olduğunu okumamış mıydı?

Her işini bitirip de yatağa girince uyuyamadığını fark etti. Bir şey vardı, kafasının ardında huzurunu kaçıran bir şey. Rachel'la Gage'in uyumlu soluklarını dinlerken son iki günü düşündü. GEN, PATTON... DÜNYANIN EN İYİ KÖPEĞİ... HANNAH, TAVŞANIMIZ MARTA... Eileen'in öfkesi. *Church'ün ölmesini istemiyorum... Tanrı'nın köpeği değil o...* Rachel'ın öfkesi. *Doktor olarak bilmen gerekir...* Norma Crandall: *İnsanlar unutmak istiyorlar sanki...* Ve sesi başka bir zamandan gelen Jud: *Kimi zaman otururdu ölüm insanla yemeğe...*

Onun sesi, bir de kendisine dört yaşında cinsellikle ilgili yalan söyleyen ama on ikisinde kuzini Ruthie bir trafik kazasında öldüğü zaman ölüm konusunda gerçeği açıklayan annesinin sesiyle karışıyordu. Ruthie babasının arabasında ölmüştü. Gencin biri anahtarı üstünde bir kamyonet bulup gezmek üzere atlamış ama yola çıktığında aracı durdurmayı bilmediğini fark etmişti. Gencin yaraları hafifti, Carl amcanın Fairlane'i ise paramparça olmuştu. Annesinin verdiği haber üzerine Louis, *ölemez,* demişti. Sözcükleri tek tek duymuştu ama anlamını çıkaramamıştı: *Ne demek istiyorsun öldü diye? Ne diyorsun sen?* Sonra da, *kim gömecek onu,* diye sormuştu. Ruthie'nin babası Carl amca cenaze levazımatçısıydı, ama kızını gömemezdi herhalde. O karışıklık ve giderek artan korkusu içinde en önemli soru buydu kendisi için. Kasaba berberinin saçlarını kimin kestiği gibi karşılığı olmayan bir soruydu bu.

Sanırım Donny Donahue yapacak, demişti annesi. Gözlerinin kenarı kızarmıştı, çok da yorgun görünüyordu. Yorgunluktan hastalanmış gibiydi. *Amcanın meslekte en iyi arkadaşı, zavallı Ruthie'cik... o kadar acı çektiğini düşündükçe... sen de benimle dua et, olmaz mı Louis? Ruthie için dua et. Bana yardım etmene ihtiyacım var.*

Mutfakta diz çöküp dua etmişlerdi, annesiyle kendisi, sonunda olup biteni de ancak dua ederken anlamıştı. Annesi Ruthie Creed'in *ruhu* için dua ediyorsa, Ruthie'nin vücudu artık yok demekti. Kapalı gözlerinin önünde bir hayal belirmişti: Ruthie kendisinin on üçüncü doğum günü partisine yanaklarından aşağı sarkan çürümüş gözleriyle geliyordu, saçları küf tutmuştu. Yaşamının en büyük ıstırabıyla bağırmıştı: ÖLMÜŞ OLAMAZ! ÖLMÜŞ OLAMAZ ANNE. ONU SEVİYORUM!

Ve annesinin sakin bir sesle verdiği cevap yeni hayaller getiriyordu gözlerinin önüne: Kasım gökyüzü altında solmuş çimenler, yere atılmış renkleri kararan güller, yosun tutmuş boş havuzlar, çürüme, kokuşma, toz.

Çok üzgünüm oğlum, ama öldü. Ruthie yok artık.

Louis ürperdi. *Ölenle ölünmez. Ölü ölüdür. Ne yapılabilir ki?*

Birden neyi yapmayı unuttuğunu, yeni işine başlayacağı günün gecesi neden böyle eski acıları canlandırdığını hatırladı.

Kalktı, aşağı inerken birden yol değiştirip Eileen'in odasına girdi. Kız sakin sakin, ağzı açık uyuyordu. Üzerindeki pijama küçük geliyordu çocuğa. *Mısır gibi boy atıyorsun Eileen,* dedi içinden. Church de kızın bacakları arasına kıvrılmış uyuyordu.

Aşağıda telefonun yanındaki tahtanın üzerine çeşitli notlar iliştirilmişti. En üstte Rachel'ın elyazısıyla MÜMKÜN OLDUĞU KADAR ERTELENECEK İŞLER yazıyordu. Louis rehberi aldı, bulduğu numarayı boş bir sayfaya yazdı. Numaranın altına da *Quentin L. Jolander – Veteriner, Church için telefon edip randevu alınacak, o kısırlaştırmazsa birini tavsiye eder* diye yazdı.

Bu konudaki eski fikirleri geldi aklına sonra, kısırlaştırmak kediyi olduğundan farklı bir hale getirecekti, zamanından önce tombul bir şey olacak, biri tabağına zehirli bir şey koyana kadar radyatörün üstünde uyumakla yetinecekti. Church'ün böyle olmasını istemiyordu. Olduğu gibi zayıf ve aksi halini seviyordu hayvanın.

Dışarıda karanlıkta dev bir kamyon geçiyordu yoldan. Notu tahtaya iliştirip yatağına döndü.

11

Ertesi sabah tahtada notu gören Eileen bunun ne demek olduğunu sordu.

"Küçük bir ameliyat geçirecek," dedi Louis. "Belki bir gece veterinerde kalır. Eve döndüğünde hep bahçede duracak, dışarılarda gezmek istemeyecek."

"Karşıya da geçmeyecek, değil mi?" diye sordu Eileen.

Belki beş yaşında ama kesinlikle aptal değil, diye düşündü Louis. "Karşıya da geçmeyecek."

"Oh!" dedi Eileen, konu da böylece kapanmış oldu.

Epey sürtüşmeli ve belki de ağlamaklı bir tartışmaya hazır olan Louis, kızın Church'ün bir gece için bile olsa evden uzaklaşmasını böyle uysallıkla kabul edişine şaşmıştı. Kızın ne kadar endişeli olduğunun da farkındaydı. Hayvan mezarlığının etkisi konusunda belki de Rachel o kadar yanılmamıştı.

Gage'in sabah yumurtasını yedirmekte olan Rachel kocasına minnetle baktı. Louis içinde bir rahatlama hissetti. O bakış soğukluğun sona erdiğini müjdeliyordu. *Sonsuza kadar olsun,* diye düşündü.

Daha sonra, büyük sarı otobüs gelip Eileen'i okula götürdükten sonra Rachel kocasının yanına geldi, kollarını boynuna doladı, dudaklarından öptü. "Sana karşı kötü davrandığım için bağışla beni tatlım," dedi.

Louis hâlâ huzursuz bir ruh halinde öptü karısını. Rachel'ın bu sözü yeni bir şey değildi, genellikle kendi istediği bir şey yapıldığı zamanlar söylerdi bunu.

Bu arada Gage emekleye emekleye ön kapıya gitmiş, alt camdan dışarı, boş yola bakıyordu. Düşen donunu kaldırarak, "Otobüs," dedi. "Eileen otobüs."

"Oğlan çok çabuk büyüyor," dedi Louis.

Rachel başını salladı. "Hoşuma gitmeyecek kadar çabuk hem de."

"Şu altını bezleme hikâyesi bitsin önce, ondan sonra durur."

Kadın güldü, araları yine düzelmişti artık, hiçbir burukluk kalmamıştı. Rachel bir adım gerileyip kocasının kravatını düzeltti, gözlerini kısıp onu iyice süzdü.

"Teftişi geçtim mi?"

"Çok yakışıklısın."

"Biliyorum. Ama bir kalp cerrahına benziyor muyum? Yılda iki yüz bin dolar kazanan bir insana?"

"Hayır, ancak eski Lou Creed'e," diyerek güldü Rachel. "Heyecanlı mısın?"

"Biraz."

"Gerek yok. Sargı yapmak, grip için reçete yazmak ve kızlara doğum kontrol hapı vermek için yılda altmış yedi bin dolarlık bir iş..."

"Uyuz merhemini unutma," diyerek gülümsedi Louis. Dispansere ilk gidişinde kendisini en çok şaşırtan şey Quell'deki ilaç ve malzeme çokluğuydu. Orta boylu bir üniversite kampusundan çok bir askeri üs hastanesine yetecek kadar ilaç görmüştü.

Başhemşire Bayan Charlton alaycı bir gülümsemeyle, "Kampus dışındaki odalar epey lükstür, göreceksiniz," demişti.

Görecekti herhalde.

"İyi günler," diyerek karısı bir daha öptü. Geri çekildiğinde alaycı bir ciddiyet ifadesi vardı yüzünde. "Tanrı aşkına orada *yönetici* olduğunu unutma, stajyer falan değilsin."

"Emredersiniz doktor." İkisi de güldüler yine. Bir an şöyle sormayı düşündü Louis: *Zelda mıydı tatlım? Seni huzursuz eden şey o muydu? Zayıf noktan orası mı? Zelda'nın nasıl öldüğü mü?* Ama bunu sormayacaktı ona. Doktor olarak pek çok şey bilirdi, ölüm doğum kadar doğaldı, ama insan sonunda kabuk tutmaya başlamış bir yarayı da yeniden deşmezdi.

Onun için hiçbir şey sormadan karısını bir kez daha öpüp dışarı çıktı.

İyi bir başlangıç, iyi bir gündü. Maine yazdan kalma günlerden birini yaşıyordu, gökyüzü parlak ve bulutsuzdu, sıcaklık yirmi beş derece dolayındaydı. Louis anayola çıkarken şimdiye kadar şahane denilebilecek bir sonbahar manzarası görmediğini düşünüyordu. Ama acelesi yoktu, bekleyebilirdi.

İkinci araba olarak aldıkları Honda'yı üniversiteye doğru sürdü. Rachel bu sabah veterineri arayacak, Church'ün ameliyatını yaptıracaklardı. Hayvan mezarlığı saçmalığı da böylece sona erecekti. Ardında yatan ölüm korkuları da. Böylesine güzel bir eylül sabahı ölümü düşünmenin anlamı yoktu.

12

Üniversite arazisine girdiğinde dikkatini ilk çeken şey trafiğin birden nasıl arttığı oldu. Araba ve bisiklet trafiği vardı, koşarak gelenler de az değildi. Koşanlardan ikisine çarpmamak için ani bir fren yaptı. Kornaya bastı. Koşucuların (bisikletliler de onlardan farksızdılar) koşmaya başladıkları anda bütün sorumluluklarının sona erdiğini düşünür gibi bir havaya girmelerini bir türlü anlayamazdı. Ne de olsa bir tür idmandı yaptıkları. Gençlerden biri Louis'e bakmadan eliyle çirkin bir hareket yaptı. Louis içini çekerek sürdü arabayı.

Kendisini şaşırtan ikinci şey de ambulansın dispanserin küçük otoparkındaki yerinde olmaması oldu. Dispanser kısa bir süre için her türlü hastalık ya da kazayla başa çıkabilecek biçimde donatılmıştı; büyük holün yan tarafında üç muayene ve tedavi odası, bunun ardında da her biri on beş yataklı iki koğuş vardı. Ama ameliyathaneye benzer bir şey yoktu, ciddi kazalarda hasta ya da yaralıyı Doğu Maine Sağlık Merkezi'ne ulaştıracak bir ambulans bulunduruluyordu. Louis'e dispanseri gezdiren asistan Steve Masterton son iki eğitim yılının kayıtlarını büyük bir gururla göstermişti. Bu süre içinde yalnızca otuz sekiz kere başvurulmuştu ambulansa... Kampustaki öğrenci sayısının on binin, tüm üniversitedekilerinse on yedi binin üstünde olduğu düşünülürse hiç de çok değildi bu.

Ve işte işe başladığı ilk gün ambulans yerinde değildi.

Arabasını yeni DR. CREED yazılmış yerin önüne park edip içeri girdi.

Elli yaşlarında, saçları kırlaşmış ama kendisi canlı, ufak tefek bir kadın olan Charlton üzerinde yalnızca bir kotla sutyenimsi bir tişört olan bir kızın ateşini ölçüyordu. Louis kızın kısa bir süre önce güneşten epey yanmış olduğunu fark etti, derisi iyice soyulmuştu.

"Günaydın Joan," dedi. "Ambulans nerede?"

"Gerçek bir facia yaşadık," diyen kadın dereceyi kızın ağzından çıkarıp baktı. "Steve Masterton bu sabah saat yedide geldiğinde motorun ve ön tekerleklerin altında büyük bir birikinti gördü. Radyatör su kaçırıyormuş. Alıp götürdüler."

"İyi," dedi içi rahatlamış olan Louis. Hiç olmazsa ilk korktuğu gibi bir kaza falan olmamıştı. "Ne zaman gelecek peki?"

Joan Charlton güldü. "Üniversite Motor Bakım Merkezi'ni bilirim, 25 Aralık'ta Noel armağanı olarak gönderirler artık." Öğrenciye baktı. "Biraz ateşin var. İki aspirin al ve barlarla arka sokaklardan uzak dur."

Kız muayene sedyesinden indi. Louis'e beğeni dolu bir bakışla bakıp çıktı odadan.

"Yeni sömestrin ilk müşterisi," diyerek dudak büktü Charlton. Dereceyi düşürmek için salladı.

"Ondan pek hoşlanmadın galiba?"

"Bu tipleri bilirim," dedi kadın. "Bir de bunun karşıtı tipleri: Yedeğe bırakılmak istemedikleri için adale kopmasına falan aldırmadan oynayan ve böylece ilerideki profesyonel yaşamlarını tehlikeye atan atletler. Sonra bunun gibi Bayan Yarım Derece Ateşliler vardır..." Kadın başını pencereden yana salladı. Louis güneş yanığı kızın yatakhaneye doğru yürümekte olduğunu gördü. Muayene odasında kız kendini hiç de iyi hissetmeyen ama durumunu göstermekten de kaçınan bir havadaydı. Şimdiyse kalçalarını çalkalaya çalkalaya yürüyor, hem çevresini gözden kaçırmıyor, hem de kendisini izlettiriyordu.

"Tipik bir hastalık hastası işte." Charlton dereceyi sterilize kutusuna koydu. "Bu yıl on beş yirmi kere görürüz onu. Sınav önceleri ziyaretleri sıklaşır. Son sınavdan bir hafta falan önce zatürree olduğundan emindir. Olmazsa mutlaka bronşiti vardır. Böylece dört beş sınavdan kurtulur, sınavlara daha sonra girer. Sınavın güç olacağını duyduklarında mutlaka ağır hasta olur bunlar."

"Bu sabah pek kuşkucuyuz," dedi Louis. Kendisiyse epey şaşkındı.

Kadın göz kırptı ona. "Ben bunları yakından tanırım doktor. Siz de alışırsınız."

"Stephen nerede şimdi?"

"Sizin odanızda, mektuplara cevap vermeye çalışıyor."

Odasına girerken Louis'in kendine güveni tamdı.

Louis geçmişi düşününce, düşünecek gücü kendisinde bulunca yani, karabasanın o sabah saat onda ölmek üzere olan Victor Pascow'un dispansere getirilmesiyle başladığını hatırlayacaktı.

O saate kadar ortalık epey sakindi. Kendisi geldikten yarım saat sonra, saat dokuzda, dokuz/beş çalışacak iki yardımcı kız gelmişti. Louis her birine birer çörekle kahve verip on beş dakika kadar işlerini ve daha da önemlisi, işleri dışındaki şeyleri anlattı. Sonra Charlton aldı kızları; Louis kadının odadan çıkarken kızlara, "Kusmuk ya da bok görmeye alerjiniz yok ya?" diye sorduğunu duydu. "İkisini de bol bol göreceksiniz burada."

"Tanrım!" diyen Louis elleriyle gözlerini kapadı. Ama gülüyordu. Charlton gibi nasır bağlamış bir insan her zaman yararlıydı.

Louis uzun Mavi Haç formlarını doldurmaya başladı. Bu, her yıl yapılan ilaç ve araç listesiydi. ("Her yıl," diye söylenmişti Steve Masterton. "Her yıl aynı şey. Neden komple kalp nakil aygıtı, yaklaşık değeri sekiz milyon dolar, yazmıyorsun Louis? İyice şaşırırlardı o zaman.") Bir ara başını kaldırıp bir fincan kahvenin iyi geleceğini düşündüğü sırada bekleme odası yönünden Masterton'ın çığlığını duydu. *"Louis! Hey Louis, çabuk gel buraya! Başımız dertte!"*

Masterton'ın sesindeki panik Louis'i yerinden fırlatmıştı. Sanki bilinçaltında bunu bekliyormuş gibi kalktı ayağa. Masterton'ın sesinin geldiği yönden kırık bir cam kadar keskin ve ince bir çığlık duyuldu. Ardından bir tokat sesi ve Charlton'ın, "Sus ya da defol git buradan!" diyen sesi. "Kes dedim sana!"

Louis bekleme odasına girdiği anda kanları gördü. Her taraf kan içindeydi sanki. Yardımcı kızlardan biri bir kenarda hıçkırıyordu. Yüzü sapsarı kesilmiş olan diğeri yumruğunu ağzına sokmuştu. Masterton çömelmiş, yerde yatan bir gencin başını tutmaya çalışıyordu.

Steve başını kaldırıp Louis'e baktı. Gözleri irileşmişti, korku doluydu. Konuşmaya çalıştı ama ağzından ses çıkmadı.

Öğrenci Sağlık Merkezi'nin geniş camlı kapıları önünde bir kalabalık toplanmıştı, herkes yansımayı önlemek için ellerini gözlerine siper etmiş, camdan içeri bakmaya çalışıyordu. Louis dönüp bakınca pencerelerin de dışarıdan içerisini seyretmek isteyenlerle dolu olduğunu gördü. Kapılara bir şey yapamazdı, ama pencerelere...

Az önce çığlık çığlığa bağıran yardımcı kıza, "Perdeleri çek," dedi.

Kız hemen harekete geçmeyince de kıçına bir şaplak indirdi. "Çabuk ol!"

Kız koştu, bir an sonra yeşil perdeler çekilmişti. Charlton'la Steve Masterton güdüsel bir hareketle yerde yatan gençle kapı arasına geçip dışarıdan görülmesini engellediler.

"Sedye ister misiniz doktor?" diye sordu Charlton.

Louis, Masterton'ın yanına çömeldi. "Gerekirse getir hemen. Daha hastayı görmedim bile."

"Hadi," dedi Charlton perdeleri çeken kıza. Kız yine yumruğunu ağzına sokmuş, inliyordu.

Kız Charlton'a bakıp, "Ah!" diye inledi.

"Evet, öyle. Yürü hadi," diyerek kızı sertçe itip harekete geçirdi Charlton. Kızın kırmızı beyaz çizgili eteği savruldu.

Louis, Maine Üniversitesi'nin Orono Kampusu'ndaki ilk hastasının üzerine eğildi.

Yirmi yaşlarında bir gençti bu, Louis'in önemli olan teşhisi koyması için üç saniye yetmişti. Genç ölecekti. Kafasının yarısı ezilmiş, boynu kırılmıştı. Şişmiş ve çarpılmış sağ omzundan köprücükkemiği dışarı fırlamıştı. Başından yerdeki halıya kan ve sarımsı bir sıvı akıyordu. Kafasının yarılmış yerinden beyazımsı gri beyni görünüyordu. Kırık bir pencereden içeri bakmak gibi bir şeydi bu. Yara beş santim enindeydi, kafasının içinde bir bebek olsaydı, Zeus'un alnından doğurması gibi doğurabilirdi oradan. Hâlâ yaşıyor olması inanılmaz bir şeydi. *Ölü ölüdür,* dediğini hatırladı annesinin. Gülmek için dayanılmaz bir istek vardı içinde. Ölü ölüdür, çok kesin bir söz işte.

Masterton'a, "Çabuk ambulansı çağır," dedi.

"Louis, ambulans..."

Louis, "Tanrım!" diyerek kendi alnına bir şaplak indirdi. Bakışları Charlton'a kaydı. "Joan, böyle bir durumda ne yapardınız? Kampus polisine mi haber verirdin, yoksa Merkez Hastanesi'nin acil servisine mi?"

Joan şaşkın ve çaresiz görünüyordu. *Alışık olmadığı duygular,* diye düşündü Louis. Ama cevap verdiğinde sesi sakindi. "Bilemiyorum doktor. Sağlık Merkezi'nde bulunduğum süre içinde böyle bir durumla karşılaşmamıştım."

Louis düşündü bir an. "Kampus polisine haber verin. Acil servisin kendi ambulansını göndermesini bekleyecek zamanımız yok. Gerekirse itfaiye araçlarından biriyle Bangor'a götürürler. Hiç olmazsa onun sireni ve ışıkları vardır. Hadi Joan."

Kadın giderken Louis onun anlayışlı bakışını yorumlayabiliyordu. Güneşten yanmış, sağlıklı ve gelişmiş vücutlu bu genç –belki de bu durumunu yaz boyunca yol işlerinde çalışmaya ya da boyacılık yapmaya veya tenis dersleri vermeye borçluydu– işte bu genç ne yaparlarsa yapsınlar ölecekti. Kendi ambulansları motoru çalışır bir halde kapı önünde bekliyor olsa bile ölecekti.

Ölmek üzere olan genç inanılmayacak bir şey yapmıştı, kıpırdıyordu. Gözleri aralanıp açıldı. Kanlı mavi gözler. Hiçbir şey görmeden bakıyordu çevresine. Başını oynatmaya çalışırken, Louis bunu önlemek için kırık boynu da unutmayarak, hafifçe bastırdı.

Kafasındaki delik, Tanrım, kafasındaki o delik.

Bulundukları durumda anlamsız ve saçma bir soru olduğunu bildiği halde Steve'e, "Ne olmuş?" diye sordu. Kenarda duran bir seyircinin sorabileceği bir soruydu bu. Ama adamın kafasındaki delik aslında kendi durumunu, yani yalnızca bir seyirci olduğunu belirliyordu. "Polis mi getirdi?"

"Birkaç öğrenci battaniyeden yaptıkları bir sedyeyle getirdiler. Nasıl yaralandığını bilmiyorum."

Bundan sonra olacakları da düşünmek gerekliydi. O da kendi sorumluluğuydu. "Git onları bul," dedi. "Yan kapının önünde topla hepsini. El altında bulunmalarını istiyorum, ama gördüklerinden daha fazla görmelerini istemiyorum."

Önünde olup bitenlerden uzaklaşacağına sevinen Masterton gidip kapıyı açtı. İçeri heyecanlı, şaşkın sesler doldu bir anda. Louis bir polis arabasının sirenini de işitiyordu. Kampus polisi gelmişti demek. Louis huzursuz bir rahatlama hissetti içinde.

Ölmek üzere olan gencin boğazından bir gurultu geliyordu. Konuşmaya çalışıyordu. Louis bazı sesler işitti, ama sözcükler boğuk ve karışıktı.

"İyileşeceksin ahbap," dedi gence doğru eğilip. Bunu söylerken aklına Rachel'la Eileen geldi, midesinde bir burukluk oldu. Elini ağzına götürerek geğirdi.

"Haaa..." dedi genç adam. "Haaa..."

Louis çevresine bakınca bir an için ölen adamla baş başa kalmış olduğunu gördü. Joan Charlton'ın yardımcılarına içeriden sedyeyi getirmelerini söylediğini duyuyordu. Louis onların içerideki odayı bilip bilmediklerini düşündü, ne de olsa onların da işte ilk günleriydi bu. Tıp dünyasına ne giriş yapmışlardı ama.

Duvardan duvara yeşil halı şimdiden gencin başı altında genişleyen morumsu bir daireyle lekelenmişti. Beyin sıvısının akması kesilmişti neyse ki.

"Hayvan mezarlığında..." diye mırıldandı genç adam... sırıttı sonra. Gülümsemesi az önce perdeleri kapatan kızınki gibi neşeden uzak, isterikti.

Louis kulaklarına inanamayarak baktı gence. Ardından işitme duygusuyla ilgili bir sanrıya kapıldığını düşündü. *O birtakım sesler çıkardı, benim bilinçaltım da bunları anlaşılır kelimelere dönüştürdü.* Ama olan bu değildi, bir an sonra bunu kabul etmek zorunda kalmıştı. Çılgıncasına bir korkuya kapıldı; kollarında, karnında eti çekilir gibi oldu... Yine de inanmayı reddediyordu. Evet, söylenen heceler Louis'in kulaklarında olduğu kadar yerde yatan gencin dudaklarındaydı ama, bu gördüğü sanrının görme duyusunu da etkilemesinden başka bir anlama gelmezdi ki.

"Ne dedin?" diye fısıldadı.

Bu kez sözcükler, bir papağanın ya da dili yarılmış bir karganınkiler kadar kesindi. "Gerçek mezarlık değil orası." Gözleri bomboştu gencin, hiçbir şey görmüyordu, kan içindeydi. Ağzında ölü bir balığın o kocaman sırıtışı vardı.

Dehşet dolaşıyordu Louis'in içinde, buz gibi elleriyle sıcacık yüreğini kavrayıp sıkıyordu. Giderek küçülüyor gibiydi. Dispanserin bekleme odasının zemininde yatan bu kanlı kafadan kaçmak istiyordu. Louis dini bilgilere vâkıf olan bir insan değildi, batıl inançlara falan da pek aldırmazdı. Böyle bir şey için hazırlıklı değildi... her neyse bu.

Oradan kaçma arzusunu bütün gücüyle bastırmaya çalışarak biraz daha yaklaştı gence. "Ne dedin?" diye sordu ikinci kez.

Sırıtış. Bu kötüydü işte.

Ölmek üzere olan genç, "Bir insanın yüreğinin toprağı taşlıdır Louis," diye mırıldandı. "İnsan ne ekebilirse onu eker... ve onu yetiştirir."

Louis, diye düşündü. Kendi adından sonra bilinçli olarak hiçbir şey duymamıştı. *Tanrım benim adımı söyledi.*

"Kimsin sen?" diye sordu titrek bir sesle. "Kimsin sen?"

"Kızılderili balığımı getirdi."

"Benim adımı..."

"Uzak dur, biz. Bilmek..."

"Sen..."

"Haaa," dedi genç, Louis onun soluğunda ölüm kokusunu duyuyordu artık.

"Ne?" Delikanlıyı sarsmak geçiyordu içinden.

"Haaa..."

Kırmızı şortlu genç birden titremeye başladı. Tüm kasları kilitlenmiş kalmıştı sanki. Gözleri bir an o boş bakışını kaybetti. Louis'le göz göze geldi. Sonra her şey bir anda yok oldu. Kötü bir koku çarptı Louis'in burnuna. *Bir daha konuşmalı,* diye düşündü Louis. Gözler yine o boş bakışla doldu... parlamaya başladı. Genç adam ölmüştü.

Louis üstündekilerin derisine yapıştığını şöyle böyle fark ederek doğruldu. Karanlık bir kanat gibi yumuşacık çöküyordu gözlerinin üstüne, dünya içini bulandıran bir hızla dönmeye başlamıştı. Ne olduğunu fark edince ölünün yanından çekildi, başını dizleri arasına eğdi, sol elinin başparmağıyla işaretparmağını ağzına sokup kanatana kadar dişetlerini sıktı.

Bir an sonra dünya normale dönmüştü yine.

13

Oda birden insanlarla doldu, sanki hepsi de sıralarını bekleyen oyuncularmış gibi. Louis'in gerçekdışılık ve uyumsuzluk duygularını artırmıştı bu. Bunlar psikoloji derslerinde okuduğu ama o güne dek yaşamadığı duygulardı. Çok korkuyordu şimdi. *İnsanın içkisine farkında olmadan güçlü bir doz LSD atılsa herhalde böyle olur,* diye düşündü.

Yalnızca benim için sahnelenen bir oyun. Ölmek üzere olan kâhin Sibylla yalnız benim için kehanette bulunabilsin diye oda boşaltılıyor. Ölünce de herkes geri geliyor.

Kızlar boyun ve belkemiği vakaları için kullanılan sert sedyeyle geldiler. Joan Charlton da arkalarından belirip kampus polisinin yolda olduğunu söyledi. Genç koşarken bir araba çarpmıştı kendisine. Louis o sabah arabasının önünde koşanları anımsayınca yüreği duracak gibi oldu.

Charlton'ın ardından Steve Masterton'la iki kampus polisi geldiler. "Louis, Pascow'u getirenler... Bir şeyin mi var Louis?"

"İyiyim." Louis ayağa kalktı. Üzerine bir daha geldi baygınlık, yine çekildi sonra. "Pascow muymuş adı?"

Kampus polislerinden biri, "Birlikte koştuğu kız Victor Pascow olduğunu söyledi," dedi.

Masterton'ın Pascow'u getirenleri doldurduğu odadan bir kızın hıçkırıkları duyuluyordu. *Okula hoş geldin küçükhanım,* dedi içinden. *İyi bir yıl dilerim.* Louis saatine bakıp, "Bay Pascow saat onu dokuz geçe öldü," dedi.

Polislerden biri elinin tersiyle ağzını sildi.

"Louis, bir şeyin mi var?" diye sordu Masterton. "*Felaket* bir halde görünüyorsun."

Louis cevap vermek için ağzını açarken, yardımcı kızlardan biri sedyeyi elinden bırakıp üstüne başına kustu. Bir telefon çalmaya başladı. Hıçkıran kız şimdi çığlıklar atarak ölen gencin adını söylüyordu. "Vic! Vic! Vic!" Karmakarışıktı ortalık. Polislerden biri Charlton'dan cesedin üstünü örtmek için bir battaniye istiyor, kadın da böyle bir istekte bulunmak için yetkisi olup olmadığını soruyordu.

Louis yine boğazına yükselen o çirkin kahkahaları tüm gücünü kullanarak yuttu. Bu Pascow gerçekten HAYVAN MEZARLIĞI sözcüklerini söylemiş miydi? Bu Pascow gerçekten kendi adını söylemiş miydi? Kendisini şaşırtan, kafasını allak bullak eden şeyler bunlardı. Zihni daha şimdiden o birkaç saniyeyi koir kılıfla örtüyor, değiştiriyor, bozuyordu. Başka bir şey ti kuşkusuz (eğer gerçekten bir şey söylemişse), Louis de içinde bulunduğu şok yüzünden yanlış anlamıştı. Pascow herhalde ilk düşündüğü gibi bazı sesler çıkarmıştı yalnızca.

Louis üniversite yönetiminin diğer elli üç adayın içinden kendisini tercih etmesini sağlayan o benliğini bulmaya çalışıyordu. Ortada yönetimi ele alan tek kişi yoktu, harekete geçen yoktu, oda çevresini saran bir kalabalıkla doluydu.

"Steve, şu kıza bir havlu ver," dedi. Konuşmak bile kendini toparlamasına yardımcı olmuştu. Sanki içinde bulunduğu roket artık yönetimine geçmişti ve küçük yıldızdan hızla uzaklaşıyordu. O küçük yıldız da, Pascow'un konuştuğu o mantıksız andı. Louis yöneticilik yapmak üzere seçilmişti ve şimdi de görevini yapacaktı.

"Joan polise bir battaniye ver."

"Doktor, henüz bir döküm yapıl..."

"Sen ver yine de. Sonra o yardımcına bak." Sedyenin öteki ucunu hâlâ elinden bırakmamış olan diğer kıza baktı. İpnotize olmuş bir tutkunlukla bakıyordu Pascow'un cesedine. "Kız!" diye sertçe seslenince kız gözlerini cesetten ayırdı.

"Şe... şe... şey..."

"Öteki kızın adı ne?"

"Ki... kimin?"

"Kusanın," dedi Louis sert bir sesle.

"Ju... Judy. Judy De Lessio."

"Peki, seninki?"

"Carla." Kız şimdi biraz toparlanmış gibiydi.

"Carla, git Judy'ye bak. O battaniyeyi de getir. Bir numaralı muayene odasının yanındaki küçük depoda bir yığın var. Hadi, çıkın şimdi hepiniz. Biraz normale dönsün burası."

Hepsi birden harekete geçtiler. Az sonra yan odadaki çığlıklar kesilmişti. Susmuş olan telefon yine çalıyordu. Louis kulaklığı kaldırmadan bekletme düğmesine bastı.

Yaşlıca olan kampus polisi daha aklı başında birine benziyordu. "Kime haber vermek zorundayız?" diye sordu Louis. "Bana bir liste verebilir misin?"

Polis başını salladı. "Altı yıldır böyle bir şey olmamıştı. Öğretim yılına kötü bir başlangıç."

"Hem de nasıl!" Louis telefonu alıp düğmeye bastı.

Heyecanlı bir ses, "Alo kiminle..." diye söze başladı. Louis telefonu kapattı. Sonra bir daha açıp numaraları aramaya başladı.

14

Ortalık ancak o gün saat dörtten sonra, kampus güvenlik sorumlusu Richard Irving'le Louis'in basına bir açıklama yapmalarıyla biraz yatışır gibi oldu. Victor Pascow, biri nişanlısı olan iki arkadaşıyla jogging yapıyordu, Haven'lı yirmi üç yaşındaki Tremont Withers'ın sürdüğü bir araba aşırı bir hızla Lengyll Kızlar Jimnastik Salonu yönünden gelmişti. Withers'ın arabası Pascow'a çarpmış, Pascow arabayla bir ağaç arasında kalmıştı. Arkadaşları ve yoldan geçen iki kişi kendisini bir battaniyeye koyup dispansere getirmişlerdi. Birkaç dakika sonra da ölmüştü. Withers tehlikeli ve içkili araba kullanmak ve ölüme neden olmaktan tutuklanmıştı.

Kampus gazetesinin yazıişleri müdürü Pascow'un başından aldığı yaralardan öldüğünün söylenip söylenemeyeceğini sordu. Beynin arasından görüldüğü o kırığı düşünen Louis ölüm nedenini Penobscot adli tıp doktorunun açıklayacağını bildirdi. Yazıişleri müdürü Pascow'u battaniye içinde dispansere taşıyan dört gencin istemeyerek onun ölümüne neden olup olamayacaklarını sordu bunun üzerine.

"Hayır," dedi Louis. "Kesinlikle hayır. Benim görüşüme göre, Bay Pascow kazayı geçirdiği anda ölümcül bir yara almıştı."

Birkaç soru daha vardı ama Louis'in bu sözü basın toplantısını sona erdirmişti. Şimdi odasında oturmuş gününün parçalarını toplamaya ya da olanları kendine göre örtmeye, olayın üstüne ince bir bürokratik perde çekmeye çalışıyordu. Steve Masterton bir saat önce, basın toplantısının hemen ardından eve gitmişti. Louis onun televizyonda akşam haberlerinde kendisini seyretmek istediğini düşünüyordu. Şimdi Charlton'la birlikte şu ya da bu sakatlıklarına rağmen üniversite öğrenimini sürdüren öğrencilerin dosyalarını incelemekteydiler. Yirmi üç şeker hastası, on beş saralı, on dört yarım felçli ve lösemililer, iki sağır ve birkaç kişi daha.

Öğleden sonranın en sıkıcı anı Steve gittikten az sonraydı. Charlton gelip masasına pembe bir kâğıt parçası bırakmıştı. *"Bangor Halıcılık sabah saat dokuzda gelecek."*

"Halı mı?"

"Halının değişmesi gerekecek," dedi kadın özür dileyen bir sesle. "O leke imkânı yok çıkmaz doktor."

Çıkmazdı elbette. Louis bunun üzerine dispansere gidip bir Tuinal içmişti. İlacı kendisine tıp fakültesinin ilk sınıfında bir arkadaşı tanıtmıştı. Louis bunun alışkanlık yapmasına engel olmak için çok direnmişti. İyi de yapmıştı, çünkü arkadaşı daha üçüncü sömestrde fakülteden ayrılmak zorunda kalmış, Vietnam'a sıhhiyeci er olarak gitmişti. Louis, onu, uyuşturucuyla kendinden geçmiş halde Creedence topluluğunun "Run Through the Jungle" parçasını dinlerken düşlemişti çoğu kez.

Ama yine de bir şeye ihtiyacı vardı. Önündeki dosyadan gözlerini kaldırdığı her an karşısında o pembe notu görecekse kesinlikle bir şeye gereksinimi vardı.

Gece nöbetçisi Bayan Baillings kapıdan başını içeri uzatıp, "Karınız birinci hatta Doktor Creed," dediğinde kendini işine iyice kaptırmıştı.

Louis saatine bakınca beş buçuk olduğunu gördü, oysa en az bir buçuk saat önce çıkmak niyetindeydi.

"Teşekkür ederim Nancy."

Telefonu kaldırıp bir numaralı hattın düğmesine bastı. "Selam sevgilim, ben de şim..."

"Louis, iyi misin?"

"İyiyim."

"Haberleri dinledim. Çok üzüldüm Lou." Bir an durakladı Rachel. "Radyoda dinledim. Soruları cevaplıyordun. Sesin iyi geliyordu."

"Öyle mi? Çok iyi."

"İyi olduğundan emin misin?"

"Evet, iyiyim Rachel."

"Hadi eve gel artık."

"Olur." Ev sözcüğü bile hoş gelmişti kulağına.

15

Louis'in ağzı açık kalmıştı kapıda kendisini karşılayan karısını görünce. Rachel'ın üzerinde kocasının çok hoşuna giden ağ örgüsü sutyenle yarı saydam bir külot vardı ve başka da bir şey yoktu.

"İnsanın ağzının suyunu akıtacak kadar güzelsin," dedi. "Çocuklar nerede?"

"Bayan Dandridge aldı onları. Saat sekiz buçuğa kadar baş başayız... iki buçuk saatimiz var yani. Gel boşa geçirmeyelim bu zamanı."

Rachel kocasına yaslandı. Louis çok hafif bir koku duyuyordu... gül mü acaba? Karısını kucakladı, ellerini kalçalarına bastırıp kendine doğru çekti. Kadının dili hafifçe kocasının dudakları üstünde dolaştı, yumuşak ama seri hareketlerle dilini buldu.

Öpüşmeyi kestiklerinde Louis boğuk bir sesle, "Yemeğe sen mi varsın?" diye sordu.

"Ben tatlıyım." Kadın vücudunun alt kısmını kocasına yaslayıp şehvetli hareketlerle oynatmaya başladı. "Sana sevmediğin hiçbir şeyi vermemeye söz veriyorum."

Louis karısını kavramaya çalıştığı anda Rachel kollarının arasından sıyrılıp elini tuttu. "Yukarı çıkana kadar bekle."

Rachel kocasına çok sıcak bir banyo hazırlamıştı, erkeğini ağır ağır soyup suya soktu. Sünger eldivenleri ellerine geçirip iyice sabunladı kocasını. Louis o ilk korkunç günün üzerinden akıp gittiğini hissediyordu. Rachel da bu arada ıslanmıştı, külotu ikinci bir deri gibi yapışmıştı vücuduna.

Louis banyodan çıkmaya çalışırken kadın kendisini içeri itti.

"Şimdi de..."

Süngerli el hafifçe kavradı erkekliğini, inanılmaz bir yumuşaklıkla aşağı yukarı gidip gelmeye başladı.

"Rachel..." Ter içinde kalmıştı Louis. Ve bu yalnızca banyonun sıcaklığından değildi.

"Şişşşt!"

Hiç bitmeyecek gibiydi... Louis doyum noktasına geldiğinde sünger yavaşlıyor, duracak gibi oluyordu. Ama durmuyor, hafifçe sıkıyor, sıkıyordu, sonunda doruğa ulaştığı zaman kulakları patlayacak gibi oldu.

Sesini bulabildiğinde, "Tanrım!" dedi. "Bunu nerede öğrendin?"

"Kız izcilerin arasında."

Rachel banyo serüveni sırasında altını yaktığı bir biftek bırakmıştı ocakta. O gün saat dörtte bir dahaki yıla kadar ağzına yemek koyamayacağına yemin edebilecek olan Louis iki tabak dolusu et yedi.

Rachel erkeğini bir daha çıkardı yukarı.

"Şimdi bakalım sen bana neler yapacaksın?"

Doğrusu Louis kendisinden beklenileni fazlasıyla başarmıştı.

Rachel daha sonra eski mavi pijamasını giydi. Louis de sırtına eski gömleğiyle artık biçimini kaybetmiş kadife pantolonunu geçirip çocukları almaya gitti.

Bayan Dandridge kazayı öğrenmek istiyordu, Louis ona olanları kısaca, ertesi gün *Bangor Daily News* gazetesinde okuyacaklarından çok daha özetle anlattı. Böyle davranmaktan hoşlanmamıştı aslında, dedikodu yapıyormuş gibi hissediyordu kendini, ama kadın çocuklara bakmak için para almıyordu, kendisi de Rachel'la geçirdiği akşam için minnettardı ona.

Evleri arasındaki bir buçuk kilometrelik yolda Gage arabada uyumuştu, Eileen de esneyip duruyordu. Louis, oğlanın altını değiştirdi, geceliğini giydirip yatağına yatırdı. Sonra Eileen'e bir hikâye okudu. Odasına çıkardıktan beş dakika sonra uyumuştu kız.

Louis aşağı indiğinde Rachel elinde bir bardak sütle oturma odasındaydı. Kucağında bir polisiye roman vardı.

"Louis, gerçekten iyi misin?"

"İyiyim tatlım. Teşekkür ederim. Her şey için."

Rachel gülümsedi. "Amacımız memnun etmektir. Jud'a gidip biranı içecek misin?"

Louis başını iki yana salladı. "Bu gece olmaz. Hiç halim yok."

"Umarım bunun bir nedeni de benimdir."

"Hiç kuşkun olmasın."

"Öyleyse bir bardak süt iç de doğru yatağa gidelim doktor bey."

* * *

Louis asistanlık günlerinde olduğu gibi günün olaylarını düşünerek hiç uyuyamayacağını sanıyordu. Oysa yatar yatmaz uyudu. Bir yerde normal bir insanın günlük olayların etkisinden kurtulmasının yedi dakika sürdüğünü okumuştu. Bilinçle bilinçaltının yer değiştirmesi için yedi dakika.

Tam oraya varmıştı ki, Rachel'ın uzaklardan gelen sesini duydu. "...öbür gün."

"Ne?"

"Jolander. Veteriner. Church'ü öbür gün alacak."

"Tamam." *Church, dostum, değerini bil bu arada.* Sonra bir delikten aşağı düşer gibi, rüyasız, derin bir uykuya daldı.

16

Çok sonraları bir şey uyandırdı Louis'i, yatakta doğrulup oturmaya zorlayacak kadar güçlü bir ses. İlkönce Eileen'in yere düştüğünü ya da Gage'in yatağının kırıldığını sandı. Tam o anda ay bir bulutun arasından sıyrılınca oda soğuk beyaz bir ışıkla doldu. Kapının önünde Victor Pascow duruyordu. Duyduğu gürültü Pascow'un kapıyı açarken çıkardığı sesti.

Sol şakağının ardında kafatası içeriye göçmüş bir halde duruyordu karşısında. Yüzünde kuruyan kan nedeniyle savaş maskesi takmış Kızılderililere benziyordu. Köprücükkemiği bembeyaz fırlıyordu etleri arasından. Sırıtıyordu.

"Hadi doktor, gidecek çok yerimiz var," dedi.

Louis çevresine bakındı. Karısı sarı örtünün altında bir tümsekti sadece, derin bir uykuya dalmıştı. Pascow'a, ölü olan ama her nasılsa ölü olmayan Pascow'a baktı. Hiç korku yoktu içinde. Bunun nedenini de hemen anladı.

Bir rüya, diye düşündü. İçi rahatladığı anda da korkmuş olduğunu fark etti. *Ölüler dönmezler, fizyolojik olarak olanaksız bu. Bu genç Bangor'da bir otopsi çekmecesinde şimdi, patoloğun Y biçimindeki kesiği var sırtında. Patolog bir örnek aldıktan sonra beyni göğüskafesine atmış olmalı, kafatasını da kâğıtla doldurmuştur, beyni kafatasına sokmaya çalışmaktan çok daha kolaydır böylesi.* Talihsiz Ruthie'nin babası Carl amca ona patologların böyle şeyleri yaptıklarını anlatmıştı. Amcası gerçekten öyle şeyler anlatırdı ki, zaten ölüm korkusu olan Rachel bunları duymuş olsa bayılırdı kuşkusuz. Pascow burada değildi; ayak başparmağının kenarına asılı teneke levhasıyla bir morg çekmecesindeydi. Hiç kuşkusuz orada o kırmızı koşu şortu da altında değildi.

Yine de ayağa kalkmak zorunluluğu var gibiydi. Pascow'un gözleri üstünden ayrılmıyordu.

Örtüyü çekip ayaklarını aşağı indirdi. Rachel'ın büyükannesinin armağan ettiği kilimin düğümleri buz gibiydi ayaklarının altında. Rüyanın çok şaşırtıcı bir gerçekliği vardı. Pascow dönüp de arkasına bakarak merdivenlerden inmeye başlayıncaya dek o da ardından gitti. Onu takip etme zorunluluğu hissediyordu, ama rüyada da olsa yürüyen bir cesedin kendisine dokunmasını istemiyordu.

Pascow'un koşu şortu parıldıyordu karanlıkta.

Oturma odasını, yemek odasını, mutfağı geçtiler. Louis, Pascow'un anahtarı çevirip mutfak kapısını açarak garaj olarak kullandığı sundurmaya çıkmasını bekliyordu. Ama Pascow böyle bir harekete kalkışmadı. Kapıyı açacağı yerde kapalı kapının içinden geçiverdi. Louis ona bakarken, *demek böyle yapılıyormuş, inanılmaz bir şey*, diye düşündü. *Herkes yapabilir bunu!*

O da aynı şeyi denedi. Kendisine karşı koyan tahtayla karşılaşınca bundan hoşlanmış gibiydi. Rüyalarında bile inatçı bir gerçekçiydi anlaşılan. Louis Yale kilidinin düğmesini çevirdi, mandalı kaldırdı, garaja çıktı. Pascow ortalarda yoktu. Bir an var olmaktan vazgeçmiş olup olmadığını düşündü. Rüyalardaki insanlar hep böyle yaparlardı. İnsanlar gibi yerler de öyleydi; uyarılmış erkeklik organınla çırılçıplak bir yüzme havuzunun kenarında durmuş, Roger ve örneğin Bayan Dandridge'le eş değiştirme olanaklarını konuşurken, göz açıp kapayıncaya kadar kendini bir Hawaii volkanına tırmanırken buluverirdin. Belki de ikinci perdenin antraktı olduğu için kaybetmişti Pascow'u.

Ama garajdan çıktığında genci yine gördü. Solgun ay ışığının altında, patikanın başında duruyordu.

Şimdi korkmaya başlamıştı Louis. Korku vücudunun oyuk yerlerinden doğuyor, her yanını pis bir dumanla dolduruyordu. Oraya gitmek istemiyordu. Durdu.

Pascow omzu üzerinden geriye baktı, ay ışığında gümüş gibiydi gözleri. Louis karnında bir dehşet ürpertisi hissetti. O fırlamış kemik, o kuru kan lekeleri. Ama o gözlere karşı koymak olanaksızdı. İpnotize edilmek konusunda bir rüya olmalıydı bu, üstün çıkmak... olanları değiştirememek belki de. Pascow'un ölümünü değiştirememesi gibi. Yirmi yıl okurdun da, kafatasında bir pencere açılacak kadar şiddetle başını ağaca çarpmış bir insana hiçbir şey yapamazdın.

Kafatasında bu düşünceler dolaşırken ayakları kendisini patikaya doğru çekiyordu. Bu ışıkta Pascow'un yüzündeki kurumuş kanlar kadar koyu olan kırmızı koşu şortunu izlemeye başladı.

Bu rüyadan hiç hoşlanmamıştı. Hiç mi hiç ama. Çok gerçekti. Kilimdeki buz gibi düğümler, bir insanın gerçek rüyada kapının içinden geçmesi gerekirken kendisinin geçememiş olması... ve şimdi de çıplak ayaklarının üzerinde hissettiği soğuk çiy taneleri, vücudunda hissettiği gece rüzgârı... Üzerinde külottan başka bir şey yoktu. Ağaçların arasına girince tabanlarına battı çam iğneleri... Gereğinden fazla gerçek olan küçük bir ayrıntı daha.

Boş ver. Aldırma. Evimde, yatağımdayım nasıl olsa. Ne kadar canlı da olsa bir rüya bu. Bütün rüyalar gibi sabaha gülünç gelecek bu da. Uyanık zihnim tutarsızlıkları anlayacak.

Kuru bir ağacın küçük bir dalı çıplak koluna çarpınca irkildi. Pascow ilerisinde bir gölgeydi şimdi. Louis'in korkusu kafasının içinde parıltılı bir görüntüye dönüşmüştü. *Ölü bir insanın ardından ormanda hayvan mezarlığına doğru yürüyorum. Rüya değil bu. Tanrı yardımcım olsun, rüya değil bu. Olan bir şey bu.*

Ağaçlıklı tepenin öteki yamacından aşağı iniyorlardı. Patika geniş kavisler çiziyordu ağaçların arasında. Toprak soğuk balçık gibiydi, ayaklarını kavrıyor, emiyor, istemeyerek bırakıyordu. Çirkin emme sesleri duyuyordu. Parmakları arasından fışkıran, onları birbirlerinden ayıran çamuru hissediyordu.

Rüya fikrine sıkı sıkı sarılmaya çalıştı.

Yapamıyordu ama.

Açıklığa geldiklerinde ay bulutların arasından bir daha sıyrılıp tüm görkemiyle aydınlattı mezarlığı. Tahtalardan, babaların teneke makaslarıyla kesilen konserve tenekelerinin çekiçlenerek düzeltilmesiyle elde edilen levhalardan ve taş parçalarından yapılan mezar taşları kapkara ve kesin gölgelerle üçboyutlu olarak karşısındaydı şimdi.

Pascow KEDİ SMUCKY SÖZ DİNLERDİ yazan taşın yanında durup Louis'e döndü. Dehşet, korku, bunları hissediyordu, vücudu onların yumuşak ama amansız baskıları altında patlayacak gibi olurken Pascow sırıtıyordu. Kanlı dudakları dişlerini açıkta bırakacak biçimde açılmıştı, güneşten yanmış sağlıklı teni ayın kemik rengi ışığı altında kefene sarılmak üzere olan bir cesedin beyazlığına bürünmüştü.

Pascow kolunu kaldırıp işaret etti. Louis o yana baktı ve inledi. Gözleri irileşti, yumruğunu dişlerine bastırdı. Yanaklarında bir serinlik vardı, korkusunun aşırılığı karşısında ağlamaya başladığını fark etti.

Louis'in Eileen'i üzerinden korkuyla çağırdığı ağaç yığını şimdi bir kemik kümesi olmuştu. Kemikler hareket ediyordu. Kıvranıyorlar, takırdıyorlardı. Azıdişleri, köpekdişleri, çene kemikleri, kalça kemikleri. İnsan ve hayvanların parıltılı kafataslarını görüyordu. Parmak kemikleri çatırdıyordu. Bir yanda bir ayak parçası soluk renkli eklemlerini açıp kapıyordu.

Hareket ediyordu... sürünüyordu...

Pascow şimdi kendisine doğru geliyordu, ay ışığında çok gaddardı kanlı yüzü. Louis'in bilincinin son mantıklı parçası tek bir düşünce içinde kaybolmaya başladı. *Rachel'ı, Eileen'i, Gage'i korkutsan da bağır artık, evi uyandır, mahalleyi uyandır ama bağır, bağır da uyan, bağır bağır uyan, bağır bağır uyan, bağır uyan uyan...*

Ama ağzından yalnızca hafif bir ıslık çıkıyordu. Bir yerde kapı önünde oturmuş ıslık çalmasını öğrenmeye çalışan bir çocuğun ıslığı.

Pascow yaklaşıp konuştu.

"Kapı açılmamalı," dedi. Louis dizleri üstüne çöktüğü için yere doğru bakıyordu. Pascow'un yüzündeki ifadeyi acıma sandı önce. Ama acıma falan değildi bu; yalnızca korkunç bir sabır. Hâlâ hareket eden kemik yığınını gösteriyordu. "Ne kadar ihtiyaç duysan da, sakın oradan öteye gitme doktor. O engel aşılmaması için konuldu oraya. Şunu hiç hatırından çıkarma. Burada senin düşünebileceğinden kat kat üstün bir güç vardır. Eskidir ve hep huzursuzdur. Unutma sakın."

Louis yine bağırmaya çalıştı, ama başaramadı.

"Ben bir dost olarak geldim," dedi Pascow. Gerçekten kullandığı sözcük *dost* muydu? Sanmıyordu Louis. Pascow sanki Louis'in rüyalarda olan bir tılsımla anlayabildiği yabancı bir dilde konuşmuş gibiydi, "dost" da Pascow'un kullandığı sözcüğün en yakın anlamlısıydı. "Senin ve sevdiklerinin sonu çok yaklaştı doktor." Louis gencin üzerindeki ölüm kokusunu duyabiliyordu.

Kendisine doğru uzanan Pascow.

İnsanı çıldırtan o ağır hareketle kemik takırtısı.

Louis kendisine uzanan elden kurtulmak için geri çekilirken dengesini kaybetti. Eli bir mezar işaretine çarptı, taş toprağa doğru eğildi. Yüzüne doğru yaklaşan Pascow'un yüzü göğü dolduruyordu.

"Doktor... *unutma.*"

Louis bağırmaya çalıştı, dünya birdenbire dönmeye başladı, hâlâ duyuyordu ay ışığının aydınlattığı mezarlıktaki hareket eden kemiklerin çatırtısını.

17

Normal bir insan yedi dakikada uyur, ancak Hand'in *İnsan Fizloyojisi*'ne göre, aynı insanın uyanması on beş ila yirmi dakika sürer. Uyku, çıkması girmesinden daha güç bir havuzmuş gibi.

Uyuyan insan derece derece uyanır, derin uykudan hafif uykuya geçer, buna "gözleri açık uyumak" da denir, insan sesler duyar ve sonradan hatırlamasa bile sorulan sorulara karşılık verir. Bunlar sonradan rüya içinde geçmiş gibi bölük pörçük anımsanabilirler de.

Louis kemik takırtılarını duyuyordu, ama bu ses giderek daha tizleşmiş, daha madeni olmuştu şimdi. Bir gürültü koptu, bir çığlık duyuldu. Daha çok madeni sesler... yuvarlanan bir şey mi? *Elbette,* dedi uyanmakta olan zihni. *Yuvarla kemikleri.*

Kızının kahkahasını duydu. "Yakala Gage. Yakala hadi!"

Ardından Gage'in neşeli kıkırdaması duyuldu. Louis gözlerini açınca kendi yatak odasının tavanını gördü.

Gerçeği, iyi gerçeği, kutsal gerçeği bekleyerek hiç kıpırdamadan yattı bir an.

Bir rüyaydı hepsi. Ne kadar korkunç, ne kadar gerçek olsa da bir rüya. Bilinçaltında bir fosil.

Madeni sesi yine duydu, Gage'in oyuncak arabalarından biri yukarı koridorda yuvarlanıyordu.

"Yakala Gage!"

"Yakala!" diye bağırdı Gage. *"Yakala, yakala, yakala."*

Tak tak tak. Gage'in minicik ayakları. Oğlanla Eileen kahkahadan kırılıyordu.

Louis sağına baktı. Rachel'ın yattığı yer boş, örtü açıktı. Güneş iyice yükselmişti. Saatine bakınca sekize geldiğini gördü. Rachel onu uyandırmamıştı.

Normal olarak buna çok kızardı, ama bu sabah kızmadı. Derin bir soluk alıp koyuverdi. Pencereden gelen güneşin altında, gerçek dünyanın o yanılması olanaksız dokusunu hissederek yatmaktan mutluydu. Toz zerrecikleri uçuşuyordu güneşte.

Rachel yukarı seslendi. "Gel beslenme sepetini al Eileen, otobüse ancak yetişirsin. Eileen!"

"Peki!" Kızın ayak sesleri. "Al arabanı Gage. Ben okula gidiyorum."

Gage ağlamaya başladı. Pek konuşamıyordu daha ama *Gage, araba, yakala, Eileen, otobüs* diyordu. İstediği açıktı, Eileen yanında kalmalıydı.

Rachel'ın sesi yine. "Aşağı inmeden babanı uyandır Eileen."

Saçları atkuyruğu yapılmış Eileen, üzerinde kırmızı elbisesiyle girdi içeri.

"Uyandım yavrum. Hadi koş otobüsüne yetiş."

"Olur baba." Kız gelip babasının yanağını öptü, sonra koşa koşa aşağı indi.

Rüya solmaya, gerçekliğini yitirmeye başlamıştı. Çok da iyi oluyordu.

"Gage!" diye bağırdı. "Gage, gel de babanı bir öp bakayım!"

Gage babasına aldırış etmeden Eileen'in ardından aşağı koştu. Bir yandan da, *"Yakala! Yakala! Yakala! Yakala!"* diye bağırıyordu. Louis, çocuğun küçük bedenini gördü kapının önünden geçerken, üzerinde yalnızca bezleri ve lastik donu vardı.

"Louis, kalktın mı?" diye seslendi karısı.

"Kalktı!" diye bağırdı Eileen. "Ben gidiyorum." Ön kapının şiddetle çarpılması, ardında Gage'in öfkeli yaygarası kızın sonunda gidebildiğinin kanıtlarıydı.

"Bir yumurta mı istersin, iki mi?" diye seslendi Rachel.

Louis örtüyü açıp yataktan kalktı. Rachel'a yumurtayı boş verip bir tabak mısır gevreği yiyeceğini, geç kaldığını söyleyecekti... ama sesi boğazında düğümlendi kaldı.

Ayakları toprak içindeydi, çam iğneleri yapışmıştı altlarına.

Birden yüreği ağzına gelmiş gibi oldu. Gözleri yerinden fırlamış bir halde örtüyü ardına kadar açtı. Yatağın ayakucu çam iğneleri doluydu. Çarşaf çamurlanmıştı.

"Louis?"

Louis dizlerine yapışmış birkaç çam iğnesi daha görünce birden sağ koluna baktı. Pazısının üzerinde bir çizik vardı, kuru dala değdiği yerde... rüyasında.

Bağıracağım. Hissediyorum bunu, bağıracağım.

Bağırabilirdi de. Çığlık içinden yükseliyordu, buz gibi bir korku mermisi. Gerçek bir hayaldi. Gerçek –asıl olan gerçek yani– o çam iğneleriydi, çarşaftaki topraktı, çıplak kolunun üstündeki çizikti.

Bağıracağım, sonra da çıldıracağım ve bir daha korkmama gerek kalmayacak...

"Louis?" Rachel yukarı çıkıyordu şimdi. "Louis, uyuya mı kaldın yoksa?"

O bir iki saniye içinde toparlamaya çalıştı Louis kendini, tıpkı Pascow'un dispansere getirilmesinden sonra çıkan o kargaşada olduğu gibi. Kazandı da sonunda. Durumu değiştiren şey karısının onu o halde görmemesi gerektiği düşüncesiydi. Ayakları toz toprak içinde, çam iğneleriyle kaplı, yere savrulmuş örtünün altında çarşaflar pis ve çamurlu.

"Uyandım," diye neşeyle bağırdı. Farkında olmadan ısırdığı dili kanıyordu. Kafası allak bullaktı, içinde bir yerde, olaylardan uzak bir noktada, hep böyle çılgınca şeylerin kendi başına gelip gelmediğini düşünüyordu. Yoksa herkes böyle miydi?

"Bir mi, iki mi?" Karısı ikinci ya da üçüncü basamakta durmuştu, Tanrıya şükürler olsun.

Louis ne dediğini düşünmeden, "İki," dedi. "Rafadan olsun."

"Tamam." Karısı yeniden aşağıya indi.

Louis bir an rahatlamışçasına gözlerini kapattı, ama karanlıkta yalnızca Pascow'un gümüş gözlerini görüyordu. Yeniden açtı gözlerini. Başka bir şey düşünmeden harekete geçti. Yatağın üstünden örtüleri çekip attı. Battaniyeler temizdi. İki çarşafı çekip aldı, elinde yuvarlayıp koridora çıktı, çamaşır kapağından aşağı attı.

Koşa koşa banyoya girdi, yakıcı derecede sıcak suyun altında ayakları ve dizlerindeki çamuru yıkadı.

Şimdi az da olsa toparlamıştı kendini. Kurulanırken katillerin cinayet delillerinden kurtulduklarını sandıkları zaman herhalde bu duyguyu yaşadıklarını düşündü. Gülmeye başladı.

Hem kurulanıyor hem de kahkahalarla gülüyordu. Kesemiyordu kahkahalarını.

"Hey, ne oluyor orada?" diye seslendi Rachel.

Hâlâ gülen Louis, "Aklıma bir espri geldi!" diye bağırdı. Korkuyordu ama korku kahkahalarını sona erdiremiyordu. Bir duvara çimentoyla yapıştırılmış taşlar kadar sert karnından yükseliyordu kahkahaları. Çarşafları çamaşır kapağından bodruma atmanın yapabileceği en iyi şey olduğunu düşündü. Bayan Dandridge haftada beş gün temizlik ve çamaşıra gelirdi. Rachel o çarşafları tertemiz olana kadar göremeyecekti. Kadın belki ona çamurlu olduklarını söylerdi ama Louis onun böyle bir şey yapacağını pek sanmıyordu. Kocasına Rachel'la Louis'in vücut boyaları yerine çamur ve çam iğneleri kullanarak garip seks oyunları oynadıklarını söylemesi akla daha yakındı. Louis bunu düşününce daha çok gülmeye başladı.

Giyinirken gülmesi de kesilmişti artık, kendini biraz daha iyi hissediyordu şimdi. Bunun nasıl olabileceğini bilmiyordu ama öyleydi işte. Çıplak yatak dışında odada normal olmayan bir şey yoktu. Zehri çıkarıp atmıştı. Belki de doğru sözcük "kanıt"tı ama zihninde zehrin daha uygun olduğunu düşünüyordu.

Belki de insanların açıklanamayan şeyler karşısında yaptıkları budur, diye düşündü. *Belki de mantıkdışı şeyler karşısında bunu yapıyorlar.* Belki de insan zihni bir sabah arka avlusu üzerinde uçarken gördüğü uçan daireyle böyle başa çıkıyordu. Kurbağa yağmuruyla. Gece yarısı yatağın altından çıkıp ayağını gıdıklayan elle. Ağlama ya da gülme nöbetleriyle... Karşındaki kendi bütünlüğünü bozmayacağına göre, bir böbrek taşıymış gibi parçalamadan kurtulurdun korkudan.

Gage yüksek iskemlesinde yemek yemeye çalışıyor, çevresini kakaoyla boyuyordu.

Rachel yumurta ve kahveyle mutfağın kapısında göründü. "O kadar komik ne vardı Lou? Keçileri kaçırmış gibi gülüyordun yukarıda. Korkmadım desem yalan olur hani."

Louis ne söyleyeceğini bilmeden açtı ağzını, sonunda bir hafta önce köşe başındaki dükkânda duyduğu bir espriyi anlattı.

Hikâyeyi bitirdiğinde Rachel da gülüyordu, hatta Gage de.

Çok iyi. Kahramanımız bütün kanıtları yok etti artık, çamurlu çarşaflar ve banyodaki o çılgın kahkaha. Kahramanımız güne normallik havasını tam olarak vermek için şimdi de sabah gazetesini okuyacak ya da en azından bir göz atacak.

Louis gazeteyi açtı.

Evet, işte hepsi bu kadar, dercesine bir ferahlama duydu içinde. *Bir taş gibi çıkarır atarsın vücudundan, o iş de orada biter...* ta ki, bir kamp ateşi başında arkadaşlarınla çene çalarken söz dönüp dolaşıp açıklanamayan olaylara gelip dayanana kadar. Kamp ateşi başında konuşmak kolaydır çünkü.

Yumurtalarını yedi. Rachel'la Gage'i öptü. Merdivenin başındaki beyaz boyalı çamaşır dolabına ancak kapıdan çıkarken şöyle bir baktı. Her şey yolundaydı. Yine şahane bir sabah havası vardı dışarıda. Bu yaz artığı günler hiç bitmeyecek gibi görünüyordu. Arabayı garajdan çıkarırken patikaya şöyle bir baktı, ama orada da her şey yerli yerindeydi. Kılı bile kıpırdamamıştı. Taş gibi çıkarıp atardın, hepsi bu.

On beş kilometre gidene kadar her şey gerçekten iyiydi, ondan sonra öyle bir titreme başladı ki, arabayı daha fazla süremeyip Sing'in Çin lokantasının sabahleyin boş olan park yerine çekmek zorunda kaldı. Lokanta Pascow'un cesedinin götürülmüş olacağı Doğu Maine Sağlık Merkezi'nin pek uzağında sayılmazdı. Vic Pascow bir daha *moo goo gai pan* yiyemeyecekti, hah hah ha!

Titremeler güçsüz düşürüyordu vücudunu. Louis çaresizdi, dehşet içindeydi, bu parlak güneş altında doğaüstü herhangi bir şeyden değil de, aklını kaybetmek üzere olduğundan korkuyordu. Sanki upuzun ve görünmez bir tel bükülüyordu kafasının içinde.

"Yeter, lütfen yeter..." diye mırıldandı.

El yordamıyla radyoyu bulup açtı, Joan Baez'in elmaslar ve pastan söz eden tatlı, serin sesi az sonra yatıştırmıştı kendisini, yola devam edecek gücü bulurdu artık.

Sağlık merkezine gelince Charlton'a bir merhaba deyip görünüşünün berbat olduğunu düşünerek doğruca tuvalete daldı. Öyle bir şey yoktu aslında. Gözlerinin altı biraz çökmüştü ama Rachel bile bunun farkına varmamıştı. Yüzünü soğuk suyla yıkadı, kurulandı, saçlarını tarayıp odasına gitti.

Steve Masterton'la Hintli doktor Surrendra Hardu odada bir yandan kahve içiyorlar, bir yandan dosyaları gözden geçiriyorlardı.

"Günaydın Lou," dedi Steve.

"Günaydın."

"Umalım da dünkü gibi bir sabah olmasın," dedi Hardu. "Dün sen eğlenceyi kaçırdın."

Masterton sırıttı. "Surrendra gece epey eğlenmiş. Anlatsana Surrendra."

Hardu gözlüğünü parlatırken gülümsedi. "Gece saat birde iki genç hanım arkadaşlarını getirdiler. Kız üniversiteye dönüşünü kutlamış, iyice sarhoştu. Kalçası fena kesilmiş. En az dört dikiş atacağımı, ama iz kalmayacağını söyledim. Dik, dedi kız, ben de şöyle eğilip dikmeye başladım..."

Hardu hayali bir kalça üzerine eğilip nasıl diktiğini gösterdi. Louis arkadan ne geleceğini tahmin ederek sırıtmaya başlamıştı.

"Dikişleri atarken birden başıma kusmaz mı!"

Masterton güldü. Louis de. Hardu sanki binlerce yaşamında binlerce kez başına aynı şey gelmiş gibi sakindi.

Kahkahalar sona erince Louis, "Surrendra, ne zamandan beri nöbettesin?" diye sordu.

"Gece yarısından beri. Gidiyordum zaten. Bir merhaba demek için kaldım."

"Merhaba öyleyse." Louis adamın ufak tefek kahverengi elini sıktı. "Şimdi eve git de uyu biraz."

"Dosyalar bitmek üzere," diye atıldı Masterton. "Şükürler Olsun ilahisini oku Surrendra."

"Ben sizin gibi Hıristiyan değilim."

"Öyleyse Hazır Karma falan gibi bir şeyin nakaratını söyle."

"İkinizin de şansı açık olsun," diye gülümseyerek çıktı odadan Hardu.

Louis'le Steve Masterton bir an adamın ardından baktılar, sonra birbirlerine döndüler. İkisi de aynı anda gülmeye başladılar. Louis hiç bu kadar içten ve normal gülmemişti.

"Bari şu dosyayı bitirelim," dedi Steve. "Bugün esrar satıcılarına hoş geldiniz deme günümüzdür."

Louis başını salladı. İlaç satanların ilki saat onda gelecekti. "Bir öğüt vereyim patron," dedi Steve. "Sizin Chicago'da bu heriflerin nasıl çalıştığını bilmem ama burada adamı bedava tatilden tutun da Bangor'da bedava bovling oyunlarına kadar her yere götürürler. Bir tanesi bana o şişirilen insan boyu seks bebeklerinden vermeye kalkışmıştı. Bana! Üstelik yalnızca asistanım burada! Bunlar insana ilaç satamazlarsa kullanmaya alıştırırlar yani."

"Senin yerinde olsaydım bebeği alırdım."

"Kızıl saçlıydı, tipim değil."

"Surrendra'nın dediği gibi düne benzemesin de..." dedi Louis.

18

Upjohn ilaç firmasının temsilcisi saat tam onda gelmeyince Louis adamı beklemekten vazgeçip idareye telefon etti. Karşısına çıkan Bayan Stapleton diye biri, Victor Pascow'un kayıtlarının bir kopyasını hemen göndereceğini söyledi. Louis telefonu kapatırken Upjohn'un temsilcisi de gelmişti. Adam Louis'e hiçbir şey vermeye çalışmadı, yalnızca New England'ın Patriots takımının maçlarına indirimli mevsimlik bilet isteyip istemediğini sordu.

"İstemem," dedi Louis.

"Ben de isteyeceğini sanmamıştım zaten," diyen adam çıkıp gitti.

Louis öğleyin Ayı İni'ne gidip bir balıklı sandviçle bir kola aldı. Yemeğini odasında, Pascow'un kayıtlarını incelerken yedi. Onunla hayvan mezarlığının olduğu Kuzey Ludlow arasında bir ilişki arıyordu... böylesine korkunç bir olay için akla yatkın bir açıklama olmalıydı. Belki de genç Ludlow'luydu, hatta orada bir kedisi ya da köpeği gömülüydü.

Aradığı bağlantıyı bulamadı. Pascow, New Jersey'in Bergenfield kentindendi, üniversiteye elektrik mühendisliği öğrenimi için gelmişti. Louis önündeki birkaç sayfa yazıda kendisiyle içeride ölen genç adam arasında da hiçbir bağ olmadığını açıkça görüyordu.

Kolasını içti, kamıştan gelen son yudumu da bitirdikten sonra çöplerini sepete attı. Hafif ama iştahlı yemişti. Duygularında doğal olmayan bir şey yoktu. Titreme nöbeti bir daha gelmemişti, şu anda o sabah duyduğu dehşet bile önemsiz, düşsel, kötü bir şaka gibi görünüyordu.

Bir süre düşündükten sonra omuzlarını silkip telefonu açarak Doğu Maine Sağlık Merkezi'nin numarasını çevirdi, morgu bağlamalarını istedi.

Karşısına çıkan patoloji memuruna kendini tanıttıktan sonra, "Orada bizim öğrencilerden biri var, Victor Pascow..." dedi.

"Artık yok," dedi karşı taraftaki ses. "Gitti."

Louis'in boğazı sıkılıyor gibi oldu. Güçlükle, "Ne?" dedi.

"Dün gece geç vakit cesedi uçakla ailesine gönderildi. Brookings-Smith Cenaze İşleri'nden biri gelip aldı. 109 sefer sayılı Delta uçağına koydular. Nereye gitti sanmıştınız? Dansa mı?"

"Hayır," dedi Louis. "Değil elbette. Yalnızca..." Yalnızca ne? Ne diye kovalıyordu bu işin arkasını? Aklı başında bir nedenle bunu üstelemek olanaksızdı. Ardı bırakılmalıydı, defterden silinmeliydi, unutulmalıydı. Bunun aksi bir sürü gereksiz sıkıntıydı. "Pek çabuk gibi geldi de," diye tamamladı sözünü.

"Dün öğleden sonra otopsi yapıldı..." Yine kâğıt hışırtıları. "Saat üçü yirmi geçe. Doktor Rynzwyck. Babası o sırada tüm gerekli işlemleri tamamlamıştı. Cesedin sabah saat ikide Newark'a vardığını tahmin ediyorum."

"Eh, madem öyle..."

"Nakliyecilerden biri işi karıştırıp adamı başka yere göndermemişse," dedi memur. "Delta'yla değilse de başkalarıyla birkaç kez başımıza geldi bu. Delta iyidir."

"Teşekkür ederim..."

"İsterseniz size Doktor Rynzwyck'in numarasını vereyim, ama genellikle sabahları Orono'da golf oynar."

"Önemi yok," dedi Louis.

Telefonu kapattı. *Bu iş de burada bitsin,* diye düşündü. *Sen o çılgın rüya mı, her neyse onu görürken, Pascow'un cesedi Bergenfield'da bir cenaze levazımatçısındaydı herhalde. Bu iş biter artık burada, bitsin artık burada.*

Öğleden sonra arabayla eve dönerken yatağın ayakucundaki çamurlara bulduğu bir açıklama sonunda içini rahat ettirmişti.

Gece uykusunda yürümüş olmalıydı. İşinin ilk gününde bir öğrencinin ağır yaralanmasının, sonra da kendi dispanserinde ölmesinin beklenilmezliği uykuda gezmesi sonucunu doğurmuş olmalıydı.

Her şey açıklanıyordu böylece. Rüya gerçek gibi görünmüştü, çünkü bazı bölümleri *gerçekti,* ayağının altında kilimin düğümlerini hissetmesi, kırağı ve kolunu çizen kuru dal. Pascow'un neden kapalı kapıdan geçebildiği ve kendisinin geçemediği de böylece açıklanmış oluyordu.

Bir resim belirdi gözlerinin önünde... Rachel bir gece önce merdivenlerden inerken, kendisini uykusunda dışarı çıkmaya çalışırken görüyor. Gülümsemekten kendini alamadı Louis. Karısının ödü kopardı kuşkusuz.

Uykuda gezme varsayımını bir kere kabul edince şimdi rüyayı yaratan nedenleri daha iyi anlayabiliyordu. Hayvan mezarlığı başka bir gerginlik anıyla ilişkili olduğundan gitmişti oraya. Orası karısıyla arasında ciddi bir tartışmaya neden olmuştu; ayrıca artan bir heyecanla, *kızımın ölüm fikriyle ilk karşılaşması*, diye düşündü. Dün gece yattığında kendi bilinçaltı da ölümle uğraşıyor olmalıydı.

İyi ki, bir şey olmadan dönmüşüm eve, dönüşümü hatırlamıyorum bile. Otomatik pilota bağlanmıştım herhalde.

İyi ki, öyle olmuştu. Sabahleyin kedi Smucky'nin mezarı başında uyanmak iyi olmazdı. Hiç kuşkusuz Rachel gibi o da donuna ederdi böyle bir durumda.

Ama artık hepsi geride kalmıştı.

İyi ama Pascow'un ölürken söylediği sözler ne olacak, diye sormaya çalıştı zihni, ama Louis hemen uzaklaştı o taraftan.

O akşamüzeri Rachel ütü yaparken, Eileen'le Gage de aynı koltuğa oturmuş *Muppet Show*'u seyrediyorlardı. Louis biraz hava almak için yürüyüşe çıkacağını söyledi.

Rachel ütüsünden başını kaldırmadan, "Gage'i yatırmama yardım edecek misin?" diye sordu. "Sen evdeyken gürültü çıkarmadan yattığını bilirsin."

"Çabuk dönerim."

"Nereye gidiyorsun baba?" diye sordu Eileen. Gözlerini ekrandan ayırmamıştı. Kermit, Bayan Piggy'den esaslı bir yumruk yemek üzereydi.

"Biraz dışarı çıkıyorum kızım."

"Peki."

Louis arka kapıdan çıktı.

On beş dakika sonra hayvan mezarlığında çevresine bakarken kısa bir süre önce orada bulunduğunu hissediyordu. Orada bulunduğu kuşkusuzdu. Kedi Smucky'nin anısına dikilmiş işaret tahtası devrilmişti. Pascow'un hayali kendisine yaklaştığında yapmıştı bunu. Rüyanın hatırlayamadığı sonlarına doğru. Louis farkında olmadan tahtayı doğrultup ağaç yığınına doğru yürüdü.

Bu yığını sevmiyordu. Bu ölü ağaçlar ve havanın etkisiyle beyazlaşmış kuru dalların kemik yığınına dönüşmesi anısı hâlâ tüylerini ürpertiyordu. Kendini zorlayıp birine dokundu. Kuru dal bir an dengede durdu, sonra yığının kenarına çarpıp yere yuvarlandı. Louis dal ayakkabısına değmesin diye bir adım geri çekildi.

Ağaç yığınının önce soluna, sonra sağına doğru yürüdü. Her iki yanda da çalılıklar öylesine sıktı ki, geçmek olanaksızdı. Öyle elle falan iki yana itilip geçilecek bir yer değildi. Eğer aklın başındaysa böyle bir şeye kalkışmazdın. Yere yakın yerlerde zehirli sarmaşık yığınları vardı. Louis bazı insanların zehre bağışıklı olduklarını söylediklerini duymuştu ama böyle birine daha rastlamış değildi. Onların gerisinde de hayatında gördüğü en iri dikenler vardı.

Louis ağaç yığınının ortasına döndü yine. Ellerini kot pantolonunun arka ceplerine sokup yığına baktı.

Buna tırmanacak değilsin herhalde?

Hiç niyetim yok patron. Böyle bir şeye neden kalkışayım ki?

Aferin. Bir an için ödümü patlattın Lou. Kendi dispanserine kırık bilekle gitmek için bundan iyisi olamaz doğrusu.

Öyle! Hava da kararmaya başladı.

Kendini artık iyice toplamış olan Louis ağaç yığınına tırmanmaya başladı.

Yarısına kadar çıktığı anda ayaklarının altında belirli bir çatırtı duyuldu.

Yuvarla kemikleri doktor.

Yığın bir daha çatırdadığında Louis gerisingeri dönmeye başladı. Gömleğinin etekleri pantolonundan dışarı çıkmıştı.

Herhangi bir olayla karşılaşmadan yere inip üstünü başını silkeledi. Evin yolunun başlangıcı olan patikaya kadar yürüdü. Evine, yatmadan önce kendisinden bir hikâye isteyecek çocuklarına, zampara olarak son gününü yaşayan Church'e, çocuklar yattıktan sonra mutfakta karısıyla oturup çay içmeye dönüyordu.

Oradan ayrılmadan önce açıklığa son bir kez baktı. Yeşil sessizlik kendisini büyülemiş gibiydi. Yerden yükselen sisin uzantıları mezar taşlarının çevrelerine dolanıyordu. Bütün o ortak merkezli daireler... sanki Kuzey Ludlow'un kuşaklar boyu süregelen o çocuk elleri hiç farkında olmadan Stonehenge'in bir modelini yapmışlar gibi.

Louis, hepsi bu mu ama?

Ayaklarının altındaki çatırtı sinirlerini bozmadan önce ağaç yığınının öte tarafına bir göz atabilmişti. Orada da bir patikanın olduğuna yemin edebilirdi. Ormanın derinliklerine doğru giden bir patika.

Seni ilgilendirmez bu Louis. Bu işin peşini bırakmalısın artık.

Pekâlâ patron.

Louis dönüp evine doğru yürüdü.

O gece Rachel yattıktan sonra Louis bir saat daha yatmayıp önceden okumuş olduğu tıp dergilerini bir daha gözden geçirdi. Yatmak, uyumak düşüncesinin kendisini huzursuz ettiği gerçeğini kabul etmiyordu bir türlü. Daha önce uykuda gezme diye bir derdi olmamıştı, bunun bir kerelik bir olay olup olmadığını da bilemiyordu... bir daha olana ya da olmayana kadar anlayamazdı bunu.

Rachel'ın yatarken kalktığını duydu. "Lou, gelmiyor musun sevgilim?" diye seslendi karısı.

"Geliyorum." Louis çalışma masasının lambasını söndürüp ayağa kalktı.

O gece makineyi kapatmak yedi dakikadan uzun sürdü. Rachel'ın yanı başındaki derin, sakin soluklarını dinlerken Victor Pascow'un hayali daha az düşsel gibiydi. Gözlerini kapattığı anda kapının gürültüyle açıldığını duyuyordu. Ve şeref konuğu Victor Pascow karşısındaydı, fırlak köprücükkemiği, soluk teni ve koşu şortuyla.

Louis birden hayvan mezarlığında uyanmanın nasıl olduğunu düşünerek kayıp kayıp dalıyordu uykuya. O kaba daireleri görmek, geri yürümek, uyanık olarak ağaçlar arasında gerisingeri yürümek. Bunları düşünüyor ve hemen uyanıyordu sonra.

Sonunda uyuduğunda vakit gece yarısını geçmişti. Hiç rüya görmedi o gece. Sabah saat yedi buçukta pencereye vuran yağmurun sesiyle uyandı. Korkuyla açtı örtüyü. Çarşaf tertemizdi. Ayakları da öyle.

Louis duş yaparken ıslık çaldığını fark etti.

19

Rachel, Winston Churchill'i veterinere götürürken Gage'i Bayan Dandridge'e bırakmıştı. O gece Eileen saat on bire kadar uyumadı, Church yanında olmadan uyuyamadığını söylüyor, durmadan su istiyordu. Louis sonunda yatağı ıslatacağını söyleyerek başka su getirmedi. Bunun üzerine kız öylesine bir ağlama nöbetine tutuldu ki, Louis'le Rachel kaşlarını kaldırarak birbirlerine baktılar.

"Church için korkuyor," dedi Rachel. "Bırak bu işin altından kendisi kalksın Lou."

"Umarım uzun süre böyle bağırmaz."

Eileen'in kısık, öfkeli çığlıkları az sonra iniltilere, mırıldanmalara dönüşmüştü. Sonunda sessizlik çöktü eve. Louis yukarı çıkınca kızın yerde, Church'ün içinde yatmaya tenezzül etmediği kedi yatağını kucaklamış bir halde uyuyakaldığını gördü.

Kızı kaldırıp yatağına yatırdı, terli yüzünden geri itti saçlarını, hafifçe öptü. Birden aklına bir şey gelmişti. Rachel'ın çalışma odası olan küçük odaya gitti, bir kâğıdın üzerine büyük harflerle YARIN DÖNECEĞİM, SEVGİLER, CHURCH diye yazıp kâğıdı kedi yatağının içine yerleştirdi. Sonra yatak odalarına girdi. Rachel'la seviştiler, birbirlerinin kolları arasında uyuyakaldılar.

Church eve Louis'in işe girdiğinin hafta cuma günü döndü. Eileen kediye kendi harçlığından biriktirdiği parayla kedi maması aldı, bir keresinde dokunmaya kalktı diye az daha Gage'i de tokatlayacaktı. Gage anne babası payladığında ağlamasına benzemeyen bir sesle ağlamaya başladı bunun üzerine, Eileen'den azar işitmek Tanrı'dan azar işitmek gibi bir şeydi çocuk için.

Church'e bakınca üzülüyordu Louis. Saçma bir şeydi bu belki ama duyguları değişmiyordu işte. Church'ün o eski hırçınlığından eser kalmamıştı. Artık bir kovboy bozuntusu gibi yürümüyordu, şimdi iyileşme halinde olan biri gibi ağır, dikkatli adımlar atıyordu. Eileen'in elinden yemek bile yiyordu. Dışarı, hatta garaja bile gitmek istemiyor gibiydi. Değişmişti. Belki de değişmesi onun iyiliğineydi.

Ne Rachel ne de Eileen hayvandaki bu değişimi fark etmiş görünüyorlardı.

20

Pastırma yazı da gelip geçti. Ağaçlar birden renklendiler, sonra yapraklar sarardı. Ekim ortalarında yağan soğuk bir yağmurdan sonra yapraklar döküldü. Eileen eve okulda yaptığı Hortlak Gecesi süsleriyle gelmeye başladı. Gage'e "Başsız Atlı" öyküsünü anlattı. Rachel ise oğlunun o akşam duyduğu öyküyü kendi diliyle anlatmaya çalışmasına kahkahalarla güldü. O sonbahar çok keyifliydi hepsi için.

Louis'in üniversitedeki işi de yorucu ama zevkli bir uyuma kavuşmuştu. Hastaları muayene ediyor, üniversite konseyi toplantılarına katılıyor, öğrenci gazetesine mektuplar yazıyor, üniversiteli kızların korkusuzca ve çekinmeden dispanserde zührevi hastalıklarına çareler bulabileceklerini bildiriyor, öğrencileri o yıl yeniden baş göstermesi beklenen grip salgınına karşı aşılanmaları için uyarıyordu. Toplantılara katılıyor, başkanlık da ediyordu.

Ekimin ikinci haftası New England'da bir konferansa katıldı ve öğrenci tedavisinin hukuksal yönleri hakkında bir de bildiri sundu. Bildirisinde Victor Pascow'dan "Henry Montez" takma adıyla söz etmişti. Bildiri yaygın bir ilgi gördü. Louis bir sonraki akademik yıl için dispanser bütçesi üzerinde çalışmaya başladı.

Akşamları da bir düzene girmişti artık; yemekten sonra çocuklarla oyun, daha sonra da Jud Crandall'la bir iki bira. Bayan Dandridge çocuklara bakabilecekse Rachel da bazen kendisiyle geliyordu. O zaman Norma da katılıyordu aralarına, ama genellikle yalnızca kendisi ve Jud oturuyorlardı. Louis yaşlı adamı, eski bir terlik kadar rahat buluyordu. Jud sanki kendisi yaşamış gibi üç yüz yıllık tarihini anlatıyordu Ludlow'un. Çok konuşuyor ama hiç saçmalamıyor, Louis'in de hiç canı sıkılmıyordu. Oysa Rachel'ın pek çok kez elini ağzına götürüp gizlice esnediğini görmüştü.

Saat onda falan evine dönüyor, çoğunlukla da gece karısıyla sevişiyorlardı. Evliliklerinin ilk yılından beri bu kadar sık sevişmemişlerdi, hele böylesine başarılı ve zevkli olarak. Rachel bunun artezyen kuyusundaki sudan ileri geldiğini söylüyor, Louis ise Maine havasına bağlıyordu.

Güz sömestrinin ilk günü meydana gelen Victor Pascow olayı hem öğrencilerin hem de Louis'in kafasından silinmeye yüz tutmuştu. Hiç kuşkusuz Pascow'un ailesi hâlâ yas içindeydi. Louis, Pascow'un babasıyla telefonda konuşmuştu, adam Louis'in elinden gelen her şeyi yaptığını duymak istemiş, Louis de herkesin elinden geleni yaptığı konusunda adama güvence vermişti. Karışıklığı, halının üstündeki lekeyi, oğlunun dispansere getirildiği anda artık ölmüş sayıldığını anlatmamıştı adama. Bunlar, Louis'in hiç unutamayacağı şeylerdi. Ancak başkaları için Pascow artık yalnızca bir anı, bir kaza kurbanıydı.

Louis rüyayı ve uykuda yürümesini hâlâ anımsıyordu, ama şimdi bu sanki bir başkasının başından geçmiş ya da televizyonda seyretmiş olduğu bir olay gibi geliyordu kendisine. Chicago'da altı yıl önce bir kere gittiği fahişe gibi. İkisi de önemsizdi, yankı odasında çıkarılan sesler gibi.

Ölüm halinde Pascow'un söylediği ya da söylemediği şeyleriyse hiç düşünmüyordu.

Hortlak Gecesi don vardı. Louis'le Eileen komşu ziyaretine Crandall'lardan başladılar. Eileen hortlak gibi sesler çıkarıp, Norma'nın mutfağında süpürgesiyle gezinir gibi yaptı. "Ne kadar güzel, değil mi Jud?" dedi Norma.

Aynı fikirde olan Jud bir sigara yaktı. "Gage nerede Louis? Onu da hortlak gibi giydirip getirirsin sanmıştım."

Gerçekten Gage'i de getirmeyi düşünmüşlerdi. Hatta Rachel'la Bayan Dandridge oğlan için oturmuşlar, güzel bir böcek elbisesi dikmişler, askılardan da duyargalarını yapmışlardı. Ancak Gage üşütmüştü, Louis oğlanın göğsünü dinlemiş, dışarıda havanın soğuk olduğunu görünce de dışarı çıkmasına izin vermemişti. Düş kırıklığına uğramıştı Rachel, ama itiraz etmemişti.

Eileen, Gage'e kendi şekerlerinden vereceğini söylemişti. Kardeşinin hastalığına duyduğu üzüntünün böylesine abartılmış olması karşısında Louis onun yalnız kaldığına pekâlâ sevinmiş olduğunu düşünmüştü. Böylece gecenin yıldızı kendisi olacaktı.

Ölümcül hastalar için kullanılan bir ses tonuyla, "Zavallı Gage," demişti kız. Kaçırdıklarının farkında olmayan Gage ise yanında uyuklayan Church'le birlikte televizyon seyrediyordu.

Oğlan fazla bir ilgi duymadan, "Eileen cadı," demiş ve televizyona dönmüştü yine.

"Zavallı Gage," dedi bir daha Eileen. Louis timsahların gözyaşlarını düşünerek gülümsedi. Eileen babasının elini yakalayıp çekti. "Hadi gidelim baba. Hadi gidelim, gidelim."

"Gage biraz üşütmüş," dedi Louis.

"Çok yazık," dedi Norma. "Gelecek yılki Hortlak Gecesi'nde beraber oluruz, ne yapalım? Çantanı uzat bakalım Eileen... Eyvah!"

Kadın masanın üstündeki tabaktan bir elmayla bir çikolata almıştı, ama ikisi de kayıp düşmüştü elinin arasından. Louis kadının elinin ne kadar pençeyi andırdığını düşündü. Eğilip yerde yuvarlanan elmayı aldı. Jud da çikolatayı alıp Eileen'in çantasına koydu.

"Tatlım, dur bir başkasını vereyim," dedi Norma. "Zedelenmiştir o."

"Yok canım." Louis elmayı Eileen'in çantasına sokmaya çalışırken, Eileen bir adım gerileyip çantasını kapattı.

Babası sanki aklını kaçırmış gibi bakıyordu. "Zedelenmiş elma istemem baba. Kahverengi lekeler... Ööö!"

"Eileen, terbiyesizlik ediyorsun."

"Gerçeği söyledi diye kızı azarlama Louis," dedi Norma. "Yalnız çocuklar söylerler su katılmamış gerçeği. O yüzden çocukturlar ya."

"Teşekkür ederim Bayan Crandall." Eileen öç alırcasına baktı babasına.

"Afiyet olsun yavrum."

Jud baba kızı kapıya kadar geçirdi. Eve doğru iki küçük hortlak geliyordu. Eileen ikisinin de okuldan arkadaşları olduğunu anladı, çocukları mutfağa götürdü. Jud'la Louis bir an kapı önünde yalnız kalmışlardı.

"Romatizmaları berbat," dedi Louis.

Jud başını sallayıp sigarasının külünü silkti. "Öyle. Her sonbahar ve kış biraz daha kötüleşiyor, ama bu kez gerçekten çok berbat."

"Doktor ne diyor?"

"Hiç. Norma kendisine gitmediği için hiçbir şey söyleyemiyor."

"Ne? Neden?"

Jud küçük hortlakları bekleyen steyşın vagonun ışıklarında çok çaresiz görünüyordu. "Sana daha uygun bir zamanda sormak isterdim Louis. Ama dostlar arasında pek merasime gerek yok sanırım. Onu bir muayene eder misin?"

Mutfaktan iki hortlağın garip sesleri, Eileen'in kahkahaları geliyordu. Her şey Hortlaklar Gecesi'ne pek uygundu.

"Norma'nın başka nesi var Jud? Başka bir şeyden mi korkuyor yoksa?"

"Göğsündeki ağrılardan şikâyet ediyor," dedi Jud alçak bir sesle. "Doktor Weybridge'e gitmiyor artık. Biraz endişelenmeye başladım ben de."

"Norma da endişeleniyor mu?"

Jud bir an duraksadı. "Korkuyor sanırım. O yüzden gitmiyor doktora. Çok eski arkadaşlarından biri olan Betty Coslaw geçen ay Sağlık Merkezi'nde öldü. Kanserdi. Norma'yla aynı yaştaydılar. O yüzden korkuyor."

"Onu seve seve muayene ederim," dedi Louis.

"Teşekkürler Louis. Bir gece yakalayıp üstüne çullanırsak, sanırım..."

Jud birden susup başını yana çevirdi. Louis'le göz göze geldiler.

Louis daha sonraları duygularının birbiri ardından nasıl geldiğini hatırlayamayacaktı. Bunları düşünmek bile başını döndürecekti. Anımsadığı tek şey, merakın yerini sanki kötü bir şey olmuş gibi bir duyguya bıraktığı oldu. O da Jud'un gözlerinin içine baktı. Nasıl davranması gerektiğini bilemiyordu.

"Hoooo... hooo..." diye mutfaktaki hortlaklar bağırmaya başladılar. "Hoooo... hoooo..." Birden hortlak sesi gerçek bir çığlığa dönüştü. "Aaaaaa!"

Hortlaklardan birinin çığlıkları duyuluyordu.

"Baba!" Eileen'in sesi korku doluydu. "Baba Bayan Crandall düştü!"

"Tanrım!" Jud inliyor gibiydi.

Eileen koşa koşa çıktı dışarı. Süpürgesi elindeydi. Diğer iki çocuk da ağlayarak geldiler arkasından.

Jud seksen yaşında bir insandan beklenmeyecek bir çeviklikle geçti kapıdan. Karısına sesleniyordu.

Louis ellerini Eileen'in omuzlarına dayadı. "Burada kapı önünde bekle. Tamam mı Eileen?"

"Baba, korkuyorum."

İki hortlak annelerini çağıra çağıra koşup geçtiler yanlarından, ellerindeki şeker torbaları sallanıyordu.

Louis eve girip mutfağa koştu, geri dönmesi için arkasından seslenen Eileen'e aldırmadı.

Norma yerde, masanın yanı başında elmalar ve çikolatalar arasında yatıyordu. Yere düşerken eli çanağa çarpmış olmalıydı. Çanak da payreks bir uçan daire gibi yanı başındaydı. Jud karısının nabzını dinliyordu. Gergin bir yüzle baktı Louis'e.

"Kenara çekil." Louis çömelirken bir elmaya bastı. Pantolonunun dizinde elmanın suyunu hissediyordu, mutfağı elma kokusu sardı birden.

İşte yeniden Pascow olayı, diye düşündü, ama düşünmesiyle birlikte kafasından uzaklaştırıp atması bir oldu.

Norma'nın nabzı çok hafif atıyordu. Aşırı aritmi, kalp krizi başlangıcı. Kadının elbisesini açınca sarı ipekli kombinezonu göründü. Louis kadının başını bir yana çevirip ilkyardım uygulamasına başladı.

"Jud, dinle beni." *Sol elin yan tarafıyla göğüskafesinin üstüne doğru. Sağ el sol bileği tutup güç verecek. Sıkı bastır, ama yaşlı kemikleri de unutma, şimdilik paniğe gerek yok. Aman yaşlı ciğerlerini çökertme.*

"Buradayım," dedi Jud.

"Eileen'i al, karşıya geçin. Dikkat et ama, araba falan çarpmasın. Rachel'a olanları anlat. Çantamı versin. Çalışma odasındaki değil, yukarı banyonun rafındakini. Rachel bilir. Bangor Sağlık Merkezi'ni arayıp bir ambulans istesin."

"Bucksport daha yakındır," dedi Jud.

"Bangor'unki daha hızlıdır. Git hadi. Sen telefon etme, Rachel etsin. Çantayı hemen getir."

Jud gitti. Louis tel kapının çarptığını duydu. Şimdi Norma Crandall ve elma kokusuyla kalmıştı. Oturma odasından yedi günde bir kurulan saatin tıkırtıları geliyordu.

Norma birden uzun uzun soludu. Gözkapakları titredi. Louis ansızın buz gibi, korkunç bir kesinlikle karşı karşıya olduğunu hissetti.

Gözlerini açacak... Tanrım gözlerini açacak ve hayvan mezarlığı hakkında konuşmaya başlayacak.

Ama kadın yalnızca tanımış gibi baktı Louis'in yüzüne, gözleri yine kapandı. Louis kendinden utanmıştı, bu saçma korku ona o kadar yabancı bir şeydi ki. Yine de içi rahatlamış, umutlanmıştı. Kadının gözlerinden hafif bir ağrı seziliyordu, ama şiddetli bir ıstırap yoktu. Ciddi bir kriz olmadığını düşündü.

Louis soluk soluğaydı şimdi. Yapay solunum yaptırmayı ancak televizyon dizilerindeki kahramanlar kolay becerirlerdi. Kalp masajı insanın tüm gücünü alıp götürürdü, yarın bütün gün sırtı ve omuzları ağrıyacaktı.

"Yardım edebilir miyim?"

Louis arkasına baktı. Kapının önünde pantolonlu, kahverengi kazaklı bir kadın duruyordu. Yumruğunu göğsüne bastırmıştı. *Hortlak çocukların anası,* diye düşündü Louis.

"Hayır," dedi. Sonra, "Evet, lütfen," dedi. "Bir bez ıslatın, sıkıp alnına koyun."

Kadın bezi ıslatmaya koştu. Norma'nın gözleri yine açılmıştı.

"Louis, düştüm," diye fısıldadı. "Bayıldım galiba."

"Kalbinde bir şey oldu. Çok ciddi görünmüyor. Şimdi sakinleş ve konuşma Norma."

Louis bir an dinlenip yeniden kadının nabzına baktı. Çok hızlı atıyordu. Mors şifresi verir gibiydi, kalbi bir süre normal atıyor, ardından pek fibrilasyon denemeyecek ama yine de epey hızlı derecede atıyordu. Sonra yine normale dönüyordu. Pek iyi bir şey değildi bu ama yine de kardiyak aritmisinden daha iyiydi.

Kadın bezi getirip Norma'nın alnına koydu. Kararsızca geri çekildi sonra. Jud, Louis'in çantasını getirdi.

"Ne oldu Louis?"

"Düzelecek." Louis, Jud'a bakıyor ama aslında Norma'yla konuşuyordu. "Ambulans geliyor mu?"

"Karın telefon ediyor, beklemeden geldim ben."

"Olmaz... hastane..." dedi Norma.

"Hastaneye gideceksin," dedi Louis. "Beş günlük kontrol, ilaç ve sonra da eve dönüp yatacaksın Norma. Ağzını açacak olursan o elmaların tümünü yediririm ha!"

Kadın hafifçe gülümsedi, gözlerini kapadı.

Louis çantasını açtı, Isodil şişesini çıkarıp içinden minicik bir hap aldı. Şişeyi kapatıp hapı parmakları arasında yuvarladı.

"Norma, beni duyuyor musun?"

"Evet."

"Ağzını açmanı istiyorum. Dilinin altına bir hap koyacağım. Küçük bir hap. Eriyene kadar orada kalmasını istiyorum. Tadı biraz acıdır ama aldırma. Tamam mı?"

Kadın ağzını açtı. Bayat takma diş kokusu yayıldı ağzından. Louis orada, mutfakta elmalar ve şekerler arasında yatan kadına karşı büyük bir acıma duydu içinde. Bir zamanlar onun da on yedi yaşında olduğunu, mahallenin bütün erkeklerinin memelerini gözlediklerini, kendi dişlerine sahip olduğunu, gömleğinin altındaki kalbinin küçük bir sağlam motor olduğunu düşündü.

Kadın hapı dilinin altına aldığı anda yüzünü buruşturdu. Hap biraz acıydı. Hep öyle olurdu. Ama Norma yardım edilemeyecek durumda bir Victor Pascow değildi. Norma'nın yaşayıp yeni yeni şeylere göğüs gereceğini düşünüyordu. Kadının eli havaya kalkıp bir şeyler arandı, Jud karısının elini tuttu.

Louis ayağa kalktı, yere düşen çanağı bulup elmaları ve şekerleri içine doldurdu. Kendisini yolun aşağısındaki evden Bayan Buddinger diye tanıştıran kadın da ona yardım etti, sonra çocuklarının arabada beklediklerini, gitmesi gerektiğini söyledi.

"Yardımınıza teşekkür ederim Bayan Buddinger."

"Ben bir şey yapmadım ki," dedi kadın. "Ama bu gece yatarken burada olduğunuz için Tanrı'ya şükredeceğim Doktor Creed."

Louis utanmış bir tavırla elini salladı.

"Ben de," dedi Jud. Louis'in gözlerinin içine bakıyordu. Kendini toparlamıştı artık. Bir anlık karışıklık ve korkusu geçmişti. "Sana borçluyum şimdi Louis."

"Bırak şimdi bunları." Louis kapıdan çıkmakta olan kadına el salladı. Kadın da gülümseyerek salladı elini. Louis bulduğu bir elmayı ısırdı. Elma öylesine tatlıydı ki... birden tat hücreleri harekete geçtiler. *Bu gece bir tane kazandın Lou,* dedi içinden. Zevkle ısırdı elmasını. Açlıktan ölüyordu.

"Borç borçtur," dedi Jud. "Sen de bir şey isteyince önce bana geleceksin Louis."

"Olur," dedi Louis. "Gelirim."

Bangor Sağlık Merkezi'nin ambulansı yirmi dakika sonra geldi. Louis, Norma'nın ambulansa yerleştirilmesine yardım ederken, Rachel'ın oturma odasının penceresinden kendisine baktığını gördü. Elini salladı karısına, Rachel da el salladı.

Louis'le Jud giden ambulansın ardından baktılar. Aracın ışıkları yanıp sönüyor, sireni çalmıyordu.

"Eh, ben de hastaneye gideyim," dedi Jud.

"Bu akşam onu görmene izin vermezler sanırım Jud. Bir elektro çekerler, sonra da yoğun bakıma yatırırlar. İlk on iki saat ziyaretçi sokmazlar yanına."

"İyileşecek mi dersin Louis? Gerçekten iyileşecek mi?"

Louis omuzlarını silkti. "Bunu kimse garanti edemez. Bir kalp kriziydi geçirdiği. Ama yine de iyileşecek sanırım. Hatta şimdi ilaca başlayacağı için eskisinden iyi de olabilir."

"Eh," diyen Jud bir sigara yaktı.

Louis gülümseyerek saatine baktı. Henüz sekize on kala olduğunu görünce şaşırdı birden. Oysa kendisine çok geçmiş gibi gelmişti.

"Jud gidip Eileen'e yardım etmek istiyorum."

"Öyle ya. Toplayabildiği kadar şeker toplamasını söyle ona."

"Olur."

Louis eve döndüğünde Eileen'in üstünde hâlâ cadı giysileri vardı. Rachel kıza geceliğini giydirmeye çalışmıştı, ama Eileen kalp kriziyle yarıda kesilen oyununa devam olasılığını aklından silmediği için üstündekileri çıkarmamakta direnmişti. Louis ona mantosunu giymesini söylediği zaman kız sevincinden zıpladı.

"Kız için çok geç olacak ama Louis."

"Arabayı alırız. Hadi, hadi Rachel, biliyorsun bir aydır bu geceyi bekliyor."

"Eh..." Karısı gülümsedi. Eileen annesinin yüzünü görünce bir sevinç çığlığı daha kopardı. Gardıroba koştu. "Norma iyi mi?"

"Sanırım." Kendini iyi hissediyordu Louis. Yorgun ama iyi. "Küçük bir krizdi. Bundan sonra çok dikkatli olması gerekecek ama, insan yetmiş beş yaşına geldiğinde sırıkla atlama günlerinin sona erdiğini anlamalı artık."

"İyi ki sen oradaymışsın. Tanrı'nın eli var bu işte sanki."

"Talih diyelim." Louis, Eileen'i görünce gülümsedi. "Hazır mısın Cadı Hazel?"

"Hazırım. Hadi... hadi... hadi!"

Yarım saat sonra yarım torba şekerle eve dönerlerken Eileen (Louis yeter deyince Eileen yarım ağızla itiraz etmişti, aslında o da çok yorulmuştu), "Bayan Crandall'ın kalp krizi geçirmesine ben mi neden oldum?" diye sorunca Louis çok şaşırdı. "Zedelenmiş elmayı almadım diye mi oldu?"

Louis çocukların böyle kör inançlara nasıl kapıldıklarını merak ederek baktı. Birden aklına hayvan mezarlığı ve o kaba daireler geldi. Kendine gülmek istedi ama gülemedi.

"Hayır yavrum, sen o iki hortlakla içerideyken..."

"Hortlak değildi onlar, Buddinger ikizleriydi."

"İşte sen onlarla mutfaktayken Bay Crandall bana karısının göğsünde sancıları olduğunu anlatıyordu. Doğrusunu istersen,

sen onun yaşamının kurtulmasına ya da hastalığının daha kötüye gitmesine engel oldun da diyebiliriz."

Şimdi şaşırma sırası Eileen'e gelmişti.

Louis başını salladı. "Bayan Crandall'ın doktora ihtiyacı vardı tatlım. Ben de doktorum. Senin hortlak oyunların olmasaydı orada olmayabilirdim."

Eileen uzun uzun düşündü bunu, başını salladı sonra. "Nasıl olsa ölecek ama," dedi. "Kalp krizi geçiren insanlar genellikle ölürler. Yaşarlarsa bile arkadan bir tane daha, bir tane daha geçirirler, sonunda da bummm!"

"Bu bilgece sözleri nerede öğrendiğini sorabilir miyim?"

Eileen omuzlarını silkti, bu hareketinin pek Louis'vari olması hoşuna gitmişti babasının.

Kız babasına en büyük güven belirtisini göstererek şeker torbasını taşımasına izin verdi. Louis onun davranışlarını düşünüyordu. Church'ün öleceği düşüncesi kızı paniğe uğratmıştı. Ama yaşlı Norma Crandall'ın öleceği fikri... Eileen bunu kaçınılmaz bir şey olarak büyük bir sakinlikle kabul etmişti. Ne demişti? *Bir daha, bir daha, sonra da bumm!*

Mutfak boştu, Rachel'ın yukarıdan ayak sesleri işitiliyordu. Louis, Eileen'in şekerlerini tezgâhın üstüne bıraktı. "İlle de öyle olması gerekmez Eileen," dedi. "Norma çok hafif bir kalp krizi geçirdi, ben de tedavisine hemen başlayabildim. Kalbinin pek hasar gördüğünü sanmam. O..."

"Biliyorum," dedi Eileen neşeyle. "Ama kadın yaşlı, nasıl olsa yakında ölecek. Bay Crandall da. Yatmadan önce bir elma yiyebilir miyim baba?"

Louis düşünceli düşünceli baktı kızına. "Hayır. Git dişlerini fırçala şimdi."

Çocukları gerçekten anladıklarını sanan insanlar var mıdır, diye düşündü.

Ev sakinleşip de yataklarına yattıklarında Rachel, "Eileen çok bozuldu mu Louis?" diye sordu. "Çok mu kötüydü?"

Hayır, dedi içinden Louis. *Yaşlıların belirli zamanlarda öldüklerini biliyor, tıpkı ip atlarken on üç numaraya basarsa en iyi arkadaşının öleceğini bildiği gibi... tıpkı hayvan mezarlığında mezarları giderek daralan halkalara yerleştirmek gerektiğini bildiği gibi...*

"Hayır," dedi. "Çok iyi görünüyordu. Hadi uyuyalım artık Rachel."

O gece onlar uyurlarken ve Jud da kendi evinde uyanık yatarken yeni bir don oldu. Sabahın erken saatlerinde çıkan rüzgâr ağaçlarda kalmış tek tük yaprağı da savurup götürdü.

Louis rüzgâr sesiyle uyanmış, dirsekleri üzerinde yarı uykulu bir halde doğrulmuştu. Merdivenlerde ayak sesleri vardı... ağır adımlar, sürtülen ayaklar. Pascow geri dönmüştü. *Ama şimdi iki ay geçti artık,* diye düşündü. Kapı açıldığında o çürümüş dehşeti görecekti, küflenmiş şort, dökülmüş etler, kurumuş beyin. Yalnızca gözler canlı olacaktı... cehennemi derecede parıltılı ve canlı. Pascow bu kez konuşmayacaktı; ses telleri ses çıkaramayacak kadar çürümüştü artık. Ama gözleri... gözleri kendisini çağıracaktı.

"Hayır," diyerek tuttuğu soluğunu bıraktı. Ayak sesleri kayboldu.

Louis kalkıp kapıya gitti, çekip açtı. Dudakları korku ve kararlılıkla gerilmişti, tüyleri ürperiyordu. Pascow orada olacaktı, havaya kaldırdığı kollarıyla Walpurgisnacht'ın gök gürültüsünü andıran ilk notalarını başlatacak olan çoktan ölmüş bir orkestra şefine benzeyecekti.

Böyle bir şey yoktu ama. Merdiven sahanlığında çıt çıkmıyordu... bomboştu. Rüzgârın uğultusundan başka ses yoktu. Louis yatağına dönüp uyudu.

21

Louis ertesi günü Doğu Maine Sağlık Merkezi'nin yoğun bakım ünitesine telefon etti. Norma'nın durumu hâlâ ciddiyetini koruyordu, bir kalp krizini izleyen yirmi dört saat için durum her zaman böyleydi. Ancak kadının doktoru Weybridge daha iç açıcı haberler verdi. "Bence hafif bir miyokard enfarktüsü bile değil. İz kalmamış. Norma size çok şey borçlu Doktor Creed."

O hafta başka bir gün Louis bir buket çiçek alıp hastaneye gidince Norma'nın aşağı katta yarı özel bir odaya taşınmış olduğunu gördü. İyiye işaretti bu. Jud da karısının yanındaydı.

"Kendini çok iyi hissediyor," dedi Jud çiçekleri üçüncü kez elinde evirip çevirerek.

Norma, Louis'e baktı. "Yaptıkların için teşekkür etmek isterim." İçtenlikle utanıyor gibiydi, bu hali de çok dokunuyordu insana.

Louis de utanmıştı. "Jud abartıyor," dedi.

"Hiç de değil," diye atıldı Jud. Gülümseyecekmiş gibi baktı Louis'e. "Annen sana teşekkürleri geri çevirmemeyi öğretmedi mi Louis?"

Louis'in anımsadığı kadarıyla böyle bir şey dememişti annesi, ama yanlış hatırlamıyorsa bir keresinde yapmacık alçakgönüllülüğün "kibir" günahının yarısı olduğunu söylemişti.

"Norma, elimden geleni seve seve yaptım," dedi.

"Çok iyi bir insansın sen. Benim şu kocamı al götür de sana bir yerde bir bira ısmarlasın şimdi. Benim uykum geldi yine. Jud'dan da bir türlü kurtulamıyorum."

Jud ayağa fırladı. "İşte bu oldu Louis! Çabuk, fikir değiştirmeden gidelim buradan!"

İlk kar Şükran Günü'nden bir hafta önce yağdı. Kasımın 22'sinde on santim daha yağdı, ama tatilden önceki gün hava açık, masmavi ve soğuktu. Louis ailesini Bangor Havalimanı'na götürüp Rachel'ın Chicago'daki anne babasını ziyaretleri için uçağa bindirdi.

Bu konudaki tartışmalarının başladığı bir ay öncesinden bu yana belki de yirminci kez, "Doğru değil bu," demişti Rachel.

"Şükran Günü'nde senin evde tek başına oturmandan hoşlanmıyorum. Bu ailece kutlanan bir bayramdır Louis."

Louis ilk parkası içinde kocaman görünen Gage'i öteki koluna aktardı. Eileen büyük camlardan birinin önünde bir askeri helikopterin kalkışını izliyordu.

"Eh, biramın başında oturup gözyaşı dökecek değilim," dedi Louis. "Jud'la Norma hindi yemeye davet ettiler. Asıl suçluluk duyan benim. Seni iki çocukla tek başına gönderdiğim için pişmanım hatta."

"Birinci mevki uçuyoruz, endişelenmene gerek yok. Bir prensesmişim gibi hissediyorum kendimi. Gage de Logan'dan O'Hare'ye kadar uyur nasıl olsa."

"Uyuyacağını umuyorsun yani?" İkisi de güldüler.

Uçağın anonsu yapılmıştı, Eileen koşa koşa yanlarına geldi. "Bizim uçağımız anne. Hadi yürü artık, koşalım, bizi almadan giderler sonra, hadi anne!"

"Gitmezler kızım." Üç pembe biniş kartı elindeydi. Üzerinde şahane bir kahverengi taklit kürk vardı... Kürk taklit de olsa Rachel pek sevimliydi içinde.

Duyguları bakışından anlaşılmış olmalı ki, Rachel aralarında Gage'i sıkıştırarak kocasını kucakladı. Gage şaşkın görünüyordu ama keyfi kaçmış değildi.

"Louis Creed, seni seviyorum."

"Anneee," diye sabırsızlıkla bağırdı Eileen. "Hadi... hadi... hadi..."

"Tamam, tamam," dedi Rachel. "Kendine iyi bak Louis."

"Olur. Sizinkilere selam söyle."

"Ah, sen yok musun!" Rachel burnunu kıvırdı kocasına. Hiç de aptal değildi, kocasının bu yolculuğa neden gelmediğini çok iyi biliyordu. "Ne komik ama!"

Louis uçağa binerlerken ailesini seyretti... Bir haftalığına gözden kayboldular sonra. Daha şimdiden özlemişti onları. Eileen'in az önce önünde durduğu pencereden uçağa bavulları yükleyen hamalları seyretmeye başladı.

Gerçek çok basitti. Lake Forest'lı Bay ve Bayan Goldman, Louis'in tıp fakültesindeki tüm masraflarını karşılamayı önermişti. Bunun karşılığında da Rachel'la nişanını bozmasını istiyorlardı.

Louis Creed o zamanlar yaşamının parlak bir döneminde değildi, zaten bu tür melodramatik öneriler (ya da daha doğrusu rüşvetler) yaşamının parlak döneminde olanlara yapılmazdı. Yorgundu bir kere. Haftada on sekiz saat derslere devam ediyor, yirmi saat kitap okuyor, on beş saat de bir pizzacıda garsonluk yapıyordu. Sinirleri bozulmuştu. Irwin Goldman'ın o geceki garip neşeli tutumu daha önceki soğuk davranışlarıyla çelişmekteydi. Goldman kendisini bir puro içmek için çalışma odasına çağırdığında, Louis, onun karısıyla bakıştığını fark etmişti. Goldman'ın kendisinin kızıyla yattığını bildiğini açıklayacağı anı beklemeye başlamıştı.

Oysa Goldman o inanılmaz önerisini yaptığında, hatta *Noel Coward* oyunundaki kahraman gibi ceketinin cebinden çek defterini çıkardığında, Louis birden patlamıştı. Goldman'ı kızını müzede sergilenen bir esermiş gibi saklamaya çalışmakla suçlamış, kendinden başka kimseyi düşünmediğini söylemiş, düşüncesiz, katlanılması olanaksız bir orospu çocuğu olduğunu dile getirmişti. Bu öfkesinin bir boşalma olduğunu Louis çok sonraları kabul edebilecekti.

Irwin Goldman'ın kişiliğine yapılan bu saldırılarda, hepsi gerçek bile olsa, diplomatça bir tutum olmadığından, tiyatro havası bir anda kayboluvermişti. Eğer bundan sonra konuşmada espri varsa bile pek kaba türdendi bu. Goldman, Louis'e defolup gitmesini, bir daha kapısının önünde görecek olursa köpek gibi geberteceğini söylemişti. Louis de Goldman'a çek defterini kıçına sokmasını önermişti. Goldman sokağın gelecekleri Louis Creed'inkinden çok açık görülen serserilerle dolu olduğunu söylemişti. Louis de Goldman'a Bank Americard ve American Express kartlarını çek defterinin yanına sokabileceğini anlatmıştı.

Bunların hiçbiri gelecekteki ailesiyle iyi bir ilişkiye sağlam bir adım değildi kuşkusuz.

Sonunda Rachel anne babasını razı etmişti. (Daha sonraları Louis de, Goldman da söylediklerinden dolayı özür dileyecek fırsat bulmuşlardı, ancak ikisi de birbiri hakkındaki fikirlerini zerre kadar değiştirmiş değillerdi.) Bundan sonra ne bir dram oynanmış ne de "Bu dakikadan itibaren kızım yok artık!" gibi sözler söylenmişti. Goldman kızını reddetmektense onun Kara Gölün Canavarı'yla bile evlenmesine razı gelirdi herhalde. Yine de düğün günü Irwin Goldman'ın yüzü Mısır mezarlarının üzerlerine yontulmuş yüzleri andırmaktaydı. Düğün armağanı olarak altı kişilik sofra takımıyla bir mikrodalga fırın verilmişti. Para yoktu. Louis'in hummalı okul yılları süresince Rachel bir kadın giyim mağazasında tezgâhtar olarak çalışmıştı. İşte o günden beri de anne babasıyla kocasının aralarının "gergin" olduğunu bilirdi.

Louis isteseydi ailesiyle Chicago'ya gidebilirdi, ancak üniversite programına göre Rachel'la çocuklardan üç gün önce dönmesi gerekecekti. Büyük bir sıkıntı değildi bu. Öte yandan İmhotep ve karısı Sfenks'le geçirilecek dört gün gerçekten sıkıntı vericiydi.

Çocuklar kaynanasıyla kayınpederini epey yumuşatmışlardı. Louis, Goldman'ın çalışma odasındaki o geceyi unutmuş gibi yaparak bu yakınlaşmayı daha da artırabileceğini biliyordu. Goldman'ın onun numara yaptığını bilmesi de önemli değildi. Ama bunu kendisinin bilmesi (ve bunu kabul edecek cesareti bulması) bu yakınlaşmayı olanaksız kılıyordu. On yıl uzun bir süreydi ama yine de Goldman'ın odasında konyaklarını yudumlarken adamın cebinden çek defterini çıkardığında ağzına gelen o pis tadı unutturacak bir süre değildi. Evet, Rachel'la dar ve çökmüş yatağında geçirdikleri beş gecenin öğrenilmemiş olmasına rahatlamıştı o zaman ama yine de duyduğu o şaşkın tiksintinin tadını geçen yıllar giderememişti işte.

Kendisi de gidebilirdi ama kayınpederine torunları ile kızlarını göndermeyi yeğlemişti.

Delta 727 pistte uzaklaşıyordu. Eileen'i camda kendisine el sallarken gördü. Sonra biri, Eileen ya da Rachel, oğlanı cama kaldırdılar. Louis el salladı, Gage de. Belki kendisini görmüştü, belki de Eileen'i taklit ediyordu.

Sağ salim gidip gelsinler, dedi içinden. Montunun fermuarını çekip park yerindeki arabasına doğru yürüdü. Rüzgâr başındaki avcı kasketini uçuracak kadar sertti burada. Titreyen elleriyle anahtarı kilide soktu, jetin burnu terminal binasının kenarından görününce arkasına dönüp el salladı. Çok yalnız hissediyordu şimdi kendini.

Jud ve Norma'yla birer bira içip akşam evine dönerken hâlâ keyifsizdi. Norma bir kadeh şarap içmişti. Mevsim nedeniyle mutfakta oturmuşlardı.

Jud küçük sobayı doldurmuş, çevresinde oturup soğuk birayı yudumlamışlar, Micmac Kızılderililerinin iki yüz yıl önce Machias'taki İngiliz çıkarmasının nasıl önlediklerini anlatmıştı Jud. O günlerde, dediğine göre, Micmac'lar epey korkulacak bir kabileydi. Bugün bile bazı eyalet ve federal devlet avukatları onları öyle buluyor olmalılardı.

İyi bir gece geçirebilirlerdi, ancak Louis kendini bekleyen boş evi düşünüyordu. Kapıya yaklaşırken içeride telefonun çaldığını duydu. Koşup kapıyı açtı, bir sehpayı devirerek oturma odasından geçti, mutfağa girdi. Muşambanın üstünde ayakları kayıyordu. Telefonu kapar gibi açtı.

"Alo?"

"Sen misin Louis?" Rachel'ın sesi, biraz uzak ama iyi. "Geldik. Hiçbir sorun çıkmadı."

"Çok iyi!" Louis karısıyla konuşmak için otururken, *keşke burada olsaydın,* diye düşünüyordu.

22

Jud'la Norma'nın yaptıkları Şükran Günü yemeği gerçekten çok iyiydi. Louis o gün yemekten sonra eve döndüğünde epey uykusu gelmişti. Hemen yukarı odasına çıktı, evin sakinliğinden hazzetmiş olarak terliklerini çıkarıp yatağına uzandı. Saat üçü geçiyordu, dışarıda soluk bir kış güneşi vardı.

Biraz uyuklayayım bari, diyen Louis az sonra derin bir uykuya dalmıştı.

Kendisini uyandıran telefon oldu. Hava kararmaya yüz tuttuğundan, biraz şaşırmış olarak el yordamıyla aradı telefonu. Evin köşelerinden dolanan rüzgârın uğultusunu, kaloriferin boğuk mırıltısını duyuyordu.

"Alo," dedi. Rachel olmalıydı bu. Chicago'dan kendisinin Şükran Günü'nü kutlamak istiyordu herhalde. Sonra Eileen'i verecek, Eileen durmadan konuşacak, ardından telefonu Gage alacaktı... Nasıl oldu da bu kadar uyumuştu? Oysa televizyonda maçı seyretmek istiyordu...

Ama telefondaki Rachel değil, Jud'du.

"Louis? Korkarım başın biraz dertte."

Louis uykusunu açmaya çalışarak doğruldu. "Jud, sen misin? Ne derdi?"

"Bizim bahçede ölü bir kedi var. Kızının kedisi sanırım."

"Church mü?" Louis'in midesi bulanır gibi oldu. "Emin misin Jud?"

"Yüzde yüz emin değilim ama ona benziyor."

"Tüh! Peki, hemen geliyorum."

"Tamam Louis."

Louis telefonu kapattıktan sonra bir süre hareketsiz durdu. Sonra tuvalete gitti, ayakkabılarını giyip aşağı indi.

Belki de Church değildir. Jud yüzde yüz emin olmadığını söyledi. Kedi birisi taşımadıkça yukarı kata bile çıkamıyor artık... neden yolun karşı tarafına geçsin ki?

Ama içinden onun Church olduğunu biliyordu... Rachel bu gece telefon ederse, ki nasıl olsa edecekti, Eileen'e ne diyecekti şimdi?

Fiziksel varlıklara her şey olabilir, dediğini hatırlıyordu Rachel'a. *Bir doktor olarak biliyorum bunu... Kedi yolda karşıya geçerken ezilirse bunu kıza anlatmayı ister miydin?* Ama bunu söylerken Church'ün başına bir şey geleceğine gerçekten inanmıyordu, değil mi?

Poker oynadığı arkadaşlarından Wickes Sullivan'ın bir sorusunu hatırlıyordu: Louis nasıl olup da bütün gün çırılçıplak gördüğü kadınlara karşı bir şey duymuyordu da, karısının karşısında tahrik oluyordu? Louis durumun insanların hayallerindeki gibi olmadığını anlatmaya çalışmıştı; gebelik testi yaptırmak için ya da kendi göğsünde kanser yoklamasını yapmayı öğrenmek için gelen bir kadın birdenbire örtülerini atıp istiridye kabuğundan çıkmış gibi durmazdı insanın karşısında. Bir meme görürdün, bir kalça, bir bacak arası. Diğer kısımlar hep örtülü olurdu ve yanı başındaki hemşire hastadan çok doktorun ününü korumak için orada bulunurdu. Wickes inanmamıştı. *Meme memedir,* diyordu durmadan. *Ya hep tahrik olursun ya da hiç olmazsın.* Louis'in buna verebildiği tek karşılık, insanın karısının memesinin diğerlerininkinden değişik olduğunu söylemek olmuştu.

Ailenin de başkalarından değişik olduğu gibi, diye düşündü şimdi de. Church tılsımlı aile çerçevesi içinde olduğu için kaza geçiremezdi, ölemezdi. Wickes'a doktorların da diğer herkes gibi algıladıkları şeyleri sınıflandırdıklarını anlatamamıştı. Bir meme karının memesi değilse meme değildi. Muayenehanede meme bir vakaydı. Bir tıbbi toplantıya katılıp yüzün konuşmaktan mosmor kesilene kadar çocuklardaki kan kanseri istatistiklerini sıralardın. Ama senin çocuğuna bir şey olsa bir türlü inanmazdın. *Benim çocuğuma mı? Benim çocuğumun kedisine hatta? Şaka ediyorsunuz doktor.*

Boş ver. Acele etme.

İyi ama Eileen'in günün birinde Church'ün öleceğini düşündüğü zaman nasıl paniğe kapıldığını hatırlayınca, söylendiği kadar kolay değildi bu.

Lanet olası aptal kedi, neden eve kedi aldık zaten?

"Church?" diye seslendi, ama evin içinde yalnızca dolarları yakıp homurdanan kazanın mırıltısından başka bir şey yoktu. Church'ün son zamanlarını geçirdiği koltuğun üstü boştu. Radyatörün üstünde yatmıyordu artık. Louis kedinin tabağını tıngırdattı, bir tek bu ses Churh'ü saklandığı yerden çıkarıp koşa koşa getirirdi. Ama bu kez ayak sesleri yoktu işte... ve bir daha da hiç olmayacaktı.

Ceketini, şapkasını giyip kapıya doğru yürüdü. Sonra geri döndü. Kalbinin sesine kulak vererek musluğun altındaki dolabı açtı. İki çeşit plastik çöp torbası vardı orada, evdeki çöp sepetleri için küçük beyazlar ve dışarıdaki büyük çöp kovası için büyük yeşiller. Louis yeşillerden birini aldı. Church kısırlaştıktan sonra epey şişmanlamıştı.

Torbayı, parmaklarına değen plastiğin kayganlığından hoşlanmayarak cebine soktu. Sonra evden çıkıp Jud'un evine doğru yürüdü.

Saat beş buçuk olmuştu ve akşam karanlığı iyice çökmeye başlamıştı. Manzaranın ölü bir hali vardı. Güneş artık nehrin ötesinde ufukta garip bir turuncuydu. Rüzgâr anayoldan doğru esiyor, Louis'in yanakları uyuşuyor, ağzından beyaz bir duman gibi çıkan soluğu savruluyordu. Louis ürperdi, ama soğuktan değil. Kendisini öylesine etkileyen yalnızlık duygusuydu. Güçlü ve etkileyici, yüzü olmayan bir yalnızlık. Kendini her şeyden uzak, tek başına hissediyordu.

Jud'u yolun karşısında kalın yeşil paltosuna sarınmış, yüzü kürklü başlığının gölgesinde kaybolmuş bir halde gördü. Donmuş bahçenin ortasında bir heykele benziyordu. Hiçbir kuşun ötmediği bu alacakaranlık manzarasında ölü bir şey daha.

Louis karşıya geçmeye başladığı anda Jud eliyle geri dönmesini işaret etti. Louis'in rüzgârdan duyamadığı bir şey söylemişti bağırarak. Rüzgârın uğultusunun şiddetlendiğini fark eden Louis attığı adımı geri aldı. Bir an sonra havalı bir korna sesi kulaklarını sağır ederken hemen yanından geçen bir Orinco tankeri pantolonunun paçalarını havalandırdı. Az daha tankerin altına girecekti.

Karşıya geçmeden yolun iki yanına da dikkatle baktı bu kez. Yalnızca uzaklarda kaybolan tankerin stop lambaları görünüyordu şimdi.

"Orinco tankerinin altında kalıyordun az daha," dedi Jud. "Biraz dikkatli ol Louis." Louis o kadar yaklaştığı halde hâlâ görememişti Jud'un yüzünü, karşısındakinin herhangi bir kişi olabileceği duygusunu kafasından çıkarıp atamıyordu.

Jud'un ayağı dibinde yatan kürklü şeye hâlâ bakmayarak, "Norma nerede?" diye sordu.

"Kiliseye ayine gitti. Yemeğe de orada kalır sanırım, ama son günlerde zaten bir şey yemiyor ki." Sert esen rüzgâr bir an için adamın başlığını geriye itmişti. Louis başlığın altında Jud'un yüzünü gördü... Başka kim olabilirdi ki? "Kadınların toplanması için mazeret işte," dedi Jud. "Öğleyin evde o kadar yemekten sonra sandviç falan yerler işte. Saat sekizde gelir sanırım."

Louis kediye bakmak için çömeldi. *Church olmasın, ne olur,* diyordu içinden. Eldivenli eliyle hayvanın başını çevirdi. *Başkasının kedisi olsun, Jud yanılmış olsun.*

Ama tabii ki Church'tü. Hayvan parçalanmış ya da ezilmiş değildi. Yoldan sık sık geçen büyük tankerlerden birinin altında kalmamıştı. (Orinco tankerinin Şükran Günü'nde yolda ne işi vardı?) Church'ün gözleri yarı açık ve yeşil bilyeler kadar parlaktı. Açık ağzında hafif bir kan sızıntısı vardı. Pek az kanamıştı, göğsünde kırmızı bir leke oluşturacak kadar.

"Seninki mi Louis?"

"Benimki," diyerek içini çekti Louis. Church'ü sevdiğini ilk kez o anda anlamıştı, Eileen kadar değil kuşkusuz ama kendine göre işte. Kısırlaştırılmasının sonrasında Church ağırlaşmış, kilo almıştı; Eileen'in yatağı, tabağı ve koltuk arasında gider gelir, hemen hiç sokağa çıkmazdı. Şimdi ölüyken eski Church olarak görüyordu onu. Keskin kedi dişleriyle dolu küçük ve kanlı ağız, hırçın bir kedininki gibi uzanmıştı ileri doğru. Ölü gözler öfkeli gibiydi. Sanki kısır olarak kısa yaşamının sakin aptallığını anlamış ve ölürken gerçek doğasını yeniden bulmuş gibi.

"Evet Church," dedi. "Şimdi bunu Eileen'e nasıl söyleyeceğim bakalım."

Birden bir fikir geldi aklına. Church'ü hayvan mezarlığına gömecekti, ama herhangi bir taş, işaret tahtası falan koymadan. Bu gece telefonda Eileen'e bir şey söylemeyecek, yarın da Church'ü hiç ortalarda görmediğini söyleyecekti. Öbür günse kedinin herhalde başını alıp gittiğini sandığını söylerdi. Kediler kimi zaman böyle yaparlardı. Eileen'in canı sıkılacaktı kuşkusuz... ama o ölümün kesinliği, Rachel'ın ölümle ilişkisi olmasını istememesi gibi şeyler olmayacaktı... Yalnızca eskiyip giden bir anı.

Korkak, diyordu zihninin bir yanı.

Evet... hiç kuşkusuz. Ama şimdi tartışmaya girmenin âlemi mi var?

"Eileen o kediyi çok severdi değil mi?"

"Evet." Louis hayvanın başını bir daha oynattı. Kedi katılaşmaya başlamıştı ama yine de başı çok rahat dönüyordu. Boynu kırılmış olmalıydı. Evet, boynu kırılmıştı. Louis olayı görebiliyordu şimdi. Church –neden neyse– karşıya geçerken bir araba ya da kamyon hayvana çarpmış, boynunu kırmış ve Jud Crandall'ın bahçesine fırlatmıştı. Ya da kedinin boynu donmuş toprağa düştüğünde kırılmıştı. Önemli değildi. Ne olmuş olursa olsun sonuç aynıydı. Church ölmüştü.

Vardığı sonuçları söylemek için başını kaldırıp Jud'a baktı ama yaşlı adam ufuktaki turuncu ışık çizgisine dikmişti gözlerini. Başlığı geriye düşmüştü, yüzü düşünceli ve sert, hatta aksi gibiydi.

Louis cebinden yeşil plastik çöp torbasını çıkardı, rüzgârdan uçup gitmemesi için sıkıca tuttu kenarlarından. Plastiğin hışırtısı Jud'u dalgınlığından kurtarmıştı.

"Evet, sanırım kediyi çok seviyor," dedi. Şimdiki zaman kullanması insana hafif bir ürperti veriyordu... İçinde bulundukları durum, solan ışık, soğuk, rüzgâr... ürkütücü ve gotik bir şeydi.

Kedinin kuyruğunu tuttu, torbanın ağzını açtı, hayvanı kaldırdı. Hayvan yere yapışıp donmuştu, havaya kaldırırken yırtılır gibi bir ses çıkınca tiksintiyle yüzünü buruşturdu Louis. Kedi inanılmayacak kadar ağırdı, sanki ölüm bir ağırlık olarak içine yerleşmiş gibi... *Bir kova kum kadar,* diye düşündü.

Jud torbanın kenarını tuttu, Louis hayvanı içine atıp o garip, çirkin ağırlıktan kurtulduğuna sevindi.

"Şimdi ne yapacaksın bunu?" diye sordu Jud.

"Garaja koyarım, sabaha da gömerim herhalde."

"Hayvan mezarlığına mı?"

Louis omuzlarını silkti. "Herhalde."

"Eileen'e söyleyecek misin?"

"Şey... bunu biraz daha düşünmem gerek."

Jud bir an durdu, sonra bir karara varmış gibi, "Beni bir iki dakika bekler misin Louis?" dedi.

Jud, Louis'in bu dondurucu gecede bir dakika bile fazla beklemek istemeyeceğini hiç aklına getirmemiş gibi uzaklaştı. O yaşta bir insanda çok garip olan kendine güven ve çeviklikle hareket ediyordu. Louis zaten söyleyecek bir şeyi olmadığını düşündü. Orada beklemekten mutluymuş gibi baktı Jud'un arkasından.

Kapı kapandıktan sonra yüzünü rüzgâra çevirdi, Church'ün içinde bulunduğu çöp torbası ayaklarının arasındaydı.

Mutlu.

Evet, mutluydu. Maine'e taşınmalarından bu yana ilk kez kendini artık kendi yerinde, yuvasında hissediyordu. Günün son ışıkları da çekildikten sonra, kışın başında şimdi burada dururken bir hüzün vardı içinde, ama yine de garip bir biçimde rahatlamış ve bütünleşmiş hissediyordu kendini, ta çocukluğundan beri olmadığı gibi.

Buralarda bir şeyler olacak sanırım. Hem de epey garip şeyler.

Başını arkaya atınca kararan gökyüzünde soğuk kış yıldızlarını gördü.

Orada ne kadar beklediğini bilemiyordu, aslında saniyeler ve dakikalar hesabıyla çok sayılmazdı herhalde. Birden Jud'un kapısı önünde bir ışık belirdi, merdivenlerden inmeye başladı. Jud eline dört pilli büyük fenerini almış geliyordu. Öteki elinde bir kazmayla bir kürek vardı.

Küreği Louis'e uzattı.

"Jud ne yapıyorsun? Bu gece gömemeyiz."

"Gömeriz. Gömeceğiz de." Jud'un yüzü, fenerin gözleri alan ışığının ardında görünmüyordu.

"Jud, ortalık karardı. Saat geç, üstelik soğuk da..."

"Hadi yürü de bitirelim bu işi," dedi Jud.

Louis başını sallayıp söze yeniden başlamayı denedi, ama mantıklı bir söz bulamıyordu. Rüzgârın uğultusu, karanlıktaki yıldızlara karşı sözler o kadar anlamsızdı ki.

"Yarına kadar bekleriz, hiç olmazsa yaptığımız..."

"Eileen kediyi seviyor mu?"

"Evet, ama..."

Jud müşfik ve her nasılsa makul derecede mantık taşıyan bir ses tonuyla, "Sen de kızını seviyor musun?" diye sordu.

"Elbette, benim kızım o..."

"Yürü öyleyse."

Louis, yaşlı adamın ardından yürüdü.

O gece hayvan mezarlığına giderken Louis yolda iki üç kez Jud'la konuşmaya çalıştı ama karşılık alamadı. Bu koşullar altında garip gelse bile o mutluluk duygusu halen devam ediyordu. Her taraftan birden çıkıyor gibiydi bu. Bir elinde Church'ü taşımaktan doğan ağrı, öteki elindeki küreğin verdiği ağrı bunun bir parçasıydı; insanın çıplak yerlerini uyuşturan buz gibi rüzgâr da ağaçların arasında dolanıyordu sanki. Ormana girdikten sonra kar yoktu ortalıkta. Jud'un fenerinin ışığı da aynı şeyin bir parçasıydı. Louis kavrayıcı, reddedilemez varlığını hissediyordu bir sırrın. Karanlık bir sır.

Gölgeler arkalarında kaldı, bir açıklığa girdiler. Yerde karlar parıldıyordu.

"Biraz dinlen," dedi Jud. Louis torbayı yere bıraktı. Koluyla alnında biriken terleri sildi. *Dinlen mi?* Gelmişlerdi oysa. Jud'un fenerinin ışığında mezar taşlarını görüyordu. Jud karların üstüne oturup yüzünü kollarının arasına gömdü.

"Jud? İyi misin?"

"İyiyim. Biraz soluğumu toparlamaya çalışıyorum."

Louis adamın yanına oturup sekiz on kere derin soluk aldı.

"Son altı yıldan bu yana kendimi hiç bu kadar iyi hissetmemiştim," dedi Louis. "Kızımın kedisini gömmeye gelmişken söylenecek bir şey değil belki ama gerçek bu. Kendimi çok iyi hissediyorum Jud."

Jud da birkaç kere soluk alıp verdikten sonra, "Biliyorum," dedi. "Arada sırada öyle olur. Kendini iyi hissedecek zamanı kendin seçemezsin, aksini de. Bulunduğun yerin de bununla bir ilgisi vardır, ama buna pek güven olmaz. Eroinmanlar da kollarına şırınga yaparlarken çok iyi hissederler kendilerini, oysa o anda zehirleniyorlardır. Hem vücutları, hem beyinleri zehirleniyordur. Burası da öyle olabilir Louis, sakın bunu aklından çıkarayım deme. Umarım doğru olanı yapıyorumdur. Öyle yaptığımı sanıyorum ama emin olamıyorum. Kafam karışıyor bazı bazı. Bunama yaklaşıyor herhalde."

"Neden söz ettiğini anlamadım."

"Bu yerin bir gücü vardır Louis. Burada pek yok ama... gideceğimiz yerin var."

"Jud..."

"Hadi." Jud ayağa kalktı. Fenerin ışığı ağaç yığınının üstüne düştü. Jud yığına doğru yürüyordu. Louis birden gece uykuda gezişini hatırladı. Pascow rüyasında ne demişti?

Ne kadar ihtiyaç duysan da sakın ötesine geçme doktor. Bu engel aşılmamak için konmuştur.

Ama şimdi, bu gece, o rüya veya uyarı veya her neyse, aylar değil, sanki yıllar gerisinde kalmış gibiydi. Louis kendini iyi, canlı, önüne çıkan her şeyin üstesinden gelebilecek kadar dinç hissediyordu. Birden içinde bulunduğu o anın da rüyayı andırdığını düşündü.

Jud kendisine doğru dönmüştü, başlığı bir boşluğu örtüyor gibiydi, Louis bir an karşısında duranın Pascow olduğunu düşündü, ışık birden aksi yöne çevrilecek, kürkler arasındaki kafatası ortaya çıkacaktı. Korkusu başından aşağı soğuk su dökülmüş gibi geri geldi.

"Oraya tırmanamayız Jud," dedi. "Bacağımızı falan kırarız, sonra da dönmeye çalışırken donup kalırız."

"Sen benim arkamdan gel," dedi Jud. "Beni izle ve yere bakma. Hiç duraksama ve sakın aşağı bakma. Yolu biliyorum, ama çok çabuk ve emin adımlarla geçmek gerek."

Louis belki de gerçekten bir rüya gördüğünü düşündü, belki de öğleden sonra yattığı uykudan uyanmamıştı henüz. *Uyanık olsaydım o yığına tırmanmazdım*, diye düşündü. *Sarhoş olup paraşütle atlamayacağım gibi. Ama bunu yapıyorum işte. Gerçekten yapıyorum galiba. Öyleyse... rüya görüyor olmalıyım. Öyle değil mi?*

Jud yığının kenarına doğru döndü, fenerin ışığı birbiri üstüne yığılmış ağaçları

(kemikleri)

ve kütükleri aydınlattı. Yığına yaklaştıkça ışık halkası küçülüyor, parlaklaşıyordu. Aradığı yer olup olmadığını kontrol için bir an bile duraksamadan tırmanmaya başladı Jud. Kayalık bir yamaca ya da kumlu bir tepeye tırmanırken olduğu gibi iki büklüm yürümüyordu. Merdivenden çıkarmış gibi tırmanıyordu. Bir sonraki adımını nereye atacağını çok iyi bilen bir insan gibi yürüyordu.

Louis de onu taklit ederek yürüdü.

Ayağını basacak bir yer aramak için önüne bakmıyordu. Kendisi izin vermedikçe ağaç yığınının bir zarar vermeyeceğine gariptir ama kesinlikle inanıyordu şimdi. Saçmalıktı bu kuşkusuz, bir insanın boynunda Aziz Khristos muskası olduğu takdirde körkütük sarhoş bile olsa hiç kaza yapmayacağına inanması gibi.

Ama oluyordu işte.

Kuru bir dalın silah patlaması gibi bir sesle çatırdayarak kırıldığı yoktu, insan her biri delmeye ve parçalamaya hazır, hava etkisiyle bembeyaz kesilmiş sivri dallardan oluşan bir çukura düşmüyordu. Ayakları devrilmiş ağaçların çoğunu sarmış olan kuru yosunlar üzerinde de kaymıyordu. Ne öne, ne de arkaya devriliyordu. Rüzgâr çevrelerindeki çamlar arasında uğultularla esmekteydi.

Bir an Jud'u yığının tepesinde gördü, yaşlı adam ondan sonra öteki yana inmeye başladı, önce dizleri gözden kayboldu, ardından baldırları, kalçaları ve beli. Şeyin... engelin öte yanındaki ağaçların dallarını aydınlatıyordu feneri. Evet, engeldi karşısındaki... başka bir ad vermenin anlamı yoktu.

Louis de tepeye vardı, bir an durakladı, sağ ayağıyla otuz beş derecelik bir eğimde duran devrilmiş bir kütüğe bastı, sol ayağı daha yumuşak bir yerdeydi... eski bir çamın dalları üstünde belki de. Eğilip bakmadı. Church'ün içinde bulunduğu torbayı sağ elinden sol eline aktardı, sağ eline daha hafif olan küreği aldı. Yüzünü rüzgâra çevirdi sonra, rüzgâr saçlarını dalgalandırarak sonsuz bir nehir gibi aktı yanı başında. Öylesine soğuk, öylesine temizdi ki... öylesine sabit.

Düz yolda dolaşır gibi rahatça inmeye başladı. Bir keresinde iriyarı bir erkeğin bileğinin kalınlığında olduğunu hissettiği bir dal ayağının altında kırıldı, ama hiç endişelenmemişti bundan, aşağı düşen ayağı beş on santim altta daha kalın bir dala bastı.

Louis sendelememişti bile. Birinci Dünya Savaşı'nda bölük komutanlarının çevrelerinde mermiler uçururken nasıl ıslık çalarak siperlerin üstünde dolaşabildiklerini anlıyordu şimdi. Çılgınca bir şeydi bu ama çılgınlığı heyecanını artırıyordu.

Jud'un parlak ışığından gözlerini ayırmadan aşağı inmeye devam etti. Sonunda aşağıya ayak basınca közlerin üstüne yeni atılan kömür gibi bir sevinç yalazlandı içinde.

"Başardık!" diye bağırdı. Küreği bırakıp Jud'un omzunu okşadı. Bir elma ağacının gemi sereni gibi sallanan en üst dalına nasıl tırmandığını hatırlamıştı. Yirmi yıldır kendini bu kadar genç, bu kadar canlı hissetmemişti. "Başardık Jud!"

"Başaramayacağımızı mı sanmıştın?"

Louis bir şey söylemek için ağzını açtı

(Başaramayacağımızı sanmak mı? Düşüp bir yerimizi kırmadığımız için talihli sayılırız!)

ama bir şey söylemeden kapattı yine. Jud'un ağaç yığınına yaklaştığı andan başlayarak hiç kuşkulanmamıştı aslında. Geri dönüş de onu korkutmuyordu artık.

"Öyle bir şey işte."

"Yürü bakalım, daha çok uzun bir yolumuz var."

Yürüdüler. Patika gerçekten de uzanıp gidiyordu. Zaman zaman çok genişliyordu, hep hareket eden ışıkta pek bir şey anlaşılmıyorsa da. Ağaçlar geriye çekilmişler gibi bir açıklık duygusu doluyordu insanın içine. Louis bir iki kez başını kaldırınca karaağaç duvarlarının arasından yıldızları gördü. Bir keresinde önlerinden bir şey hızla geçti, ışıkta yeşil gözlerin parıltısı göründü, sonra da kayboldu koşan her neyse.

Kimi yerdeyse patika öylesine daralıyordu ki, çalıların sivri uçları parmaklar gibi sürtünüyordu Louis'in montunun omuzlarına. Torbayla küreği sık sık bir elinden diğerine aktarıyordu şimdi, ancak omuzlarındaki ağrı yerleşmiş gibiydi artık. Yürümenin temposuna uymuş, bu tempoyla uyuşmuştu sanki. Evet, bir güç vardı burada, bunu hissediyordu. Lisedeyken sevgilisini alıp başka bir çiftle birlikte bir fabrikanın yanındaki çıkmaz bir yolda sevişmeye gitmişlerdi. Ancak aradan pek kısa bir süre geçince Louis'in sevgilisi eve dönmek ya da en azından başka bir yere gitmek istemişti. Dişleri (dolgulu olanları en azından, zaten dolgusuz olanı pek azdı) ağrımıştı orada. Louis de oradan ayrıldıklarına memnun olmuştu. Fabrikanın çevresindeki hava kendisini de huzursuz kılmış, adeta duygularını aşırı derecede uyandırmıştı. Burası da öyleydi işte, yalnız biraz daha güçlü. Güçlü ama hiç de kötü değil. Sanki...

Jud uzun bir yamacın altında durdu. Louis az kalsın çarpıyordu ona.

Jud, Louis'e döndü. "Gideceğimiz yere vardık sayılır. Bundan sonrası da o ağaç yığını gibidir. Çok rahat ve endişesiz yürümelisin. Beni izle ve yere bakma. Yamaçtan aşağı indiğimizi fark ettin mi?"

"Evet."

"Burası Micmac'ların Küçük Tanrı Bataklığı dedikleri yerin kıyısıdır. Buradan geçen kürk tacirleri buraya Ölü Adam'ın Bataklığı derlerdi, bataklığı bir kere geçip kurtulanların çoğu bir daha buraya ayak basmamışlardır."

"İnsanı yutar mı?"

"Hem de nasıl! Buzullardan artakalan kuvars kumları arasından su kabarcıkları çıkar. Silikon kumu deriz buna biz, herhalde başka bir adı vardır."

Jud yüzüne bakınca Louis adamın gözlerinde parlak ve pek de hoş olmayan bir şey gördüğünü sandı.

Jud birden feneri oynatınca bakışı kayboldu.

"Bu taraflarda pek çok garip şey vardır Louis. Hava biraz daha ağırdır... daha elektrikli falan..."

Louis birden irkildi.

"Ne oldu?"

"Hiç," dedi Louis. Çıkmaz yoldaki o geceyi anımsamıştı.

"Aziz Elmo'nun ateşini görebilirsin, gemici nuru denilen bataklık gazlarının yanması yani. Çok garip biçimler çıkar ortaya ama önemli değildir. O biçimleri görecek olursan ve bunlar seni rahatsız ediyorsa başını çevirirsin. İnsan sesine benzeyen gürültüler de duyarsın ama onlar da Prospect'teki dalgıçkuşlarıdır. Ses buraya kadar gelir. Çok gariptir."

"Dalgıçkuşu mu? Yılın bu mevsiminde mi?"

"Evet." Jud'un sesinden hiçbir şey anlaşılmıyordu. Louis bir an adamın yüzünü görme isteğine kapıldı. O bakış...

"Jud, nereye gidiyoruz? Bu, her yerin ötesinde ne işimiz var?"

"Vardığımız zaman söylerim. Yerdeki çalı kümelerine dikkat et."

Yeniden yürümeye başladılar, genişçe tümseklerden birinden diğerine atlıyorlardı. Louis ayağını bastığı yere bakmıyordu bile. Ayakları kendiliğinden buluyorlardı tümsekleri. Yalnız bir kere ayağı kaydı, sol ayakkabısı ince buz tabakasını yarıp soğuk ve her nasılsa vıcık vıcık durgun suya girdi. Louis hemen çekti ayağını, Jud'un titrek ışığını izlemeye devam etti. O ışık, ağaçların arasında titremesi, çocukluğunda okuduğu korsan hikâyelerini hatırlatmıştı. Kötü insanlar gece karanlığında altın külçelerini gömmeye gidiyorlardı... Tabii sonunda biri, kalbinde bir kurşunla, çukurun dibine sandığın yanına devrilecekti. Bu kanlı hikâyelerin yazarlarına göre, korsanlar ölü arkadaşlarının ruhunun hazineyi koruyacağına inanırlardı.

Ama biz hazine gömmeye gelmedik ki. Kızımın kısırlaştırılmış kedisini gömmeye geldik buraya.

İçinde çılgınca bir kahkahanın yükseldiğini hissetti, güçlükle bastırdı.

"Ses gibi gürültüler" duymamış, Aziz Elmo'nun ateşini de görmemişti. Ama bir süre yürüdükten sonra yere bakınca ayaklarının, dizlerinin, bacağının alt kısımlarının dümdüz, bembeyaz bir pus altında kaybolduğunu gördü. Yeryüzünün en hafif kar yığını arasında yürüyor gibiydi.

Havada da bir aydınlanma olmuştu sanki, havanın ısındığına yemin bile edebilirdi şimdi. Kazmanın küt ucunu sırtına atmış olan Jud'un önünde hızlı adımlarla yürüdüğünü görebiliyordu. Kazma, hazine gömmeye kararlı bir insan hayalini güçlendiriyordu.

O çılgın coşkun hali devam ediyordu hâlâ. Birden belki de Rachel'ın kendisine telefon etmeye çalıştığını düşündü. Evde telefon çalıyor, o akıllı uslu, şiirsellikten uzak sesini boş eve yayıyordu.

Az daha Jud'a çarpıyordu yine. Yaşlı adam patikanın ortasında durmuştu. Başını bir yana eğmişti. Dudakları büzülmüş ve gergindi.

"Jud? Ne..."

"Şişşşt!"

Louis susup huzursuzca çevresine bakındı. Pus daha az yoğundu bulundukları noktada, ama yine de kendi ayakkabılarını bile göremiyordu. Birden çalılar arasında bir çatırtı, dalların kırılmasından çıkan bir gürültü işitti. İleride bir şey yürüyordu, hem de çok iri bir şey.

Jud'a bunun geyik olup olmadığını (aslında aklından geçen ayıydı) sormak için ağzını açtı, ama sonra hemen kapattı yine. *Ses uzaklara kadar gider,* demişti Jud.

Farkında olmaksızın Jud'u taklit ederek o da başını yana eğdi ve dinledi. Ses önceleri uzaktan geliyordu, sonra birden çok yaklaştı; onlardan uzaklaşıyor, sonra ürkütecek kadar yakına geliyordu. Louis alnında biriken ter damlalarının yanaklarından aşağı süzüldüğünü hissetti. Church'ün içinde bulunduğu torbayı öteki eline aktardı yine. Avucu terlemişti, yeşil plastik yağlıymış gibi eli arasından kayıyordu. Oradaki şey şimdi öylesine yakındı ki, Louis her an onun iki ayağı üstünde doğrulmuş biçimini göreceğini düşünüyordu, hatta kim bilir belki de dev gibi kıllı gövdesiyle yıldızları bile örtecekti.

Artık ayı diye bir şey düşünmüyordu.

O an ne düşündüğünü kendisi de bilmiyordu.

O şey her neyse birden hareket edip ortadan kayboldu.

Louis yeniden açtı ağzını. "Neydi o?" diye sormaya hazırlandı. Ancak tam o anda karanlıktan tiz ve çılgınca bir kahkaha yükseldi, insanın iliklerini donduran, beynini delen bir şekilde yankılandı. Louis vücudunun tüm eklemlerinin donduğunu, her nasıl olmuşsa kilo aldığını hissetti; öylesine ağırlaşmıştı ki, kaçmak için dönecek olursa bataklığa devrilip çamurlar arasında kaybolacaktı.

Kahkaha yükseldi, bir kaya kütlesindeki çatlaklar gibi kupkuru parçalara bölündü, bir çığlık haline geldi ve kaybolmadan önce insanın boğazından yükselen hıçkırıklara dönüştü.

Bir yerlerde bir su damlıyor, başları üstünde de rüzgâr sürekli akan bir nehir gibi uğulduyordu. Bunun dışında Küçük Tanrı Bataklığı sessizdi.

Louis titremeye başladı. Tüm vücudu, özellikle karnı çekilip büzülüyordu. Evet, buna başka bir ad veremezdi, etleri kemikleri üstünde hareket ediyor gibiydi. Ağzı kupkuruydu. Tükürük diye bir şey kalmamıştı. Ama o coşkulu hali, o üstünden atamadığı çılgınlık hâlâ devam ediyordu.

"Neydi o Tanrı aşkına?" diye boğuk bir sesle sordu Jud'a.

Jud döndü. Loş ışıkta Louis onu yüz yirmi yaşındaymış sandı. Gözlerinde o garip, canlı ışıktan eser yoktu şimdi. Yüzü gerilmişti, gözlerinden korku akıyordu. Ama konuştuğunda sesi sakindi. "Bir dalgıçkuşu," dedi. "Yürü hadi, geldik sayılır."

Yürüdüler. Toprak sertleşmişti yine. Louis bir an bir açıklığa vardıklarını sandı. Havadaki o soluk parıltı kaybolmuştu artık, bir metre ilerisindeki Jud'un sırtını ancak görüyordu. Ayakları altında dondan kaskatı kesilmiş kısa çimenler vardı. Her adımda cam gibi kırılıyorlardı. Sonra yine ağaçların arasına girdiler. Çam kokusu duyuyor, iğnelerini hissediyordu. Zaman zaman bir dal sürünüyordu orasına burasına.

Louis yön ve zaman duygusunu yitirmişti şimdi, ancak pek fazla yürümeden Jud durup kendisine döndü.

"Basamaklar var burada. Kayalar kesilerek yapılmış. Kırk iki ya da kırk dört basamak, tam olarak hatırlamıyorum. Arkamdan gel. Yukarı çıkınca varmış olacağız gideceğimiz yere."

Louis, yaşlı adamın ardından tırmanmaya başladı.

Taş basamaklar geniş olmasına genişti ama topraktan uzaklaşıyor olmaları duygusu da çok huzursuzluk veriyordu. Ayağının altında taş parçaları hissediyordu.

... on iki... on üç... on dört...

Rüzgâr şimdi daha sert, daha soğuktu, yüzünü uyuşturuyordu. *Ağaçların üstüne mi çıktık,* diye düşündü. Başını kaldırınca milyonlarca yıldız gördü. Karanlıkta soğuk ışıklar. Hayatında kendini hiç bu kadar küçük, önemsiz, anlamsız hissetmemişti yıldızlar karşısında. O eski soruyu bir daha sordu kendi kendine. *Orada akıllı varlıklar var mı acaba?* Bu düşünce ürpertmişti kendisini, sanki bir avuç canlı böcek yemek isteyip istemeyeceğini sormuş gibi.

... yirmi altı... yirmi yedi... yirmi sekiz...

Bu basamakları kim yonttu acaba? Kızılderililer mi? Micmac'lar mı? Alet kullanan insanlar mıydı onlar? Jud'a sormalıyım bunu. "Alet kullanan insanlar" aklına "kürklü hayvanları" getirmişti, onun ardından da ağaçlar arasında dolaşan o şeyi hatırladı. Birden ayağı bir yere takıldı, elini solundaki kayaya uzattı düşmemek için. Duvar çok yaşlı gibiydi, aşınmış, buruşuk, kırıklı... *İyice eskimiş kuru deri gibi,* diye düşündü.

"İyi misin Louis?" diye mırıldandı Jud.

"İyiyim." Oysa soluksuz kalmıştı, Church'ün ağırlığından kasları ağrıyordu.

... kırk iki... kırk üç... kırk dört...

"Kırk beş," dedi Jud. "Unutmuşum. On iki yıldır çıkmadım buraya. Bir daha da geleceğimi sanmam. Hadi çık bakalım."

Louis'in kolunu tutup son basamağı çıkmasına yardım etti.

"Geldik işte."

Louis çevresine bakındı. Yıldızların soluk ama yeterli ışığında bulunduğu yeri görebiliyordu. Toprağın üzerinde kara bir dil gibi uzanan taşlık bir kayanın üzerindeydiler. Öteki tarafa bakınca, merdivenlere varmak için içinden geçtiği çam ağaçlarının tepelerini görebiliyordu. Arizona ya da New Mexico'da doğal sayılabilecek üzeri düz, dimdik bir tepenin üstündeydiler. Tepenin üzerinde ağaç olmadığı için güneş karları eritmişti. Louis, Jud'a dönünce kuru otların rüzgârda eğildiklerini gördü. Bir tepedeydiler. Az ileride toprak yine ağaçlara doğru yükseliyordu. Ancak bu düzlük çok garipti, New England'ın alçak ve yaşlı tepeleri arasında çok garipti...

Alet kullanan Kızılderililer, diye düşündü birden.

"Yürü hadi." Jud yirmi beş metre ilerideki ağaçlığa doğru yürüdü. Rüzgâr çok sert esiyordu ama insan kendini dipdiri hissediyordu şimdi. Louis hayatında gördüğü en yaşlı, en uzun çamlar altında bir dizi şekil gördü. Bu yüksek ve yapayalnız yer insanda bir boşluk duygusu yaratıyordu. Ama canlı bir boşluk.

Kara şekiller taş öbekleriydi.

"Micmac'lar tepenin üstünü düzeltmişler," dedi Jud. "Kimse bunu nasıl yaptıklarını bilmiyor, Mayaların piramitleri nasıl yaptıklarını bilmedikleri gibi. Mayalar gibi Micmac'lar da unutmuşlar bunu."

"Neden ama? Neden böyle yapmışlar?"

"Burası mezarlıklarıydı. Eileen'in kedisini buraya gömmen için getirdim seni. Micmac'lar insan ve hayvan arasında bir ayrım gözetmezlerdi. Hayvanlarını sahiplerinin yanına gömerlerdi."

Louis onlardan bir adım daha ileri gitmiş olan Mısırlıları düşündü. Mısırlılar kralları ölünce, onların evcil hayvanlarını da öldürürlerdi, sahiplerinin ruhlarının gideceği yere gitsinler diye. Bir firavunun kızının ardından on binden fazla hayvan öldürüldüğünü okuduğunu anımsıyordu, bunların arasında altı yüz domuzla iki bin tavus kuşu da vardı. Domuzlar, ölü kızın en sevdiği koku olan gülsuyuyla yıkanmışlardı boğazları kesilmeden önce.

Piramitler de yapmışlardı. Mayaların piramitlerinin ne işe yaradıkları bilinmiyor ama Mısırlıların piramitlerinin ne olduğunu çok iyi biliyoruz... Ölüm anıtları... Dünyanın en büyük mezar taşları. Burada II. Ramses yatıyor. Saygılıydı. Louis elinde olmadan kupkuru bir kahkaha attı.

Jud hiç şaşırmamış gibi baktı Louis'in yüzüne.

"Git hayvanı göm," dedi. "Ben bir sigara içeceğim. Sana yardım ederdim ama bu işi kendin yapman gerek. Herkes kendi ölüsünü gömer. O zaman böyle yapılırdı."

"Jud, ne demek oluyor bütün bunlar? Beni neden getirdin buraya?"

"Norma'nın hayatını kurtardın diye." Sesinden içten olduğu anlaşılıyordu, Louis onun kendini böyle gördüğünden emindi ama yine de içinde yaşlı adamın yalan söylediği inancı vardı... ya da kendisine yalan söylenmişti ve şimdi o da bu yalanı Louis'e aktarıyordu. Jud'un gözlerinde gördüğü ya da gördüğünü sandığı o bakışı hatırladı.

Ama burada bunların hiçbirinin önemi yoktu. Önemli olan sürekli akan bir ırmak gibi kendisini iten, saçlarını savuran rüzgârdı.

Jud oturup sırtını ağaçlardan birine dayadı, avuçları arasında yaktığı kibritle sigarasını yaktı. "İşe başlamadan önce biraz dinlenmek ister miydin?"

"Gerek yok, yorgun değilim." Sorulara devam edebilirdi ama birden bunu hiç istemediğini fark etti. Yanlış bir iş yapıyor gibiydi, ama yine de yaptığının doğru olduğunu hissediyordu. Şimdilik daha fazla üstelememeyi uygun gördü. Bilmesi gereken bir tek şey vardı şimdi. "Toprak tabakası çok ince görünüyor, gerçekten bir mezar kazabilecek miyim?" Louis merdivenlerin başında kayaların toprağın üstüne çıktığı yeri işaret etti.

Jud başını salladı. "Doğru, toprak tabakası incedir, ama ot büyüyen yerler gömmek için yeterlidir Louis. İnsanlar çok uzun bir süre ölülerini gömdüler buraya. Ama bu işin pek kolay olmadığını da göreceksin."

Kolay değildi gerçekten. Toprak taşlık ve sertti. Church'ü içine alacak bir çukur kazmak için kazmaya ihtiyacı olacağını çok geçmeden anladı. Önce kazmayla sert toprağı ve taşları kırmaya, sonra da bunları kürekle atmaya başladı. Elleri acıyordu ama vücudu ısınmıştı. İyi bir iş yapmak için güçlü, karşı konulmaz bir duygu vardı içinde. Kimi zaman bir yaraya dikiş atarken yaptığı gibi hafifçe bir melodi mırıldanmaya başladı. Kazma kimi zaman sert bir kayaya çarpıyor, kıvılcımlar fışkırıyor, tahta saptan geçen titreşimler ellerini titretiyordu. Avuçlarında su kabarcıklarının toplandığını hissediyor, ancak çoğu doktor gibi ellerinin bakımına çok önem verdiği halde buna aldırış bile etmiyordu.

Çevresinde ve başının üstünde ağaçlar arasında şarkı söyler gibi esen rüzgârın dışında ancak yere atılan taşların çıkarabileceği birtakım sesler duydu. Omzu üzerinden bakınca yere eğilmiş olan Jud'un kendisinin çıkardığı irice taşları bir yığın halinde toplamakta olduğunu gördü.

Louis'in baktığını gören Jud, "Kazdığın mezar için," dedi.

"Ya?" Louis işine döndü.

Altmış santim eninde ve doksan santim boyunda bir çukur kazmıştı, *lanet olasıca bir kedi için Cadillac gibi bir mezar*, diye düşündü. Çukur yetmiş beş santim kadar derinleşince kazma artık her vuruşta kıvılcımlar çıkarmaya başlamıştı. Louis kazmayla küreği bir yana atıp o derinliğin yeterli olup olmadığını sordu.

Jud kalkıp şöyle bir baktı. "Bence yeter. Ama önemli olan senin görüşün."

"Bana neler olup bittiğini söyleyecek misin artık?"

Jud gülümsedi. "Micmac'lar bu tepenin tılsımlı olduğuna inanırlardı. Doğudaki ve kuzeydeki bataklıktan bu yana olan ormanların da tılsımına inanırlardı. Burasını yapıp ölülerini her şeyden uzağa gömdüler, böylece diğer kabileler buralara yaklaşmadılar, Penobscot'lar bu ormanların hayaletlerle dolu olduğunu söylerlerdi. Daha sonraları kürk avcıları da aynı şeyleri söylemeye başladılar. Sanırım bataklıkta yanan gazları görünce hayalet gördüklerini sanmışlardır."

Hiç de öyle düşünmüyorsun ya, dedi içinden Louis.

"Daha sonraları Micmac'lar bile buraya gelmemeye başladılar. Birisi burada bir Wendigo gördüğünü ve toprağın bozulduğunu söyledi. Büyük bir toplantı yaptılar bunun üzerine. Benim gençliğimde dinlediğim hikâyeler bunlar. Stanley Bouchard anlatmıştı... ve Stanley bilmediği şeyi uydururdu."

Wendigo'nun kuzey bölgelerinin bir ruhu olduğunu bilen Louis, "Sence toprak gerçekten bozulmuş muydu?" diye sordu.

Jud gülümsedi ya da hiç olmazsa dudakları aralandı. "Bence tehlikeli bir yer burası. Ama kediler ve köpekler falan için değil. Hadi, göm hayvanını Louis."

Louis torbayı çukura bırakıp üzerini toprakla örttü. Şimdi yorulmuştu artık, üşüyordu. Plastik torbanın üstüne düşen toprak insanın içini karartan bir ses çıkarıyordu. Buraya geldiğine pişman olmadığı halde, içindeki o coşku duygusu yavaş yavaş kayboluyordu. Bu serüvenin bir an önce bitmesini istiyordu artık. Eve dönüş yolu epey uzundu.

Toprağın torbanın üstüne çarptıkça çıkardığı patırtı yavaş yavaş azalıyordu, az sonra toprağın toprağa çarpmasından çıkan boğuk ses kalmıştı. Louis küreğin ucuyla son parça toprağı da çukura iteledi, *hiçbir zaman yeterli değildir,* diye düşündü. Cenaze levazımatçısı amcasının en az bin yıl önce söylediği bir sözü hatırlıyordu: *Açtığın çukuru doldurmaya yetmez çıkan toprak.* Sonra Jud'a döndü.

"Taş yığını," dedi Jud.

"Bak Jud, çok yorgunum, üstelik..."

"Eileen'in kedisi ama?" Jud'un sesi yumuşak ama acımasızdı. "Doğru olanı yapmanı isterdi sanırım."

Louis içini çekti. "Herhalde."

Jud'un tek tek verdiği taşları üst üste dizmek de on dakika sürdü. İş bittiğinde Church'ün mezarı üstünde alçak, koni biçiminde bir taş yığını vardı ve Louis gerçekten az da olsa yorgun bir zevk duyuyordu. Yıldızların ışığı altında diğerleri gibi yükseliyordu kendi taş yığını da. Eileen herhalde hiç görmeyecekti bunu, kızı bataklıktan geçirme düşüncesi bile Rachel'ın saçlarını beyazlatmaya yeterdi, ama kendisi görmüştü ve iyiydi işte.

Ayağa kalkıp pantolonunun dizlerini silkelerken, "Bunlardan çoğu devrilmiş," dedi. Şimdi çevresini daha iyi görüyordu, pek çok yerde taşlar yuvarlanmış, dağılmıştı. Ama Jud kendi yığınını kendisinin kazdığı mezardan çıkan taşlarla yapmaya özen göstermişti.

"Öyle. Sana dedim ya, çok eskidir burası."

"İşimiz bitti mi artık?"

"Bitti." Jud, Louis'in omzunu tuttu. "İyi bir iş becerdin Louis. Yapacağını biliyordum zaten. Hadi eve dönelim şimdi."

"Jud..." diye söze başlayacak oldu Louis ama Jud kazmayı alıp basamaklara doğru yürüdü. Louis de küreği alıp yetişmek için ardından koştu, sonra da soluğunu yola saklayarak hiçbir şey demedi. Bir kere dönüp arkasına baktı, ama kızının kedisi Winston Churchill'in mezarını belirten taş yığını gölgeler arasında kaybolmuştu bile.

Bir süre sonra ormandan çıkıp evlerinin arkasındaki yola girdiklerinde, *filmi geri sardık,* diye düşündü. Yola çıkmalarından bu yana kaç saat geçtiğini bilmiyordu; o öğleden sonra uykuya yatmadan önce saatini çıkarmıştı, saat hâlâ yatağın yanında olmalıydı. Yorulduğunu, kıpırdayacak hali kalmadığını biliyordu yalnızca. On altı, on yedi yıl önce lise öğrencisiyken bir yaz tatilinde çöp kaldırma ekibindeki ilk gününden bu yana bu kadar yorulduğunu bilmiyordu.

Gittikleri yoldan dönmüşlerdi ama dönüş hakkında pek bir şey hatırlamıyordu. Ağaç yığını üzerinde sendelediğini anımsıyordu... ama Jud'un eli hemen yanı başındaydı, kendisine güven veriyordu, zaten az sonra da kedi Smucky ile Trixie ve sevgili tavşanımız Marta'nın ebedi istirahatgâhından geçiyorlardı. Buralardan yalnız Jud'la değil ailesinin tümüyle geçmişti daha önceden.

Bir süre sonra da yeniden evdeydiler.

Konuşmadan yürüdüler eve doğru, Louis'in kapısı önünde durdular. Rüzgâr hâlâ uğulduyordu. Louis hiçbir şey söylemeden Jud'un kazmasını uzattı.

"Ben eve gideyim," dedi Jud. "Louella Bisson ya da Ruthie Parks az sonra Norma'yı getirirler, o da beni merak eder."

"Saat kaç biliyor musun?" diye sordu Louis. Norma'nın hâlâ eve dönmemiş olmasına şaşmıştı. Ona göre vakit gece yarısını çoktan geçmiş olmalıydı.

Jud pantolonunun cebinden bir cep saati çıkarıp kapağını açtı.

"Sekiz buçuk." Kapağı kapattı yine.

"Sekiz buçuk mu? Yani saat sekiz buçuk mu şimdi?"

"Sen kaç sanıyordun?"

"Çok daha geç," dedi Louis.

"Yarın görüşürüz Louis." Jud yürümeye başladı.

"Jud?"

Jud hafif sorgu dolu bakışlarla döndü.

"Jud, bu gece ne yaptık?"

"Kızının kedisini gömdük."

"Yaptığımız yalnızca bu muydu?"

"Yalnızca o," dedi Jud. "Sen iyi bir insansın Louis, bir kusurun var ama, o da çok soru sorman. İnsanlar kimi zaman doğru olduğunu sandıkları şeyleri yaparlar. Kalplerinde doğru olduğuna inandıkları şeyleri yani. Eğer bu şeyleri yaparlar, sonra da kendilerini rahat hissetmezlerse, sanki hazımsızlık çekiyormuş gibi olurlarsa, soru sormak ihtiyacını hissederlerse, yanlış bir şey yaptıklarını sanırlar. Ne demek istediğimi anlıyor musun?"

"Evet." Louis yaşlı adamın aklından geçenleri okuduğunu düşündü. Birlikte ışıkları yanan eve doğru yürüdüler.

"O insanların akıllarına gelmeyen şey kendi kalplerinden önce o kuşku duygularını araştırmaktır." Jud, Louis'in yüzüne dikkatle baktı. "Ne diyorsun Louis?"

"Haklı olabilirsin derim."

"Ve bir insanın yüreğindeki şeyler... bunlar hakkında konuşmak pek bir yarar sağlamaz, değil mi?"

"Eh."

Louis sanki evet demiş gibi Jud, "Sağlamaz elbette," dedi. Sesi öylesine kendinden emin, öylesine aman vermezdi ki. "Bunlar gizli şeylerdir. Kadınların iyi sır sakladıkları söylenir, gerçekten de biraz ağzı sıkıdırlar, ancak sahiden bir şey bilen bir kadın sana bir erkeğin kalbinin içini göremediğini söyleyecektir. İnsanın kalbinin toprağı daha taşlıdır Louis, Micmac'ların mezarlarının toprağı gibi. Kaya tabakası yüzeye çok yakındır. Bir insan orada ne yetiştirebilirse onu yetiştirir..."

"Jud..."

"Soru sorma Louis. Yapılmış olanı kabul et ve yüreğini dinle."

"Ama..."

"Ama falan yok. *Yapılmış olanı kabul et ve yüreğini dinle.* Bu kez doğru olanı yaptık... en azından doğru olanı yaptığımızı umuyorum. Başka bir zamansa çok yanlış bir şey yapabiliriz."

"Hiç olmazsa bir sorumu cevaplandıracak mısın?"

"Eh, önce bir dinleyelim de sonra karar veririz."

"O yeri kimden öğrendin?" Louis bunu geri dönerlerken düşünmüştü; Jud'un hiç benzememesine karşın bir Micmac olabileceğini de düşünmüştü.

Jud şaşırmış gibi, "Stanley'den tabii," dedi.

"Yani o sana sıradan bir şeymiş gibi mi anlattı bunu?"

"Hayır. Orası öyle herkese anlatılacak bir yer değildir. On yaşındayken köpeğim Spot'u gömdüm oraya. Tavşan kovalarken paslı bir dikenli tele takılmıştı. Yarası iltihaplandı ve öldü."

Bu işte bir yanlışlık vardı, Louis'e daha önce söylenen şeyle uyuşmayan bir nokta vardı, ancak Louis bu tutarsızlığı fark edemeyecek kadar yorgundu. Jud başka bir şey söylemedi, o hiçbir şey okunmayan gözleriyle baktı yalnızca.

"İyi geceler Jud."

"İyi geceler."

Yaşlı adam kazma ve küreğini omuzlayıp karşıya geçti.

"Teşekkür ederim!" diye seslendi Louis arkasından.

Jud dönmedi, duyduğunu belirtmek için bir elini kaldırdı.

Evde telefon çalmaya başlamıştı.

Louis bacaklarındaki ve belindeki sızılar yüzünden suratını buruşturarak içeri koştu. Sıcak mutfağa vardığında altı yedi kere çalmış olan telefon, elini uzattığı anda sustu. Louis yine de telefonu açıp alo dedi ama karşısında çevir sesinden başka bir şey yoktu.

Rachel'dı, diye düşündü. *Ben onu ararım.*

Ama birden numarayı çevirmek güç geldi, karısının annesiyle, hatta daha beteri çek defterini çıkarıp insanın suratına sallayan babasıyla konuşmak, Rachel'ın çağrılması... sonra da Eileen. Eileen hâlâ yatmamıştı kuşkusuz, Chicago'da bir saat geriydi zaman. Eileen kendisine Church'ü soracaktı.

Çok iyi. Kamyon çarptı. Orinco tankeri olduğundan eminim. Başka bir şey olsa dramatik bütünlüğü bozulurdu. Bilmem ne demek istediğimi anlatabildim mi? Anlamadın mı? Peki, boş ver. Kamyon ona çarpıp öldürdü ama hiç iz bırakmadı. Jud'la onu eski Micmac mezarlığına gömdük. Hayvan mezarlığının devamı gibi bir yer yani. Seni bir gün oraya götürürüm, mezarına çiçek koyarız. Bataklık kuruduktan, ayılar da kış uykusuna yattıktan sonra ama.

Louis telefonu kapattı, gidip musluğun küvetini sıcak suyla doldurdu. Gömleğini çıkarıp yıkandı sonra. Soğuk olmasına rağmen domuz gibi terlemişti ve tam bir domuz gibi kokuyordu.

Buzdolabında kalmış bir iki köfte vardı. Onları bir dilim ekmek üzerine koydu, üstüne de iki dilim soğan kesti. Sandvicin üstüne biraz da ketçap döküp bir dilim ekmek daha koydu. Rachel'la Eileen evde olsalardı bu yemek karşısında burunlarını kıvırırlardı.

Eh, kaçırdınız bayanlar, diye düşündü sandvicini lezzetle yerken. *Konfüçyüs domuz gibi kokanın kurt gibi yediğini söyler.* Gülümsedi Louis. Karton kutudan sütünü de içtikten sonra yukarı çıktı, soyundu ve dişlerini bile fırçalamadan yattı. Vücudundaki sancı ve ağrılar şimdi neredeyse zevkli denebilecek bir zonklamaya dönüşmüştü.

Saati bıraktığı yerdeydi. Dokuzu on geçiyordu henüz. Gerçekten inanılmaz bir şeydi bu.

Louis ışığı söndürdü, yan döndü ve uyudu.

Sabah saat üçte uyanıp tuvalete gitti. Banyonun parlak beyaz floresan ışığı altında baykuş gibi gözlerini kırpıştırarak, işerken birden fark ettiği tutarsızlığın ne olduğunu anladı, gözleri irileşti. Sanki birbirine uyması gereken iki parça çarpışmış da birbirlerinden uzaklaşmış gibi.

Jud o gece kendisi on yaşındayken köpeğinin paslı bir dikenli tele sürtündükten sonra yarasının iltihaplanması sonucu öldüğünü söylemişti. Ama daha önce hep birlikte hayvan mezarlığına gittiklerinde, köpeğinin yaşlılıktan öldüğünü ve orada gömülü olduğunu anlatmış, hatta geçen yılların üstündeki yazıları sildiği taşı bile göstermişti.

Louis sifonu çekti, ışığı söndürüp yatağa döndü. Uyumsuz bir şey daha vardı. Jud yüzyılın başında doğmuştu, hayvan mezarlığındaki o gün de Louis'e köpeğinin Büyük Savaş'ın ilk yılında öldüğünü söylemişti. Yani kendisi on dört yaşındayken, eğer savaşın Avrupa'da başladığını kastetmişse. Eğer Amerika'nın savaşa girdiği yılı kastediyorsa o zaman on yedi yaşındayken...

Ama bu gece Spot öldüğünde on yaşında olduğunu söylemişti.

Eh, ne de olsa yaşlı, yaşlılar da geçmişi hatırlamaya çalıştıklarında yanılırlar, diye huzursuzlukla düşündü. *Artık her şeyi unuttuğunu kendisi söyledi, kolaylıkla hatırladığı adları ve adresleri artık unutuyormuş, sabah kalktığında o gün yapmayı planladığı şeyleri bile hatırlamakta güçlük çekiyormuş. O yaşta bir insan için doğal bu... Jud için pek bunamış denemez henüz. Unutkan demek daha doğru. Yetmiş yıl önce ölen bir köpeğin ölümünü unutması hiç de şaşırtıcı bir şey değil. Ya da nasıl öldüğünü. Bırak artık bunları Louis.*

Ama yine de hemen uyuyamadı. Uzun bir süre uyanık yattı; boş evi, evin çevresinde dolanan rüzgârı aklından silip atamıyordu.

Öyle bir an geldi ki, uyuyacağını anlayamadan birden kapandı gözleri. Herhalde öyle olmalıydı, çünkü kendinden geçerken merdivenlerden çıkan hafif ayak seslerini duymuş, *beni rahat bırak Pascow, rahat bırak beni, olan oldu, ölen öldü,* diye düşünmüştü, ayak sesleri de kaybolmuştu.

O yıl boyunca pek çok açıklanması olanaksız şey olmasına rağmen Louis bir daha ne uyurken, ne de uyanıkken Victor Pascow'un hayalini gördü.

23

Louis ertesi sabah saat dokuzda uyandı. Odanın doğuya bakan pencerelerinden parlak bir güneş ışığı doluyordu içeri. Telefon çalıyordu. Uzanıp açtı. "Alo?"

"Günaydın!" dedi Rachel. "Uyandırdım mı yoksa?"

"Uyandırdın ya namussuz!" diyerek güldü Louis.

"Sabah sabah ağzını bozma. Dün gece seni aradım, Jud'da mıydın yoksa?"

Bir an duraksadı Louis.

"Evet. Bir iki bira içtik. Norma bir Şükran yemeğine davetliydi. Sana telefon edecektim ama... bilirsin işte."

Bir süre konuştular. Rachel ailesi hakkında bilgi verdi, vermese de olurdu ya, yine de kayınpederinin saçlarının daha hızlı dökülmekte olması Louis'in hoşuna gitmişti.

"Gage'le konuşmak ister misin?"

Louis güldü. "Konuşalım bakalım, ama geçen günkü gibi kapatmasın telefonu."

Karşı taraftan gürültüler geldi. Rachel, "Babana günaydın de," diyordu çocuğa.

Sonunda Gage, "Günaydın," dedi her heceyi tane tane söyleyerek.

"Merhaba Gage. Nasılsın bakalım? Dedenin pipo tablasını düşürdün mü yine? Dilerim düşürmüşsündür. Bu kez pul koleksiyonunu paramparça et."

Gage yarım dakika kadar mırıldandı durdu, giderek artan bir sözcük dağarcığı geliştiriyordu artık. Sonunda Rachel telefonu oğlanın elinden aldı. Louis de bir rahatlama duydu; oğlunu pek severdi, çok da özlemişti, ama iki yaşında biriyle konuşmanın bir deliyle iskambil oynamaktan farkı yoktu.

"Orada durum nasıl?" diye sordu Rachel.

"İyidir." Louis bu kez duraksamamıştı. Rachel az önce gece Jud'a gidip gitmediğini sorduğunda gittiğini söyleyince bir çizgiyi geçtiğinin farkındaydı. Kulaklarında Jud Crandall'ın sesi çınlıyordu. *İnsan kalbi taşlıdır Louis... Bir insan orada ne yetiştirebilirse onu yetiştirir...* "Doğrusunu istersen biraz sıkıcı geçiyor günler. Seni özledim."

"Yani bu panayırdan kurtulduğuna sevinmediğini mi söylüyorsun?"

"Sakinlik hoşuma gidiyor," dedi Louis. "Ama ilk yirmi dört saatten sonra biraz garipsiyor insan."

"Babamla konuşabilir miyim?" Eileen'in sesiydi bu.

"Louis? Eileen yanımda."

"Ver bakalım."

Louis beş dakika kadar konuştu Eileen'le. Kız büyükbabasının aldığı bebekten, büyükbabasıyla birlikte mezbahaya gittiklerinden bahsetti. "Öyle pis kokuyordu ki orası baba," dedi. *Eh, büyükbaban da gül kokmaz,* dedi içinden Louis. Evde ekmek yapmaya yardım ettiğinden, annesi Gage'in altını değiştirirken oğlanın kaçtığından söz etti. Gage koridorda koşup büyükbabasının çalışma odasına dalmıştı öylece. İçinden, *aferin Gage*, diyerek gülümsedi Louis.

En azından o sabah kurtulacağını sanmaya başlamıştı. Eileen'e annesini vermesini söyleyeceği sırada kız, "Church nasıl baba?" diye sordu. "Beni özlüyor mu?"

Louis'in gülümsemesi soldu birden, ama yine de doğallığı elden bırakmadan, "Çok iyi," dedi. "Dün akşamdan kalan eti verip dışarı çıkarmıştım. Az önce uyandığım için bu sabah görmedim henüz."

Bu soğukkanlılıkla esaslı katil olurdun sen.

Maktulü en son ne zaman gördünüz Doktor Creed?

Yemeğe gelmişti. Bir tabak et yedi. Ondan sonra da bir daha görmedim.

"Benim için öp onu."

"Kendi kedini kendin öp."

Eileen kıkır kıkır güldü. "Annemle konuşacak mısın baba?"

"Evet, ver bakalım."

Sonra da bitmişti konuşma. Rachel'la bir iki dakika daha konuşmuşlardı, Church'ten bahsedilmemişti.

"Bu iş de bu kadar," dedi telefonu kapatınca boş ve güneşli odaya. İşin belki de en kötü yanı kendini pek kötü hissetmemesiydi, hiç de suçluluk duymuyordu.

24

Steve Masterton saat dokuz buçukta telefon ederek kampusa gelip tenis oynamak isteyip istemediğini sordu. Tenis kortu bomboş olduğu için doya doya oynayabilirlerdi.

Louis adamın sevincini anlayabiliyordu, üniversite açık olduğu zaman tenis kortunda kimi zaman oynamak için iki gün sıra beklenirdi. Ama yine de üniversite tıp dergisine bir yazı hazırlamakta olduğunu söyleyerek teklifi geri çevirdi.

"Emin misin?" dedi Steve. "Bu kadar çalışman doğru mu yani?"

"Sonra bir ara sen yine ara. Belki bir şeyler düşünürüz."

Steve arayacağını söyleyip kapattı telefonu. Louis bu kez yarım bir yalan söylemişti. Gerçekten suçiçeği gibi bulaşıcı hastalıkların dispanserin olanaklarıyla tedavi edilmesi hakkında bir yazı hazırlamaya niyetliydi ama oyunu reddetmesinin asıl nedeni tüm vücudunda hissettiği ağrılardı. Rachel'la konuştuktan sonra dişlerini fırçalamaya gittiğinde fark etmişti bunu. Sırt adaleleri ağrıyordu, omuzları torba içinde o ağır kediyi taşımaktan gerilmişti, bacak kasları da gergin birer gitar teliydiler sanki. *Bir de kendini idmanlı sanırdın,* dedi içinden. Romatizmalı bir moruk gibi yerinden güçlükle kıpırdayarak tenis oynaması komik olurdu doğrusu.

Birden aklına bir gece önceki yürüyüşte yalnız olmadığı geldi. Seksen beşine yaklaşan biriyle birlikteydi. Jud da acaba bu sabah kendisi gibi sancılar içinde miydi?

Bir buçuk saat kadar yazısıyla uğraştı, ama istediği gibi yazamıyordu. Boşluk ve sessizlik sinirlerine dokunmaya başlamıştı; sonunda kâğıtlarını bir yana bıraktı, parkasını sırtına geçirip karşıya geçti.

Jud'la Norma evde değillerdi, ama üzerinde kendi adı yazılı bir zarf iğnelenmişti kapıya. Louis zarfı açıp okudu:

Louis,

Karımla, Bucksport'a alışverişe gidiyoruz. Norma'nın yüz yıldır göz diktiği o konsola da bakacağız sonunda. Belki de McLeod'da bir öğle yemeği yiyip eve öğleden sonra döneriz. İstersen bu gece gel de birer bira içelim.

Ailen senin ailendir, biliyorum. İşlerine burnumu sokmak istemem, ama Eileen benim kızım olsaydı kedisinin yolda kaza geçirip öldüğünü söylemezdim. Tatilinin keyfini çıkarsın kız.

Louis, aklımdayken söyleyeyim, dün akşam yaptıklarımız hakkında da konuşmazdım yerinde olsaydım, en azından Kuzey Ludlow'da. Buralarda o eski Micmac mezarlığını bilen başka insanlar da vardır, hatta kasabada hayvanlarını oraya gömmüş olanlar az değildir... Orasının hayvan mezarlığının bir parçası olduğunu bile söyleyebiliriz hatta. İster inan ister inanma orada bir boğa bile gömülmüştür! Stackpole Yolu'nda oturan Zack McGovern 1967 ya da 68'de ödül kazanan boğasını Micmac mezarlığına gömmüştü. Ha ha ha! İki oğluyla boğayı oraya götürdüğünü anlattığında kahkahadan çatlayacak kadar gülmüştüm. Ancak burada yaşayanlar bundan söz etmeyi sevmezler ve "yabancı" olarak kabul ettikleri insanların bunları bilmesini istemezler. Bu batıl inançların bazıları üç beş yüzyıl öncesine kadar gider, ama buralılar buna inandıkları için "yabancı"ların kendileriyle alay ettiklerini sanırlar. Bilmem anlatabiliyor muyum? Herhalde sana mantıklı gelmiyordur ama durum böyle işte. Onun için bana bir iyilik yap ve bu konuyu hiç açma, olmaz mı?

Bu konuda seninle herhalde bu gece daha geniş olarak konuşuruz, o zaman daha çok şey anlayacaksın, ancak şunu da söylemek isterim ki, gerçekten gurur duyabileceğin bir davranışta bulundun, bundan emindim zaten.

Jud

Not: Norma bu mektupta neler yazdığımı bilmiyor, ona bambaşka şeyler söyledim. Sence bir sakıncası yoksa böyle kalmasını isterim. Evli olduğumuz elli sekiz yıl içinde Norma'ya birden çok yalan söylemişimdir, zaten erkeklerin çoğunun karılarına yalan söylediklerini tahmin ederim. Ama şundan da eminim ki, pek çoğu Tanrı'nın karşısına çıkınca hiç çekinmeden bunları itiraf edecektir.

Bu akşam gel de biraz kafayı çekelim.

J.

Louis, Jud'la Norma'nın kapısının önünde en üst basamakta durmuş, kaşlarını çatarak okuyordu notu. *Eileen'e kedinin öldüğünü söyleme... Söylememişti zaten. Orada gömülü başka hayvanlar da var. Üç yüz yıl öncesine giden batıl inançlar...*

... o zaman daha çok şey anlayacaksın.

Louis satırın üzerinde parmağını gezdirirken ilk olarak bir gece önce yaptıklarını düşündü. Belleğinde bulanıktı her şey, sanki uyuşturucu ilaç aldıktan sonra yapılan hareketler ya da rüyalarda görülen şeyler gibi. Ağaç yığınına çıktıklarını, bataklıktaki sisin o garip, aydınlık niyetini, orasının on, on beş derece daha sıcak gibi geldiğini anımsıyordu, ama bunlar bayıltılmadan önce anestezi altındaki kişiyle yapılan konuşmalar gibiydi.

... erkeklerin çoğunun karılarına yalan söylediklerini tahmin ederim...

Karılarına ve kızlarına, diye düşündü Louis. Jud'un bu sabah telefondaki konuşmalardan ve kendi kafasından geçirdiklerinden böylesine haberdar olması ürkütücüydü.

Louis bir ilkokul öğrencisinin çizgili kâğıdına yazılmış mektubu katlayıp zarfa, zarfı da pantolonunun arka cebine yerleştirdi, evine döndü.

25

Church o öğleden sonra saat bir sularında döndü. Louis garajdaydı, son altı haftadır antifriz, kesici aletler, diğer bahçe ilaçları gibi şeyleri Gage'in elinin altından kaldırmak için bir dizi raf yapmaya çalışıyordu. Church kuyruğu dimdik içeri girdiğinde bir çivi çakmaktaydı. Louis ne çekici elinden düşürdü, ne de parmağına bir darbe indirdi. Kalbi bir an hoplar gibi oldu, karnında bir an sıcak bir tel parıldadı, sonra da söndü; bir ampulün telinin birden kızıp parlaması, sonra da sönmesi gibi. Daha sonraları kendi kendine söylediği gibi, sanki bütün Şükran Günü sonrasında Church'ün geri dönmesini beklemiş gibiydi. Sanki geceleyin o eski Micmac mezarlığına gitmelerinin nedenini zihninin ilkel yanı daha ilk anından beri biliyormuş gibi.

Çekici dikkatle bir kenara bıraktı, ağzındaki çivileri avucuna tükürüp üstündeki tulumun cebine koydu, sonra gidip kediyi kucağına aldı.

Canlı ağırlık, diye düşündü huzursuz bir heyecanla. *Kaza olmadan önceki kadar ağır. Canlı ağırlık bu. Torbadayken daha ağırdı. Ölüyken daha ağırdı.*

Kalbi gerçekten hoplamıştı şimdi, bir an garaj çevresinde döner gibi oldu.

Church kulaklarını geri atmış, kucağa alınmasına itiraz etmiyordu. Louis hayvanı güneşe çıkarıp arka merdivenin üstüne oturdu. Kedi kucağından inmeye çalıştı ama Louis hayvanı okşayarak tuttu kucağında. Kalbi küt küt atıyordu şimdi.

Bir gece önce hayvanın kırık boynu çevresinde başının nasıl döndüğünü hatırlayarak hafifçe dokundu boynundaki sert tüylere. Parmaklarının altında sağlam adalelerden başka bir şey yoktu. Kediyi kaldırıp burnuna yakından baktı. Orada öyle bir şey görmüştü ki, hayvanı kucağından yere atıp, gözleri kapalı olarak bir eliyle yüzünü örttü. Dünya durmadan dönüyordu şimdi, başı dönüyordu, uzun içki gecelerinin sonunda kusmadan az önce olduğu gibi.

Church'ün burnunda kurumuş kan lekeleri ve uzun bıyıkları arasında iki küçük yeşil plastik parçası vardı. Torbanın parçaları.

Bu gece daha geniş olarak konuşuruz, o zaman daha çok şey anlayacaksın...

Şu anda istediğinden daha çok şey anlamıştı zaten.

Bir fırsat tanı bana, dedi içinden. *En yakın akıl hastanesine kapatılacak kadar çok şey anlayacağım o zaman.*

Louis kediyi içeri aldı, mavi tabağını çıkardı, balık ve ciğerden oluşan bir kutu kedi maması açtı. Gri kahverengi topağı kutudan çıkarırken Church mırıldanarak sürtünüyordu Louis'in dizlerine. Kediyi hisseden Louis'in tüyleri ürpermişti, hayvanı tekmelememek için dişlerini sıktı. Kedinin kürklü gövdesi çok kaygan, çok kabarık... kısacası çok iğrençti. Bir daha Church'e elini bile sürmek istemiyordu.

Tabağı yere koymak için eğilince Church yemeğe saldırmak için sürtünerek geçti yanından. Louis hayvanın ekşi toprak koktuğuna yemin edebilirdi, sanki kürkü toprakla kaplanmış gibi.

Geriye gidip kedinin yemek yiyişine baktı. Yalandığını duyabiliyordu. Church eskiden de yalanır mıydı? Belki kendisi dikkat etmemiş olabilirdi. Her ne olursa olsun tiksinti verici bir sesti bu. Eileen olsa, *kaba,* derdi.

Louis birden dönüp yukarı çıktı. Ağır ağır çıkmaya başlamıştı, ancak yukarı koridora vardığında neredeyse koşuyordu. O sabah iç çamaşırları da dahil olmak üzere üstündekileri temiz giydiği halde hepsini bir çırpıda çıkarıp çamaşır sepetine attı. Dayanabileceği kadar sıcak suyla banyoyu doldurup içine girdi.

Çevresinde yükselen buharlar arasında sıcak suyun kaslarını gevşettiğini hissediyordu. Sıcak su kafatasına da iyi gelmişti. Su ılımaya başladığında epey gevşemiş ve yine kendini bulmuştu.

Kedi geri döndü, ne var bunda yani?

Bir yanlışlık olmuştu. Dün gece Church'ün kamyon çarpmış bir kediye hiç benzemediğini kendi kendine söylememiş miydi?

Yolda çarpılmış o kadar hayvan gördün, paramparça, bağırsakları ortalığa yayılmış...

Şimdi her şey anlaşılıyordu. Church çarpmadan yalnızca bayılmıştı. Jud'un eski Micmac mezarlığına taşıdığı kedi baygındı, ölü değil. Kediler dokuz canlı derlerdi ya. Tanrıya şükürler olsun ki, Eileen'e bir şey söylememişti. Şimdi kız Church'ün ölümüne ne kadar yaklaşmış olduğunu öğrenemeyecekti artık.

Ağzında ve tüylerindeki kan... boynunun öyle dönmesi...

Doktordu kendisi, veteriner değil. Yanlış bir teşhis koymuştu... İşte bu kadar. Zaten o soğukta Jud'un bahçesinde, alacakaranlıkta başka türlü bir muayene olamazdı. Üstelik elinde eldivenleri vardı. Bu da...

Banyonun fayans duvarında geniş ve biçimsiz bir gölge göründü, küçük bir canavarın ya da dev bir yılanın başı gibi, bir şey hafifçe dokunup geçti omzuna. Louis yıldırım çarpmış gibi ayağa fırladı, sular küvetin dışına döküldü. Korkudan ürpererek geri döndüğünde klozetin kapağı üstünde oturan kedinin bulanık sarı yeşil gözleriyle karşılaştı.

Church sanki sarhoşmuş gibi iki yana sallanıyordu. Louis tiksintiyle bütün vücudu büzülmüş bir halde baktı kediye, kenetlenmiş dişlerinin arasında güçlükle bastırdığı bir çığlık vardı. Church hiç böyle sallanmazdı... avını ipnotize etmeye çalışan bir yılan gibi... ne kısırlaştırıldıktan sonra, ne de daha önce. İlk ve son kez düşündü bunun başka bir kedi olduğunu, Eileen'in kedisine benzer bir kedinin garaja girdiğini, gerçek Church'ün ağaçlar arasındaki o düzlükte, taş yığını altında gömülü olduğunu. Ama işaretleri de eşti... yırtık kulak... çiğnenmiş gibi görünen o ön pati... Church daha el kadarken Eileen onu evlerinin arka kapısına sıkıştırmıştı.

Church'tü karşısındaki, bundan kuşkusu yoktu.

"Çık dışarı!" diye boğuk bir sesle mırıldandı.

Church bir an daha baktı yüzüne. Tanrım, gözleri farklıydı, her nasılsa hiç de eskisi gibi değildi... Sonra yere atladı, dönüp gitti.

Louis küvetten çıktı, hemen kurulanıp tıraş oldu. Bomboş evde telefon bir çığlık gibi çaldığında giyiniyordu. Telefon sesini duyan Louis gözleri irileşmiş olarak ellerini havaya kaldırdı birden. Sonra ağır ağır indirdi. Kalbi hızla atıyordu.

Arayan Steve Masterton'dı, tenise gelip gelmeyeceğini soruyordu. Louis bir saat sonra buluşmak üzere randevulaştı. Aslında harcayacak zamanı yoktu, tenis oynamaksa şu anda hiç yapmak istemediği bir şeydi, ne var ki, evden çıkmak zorundaydı. Kediden uzaklaşmak istiyordu, orada olmaması gereken kediden...

Gömleğinin eteğini aceleyle soktu pantolonuna, bir el çantasına bir şort, bir tişört ve bir havlu tıkıştırıp koşa koşa aşağı indi.

Church aşağıda dördüncü basamağın üzerinde yatıyordu. Louis'in ayağı kediye takıldı, az daha tepetaklak düşüyordu. Korkuluğu tutup güçlükle kurtuldu.

Soluk soluğa merdivenin altındaydı şimdi. Church kalktı, gerindi... sırıtır gibi baktı Louis'in yüzüne.

Louis evden çıktı. Kediyi dışarı çıkarması gerektiğini biliyordu, ama yapmadı bunu. O anda kediye dokunabileceğini sanmıyordu.

26

Jud sigarasını yaktı, kibriti sallayıp söndürdü, önündeki metal küllüğe attı.

"Evet, bana oradan söz eden Stanley Bouchard'dı." Bir süre durup düşündü.

Mutfak masasının üzerinde pek el sürmedikleri bira bardakları duruyordu. Louis daha önce Steve'le bir yerde sandviç yiyip akşam yemeği işini halletmişti. Karnı doyunca Church'ün dönüşünü daha anlayışla karşılamaya başlamıştı, ancak yine de kedinin herhangi bir yerinde olabileceği boş ve karanlık evine dönmeye pek hevesli değildi.

Norma da bir süre yanlarında oturmuş, televizyon seyrederken elindeki dikişe devam etmişti. Noel'den önceki hafta kilisede yoksullar yararına satmak için bir şey işliyordu. Büyük bir olaydı bu kasaba için. Kadının parmakları çok iyi çalışıyordu, bu gece romatizmalı olduğu anlaşılmıyordu bile. Louis bunun soğuk ama çok kuru olan havadan olabileceğini düşündü. Kadın kalp krizini atlatmıştı, kendisini öldürecek olan krizden on hafta sonraki bu gece daha toplu ve daha genç görünüyordu. Louis o akşam ona bakarken kadının gençliğinde nasıl olduğunu görür gibiydi.

Saat ona çeyrek kala Norma iyi geceler dileyip çekilmiş, Louis de Jud'la baş başa kalabilmişti. Jud artık susmuştu, sigarasının dumanına bakıyordu.

"Stanley Bouchard," dedi Louis.

Jud gözlerini kırpıştırdı. "Ludlow'da herkes, hatta Bucksport ve Prospect'le Orrington'da da herkes ona *Stanny* derdi, *Stanny B.* Köpeğim Spot'un öldüğü yıl, 1910'daki köpeğin ilk ölümünde yani, Stanny çoktan yaşlanmıştı ve biraz da kaçıktı. Bu bölgede Micmac mezarlığını bilen başkaları da vardı ama ben bunu ilk kez Stanny B'den duydum, o da babasından, babası da kendi babasından öğrenmişti. Tipik bir Fransız asıllı Kanadalı aileydiler."

Jud gülerek birasını yudumladı.

"Onun o bozuk İngilizcesiyle konuşması hâlâ kulaklarımdadır. Beni 15 numaralı karayolunda –o zaman adı Bangor-Bucksport Yolu'ydu– şimdiki Orinco tesislerinin bulunduğu yerdeki ahırın arkasında bulmuştu. Spot daha ölmemişti ama ölmek üzereydi, babam da beni oraya yaşlı Yorky'nin sattığı tavuk yemlerinden almam için göndermişti. Tavuk yemine falan ihtiyacımız yoktu aslında, babamın beni evden neden uzaklaştırdığını çok iyi biliyordum."

"Köpeği mi öldürecekti?"

"Spot'u ne kadar sevdiğimi bilirdi, bu yüzden köpeği öldürdüğünü görmemem için beni yollamıştı. Tavuk yemini aldım. Yorky malı hazırlarken de oradaki eski değirmen taşının üstüne oturup hüngür hüngür ağlamaya başladım."

Jud gülümsemeyi sürdürerek başını ağır ağır salladı.

"Derken Stanny B çıkageldi. Kasabanın yarısı onu kaçık, öteki yarısı da tehlikeli olarak görürdü. Büyükbabası 1880'lerde büyük bir kürk avcısı ve tacirmiş. Duyduğum kadarıyla, kürk almak için ta Maritimes'tan Bangor ve Derry'ye, hatta daha güneye, Skowhegan'a kadar gidermiş. Üzeri deri kaplı büyük bir arabayla dolaşırmış. Gerçek bir Hıristiyan'mış ve iyice sarhoş olduğunda vaaz bile verirmiş. Stanny anlatırdı bunları. Büyükbabasını çok severdi. Adam bütün Kızılderililerin bir tek kabileden olduklarına ve bunun da Tevrat'ta sözü geçen kayıp kabilelerden biri olduğuna inanırmış, bu yüzden arabanın üstüne çeşitli Kızılderili kabilelerinin işaretlerini çizmiş. Bütün Kızılderililer cehennemlikmişler ama işte her nasılsa hepsi aynı zamanda Hıristiyan olduklarından büyüleri tutarmış. Diğer kürk tüccarları batıya göçtükten çok sonra bile Stanny'nin dedesi Micmac'larla alışverişe devam etmiş. Stanny'nin dediğine göre, fiyatları ucuz olduğundan ve Kutsal Kitap'ın tümünü ezbere bildiğinden, Micmac'lar onun avcılar ve ormancılar gelmeden önce kara cüppelilerin kendileriyle konuştuğu gibi konuşmasından hoşlanırlarmış."

Jud susunca Louis bekledi.

"Micmac'lar Stanny B'nin büyükbabasına artık kullanmadıkları mezarlıktan söz etmişler. Wendigo toprağı bozduğu için kullanmıyorlarmış orasını. Sonra Küçük Bataklık Tanrısı'ndan, basamaklardan falan da söz etmişler. O günlerde kuzey bölgelerinde çok dinlerdin bu Wendigo hikâyesini. Bizim Hıristiyan öykülerimiz gibi, onların da bir sürü hikâyeleri vardır herhalde. Norma bunu söylediğimi duysa bana kızar, ama gerçek bu Louis. Kışların çok soğuk ve uzun geçtiği, yiyeceğin kıt olduğu yıllarda kuzey Kızılderilileri o kötü yere inerlermiş, orada ya açlıktan ölürler ya da..."

"Yamyamlık mı?"

Jud omuzlarını silkti. "Belki. Belki de yaşlı ve yakında ölecek birini seçerlerdi ve bir süre et yüzü görürlerdi. Bunun için uydurdukları hikâye de gece uyurlarken Wendigo'nun köye ya da kamplarına girdiği ve onlara dokunduğuydu. Wendigo dokunduğuna kendi cinsinden birinin etini yeme arzusu verirdi."

Louis başını salladı. "Şeytan yaptırdı demenin bir başka yolu."

"Elbette. Benim tahminimce buralardaki Micmac'lar da bu işi yapmak zorunda kaldılar ve yediklerinin kemiklerini -ki bu bir iki kişi de olabilir sekiz on da- o mezarlıklarına gömdüler."

"Sonra da toprağın bozulduğunu söylediler."

"İşte sanırım Stanny B de o sırada ahıra içki şişesini almaya gelmişti. Zaten iyice kafayı bulmuştu. Büyükbabası öldüğünde kasabalının dediğine göre milyonermiş, oysa Stanny B kasabanın çulsuzuydu. Bana neden ağladığımı sordu, ben de anlattım, babamın köpeğimi öldürdüğünden emin olduğumu söyledim. Bu işi çözümlemenin bir yolu olduğunu söyledi, eğer çözümlenmesini istiyorsam ve yürekliysem Spot'u diriltmek için her şeyi yapmaya hazır olduğumu söyledim, ona bir veterinerin bunu başarıp başaramayacağını sordum. *Ben veteriner filan bilmem,* dedi Stanny, *ama senin köpeğini diriltebilirim çocuk. Şimdi eve git, babana köpeği bir torbaya koymasını söyle. Gömecek falan değilsin, merak etme! Onu hayvan mezarlığına taşıyıp o büyük ağaç yığınının gölgesine bırakacaksın. Babana bu işi kendin halledeceğini söyle.* Ona bunun ne işe yarayacağını sordum, ama Stanny B bana gece uyumamamı ve cama taş attığında dışarı çıkmamı söyledi. *Gece yarısı da olabilir çocuk,* dedi. *Eğer Stanny B'yi unutup uyursan Stanny B de seni unutur, köpeğin de cehenneme kadar gider artık."*

Jud, Louis'e bakıp bir sigara daha yaktı.

"Döndüğüm zaman babam tam da tahmin ettiğim gibi hayvana acı çektirmemek için beynine bir kurşun sıktığını söyledi. Hayvan mezarlığı hakkında bir şey söylemem gerekmedi, babam bana Spot'un oraya gömülmek isteyip istemeyeceğini sordu, *isterdi herhalde,* dedim. Köpeğimi bir torbaya koyup ardımdan sürükleyerek yola koyuldum. Babam yardım etmek isteyince Stanny B'nin sözlerini hatırlayıp reddetmiştim. O gece hiç uyumadım. Gecenin çocuklar için nasıl bir türlü geçmek bilmediğini bilirsin. Sabah olduğunu sanıyordum, bir de bakıyordum saat daha onu ya da on biri vuruyor. Bir iki kez başım önüme düştü, uyuyacak gibi oldum ama hemen kendimi toparladım. Sanki biri, *uyan Jud,* demiş gibi. Bir şey benim uyanık durmamı sağlamak istermiş gibi."

Louis kaşlarını kaldırınca Jud omuzlarını silkti.

"Aşağıdaki saat on ikiyi çalınca kalktım, giyinip yatağımın üstüne oturdum. Az sonra saat yarımı, sonra da biri çaldı. Stanny B hâlâ ortalarda yoktu. *Sersem Fransız beni unuttu,* diye düşündüm. Tam soyunuyordum ki, cama iki taş çarptı. Hatta taşlardan biri camı çatlatmıştı, bunu ben ancak ertesi sabah gördüm, annemse ancak kış gelince fark etti, o zaman da dondan çatladığını sandı. Hemen pencereye koşup camı kaldırdım. Bir çocuk gece yarısı dışarı çıkmak için..."

Louis güldü, on yaşındayken gece karanlığında evden çıkma isteğini hiç duymadığını bile bile. Yine de, eğer öyle bir şey yapmak isteseydi, gündüz gacırdamayan kapıların, merdivenlerin geceleri gacırdayacağını çok iyi anlıyordu.

"Bizimkilerin eve hırsız girdiğini sanacaklarını düşündüm, ancak kalbimin güm güm diye atışı sona erince babamın aşağıdaki yatak odasından gelen horultularını duyabildim. Dışarı bakınca Stanny B'nin bahçede durmuş yukarı baktığını gördüm. Dışarıda hiç rüzgâr olmamasına karşın adam yaprak gibi sallanıyordu. Öylesine sarhoş olmasaydı o gece geleceğini hiç sanmıyordum Louis. Kendisi herhalde fısıltıyla konuştuğunu sanıyordu ama doğrusu bağıra bağıra, *geliyor musun çocuk, yoksa ben mi oraya gelip seni indireyim,* diyordu. Babamın uyanıp beni bir güzel döveceğinden korkarak, *şişşşt,* dedim, ama Stanny eskisinden daha yüksek sesle, *ne dedin,* diye bağırdı. Bizimkiler evin o yanında yatıyor olsalardı işim tamamdı Louis. Ama onlar şimdi Norma'yla benim yattığım nehre bakan arka odada yatıyorlardı."

"Herhalde koşa koşa inmişsindir aşağı?" dedi Louis. "Bir biran daha var mı Jud?" Her zaman içtiğinden iki şişe fazla içmişti ama bu gece için normal geliyordu. Bu gece buna zorunluydu sanki.

"Yerini biliyorsun." Jud bir sigara daha yaktı. Louis'in yerine oturmasını bekledi sonra. "Merdivenden inmeye cesaret edemedim. Merdiven bizimkilerin yatak odasının önünden geçiyordu. Pencerenin dışındaki sarmaşığa tutunarak indim. Çok korkuyordum, ama doğrusunu istersen Stanny B'yle hayvan mezarlığına gitmekten çok babamdan korkuyordum."

Sigarasını küllüğe bastırdı.

"İkimiz yola koyulduk. Stanny B en az beş altı kez düştü yolda. İçki fıçısına düşmüş gibi kokuyordu. Yanında bir kazma kürek vardı. Hayvan mezarlığına varınca çukuru bana kazdırıp kendisinin sızacağını düşündüm. Ağaç yığınının üstünden ormanın içine gideceğimizi, orada başka bir mezarlık olduğunu söyledi. Ayakta duramayacak kadar sarhoştu oysa. *Oraya tırmanamazsın Stanny B, düşüp boynunu kıracaksın,* dedim. *Ne ben ne de sen boynumuzu kıracağız,* dedi. *Ben yürüyebilirim, sen köpeğini kucakla bakalım.* Haklıydı da. O yığına düz bir yolmuş gibi, bir kez önüne bile bakmadan tırmandı. Ta oraya kadar yüklendim Spot'u, on beş yirmi kilo olmalıydı, bense o zamanlar kırk beş kiloydum. Louis, ertesi gün nasıl sızılar içindeydim anlatamam. Sen bugün nasıl hissediyorsun kendini?"

Louis yalnızca başını sallamakla yetindi.

"Yürüdük de yürüdük. Sonsuza dek yürüyeceğiz gibi gelmişti bana. O zamanlar ormanlar daha ürkütücüydü. Ağaçlarda pek çok kuş vardı. Hayvanlar da. Geyik, ayı falan. Spot'u arkamda sürüklüyordum. Bir süre sonra Stanny B'yi değil de bir Kızılderili'yi izlediğimi düşünmeye başladım. Stanny artık tökezlemiyor, düşmüyordu. Rahat adımlarla dimdik yürüyordu, bu da bu fikri iyice yerleştirmişti kafama. Ama Küçük Tanrı Bataklığı'nın ucuna geldiğimizde dönüp bana bakınca yine Stanny'yi görüp rahatladım. Tökezleyip düşmemesinin tek nedeni korkusuydu. Korkudan ayılmıştı artık. Bana dün gece sana anlattığım şeyleri anlattı sonra, dalgıçkuşlarını, bataklık gazlarını falan. Görüp duyduğum şeylere hiç aldırmayacaktım. En önemlisi, *bir şey seninle konuşacak olursa sakın karşılık verme,* dedi. Bataklığı geçmeye başladık sonra. Bir şey gördüm, ama bunu sana söyleyecek değilim, on yaşımdan bu yana belki beş altı kez daha oraya gittimse de bir daha öyle bir şey görmedim. Bir daha da görmeyeceğim. Dün gece Micmac mezarlığına son gidişimdi Louis."

Burada oturmuş tüm bu dinlediklerime inanıyor olamam, diye düşündü Louis. İçtiği üç bira kendi kendine konuşmasını kolaylaştırıyordu. *Yaşlı Fransızların, Kızılderili mezarlıklarının, Wendigo diye bir şeyin ve öldükten sonra dirilen hayvanların hikâyelerine inanıyor olamam, değil mi? Kedi sersemlemişti sadece, bir araba çarpmış ve sersemlemişti, hepsi bu. Bunak bir ihtiyarın saçmalamaları bunlar.*

Ama değildi ve Louis bunun böyle olduğunu biliyordu. Üç bira bunu değiştirecek değildi. Otuz üç tane de içse bir yararı olmazdı.

Church ölmüştü, bir şeydi bu; şimdi canlıydı, bu da başka bir şey. Hayvanda bir gariplik vardı, bu da üç. Bir şey olmuştu. Jud belki kendisine bir iyilik borcu olduğunu düşünmüştü... ancak Micmac mezarlığındaki büyü belki de o kadar iyi bir büyü değildi. Louis şimdi bunu yaşlı adamın gözlerinde okuyordu. Jud'un gözlerinde bir şey bunu bildiğini gösteriyordu. Bir gece önce onun gözlerinde gördüğü ya da gördüğünü sandığı şeyi düşündü. O neşeli bakış. Jud'un Eileen'in kedisiyle kendisini o gece yolculuğuna çıkarma fikri yalnızca yaşlı adamdan gelmiş değildi.

Kimden gelmişti öyleyse? Ancak verecek bir karşılığı olmadan soruyu silip attı kafasından.

"Spot'u gömüp taş yığdım üzerine. İşim bittiğinde Stanny B uyuyordu. Onu uyandırmak için epey sarsmak zorunda kaldım, ama o kırk dört basamağı inince..."

"Kırk beş," diye mırıldandı Louis.

Jud başını salladı. "Doğru, kırk beş. İşte o kırk beş basamağı indiğimizde yine ağzına bir damla koymamış gibi dimdik yürümeye başladı. Bataklığı, ormanı, ağaç yığınını geçtik, sonunda bizim eve vardık. On saat geçmiş gibi gelmişti bana, oysa ortalık hâlâ karanlıktı. *Şimdi ne olacak,* diye sordum Stanny'ye. *Olacakları bekle,* deyip yine sallana sallana yürüdü gitti. O gece yine ahırda yattı sanırım. Sonunda benim Spot iki yıl fazla yaşadı ondan. Karaciğeri bozuldu, kanını zehirledi, çocuklar 4 Temmuz 1912'de yol kenarında ölü buldular Stanny B'yi... Ben o gece yine sarmaşığa tırmanıp odama çıktım ve başım yastığa değer değmez uyudum. Ertesi sabah saat dokuzda annemin sesiyle uyandım. Babam demiryolunda çalışırdı, saat altıda çıkardı evden. Annem beni yalnızca çağırmıyordu Louis. Çığlık çığlığa haykırıyordu."

Jud gidip buzdolabından bir bira aldı, şişeyi çekmecenin kulpuna sokup açtı. Tavandan gelen ışıkta yüzü sapsarı, nikotin rengindeydi. Birasının yarısını içti, silah patlaması gibi bir sesle geğirdi, sonra Norma'nın yattığı odaya doğru baktı. Yine Louis'e döndü.

"Bunu anlatması çok güç benim için. Yıllarca düşündüm durdum ve kimseye ağzımı açıp bir şey söylemedim. Şimdi sana söylüyorum Louis, çünkü senin şimdi değişik bir hayvanın var. Tehlikeli değil belki... ama değişik. Doğru mu?"

Louis, Church'ün beceriksizce tuvaletin üstünden atlayışını, pek budalaca görünmeyen o bulanık gözlerinin kendi gözlerine dikilmesini düşündü.

Başını salladı sonra.

"Aşağı indiğimde annem buzdolabıyla tezgâh arasında bir köşeye sığınmış duruyordu. Yerde beyaz bir şey vardı, pencereye asmak üzere olduğu perdeler. Mutfağın kapısında köpeğim Spot duruyordu. Her tarafı toz toprak içindeydi, bacakları çamurluydu. Karnındaki tüyler pislikten düğüm düğümdü. Hırlamıyor, ses çıkarmıyor, yalnızca orada durup bakıyordu. Ama istese de, istemese de annemi köşeye sığınmaya zorladığı belliydi. Annem korkudan çıldıracak gibiydi, Louis. annen baban için ne düşündüğünü bilmiyorum ama ben benimkileri çılgın gibi severdim. Annemi böyle korkutacak bir şey yaptığım düşüncesi Spot'u görünce sevinmemi engellemişti. Onu orada gördüğüme şaşmamıştım bile."

"Bu duyguyu çok iyi biliyorum," dedi Louis. "Church'ü bu sabah gördüğümde... sanki..." Durakladı bir an. *Çok doğal mı?* Aklına ilk gelen şey buydu ama aradığı sözcükler bunlar değildi. "Sanki *olması beklenen* bir şeymiş gibi..."

"Evet," diyen Jud bir sigara yaktı. Elleri çok hafif titriyordu. "Annem beni orada don gömlek görünce bağırmaya başladı. *Köpeğine yemek ver Jud! Hayvan yemek istiyor, çabuk yemek ver ve perdeleri pisletmeden al götür!* Ben hemen yiyecek bir şeyler bulup köpeği çağırdım. Sanki adını bilmiyormuş gibi gelmedi ilkönce. *Spot değil bu*, diye düşündüm, *ona benzeyen bir sokak köpeği...*"

"*Evet! Evet!*" dedi Louis.

Jud başını salladı. "Ama ikinci üçüncü çağırışımda geldi. Üstüme fırlar gibi. Onu dışarı çıkarmaya çalıştım, gitti kapıya çarptı, az daha devriliyordu. Verdiklerimi yedi ama. Ben de o arada korkumu yenmiş, neler olup bittiğini anlar gibi olmuştum. Çömelip kucakladım hayvanı. Gördüğüme o kadar sevinmiştim ki... Spot o anda yüzümü yaladı..."

Jud ürperdi, birasından bir yudum aldı.

"Louis, *soğuktu* dili. Spot'un seni yalaması demek yüzüne ölü bir balık sürtmek gibi bir şeydi."

Bir süre ikisi de konuşmadılar. "Devam et," dedi Louis.

"Spot yemeğini bitirince onu yıkamak için kullandığımız eski tekneyi çıkarıp hayvanı bir güzel yıkadım. Spot yıkanmaktan nefret ederdi, çoğunlukla babam ve ben onu güçbela yıkar, bu arada da tepeden tırnağa ıslanırdık. Babam küfürler yağdırır, Spot da genellikle köpeklerin yaptıkları gibi utanmışçasına bakardı bize. Yıkanmanın hemen ardından da topraklar içinde yuvarlanır, sonra tüylerini silkelemek için annemin çamaşır ipinin altına koşar, bütün temiz çarşafları berbat ederdi. Annem de yaygarayı koparır, köpeği vuracağını söylerdi. Ama o gün hiç ses çıkarmadı Spot. Yıkanırken kıpırdamadı bile. Hoşlanmamıştım bundan. Bu... şey... sanki bir et parçasını yıkamak gibi bir şeydi. Yıkadıktan sonra havlusunu alıp güzelce kuruladım. Dikenli telden yaralanan yerlerini görüyordum, telin doladığı yerlerde tüy bitmiyordu, eti de çökmüş gibiydi. Eski bir yaranın iyileştikten beş yıl sonraki hali gibi."

Louis başını salladı. Mesleğinde zaman zaman rastlamıştı buna. Yaralı yer hiçbir zaman tam olarak etle dolmazdı. Bu da kendisine hep mezarları ve cenaze levazımatçısı amcasının yanında çalıştığı günleri hatırlatırdı.

"Başını gördüm sonra. O çöküntülerden bir de orada vardı, ama tüyleri küçük beyaz bir daire gibi örtmüştü üzerini. Kulağının yanındaydı."

"Babanın kurşunu sıktığı yer," dedi Louis.

Jud başını salladı.

"Bir insanı ya da hayvanı kafasından vurmak sanıldığı kadar kesin bir yol değildir Jud. Merminin kafatasının çevresinde dolaşıp beyne girmeden öteki yandan çıkabileceğini bilmeyen intihar meraklılarıyla doludur bitkisel yaşam koğuşları. Ben kendini sağ kulağının üstünden vuran ve kurşunun kafasının öteki yanına geçip şahdamarını parçalamasından ölen birini de görmüştüm. Kurşunun izlediği seyir bir yol haritasını andırıyordu."

Jud gülümsedi. "Norma'nın gazetelerinden birinde öyle bir haber okuduğumu hatırlıyorum. Ama Louis, babam Spot öldü dediğinde Spot ölmüş demekti."

"Pekâlâ. Öyle diyorsan öyledir."

"Kızının kedisi ölmüş müydü?"

"Öldüğünü sanmıştım."

"Olmadı Louis, doktorsun sen."

"Olmadı Louis, Tanrı'sın sen dermiş gibi söyledin bunu. Ben Tanrı değilim. Hava karanlıktı..."

"Karanlıktı elbette, başı da bilyeli yatak üzerindeymiş gibi dönüyordu, onu kaldırmak istediğinde dondan yere yapışmış gibiydi Louis. Canlılar öyle ses çıkarmazlar bir yerden kaldırılırken. Ancak ölüysen yattığın yerin altındaki don çözülmez."

Yan odada saat on buçuğu çaldı.

"Baban eve gelip köpeği gördüğünde ne dedi?" diye sordu Louis.

"Ben bahçede bilye oynuyor, ama aslında onun gelmesini bekliyordum. Kötü bir şey yapıp da dayak yiyeceğimden emin olduğum zamanlardaki gibiydim. Saat sekizde bahçe kapısında göründü babam, üzerinde tulumu, başında kasketi vardı..."

Louis eliyle ağzını kapadı esnerken.

"Saat epey geç oldu," dedi Jud. "Bitirelim artık."

"Pek o kadar geç değil. Her akşamkinden birkaç bira fazla içtim de ondan. Devam et Jud, acele etme. Sonuna kadar dinlemek istiyorum."

"Babamın elinde sefertası vardı, boş tasları sallaya sallaya, ıslık çalarak geliyordu. Hava kararmıştı ama yine de beni orada görmüştü. Her zaman olduğu gibi, *selam Judson,* dedi. O anda Spot karanlıktan çıkıverdi, her zaman olduğu gibi onu gördüğüne sevinmiş olarak üstüne sıçramadı ama. Ağır ağır, kuyruğunu sallayarak geldi. Babam sefertasını düşürdü elinden, iki adım geriledi. Dönüp kaçacaktı belki ama sırtı çite dayanmıştı. Spot sonunda sıçradığında babam hayvanın ayaklarını tuttu. Dans ettiğin kadının ellerini tutman gibi. Uzun uzun baktı köpeğe, sonra bana döndü. *Yıkanması gerek bunun Jud,* dedi. *Gömdüğün toprak kokusu sinmiş üstüne.* Sonra da eve girdi."

"Sen ne yaptın?" diye sordu.

"Bir daha yıkadım tabii. Spot yine hiç kıpırdamadan oturdu teknede. Eve girdiğimde saat dokuz bile olmamıştı, ama annem yatmıştı. Babam, *konuşmamız gerek Judson,* dedi. Karşısına oturdum, hayatım boyunca ilk kez erkek erkeğe konuştuk. Sizin evin oradan hanımeli, bizim bahçeden de gül kokuları geliyordu." Jud Crandall içini çekti. "Benimle öyle yüz yüze konuşmasının iyi bir şey olacağını düşünürdüm, ama hiç de öyle olmadı. Tıpkı karşı karşıya konmuş iki aynadan birine bakınca kendini aynalardan bir koridorda görürmüşsün gibi. Bu hikâye kim bilir kaç zamandır kulaktan kulağa dolaşıyordu. Adları dışında hep aynı hikâye."

"Baban işi biliyordu."

"Evet. *Seni oraya kim götürdü Jud,* diye sordu. Ben de anlattım. Beklediği bir şeymiş gibi başını salladı. Böyle bir şeyi bekliyor olmalıydı. Daha sonraları o günlerde beni oraya götürebilecek altı yedi kişinin Ludlow'da yaşadıklarını öğrendim. Bunların içinde bu çılgınlığı yapabilecek tek kişinin Stanny B olduğunu tahmin etmişti sanırım."

"Jud, babana seni oraya neden kendisinin götürmediğini sordun mu?"

"Sordum, o uzun konuşmamızın bir yerinde sordum bunu. Kötü bir yer olduğunu, hayvanlarını kaybeden insanlar için de, hayvanların kendileri için de iyi olmadığını söyledi. Spot'u yeni haliyle beğenip beğenmediğimi sordu sonra. Biliyor musun Louis, bu soruya çok güç karşılık verebildim... Sana duygularımı anlatmam çok önemli, çünkü az sonra sen de bana eğer yaptığımız kötü bir şeyse kızının kedisini neden oraya gömdürttüğümü soracaksın, öyle değil mi?"

Louis başını salladı. Eileen döndüğünde Church için ne düşünecekti? Öğleden sonra Steve Masterton'la tenis oynarken hep bunu düşünmüştü.

"Çocukların kimi zaman ölmenin daha iyi olduğunu anlamaları için yaptım belki de," dedi Jud biraz zorlanarak. "Senin Eileen'in bilmediği bir şey bu, içimden bir ses kızının bunu bilmemesinin nedeninin karının da bilmemesi olduğunu söylüyor. Yanılıyor muyum söyle, eğer yanılıyorsam burada keseriz bu konuyu."

Louis ağzını açtı, sonra kapattı.

Jud ağır ağır konuşmaya devam etti, sözcükten sözcüğe atlıyordu şimdi, gece bataklıkta öbekten öbeğe atladığı gibi.

"Yıllar boyunca pek çok kez gördüm bunu. Sana Lester Morgan'ın ödül kazanmış boğasını oraya gömdüğünü söylemiştim. Hanratty diye bir boğa. Ne saçma bir ad, değil mi? Hayvan içinde bir yaradan falan ölmüştü. Lester ta oraya kadar sürükledi hayvanı. Bunu nasıl yaptı, o ağaç yığınını nasıl aştı bilemiyorum. Ancak insan yapmak istedi mi yapar derler. O mezarlık için en azından doğrudur bu. Hanratty döndü, ama Lester iki hafta sonra vurdu hayvanı. Boğa aksileşmişti. Ne var ki, böyle olan başka hayvan da duymadım. Çoğu biraz daha aptal... biraz daha ağır... biraz..."

"Biraz da ölü mü?"

"Evet. Biraz da ölü. Sanki... sanki bir yere gitmişler de... yarı yoldan dönmüşler gibi. Kızın bunu bilmeyecek Louis. Kedisine araba çarptığını, hayvanın öldüğünü ve yeniden dirildiğini bilmeyecek. Bunun için çocuk öğrenilecek bir ders olduğunu bilmiyorsa ona ders veremeyeceğini söyleyebilirsin. Ancak..."

"Ancak bazen öğretebilirsin," dedi Louis, kendi kendine konuşur gibi.

"Evet, bazen. Belki de kız ölümün gerçekte ne olduğunu, acıların dinip iyi anıların başlaması olduğunu anlar. Yaşamın sonu değil de acının sonu. Bunları ona anlatmazsın, o kendi bulur çıkarır. Eğer bana benziyorsa, hayvanını sevmeye devam eder. Hayvan aksilenmeyecek, önüne geleni ısırmayacak, böyle şeyler olmayacak... Onu sevmeyi sürdürür ama kendi sonuçlarını da kendisi çıkaracak ve sonunda öldüğü zaman da derin bir soluk alacak."

"Beni bunun için götürdün oraya," dedi Louis. Kendini daha iyi hissediyordu şimdi. Bir açıklama vardı. Mantıktan çok sinir uçlarına hitap ediyordu ama yine de bu koşullar altında iyi bir açıklamaydı.

Jud ansızın elleriyle yüzünü kapadı. Louis bir an yaşlı adama şiddetli bir sancı geldiğini sanıp merakla doğruldu, ama sonra göğsünün inip kalktığını görünce onun ağlamamak için kendini tutmaya çalıştığını anladı.

"O yüzden, ama o yüzden değil de..." dedi Jud boğulur gibi bir sesle. "Stanny B'nin bunu yaptığı nedenle yaptım. Lester Morgan'ın köpeği ezilen Linda Lavesque'yi oraya götürdüğü nedenle. Hem de Lester boğası çayırda çocukları kovalıyor diye hayvanı kendi eliyle öldürmüştü. Yine de götürdü Linda'yı. Buna ne dersin bakalım?"

"Jud, neden söz ediyorsun sen?" diye korkuyla sordu Louis.

"Lester da, Stanny de, ben de aynı nedenle yaptık bu işi. Alıştığın için, karşı koyamadığın için yaparsın bunu. Mezarlığın gizli bir şey olduğu ve bu sırrı biriyle paylaşmak istediğin için yaparsın. İyi de bir neden buldun mu..." Jud ellerini yüzünden çekip inanılmaz derecede yorgun ve yaşlı görünen gözleriyle yüzüne baktı. "İşte o zaman da yaparsın. Kendi kendine neden uydurursun... İyi nedenler gibi gelir bunlar sana... ama çoğunlukla istediğin için yaparsın. Ya da yapmak zorunda olduğun için. Babam beni oraya götürmedi, kendisi hiç gitmemişti çünkü, oradan söz edildiğini duymuştu yalnızca. Stanny B ise oraya gitmişti... Beni de götürdü... Aradan yetmiş yıl geçti... ve ansızın..."

Jud başını sallayıp avucunun içine kuru kuru öksürdü.

"Dinle Louis, Lester'ın boğası aksilenen tek hayvandı bildiğim kadarıyla. Bayan Lavesque'nin küçük köpeği bir kere postacıyı ısırmıştı galiba... Hayvanların zamanla kötüleştiklerini falan da duymadım değil... ama Spot hep iyi kaldı. Yalnız ne yaparsan yap, ne kadar yıkarsan yıka hep toprak kokardı... ama iyi bir hayvandı. Annem bir daha elini bile sürmedi köpeğe, ama iyi hayvandı Louis. Bu akşam gidip kediyi öldürürsen tek bir şey bile söylemeyeceğim. Orası... insanı bir kez etkisi altına aldı mı, dünyanın en iyi nedenlerini uyduruyorsun sonra... ama yanılmış olabilirim Louis. Lester yanılmış olabilir. Stanny B yanılmış olabilir. Ben de Tanrı değilim. Ama ölüyü diriltmek... Tanrı olmaya ancak bu kadar yaklaşılabilir, değil mi?"

Louis yine bir şey söylemek için ağzını açtı, ama söylemeden kapattı. Söyleyecekleri yanlış olacaktı, zalimce olacaktı. *Jud, ben o kadar sıkıntıya lanet olasıca hayvanı bir daha öldürmek için girmedim.*

Jud birasını bitirdi. "Hepsi bu kadar sanırım. Tükendim artık."

"Bir soru daha sorabilir miyim?"

"Sor bakalım."

"Oraya hiç *insan* gömülmüş müdür?"

Jud'un kolu elinde olmadan kasıldı, iki şişe yere devrildi, biri parçalandı.

"Aman Tanrım! *Hayır!* Bunu kim yapar ki? Böyle şeylerden söz bile etme Louis!"

"Merak etmiştim."

"Bazı şeyler merak edilmez," dedi Jud Crandall. İlk kez yaşlı ve hastalıklı göründü Louis'in gözüne. Sanki yeni kazılmış mezarının yakınlarındaymış gibi.

Daha sonra eve döndüğünde Jud'un o anda nasıl göründüğü hakkında bir şey daha takıldı kafasına.

Yalan söylüyormuş gibi bakmıştı yüzüne.

27

Louis ne kadar sarhoş olduğunu kendi garajına girene dek anlayamadı.

Dışarıda yıldızların ışıkları ve hilal biçiminde ay gölge verecek kadar değilse de, yine önünü görecek kadar ışık vardı. Garaja girince ortalık zifiri karanlık oldu birden. Bir yerlerde bir elektrik düğmesi olacaktı ama yerini hatırlayamıyordu bir türlü. Ayaklarını sürüyerek ağır ağır yürüdü, her an yere atılmış bir oyuncağa çarpmaktan, oyuncakla birlikte tepetaklak yuvarlanmaktan korkuyordu.

Kedi neredeydi? İçeride mi kalmıştı yoksa?

Her nasılsa yolunu kaybetmişti, bir duvara tosladı. Eline bir kıymık batınca, "Bok!" diye bağırdı karanlığa. Ama birden kızmaktan çok korkmuş olduğunu anladı. Garaj olduğu yerde dönmüştü sanki, şimdi değil elektrik düğmesini, neyin nerede olduğunu bile hatırlamıyordu. Mutfak kapısının nerede olduğunu da.

Avucunun içi yanarak küçük adımlarla yürümeye başladı yine. *Kör olmak böyle işte,* diye düşünüyordu. Rachel'la gittiği Stevie Wonder konserini anımsadı. Altı yıl falan önceydi. Eileen'e hamileydi Rachel. Wonder'ı Synthesizer'a iki adam getirmişlerdi, yerdeki kablolara falan ayağının takılmaması için uyarıyorlardı iki kolundan tutarlarken. Sonra diğer şarkıcılardan biriyle dansa kalktığında kadın Wonder'ı sahnenin temizce bir yerine çekmişti. *İyi dans ediyordu,* diye hatırladı Louis, ama iyi dans edebileceği yere kendisini götürecek birine ihtiyacı vardı.

Beni mutfak kapısına götürecek bir sağ kol olsa, diye düşünürken birden durup titredi.

Karanlıktan kendisine yol gösterecek bir el çıksa nasıl da çığlık çığlığa bağırırdı.

Kalbi yerinden kopacakmış gibi atarken durdu. *Yürü,* dedi kendi kendine. *Bırak bunları şimdi yürü...*

O lanet olasıca kedi neredeydi?

Birden steyşın vagonun arka çamurluğuna çarptı, dizinden sırtına kadar yayıldı şiddetli bir sancı. Tek bacağı üstünde leylek gibi durup bacağını kaldırdı, iki eliyle tuttu. Şimdi nerede olduğunu biliyordu hiç olmazsa, garajın haritasını çizmişti kafasında, üstelik gözleri de karanlığa alışıyordu. Kediyi evde bırakmıştı, hatırlıyordu şimdi, dokunmak, kucağına alıp dışarı taşımak istememişti...

Church'ün sıcak, tüylü gövdesi o anda alçaktan akan bir su gibi bileğine sürtündü. İğrenç kuyruğu bir yılan gibi yalayıp geçti dizini... Louis o zaman çığlığı bastı işte... Ağzını açtı ve bağırdı, bağırdı, bağırdı.

28

"Baba!" diye bağırdı Eileen.

Kız uçaktan inen yolcular arasından bir futbolcu gibi çalımlar atarak koştu babasına. Yolculardan çoğu gülümseyerek kenara çekiliyorlardı. Kızın bu sevgi gösterisi karşısında utanmıştı Louis, ama yine de budalaca bir gülümseme yayılıyordu yüzüne.

Gage, Rachel'ın kucağındaydı, oğlan da Eileen bağırınca gördü babasını. "Baaaa!" diye çığlığı basıp annesinin kucağından atlamaya çalıştı. Rachel gülümsedi (*biraz yorgunca bir gülümseme,* diye düşündü Louis), oğlanı kucağından indirdi. Gage de Eileen'in ardından koşmaya başladı. *"Baaa! Baaa!"*

Louis oğlanın üstünde daha önce görmediği bir tulum olduğunu fark etti. Büyükbabasının işi olmalıydı bu. Eileen o anda üstüne atlayıp ağaca tırmanır gibi tırmandı kucağına.

"Baba!" Louis'in yanaklarını öptü.

"Nasılsın kızım?" Louis eğilip Gage'i de koluna aldı, ikisini de kucakladı. "Sizi ne kadar özledim bilemezsin."

Rachel da bir elinde çantası ve cüzdanı, öteki elinde de Gage'in bezlerinin bulunduğu torbayla yanlarına geldi. Uzun ve yorucu bir görevden dönen profesyonel bir fotoğrafçıya benziyordu.

Louis iki çocuğun arasından uzanıp karısını öptü. "Merhaba!"

"Nasılsın doktor?"

"Yorgun görünüyorsun."

"Ölesiye yorgunum. Boston'a kadar rahat geldik. Aktarmada da sorun çıkmadı, kalkarken de. Ama uçak kentin üstünde dolanırken Gage aşağı baktı ve üstüme kustu."

"Eyvah!"

"Tuvalette üstünü değiştirdim. Mikrop falan aldığını sanmıyorum. Uçak tutmuştur."

"Hadi eve," dedi Louis. "Size pizza hazırladım."

"Pizza! Pizza!" diye bağırdı Eileen, babasının kulak zarını patlatırcasına.

"Pica! Pica!" diye Gage öteki kulağının zarını patlattı.

"Yürüyün," dedi Louis. "Bavullarınızı alalım da kurtulalım şuradan."

"Baba, Church iyi mi?" diye sordu Eileen babasının kucağından iner inmez. Louis'in beklediği soruydu bu. Ama Eileen'in endişeli yüzünü, lacivert gözleri arasında beliren derin çizgiyi hiç beklemiyordu. Louis kaşlarını çatıp Rachel'a baktı.

"Bir gece ağlayarak uyandı," dedi Rachel. "Bir karabasan görmüş."

"Church'ün ezildiğini gördüm rüyamda."

"Bayram gününün ardından hindili sandviçleri biraz fazla kaçırdı," dedi annesi. "İshal de oldu. Şunun içini rahat ettir de buradan çıkalım artık Louis. Son bir haftada en az beş yıl yetecek kadar havaalanı gördüm."

"Church iyi kızım," dedi Louis.

İyidir elbette. Bütün gün evde yatıyor ve o garip, bulanık gözleriyle beni gözetliyor, sanki bir kedinin sahip olduğu zekâ her neyse işte onu yok etmiş birini görmüş gibi. Çok iyidir. Dokunmaktan iğrendiğim için geceleri süpürgeyle atıyorum dışarı. Süpürür gibi itiyorum, o da gidiyor. Geçen gün kapıyı açtığımda bir fare vardı ağzında. Kahvaltı diye bağırsaklarını boşaltmıştı hayvanın. O sabah ben kahvaltı edemedim. Bunun dışında...

"İyi kızım."

Eileen'in gözleri arasındaki çizgi kayboldu. "Çok sevindim. O rüyayı görünce onu öldü sanmıştım."

"Öyle mi?" Louis gülümsedi. "Rüyalar garip şeyler, değil mi?"

"Rüla!" diye bağırdı Gage. Artık papağan devresine girmişti, duyduğu her şeyi tekrarlayacaktı.

"Hadi yürüyün bakalım," dedi Louis, bagaj bölümüne doğru yürüdüler.

Park yerindeki steyşın vagona yaklaşıyorlardı ki, Gage garip, hıçkırır gibi bir sesle, "Cici! Cici!" dedi ve ailesini karşılamak için yeni aldığı pantolonu giymiş olan Louis'in üstüne kustu. Anlaşıldığı kadarıyla Gage, *kusura bakmayın kusmam geldi,* demek için *cici* denilmesini yeterli buluyordu.

Bangor Havalimanı'ndan Ludlow'daki evlerine olan otuz kilometrelik yol boyunca Gage ateş belirtileri gösterdi, huzursuz bir uykuya daldı. Louis arabayı geri geri garaja sokarken gözünün ucuyla Church'ün duvarın dibinde kuyruğu dimdik havada arabayı garip gözleriyle incelediğini fark etti. Kedi günün son ışıkları arasında kayboldu. Louis dört yedek lastiğin yanında bağırsakları deşilmiş bir sıçan gördü. Garajın karanlığında pembe pembe parlıyordu sıçanın içi.

Louis arabadan çıktı, yanlışlıkla olmuş gibi lastik yığınına çarptı, üstteki iki tane düşüp sıçanı örttü. Church'ün dirilmeden önceki yaşamında yalnızca bir tek fare öldürdüğünü görmüştü. Kimi zaman fareleri köşeye sıkıştırır ve onlarla sonu kötü bitecek bir oyuna girişirdi, ama her seferinde ya kendisi ya da Rachel yetişip fareyi kedinin pençelerinden kurtarmışlardı. Kedilerin kısırlaştırıldıktan sonra, hele karınları iyi besleniyorsa, farelere dönüp bakmadıklarını da bilirlerdi.

"Orada durup hayal mi kuracaksın, yoksa şu çocuğu taşımama yardım mı edeceksin?" diye sordu Rachel. "Mongo Uydusu'ndan dön artık Doktor Creed. Dünyamızın sana ihtiyacı var."

"Kusura bakma." Louis şimdi alev alev yanan oğlanı kucakladı.

O akşam Louis'in ünlü pizzasını yalnız üçü yediler. Gage oturma odasındaki divanda ılık tavuk suyu çorbası dolu bir şişeyi eline alıp hasta hasta televizyon seyretti.

Yemekten sonra Eileen garaj kapısına gidip Church'e seslendi. Rachel yukarıda bavulları açarken bulaşıkları yıkayan Louis kedinin ortaya çıkmayacağını umdu. Ama kedi o yeni ağır yürüyüşüyle hemen beliriverdi. Sanki çağrılmayı bekliyormuş gibi. *Sinsice.* İnsanın aklına ilk gelen sözcük buydu.

"Church!" diye bağırdı Eileen. "Merhaba Church!" Kız kediyi kucakladı. Louis gözucuyla seyrediyordu; bulaşık leğeninin içinde eliyle kalmış çatal bıçak var mı diye arıyordu bir yandan. Eileen'in mutlu yüzünde bir şaşkınlık başlangıcı gördü. Kedi kızın kucağında hiç kıpırdamadan, gözlerini gözlerine dikmiş olarak yatıyordu.

Uzun bir dakika sonra –Louis'e çok uzun geldi bu dakika– kız kediyi indirdi, Church arkasına bakmadan yemek odasına yürüdü. *Küçük sıçanların celladı,* diye düşündü Louis. *Tanrım, biz ne yaptık o gece?*

Gerçekten ne yaptıklarını anımsamaya çalıştı, ama bu o kadar geride kalmış, öylesine pusluydu ki, Victor Pascow'un dispanserdeki kanlı ölümü gibi. Gökyüzünde rüzgârdan arabaları ve ormana giden arka çayırlıktaki beyaz kar parıltısını hatırlıyordu, hepsi o kadar.

"Baba?" Eileen alçak sesle konuşuyordu.

"Ne var kızım?"

"Church çok garip kokuyor."

"Öyle mi?"

"Evet! Çok kötü hem de! Eskiden böyle kokmazdı. Şey... kaka kokuyor!"

"Belki de pislik bulaşmıştır üstüne yavrum. Her neyse geçer yakında."

"Dilerim geçer," dedi Eileen o komik büyümüş de küçülmüş sesiyle. Yürüdü gitti sonra.

Louis sonuncu çatalı bulup yıkadı, suyu boşalttı. Dışarıdan çılgın gibi esen rüzgârın sesi geliyordu. Rüzgâr kışı getiriyordu. Birden korktuğunu fark etti, saçma, nedensiz bir korku, insanın bulutlar birden güneşi örttüğünde ya da nedenini bilmediği bir takırtı duyduğunda korktuğu gibi.

"Kırk mı?" diye sordu Rachel. "Lou, emin misin?"

"Virüs," dedi Louis. Rachel'ın suçlar gibi ses tonundan etkilenmemeye çalışıyordu. Yorgundu karısı. Uzun bir gün geçirmiş, çocuklarıyla koca kıtanın yarısını aşmıştı. Saat gecenin on biriydi ve hâlâ günü sona ermemişti. Eileen odasında mışıl mışıl uyuyordu. Gage baygın denebilecek bir halde onların yatağında yatıyordu. Louis bir saat önce aspirine başlamıştı. "Aspirin sabaha kadar ateşini düşürür sevgilim," dedi.

"Ampisilin falan vermeyecek misin?"

"Grip ya da başka bir enfeksiyon olsa verirdim. Ama yalnızca bir virüs bu. Penisilin türü ilaçların virüs üzerinde fazla bir etkisi yoktur. Aksine ishal yapar ve vücut suyunu azaltır."

"Virüs olduğundan emin misin?"

"İkinci bir fikir istiyorsan serbestsin!"

"Bana bağırmana gerek yok!" diye bağırdı Rachel.

"Bağırmıyordum!" diye bağırdı Louis.

"Bağırıyordun! Bağırıyordun işte..." Birden ağzı titremeye başladı, elini yüzüne götürdü. Louis, karısının gözleri altında koyu renkli torbacıklar olduğunu gördü, kendisinden utandı.

"Özür dilerim," diyerek oturdu karısının yanına. "Ne olduğunu bilmiyorum böyle. Özür dilerim Rachel."

"Ne şikâyet et, ne özür dile," diyen Rachel hafifçe gülümsedi. "Bir kere bana böyle demiştin. Yolculuk berbattı. Gage'in dolabına bakınca tepenin atacağından korkuyordum sonra. Şu anda bana acırken söylesem iyi olacak sanırım."

"Tepemi attıracak ne oldu?"

"Annemle babam on takım elbise aldılar oğlana. Bugün de üstünde onlardan biri vardı."

"Yeni bir şey giydiğini fark etmiştim."

"Fark ettiğini fark ettim ben de." Rachel yüzünü buruşturunca Louis'in içinden hiç gülmek gelmediği halde güldü. "Eileen'e de altı elbise."

"Altı mı!" Bağırmamak için güç tutuyordu kendini Louis. Birden öfkelenmişti, nedenini bilemeden, açıklayamadan. "Neden ama Rachel? Neden bunu yapmalarına razı geldin? İhtiyacımız yok bizim... Biz alabiliriz..."

Sustu sonra. Öfkesinden boğuk çıkıyordu sesi, aradığı sözcükleri bulamıyordu. Ormanda Eileen'in kedisini taşıması geldi gözlerinin önüne, ağır torbayı bir elinden diğerine aktarışı... ve bu sırada Lake Forest'lı o orospu çocuğu Irwin Goldman kızının sevgisini o dünyaca ünlü çek defteri ve dünyaca ünlü dolmakalemiyle satın almaya çalışıyordu...

Az daha şöyle bağıracaktı: *O kıza altı elbise aldı, ben de ölü kedisini diriltttim, hangimiz daha çok seviyoruz kızı?*

Ama kapattı ağzını. Böyle bir şeyi asla söylemeyecekti. Asla.

Rachel, kocasının boynuna dokundu. "Louis, lütfen anlamaya çalış. *Lütfen.* Çocukları seviyorlar, çok da az görüyorlar torunlarını. Ve ikisi de *yaşlanıyorlar* artık Louis. Babamı görsen tanımazsın şimdi."

"Tanırım..." diye mırıldandı Louis.

"Lütfen anlamaya çalış sevgilim. Anlayışlı olmak bir zarar vermez sana."

Louis uzun bir süre baktı karısına. "Zarar veriyor," dedi. "Vermemesi gerek belki ama veriyor işte."

Rachel tam ağzını açmıştı ki, Eileen'in sesi duyuldu. "Baba! Anne!"

Rachel doğrulurken Louis kalktı. "Sen Gage'in yanında kal, ben bakarım." Kızın ne istediğini tahmin ediyordu. Kediyi dışarı çıkarmıştı. Eileen yattıktan sonra hayvanı yemek tabağını koklarken görmüş, dışarı atmıştı. Kedinin kızıyla birlikte yatmasını istemiyordu. Bundan sonra olmazdı. Carl amcanın cenaze eviyle ilgili anılarıyla hastalık düşünceleri birleşmişti kafasında. Church'ün Eileen'in yatağında yattığı aklına gelince.

Her şeyin eskisi gibi olmadığını, işin içinde bir şeyler olduğunu anlayacak kız.

Kızı yatırırken kediyi dışarı atmıştı, ama şimdi Eileen'in odasına girdiğinde kız yarı uyanık bir halde yatağının içinde oturuyordu. Church ise yarasa gibi pencere denizliğine kurulmuştu. Gözleri açıktı ve koridordan gelen ışıkta parıldıyordu.

"Baba, şunu dışarı çıkar, öyle pis kokuyor ki," diye mırıldandı Eileen.

"Şişşş! Hadi sen uyu Eileen." Louis sesinin sakinliğine kendisi de şaşmıştı. Pascow'un öldüğünün ertesi günü, uykuda gezmesinden sonraki sabahı hatırladı. Dispansere gittiğinde yüzünün berbat olduğunu düşünerek doğruca banyoya girip aynada kendisine bakmıştı. Çevredeki insanların içlerinde ne korkunç sırlar gizli olduğu halde dolaştıklarını düşünmekten kendini alamıyordu.

Ama bu sır değil. Tanrı cezasını versin! Kedi bu!

Eileen haklıydı. Berbat bir koku yayılıyordu hayvandan.

Kediyi alıp aşağı indirirken ağzından soluk almaya çalıştı. Daha kötü kokular da vardı; açık konuşmak gerekirse bok kokusu daha beterdi. Bir ay kadar önce fosseptik çukuruyla bir sıkıntıları olmuştu, Puffer ve Oğulları'nın vidanjörü çukuru boşaltmaya geldiğinde Jud, "Eh, pek Chanel No. 5 kokusu değil, ha?" demişti. Kangren olmuş bir yaranın kokusu da korkunçtu.

Ama bu koku da kötüydü işte. Kediye nereden bulaşmıştı ki? Akşamüstü ailesi yukarıdayken süpürgeyle kovarak dışarı atmıştı hayvanı. Kedi hemen hemen döneli bir hafta olmuştu, işte şimdi ilk kez kucağına alıyordu. Sımsıcaktı kolları arasında. *Bir hastalık gibi*, diye düşündü. *Hangi delikten girdin içeri, seni lanet olasıca hayvan!*

Birden o gece gördüğü rüyayı anımsadı, Pascow'un kapalı mutfak kapısından sanki açıkmış gibi geçişini.

Belki de delik falan yoktu. Belki de kedi hayalet gibi geçmişti kapalı kapının içinden.

Louis birden kedinin kolları arasında kıpırdayacağını, kendisini tırmalayacağını düşündü. Ama Church hiç kımıldamadan duruyor, o münasebetsiz sıcaklığı ve pis kokuyu yayıyor, Louis'in gözleri ardındaki düşünceleri okuyormuş gibi yüzüne bakıyordu.

Kapıyı açıp kediyi, biraz da sert olarak garaja fırlattı. "Hadi git, bir sıçan öldür, ne yaparsan yap!"

Church beceriksizce düştü yere, bir an yuvarlanır gibi oldu. Louis'e yeşil, nefret dolu bakışlarla baktı. Sonra sarhoş gibi iki yana sallanarak yürüdü gitti.

Ah Jud, dedi içinden Louis. *Ağzını açmamış olmanı isterdim.*

Mutfak musluğunda ellerini ve kollarını iyice, ameliyata hazırlarmış gibi yıkadı. *Alıştığın için yaparsın... nedenler uydurursun... iyi nedenler gibi gelir bunlar sana... ama gerçekte oraya bir kez gitmiş olduğun için, orası senin yerin olduğu için, oraya ait olduğun için yaparsın... en tatlı nedenleri uydurursun...*

Hayır, Jud'u suçlayamazdı. Kendi özgür iradesiyle gitmişti.

Suyu kapatıp ellerini kollarını kurulamaya çalıştı. Birden havluyu bırakıp gözlerini küçük pencerenin dışındaki geceye dikti.

Yani bu, orasının şimdi benim yerim olduğu mu demek? Benim de mi yerim orası?

Hayır. Böyle olmasını istemiyorsam, değildir.

Havluyu yerine asıp yukarı çıktı.

Rachel yatmış, örtüyü çenesine kadar çekmişti, Gage de yanı başındaydı. Rachel özür dilercesine baktı kocasına. "Bu akşamlık, sevgilim, sence bir sakıncası yoksa. Onu yanımda görürsem içim rahat edecekti. Öyle çok ateşi var ki."

"Önemi yok," dedi Louis. "Ben aşağıdaki kanepe yatakta yatarım."

"Kızmadın ya?"

"Hayır. Böyle olmasının hem Gage'e zararı yok, hem de senin için rahat eder." Louis gülümsedi. "Yalnız virüsü sen de alacaksın. Hiç kuşkun olmasın. Ama bu seni vazgeçirmez, değil mi?"

Karısı gülümseyip başını salladı. "Eileen ne istiyordu?"

"Church'ü yanından almamı."

"Eileen, Church'ün alınmasını mı istedi? Olamaz."

"Öyle işte. Hayvanın kötü koktuğunu söyledi. Biraz da haklıydı sanırım. Birinin gübre yığını içinde yuvarlanmış olmalı."

"Bu kötü işte." Rachel yattığı yerde döndü. "Eileen'in senin kadar Church'ü de özlediğinden eminim."

"Eh," dedi Louis. Eğilip karısını dudaklarından öptü. "Uyu artık Rachel."

"Seni seviyorum Lou. Evime döndüğüme memnunum. Aşağıda yatacağın için de üzgünüm."

"Önemi yok," diyen Louis ışığı söndürdü.

Louis aşağıda yatağı hazırlarken ince şiltenin altındaki demir çubuğun bütün gece sırtını acıtacağını düşünüyordu. Yatağın çarşafı üstündeydi neyse ki, bir de onu yaymak zahmetine katlanmayacaktı. Koridordaki dolaptan iki battaniye aldı, onları da yaydı, soyunmaya başladı.

Church yine eve girdi mi acaba? Şöyle ortalığı bir kolaçan et bakalım. İyi de olur. Kapıların kilitli olup olmadıklarını kontrol etmek bir zarar vermez üstelik.

Bütün alt katı dolaşıp kapıları ve pencereleri tek tek kontrol etti. Birinci seferinde iyi bir iş yapmıştı zaten, hepsi kilitliydi, Church de görünürlerde yoktu.

"Eh, şimdi içeri gir de görelim, aptal kedi," diye söylendi. Ardından da Church'ün dışarıda donmasını diledi.

Işıkları söndürüp yattı. Sonra demir çubuk sırtına batmaya başlamıştı. Louis uyuyakaldığında sabaha kadar uyuyamayacağını düşünüyordu. Uydurma yatağında rahatsız bir şekilde yanına dönmüş uyuyordu, ama uyandığında...

...hayvan mezarlığının ötesindeki mezarlıktaydı. Yalnızdı bu kez. Church'ü öldürmüştü ve sonra her nedense ikinci kez diriltme gereğini duymuştu. Tanrı bilirdi nedenini, kendisi bilmiyordu. Hayvanı bu defa epey derine gömmüştü ve Church dışarı çıkamıyordu. Louis kedinin toprağın altında ağlayan bir çocuk gibi sesler çıkardığını işitiyordu. Ses toprağın arasından geliyordu, taşların arasından. Ses ve o berbat tatlımsı çürüme kokusu. Kokuyu solumak bile göğsünü ağırlaştırıyordu, sanki üstünde bir yük varmış gibi.

...ağlama devam ediyordu...

...ağırlık hâlâ göğsü üzerindeydi...

"Louis!" Rachel'dı bu. Korku doluydu sesi. "Louis, yukarı gel!"

Korkudan başka bir şeydi bu... umutsuzca bir ağlama... Gage.

Louis gözlerini açınca Church'ün yeşilimsi sarı bakışlarıyla karşılaştı. Yüzünden on santim ötede. Kedi kıvrılmış, göğsünde oturuyordu. Koku ağır dalgalar halinde çarpıyordu yüzüne. Hayvan mırıldanıyordu.

Louis şaşkınlık ve korku dolu bir çığlık attı. Eliyle kediyi kovaladı. Church yere atladı, yan tarafı üstüne düştü, doğrulup o sallanan yürüyüşüyle uzaklaştı.

Tanrım! Üzerimdeydi Tanrım! Tam üstümde oturuyordu!

Uyanıp da ağzında bir örümcek bulsaydı bu kadar tiksinmezdi. Bir an kusacağını sandı.

"Louis!"

Louis yerinden fırladı. Gage yan yatmıştı, ağzından Rachel'ın serdiği havluya kusmuk geliyordu. Kusuyordu ama yeterli değildi. Boğulacak gibi kızarmıştı yüzü.

Louis çocuğu koltuk altlarından tutarken ateşinin ne kadar yüksek olduğunu fark etti. Gazını çıkarmak istercesine omzuna kaldırdı. Sonra birden geri attı kendini. Gage'in boynu kopacak gibi savruldu. Geğirmeye benzeyen bir ses çıktı içinden, ağzından oluk gibi fışkırdı kusmuğu, yere ve konsola aktı. Gage yeniden ağlamaya başladı. Ama şimdi sesi müzik gibi geliyordu Louis'in kulağına. Böylesine ağlayabilmek yeteri kadar oksijen aldığını gösterirdi.

Rachel'ın dizlerinin bağı çözülmüştü, yığılır gibi oturdu yatağa, başını avuçları arasına aldı. Omuzları sarsılıyordu. "Az daha ölüyordu, değil mi Louis? Az daha..."

Louis oğlu kucağında olduğu halde odada yürümeye başlamıştı. Oğlanın hıçkırıkları azalıyordu, neredeyse uyuyacaktı.

"Kendi kendine de temizlerdi boğazını Rachel, ama ben biraz yardım ettim, hepsi bu."

"Çok kötüydü ama." Kadın inanmayan, şaşkın gözlerini çevirdi kocasına. "Louis, az daha ölüyordu."

Louis birden Rachel'ın güneşli mutfakta bağıra bağıra söylediklerini anımsadı. *Ölmeyecek Church... hiç kimse ölmeyecek, burada...*

"Sevgilim, hepimiz ölüme yakınız," dedi. "Hem de her an."

Yeniden kusmaya neden olan şey akşam verdikleri süt olmuştu. Gage gece yarısı uyanmıştı, Rachel'ın dediğine göre, Louis'in yatmasından bir iki saat sonra, "karnı açmış" gibi ağlayınca Rachel şişeyle sütünü vermiş, oğlan sütü içerken kendisi de uyuyakalmıştı. Bir saat sonra da o boğulmayı başlatan öksürükleri duyarak uyanmıştı.

"Artık süt vermek yok," dedi Louis.

"Evet, artık süt yok," diye yineledi Rachel da.

Louis saat ikiyi çeyrek geçe aşağı inip on beş dakika kadar kediyi aradı. Araması sırasında mutfakla bodrum arasındaki kapının aralık olduğunu gördü. Zaten bundan kuşkulanıyordu. Annesinin kedilerin eski biçim kilitleri açmakta usta kesildiklerini söylediğini hatırlıyordu. Bodrumlarındaki de öyleydi. Annesinin dediğine göre, kedi kapının kenarına tırmanır ve kapı açılana kadar kolu çekerdi. Louis, Church'ün bu numarayı yapmasına izin vermeyecekti. Bodrum kapısında bir de sürgü vardı. Church'ü kazanın altında uyuklarken bulup fazla düşünmeden kapı dışarı etti. Dönerken de bodrum kapısını sıkıca kapatıp kalın sürgüyü çekti.

29

Sabah Gage'in ateşi normale inmişti. Yanakları kızarmıştı ama gözleri canlıydı. Bir iki hafta içinde anlamsız sesleri de sözcüklere dönüşmüş gibiydi. Artık söylenen her şeyi tekrarlıyordu. Eileen kardeşinin "bok" demesini istiyordu.

"Hadi bok de Gage."

"Bok de Gage," diye yineledi oğlan. Louis oğlanın şekerli olduğu takdirde yulaf ezmesi yemesine izin vermişti. Gage de her zaman olduğu gibi yemeği yiyeceğine üstüne başına dökmekteydi.

Eileen kıkır kıkır güldü.

"Osuruk de Gage."

"Osuruk de Gage," diye yüzünden akan yulaflar arasından tekrarladı Gage. "Osuruk bok."

Eileen'le Louis güldüler. Gülmemek olanaksızdı.

Rachel bundan hoşlanmamıştı. "Bir gün için bu kadar terbiyesizlik yeter," dedi.

"Osuruk bok osuruk bok osuruk bok," diye neşeyle söylendi Gage. Eileen kahkahayı bastı. Rachel'ın dudakları hafifçe kıvrıldı. Louis onun pek dinlenmemiş olmasına karşın çok iyi göründüğünü düşündü. Gage iyileşmiş, kendisi de evine dönmüştü.

"Cici," dedi Gage bir değişiklik olarak ve yediği bütün yulafı tabağına kustu.

"Eyvah!" diye bağıran Eileen masadan kaçtı.

Louis ondan sonra kendini tutamadı. Elinde değildi. Gözlerinden yaşlar gelene kadar güldü. Rachel'la Gage sanki aklını kaçırmış gibi bakıyorlardı yüzüne.

Hayır, diyebilirdi onlara Louis. *Deli değilim. Aklımı kaçırmıştım ama şimdi iyileşeceğim artık. İyileşeceğimden eminim.*

Çılgınlığın geçip geçmediğini bilmiyordu, ama geçmiş gibi hissediyordu kendini. Belki de yeterliydi bu.

Bir süre için gerçekten de yeterliydi.

30

Gage'in hastalığı bir hafta devam edip sonra geçti. Ondan bir hafta sonra da bronşite tutuldu. Eileen ve arkasından Rachel da, Noel'den önceki hafta üçü de yaşlı ve öksürüklü köpekler gibi dolaştılar evin içinde. Louis'in bronşite yakalanmaması Rachel'ı kızdırmış gibiydi.

Üniversitede sömestrin son haftası Louis, Steve, Surrendra ve Charlton için pek yoğun geçti. Şimdilik grip salgını yoktu, ama pek çok bronşit ve zatürree vardı. Noel'den iki gün önce altı sarhoş öğrenci getirildi dispansere. Pascow olayını hatırlatan benzerlikler vardı. Altı sersem küçük bir kızağa binmişlerdi (Louis'in anlayabildiği kadarıyla altıncısı en sondakinin omuzlarında oturuyordu), sonra tepe aşağı kaymışlardı. Çok eğlenceliydi. Yalnızca bir aksama olmuş, kızak epey hız kazandıktan sonra yoldan çıkmış ve İçsavaş'tan kalma toplardan birine çarpmıştı. Sonuç iki kırık kol, bir kırık bilek, toplam yedi kırık kaburga, bir beyin sarsıntısı ve sayılmayacak kadar çok yara bereydi. Yalnızca en arkada oturan çocuğun sırtına binmiş olan hiçbir yara almamıştı. Kızak topa çarptığında bu talihli kişi topun üstünden fırlayıp baş üstü bir kar yığınına dalmıştı. Bu insan enkazını toparlamak pek eğlenceli olmamıştı, Louis ellerini olduğu kadar dilini de kullanmıştı öğrencilere. Ama sonra olayı Rachel'a anlatırken gözlerinden yaş gelene kadar gülmüştü. Rachel bunda komik ne olduğunu anlamayarak garip garip bakmıştı kocasının yüzüne. Louis ona bunun aptalca bir kaza olduğunu, insanların yaralandıklarını ama yine de ölümcül bir yara almadan kurtulmuş olduklarını anlatamazdı. Gülmesi hem içinin rahatlamasındandır, hem de zafer duygusundan; bugün bir zafer kazandım işte Louis.

Eileen'in 16 Aralık'ta başlayacak olan tatilinden birkaç gün önce Louis'in ailesindeki bronşit atlatılmıştı artık. Dört kişilik aile eski usul bir Noel kutlamaya hazırlandılar. Kuzey Ludlow'daki evleri (o ilk geldiklerinde garip, hatta düşman görünen evleri) şimdi tam bir yuva olmuştu artık.

Noel gecesi çocuklar uyuduktan sonra Louis'le Rachel elleri kolları renkli kâğıtlara sarılmış paketlerle dolu olarak hırsızlar gibi ayaklarının ucuna basarak indiler tavan arasından. Gage'e birkaç tane minyatür araba, Eileen'e Ken ve Barbie bebekleri, bebek giysileri, içinde lambası yanan oyuncak bir fırın falan.

Karıkoca Noel ağacının ışıkları altında yan yana oturup armağanları yerleştirdiler. Rachel'ın üzerinde ipekli bir pijama, Louis'in üzerinde de ropdöşambrı vardı. Louis böyle huzurlu bir gece geçirdiklerini hiç anımsamıyordu. Şöminede yanan ateşe arada bir kütük atarak besliyorlardı.

Winston Churchill bir keresinde Louis'e sürtünerek yanından geçti, Louis hayvanı hoşnutsuzlukla iteledi. Kokusuna dayanamıyordu. Kedi az sonra Rachel'ın dizi dibine oturmaya kalkıştı ama kadın da, "Pist!" diyerek itti hayvanı. Louis karısının az sonra elini üstüne sürdüğünü gördü, pis ya da mikroplu bir şeye dokunduğu zaman insanın bilinçsiz olarak yaptığı gibi. Rachel'ın bu hareketi bilinçli olarak yaptığını sanmıyordu.

Church şöminenin önüne gitti ve hantal bir şekilde çöktü ateşin yanına. Kedinin bütün inceliği kaybolup gitmişti artık. Louis'in hatırlamak bile istemediği o geceden sonra. Hayvan bir şeyini daha kaybetmişti. Louis bunun farkındaydı ama ne olduğunu tam olarak anlaması için hemen hemen bir ay geçmişti. Kedi artık hiç mırıldanmıyordu. Oysa eskiden, özellikle uyuduğu zamanlar, hiç durmadan mırıldanırdı. Öyle ki, çoğu gece Louis uyuyabilmek için kalkıp Eileen'in kapısını kapatırdı.

Kedi şimdi kütük gibi uyuyordu. Ölü gibi.

Hayır, bir istisna olmuştu, diye düşündü. Church'ün üzerinde pis kokan bir battaniye gibi yattığı gece... O gece mırıldanıyordu kedi. Ya da ona benzer bir ses çıkarıyordu işte.

Ama Jud Crandall'ın bildiği ya da tahmin ettiği gibi hayvan hiç de kötüleşmemişti. Louis kazanın ardında kırık bir cam bulmuştu bodrumda, camcıyı çağırıp camı taktırınca boş yere mazot yakmaktan da kurtulmuşlardı. Haftalarca fark edemeyeceği bu kırık camı bulmasına yardım ettiği için kediye teşekkür bile borçlu sayılırdı.

Eileen artık Church'ün yanında yatmasını istemiyordu, ancak zaman zaman televizyon seyrederken kucağına çıkıp uyumasına pek ses çıkarmıyordu. Yine de sık sık, "Hadi git artık Church, çok pis kokuyorsun," demekten kendini alamıyordu. Hayvana yemeğini yine seve seve veriyordu, Gage bile ara sıra hayvanın kuyruğunu çekiyordu yine... kötülükten çok bir dostluk belirtisi olarak. Bu durumlarda Church oğlanın kendisine erişemeyeceği bir radyatör altı bulup oraya sığınırdı.

Bir köpek olsaydı değişiklikleri daha kolay fark ederdik, diye düşündü Louis. *Ama kediler oldum olası bağımsız hayvanlardır. Bağımsız ve garip.* Mısırlı firavunlarının ve kraliçelerin öteki dünyada ruhlarına yol göstersin diye kedilerini de kendileriyle mumyalatmalarına şaşmamak gerekirdi. Garip yaratıklardı kediler.

"Hadi yatalım," dedi Rachel. "Senin armağanını erkenden vereyim bu Noel."

Louis doğruldu. "Kadın, o benim hakkım zaten."

Rachel ellerini yüzüne kapatıp güldü. O anda tıpkı Eileen'e ya da Gage'e benzetmişti.

"Bir dakika," dedi Louis. "Son bir işim daha kaldı."

Ayakkabı dolabından çizmelerinden birini getirdi. Sönmek üzere olan şöminenin önündeki koruyucu perdeyi kaldırdı.

"Louis, ne yapıyorsun?"

"Görürsün."

Şöminenin bir yanında ateş sönmüş, küllerden bir tabaka birikmişti. Louis çizmeyi küllere bastırarak bir iz bıraktı, sonra altı küllü çizmeyi bir mühür gibi taşların üstüne bastırdı.

"Tamam işte oldu," dedi. "Beğendin mi?"

Rachel yine kıkır kıkır gülüyordu. "Louis, Eileen çıldıracak bunu görünce."

Okulda son bir iki haftadır Eileen keyif kaçırıcı bir söylenti duymuştu: Noel Baba gerçekten insanın anne babasıydı. Kızın Deering Dondurmacısı'nda birkaç gün önce gördüğü epey sıska bir Noel Baba da bu görüşü güçlendirmişti. Noel Baba bir tabureye oturmuş, elindeki sandvici rahat rahat yiyebilmek için sakalını çenesinin bir köşesine itmişti. Eileen'in epey keyfi kaçmıştı (üstelik takma sakaldan çok sandvicin peynirli olmasına kızmıştı). Rachel mağazalardaki Noel Baba'ların gerçekte asıl Noel Baba'nın gönderdiği "yardımcılar" olduğunu, kendisininse son dakikaya kadar çocuklardan gelen istek mektuplarını okuduğu için böyle reklam işleriyle uğraşacak zamanı olmadığını söyleyerek kızı biraz yatıştırabilmişti.

Louis şöminenin önüne dikkatle yerleştirdi koruyucu perdeyi. Şimdi biri küllerin üstünde, diğeri yerde iki ayak izi vardı. Noel Baba bacadan inmiş de iki adımda ağacın altına gidip Creed ailesinin armağanlarını bırakmış gibiydi. Her ikisinin de sol ayak izi olduğunu anlamadığın takdirde yaratılan tablo gerçekten güzeldi... Louis, Eileen'in o kadar ince eleyip sık dokuyan bir çocuk olduğunu sanmıyordu.

"Louis Creed, seni seviyorum," diyen Rachel, kocasını öptü.

"Esaslı bir erkekle evlendin sevgilim. Bana dayanırsan seni yıldız yaparım bir gün."

Merdivenleri çıkmaya başladılar. Louis televizyonun önündeki sehpayı gösterdi. Sehpanın üzerinde bir iki çörekle iki şişe bira vardı. SENİN İÇİN NOEL BABA diye yazıyordu Eileen'in iri harfli kartında.

"İsterim." Rachel çöreğin yarısını yedi, Louis de birayı açtı.

"Bu saatte bira içmek midemi berbat edecek."

"Saçma. Hadi yürü doktor."

Louis bira şişesini bırakıp sanki birden hatırlamış gibi elini cebine soktu. Oysa o küçük paketin ağırlığını saatlerdir hissediyordu.

"Bu da senin sevgilim. Şimdi açabilirsin. Mutlu Noel'ler sevgilim."

Rachel yaldızlı kâğıda sarılı, mavi saten kurdeleyle bağlı küçük paketi elinde evirip çevirdi. "Louis, ne var bunun içinde?"

Louis omuzlarını silkti. "Sabun. Şampuan örneği. Doğrusunu istersen unuttum."

Rachel paketi yukarı çıkarken açtı, Tiffany kutusunu görünce bir sevinç çığlığı kopardı. Pamukları çıkarınca ağzı açık kaldı.

"Eee?" diye endişeyle sordu Louis. Daha önce karısına hiç gerçek bir mücevher almamıştı, heyecanlanıyordu. "Beğendin mi?"

Kadın ince altın zinciri çekti, küçük safir taşını ışığa tuttu. Taştan masmavi ışıklar yayılıyordu.

"Louis, o kadar güzel ki..." Louis, karısının gözlerinin yaşardığını görünce hem korktu hem de duygulandı.

"Hey, bırak şimdi ağlamayı, tak bakalım."

"Louis, bunu alacak paramız... senin paran..."

"Şişşşt! Geçen Noel'den beri üç beş kuruş koyuyorum bir yana... hem senin sandığın kadar pahalı da değildi."

"Kaç para verdin buna?"

"Bunu hiç söylemeyeceğim Rachel. Bir ordu işkenceci Çinli gelse bile. İki bin dolar."

"İki bin mi?" Rachel kocasının boynuna öylesine sıkı sarıldı ki, Louis az daha tepetaklak düşüyordu. "Çıldırmışsın sen Louis!"

"Tak bakalım."

Rachel kolyeyi taktı. Louis kancasını kapatmasına yardım etti. Kadın dönüp kocasına baktı. "Yukarı çıkıp aynada kendime bakmak istiyorum."

"Git bak bakalım. Ben de kediyi dışarı çıkarıp ışıkları söndüreyim."

"Sevişirken yalnız bu kalsın, üstümüzdekileri hep çıkaralım," dedi Rachel, kocasının gözlerinin içine bakarak.

"Çabuk ol öyleyse."

Church'ü yakaladı, artık süpürgeyi kullanmıyordu. Her şeye rağmen kediye alışmış olmalıydı. Işıkları söndürerek kapıya doğru yürüdü. Mutfakla garaj arasındaki kapıyı açtığında soğuk hava ayaklarının çevresinde dolandı.

"Mutlu Noel'ler Chu..."

Sesi kesildi birden. Yerde paspasın üstünde ölü bir karga vardı. Kafası parçalanmıştı. Bir kanadı kopmuş, yanık bir kâğıt gibi arkasında yatıyordu. Church, Louis'in kolları arasından kurtulup donmuş kuşu koklamaya başladı. Louis bakarken kedinin kulakları arkaya yattı, daha başını çeviremeden Church kuşun donuk gözlerinden birini kapmıştı bile.

Church yine saldırdı, diye düşündü Louis başını çevirirken, ama yine de karganın kanlı göz çukurunu görmüştü. *Beni pek etkilememeli. Daha beterini gördüm ben, çok daha beterini, Pascow'u örneğin. Pascow çok daha kötüydü...*

Ama yine de etkilemişti. Midesi bulanıyordu. İçindeki o sıcacık cinsel istek sönmüştü şimdi. *Karga en az kendisi kadar iri. Birden yakalamış olmalı...*

Şimdi bunun temizlenmesi gerekirdi. Kimse Noel sabahı kapısının önünde böyle bir armağan bulmayı istemezdi. Hem bu kendi sorumluluğuydu, değil mi? Elbette öyleydi. Yalnızca kendisinin. Ailesinin döndüğü akşam, otomobil lastiklerini Church'ün öldürdüğü farenin üstüne devirdiği anda bilinçsiz olarak kabullenmişti bunu.

İnsanın yüreğinin toprağı daha da taşlıdır Louis.

Bu düşünce öylesine canlı, öylesine üçboyutluydu ki, Louis sanki Jud yanı başında belirmiş ve yüksek sesle konuşmuş gibi irkildi.

İnsan yetiştirebildiğini yetiştirir...

Church oburca çökmüştü kuşun yanına. Şimdi öteki kanadını kemiriyor, kanadı bir sağa bir sola çekerken hışırtı gibi bir ses çıkıyordu. Louis birden hayvana bir tekme savurdu. Kedi havalanıp ayakları iki yana açılarak yere düştü. O uğursuz sarı yeşil gözleriyle Louis'e bakıp uzaklaştı oradan. "Ye beni!" diye tıpkı kedi gibi mırıldandı Louis.

"Louis?" Rachel'ın sesi yatak odasından geliyordu. "Yatağa geliyor musun?"

"Geliyorum." Önce şu pisliği temizlemem gerek, tamam mı, Rachel? Benim pisliğim bu. Garajın ışığını yaktı önce, sonra mutfak musluğunun altından yeşil bir çöp torbası aldı. Garaj duvarından aldığı kürekle kuşu ve kopuk kanadını torbaya koydu. Ağzını bir iple bağladığı torbayı arabanın öteki yanındaki çöp kutusuna attı. İşini bitirdiğinde ayakları buz kesmişti.

Church garaj kapısı önünde duruyordu. Louis küreği hayvana doğru tehdit edercesine sallayınca kedi kara bir su gibi kayboldu.

Yukarıda Rachel söz verdiği gibi üzerinde safir taşlı kolyeden başka hiçbir şey olmadığı halde kendisini bekliyordu. Tembelce güldü kocasını görünce. "Neden bu kadar geciktin patron?"

"Mutfağın lambası yanmıştı, onu değiştirdim."

"Gel bakalım." Rachel, kocasını yatağa doğru çekti. Hem de elinden değil. Hafifçe gülümsedi. Şarkı söyler gibi. "O, uyuyup uyumadığını bilir," dedi. "Uyanık olup olmadığını da... Oh, oh sevgili Louis'im benim, bu da ne?"

Üstündekileri çıkaran Louis, "Elin değer değmez uyanan bir şey işte," dedi. "Noel Baba gelmeden belki yeniden uyuturuz, ne dersin ha?"

Rachel dirseği üzerinde doğruldu, soluğu ılık ve tatlıydı.

"Senin kötü mü, iyi mi olduğunu çok iyi bilir o... Onun için hep iyi ol... Söyle bakalım küçük Louis, iyi misin, ha?"

"İyidir sanırım," dedi boğuk bir sesle Louis.

"Bakalım tadı da kendisi kadar güzel mi?"

Sevişmeleri iyiydi, ama Louis her iyi sevişmenin ardından olduğu gibi rahatça uyuyamadı bu kez. Noel sabahı karanlığında uyanık yatıyor, Rachel'ın derin soluklarını dinlerken, kapısının önündeki ölü kuşu düşünüyordu. Church'ün kendisine Noel armağanı.

Beni unutma Doktor Creed. Canlıydım, sonra öldüm ve şimdi yine canlıyım. Dönüşümü tamamlayıp geldim buraya, öteki taraftan geldiğinde artık mırıldanamadığımı ve avlanmaya alıştığımı söylemeye geldim sana. Bir insanın yetiştirebildiğini yetiştirmesi gerektiğini söylemeye geldim. Bunu sakın unutma Doktor Creed. Ben senin kalbinin bundan sonra olacağının bir parçasıyım... Karın var, kızın var, oğlun var... ve bir de ben varım. Sırrı hiç unutma ve bahçeni bakımlı tut.

Louis farkına varmadığı bir anda uyuyakalmıştı.

31

Kış geçiyordu. Eileen'in Noel Baba'ya olan inancı şöminedeki ayak izleriyle bir süre için yine yerine gelmişti. Gage armağanlarını açmış, arada sırada da lezzetli görünen bir parça renkli ambalaj kâğıdını ağzına atmıştı. O yıl çocukların ikisi de kutularının oyuncaklardan daha eğlenceli olduğuna karar vermiş görünüyorlardı.

Crandall ailesi gece ziyarete geldi. Louis bir ara tam bir doktor gibi Norma'yı süzdüğünü fark etti. Kadının yüzü soluktu. Büyükannesi olsa Norma'nın "gidici" olduğunu söylerdi ki, aslında pek yanlış bir deyim değildi bu. Romatizmadan şişmiş ve biçimlerini kaybetmiş elleri sanki bir anda karaciğer lekeleriyle örtülmüş gibiydi. Saçları da seyrelmişti. Crandall'lar saat on sularında evlerine döndüler, Creed ailesi de yeni yıla televizyon seyrederek girdi. Norma'nın evlerine son gelişiydi bu.

Louis'in sömestr tatilinin çoğu yağmurlu geçti. Yakıt parasını düşününce havanın pek soğuk olmamasına sevinmişti, ama yine de iç kapayıcıydı. Evin içinde çalışıp karısına dolap, raf falan yaptı, kendi de çalışma odasında bir model Porsche'ye başladı. 23 Ocak'ta dersler başladığında üniversiteye döndüğüne sevinmişti.

Grip de sonunda gelmişti, ilkbahar döneminin başlamasından bir hafta sonra baş gösterdi salgın. Louis günde on, on iki saat çalışıyordu artık, eve döndüğünde ayakta duracak hali kalmıyordu... ama mutsuz değildi.

Ilık hava 29 Ocak'a kadar devam etti. Bir hafta derece sıfırın altında dolaştı ondan sonra. Louis yardımcılarından biri başını odasının kapısından içeri uzatıp da karısının telefonda olduğunu söylediğinde, kolunu kıran bir gençle meşguldü.

Louis telefona gittiğinde Rachel ağlıyordu. Hemen korkuya kapılmıştı Louis. *Eileen,* diye düşündü, *kızağından düşüp kolunu kırdı herhalde. Ya da kafasına bir şey oldu.* Kızakla kaza yapan öğrencileri hatırladı.

"Çocuklardan biri mi Rachel?" diye sordu.

"Hayır, hayır." Daha çok ağlıyordu şimdi. "Çocuklardan biri değil. Norma. Norma Crandall. Bu sabah öldü. Kahvaltıdan hemen sonra, saat sekizde falan dedi Jud. Senin evde olduğunu sanıp gelmiş, yarım saat önce çıktığını söyledim Lou... Öylesine zavallı bir hali vardı ki... öylesine yaşlı... Tanrıya şükürler olsun, Eileen okula gitmişti, Gage de hiçbir şeyin farkında olmayacak kadar küçük..."

Louis'in kaşları çatılmıştı; bu korkunç habere karşın düşüncelerinin Rachel'a kaydığını hissediyordu. Yine aynı şey işte. Belirli bir davranış değildi, kesin olarak söylenecek bir şey değildi. Ölüm çocuklardan gizlenecek bir sır, bir korkuydu sanki. Victoria çağında hanımefendilerin ve beyefendilerin cinsel ilişkinin çocuklardan saklanması gereken çirkin bir gerçek olduğunu düşünmeleri gibi.

"Kalbi miydi?" diye sordu.

"Bilmiyorum." Karısı artık ağlamıyordu, ama sesi kısık ve boğuktu. "Hemen gelebilir misin Louis? Onun tek dostusun sen, sana ihtiyacı olduğunu sanıyorum."

Dostusun sen.

Öyleyim, diye şaşkın şaşkın düşündü Louis. Seksen yaşında bir insanın arkadaşım olacağı hiç aklıma gelmezdi, ama sanırım öyle işte. Aralarında geçenleri düşününce bunun böyle olmasının doğru olacağı aklına geldi sonra. Jud herhalde kendisinden çok önce anlamıştı dost olduklarını. Jud hep yanında olmuştu o günden sonra... Louis, Jud'un kararının doğru olduğuna inanmıştı... doğru olmasa bile merhametli olduğuna. Şimdi elinden geleni yapacaktı yaşlı adama, karısının cenazesine yardım bile olsa bu.

"Geliyorum," diyerek kapattı telefonu.

32

Kalp krizi değildi. Ani ve herhalde acısız bir beyin kanaması geçirmişti. Louis öğleden sonra Steve Masterton'a telefon edip olanları anlatınca Steve o tür bir ölümün insanı ürkütmediğini söyledi.

"Tanrı kimi zaman fazla oyalanır," dedi. "Kimi zaman da parmağını uzatır ve bu iş bu kadar der."

Rachel ölüm konusunu konuşmak istemiyordu, Louis'in de kendi önünde konuşmasına izin vermiyordu.

Eileen ise daha çok şaşırmış ve ilgilenmişti. Louis, *altı yaşında sağlıklı bir çocuğun tepkisi böyle olur,* diye düşünüyordu. Kız Bayan Crandall'ın gözleri açık mı, kapalı mı öldüğünü öğrenmek istiyordu. Louis bilmediğini söyledi.

Altmış yıldır birlikte yaşadıkları göz önüne alınırsa, Jud karısının ölümünü kendisinden beklendiği gibi karşılamıştı. Louis onu –ki Jud bugün gerçekten seksen üç yaşında gösteriyordu– mutfakta masa başında birasını içip sigarasını tüttürürken buldu. Yaşlı adam bomboş bakışlarla oturma odasına bakıyordu.

Louis içeri girince başını kaldırdı. "Gitti işte Louis." Bunu öyle sıradan bir şeymiş gibi söylemişti ki, Louis olayın tam etkisini henüz kavrayamadığını fark etti. Jud'un ağzı titremeye başladı, koluyla gözlerini örttü. Louis gidip adamın omuzlarına doladı kolunu. Jud dayanamayıp ağlamaya başladı. Rahatlamıştı şimdi. Durumunu anlamıştı. Karısı ölmüştü.

"Oldu, şimdi oldu işte," dedi Louis. "Norma da senin biraz ağlamanı isterdi sanırım. Ağlamasaydın kızardı herhalde." Louis'in de gözleri yaşarmıştı. Jud sıkı sıkı sarıldı dostuna.

Jud on dakika kadar ağladıktan sonra fırtına geçti. Louis, Jud'un sözlerini can kulağıyla dinledi, hem doktor hem de dost olarak dinliyordu. Yaşlı adamın konuşmasında bir gariplik olacak mı diye bekliyordu. En çok da Norma'nın adını geçmiş zamandı mı, şimdiki zamanda mı kullandığına dikkat ediyordu. Jud'un kendini kaybettiğini gösteren hiçbir belirtiye rastlamadı. Uzun zamandır evli olan çiftlerin bir gün arayla, bir hafta arayla öldüklerini bilirdi. Duyulan şok ya da daha önce giden eşi yakalama isteği... (Church olayından önce düşünemeyeceği bir şeydi bu; o olaydan sonra ruhsal durumlar ve doğaüstü konusundaki düşüncelerinde sakin ama köklü değişiklikler olmuştu.) Sonunda Jud'un derin bir yas içinde ama kendine hâkim olduğunu anladı. Yılbaşı gecesi kendi evlerinde otururken Norma'da tanık olduğu o zayıflıktan eser yoktu adamda.

Yüzü ağlamaktan şişmiş ve kızarmış olan Jud buzdolabından bir bira çıkardı.

"Belki pek erken ama dünyanın bir yerinde güneş nasıl olsa batmak üzeredir, ayrıca..."

"Başka bir şey söylemene gerek yok," dedi Louis. Birayı açtı. "Ona içelim mi?"

"İyi olur sanırım," dedi Jud. "Onu on altı yaşındayken görecektin Louis. Ceketinin önü açık kiliseden çıkarken... gözlerin yerinden fırlardı. Şeytanı içkiye tövbe ettirirdi. Tanrıya şükürler olsun ki, benden böyle bir şey istemedi."

Louis gülümseyerek şişeyi kaldırdı. "Norma'ya!"

Jud şişesini Louis'inkiyle tokuşturdu. Yine ağlıyordu, ama gülüyordu da. Başını eğdi. "Ruhu sükûn içinde olsun ve her neredeyse orada romatizma olmasın."

"Âmin!" diyerek biralarını içtiler.

Louis, Jud'un çakırkeyif olmaktan öteye gittiğini ilk kez o gün gördü, yine de adam kendini kaybetmemişti. Hep eski anılar geliyordu aklına; tatlı anılar, hikâyeler, kimi zaman renkli, kimi zaman şaşırtıcı öyküler dökülüyordu ağzından. Geçmişin hikâyeleriyle şimdiki zamanı Louis'in ancak hayran olabileceği biçimde birleştiriyordu. Sabah kahvaltıdan sonra ölen Rachel olsaydı kendisi onun yarısı kadar olamazdı.

Jud, Bangor'daki Brookings-Smith Cenaze Evi'ne telefon edip ertesi gün için randevu aldı. Evet, tahnit edilmesini istiyordu, giyinik olarak, kendisi verecekti elbiseyi; evet, iç çamaşırlarını da, hayır, onların arkadan bağlanan ayakkabılarından istemiyordu. Birisine saçlarını yıkatabilirler miydi acaba? Geçen pazartesi yıkamıştı. Norma şimdi kirlenmiş olmalıydı. Louis, Jud'un konuşmasından cenaze evinin ölünün yıkanması işini üstlendiğini anlıyordu. Jud başını salladı, telefondaki adama teşekkür etti, sonra yine dinledi. "Evet," dedi sonra, hafif bir makyaj istiyordu, ama çok az. Bir sigara yaktı. "Öldü, herkes de biliyor öldüğünü, maskaralığa gerek yok." Cenaze töreni sırasında tabut kapalı olacaktı, ancak daha önce ziyaret saatlerinde açık tutulacaktı. 1951'de mezar yeri aldıkları Mount Hope Mezarlığı'na gömülecekti. Kâğıtları önünde olduğu için adama hazırlıkların başlaması için parsel numarasını da verdi: H-101. Daha sonra da Louis'e kendisininkinin de H-102 olduğunu söyledi.

Telefonu kapatıp Louis'e baktı. "Dünyanın en güzel mezarlığı Bangor'dadır. İstersen bir bira daha aç Louis, epey uzun sürecek bu."

Louis reddedecekti –başı dönmeye başlamıştı– ama birden gözlerinin önünde hiç istemediği bir hayal belirdi: Jud, Norman'ın cesedini ağaçlar arasında sürükleyerek çekiyordu. Hayvan mezarlığının ötesindeki Micmac mezarlığına.

Yüzüne bir tokat yemiş gibi oldu. Hiçbir şey söylemeden gidip bir bira aldı. Jud, iyi yaptın der gibi başını sallayıp telefonu açtı yine. O öğleden sonra saat üçte Louis eve döndüğünde Jud karısının cenazesi için gereken her şeyi yapmıştı. Önemli bir yemek daveti yapan bir insan gibi adım adım ilerliyordu. Cenaze ayininin yapılacağı Kuzey Ludlow Metodist Kilisesi'ni ve Mount Hope Mezarlık Müdürlüğü'nü aradı. Cenaze evi aslında bu iki yeri de arayacaktı ama Jud daha önceden telefon edip haber vermeyi uygun görmüştü. Pek az yaslı ailenin aklına gelecek bir şeydi bu... ya da gelse bile, pek az kişi yapardı bunu. Louis bu yüzden hayran kalmıştı ona. Jud daha sonra meşin kaplı eski bir telefon defterini karıştırıp Norma'nın ve kendisinin hayatta olan akrabalarını aradı. Telefonların arasında birasını içiyor, geçmişi hatırlıyordu.

Louis, adama karşı büyük bir hayranlık duyuyordu... ve de sevgi?

Evet, dedi yüreği. *Ve de sevgi.*

Eileen o akşam pijamasını giyip aşağı indiğinde babasına Bayan Crandall'ın cennete gidip gitmeyeceğini sordu. Sanki duyulmaması gerektiğini anlamış gibi fısıltıyla konuşuyordu. Rachel ertesi gün Jud'a götürmeyi düşündüğü bir yemek hazırlıyordu mutfakta.

Karşıda Crandall'ların evinde bütün ışıklar yanıyordu. Evin aşağısında ve yukarısında ellişer metrelik araba kuyrukları uzanmaktaydı. Tanıdıkları Jud'a başın sağ olsun demeye gelmişlerdi.

İki ev arasında buz gibi bir şubat rüzgârı esiyordu. Yol kapkara bir buzla kaplıydı. Maine kışının en soğuk dönemini yaşıyorlardı.

Louis, kızını kucağına aldı. "Doğrusu pek bilmiyorum Eileen." Televizyonda esaslı bir silahlı çarpışma vardı. Louis, kızının Musa, İsa ve Aziz Pavlus'tan çok Ronald McDonald, Örümcek Adam ve Burger King'i tanıdığını düşündü. Dininin gereklerini yerine getirmeyen Musevi bir anne ile itikadı pek de güçlü olmayan Metodist bir babanın çocuğuydu. Ruh konusundaki düşünceleri herhalde pek belirsizdi, ne efsane, ne de rüya, belki de rüyaların rüyası. *Çok geç artık,* diye düşündü. *Beş yaşında daha, ama çok geç bunun için. Tanrım, ne kadar da çabuk çok geç oluyor.*

Ama Eileen gözlerinin içine bakıyordu, bir şeyler söylemesi gerekti.

"Öldüğümüz zaman, neler olacağı hakkında insanlar pek çok şeye inanırlar," dedi. "Kimi cennete ya da cehenneme gideceğimizi düşünür. Bazıları küçük çocuklar olarak yeniden doğacağımıza inanırlar..."

"Yeniden doğuş," dedi Eileen. "Televizyondaki filmde Audrey Rose'a olduğu gibi."

"Sen o filmi görmedin!" *Eileen'in Audrey Rose'u gördüğünü duysa Rachel beyin kanaması geçirirdi,* diye düşündü.

"Okulda Marie söyledi." Marie, Eileen'in en iyi arkadaşıydı. Kötü beslenmiş, hep hastalıklı görünen pasaklı bir küçük kız. Louis'le Rachel kızlarının onunla arkadaşlığına hiç karşı çıkmamışlardı, ama Rachel bir keresinde Marie evlerinden gittiğinde Louis'e her seferinde Eileen'in başında bit araması gerektiğini düşündüğünü söylemişti. Louis ise gülmüştü.

"Marie'nin annesi *bütün* filmleri seyretmesine izin veriyor." Louis, kızın sesindeki eleştiriyi duymazlıktan geldi.

"Eh, aşağı yukarı öyle," dedi. "Katolikler cennet ve cehenneme inanırlar, Hindularla Budistler nirvanaya..."

Yemek odasının duvarında bir gölge belirmişti. Rachel. Kendilerini dinliyordu.

Louis daha yavaş sesle devam etti.

"Daha pek çok şeye inanan vardı herhalde. Ama aslında kimse bir şey bilmez Eileen. İnsanlar bildiklerini söylerler ama bunu söyledikleri zaman inançları yüzünden inandıklarını söylemek isterler. İnancın ne demek olduğunu biliyor musun?"

"Şey..."

"Bak, şimdi benim koltuğumda oturuyoruz. Yarın bu koltuğun burada olacağını biliyor musun?"

"Elbette."

"O zaman koltuğun burada olacağına inancın var demektir. Benim de öyle. İnanç bir şeyin olmasına ya da olacağına inanmaktır. Anladın mı?"

"Evet." Eileen anlamış gibi salladı başını.

"Ama koltuğun yarın burada olup olmayacağını *bilemeyiz*. Bir de bakarsın koltuk delisi bir hırsız gece girip bizim koltuğu çalmıştır."

Eileen güldü.

"Böyle bir şey olmayacağına inanırız. İnanç çok önemli bir şeydir. Gerçekten dindar insanlar bizim inanç ve bilmenin aynı şey olduğuna inanmamızı isterler, ama ben buna inanmam. Aynı konuda çok değişik düşünce vardır çünkü. *Bildiğimiz* şey şudur: Öldüğümüz zaman iki şeyden biri olur. Ruhlarımız ve düşüncelerimiz ya ölüm deneyinin üstesinden gelirler ya da gelemezler. Bunu yapabilirlerse aklına gelebilen her şey olabilir. Yapamazlarsa her şey bitmiştir. Son."

"Uyumak gibi mi yani?"

Bir an düşündü Louis. "Daha çok ameliyattan önce bayıltılmak gibi sanırım."

"Sen hangisine inanıyorsun baba?"

Duvardaki gölge hafifçe kıpırdandı.

Louis yaşamının büyük bir bölümünde –herhalde üniversite günlerinden bu yana– ölümün son olduğuna inanmıştı. Pek çok ölüm görmüş ama yanından bir ruh uçup gittiğine hiç tanık olmamıştı – ruhlar nereye giderlerse. Aynı şeyi Victor Pascow'un ölümünde de düşünmüş değil miydi? Psikoloji dersinde öğretmeniyle aynı düşünceyi paylaşmıştı. Bilim dergilerinde yer alan ölümden sonraki hayat hikâyeleri ölümün karşı konulmazlığına bir direnmeydi. Sonsuz derecede yaratıcı olan insan zihni, bir ölümsüzlük hayali yaratarak en son ana kadar deliliği geciktirmeye çalışırdı.

Hayır, kendisi yeniden doğuma hiç inanmamıştı. En azından Church olayına kadar.

"Bence devam ederiz," dedi kızına. "Ama bunun nasıl olduğu hakkında hiçbir fikrim yok. Değişik insanlar için değişik biçimlerde olabilir. Belki de tüm yaşamın boyunca inandığını elde edersin sonunda. Ama ben yaşamın devam ettiğine ve Bayan Crandall'ın mutlu olabileceği bir yerde olduğuna inanıyorum."

"Buna inancın var demek." Bir soru değildi bu. Eileen dehşete düşmüş gibiydi.

Louis biraz kendinden memnun biraz utançla gülümsedi. "Sanırım. Senin yatma zamanının geldiğine de inanıyorum. Hem de on dakika geç bile kaldığına."

Kızı bir ağzından, bir burnundan öptü.

"Hayvanlar da öldükten sonra yaşarlar mı dersin?"

"Evet," dedi Louis hiç düşünmeden. Az daha, özellikle *kediler* de diyecekti. Sözcükler dudaklarının ucunda titremişti, ürperdiğini hissetti.

"Peki," dedi kız, babasının kucağından inerken. "Gidip annemi de öpeyim."

"Hadi bakalım."

Louis kızının ardından baktı. Eileen yemek odasının kapısı önünde durup döndü. "O gün Church için çok aptalca davrandım, değil mi? Öyle ağladım falan..."

"Hayır tatlım, hiç de aptalca olduğunu sanmıyorum."

"Şimdi ölse dayanırım artık." Eileen söylediklerini bir an düşünür gibi durdu. Sonra dediklerinin doğruluğunu anlamış gibi, "Elbette dayanırım," dedi. Annesini bulmak için koştu.

Daha sonra Rachel yatakta, "Kızla konuştuklarını duydum," dedi.

"Onaylamıyor musun?" Louis bu konuyu açıklığa kavuşturmanın en iyisi olduğuna karar vermişti, eğer Rachel'ın istediği buysa.

"Hayır," dedi Rachel pek kendisine uymayan bir duraksamayla. "Hayır Louis, sorun bu değil. Ben... şey... korkuyorum. Beni bilirsin, korktuğum zaman hemen savunmaya geçerim."

Louis, karısının böylesine güçlükle, çaba harcayarak konuşmasına hiç tanık olmamıştı o güne dek; birden az önce Eileen'le olduğundan daha tedbirli olduğunu fark etti. Bir mayın tarlasına girmiş olduğunu anlıyordu.

"Neden korkuyorsun? Ölmekten mi?"

"*Kendim* için değil. Bunu artık düşünmüyorum bile. Ama çocukken çok düşünürdüm. Çok geceler uyuyamadım bu yüzden. Canavarların gelip beni yediklerini görürdüm rüyalarımda, bu canavarların hepsi de kız kardeşim Zelda'ya benzerlerdi."

İşte, diye düşündü Louis. *Sonunda oldu işte. Bu kadar zamandır evliyiz, şimdi söylüyor artık.*

"Onun hakkında pek konuşmazsın," dedi.

Rachel gülümseyerek dokundu kocasının yüzüne. "Çok iyisin Louis. Onun hakkında hiç konuşmam ben. Onu hiç düşünmemeye çalışırım."

"Bunun için bir nedenin olduğunu düşünmüşümdür."

"Vardı. Hâlâ da var."

Rachel düşünerek durakladı.

"Öldüğünü biliyorum... belkemiği menenjiti..." dedi Louis.

"Belkemiği menenjiti," diye tekrarladı Rachel. "Evde onun hiçbir resmi yok artık."

"Bir genç kız resmi var... babanın..."

"Çalışma odasında. Doğru, onu unutmuştum. Annem de çantası içinde bir resmini hâlâ taşıyor sanırım. Benden iki yaş büyüktü. Hastalığa tutuldu... ve arka yatak odasındaydı... sanki kötü bir sır gibi arka odadaydı Louis... orada ölüyordu. Kardeşim arka odada öldü... ve kötü bir sırdı... hep öyleydi."

Rachel birden hıçkıra hıçkıra ağlamaya başladı. Louis bir isteri krizinin geleceğini düşünerek telaşlandı. Uzanıp karısının omzunu tutmaya çalıştı ama Rachel kendini geri çekti.

"Rachel... yavrum..."

"Bir şey söyleme bana Louis. Susturma beni. Bunu anlatacak gücü bir kez bulacağım kendimde, bir daha da sözünü etmeyeceğim. Bu gece nasıl olsa uyumam artık."

Louis alacağı karşılığı bilerek, "O denli korkunç muydu?" diye sordu. O kadar çok şeyi anlıyordu ki şimdi... daha önce hiçbir bağlantı kuramadığı ya da hayal meyal tahmin ettiği şeyler birden açıklanmıştı kafasında. Karısının kendisiyle hiçbir cenazeye gelmediğini anımsadı, hatta motosikletiyle otobüse çarpıp ölen tıptan arkadaşı Al Locke'un cenazesine bile. Oysa Al sık sık kendilerini ziyarete gelir, Rachel da gençten hoşlanırdı. Ama cenazesine gitmemişti.

Hastaydı o gün, diye hatırladı Louis. *Grip falan olmuştu. Oldukça kötüydü, ertesi gün hiçbir şeyi kalmamıştı.*

Cenazeden sonra hemen düzeldi, diye düzeltti kendisini. Karısının hastalığının psikolojik olduğunu düşündüğünü bile anımsıyordu.

"Korkunçtu. Tahmin edebileceğinden de kötü. Günden güne eriyip gittiğini görüyorduk Louis ve yapacak hiçbir şey yoktu. Sancılar içindeydi. Vücudu kuruyor, küçülüyordu... omuzları çöküyor, yüzü bir maske gibi oluyordu gün geçtikçe. Elleri kuş ayaklarından farksızdı. Yemeğini kimi zaman ben verirdim. Nefret ederdim bundan ama yine de yapardım ve hiç yakınmazdım. Sancıları artınca uyuşturucu vermeye başladılar... Önceleri hafif şeyler, ama sonraları eğer yaşasaydı kendisini uyuşturucu bağımlısı yapacak ilaçlar. Ama herkes biliyordu nasıl olsa öleceğini. Sanırım o yüzden... bir sırdı bizim için. Ölmesini *istiyorduk* onun Louis, daha fazla acı çekmemesi için ölmesini arzuluyorduk... biz daha fazla acı çekmeyelim diye. Bir canavara benzemeye başlamıştı artık, *bir canavar oluyordu*... Bunun kulağa çok feci geldiğini tahmin ediyorum..."

Rachel yüzünü elleriyle kapadı.

Louis karısına hafifçe dokundu. "Hiç de öyle değil Rachel."

"Öyle!" diye bağırdı kadın. "Öyle!"

"Gerçekten olmadık bir şey değil bu. Uzun süren hastalıkların kurbanları çoğunlukla hiç de hoş olmayan, çok istekleri olan canavarlara dönüşürler. Azizler gibi uzun süreli acılara katlanan hasta fikri romantik bir hikâyeden başka bir şey değildir. Hastanın kaba etlerinde ilk iltihaplar başladı mı, artık çevresine acılarını yayıp karşısına çıkan herkesi kıran bir insan oluverirler. Ellerinde değildir bu... ama karşısındaki insanlar da bunu bildikleri halde dayanamazlar işte."

Rachel şaşkınlıkla baktı kocasının yüzüne... hatta umutla belki. Sonra yüzü yine bir güvensizlik maskesi haline geldi. "Uyduruyorsun."

Acı acı güldü Louis. "Ders kitaplarını göstermemi ister misin? Ya intihar istatistiklerini? Onları görmek ister miydin? Ölümcül bir hastanın evinde bakıldığı durumlarda intihar istatistikleri, hastanın ölümünden sonraki altı ay içinde dimdik yükselirler."

"İntihar, ha!"

"Hap içerler, beyinlerine bir kurşun sıkarlar. Nefretleri... yorgunlukları... tiksintileri... acıları..." Louis omuzlarını silkti. "Geride kalanlar kendilerini cinayet işlemiş kabul ederler. Ve kendi hayatlarına son verirler."

Rachel'ın ağlamaktan şişmiş yüzüne garip bir rahatlama gelmişti. "Çok şey istiyordu... nefret ediyordu her şeyden, herkesten. Zaman zaman bilerek işerdi yatağına. Annem tuvalete gitmek için yardım isteyip istemediğini sorardı... sonraları, artık ayağa kalkamadığı zamanlarda da oturağı getirmek isterdi... ama Zelda hayır derdi... sonra da yatağına işerdi, annem ya da ben çarşafı değiştirelim diye... Bir kaza olduğunu söylerdi ama gözlerinin içi gülerdi. Gözlerinin güldüğünü *görürdün* Louis. Odası hep çiş ve ilaç kokardı... öksürük şurubu kokan uyuşturucu ilaçları vardı... Geceleri bazen uyandığımda... şimdi bile bazı geceler uyandığımda o öksürük şurubu kokusunu duyarım... ve gerçekten uyanamamışsam... Zelda ölmedi mi daha? Ölmedi mi diye düşünürüm..."

Rachel'ın birden soluğu kesildi. Louis, karısının elini tuttu, Rachel erkeğinin elini vahşi bir güçle sıktı.

"Altını değiştirdiğimiz zaman sırtının düğüm düğüm olduğunu görürdü. Sonuna doğru Louis... en sonuna doğru... kıçı sırtına çıkmış gibiydi."

Rachel'ın ıslak gözleri korkunç bir karabasanı hatırlayan bir çocuğun korku dolu, donuk gözleriydi şimdi.

"Bazen bana... elleriyle dokunurdu... kuşu andıran elleriyle... Kimi zaman az daha çığlık atacak gibi olur, bana dokunmamasını söylerdim... Bir keresinde yüzüme dokunduğunda çorbasını koluma döküp yaktım ve o gün gerçekten çığlıklar ata ata bağırdım... ağladım... Gözlerindeki o gülümsemeyi o gün de gördüm. Sonuna doğru ilaçlar etki yapmaz olmuştu. O zaman çığlık çığlığa bağıran oydu. Daha önceleri nasıl olduğunu hiç hatırlamıyorduk artık, ne annem, ne de ben. O, yalnızca arka odadaki o çirkin, nefret dolu, çığlıklar atan *şeydi*... bizim kötü sırrımızdı."

Rachel yutkundu.

"Sonunda... sonunda... yani... annemle babam yoklardı... *Öldüğünde.* Ama ben yanındaydım. Bayram olduğu için arkadaşlarına gitmişlerdi bir iki saatliğine. Ben mutfakta bir şeyler okuyordum. Ya da resimlerine bakıyordum. Çok bağırdığı için ilaç zamanını bekliyordum. Annemle babam gittiğinden beri bağırıyordu... hiç durmadan. O öyle bağırırken okuyamıyordum elimdekini. Sonra... sonra... birden sustu Zelda. Sekiz yaşındaydım Louis... Her gece karabasanlar görüyordum... Sırtım düz diye benden nefret ettiğini sanıyordum, sürekli sancı çekmediğim için, yürüyebildiğim için, yaşayacak olduğum için... beni öldürmek istediğini sanmaya başlamıştım. Ama Louis, bu gece bile bunun yalnızca benim hayalim olduğunu sanmıyorum. Benden nefret ettiğini düşünüyorum hâlâ. Beni öldürmezdi, sanmam... ama elinde olup da benim vücudumu alabilseydi... peri masallarında olduğu gibi... işte bunu yapardı, eminim. Birden susunca bir şey mi oldu diye içeri koştum, yastıkları kaymış ya da yan dönmüş olabilirdi. Yüzüne bakınca dilini yuttuğunu ve boğulmak üzere olduğunu sandım. Louis, ne yapacağımı bilmiyordum! Sekiz yaşındaydım henüz!"

"Bilemezdin elbette." Louis, karısını kucakladı. Rachel kayığı büyük bir gölün ortasında birden devrilmiş de iyi yüzme bilmeyen birinin paniğiyle sımsıkı sarıldı Louis'e. "Bu yüzden seni üzdüler mi yavrum?"

"Hayır, kimse suçlamadı beni. Ama kimse durumumu iyileştiremezdi. Değiştiremezdi. Olan bir şey olmamış sayılmaz Louis. Dilini yutmamıştı. Bir ses çıkıyordu ağzından... haaa gibi bir ses..."

Rachel o günün heyecanıyla kardeşi Zelda'nın çıkardığı sesi tam olarak yansıtıyor olmalıydı. Louis birden Victor Pascow'u hatırladı. Karısını daha sıkı kucakladı.

"Çenesinden aşağı tükürükleri akıyordu..."

"Rachel, yeter artık. Belirtileri çok iyi bilirim."

"Anlatıyorum ama," diye inatla devam etti Rachel. "Sana zavallı Norma'nın cenazesine neden gidemediğimi anlatıyorum ve de hani o saçma kavgayı ettiğimiz zaman..."

"Şişşşt! Unutuldu o artık."

"Ben unutmadım. Ben çok iyi hatırlıyorum Louis. Kız kardeşim Zelda'nın 14 Nisan 1965'te yatağında boğularak öldüğü günü hatırladığım gibi hatırlıyorum."

Bir süre sessizlik çöktü odaya.

"Zelda'yı karın üstü çevirip sırtına vurmaya başladım sonra. Başka bir bildiğim yoktu. Ayakları inip kalkıyordu... çarpık bacakları... Osuruk gibi bir ses vardı... ya onun ya da benim osurduğumu sanıyordum. Değildi ama, onu yüzüstü çevirdiğimde bluzumun koltuk altları parçalanıyordu. Sonra titremeye, kasılmaya başladı... yüzünün yastığa gömüldüğünü görünce boğulduğunu düşündüm. Zelda boğuluyor, eve gelince benim onu boğarak öldürdüğümü söyleyecekler, *ondan nefret ediyordun Rachel,* diyecekler... Doğruydu bu üstelik. *Onun ölmesini istiyordun,* diyeceklerdi, o da doğruydu. Çünkü Zelda yatakta öyle zıplamaya başlayınca aklıma ilk gelen şey, *oh çok iyi, sonunda Zelda boğuluyor, bu iş bitecek artık,* olmuştu. Zelda'yı yine sırtüstü çevirdim, yüzü mosmor kesilmişti. Gözleri fırlamış, boynu şişmişti. Sonra da öldü. Geri geri yürüdüm. Sanırım geri geri gidip kapıdan çıkmak istemiştim. Ama duvara çarptım ve bir resim düştü, Zelda'nın hasta olmadan önce çok sevdiği kitaplardan birinden alınmış bir resimdi bu. *Büyük ve Müthiş Oz...* Zelda resmi çok sevdiği için annem çerçeveletmişti. Resim düştü, camı kırıldı, ben kardeşimin öldüğünü bildiğim ve hortladığını, benden öç almaya geldiğini sandığım için bağırmaya başladım. *'Zelda öldü! Zelda öldü! Zelda öldü!'* diye bağıra bağıra evden dışarı attım kendimi. Komşular gelip baktılar... beni bluzumun kolları yırtılmış halde... *'Zelda öldü!'* diye bağırarak koşarken gördüler... Beni ağlıyor sandılar herhalde, ama Louis, sanırım gülüyordum ben. Gülüyordum belki de."

"Eğer güldüysen, seni kutlarım bunun için."

"Bunu demek istemiyorsun aslında." Rachel artık bir engeli geride bırakmış bir insanın güveniyle konuşuyordu. Louis fazla üstelemedi. Karısı kendisini bu kadar uzun süredir etkileyen bu anıdan kurtulabilirdi belki ama bu bölümünden asla kesin olarak kurtulamazdı. Louis Creed psikolog değildi, ama her yaşamın içinde paslı, yarı yarıya gömülü şeyler olduğunu, insanların kendilerini bu şeylere dönmek, onları çekip çıkarmak zorunda hissettiklerini bilirdi. Rachel da bu gece bunun hemen hemen tümünü çıkarmıştı, çirkin ve pis kokulu çürük bir diş gibi. Çıkmıştı işte. Son kırıntıları da kalsındı içinde; Tanrı gerçekten iyiyse bunu uyur bir halde bırakırdı, en derin rüyalarının dışında hiç ortaya çıkarmazdı. Rachel'ın bu kadarını bile içinden çıkarabilmiş olması inanılmaz bir şeydi, cesaretten de öte bir şeydi. Louis dehşet içindeydi karısının karşısında. Onu alkışlamak istiyordu.

Yatakta doğrulup ışığı yaktı. "Evet, seni kutlarım bunun için," dedi. "Sanki annenle babandan nefret etmek için bir nedene daha ihtiyacın varmış gibi. Şimdi o da oldu işte. Seni onunla yalnız bırakmamalıydılar Rachel. *Asla* bırakmamalıydılar."

Rachel çocuk gibi, o çirkin, inanılmaz şey olduğunda nasıl sekiz yaşında bir çocuksa tıpkı onun gibi azarladı Louis'i. "Ama Hamursuz Bayramı'ydı Louis..."

"Ne olursa olsun!" Louis öylesine vahşi bir sesle konuşmuştu ki, Rachel elinde olmadan irkildi. Louis ölüm halinde getirilen Pascow'un yanındaki o gün işe başlamış iki yardımcısını hatırlamıştı. Adı Carla Shavers olan kız ertesi gün öylesine iyi çalışmıştı ki, Charlton bile etkilenmişti kızın bu davranışından. Diğeriniyse bir daha hiç görememişlerdi. Louis şaşmamıştı buna, kızı da suçluyor değildi.

Hemşire neredeydi? Hastanın başında bir hemşire olmalıydı... yani hiçbir şey düşünmeden çıkıp gittiler ve büyük bir olasılıkla o sırada klinik bakımından tam bir çılgın olan ölmek üzere kızın yanında sekiz yaşındaki kardeşini bıraktılar. Neden Hamursuz Bayramı olduğu için, o kibar Dory Goldman o sabah kokuya daha fazla dayanamamış ve bir süre kurtulmak istemişti. İş de Rachel'a kalmıştı. Tamam mı dostlar? Rachel'a kalmıştı görev. Ölüm halindeki çılgın kız kardeşinin kokusuna dayandığı için sonra da her yıl altı hafta Vermont'taki Camp Sunset'a göndermişlerdi kızı. Eileen'e altı elbise, Gage'e on gömlekle pantolon ve eğer kızımdan uzak durursan fakülte masraflarını ben karşılayacağım... iyi ama kızının biri belkemiği menenjitinden ölürken, öteki kızın da tek başına onun yanında beklerken, o şişkin çek defterin neredeydi, a orospu çocuğu? Neredeydi orada olması gereken hemşire?

Louis yataktan kalktı.

"Nereye gidiyorsun?" diye korkuyla sordu Rachel.

"Bir Valium getireceğim sana."

"Bilirsin ki, ben..."

"Bu akşam içeceksin."

Rachel ilacı içtikten sonra hikâyenin devamını anlattı. Sesi sakindi. İlaç etkisini gösteriyordu.

Yandaki komşu, Rachel'ı arkasına saklandığı ağaçtan alıp evine getirmişti. Rachel hiç durmadan, *"Zelda öldü!"* diye bağırıyordu. Kızın burnu kanıyordu. Üstü başı kan içindeydi. Komşu ambulans çağırmış, sonra da kızın annesiyle babasına haber vermişti. Rachel'ın burnunun kanamasını durdurup bir fincan çayla iki aspirin verdikten sonra kızdan anne babasının nerede olduklarını öğrenmişti. Kentin öteki ucundaki Cabron ailesini ziyarete gitmişlerdi; Peter Cabron, Rachel'ın babasının muhasebecisiydi.

O gece Goldman'ların evinde pek çok değişiklik olmuştu. Zelda yoktu artık. Odası temizlenmişti. Bütün mobilyalar gitmişti. Oda boş bir kutuydu artık. Sonraları, çok sonraları Dory Goldman orasını kendisine dikiş odası yapmıştı.

Rachel ilk karabasanını o gece görmüştü. Gecenin bir yarısında annesini çağırarak uyandığında yataktan güçlükle çıkabildiğini görmüştü. Sırtı ağrıyordu. Zelda'yı yatakta çevirirken belini incitmişti.

Bu ağrının o ağırlığı kaldırmaktan olduğu –hatta kardeşini kaldırırken bluzu da yırtılmıştı– çok açıktı. Rachel dışında herkes için. Rachel, Zelda'nın kendisinden öç almakta olduğuna inanıyordu. Zelda, Rachel'ın onun öldüğüne sevindiğini biliyordu. Zelda, Rachel evden koşarak çıkıp da olanca sesiyle *'Zelda öldü! Zelda öldü!'* diye bağırırken gülmekte olduğunu biliyordu. Zelda kendisinin öldürüldüğünü biliyordu, bu yüzden belkemiği menenjitini Rachel'a geçirmişti. Rachel'ın sırtı da kamburlaşmaya başlayacak, o da yatakta yatacak, ağır ağır bir canavara dönüşecek, elleri pençe gibi olacaktı.

Bir süre sonra da, tıpkı Zelda gibi, çektiği acılardan çığlıklar atacak, yatağını ıslatacak ve sonunda kendi dilini yutup ölecekti. Zelda'nın intikamıydı bu.

Rachel'ı bu inancından kimse vazgeçiremiyordu. Ne annesi, ne babası, ne de kızda hafif bir bel incinmesi bulan ve aksi aksi böyle davranmaması gerektiğini söyleyen Doktor Murray. Doktor Murray, kız kardeşinin yeni öldüğünü, anne babasının derin bir yas içinde olduklarını ve Rachel'ın dikkatleri kendine çekmek için böyle çocukça oyunlara girişmemesini söylemişti. Ağrısının giderek azalması sonunda Rachel kız kardeşini hep rüyalarında ölürken görüp uyanmıştı. Bu korkunç rüyaların ardından dolap kapısının birden açılıp, mosmor ve iki büklüm Zelda'nın gözlerinin beyazları görünerek, kara dili dudaklarının arasından sarkmış olarak çıktığını düşünürdü. Pençe biçimindeki ellerini katilinin sırtına dayayacak ve...

Zelda'nın cenazesine gitmemişti, ondan sonra başka bir cenazeye de.

"Bunu bana daha önce anlatsaydın, pek çok şey açıklığa kavuşurdu."

"Anlatamadım Lou." Rachel'ın sesi uykuluydu. "O zamandan beri... bu konuda korkularım var işte."

Öyle, diye düşündü Louis.

"Elimde değil. Düşününce senin haklı olduğunu, ölümün çok doğal, hatta bazen iyi olduğunu biliyorum... ama düşündüklerimle... içimde olanlar..."

"Haklısın," dedi Louis.

"Sana bağırdığım o gün... Eileen'in bir düşünceye ağladığını... ona alışmaya çalıştığını... biliyordum. Ama elimde değildi işte. Özür dilerim Louis."

"Özür dilemene gerek yok," diyerek karısının saçlarını okşadı Louis. "Ama için rahat edecekse, kabul ediyorum peki."

Rachel gülümsedi. "İçim rahat ediyor elbette. Kendimi de daha iyi hissediyorum. Sanki yıllardır içimde bir yeri zehirleyen bir şeyi kusmuş gibiyim."

"Belki de öyle oldu."

Rachel'ın gözleri kapandı, sonra yine açıldı... "Yalnızca babamı suçlu bulma Louis. Lütfen. Onlar için de çok kötü günlerdi. Zelda'nın masrafları korkunçtu. Babam işini büyütme fırsatını kaçırdı, mağazasının işleri iyi gitmiyordu. Üstelik annem de yarı çılgındı. Ama sonunda her şey düzeldi. Zelda'nın ölümü iyi zamanların müjdecisiydi sanki. Piyasada bir canlanma vardı, birden işler açıldı, para bollaştı, babam istediği kredileri aldı ve işini sürekli olarak geliştirdi. Belki de o yüzden benim üstümde bu kadar sahiplik iddia ederler sanırım. Yalnızca hayatta kalan tek evlatları olduğum için değil..."

"Suçluluk bu," dedi Louis.

"Sanırım öyle. Norma'nın cenazesinde hasta olursam bana kızmazsın, değil mi?"

"Hayır sevgilim kızmam." Louis, karısının elini tuttu. "Eileen'i götürebilir miyim?"

Kadının avucu içindeki eli sıkıldı birden. "Bilemiyorum Louis... o kadar küçük ki..."

"Bir yıldır biliyor bebeklerin nereden geldiğini."

Uzun bir süre sustu Rachel, tavana bakıyor, dudaklarını ısırıyordu. "Böylesi daha iyi dersen... Ona... ona bir zarar vermeyecekse..."

"Gel buraya Rachel." O gece Louis'in yatağında birbirlerini kucaklayarak yattılar. Gece, ilacın etkisi geçince, karısı titreyerek uyandığında, Louis onu okşayarak yatıştırdı, kulağına her şeyin yolunda olduğunu fısıldadı ve Rachel yeniden uykuya daldı.

33

"İnsan, bugün açan, yarın solan kır çiçekleri gibidir, insanın zamanı ancak bir mevsimdir, gelir ve geçer. Dua edelim."

O gün için alınan yeni lacivert elbisesi içindeki Eileen başını öylesine sert bir hareketle yere indirdi ki, kızından iki üç kişi geride oturan Louis boynunun kakırdadığını duydu. Eileen kiliseye birkaç kez gitmişti, cenaze törenineyse ilk kez geliyordu. O yüzden alışılmadık bir sessizlik içindeydi.

Louis için de kızıyla birlikte olduğu ender zamanlardan biriydi bu. Kızına olan sevgisinin gözlerini köreltmesi yüzünden onu tarafsız olarak göremezdi. Ama bugün, yaşamın ilk büyük gelişme aşamasının sonuna yaklaşan bir çocuğu izlemekte olduğunu düşünüyordu; saf merak denilecek bir organizmanın çılgıncasına bilgi toparlayıp depolaması. Siyah elbisesi ve bağcıklı ayakkabılarıyla Jud (Louis onu ilk kez mokasen ya da yeşil lastik çizmesiz olarak görüyordu) eğilip de Eileen'i öperek, "Geldiğine sevindim yavrum, eminim Norma da sevinmiştir," dediğinde bile ses çıkarmamıştı kız.

Yalnızca iri ve parlak gözleriyle bakmıştı yaşlı adama.

Şimdi Metodist Rahip Laughlin Tanrı'dan kendilerine sükûn vermesini diliyordu.

"Tabutu taşıyacaklar gelsin," dedi.

Louis tam kalkıyordu ki, Eileen kolunu çekti. Korkmuş gibiydi. "Baba! Nereye gidiyorsun?"

"Tabutu taşıyacaklardan biri de benim yavrum." Louis kızın yanına oturup kolunu omzuna attı. "Norma'nın taşınmasına yardım edeceğim. Dört kişiyiz, ben, Jud'un iki yeğeni ve Norma'nın kardeşi."

"Seni nerede bulacağım?"

Louis ileri baktı. Jud'la birlikte diğer üç kişi toplanmıştı. Törene katılanların geri kalanı, kimi ağlayarak, kiliseyi terk ediyorlardı.

"Merdivenin başında durursan seni orada bulurum. Tamam mı Eileen?"

"Tamam. Beni unutma da."

"Unutmam."

Louis yine ayağa kalktı, kız kolunu çekiştirdi.
"Baba?"
"Ne var yavrum?"
"Norma'yı düşürme sakın."

Louis diğerlerinin yanına yürüdü, Jud kendisini yeğenleriyle tanıştırdı... İkisi de Jud'un amcasının ailesindendi. Yirmi yirmi beş yaşlarında, yüzleri Jud'u andıran, iriyarı gençlerdi. Norma'nın kardeşiyse altmış yaşlarında vardı, ailedeki ölüm olayının izleri okunuyordu yüzünde, yine de iyi dayanıyor gibiydi.

"Tanıştığımıza memnun oldum," dedi Louis. Aile dışından biri olduğu için kendini garipsiyordu.

Başlarıyla selam verdiler.

"Eileen iyi mi?" diye sordu Jud, başını kızdan yana sallayarak. Eileen bir kenarda durmuş kendilerini seyrediyordu.

Elbette... benim bir duman bulutu arasında kaybolmamamı istiyor sadece. Louis neredeyse gülümseyecekti. Ama birden başka bir çağrışım yaptı: *Müthiş Oz*. Gülümsemesi kayboldu.

"Sanırım." Louis kızına el salladı. Eileen de elini sallayıp lacivert elbisesinin eteklerini savurarak dışarı çıktı. Louis bir an kızın ne kadar yetişkin gibi göründüğünü düşündü. Ne kadar anlık da olsa, insanı düşünceye yönelten bir hayaldi bu.

Yeğenlerinden biri, "Hazır mısınız?" diye sordu.

Louis'le Norma'nın kardeşi başlarını salladılar.

Louis, Jud'un karısına seçtiği çelik grisi American Eternal tabutun arka sol köşesine doğru yürüdü. Tabutu hep birlikte kaldırıp şubat ayının birinci gününün parlak soğuğuna çıkardılar. Birisi ayaklar altında ezilmiş kaygan karların üstüne kömür tozu serpmişti. Kaldırım kenarında bir Cadillac cenaze arabası havaya beyaz egzoz gazı savuruyordu. Cenaze evi müdürüyle iriyarı oğlu arabanın yanında durmuşlar herhangi birine yardım gerekirse hemen koşmaya hazır bekliyorlardı.

Tabutu arabadan içeri kaydırırlarken Jud da adamın yanında durdu.

"Güle güle Norma," diyerek bir sigara yaktı. "Yakında görüşürüz."

Louis kolunu Jud'un omuzlarına attı, Norma'nın kardeşi de öteki yanına geçti. Tabutu taşıma işini bitiren yeğenler gözden kaybolmuşlardı. Ailenin bu kolundan epey uzak kalmışlardı, kadının yüzünü herhalde yalnız fotoğraflarından ya da görev kabili bir iki ziyaretten hatırlıyorlardı. Norma'nın çöreklerini yiyip Jud'un birasını içerek geçirilen uzun öğleden sonraları... yaşamadıkları zamanların ve tanımadıkları insanların hikâyelerini dinlemek ve görevleri sona erince de çekip gitmek.

Jud'un ailesi geçmişte kalmıştı onlar için, bir gezegenden kopup bir nokta halinde uzaklaşan bir parça gibi. Geçmiş. Albümdeki resimler. Kendilerine belki de çok sıcak gelen odalarda anlatılan eski hikâyeler... Onlar *yaşlı* değillerdi. Onların eklemlerinde *romatizma* yoktu, onların *kanları* sulanmamıştı. Kiliselerde öğretildiği gibi insan vücudu insan ruhunun zarfıysa, o zaman American Eternal tabutu da insan vücudunun zarfıydı ve bu yeğenler için dosyalanacak eski bir mektuptan başka bir şey değildi.

Tanrı geçmişi korusun, diye düşündü Louis. Kendi kanından olan insanlara, Eileen'le Gage'in çocuklarına –eğer onları görecek kadar yaşarsa– yabancı geleceği günleri düşünerek ürperdi. Görüş noktası değişiyordu. Aile bağları çürüyordu. Eski resimlerde genç yüzler.

Tanrı geçmişi korusun, diye düşünerek yaşlı adamın omuzlarını daha kuvvetle sıktı.

Çelenkler de arabanın arkasına yerleştirilmişti. Elektrikli arka cam yükselip yuvasına girdi. Louis kızının yanına döndü, birlikte steyşın vagona doğru yürüdüler. Altı kösele ayakkabılarıyla kaymasın diye Louis kızını kolundan tutuyordu. Arabaların motorları çalıştırıldı.

"Neden ışıklarını yakıyorlar baba?" diye sordu Eileen. "Neden gün ortasında ışıklarını yakıyorlar?"

"Ölülere saygı için Eileen." Louis de farlarını yaktı.

Mezarlıktaki tören sona ermiş, eve dönüyorlardı. Aslında tabut Mount Hope Kilisesi'ne bırakılmıştı. Norma'nın mezarı ancak baharda kazılacaktı. Eileen birden ağlamaya başladı.

Louis şaşkınlıkla ama endişeye kapılmadan baktı kızına. "Ne var Eileen?"

"Artık çörek yok," diye hıçkırdı kız. "Onun kadar iyi çörek yapan yoktu. Ama artık öldüğü için yapamayacak. Baba, insanlar neden ölürler?"

"Doğrusu bilmiyorum," dedi Louis. "Yeni insanlara yer açılsın diye herhalde. Senin ve kardeşin Gage gibilere."

"Ben hiç evlenmeyeceğim, hiç sevişmeyeceğim, çocuğum da olmayacak!" Eileen hıçkıra hıçkıra ağlıyordu şimdi. "O zaman belki ben hiç ölmem! Korkunç bir şey bu! Kötü bir şey!"

"Ama acının da sona ermesidir," dedi Louis sakin bir sesle. "Bir doktor olarak çevremde pek çok acı çeken insan görürüm ben. Üniversitedeki işi istememin bir nedeni de bundan bıkmış olmam. Gençler o kadar çok acı çekmezler..."

Louis durakladı.

"İster inan ister inanma yavrum, ama insanlar yaşlanınca ölüm sana göründüğü gibi kötü ya da korkunç görünmez. Senin önünde daha çok uzun yıllar var üstelik."

Eileen bir süre ağladı, sonra burnunu çekerek sustu. Eve varmadan önce radyoyu açmak için izin istedi. Louis izin verince de Shaking Stevens'ın "This Ole Houes" adlı parçayı söylediği bir istasyon buldu ve birlikte mırıldanmaya başladı. Eve gidince de annesine cenazeyi anlattı. Rachel, kızı sessizce, anlayışla dinledi. Yalnız Louis karısının düşünceli ve soluk yüzlü olduğunu görüyordu.

Eileen annesine yulaflı çörek yapmasını bilip bilmediğini sordu. Rachel sanki buna benzer bir şey bekliyormuş gibi hemen dikişini bir yana bırakıp ayağa kalktı. "Bilirim, yapalım mı, ha?"

"Yaşasın! Gerçekten yapabilir miyiz anne?"

"Baban bir saat Gage'e bakarsa yaparız elbette."

"Bakarım," dedi Louis. "Büyük bir zevkle hem de."

Louis geceyi okuyarak ve *Duquesne* tıp dergisine yazdığı uzun makale için not alarak geçirdi. İnsan etinde eriyen dikişler tartışması yine başlamıştı. Küçük yaraları diken daracık bir çevrenin insanları arasında bu konunun sonu hiç gelmezdi. Louis de o gece bir yazı yazıp bu tezin aksini savunanları perişan edeceğini düşünüyordu. Çalışma odasının raflarında Troutman'ın *Yara Tedavisi*'ni ararken Rachel seslendi:

"Yukarı geliyor musun Lou?"

"Biraz çalışacaktım." Louis merdivende duran karısına baktı. "Bir şey mi var?"

"İkisi de derin uykudalar."

Louis dikkatle baktı karısının yüzüne. "Sen uyumuyorsun ama?"

"Ben de iyiyim, okuyordum."

"Gerçekten bir şeyin yok ya?"

"Yok." Rachel gülümsedi. "Seni seviyorum Louis."

"Ben de seni, sevgilim." Louis rafa baktı, evet Troutman işte orada duruyordu. Elini kitaba uzattı.

"Siz yokken Church eve bir fare getirdi." Rachel gülümsemeye çalıştı. "Üf! Berbat bir şey!"

"Rachel, buna üzüldüm işte." Louis sesinin de kendini o anda hissettiği kadar suçlu çıkmadığını umuyordu. "Kötü müydü?"

Rachel basamağa çöktü. Yüzündeki makyajı silmiş, parıldayan alnı ve kısacak atkuyruğu saçlarıyla pembe pamuklu geceliği içinde tıpkı bir çocuk gibiydi. "Gereğine baktım," dedi. "Ama o sersem kediyi süpürge sopasıyla dövmek zorunda kaldım... bırakması için. Üstüme saldıracak gibiydi. Church hiç böyle davranmazdı eskiden. Son günlerde çok değişmiş gibi. Acaba huyu falan mı değişti dersin Louis?"

"Sanmıyorum. Ama istersen veterinere götürürüm..."

"Bir şey yoktur herhalde." Yalın bakışlarla baktı Rachel kocasına. "Ama sen yine de gelir miydin yukarı? Biliyorum... çalışıyorsun... ama..."

"Elbette." Louis yaptığı iş hiç de önemli değilmiş gibi kalktı. Değildi aslında, ancak hayat durmadan ilerliyordu, yarın yeni bir şeyler çıkacak ve o yazı yazılmayacaktı, bunun da farkındaydı. O fareyi kendisi satın almıştı, değil mi ama? Church'ün paramparça ettiği, bağırsakları dışarı fırlamış, belki de kafası kopmuş olarak eve getirdiği o fare kendisinindi aslında.

Işıkları söndürerek, "Hadi yatalım," dedi. Birlikte çıktılar yukarı. Louis karısıyla sevişti... ama kadının içindeyken bile buz tutmuş camların ardını, Church'ü, bir zamanlar kızının ama şimdi kendisinin olan kediyi düşünüyor, onun nerede ne avladığını ya da öldürdüğünü merak ediyordu. *İnsanın kalbinin toprağı daha taşlıdır,* diye düşündü. Rüzgâr o acı ve kara şarkısını söylüyordu. Pek uzak olmayan bir yerde bir zamanlar kızına ve oğluna eş başlıklar örmüş olan Norma Crandall, Mount Hope'un bodrumunda çelik grisi American Eternal tabutu içinde yatıyordu; yanaklarını dolgun göstermek için cenaze evinde ağzına doldurulan beyaz pamuk kararmaya başlamış olmalıydı.

34

Eileen altı yaşına basmıştı. Doğum gününde yuvadan evine başında kâğıttan bir şapkayla döndü, elinde arkadaşlarının çizdiği resimleri vardı. Grip salgını geçmişti. İki öğrenciyi Bangor'daki hastaneye göndermişlerdi, Surrendra Hardu da dispansere geldikten az sonra vücudunda kasılmalar başlayan Peter Humperton adındaki çok hasta bir gencin hayatını kurtarmıştı. Şubat soğukları sona ermiş, mart soğukları, yağmurlar ve donlar başlamıştı. Jud Crandall'ın yası da sona ermişti; psikologlar sevilen bir insanın acısının ölümden üç gün sonra başlayıp dört ila altı hafta sürdüğünü söylerlerdi. Ama zaman geçerdi, insanın bir duygusu bir başka duyguyla yer değiştirirdi. Güçlü bir acı daha yumuşak bir acıya dönüşür, bu daha yumuşak acı yerini yasa bırakır, yas da sonunda bir hatırlama olurdu. Bu da altı ay ila üç yıl sürer, ama yine de normal sayılırdı. Gage'in saçı ilk defa kesilince Louis bundan şakayla söz etti ve kendi yasını tuttu, ama yalnız kendi içinde.

Bahar geldi ve bir süre devam etti.

35

Louis Creed daha sonraları hayatının en son mutlu gününün 24 Mart 1984 olduğunu düşünecekti. Başlarına gelecek olan şeyler daha yedi hafta uzaktaydı, ama sonradan o yedi haftayı düşününce bu sürede önemli bir şey olduğunu hatırlamayacaktı. O korkunç şeylerin hiçbiri olmasaydı, yine de o günü sonsuza dek anımsayacaktı. Baştan sona kadar iyi geçen günler zaten azdır. Belki de bir insanın yaşamındaki gerçekten iyi günlerin toplamı bir ay bile değildir. Louis'e göre Tanrı acı dağıtmaya gelince daha cömert davranıyordu.

O gün günlerden cumartesiydi, Louis de, Rachel'la Eileen alışverişe gittiği için o öğleden sonra evde Gage'e bakıyordu. Jud'la birlikte, yaşlı adamın 59 model kamyonetiyle gitmişlerdi. Rachel kocasına Gage'le kalıp kalamayacağını sormuş, Louis de seve seve kalacağını söylemişti. Karısının dışarı çıkacağına seviniyordu. Maine'de, hele Ludlow'da bir kış geçirdikten sonra Rachel'ın her fırsatta dışarı çıkmasının gerekli olduğuna inanıyordu. Kadın evde kapalı kalmaktan sızlanıyor değildi, ama Louis'e göre de artık sabrının sonuna gelmişti.

Gage öğle uykusundan saat ikide uyandığında epey huzursuzdu. Louis oğlanı eğlendirmek için ne yaptıysa boşunaydı. Bir de ishal olmuştu. Louis oğlanın dışkısı içinde mavi bir bilye görünce kafası iyice bozuldu. Eileen'in bilyelerinden biriydi bu. Oğlan boğulabilirdi. Gage eline geçirdiği her şeyi ağzına atardı. Bilyeler atılacaktı, ama doğru olan bu karar oğlanı annesi gelene kadar meşgul edecek bir şey değildi kuşkusuz.

Louis evin çevresinde uğuldayan bahar rüzgârına kulak verdi bir süre. Sonra birden beş altı hafta önce eve gelirken aldığı uçurtmayı hatırladı. Sicim de almış mıydı? Almıştı tabii!

"Gage!" Gage koltuğun altında yeşil bir boya bulmuş, Eileen'in kitaplarından birini karalamakla meşguldü. *Çocuklar arası rekabet ateşini besleyecek bir şey daha,* diye düşündü Louis. Eileen kitabının pislendiği için söylenecek olursa, Louis de Gage'in bezleri arasından çıkan o hazineyi gösterirdi.

"Ne!" diye bağırdı Gage. Artık bayağı konuşmaya başlamıştı. Louis oğlanın zekâsının üstün olduğuna bile inanacaktı neredeyse.

"Dışarı çıkmak ister misin?"

"Dışarı çıkmak!" diye heyecanla bağırdı Gage. "Dışarı çıkmak. Buçlarım nerede baba?"

Pabuçlarını soruyordu Gage. Louis, Gage'in konuşmasına şaşıyordu. Yalnızca hoş olduğundan değil ama, küçük çocuklar yabancı bir dili karmakarışık bir biçimde öğrenen göçmenleri andırırlardı. Bebeklerin insanın ses kutusunun çıkarabildiği bütün sesleri çıkardıklarını bilirdi... okulda ilk kez Fransızca okuyan bir öğrencinin beceremediği o akıcı titreşimi, Avustralyalıların o genizden gelen kaba seslerini, Almanların o kesik ve boğuk sessiz harfleri gibi. Ama sonra anadillerini öğrendikleri zaman bu yeteneklerini kaybederlerdi. Louis her zaman düşünürdü çocukluğun öğrenmeden çok unutma dönemi olup olmadığını.

Gage'in ayakkabıları bulundu sonunda... onlar da koltuğun altındaydı. Louis'in inançlarından biri de şuydu: Küçük çocuklu ailelerde oturma odasının koltuklarının altları zamanla güçlü ve esrarengiz bir elektromanyetik güce sahip olurlardı. Süt şişelerinden çengelliiğnelere, yeşil boya kalemlerine ve çocuk dergilerine kadar her şey bir yolunu bulur oraya girerdi.

Gage'in ceketi koltuğun altında değildi ama merdivenin basamaklarındaydı. Gage'in öldürsen onsuz dışarı çıkmayacağı beyzbol şapkasını bulmaksa çok zor oldu. Çünkü şapka olması gerektiği yerde, dolaptaydı; oraya da en son bakmışlardı.

"Komşu Bayan Vinton'ın arsasına gidiyoruz, uçurtma uçuracağız."

"Uçumpa mı?" diye Gage kuşkuyla sordu.

"Bekle bakalım çocuk, seveceksin bak."

Garaja girmişlerdi. Louis anahtarını buldu, küçük dolabı açıp ışığı yaktı. Dolaptan hâlâ paketi içinde olan uçurtmayı çıkardı. Şubat ayının ortalarında, ruhu hâlâ bir umut peşindeyken almıştı bunu.

"O ne? O ne?" diye sordu Gage.

"Uçurtma." Louis uçurtmayı çıkardı. Kanatları bir buçuk metre kadar açılan kartalı görünce Gage'in ilgisi uyanmıştı. Kartalın ince boynunun üstündeki küçük kafasında fırlak ve kanlı gözleri vardı.

"Kuş!" diye bağırdı Gage. "Kuş baba! Kuş!"

"Kuş," dedi Louis çıtaları uçurtmanın arkasına takıp o gün aldığı iki yüz metrelik sicim yumağını ararken. "Bunu seveceksin koca adam."

Gage uçurtmayı sevmişti.

Bayan Vinton'ın arsasında uçurdular kartalı. Louis belki de on iki yaşından beri ilk kez uçurtma uçuruyordu. On dokuz yıldan beri ilk defa. Zaman nasıl da geçiyordu.

Bayan Vinton, Jud'un yaşlarında ama çok daha ince yapılı bir kadındı. Arsanın ucundaki tuğla evde oturur, dışarı pek az çıkardı. Evin arkasında da orman başlıyordu. Önce hayvan mezarlığına, sonra da daha da ötedeki Micmac mezarlığına giden orman.

"Uçumpa uçuyor baba!"

"Hem de nasıl!" Louis heyecanla, kahkahalarla sesleniyordu oğluna. Yumağı öylesine çabuk bırakıyordu ki, elinden hızla akıp geçen ip avucunun içini yakmıştı. "Şu kartala bak Gage!"

Gage sevincinden zıplayıp hopluyordu. Güneş kocaman gri bir bulutun ardından göründüğünde hava birden beş derece ısınmış gibi oldu. Parlak ve güvenilmez mart havasında, Bayan Vinton'ın arsasında solgun otlar arasında duruyorlar, tepelerinde kartal mavilere doğru yükseliyordu. Naylon kanatları iyice gerilmişti rüzgârda. Louis tıpkı çocukluğunda olduğu gibi kendini onunla birlikte yükseliyor, onunla bir oluyor hissetti, dünyayı tepeden görüyordu sanki. Haritacıların herhalde düşlerinde gördükleri gibi. Kartal hepsini görüyordu kanlı gözleriyle. Üzerinde buz parçaları yüzen nehir soğuk gri bir çelik bant olmalıydı, öteki tarafta Hampden'ı, Newburg'u, rıhtımında bir tekne olan Winterport'u, hatta St. Regis fabrikasını, belki de okyanusun çıplak kayaları dövdüğü kıyıları bile görüyordu.

"Şuna bak Gage!" diye gülerek bağırdı Louis.

Gage uçurtmayı görebilmek için başını öylesine geri atmıştı ki her an sırtüstü yuvarlanabilirdi. Keyiften ağzı kulaklarındaydı. Uçurtmaya el sallıyordu.

Louis ipi biraz gevşetip Gage'e elini uzatmasını söyledi. Gage başını çevirmeden uzattı elini. Gözlerini rüzgârda dans eden, yerdeki gölgesiyle yarışan uçurtmadan alamıyordu.

"Ne?" dedi.

"Sen uçuruyorsun işte. İp senin elinde oğlum. Senin uçurtman artık."

"Gage uçuruyor?" Gage babasına değil de, kendi kendine soruyor gibiydi. İpi hafifçe çekti, uçurtma rüzgârda başını salladı. Gage biraz daha kuvvetli çekti ipi, uçurtma yere doğru savruldu. Louis'le oğlu birlikte güldüler. Gage serbest elini babasına uzattı. El ele durup baktılar uçurtmaya.

Louis oğluyla bu anı hiç unutmayacaktı. Çocukluğunda yükselip nasıl uçurtmanın içine girmişse, şimdi de oğlunun içine girdiğini hissediyordu. Gage'in küçücük vücudu içine sığacak kadar küçülmüş, evinin pencereleri olan gözlerinden dışarı bakıyordu şimdi. Bayan Vinton'ın arsası çöl kadar büyüktü, dünya pırıl pırıl ve kocamandı, uçurtma yüzlerce metre yüksekte uçuyor, avucunun içindeki ip canlıymış gibi titriyordu.

"Uçumpa uçtu!" diye bağırdı Gage. Louis oğlunun omuzlarına attı kolunu, eğilip yanağından öptü. Rüzgâr yabani bir gül yerleştirmişti yanağına.

"Seni seviyorum Gage."

Ancak iki aylık ömrü olan Gage de neşeyle güldü. Uçumpa uçtu! Uçumpa uçtu baba!"

Rachel'la Eileen eve döndüklerinde onlar hâlâ uçurtma uçuruyorlardı. Öylesine havalanmıştı ki uçurtma, kartalın yüzü bile görünmüyordu. Gökyüzünde küçücük kapkara bir lekeydi şimdi.

Louis, karısıyla kızını görünce sevindi. Gage ipi elinden düşürüp de otlar arasında ardından koşarken kahkahalarla güldü. Ama onların gelişi az önceki havayı dağıttığı için yirmi dakika sonra Rachel oğlanın üşüteceğini söyleyip içeri girmek isteyince hiç üzülmedi.

Uçurtmayı bütün karşı koymasına rağmen indirdiler. Louis iple, kara kanatlarıyla, fırlak gözleriyle hepsini koltuğunun altına toplayıp dolaba yerleştirdi yine. Gage o gece bir tabak dolusu fasulyeyle sucuk yedi. Rachel oğlanı giydirirken, Louis de Eileen'i bir kenara çekip bilyelerini ortalarda bırakmamasını söyledi. Başka zaman olsaydı, Eileen herhangi bir şeyle suçlanınca hemen aksileştiği için kıza bağırabilirdi. Ama uçurtmayla geçen günden sonra keyfini kaçırmak istemiyordu. Eileen de bir kere için mantıklı davranmıştı. Bir daha dikkatli olacağını söyleyerek her cumartesi olduğu gibi sekiz buçuğa kadar televizyon seyretmek için aşağı indi. *Eh, bu da bitti, belki iyi bile oldu,* diye düşündü Louis. Asıl sorunun bilyeler olmadığını, üşütmek olmadığını, asıl sorunun bir Orinco tankeri olacağını, asıl sorunun yol olacağını bilmiyordu... Jud Crandall'ın ağustosun o ilk günü söylediği gibi...

Gage yattıktan on beş dakika sonra yukarı çıktığında oğlan yatıyordu ama uyuyamamıştı. Elindeki süt şişesini emerken tavanı seyrediyordu.

Louis, Gage'in ayaklarından birini tutup kaldırdı. Öptü, yerine bıraktı.

"İyi geceler Gage."

"Uçumpa uçtu baba."

"Hem nasıl da uçtu, değil mi?" Louis nedeni olmadan gözlerinin yaşardığını hissetti. "Göklere kadar hem de küçük adam."

"Uçumpa uçtu," dedi Gage. "Gök kadar."

Sonra yan döndü, gözlerini kapattı ve uyudu. Bir anda.

Louis dışarı çıkarken arkasına bakınca Gage'in dolabının aralık kapısı arasından kendisine bakan sarımsı yeşil gözleri gördü. Kalbi birden ağzına gelmiş gibi oldu, yüzü buruştu.

Dolabın kapısını açarken, *Zelda, dolaptaki Zelda, kara dili dudakları arasından fırlamış,* diye düşündü.

Ama Church'tü dolaptaki, kedi dolaba girmişti, Louis'i görünce sırtı kamburlaştı birden. Yarı aralık ağzından keskin dişleri görünüyordu.

"Çık orodan dışarı."

Church yine tıslar gibi bir ses çıkardı. Yerinden kıpırdamadı.

"Çık dışarı dedim sana!" Louis eline gelen ilk şeyi kaldırdı kediye doğru. Elindeki Gage'in parlak plastik lokomotifiydi, loş ışıkta kurumuş kan renginde. Kedi yine hırladı ama kıpırdamadı.

Louis hiç düşünmeden öfkeyle fırlattı oyuncağı hayvana. Kızmıştı kediye, korkuyordu da, karanlık dolabın içinden çıkmak istememesine kızıyordu, sanki orada olmaya hakkı varmış gibi.

Oyuncak lokomotif kedinin kafasına çarptı. Church miyavlayarak kaçtı. Koşarken yine kapıya çarpmış, az daha devriliyordu.

Gage yattığı yerde döndü, bir şeyler mırıldandı. Louis'in alnında boncuk boncuk terler vardı şimdi.

"Louis?" Rachel aşağıdan sesleniyordu. "Gage yatağından mı düştü?"

"Hayır. Church oyuncaklarını devirdi."

Louis, oğluna bakmış da üzerinde bir yılan görmüş ya da Gage'in başucundaki rafta bir fare görmüş gibi saçma sapan bir duyguya kapılmıştı. Saçma sapandı *elbette.* Ama dolabın içinden öyle ıslık çalar gibi...

Zelda'yı mı düşündün, Müthiş Oz'u mu?

Oyuncakları ayağıyla iterek dolabı kapattı. Kilidin tık sesini duydu, bir an daha duraksadıktan sonra dolap kapağının sürgüsünü sürdü.

Gage'in yanına döndü sonra. Oğlan dönerken battaniyeleri açılmıştı. Louis çocuğu düzeltti, battaniyeleri sıkıca örttü üstüne, sonra uzun bir süre durup oğlunu seyretti.

2. BÖLÜM

Mıcmac Mezarlığı

İsa Beytanya'ya yaklaşınca Lazar'ın dört gündür mezarda olduğunu öğrendi. Marta, İsa'nın geldiğini duyunca onu karşılamaya çıktı.

"Ya Rab," dedi. "Burada olsaydın, kardeşim ölmezdi. Şimdi bile, Tanrı'dan ne istersen Tanrı'nın onu sana vereceğini biliyorum."

İsa, "Kardeşin dirilecektir," dedi.

– Yuhanna İncili

36

İnsan aklının alabileceği dehşetin sınırı olacağına inanmak yanlış bir düşünce olmalıdır. Tersine insanı saran karanlık arttıkça harekete geçen bir mekanizma da bu sınırı sonsuza dek genişletir. İnsanın deneylerinin kendisine verdiği kanı şudur: Karabasanlar giderek karardıkça dehşet üstüne dehşet yağar, bir kötülük bir başkasını doğurur, sonunda karanlık her yeri, her şeyi kaplar. İnsana en dehşet veren sorun da zihninin bunların ne kadarını alacağı ve yine de acımasız, uyanık bir aklı başındalığa sahip olacağıdır. Bu tür olayların kendilerine özgü bir saçmalığa sahip olacakları kuşkusuzdur. Hatta bir noktada durum birden gülünçleşir de. İşte o noktada akıl ya kendini korumaya başlar ya da baskıya dayanamayıp ezilir.

Louis Creed oğlu Gage William Creed'in 17 Mayıs'taki cenazesinde böyle şeyler düşünebilirdi eğer aklı başında olsaydı. Ama cenaze evine girince her türlü sağduyulu düşünceyi bir yana bırakmıştı bir kez. Ondan sonra da orada kayınpederiyle yumruklaşması Rachel'ın zaten pek zayıf olan kendine hâkimiyetini kökünden yıkmıştı. Brookings-Smith Cenaze Evi'nin Gage'in kapalı tabutunda yattığı salonundan çığlıklar ata ata çıkarılmıştı dışarı, Surrendra Hardu kendisine sakinleştirici bir iğne yapmıştı.

İşin komik yanı o son olayı hiç görmeyebilirdi: Dr. Creed'le Bay Irwin Goldman öğleden sonraki ziyaret saatlerinde değil de sabah ziyaret saatleri içinde yumruklaşmış olabilirlerdi. Rachel sabah gelememişti cenaze evine, bu gücü kendisinde bulamamıştı. Evde Jud Crandall ve Steve Masterton'la oturmuştu. Louis bu son kırk sekiz saati Jud ya da Steve olmasaydı nasıl geçireceğini bilemiyordu.

Louis için de, ailenin geri kalan üç üyesi için de, Steve'in hemen gelmesi çok iyi olmuştu. Louis bir süre için karar verme yeteneğini kaybetmişti; öyle ki, karısının çığlıklarını bastırmak için bir iğne bile yapmayı akıl edememişti. Louis, Rachel'ın sabah ziyaretine üzerinde yanlış iliklenmiş sabahlığıyla gitmeye kalkıştığını da fark edememişti. Karısının saçları taranmamış, yıkanmamıştı, darmadağınıktı. Gözleri, çökmüş göz çukurlarından öyle bir fırlamışlardı ki, canlı bir kafatasına benziyordu yüzü. Yüzünün etleri sarkıyordu. O sabah kahvaltı sofrasında kuru ekmek yemiş, anlamsız, bağlantısız şeyler söylemişti. Bir keresinde, "Satın almak istediğin o Winnebago, Lou..." demişti. Oysa Louis bir Winnebago almak istediğinden en son 1981'de söz etmişti.

Louis başını sallayıp kahvaltısını etmeyi sürdürmüştü. O sabah Gage'in en sevdiği şey olan yulaf ezmesi yemek istemişti. Tadını hiç sevmezdi oysa, ama yine de istiyordu. Üzerinde en iyi elbisesi vardı, siyah değil de kömür grisi, siyah elbisesi yoktu. Tıraş olmuş, duşunu yapmış, saçlarını taramıştı. Uğradığı şok yüzünden kendinde değilse de, iyi görünüyordu.

Eileen'in üzerinde blucin ve sarı bluz vardı. Kahvaltı sofrasına bir fotoğraf getirmişti. Rachel, kocasıyla çocuklarının son doğum gününde armağan verdikleri Polaroid'le çekmişti bu resmi. Eileen kızağın üstünde oturan Gage'i çekiyordu. Gage kocaman başlığı içinden sırıtmaktaydı. Eileen de omzu üstünden küçük kardeşine bakıp gülüyordu.

Eileen resmi yanında taşıyor ve pek konuşmuyordu.

Louis ne karısının ne de kızının durumunu görecek haldeydi. Kahvaltısını yerken hayalinde kazayı birbiri ardından sürekli olarak yeniden canlandırıyordu. Aklındaki filmde kendisi daha hızlı davranıyordu ve Gage, dur dedikleri zaman durmadığı için yalnızca iyi bir dayak yiyordu.

Rachel'ın durumunu, Eileen'in ne halde olduğunu fark eden Steve olmuştu. Rachel'ın sabah ziyaretine gitmesini yasaklamıştı (*aslında tabut kapalı olacaktı; açık olsaydı, ben dahil, herkes kaçardı oradan*, diye düşündü Louis). Eileen ise hiç gitmeyecekti. Rachel itiraz etmişti. Eileen elinde Gage'in resmiyle, hiçbir şey söylemeden durmuştu öylece.

Rachel'a ihtiyacı olan yatıştırıcı iğneyi yapan ve Eileen'e bir kaşık renksiz bir sıvı içiren de Steve olmuştu. Eileen genellikle her ne olursa olsun ilaç içerken aksilik çıkarır, itiraz ederdi, oysa bu kez sesini çıkarmadan, yüzünü bile buruşturmadan içmişti. Saat onda da (Gage'in resmini elinden hâlâ bırakmamış olarak) yatağında mışıl mışıl uyuyordu. Rachel ise televizyon seyrediyordu. Steve'in sorularına çok ağır yanıtlar veriyordu. İyice kendinden geçmişti, yüzündeki o çılgın ifade de kaybolmuştu.

Bütün gerekeni Jud yapmıştı. Üç ay önce karısı için yaptığı gibi sessizce, sakince. Ancak Louis cenaze evine gidecekken kendisini bir kenara çede Steve Masterton oldu.

Louis'e, "Rachel'ı öğleden sonra oraya getireceğim, eğer dayanabilecek durumdaysa tabii," dedi.

"Peki."

"İlacın etkisi geçer o saate kadar. Arkadaşın Bay Crandall öğleden sonraki ziyaret saatlerinde burada Eileen'le kalacağını..."

"Tamam."

"Ve onunla bir oyun falan oynayacağını söylüyor..."

"Ama..."

"Tamam."

Steve sustu. Garajdaydılar, Church'ün ölü fare ve ölü kuşları getirdiği yerde. Louis'in sahip oldukları yani. Dışarıda mayıs güneşi vardı, bir kuş yoldan kararlı adımlarla geçiyordu, sanki önemli bir işi varmış gibi. Belki de vardı.

"Kendini toparlaman gerek," dedi Steve.

Louis soru dolu bakışlarını çevirdi arkadaşının yüzüne. Steve'in sözlerinin çoğunu duymamıştı bile. Biraz daha atik davranabilseydi oğlunu kurtaracağını düşünüyordu.

"Dikkat ettiğini sanmıyorum," dedi Steve. "Eileen pek konuşmuyor. Rachel da öyle kötü bir şok içinde ki, zaman kavramını tümüyle yitirmiş gibi."

"Tamam!" dedi Louis. Cevabını daha üstüne basarak vermeliydi. Nedenini bilemiyordu.

Steve elini Louis'in omzuna koydu. "Lou, onların sana bugün geçmişte olduğundan daha çok ihtiyaçları var. Belki bir daha bu kadar ihtiyaç duymayacaklar sana. Kendini topla artık be adam... Karına bir iğne daha yapabilirim... ama Louis, anlamıyor musun... Hay Tanrı cezasını versin... ne boktan iş bu böyle!"

Louis, Steve'in ağlamaya başladığını görünce birden korkuya kapıldı. "Tabii," dedi. Gage'in bahçeden yola doğru koştuğunu görüyordu. Geri dönmesi için sesleniyorlardı, ama dönmüyordu oğlan –son günlerdeki en sevdiği oyun anne babadan kaçma oyunuydu– bunun üzerine ardından koşmaya başlamışlardı. Louis hemen Rachel'ın önüne geçmişti ama Gage de çok ilerideydi, oğlan gülüyor, babasından kaçıyordu –oynadıkları oyundu bu– Louis ise arayı pek yavaş kapıyordu. Gage şimdi yumuşak eğimli yamaçtan aşağı, yola doğru koşuyordu. Louis, oğlanın düşmesi için dua etti; küçük çocuklar pek sık düşerlerdi, bir insan yedi sekiz yaşına gelmeden önce bacakları üstünde tam bir kontrol elde edemezdi çünkü. Louis, oğlanın düşmesi için dua ediyordu, düşsün de burnu kanasın, hatta kafasını yarsın, ne olursa olsun ama düşsün, çünkü uzaktan gelen tankerin sesi duyuluyordu artık, o on tekerleklilerden biri. Bangor'la Bucksport'taki Orinco fabrikası arasında sürekli gidip gelenlerden biri. Louis o anda çığlık gibi bir sesle Gage'i çağırdı. Gage'in kendisini duyduğunu, durmaya çalıştığını sandı. Gage oyunun bittiğini anlamış olmalıydı, insanın babası oyun oynarken böyle çığlık atmazdı, durmaya çalışmıştı bunun üzerine, ama o sırada tankerin gürültüsü artmıştı, dünyayı dolduruyordu. Gök gürültüsü gibiydi. Louis kendini öne atmıştı, mart ayındaki o günde kartalın gölgesinin Bayan Vinton'ın arsası üzerine yayılması gibi kendi gölgesini de yerde görmüştü. Parmak uçlarıyla Gage'in ceketine dokunduğuna yemin edebilirdi. Ancak Gage'in kendini ileri atışı yola çıkmasına neden olmuştu. Gök gürültüsüydü tanker, krom üzerindeki güneş parıltısıydı, havalı kornanın kulakları yırtan sesiydi. Cumartesi olmuştu bu, üç gün önce.

"İyiyim," dedi Steve'e. "Artık gideyim."

"Kendini toparlayıp onlara yardım edebilirsen kendine de yardım etmiş olacaksın." Steve gözlerini koluna sildi. "Şimdi üçünüz birlikte aşmalısınız bu zor günleri Louis. Başka yolu yok bunun."

"Tamam." Louis'in kafasının içinde olay yeniden başlamıştı. Bu kez en sonunda iki adım daha sağa sıçrıyor ve Gage'i ceketinden yakalıyor, bunlardan hiçbiri de olmuyordu o zaman.

Cenaze evinin salonundaki olay sırasında Eileen, Jud Crandall'la sessizce Monopoly oynuyordu. Bir eliyle zarları sallıyor, diğer elinde de Gage'le kendisinin resmini sımsıkı tutuyordu.

Steve Masterton, Rachel'ın öğleden sonraki ziyarete katılmasının zararsız olacağını düşünmüştü. Daha sonraki gelişmeler karşısında bu kararından çok pişman olacaktı.

Goldman'lar Bangor'a o sabah uçakla gelmişlerdi ve Holiday Inn'de kalıyorlardı. Rachel'ın babası öğlene kadar dört kere telefon etmişti. Steve giderek sert davranmıştı adama, hatta dördüncü seferinde tehditkâr. Irwin Goldman eve gelmek istiyordu ve cehennemin bütün ifritleri karşısına çıksa bile kimse kendisine kızına bu ihtiyaç anında yardıma koşmasına engel olamazdı. Steve, Rachel'ın cenazeyi ziyarete gitmeden önce dinlenmeye ihtiyacı olduğunu, içinde bulunduğu şoktan biraz da olsa kurtulması gerektiğini anlatmaya çalıştı. "Cehennem ifritlerinden falan anlamam ben," demişti, doktorun yardımcısı olan İsveç asıllı Amerikalı. "Rachel kendi isteğiyle insan içine çıkmaya hazır olmadıkça, Creed'lerin evine kimse ayak basmayacak." O öğleden sonraki ziyaretin ardından ailenin desteğine seve seve bırakacaktı kadını. O zamana kadar da rahatsız edilmesini istemiyordu.

Yaşlı adam Yiddiş diliyle kendisine küfürler etmiş, telefonu küt diye yüzüne kapatmıştı. Steve, Goldman'ın gelip gelmeyeceğini merak ediyordu, ama adam sonunda beklemeyi yeğlemiş olmalıydı. Rachel öğlene doğru biraz düzelmişti. Hiç olmazsa hangi zaman çerçevesi içinde olduğunu biliyordu. Mutfağa gidip daha sonrası için yiyecek bir şeyler var mı diye bile bakmıştı. Steve'e, "Daha sonra millet buraya gelecek herhalde, değil mi?" diye sormuştu.

Steve başını sallamıştı.

Salam ya da soğuk et yoksa da, buzdolabında bir hindi vardı. Rachel hindiyi çıkarıp buzunun çözülmesi için tezgâhın üstüne koydu. Steve birkaç dakika sonra mutfağa göz attığında, Rachel kıpırdamadan duruyor, hindiye bakıp ağlıyordu.

"Rachel?"

Kadın, Steve'e döndü. "Gage bayılırdı buna. Hele beyaz etine. Bir daha hiç hindi yiyemeyeceğini düşündüm de."

Steve, Rachel'ı yukarı giyinmeye gönderdi. İçinde bulunduğu durumla başa çıkabileceğini gösteren son deneme olacaktı bu. Az sonra Rachel beli kemerli sade bir siyah elbise ve küçük bir siyah çantayla indiğinde, Steve kadının kendini toparladığına inandı. Jud da aynı düşüncedeydi.

Rachel'ı Steve götürdü. Salonun girişinde Surrendra Hardu'yla durup Rachel tabuta doğru yürürken onu izledi.

"Nasıl gidiyor?" diye sordu Surrendra.

"Berbat," diye mırıldandı Steve. "Ne sanmıştın ki?"

"Berbat gittiğini sanmıştım," diyerek içini çekti Surrendra.

Sıkıntılar sabahki ziyaret saatinde Irwin Goldman damadıyla el sıkışmayı reddedince başladı.

Çevresinin dost ve akrabalarıyla dolu olması Louis'i içinde bulunduğu şoktan az da olsa çekip almıştı, artık neler olup bittiğine dikkat edebiliyordu. Doğu Salonu'nun dışında oturulup sigara içilebilecek küçük bir antre vardı. Tören odasına açılan kapının yanındaki altın çerçeveli siyah bir madeni plakanın üzerinde GAGE, WILLIAM CREED yazıyordu. Eski, konforlu bir evi andıran bu geniş beyaz binanın öteki yanına doğru yürüyecek olursanız, orada da bunun eşi bir antreye girerdiniz. Bu da Batı Salonu'nun dışındaydı ve buradaki levhanın üzerinde de ALBERTA BURNHAM NEDEAU yazıyordu. Evin arka tarafındaysa Nehir Salonu vardı. Bu salonla antre arasındaki levha boştu. Bu salı sabahı salon kullanılmıyordu. Alt katta tabut sergileme salonu yer almaktaydı. Çeşitli modeller tavana asılı küçük ışıldaklarla aydınlatılmıştı. Başınızı kaldırıp yukarı bakarsanız -ki, Louis bakmış ve cenaze evi müdürü de kaşlarını çatmıştı– tavanda garip hayvanlar varmış gibi geliyordu insana.

Gage'in ölümünün ertesi günü, pazar sabahı gelmişti Louis. Alt kata inmişlerdi. Şaşkın bir halde olan Louis koridor boyunca yürüyüp lokantaların salonlarıyla mutfakları arasındaki kilere benzeyen iki yana açılan beyaz kapıya doğru yürümüştü. Ama Jud da, müdür de aynı anda, "O tarafa değil," demişlerdi. Louis de hiçbir şey söylemeden onları izlemişti. O kapının ardında ne olduğunu bilirdi. Amcası da bu işteydi.

Doğu Salonu sıra sıra açılır kapanır iskemleyle doldurulmuştu, kadife sırtlı pahalı iskemlelerdi bunlar. En önde Gage'in tabutu duruyordu mihrap gibi bir yerde. Louis tabutu American Casket Company'nin gül ağacından olan "Ebedi İstirahat" tipini seçmişti. İçi pembe ipek kaplıydı. Müdür iyi bir seçim yaptığını söylemiş ve mavi ipekli bir tane olmadığı için özür dilemişti. Louis, karısıyla kendisinin bu tür ayrımlar yapmadıklarını söylemişti. Müdür başını sallamıştı. Louis'e cenaze masraflarını nasıl ödeyeceğini sormuştu sonra. Eğer pahalı gelecekse daha ucuz olan diğer üç seçeneği gözden geçirebilirlerdi...

Louis kendisini rüyadaymış gibi hissederek, "Hepsini MasterCard'la ödeyeceğim," diye yanıtladı.

"Çok güzel," dedi müdür.

Tabut bir metre kadardı, cüce bir tabut. Yine de altı yüz dolar fiyatı vardı. Herhalde oymalı süsler olmalıydı, ama çiçeklerden görmek pek kolay değildi, daha yakına gitmek de istememişti. O kadar çiçeğin kokusundan midesi bulanıyor, öğürecek gibi oluyordu.

Kapının hemen içinde bir masa üzerinde bir defter vardı. Bir tükenmezkalem zincirle bağlıydı masaya. Müdür, Louis'in "dostlarını ve akrabalarını karşılamak için" burada durmasını istemişti. Dostlar ve akrabalar defteri imzalayıp adlarını ve adreslerini yazacaklardı. Louis bu deli saçması âdetin amacının ne olduğunu bilmiyordu, sormadı da. Tören sona erince defteri Rachel'la kendisine vereceklerdi herhalde, saklamaları için. En çılgınca olan şey de buydu. Bir yerlerde lise yıllığı, üniversite yıllığı, tıp fakültesi yıllığı vardı, bir de üzerinde yaldızla DÜĞÜN GÜNÜM yazan ve Rachel'ın o sabah ayna önündeki fotoğrafıyla başlayıp kapalı bir otel odasının kapısı önündeki bir çift ayakkabıyla sona eren bir düğün kitabı... Eileen'in çocukluk albümü vardı bir de, ama ondan pek çabuk sıkılmışlardı, İLK SAÇ TIRAŞIM (bebeğin saçından bir tutam yapıştırın) ve EYVAH (bebeğin kıç üstü düşüşünün bir fotoğrafını yapıştırın)...

Şimdi bir de bu çıkmıştı. *Ne diyeceğiz buna,* diye düşündü Louis ziyaretin başlamasını beklerken. ÖLÜM ALBÜMÜM? CENAZEME GELENLER? GAGE'İ GÖMDÜĞÜMÜZ GÜN? Ya da daha ciddi bir şey: AİLEDE BİR ÖLÜM.

Albümün kapağını çevirip baktı, DÜĞÜN GÜNÜM albümü gibi bu da deri taklidi plastikle kaplıydı.

Üzerinde de hiçbir şey yazmıyordu.

O sabah ilk gelen iyi yürekli Bayan Dandridge oldu. Eileen ve Gage'le o kadar oturan, çocuklara bakan kadıncağız. Louis, Victor Pascow'un öldüğü akşam çocukları alanın Bayan Dandridge olduğunu hatırladı. O çocuklara bakmış, Rachel da kendisiyle önce banyoda, sonra yatakta sevişmişti.

Bayan Dandridge ağlamış görünüyordu, Louis'in, sakin, taş gibi yüzünü görünce kadın yeni bir ağlama nöbetine tutuldu. Ellerini ona doğru uzattı. Louis, kadını kucakladı. Bu işin ancak böyle düzeleceğini düşünüyordu; iki kişi arasında bir çeşit insani elektrik akımı gider gelir, kayıp duygusunun katılığını yumuşatırdı.

"Çok üzüldüm," diyordu kadın koyu sarı saçlarını solgun yüzünden geri iterek. "Öylesine tatlı bir oğlandı ki... onu çok severdim Louis. Çok üzgünüm. Berbat bir yol orası. Umarım o sürücüyü ömrünün sonuna kadar içeri tıkarlar, çok hızlı gidiyordu. Öylesine tatlı bir oğlandı ki... Tanrı neden onu yanına istedi? Ama biz bunu anlayamayız, değil mi? Çok çok üzüldüm, bilemezsin ne kadar üzüldüm."

Louis kadını sakinleştirmeye çalıştı. Gözyaşlarını yakasında, göğüslerini göğsünün üstünde hissediyordu. Kadın, Rachel'ın nerede olduğunu sordu, Louis dinlenmekte olduğunu söyledi. Kadın onu gidip göreceğini, istedikleri zaman Eileen'e bakabileceğini söyledi. Louis, kadına teşekkür etti.

Kadın hâlâ burnunu çekerek, gözleri eskisinden daha kırmızı tabuta doğru yürürken Louis arkasından seslendi. Adını anımsayamadığı müdür kendisinden gelenlerin defteri imzalamalarını istemişti.

Esrarlı konuk, lütfen defteri imzalayın, diye içinden geçirirken az daha kahkahalarla gülecekti.

Missy'nin acı dolu bakışları gülüşünü silip attı.

"Missy, defteri imzalar mıydın?" Başka bir şey daha söyleme ihtiyacını duyduğu için de, "Rachel için," diye ekledi.

"Elbette. Zavallı Louis, zavallı Rachel." Louis birden kadının bunun ardından ne söyleyeceğini kestirdi, her nedense bunu duymak istemiyordu, ama yine de bir katilin tabancasından çıkan kara bir kurşun gibi geliyordu işte, bu kurşunun bir buçuk saat boyunca sayısız kez vücuduna gireceğini hissediyordu ve ondan sonra da, daha sabahın yaraları kanarken, bir de öğleden sonra...

"Tanrıya şükürler olsun ki, acı çekmedi Louis. Hiç olmazsa çabuk oldu."

Evet, çabuk oldu, diye düşündü Louis. Zihnindeki sözcükleri kadının yüzüne fırlatmak isterdi. *Çabuk oldu, hiç kuşkun olmasın. O yüzden tabut kapalı zaten. Mağazalardaki mankenler gibi giydirilmesini ve makyaj yapılmasını isteseydik bile Gage için yapılacak bir şey yoktu. Çok çabuk oldu. Missy, bir dakika önce yoldaydı, bir dakika sonra da yatıyordu. Ama ta Ringer'ların evinin orada. Tanker oğlana çarptı, öldürdü, sonra da sürükledi, inan ki, çok çabuk oldu. Yüz metre kadar, bir futbol alanı yani. Ardından koştum Missy. Durmadan adını tekrarlıyordum. Sanki hâlâ sağ kalabileceğini umuyormuşum gibi, üstelik doktordum ben. On metre kadar ileride beyzbol şapkası vardı, yirmi metre daha koştum, ayakkabılarından birini gördüm, kırk metre ilerideydi tanker, Ringer'ların samanlığının ötesine devrilmişti. Millet evinden çıkıyordu, bense durmadan oğlana sesleniyordum Missy. Elli metre çizgisinde kazağı vardı, tersyüz olmuştu, yetmiş metre çizgisinde öteki ayakkabısı, az ötede de Gage'in kendisi vardı.*

Dünya birden grileşmişti. Hiçbir şey göremiyordu. Kitabın durduğu masanın avucuna battığını hissediyordu, ama hepsi o kadar.

"Louis?" Missy'nin sesi. Uzak. Kulağında kumruların esrarlı sesleri.

"Louis?" Daha yakın şimdi. Korkulu.

Dünya yeniden görünür oldu.

"İyi misin?"

Gülümsedi Louis. "İyiyim Missy."

Kadın kendisi ve kocası için imzaladı: Bay ve Bayan Dandridge, Rural Box, 67, Old Bucksport Caddesi. Sonra gözlerini kaldırıp baktı Louis'e, hemen indirdi başını, sanki Gage'in öldüğü yolda oturmak bir suçmuş gibi.

"Kendine iyi bak Louis," diye mırıldandı.

David Dandridge elini sıkıp belli belirsiz bir şeyler mırıldandı. Sonra karısının ardından Gage'in hiç görmediği ve kendisinin de orada hiç bilinmediği Ohio, Storyville'de yapılmış olan tabuta bakmak için yürüdü.

Dandridge'lerin ardından hepsi sökün ettiler. Louis hepsini tek tek karşıladı, ellerini sıktı, kucakladı, gözyaşlarını kabul etti. Koyu gri ceketinin kolu ve yakası az sonra iyice ıslanmıştı. Çiçeklerin kokusu oraya kadar geliyor, ortalığı cenaze kokusuyla dolduruyordu. Çocukluğundan hatırladığı bir kokuydu bu. Louis'e Gage'in çok acı çekmediği otuz iki kere, *Tanrı'nın işlerine akıl ermez* yirmi beş kere, *şimdi meleklerin yanında artık* da on iki kere söylendi.

Bu durum artık iyice sinirine dokunmaya başlamıştı. Tıpkı bir insanın adının defalarca tekrarlanması adın anlamını ve kişiliğini kaybettireceği gibi, bu sözcükler de her seferinde biraz daha içine işliyordu. Kayınpederiyle kaynanası kaçınılmaz bir şekilde karşısında belirdikleri sırada artık kendini çok yumruk almış bir boksör gibi hissediyordu.

Aklına ilk gelen şey Rachel'ın haklı olduğuydu. Irwin Goldman gerçekten yaşlanmıştı. Kaç yaşındaydı? Elli sekiz mi, elli dokuz mu? Şimdiyse yetmiş yaşında gösteriyordu. Çıplak kafası ve çerçevesiz gözlükleriyle İsrail Başbakanı Menahem Begin'i andırıyordu. Rachel Şükran Günü tatilinden döndüğünde babasının yaşlandığını söylemişti ama Louis bu kadarını beklemiyordu. *Belki de o zaman bu kadar kötü değildi,* diye düşündü. Yaşlı adam o zaman torunlarından birini kaybetmiş değildi.

Yüzü iki üç kat kara tül altında belli belirsiz olan Dory kocasının yanındaydı. Saçları modaya uygun olarak maviye boyanmıştı, Amerikalı üst sınıf yaşlı kadınların pek tuttukları renge. Kadın kocasının koluna girmişti. Louis peçenin ardında yalnızca kadının parıltılı gözlerini seçebiliyordu.

Birden geçmişi artık geçmişte bırakmanın doğru olacağına karar verdi. O eski kini güdemezdi artık. Birdenbire çok ağır bir yük gibi geliyordu bu. Belki de bütün o soğuklukların toplam ağırlığıydı bu.

"Irwin... Dory..." diye mırıldandı. "Geldiğiniz için teşekkür ederim."

Rachel'ın babasının elini sıkmak ve annesini kucaklamak, hatta belki de ikisini de kucaklamak istermiş gibi kollarını iki yana açtı. Her ne olursa olsun ilk kez olarak gözleri sulanmıştı, bir an için eski kırgınlıkları unutabileceklerini, Gage'in ölümüyle hiç olmazsa bunu başarabildiğini düşündü. Sanki romantik bir roman kahramanıymışlar gibi ölümün bedeli barışma oluyor, ölüm bu saçma sapan ve amaçsız acının yerine daha yapıcı bir şey getiriyordu.

Dory de belki kendi kollarını açıp damadına doğru yürümek için bir hareket yaptı. "Ah Louis..." falan gibi bir şey söylemeye başladı. Ama Goldman karısını geri çekti. Bir an kendilerinden başka kimsenin fark etmediği bir tablo gibi durdular (Doğu Salonu'nun bir köşesinde duran cenaze evi müdürü görmüş olabilirdi, Carl amca olsa görürdü): Louis'in kolları yarı uzanmış, Irwin'le Dory bir düğün pastasındaki figürler gibi dimdik ve hareketsiz...

Louis, kayınpederinin gözlerinin yaşlı olmadığını gördü, adamın gözleri parlak ve nefret doluydu. *(Kendisini kızdırmak için Gage'i öldürdüğümü mü düşünüyor?)* Adamın gözleri kendisini ölçüyor gibiydi, sanki Louis, adamın kızını kaçırmış, sonra kıza bu derdi getirmiş olan önemsiz biriydi... Adamın bakışları Louis'in soluna, Gage'in tabutuna kayınca yumuşadı ancak.

Louis son bir çaba daha gösterdi. "Irwin. Dory. Lütfen. Bir olmalıyız şu anda."

"Louis," dedi Dory ve yanından geçip yürüdüler. Belki de Irwin Goldman sağına ya da soluna bakmadan sürüklemişti karısını. Louis Creed'e bakmadığı ise kesindi. Tabutun yanına geldiler, Goldman ceketinin cebinden küçük kara bir takke çıkardı.

Defteri imzalamadın, dedi içinden Louis. O anda midesinden öylesine asit dolu bir gaz yükseldi ki, ıstırapla yüzünü buruşturdu.

Sabah ziyareti sona ermişti. Louis eve telefon etti. Karşısına çıkan Jud durumun nasıl olduğunu sordu. "İyi," dedi Louis. Steve'le konuşmak istedi.

"Kendi başına giyinebilirse bu öğleden sonra oraya gitmesine izin veririm," dedi Steve. "Sence bir sakıncası var mı?"

"Yok," dedi Louis.

"Nasılsın Lou? Doğruyu söyle, sen nasılsın?"

"İyiyim. İdare ediyorum işte." *Hepsine imzalattım defteri. Dory'yle Irwin dışında. Onlar imzalamadılar.*

"Pekâlâ. Öğle yemeğinde buluşalım mı?"

Yemek. Yemekte buluşmak. Bu öylesine garip bir düşünceydi ki, Louis çocukluğunda okuduğu bilimkurgu romanlarını düşündü. *Quark gezegeninde yaşayanların garip bir gelenekleri var Teğmen Abelson. Öğle yemeğinde buluşuyorlar. Bunun ne kadar çirkin ve vahşi göründüğünü biliyorum, ama bu gezegenin henüz gelişmemiş olduğunu unutmayın.*

"Olur," dedi Louis. "Tabutu iki ziyaret arasında yemek yenecek iyi bir yer neresidir Steve?"

"Sakin ol Lou." Steve aslında pek huzursuzluk duymamıştı bu soru karşısında. Bu çılgın sakinlik anında Louis insanların içini eskisinden çok daha iyi görebiliyordu. Belki de yalnızca kendi hayaliydi, ama Steve'in şu anda bir safra gibi ağızdan çıkarılan böylesine ani bir olayı daha önceki ilgisiz haline yeğleyeceğini düşünüyordu.

"Merak etme," dedi Steve'e. "Benjamin'e ne dersin?"

"İyi olur."

Louis cenaze evi müdürünün odasından telefon etmişti. Şimdi Doğu Salonu'nun önünden geçerken odanın bomboş olduğunu gördü. Yalnızca Irwin ve Dory Goldman en ön sırada başları eğik olarak oturuyorlardı. Louis onların sonsuza dek orada oturacaklarını düşündü.

Benjamin iyi bir restorandı. Bangor erken yemek yenilen bir kasaba olduğundan saat birde bomboş sayılırdı. Steve ve Rachel'la birlikte Jud da gelmişti, dördü de kızarmış tavuk yediler. Rachel bir ara tuvalete gitti, ancak orada o kadar uzun kaldı ki, sonunda Steve meraklandı. Garson kadına gidip bakmasını söyleyecekti ki, Rachel gözleri ağlamaktan kızarmış olarak döndü yanlarına.

Louis tavuğuna pek el sürmeden biraz fazlaca bira içti. Jud da pek konuşmadan içti onun kadar.

Dördünün de tabakları dolu olarak kaldırıldı. Louis güzel yüzlü şişmanca garson kızın yemeklerini beğenip beğenmediklerini sormayı düşünür gibi kendilerine baktığını fark etti, ama kız Rachel'ın kızarmış gözlerini görünce bunu sormanın doğru olmayacağını anlamış gibiydi. Kahvelerini içerlerken Rachel öylesine birdenbire ve dobra dobra konuştu ki, hepsi, en çok da biradan gözleri kapanan Louis, birden şoka uğramış gibi oldular. "Bütün giyeceklerini Selamet Ordusu'na vereceğim."

"Öyle mi?" dedi Steve bir süre sonra.

"Evet. Çoğu daha uzun zaman işe yarar. Tulumları... pantolonları... gömlekleri. Biri onları aldığına sevinir. Hepsi de işe yarar. Giydikleri dışında tabii. Üstündekiler... berbattı."

Son sözcüğü boğulur gibi söylemişti. Kahvesini içmeye çalıştı ama bir işe yaramadı bu da. Az sonra ellerini yüzüne kapatmış hüngür hüngür ağlıyordu.

Garip bir an içindeydiler. Gerilim hatları örülüyor gibiydi. Hepsi de Louis'de son buluyordu. Louis bütün gün hissettiği o iç seziyle hissediyordu bunu. Garson kız bile bu bilinçlilik çizgilerinin bir noktada toplandığını hissediyordu. Tabakları yerleştirdiği yan masada işini bırakıp kendisine baktığını fark etti. Louis bir an şaşırdı, ama sonra anladı: Karısını sakinleştirmesini, avutmasını bekliyorlardı.

Yapamıyordu bunu. Yapmak istiyordu. Bunun kendi görevi olduğunu biliyordu. Yine de yapamıyordu işte. Kendisine engel olan şey, kediydi. Hiçbir nedeni olmadan. Kedi. Lanet olasıca kedi. Parçalanmış fareleri ve sonsuza dek yerde kalmaya mahkûm ettiği kuşlarıyla Church. Louis öldürülmüş hayvanları bulduğunda hiç yakınmadan, itiraz etmeden hatta, temizlemişti pisliği. Ne de olsa onlar kendisinin sayılırdı. Ama bunu da mı kendisi almıştı?

Parmaklarına baktı. Louis parmaklarını gördü. Gage'in ceketine hafifçe dokunan parmakları. Sonra da Gage'in ceketi gitmişti. Gage de gitmişti.

Kahve fincanının içine baktı ve yanı başında karısının avutulmadan ağlamaya devam etmesine aldırmadı.

Bir an sonra –süre olarak çok azdı kuşkusuz, ama geçmişi hatırlamak bakımından çok uzun gelmişti– Steve kolunu kadının omzuna dolayıp hafifçe sıktı. Louis'e bakan gözlerinden öfke ve serzeniş okunuyordu. Louis başkalarını Jud'a kaydırdı. Ama adam da sanki utanmış gibi önüne bakmaktaydı. Ondan da bir yardım geleceği yoktu.

37

"Böyle bir şey olacağını biliyordum," dedi Irwin Goldman. Bütün kıyamet de bundan sonra kopmuştu. "Seninle evlendiğinde biliyordum bunu. Başına büyük işler açacaksın, dayanamayacağın kadar büyük işler dedim ona. Bak şimdi işte. Bu... bu pisliğe... bak."

Louis takkesiyle birden karşısında beliriveren kayınpederine baktı. Sonra imza defterinin yanında olması gereken Rachel'a –öğleden sonra nöbeti onundu– baktı, ama Rachel görünürlerde yoktu.

Öğleden sonraki ziyaret saati daha az kalabalıktı. Yarım saat kadar sonra Louis ön sıraya gidip oturmuştu. Çiçeklerin baygın kokusu dışında çok yorgun olduğundan ve uykusunun geldiğinden başka bir şey düşünemiyordu. Biradan olmalıydı biraz da. Zihni sonunda artık kepenklerini kapamaya karar vermişti. İyi bir şey olmalıydı bu. Belki de on beş, on altı saatlik bir uykudan sonra Rachel'ı az da olsa avutacak gücü bulurdu kendisinde.

Bir süre sonra başını öne eğmiş, dizleri arasındaki ellerine bakıyordu. Arkalardan gelen mırıltılar insana rahatlık veriyordu. Yemekten döndüklerinde Irwin'le Dory'nin orada olmadıklarına sevinmişti, ancak uzun süre orada olmayacaklarını düşünmek fazla iyimserlik olurdu.

"Rachel nerede?" diye sordu.

"Annesiyle. Olması gereken yerde." Goldman büyük bir iş başarmış bir insanın zafer dolu sesiyle konuşmuştu. Soluğu viski kokuyordu. Hem de biraz fazlaca. Louis'in önünde, mahkeme salonunda suçluluğu yüzünden okunan bir sanığın önünde duran bir savcı gibi duruyor, ayakları üzerinde sallanıyordu.

Louis içinde bir korku dalgasının kabardığını hissederek, "Ne dediniz ona?" diye sordu. Goldman'ın bir şeyler söylediğinden emindi. Adamın yüzünden okunuyordu bu.

"Yalnızca gerçeği. İnsan anne babasının isteklerine karşı çıkıp evlenirse başına işte bunlar gelir dedim ona."

"Gerçekten bunu mu söyledin?" diye sordu Louis kulaklarına inanamayarak. "Bunu gerçekten söylemiş olamazsın."

"Bu kadarla kalsa iyi," dedi Goldman. "Sonunda buna benzer bir şey olacağını biliyordum zaten. Seni ilk gördüğümde nasıl bir insan olduğunu anlamıştım." Ağzından viski kokuları yayılarak yaklaştı Louis'e. "Seni bir bakışta anlamıştım, doktor müsveddesi. Kızımı saçma sapan bir evliliğe kandırdın, onu hizmetçiliğe zorladın, sonra da oğlunun bir trafik kazasına kurban gitmesine göz yumdun..."

Louis söylenenlerden çoğunu duymamıştı bile.

"Ona bunu söyledin mi?" diye tekrarladı. "Gerçekten söyledin mi?"

"Umarım cehennemde cayır cayır yanarsın." Goldman sesini yükselttiği için şimdi herkes kendilerinden yana dönüyordu. Irwin Goldman'ın kanlı gözlerinden yaşlar boşanıyordu. Soluk floresan lambaları altında çıplak kafası parlıyordu. "Güzelim kızıma hizmetçilik yaptırdın... geleceğini mahvettin... Torunumun bir köy yolunda pis bir şekilde ölmesine göz yumdun..."

Sesi birden yükseldi.

"Neredeydin o sırada? O yolda oynarken sen kıç üstü oturup keyfine bakıyordun, değil mi? O budalaca tıbbi yazılarını düşünüyordun, öyle mi? Ne yapıyordun bok herif? Seni çocuk katili... Seni..."

Doğu Salonu'nun ön tarafındaydılar. Louis kolunun havaya kalktığını gördü. Ceketinin kolunun geri çekildiğini, beyaz gömleğinin manşetinin ortaya çıktığını gördü. Bir kol düğmesinin hafif parıltısı göründü. Rachel üçüncü evlilik yıldönümlerinde vermişti kol düğmelerini, bunları kocasının günün birinde o zaman henüz doğmamış olan oğullarının cenazesinde takacağını bilmemişti. Yumruğu kolunun ucunun bir uzantısıydı. Goldman'ın ağzına dokunmuştu. Yaşlı adamın dudaklarının ezildiğini hissetti. Tiksinti verici bir duyguydu bu. Bir sümüklüböceği yumruğuyla ezmek de insana aynı duyguyu verirdi. Hiçbir tatmin duygusu yoktu. Kayınpederinin dudaklarının eti altında dişlerinin sertliğini hissediyordu.

Goldman geri geri yürüdü. Kolu Gage'in tabutuna çarptı, tabut yerinden kaydı. Çiçek dolu bir vazo büyük bir gürültüyle devrildi. Biri bir çığlık attı.

Rachel, annesini tutmaya çalışıyordu. Çığlığı atan oydu. Salonda bulunan on, on beş kişi korku ve dehşetten donmuş gibiydiler. Steve, Jud'u Ludlow'a götürmüştü daha önce. Jud'un bu sahneyi görmesini istemezdi Louis, bunun için sevinmişti. Çirkin bir sahneydi bu.

"Canını acıtma!" diye bağırdı Rachel. "Louis, babama bir şey yapma."

"Yaşlıları dövmekten hoşlanırsın, değil mi?" diye şişkin çek defterli Goldman bağırdı. Ağzından kanlar akmasına rağmen sırıtıyordu. "Yaşlıları dövmekten hoşlanırsın, değil mi? Hiç şaşmadım buna, pis orospu çocuğu. Hiç şaşmadım."

Louis dönünce, Goldman damadının boynuna bir yumruk indirdi. Louis buna hazırlıklı değildi. Elinin tersiyle vurmuştu. İki saat sonra bile yutkunmakta güçlük çekeceği bir patlama oldu boğazında. Başı geriye savruldu, dizüstü çöktü yere.

Önce çiçekler, sonra da ben, diye düşündü. Gülmek istedi ama içinde gülme yoktu. Boğazından hafif bir hırıltı koptu.

Rachel bir çığlık daha attı.

Ağzından kanlar akan Irwin Goldman damadının dizüstü durduğu yere doğru ilerleyip Louis'in böbreklerine bir tekme indirdi. Yakıcı bir sancı kapladı Louis'in vücudunu. Karın üstü düşmemek için elini iskemlenin kenarına dayadı.

"Yaşlılara karşı bile bir bok yapamıyorsun!" diye heyecanla bağırdı Goldman. Louis'e bir tekme daha indirdi. Bu kez böbreğine isabet ettirememiş ama sol kalçasına vurmuştu. Louis acıyla bağırdı ve halının üzerine yığıldı. Çenesi küt diye vurdu yere. Dilini ısırdı.

"İşte!" diye bağırdı Goldman. "Pis herif, evime ilk geldiğinde kıçına böyle bir tekme indirmeliydim! Al bakalım!" Bu kez öteki kalçasına indirdi tekmeyi. Hem ağlıyor, hem sırıtıyordu. Louis ilk kez o an Goldman'ın tıraş olmadığını fark etti, yas belirtisiydi bu. Cenaze evi müdürü onlara doğru koştu. Rachel da annesinin ellerinden kurtulmuş bağırarak koşuyordu.

Louis beceriksiz bir hareketle yan dönüp oturdu. Kayınpederi bir tekme daha attı, Louis, adamın ayakkabısını iki eliyle yakalayıp olanca gücüyle geri itti.

Goldman bir çığlık atarak geriledi, dengesini bulmak için kollarını iki yana açtı ve Ohio'nun Storyville kasabasında yapılan pek de ucuz olmayan Gage'in tabutunun üstüne düştü.

Müthiş Oz oğlumun tabutu üstüne düştü, diye düşündü Louis. Tabut üzerinde bulunduğu masadan aşağı yuvarlandı. Önce sol ucu, ardından da sağ ucu yere çarptı. Kilidi kırıldı. Bağırıp çağırmalar, ağlamalar, hatta Goldman'ın kükremeleri arasında Louis kilidin çatırtısını duydu.

Tabut tümüyle açılıp Gage'in zavallı kalıntıları yere dökülmemişti. Louis bunun, tabutun yan değil de düz düşmesine bağlı olduğunu biliyordu. Öteki türlü de düşebilirdi ama. Yine de kapağın kırık kilidin açılıp kapandığı o bir an içinde gri bir şey görmüştü. Gage'in cesedini sarmak için aldıkları elbise. Bir parça da pembelik. Gage'in eli belki de.

Louis yerde otururken elleriyle yüzünü örtüp ağlamaya başladı. Kayınpederiyle, MX füzesiyle, eriyen dikişlerle, evrenin sıcaktan yok olması tehlikesiyle hiçbir ilgisi kalmamıştı artık. Louis Creed o anda ölmeyi istiyordu.

Tabutu tutan ayaklardan biri devrilmişti, diğeri de rahibin konuşacağı kürsüye dayanmıştı. Çiçekler arasında serili yatan Goldman da ağlıyordu. Devrilen vazolardan dökülen su basmıştı yeri. Parçalanmış ve ezilmiş çiçeklerden daha baygın bir koku yayılıyordu şimdi.

Rachel hiç durmadan bağırıyordu.

Louis, karısının çığlıklarına karşılık veremiyordu. Elleriyle yüzünü örtmüştü, kimsenin kendisini görmesini istemiyordu, ağlamaktan ıslanmış yüzünü, kaybını, suçluluğunu, acısını, utancını, en önemlisi de ölüp de bu karabasandan kurtulmak için korkakça isteğini görmelerini istemiyordu.

Cenaze evi müdürü Dory Goldman'la Rachel'ı dışarı çıkardı. Rachel hâlâ bağırıyordu. Daha sonra, başka bir odada (Louis burasının kederden kendilerinden geçenler için olduğunu düşündü. İsteriye Tutulanlar Salonu belki de) karısı birden sakinleşti. Louis artık kendisine gelmişti, karısına yatıştırıcı bir şey verdi ve ikisinin yalnız bırakılmalarını istedi.

Evde karısını hemen yatırıp sakinleştirici bir iğne daha yaptı. Sonra örtüyü çenesine kadar çekip balmumu rengini almış yüzüne baktı.

"Çok üzgünüm Rachel. Olanların olmamış olması için her şeyimi verirdim."

"Önemi yok." Rachel arkasını döndü kocasına.

İyi misin, diye soracaktı Louis. Ama gerçekçi bir soru değildi bu, bilmek istediği şey bu değildi.

Sonunda, "Ne kadar kötüsün?" diye sordu.

"Çok kötüyüm Louis. Berbatım hatta."

Bir şeylerin daha söylenmesi gerekirdi, ama Louis başka bir şey düşünemiyordu. Birden Rachel'a da, Steve Masterton'a da, Missy Dandridge'le kocasına da, geri kalan hepsine de kızdı. Neden her şey kendisinden bekleniyordu? Ne boktan bir işti bu?

Işığı söndürüp çıktı. Kızına da daha fazla bir şey veremediğini fark etti az sonra.

Yarı karanlık odada kıza bakarken bir an onun Gage olduğunu düşündü. Tüm olup bitenler bir karabasandı. Pascow'un kendisini ormana götürmesi gibi. Gölgeler de böyle düşünmesini kolaylaştırıyordu. Odada yalnızca Jud'un kıza vakit geçirmesi için getirdiği portatif televizyonun alacalı ışığı vardı.

Gage değildi odadaki ama, Eileen'di. Kız hem Gage'in resmini tutuyor, hem de Gage'in iskemlesinde oturuyordu. Oğlanın iskemlesini odasından alıp kendi odasına taşımıştı. Oturacak yeri ve sırtı bezden bir film yönetmeni iskemlesiydi bu. Sırtında GAGE yazıyordu. Rachel bir katalogdan görüp ısmarlamıştı bunlardan dört tane. Her biri için. Arkalarında da kendi adları yazardı.

Eileen'e pek küçük geliyordu Gage'in iskemlesi. Güçlükle sıkışmıştı içine, polaroit resmi göğsüne bastırmıştı. Televizyonda oynayan filme bakıyordu.

Louis televizyonu kapattı. "Yatma zamanı geldi Eileen."

Kız kalktı, iskemleyi dikkatle katladı. Onu da yatağına götürmeye hazırlandığı anlaşılıyordu.

Louis iskemle hakkında bir şeyler söylemek istedi, söyleyemedi, sonunda, "Seni yatırmamı ister misin?" diye sordu.

"Lütfen."

"Bu gece annenle yatmak ister miydin?"

"İstemem, teşekkür ederim."

"Emin misin?"

Kız hafifçe güldü. "Evet, annem üstümden örtüyü çekiyor hep."

Louis de gülümsedi. "Gel öyleyse."

Eileen iskemleyi yatağına alacağı yerde hemen yanı başında yeniden açtı. Garip bir fikir geldi Louis'in aklına, dünyanın en küçük psikiyatrının muayene odasındaydı sanki.

Kız soyunurken kendisiyle Gage'in resmini yastığının üstüne bıraktı. Pijamasını giydi, resmi aldı, dişlerini fırçalamak için banyoya gitti. İşini bitirdikten sonra resmi alıp yatağına girdi.

Louis, kızın yanına oturdu. "Eileen, bilmeni istediğim bir şey var, eğer birbirimizi sevmeye devam edersek, bunu atlatırız."

Ağzından çıkan her sözcük ıslak saman balyaları kadar ağırdı. Louis sözünü bitirdiğinde kendini tükenmiş hissediyordu.

"Ben Tanrı'ya dua edeceğim Gage'in geri gelmesi için," dedi Eileen.

"Eileen..."

"Tanrı isterse onu yeniden verir bize... O istediği her şeyi yapar."

"Eileen. Tanrı böyle işler yapmaz." Louis klozetin kapağı üstünde oturmuş kendisine o bulanık gözleriyle bakan Church'ü görür gibiydi.

"Yapar," dedi Eileen. "Kilise okulunda öğretmen bize Lazar'ı anlattı. Adam ölmüştü, ama İsa onu diriltti. *'Kalk Lazar,'* dedi. Öğretmen isteseydi mezarlıktaki herkesi diriltebileceğini söyledi. Ama o yalnız Lazar'ı diriltmek istemişti."

Saçma sapan bir şey söyledi Louis (ama zaten o gün saçmalıklarla doluydu). "O çok eskidendi Eileen."

"Ben onun şeylerini hazır tutacağım. Resmini aldım, iskemlesinde oturacağım..."

"Eileen, Gage'nin iskemlesi çok büyük geliyor sana." Louis kızın gözlerinin altındaki mor halkaları görüyordu. Kızı o halde görmek içini öylesine burkmuştu ki, bakışlarını çevirdi. Gage'in iskemlesi kırılmaya başladığında belki de olanları biraz daha fazla anlamaya başlayacaktı.

"Resmini hep taşıyacağım, iskemlesinde de oturacağım," dedi Eileen. "Onun kahvaltısını da yiyeceğim." Gage'le Eileen ya hiçbir şey yemez ya da haşlanmış bir yumurta yerlerdi. "Hiç sevmediğim halde fasulye de yiyeceğim. Sonra Gage'in resimli kitaplarını okuyacağım. Hepsini hazır tutacağım... eğer... eğer..."

Kız ağlıyordu şimdi. Louis onu avutmaya çalışmadan alnına düşen saçlarını geri itti. Kızın söylediği şeyler çılgıncasına bir mantık taşımıyor değildi. Hatları açık tutuyordu. Olayları canlı tutuyordu. Gage'i hep şimdiki zamanda tutuyor, onun kaybolup unutulmasına izin vermiyordu. Şunu yapmıştı Gage... bunu yapmıştı... şöyle demişti... müthiş bir çocuktu... Bütün bunlar insanın içindeki sızıyı azaltınca, artık önemsizleşecekti. Eileen bunu anlıyordu belki de. Louis, Gage'in ölü olarak bırakılmasının ne kadar kolay olacağını düşündü.

"Eileen, ağlama artık."

Kız on beş dakika daha ağladı. Gözyaşları dinmeden uyudu sonra. Aşağıda saat onu çaldı.

Onu yaşat Eileen, eğer istediğin buysa, diye düşünerek öptü kızını Louis. *Psikiyatrlar bunun sağlıksız bir şey olduğunu söylerler herhalde, ama ben senin yanındayım. Biliyorum ki, bir gün, belki de bu cuma gelecek ve sen resmi taşımayı unutacaksın. Bahçede bisikletinle dolaşırken ya da evin arkasında gezerken veya Kathy McGown'a gidip bebeklerine elbise dikerken resmi bu boş odada yatağının üstünde bırakacaksın. Gage seninle olmayacak o zaman. İşte Gage o zaman artık gidecek ve 1984'te Olan Bir Şey olarak hatırlanacak sonra.*

Louis odadan çıkıp bir an merdiven başında durdu, yatıp yatmamayı düşündü.

Ama neye ihtiyacı olduğunu biliyordu ve onu almak için aşağı indi.

Louis Albert Creed düzenli bir biçimde başladı sarhoş olmaya. Bodrumda beş kasa bira vardı. Louis bira içerdi, Jude, Steve ve Missy Dandridge de. Eve geldiği bir iki kez Charlton bile birayı bir kadeh şaraba tercih etmişti. O yüzden Rachel geçen kış bir gün gidip on kasa Schlitz Light almıştı, A.P. bira fabrikasında ucuz satışlar başlayınca. *Eve her konuk geldiğinde Orrington'a gitmekten kurtulursun,* demişti. *Üstelik hep Robert Parker'ın sözünü hatırlatırsın bana. Dükkânlar kapandıktan sonra buzdolabındaki bira en iyi biradır. Tamam mı? Onun için şimdi bu hafif birayı iç ve tasarruf ettiğin parayı düşün. Geçen kış işler yolunda gittiği zaman. İşler yolunda gittiği zaman.* İnsan kafasının böylesine önemli bir ayrımı bu kadar kolaylıkla yapabilmesi gerçekten garipti.

Louis bir kasa çıkarıp biraları buzdolabına yerleştirdi. Sonra bir teneke alarak buzdolabının kapısını kapatıp birayı açtı. Dolabın kapatıldığını duyan Church yerde kayar gibi kilerden çıkıp Louis'e baktı. Kedi adama çok yaklaşmamıştı, Louis hayvanı biraz fazlaca tekmelemiş olmalıydı.

"Sana bir şey yok," dedi hayvana. "Bugünkü yemeğini yedin. Başka bir şey istiyorsan git bir kuş öldür."

Church başını kaldırmış yüzüne bakıyordu. Louis biranın yarısını bir yudumda içti, hemen başı dönmeye başlamıştı.

"Onları yemiyorsun bile, değil mi? Öldürmek yetiyor da artıyor sana."

Church yiyecek bir şey bulamayacağını anlamış gibi oturma odasına doğru yürüdü, bir an duraksayan Louis de hayvanın ardından gitti.

Louis koltuğuna oturup kediye baktı bir daha. Church televizyonun önündeki kilime çökmüş dikkatle bakıyordu Louis'in yüzüne. Herhalde adamın saldırganlığa kapılıp ayağını harekete geçirdiği takdirde kaçmaya hazırdı.

Louis birasını havaya kaldırdı. "Gage'e!" dedi. "Sanatçı, olimpiyat yüzücüsü ya da Birleşik Devletler başkanı olabilecek olan oğluma. Ne diyorsun ha, pis hayvan?"

Church o donuk, garip gözleriyle bakıyordu yüzüne.

Louis incinmiş boğazını acıtan iri yudumlarla içti birasının geri kalanını, sonra gidip bir kutu daha aldı.

Louis üç kutu birayı bitirdiğinde o gün ilk olarak bir tür dengeye kavuşmuş gibiydi. Altıncıyı bitirdiğindeyse bir iki saat içinde uyuyabilme olanağı belirmişti artık. Sekizinci ya da dokuzuncuyu buzdolabından alıp döndüğünde (şimdi artık sallanarak yürüyordu) gözleri kediye ilişti; Church kilimin üstünde uyukluyor ya da öyle görünüyordu. Fikir aklına o kadar doğal bir halde geldi ki, sanki hep oradaydı da ortaya çıkacak bir zaman kolluyordu.

Ne zaman yapacaksın? Ne zaman gömeceksin Gage'i hayvan mezarlığına?

Hemen ardından da: *Kalk Lazar.*

Eileen'in uykulu sesi:

Öğretmen isteseydi mezarlıktaki herkesi diriltebileceğini söyledi.

Öylesine güçlü bir ürperti başlamıştı ki, Louis sarsılmamak için kendi vücudunu tutmak zorunda kaldı. Eileen'in okuldan ilk döndüğü günü anımsıyordu. Gage kucağında uyuyakalmıştı, Rachel'la Eileen'in "Old MacDonald" ve Bayan Berryman hakkında söylediklerini dinliyorlardı. *Önce çocuğu bir yatırayım,* demişti. Sonra Gage'i yukarıya götürdüğünde birden korkunç bir önsezi duymuştu içinde. Şimdi anlıyordu artık. Daha eylül ayındayken Gage'in yakında öleceğini biliyordu. Benliğinin bir bölümü Müthiş Oz'un çok yakında olduğunu biliyordu. Saçmaydı bu, palavraydı, kör inançtı... ama gerçekti. *Biliyordu.* Louis birasını gömleğine döktü. Church akşamın kedi tekmeleme saati geldi mi diye yorgun bir tavırla başını kaldırıp baktı.

Louis birden Jud'a sorduğu soruyu hatırladı. Jud'un kolunun nasıl titrediğini, masanın üstünden iki boş bira şişesini nasıl devirdiğini anımsadı. Biri de kırılmıştı hatta. *Böyle şeyler hakkında konuşulmaz Louis.*

Ama böyle şeyler hakkında konuşmak *istiyordu...* en azından düşünmek istiyordu. Hayvan mezarlığı. Hayvan mezarlığının ötesinde ne olduğu. Korkunç çekiciydi bu fikir. Reddedilmesi olanaksız bir mantık dengesi kuruyordu. Church yolda ezilip ölmüştü. Gage yolda ezilip ölmüştü. İşte Church karşısındaydı şimdi, bazı bakımlardan kötüye gitmiş, değişmişti, ama buradaydı işte. Eileen, Gage ve Rachel hayvanla karşılıklı bir ilişki içindeydi.

Kuşları öldürüyordu, doğru, birkaç farenin de içini dışına çıkarmıştı, ama kediler küçük hayvanları hep öldürürlerdi. Church, Frankenstein bir kedi olmamıştı ya. Pek çok bakımdan eskisi kadar iyiydi.

Mantıklı olmaya çalışıyorsun, dedi içinde bir ses. *Eskisi kadar iyi değil. Ürkütücü. Karga, Louis... kargayı hatırladın mı?*

"Tanrım!" dedi Louis kendisinin olduğunu anlamakta güçlük çektiği titrek bir sesle.

Tanrım, elbette. Hortlaklar ve vampirler hakkında bir kitabın dışında Tanrı'nın adını ağzına almanın bir zamanı varsa, o da buydu. Gerçekten de Tanrı adına, ne düşünüyordu şu anda? Dine küfürdü düşündükleri. Daha da kötüsü, kendi kendine yalan söylüyordu. Mantıklı falan düşündüğü yoktu, açıkça yalan söylüyordu.

Gerçek ne peki? Gerçeği böylesine çok istiyorsan, gerçek ne peki?

Church artık kedi değildi bir kere. Bir kediye *benziyordu,* bir kedi gibi *davranıyordu* ama kötü bir taklitti sadece. İnsanlar onun taklit olduğunu anlayamıyorlar, ama *hissediyorlardı.* Charlton'ın ziyaretlerine geldiği bir akşamı anımsıyordu. Noel öncesinde küçük bir akşam yemeği veriyorlardı. Yemekten sonra yine burada oturmuşlar, Church kadının kucağına atlamıştı. Charlton kediyi hemen itmişti üzerinden. Yüzü birdenbire güdüsel bir hareketle büzülmüştü.

Büyük bir şey değildi bu. Kimse üzerinde durmamıştı. Ama olmuştu işte. Charlton kedinin kedi *olmadığını* hissetmişti. Louis birasını bitirip yeni bir kutu daha açtı. Gage böyle değişmiş gelirse çirkin bir şey olurdu bu.

Sarhoştu artık. Yarın epey başı ağrıyacaktı. *Oğlumun Cenazesine Nasıl Sarhoş Gittim.* Yazan Louis Creed. *En Önemli Anda Kendisini Elimden Nasıl Kaçırdım*'ın yazarı.

Sarhoş. Elbette. Böylesine sarhoş olmasının nedeninin bu çılgınca fikri düşünmek olduğunu şimdi anlıyordu.

Her şeye karşın fikrin müthiş çekici bir yanı vardı.

Jud yine konuşuyordu zihninin bir köşesinde.

Buna alıştığın için yaparsın. Mezarlık gizli bir yer olduğu için... sırrı bir başkasıyla paylaşmak istediğin için... nedenler uydurursun... iyi nedenlermiş gibi gelir bunlar sana... ama çoğunlukla yapmak istediğin için yaparsın. Ya da yapmak zorunda olduğun için.

Bunlar gizli şeylerdir Louis... insanın yüreğinin toprağı daha taşlıktır... Micmac mezarlığının toprağı gibi. İnsan yetiştirebildiğini yetiştirir orada...

Louis, Jud'un kendisine Micmac mezarlığı hakkında söylediklerini düşünmeye başladı. Bilgi kırıntılarını toplayıp bir araya getiriyor, evirip çeviriyor, yoğuruyordu... bir zamanlar büyük sınavlara hazırlandığı gibi.

Köpek. Spot.

Dikenli telin gövdesini parçaladığı yerleri görebiliyordum, oralarda tüy yoktu, eti de çökmüş gibiydi.

Boğa. Louis'in zihninde yeni bir sayfa açıldı.

Lester Morgan ödül kazanmış boğasını oraya gömmüştü. Hanratty'ydi adı... Bir kızak üstünde çekmişti oraya kadar... İki hafta sonra da vurup öldürdü. Çok kötüleşmişti o boğa. Öyle olan tek hayvandı bildiğim kadarıyla.

Kötüleşmişti.

İnsanın yüreğinin toprağı daha taşlıktır.

Kötüleşti.

Öyle olan tek hayvandı bildiğim kadarıyla.

Bir kere oraya gittiğin için yaparsın genellikle, senin yerindir orası.

Eti çökmüş gibiydi.

Hanratty, bir boğa için ne saçma bir ad, değil mi?

İnsan yetiştirebildiğini yetiştirir.

Benim farelerim onlar. Benim kuşlarım. Ben satın aldım onları.

Senin yerin orası, gizli bir yer. Sana ait orası, sen de oraya aitsin.

Kötüleşti, öyle olan tek hayvandı bildiğim kadarıyla.

Rüzgâr geceleri sert estiği, ay ağaçlar arasında oraya giden yolu aydınlattığında başka ne satın almak istiyorsun Louis? O basamaklar-

dan tekrar çıkmak istiyor musun? Bir korku filmi seyrederken seyirciler kahramanın oraya çıkmakla aptallık ettiğini bilirler. Ama gerçek hayatta hep yaparlar o aptallıkları, sigara içerler, arabada emniyet kemerini bağlamazlar, ailelerini dev kamyonların gece gündüz geçtikleri yol kenarındaki eve yerleştirirler. Ne diyorsun Louis, ha? Oraya çıkmak istiyor musun? Oğlunun ölü olarak kalmasını mı istiyorsun, yoksa Birinci Kapı'nın, İkinci Kapı'nın, Üçüncü Kapı'nın ardındaki şeyi mi istiyorsun?

Kötüleşti... tek hayvan... et... bir insan... senin... onun...

Louis birden kusacağını hissedip biranın geri kalanını musluğa boşalttı. Oda çevresinde dönüyordu durmadan.

Kapı vuruldu.

Uzun bir süre –en azından kendisine uzun bir süre gibi gelmişti– sesin yalnızca kafasında olduğuna, bir hayal olduğuna inandı. Ama kapı sabırlı bir şekilde vuruluyordu. Louis birden okuduğu korku hikâyelerini anımsayarak titredi. Yürüdüğünün farkında olmayarak kapıya gidip sürgüyü tutmayan parmaklarıyla çekti. *Pascow olmalı,* diye düşünüyordu. *Koşucu şortuyla, capcanlı ve bir aylık ekmek gibi küflü. Parçalanmış kafasıyla Pascow. Yeniden uyarmaya gelen Pascow. Oraya gitme sakın. Neydi o Animals topluluğunun şarkısı? Sevgilim sakın gitme, sevgilim, gitme sakın, seni sevdiğimi biliyorsun, gitme sakın...*

Kapı açıldı. Gece yarısının rüzgârlı karanlığında, cenaze ziyaretiyle oğlunun gömülmesinin arasındaki bu saatte Jud Crandall duruyordu karşısında. Karanlıkta seyrek beyaz saçları uçuşuyordu.

Louis gülmeye başladı. Zaman birden eskiye dönüvermiş gibiydi. Şükran Günü'ydü yine. Az sonra Eileen'in kedisi Winston Churchill'in kaskatı kesilmiş, kalınlaşmış gövdesini plastik çöp torbasına yerleştirip yola çıkacaklardı. *Ne olduğunu sorma, gidelim işte.*

"Girebilir miyim Louis?" diye sordu Jud. Gömleğinin cebinden bir paket sigara çıkarıp birini ağzına soktu.

"Çok geç doğrusu," dedi Louis. "Çok da bira içtim."

"Kokusu dışarıdan duyuluyor." Jud bir kibrit çaktı. Rüzgârda söndü alevi. Avuçları içinde bir tane daha yaktı, ama titreyen parmakları arasındaki kibrit yine söndü. Üçüncü kibriti çıkardı, yakacakken durup Louis'e baktı. "*Yakamıyorum,*" dedi. "Beni içeri alacak mısın, almayacak mısın Louis?"

38

Birer bira açıp mutfak masasının başına oturdular. *İlk kez bizim mutfakta içiyoruz,* diye düşündü Louis. Eileen'in uykusunda bağırdığını duydular. İkisi de bir çocuk oyunundaymışlar gibi dondular birden. Bağırma tekrarlanmadı.

"Oğlumun gömüleceği günün gecesi saat on ikiyi çeyrek geçe burada ne işin var?" diye sordu Louis. "Arkadaşsın anladık Jud, ama bu arkadaşlığı biraz fazla ileri götürmek olmuyor mu?"

Jud birasını içti, ağzını elinin tersiyle sildi, Louis'in gözlerinin içine baktı. Yaşlı adamın gözlerinde açık ve olumlu bir şey vardı, Louis bakışlarını indirmek zorunda kaldı.

"Buraya neden geldiğimi biliyorsun," dedi Jud. "Düşünülmemesi gereken şeyleri düşünüyorsun Louis. Daha da kötüsü, onları yapmayı düşünüyorsun sanırım."

"Yatmaktan başka bir şey düşünmüyordum. Yarın gidecek bir cenazem var."

"Ben senin bu akşam yüreğinde duyman gereken acıdan fazlasını duymandan sorumluyum. Bildiğim kadarıyla oğlunun ölümünden bile sorumluyum ben."

Louis şaşkın şaşkın kaldırdı başını. "Ne? Jud, saçmalama!"

"Onu oraya götürmeyi düşünüyorsun. Bu düşüncenin aklından geçmediğini iddia etmeye kalkışma Louis."

Louis karşılık vermedi.

"Orasının etkisi ne kadardır?" dedi Jud. "Bunu bana söyleyebilir misin? Hayır. Bu soruya ben de karşılık veremem ve tüm ömrümü dünyanın bu köşesinde geçirdim. Micmac'ları biliyorum, orasının onlar için kutsal bir yer olduğunu da biliyorum... ama iyi anlamda kutsal değil... Stanny B söylemişti bunu bana. Daha sonraları babam da söyledi. Spot'un ikinci kez ölümünden sonra. Şimdi Micmac'lar, Maine Eyaleti ve Birleşik Devletler hükümeti mahkemede orasının kime ait olduğunun kavgasını veriyorlar. Oranın sahibi kim? Kimse bunu bilmiyor, Louis artık bilinmiyor bu. Çeşitli zamanlarda çeşitli insanlar orada hak iddia ettiler. Bu kasabanın kurucusunun dedesi Anson Ludlow örneğin. En fazla hak sahibi olan beyaz o olmalıydı. Büyük Ludlow Maine'in Massachusetts Körfez Şirketi'nin büyük bir toprağı olduğu zamanlar burasını Kral George'tan almıştı çünkü. Ama o zaman mahkemeye gitseydi yine bir sonuca bağlanmayacaktı, diğer Ludlow'lar çıkacaktı karşısına ve Ludlow ailesinden olduğunu kanıtlayan Peter Dimmart diye biri. Büyük Joseph hayatının sonlarına doğru paraca yoksuldu ama toprağı çoktu, içkiyi fazla kaçırdığında iki üç yüz dönüm toprak bağışlardı karşısına çıkanlara."

"Bunların hiçbiri tapuya kaydedilmedi mi?" diye sordu istemediği halde ilgilenmeye başlayan Louis.

"Bizim dedelerimizin tapuları da kendilerine özgüydü." Jud eski sigarasından yeni bir tane yaktı. "İlk tapu kaydı şöyledir: Quinceberry Tepesi'ndeki yaşlı akçaağaçtan Orrington Irmağı'nın kıyısına kadar kuzeyden güneye kadar uzanan topraklar." Jud neşesizce gülümsedi. "Ama sözü geçen ağaç 1882'de devrildi, 1900'de izi bile kalmadı. Orrington Irmağı da Büyük Savaş'ın sonuyla Büyük Buhran'ın arasındaki on yıl içinde bataklığa dönüştü. Anson için bir değeri yoktu bunların ama. O 1921'de tam da mezarlığın olduğu yerde yıldırım çarpması nedeniyle öldü."

Louis, adama baktı. Jud birasını yudumladı.

"Önemi yok aslında. Mülkiyet tarihinde sahipliği çözülmeyen pek çok yer vardır, bu işten sonunda hep avukatlar kazançlı çıkarlar. Dickens bile biliyordu bunu. Sonunda sanırım Kızılderililer alacaklar orasını, doğrusu da bu bence. Ama önemi yok bunun Louis. Ben bu akşam buraya sana Timmy Baterman'la babasından söz etmeye geldim."

"Timmy Baterman da kim?"

"Timmy Baterman Hitler'le savaşmak için Avrupa'ya giden yirmi küsur Ludlow'lu gençten biriydi. 1942'de gitti. 1943'te üzeri bayrakla sarılı bir tabut içinde döndü. İtalya'da ölmüştü. Babası Bill Baterman ömrünün tümünü bu kasabada geçirmişti. Telgrafı aldığında çılgına döndü... sonra sakinleşti. Micmac mezarlığını biliyordu. Ne yapacağına karar vermişti."

Ürperti başlamıştı yine. Louis, Jud'un gözlerinin içine baktı, yaşlı adamın gözlerindeki yalanı okumak istiyordu. Ama yalan falan yoktu bu gözlerde. Yine de bu hikâyenin şu anda anlatılması duruma pek uygun düşüyordu.

"Bunu neden geçen sefer anlatmadın?" diye sordu. "Kediyi gömdükten sonra... Sana oraya insan gömülüp gömülmediğini sormuştum, sen de kimse gömülmedi demiştin."

"Bilmen gerekmiyordu da ondan. Ama şimdi gerekiyor."

Louis uzun bir an sustu. "Tek gömülen o muydu?" diye sordu sonunda.

"Benim tanıdığım tek kişi oydu. Buna tek kalkışan insan mı? İşte onu bilemem Louis. Bir kez denenmiş olan daha önce de denenmiş olabilir."

Karaciğer lekeleri kaplanmış ellerine baktı Jud. Oturma odasının saati yarımı çaldı.

"Senin mesleğindeki bir insanın belirtilere bakıp gerisindeki hastalıkları görmeye alışkın olduğunu düşündüm... cenaze evinde Mortonson mühürlü bir mezar istemediğini söyleyince..."

Louis uzun bir süre hiç konuşmadan baktı Jud'un yüzüne. Jud kızardı, ama bakışlarını kaçırmadı.

"Arkamdan bir şeyler çevirmiş gibisin Jud. Üzüldüm doğrusu."

"Hangisini satın aldığını ben sormadım ona."

"Açık açık sormamış olabilirsin."

Jud karşılık vermedi, rengi şimdi kıpkırmızı olmuştu, ama gözlerini hâlâ kırpmamıştı.

Louis sonunda derin bir göğüs geçirdi. İnanılmaz derecede yorgun hissediyordu kendini. "Aman, ne olursa olsun! Umurumda bile değil. Haklı bile olabilirsin. Belki de onu düşünüyordum. Nasıl bir şey sipariş ettiğimi pek düşünmedim bile. Ben yalnızca Gage'i düşünüyordum."

"Gage'i düşündüğünü biliyorum. Ama farkı biliyordum. Amcan cenaze levazımatçısıydı."

Evet, farkı biliyordu. Mühürlü mezar uzun, çok uzun zaman dayanacak bir şeydi. Çelik çubuklar arasına beton dökülürdü üstü açık bir dikdörtgen kutu biçiminde. Tören bitip tabut indirildikten sonra vinçle üstüne beton bir kapak kapatılır, kenarları ziftle tıkanırdı. Carl amcası bu ziftin üzerine o kadar yük bindikten sonra müthiş bir yapıştırıcı olduğunu söylemişti.

Mezar astarı denilen öteki türse çok basitti buna kıyasla. Üstü açık beton bir kutuydu. Cenazenin gömüleceği sabah mezara yerleştirilirdi. Tabut içine konulduktan sonra mezarcılar genellikle iki parça olan ve her biri yaklaşık otuz kilo olan beton kapakları üstüne örterlerdi. Yapıştırıcı falan kullanılmazdı.

Bir insanın bu tür bir mezarı açması kolaydı. Jud'un da söylemek istediği buydu.

Bir insanın oğlunun cesedini mezarından çıkarıp başka bir yere gömmesi basit bir işti.

Şişşşt... Şişşşt... Böyle şeylerden söz etmeyelim. Sırdır bunlar.

"İkisi arasındaki farkı biliyorum sanırım," dedi Louis. "Ama ben... ben... senin düşündüğümü sandığın şeyi düşünmüyordum."

"Louis..."

"Saat çok geç oldu. Sarhoşum, kalbim sızlıyor. Bir hikâyeyi ille de söylemen gerekiyorsa söyle de bitsin." *Martiniyle başlasay-*

dım daha iyi olurdu belki, diye düşündü. *O zaman kapıyı vurduğunda kendimden geçmiş olurdum.*

"Pekâlâ Louis. Teşekkür ederim."

"Seni dinliyorum."

Jud bir an durakladı, sonra konuşmaya başladı.

39

"O günlerde, savaş zamanında yani, tren Orrington'da dururdu. Bill Baterman oğlu Timmy'nin tabutunu taşıyacak bir araba getirmişti istasyona. Tabutu dört demiryolcu indirdi. Ben de onlardan biriydim. Trende ordudan, Mezarlıklar ve Kayıtlar biriminden biri vardı ama o inmedi bile. On iki tabut yüklü yük vagonunda sızmış uyuyordu.

Timmy'yi Cadillac marka cenaze arabasına yerleştirirken Bill Baterman taş gibi bir yüzle, kupkuru gözlerle yanımızda duruyordu. Hiç ağlamamıştı. Timmy'nin cesedi Fern Sokağı'ndaki Greenspan Cenaze Evi'ne götürüldü. Şimdiki New Franklin Çamaşırhanesi'nin karşısındaydı. İki gün sonra da askeri törenle Pleasantview Mezarlığı'na gömüldü.

Bayan Baterman on yıl önce, ikinci çocuğunu doğururken ölmüştü Louis. Olanların bir nedeni de buydu. İkinci bir çocuk duyulan acıyı azaltabilirdi, değil mi? İkinci bir evladı olsaydı Bill aynı acıyı duyan başkalarının da olduğunu düşünebilirdi. Bu yüzden bir çocuğun daha olduğu için talihli sayılırsın bence. Sağlıklı bir çocuk ve bir eş.

Bill'in oğlunun teğmeninden aldığı mektupta Timmy'nin 15 Temmuz 1943'te vurulup öldüğü yazıyordu. Roma yolunda. Cesedi iki gün sonra gönderildi ve Limestone'a on dokuzunda geldi. Ertesi gün trene kondu. Avrupa'da ölen Amerikalıların çoğu oraya gömülmüşlerdir, ama o trenle doğdukları yerlere gönderilenlerin hepsi özel kişilerdi. Timmy bir makineli tüfek yuvasına tek başına saldırırken vurulmuş ve ölümünden sonra Silver Star madalyası almıştı.

Timmy, bir iki gün yanılıyorsam bağışla beni, 22 Temmuz'da gömüldü. Bundan dört beş gün sonra o günlerde postacılık yapan Marjorie Washburn, Timmy'yi York'un ahırının oralarda yürürken görmüş. Margie korkudan az daha arabasını deviriyormuş. Hemen postaneye dönmüş, dağıtmadığı mektuplarla dolu çantasını olduğu gibi George Anderson'ın masasına fırlatmış ve doğruca eve gidip yatacağını söylemiş.

'Hasta mısın Margie?' diye sormuş George. 'Bembeyaz kesilmişsin.'

'Hayatımda hiç bugünkü kadar korkmamıştım ve bundan söz etmek istemiyorum,' demiş Margie. 'Brian'a da anlatmayacağım, anneme de. Belki ölüp de cennete gittiğimde İsa sorarsa ona anlatırım, ama o da belki.' Ve çıkıp gitmiş Margie.

Herkes biliyordu Timmy'nin öldüğünü. *Bangor Daily News* ve *Ellsworth American* gazetelerinde bir hafta önce resimleri çıkmıştı, zaten cenazesine kasaba halkının tümü katılmıştı. Ve şimdi de Margie onu görmüştü yolda yürürken, sonunda yirmi yıl sonra George Anderson'a anlatırken sendeleyerek, sallanarak yürüdüğünü söylemişti Margie. Margie bunu söylediğinde artık ölüm döşeğinde yatıyordu ve anlaşıldığına göre bu sırrını birine açma ihtiyacını duymuştu. George kadının o günden sonra bu sırrının aklını kemirip durduğuna inandığını söylerdi.

O gün gölgede otuz, otuz beş derece sıcak vardı, ama gencin üstünde, Margie'nin dediğine göre, eski bir kalın pantolonla soluk kalın bir avcı gömleği varmış. Margie saçlarının diken gibi ensesinden fırladığını anlatmış. 'Gözleri ekmek hamuruna batırılmış kuru üzümler gibiydi. O gün bir hortlak gördüm George. O yüzden o kadar korktum. Böyle bir şey göreceğim aklıma bile gelmezdi, ama gördüm işte,' demiş.

Eh, laf çok çabuk yayıldı ortalığa. Çok geçmeden Timmy'yi gören başkaları da çıktı. Bayan Stratton'ın Pedersen Sokağı'yla

Hancock Sokağı'nın birleştiği köşede bir evi ve çok sayıda caz plağı vardı. O zaman ortaya bir on dolarlık çıkaracak olursan küçük bir eğlence düzenlemeye razı olan bir kadındı Stratton. O da Timmy'yi kapısında otururken görmüş. Genç gelmiş yolun kenarında duruyormuş.

Kadının anlattığına göre, iki eli iki yanında, başını öyle ileri uzatmış, yumruk yemeye hazır bir boksöre benziyormuş. Kadın korkudan yerinden kıpırdamaya cesaret edemeden durmuş olduğu yerde. Timmy dönmüş sonra. Kadının anlattığına bakılırsa, sarhoş gibiymiş. Ayağının birini atıp ötekini çevirince düşecek gibi olmuş. Bayan Stratton korkudan elindeki çamaşır sepetini düşürmüş, yeni yıkadığı çamaşırları toz toprak olmuş.

Gözleri... gözleri bilye kadar ölü ve tozluymuş Louis. Ama Timmy kadını görmüş... sırıtmış... hatta onunla konuşmuş. Hâlâ plakları olup olmadığını, varsa biraz dans etmek istediğini söylemiş. Bayan Stratton bunun üzerine evine girmiş ve bir hafta çıkmamış. Bir hafta sonra da her şey sona ermişti zaten.

Timmy Baterman'ı çok gören oldu. Çoğu ölmüştür şimdi. Bir bölümü de buradan taşınmıştır, ama yine de eğer sormasını bilirsen sana karşılık verecek benim gibi bir iki kaçık vardır.

Onu gördük, Pedersen Sokağı'nda, babasının evinin bir kilometre doğusunda. Sabahtan akşama kadar, hatta kim bilir belki de bütün gece, bir ileri bir geri yürüyüp duruyordu. Gömleğinin eteği pantolonundan fırlamış, yüzü sapsarı, saçları diken gibi havaya dikilmiş, kimi zaman pantolonunun fermuarı açık ve gözlerinde o bakış... o *bakış*..."

Jud bir sigara yaktı, kibriti sallayarak söndürdü, mavi dumanlar arasından Louis'e baktı. Hikâyenin tüm çılgınlığına karşın Jud'un gözlerinde yalan yoktu.

"Haiti'deki zombiler hakkında kitaplar yazılmış, filmler çevrilmiştir, bilirsin. Bunların doğru olup olmadığını bilemem. Bunlarda zombiler ölü gözleri dimdik ileri dikilmiş, hantalcasına ve çok ağır yürürler. Timmy Baterman da öyleydi işte. Filmdeki bir zombi gibi, ama zombi değildi. Daha başka bir şey vardı. Gözlerinin ardında bir şeyler oluyordu. Bunu bazen görüyor, bazen de göremiyordum. *Gözlerinin ardında bir şey Louis.* Buna düşünmek demek istediğimi sanmıyorum. Ne diyeceğimi bilemiyorum doğrusu.

Sinsi bir şey. Bayan Stratton'a dans etmek istediğini söylemesi gibi. Orada bir şeyler oluyordu Louis. Bu düşünmek değildi, hatta bunun Timmy Baterman'la bir ilgisi olduğunu da sanmıyorum. Bu... bu daha çok uzaklarda bir yerden gelen bir telsiz işareti gibi bir şeydi. Yüzüne bakınca, bana dokunacak olursa bağırırım diye düşünürdün. Öyle bir şey işte.

Bütün gün öyle bir ileri bir geri yürür dururdu. Bir keresinde ben işten eve döndükten sonra –temmuzun otuzu falandı sanırım– kapı önünde oturmuş posta müdürü George Anderson, itfaiye müdürümüz Alan Puriton ve vatandaşlık bürosundan Hannibal Benson'la buzlu çay içiyorduk. Norma da oradaydı ama o ağzını açıp konuşmadı.

George sağ bacağının üst kısmını ovuşturuyordu. Demiryolundayken kaybetmişti bacağını, öyle sıcak ve rutubetli günlerde de kalan parça kendisine çok rahatsızlık verirdi. Ama canı acısa da, acımasa da bize kadar gelmişti işte.

'Bu iş fazla uzadı,' dedi George bana. 'Postacılarımdan biri Pederson Sokağı'na mektup dağıtmıyor. Hükümetle başımız derde girecek sonra.'

'Hükümetle başımız neden derde girsin?' diye sordum...

"Hannibal, Savaş Bakanlığı'ndan bir mektup aldığını söyledi. Gerçek şikâyetleri sahtelerinden ayırma görevinde olan Teğmen Kinsman diye biri yazmış. Savaş Bakanlığı'na üç dört imzasız mektup gelmişmiş Hannibal'ın söylediğine göre. Teğmen Kinsman da durumdan işkillenmeye başlamış. Gelen bir tek mektup olsaymış gülüp geçecekmiş. Bütün mektuplar tek elden çıkmış olsaymış Derry Kışlası'na haber verip Ludlow'da Baterman ailesine düşman olan bir kaçığın bulunduğunu bildireceklermiş.

Ama mektuplar ayrı ayrı kişiler tarafından yazılmışmış. İmza olmasa da elyazısından anlaşılıyormuş bu. Hepsi de aynı şeyi söylüyorlarmış. Timothy Baterman gerçekten ölmüşse Pedersen Sokağı'nda neden dolaşıp duruyormuş...

Hannibal'ın dediğine göre, bu iş kapanmazsa Kinsman ya kendisi gelecek ya da birini gönderecekmiş, Timmy'nin ölü mü, yoksa kaçak mı olduğunu öğrenmek istiyorlarmış. Ayrıca Timmy Baterman'ın tabutunda kimin olduğunu bilmek isterlermiş.

Durumun nasıl kötüye gittiğini görüyorsun Louis. Bir saat kadar oturup buzlu çaylarımızı içerken konuştuk bunu. Norma sandviç ikram etmek istedi ama, kimse ağzına bir lokma koymadı.

Konuştuk, konuştuk, sonunda Baterman'ın evine gitmeye karar verdik. Daha bir bu kadar yaşasam bile o geceyi unutamam. Çok sıcaktı bir kere, cehennem kadar sıcak. Hiçbirimiz gitmek istemiyorduk, ama gitmek zorundaydık. Bunu en iyi Norma anlamıştı. Bir mazeret uydurup beni içeri çağırmış ve sakın bu işi sallamalarına göz yumma Judson. Bu işin bitirilmesi gerek demişti. Kötü, iğrenç bir şey bu."

Jud, Louis'in gözlerinin içine baktı.

" 'Bir şey olursa hemen kaç oradan Jud,' dedi bana. 'Ötekilere aldırma, herkes kendi başının çaresine baksın. Beni hatırla ve oradan kaç bir şey olursa...'

Hannibal Benson'ın arabasına doluştuk, namussuz herif istediği kadar benzin kuponu bulurdu o günlerde. Arabada hiç kimse konuşmuyordu, ama baca gibi de sigara içiyorduk. Korkuyorduk Louis. İçimizde ağzını açan tek kişi Alan Purinton oldu. 'Bill Baterman 15 numaralı karayolunun kuzeyindeki o ormana gitmiştir kalıbımı basarım ki', dedi. Kimse kendisine karşılık vermedi ama George'un yalnızca başını salladığını hatırlıyorum.

Oraya varınca Alan kapıyı vurdu ama açan olmadı. Evin arkasına gittiğimizde ikisi de oradaydı. Bill Baterman arka kapısı önünde oturmuş bira içiyor, Timmy ise batmakta olan kan kırmızısı güneşe bakıyordu. Yüzü turuncuydu, sanki diri diri derisi yüzülmüş gibi. Bill şeytanın eline düşmüştü sanki, elbiseleri içinde yüzüyordu, yirmi kilo falan zayıflamış olmalıydı. Gözleri yuvalarına öylesine gömülmüştü ki, inine büzülmüş küçük hayvanları andırıyordu... Ağzının sol tarafı da çarpılmıştı, titriyordu."

Jud bir an düşündü, sonra belli belirsiz salladı başını.

"*Lanetlenmiş* gibiydi Louis. Timmy bizi görünce sırıttı. O sırıtması bile insanı çığlık çığlığa bağırtmaya yeterliydi. Sonra dönüp batmakta olan güneşe baktı. Bill, kapıyı vurduğunuzu duymadım dedi ama yalandı bu. Alan kapıyı öyle bir vurmuştu ki... sağır biri bile duyardı.

Kimsenin bir şey söyleyemeyeceğini anladığım için, 'Bill, duydum ki, senin oğlan İtalya'da ölmüş,' dedim.

'Yalan,' dedi gözlerimin içine bakarak.

'Öyle mi?' diye sordum.

'İşte karşında duruyor ya,' dedi.

'Peki öyleyse, Pleasantwiev'da gömdüğün o tabutta kim vardı?' diye sordum.

'Ne bileyim?' dedi Bill. 'Umurumda bile değil üstelik.' Sonra sigarasını almak için uzandı, paketi yere düşürdü, sigaraları yerden kaldırmaya çalışırken üç dördünü kırdı.

Hannibal, 'Mezar açılacak sanırım,' dedi. 'Savaş Bakanlığı'ndan yazı geldi Bill. Timmy diye başka birini gömüp gömmediklerini bilmek istiyorlar.'

'Bana ne be!' diye bağırdı Bill. 'Benim oğlum yanımda işte. Timmy geçen gün döndü evine. Ruhsal çöküntü geçiriyor sanırım, ama birkaç haftaya kadar bir şeyi kalmaz.'

Ben birden çok kızmıştım. 'Ağzında lafı geveleyip durma Bill,' dedim. O askeri tabutu yaptığını da hiç sanmıyorum. Olanları ben çok iyi biliyorum. Hannibal'la George da biliyorlar ve sen de biliyorsun. Ormanda bir iş çevirdin Bill. Hem kendinin, hem de kasabanın başına bir bela sardın şimdi.'

'Kapının yolunu biliyorsunuz sanırım,' dedi Bill. 'Size herhangi bir şeyi açıklamam ya da mazur göstermem gerekmez. O telgrafı alınca ölüyorum sandım. Oğlumu geri aldım işte. Onu elimden almaya hakları yoktu. On yedi yaşındaydı henüz. Sevgili anneciğinden bir o kalmıştı bana. Haksızlıktı bu. Onun için ordunun da, Savaş Bakanlığı'nın da, Amerika'nın da, sizlerin de canı cehenneme! Geri aldım onu işte. Kendine gelecektir. Söyleyecek başka şeyim yok. Hadi şimdi geldiğiniz gibi çekin gidin bakalım.'

Dudakları titriyordu, alnında iri iri ter tanecikleri vardı, işte o zaman onun aklını kaçırmış olduğunu anladım. Ben olsaydım ben de çıldırırdım. O... o şeyle bir çatı altında yaşamak..."

Louis'in midesi bulanıyordu. Kısa bir süre içinde çok bira içmişti. Az sonra hepsini çıkaracaktı. Midesindeki şişkinlik bunun belirtisiydi.

"Eh, yapacak fazla bir şeyimiz yoktu. Gitmek için döndük. Hannibal, 'Tanrı yardımcın olsun Bill,' dedi.

'Tanrı bana hiç yardım etmedi,' dedi Bill. 'Ben yaptım ne yaptıysam.'

İşte Timmy o an bize doğru yürüdü. Yürümesi bile yanlıştı Louis. Yaşlı bir insan gibi yürüyordu. Bir ayağını havaya kadar kaldırıyor, sonra indirip biraz sürüyor, ardından ötekini kaldırıyordu. Bir yengecin yürümesi gibi. Kolları sarkmıştı. Yakına geldiğinde yüzünde sivilceler ya da küçük yanıklar gibi kızıl izler görülüyordu. Alman makineli tüfeklerinin mermi izleri olmalıydı bunlar. Kafasını az daha uçuruyor olmalılardı. Mezar kokuyordu. Kara bir koku, sanki içindeki her şey çürümüş bir halde dışarı dökülmüş gibi. Alan Purinton'ın eliyle burnunu ve ağzını kapattığını gördüm. Korkunç bir kokuydu. Saçlarında mezar kurtlarının dolaştığını göreceğimi sanıyordum..."

"Yeter!" dedi Louis. "Yeter artık!"

"Yetmez. Ne kadar berbat bir şey olduğunu anlatmadım bile. Orada olmayan kimse anlayamaz bunu. *Ölüydü çocuk Louis. Ama canlıydı da. Ve... ve... bir şeyler biliyordu.*"

"Bir şeyler mi biliyordu?" Louis oturduğu yerde doğruldu.

"Evet. Alan'a uzun uzun baktı sırıtarak –ya da dişleri göründüğü için bize öyle gelmişti– sonra alçak sesle konuştu; ne dediğini anlamak için kulaklarını dört açmak zorundaydın. Sanki ses boruları çakılla doluymuş gibi konuşuyordu. 'Karın eczanede çalışan adamla sevişiyor Purinton. Ne dersin buna? Hem de tatmin olunca çığlıklar atıyor,' dedi.

Alan'ın soluğu tutulmuştu. Sanki bir tokat yemiş gibiydi. Alan son duyduğumda Gardener'da bir huzurevindeydi, doksan yaşında falan olmalı. Bu işler olduğunda kırk yaşlarındaydı ve ikinci karısı hakkında kasabada dedikodu yapılırdı. İkinci derecede kuzini olurdu kadın. Alan ve ilk karısı Lucy'yle savaştan önce oturmaya gelmişti. Lucy öldükten bir buçuk yıl sonra Alan kızla evlendi. Laurine'di adı. Evlendiklerinde yirmi dört yaşındaydı. Gerçekten de hakkında dedikodu yapılırdı. Erkekler kadına biraz serbest gözüyle bakardı. Ama kadınlar saman altından su yürüttüğü fikrindeydiler. Alan da böyle düşünmüş olmalıydı ki, 'Sus! Sus yoksa her neysen bir yumrukta deviririm seni!' dedi.

Bill de, 'Sus artık Timmy,' dedi. Yüzü berbattı, kusacakmış ya da bayılacakmış gibi. 'Sus Timmy.'

Ama Timmy babasını dinlemedi. George Anderson'a baktı bu kez. 'O kadar değer verdiğin o torunun ölmeni bekliyor moruk,' dedi. 'Parana konmak istiyor. Bangor Eastern Bank'ın kasasında kilitli duran parana. O yüzden gülüyor yüzüne, ama arkandan alay ediyor seninle. O ve kız kardeşi. Tahta bacaklı moruk diyorlar sana.' Oğlanın sesi değişmişti Louis. Kötüleşmişti. Söylediği şeyler gerçekse George'un torununun konuşacağı gibi bir sesle konuşuyordu.

'Tahta bacaklı moruk,' diye yineledi Timmy. 'Paranın hepsini 1938'de kaybettiğini ve meteliksiz olduğunu öğrendiklerinde ne bok yiyecekler bakalım? Değil mi George? Ne bok yiyeceklerini merak ediyorsun, değil mi?'

George geriledi bunu duyunca, takma bacağı sendeledi, Bill'in arka kapısı önünde düştü, bira şişesini devirdi. Yüzü çarşaf gibi beyaz kesilmişti Louis.

Bill öfkeyle fırladı yerinden. Kükrüyordu artık. 'Yeter artık Timmy! Yeter dedim sana!' diye bağırdı. Ama Timmy babasını dinlemedi. Hannibal için, ardından benim için de kötü bir şeyler söyledi. Artık çıldırmış gibiydi. Olanca sesiyle bağırıyordu. Bizse koşa koşa kaçıyorduk artık. Takma bacağının kayışları her nasılsa dolanmış olan George'u kollarından tutmuş çekiyorduk.

Timmy Baterman'ı son gördüğümde çamaşır ipinin altındaydı, sırtını batan güneşe vermişti, saçları dimdik ve toz toprak içindeydi... Gülüyordu, kahkahalarla gülüyordu... 'Tahta bacaklı moruk! Tahta bacaklı moruk! Boynuzlu! Kerhaneci! Güle güle baylar! Güle güle!' diye bağırıyordu. Sonra yine güldü... Ama aslında bir çığlıktı bu. İçinde bir şeyler çığlıklar atıyordu."

Jud sustu. Göğsü körük gibi inip kalkıyordu.

"Jud... Timmy Baterman'ın sana söylediği şey... gerçek miydi?"

"Gerçekti. Zaman zaman Bangor'daki geneleve giderdim. Pek çok erkeğin yaptığı bir şeydi bu. Doğru yoldan ayrılmayanlar da vardır sanırım erkeklerin içinde. Ama ben ara sıra yabancı bir ete gömülme arzusuyla tutuşurdum. Ya da bir kadına parayla, insanın karısına yaptıramayacağı şeyleri yaptırmak isterdim. Yaptığım pek kötü bir şey değildi, zaten en son sekiz dokuz yıl önce gitmiştim, Norma bunu öğrenmiş olsaydı da beni terk etmezdi. Ama içinde bir şey kırılırdı. Tatlı ve sevdiği bir şey yıkılırdı..."

Jud'un gözleri yaşarmıştı. *Yaşlıların gözyaşları çirkin,* diye düşündü Louis. Ama Jud elini tutmak için masanın üstünden uzandığında Louis sıkıca kavradı yaşlı adamın elini.

"Bize yalnız kötü şeyleri söylemişti," dedi Jud. "Yalnızca kötü şeyleri. Her insanın yaşamında biraz kötülük vardır, değil mi? İki üç gün sonra Laurine Purinton bir daha dönmemek üzere gitti Ludlow'dan. Onu trene binerken görenler iki gözünün mosmor olduğunu, kaba etlerine de yastık gibi bir şey sokuşturmuş olduğunu söylediler. Alan bu konuda hiç konuşmadı. George 1950'de öldü. Torunlarına bir şey bırakmışsa bile ben bugüne kadar duymuş değilim. Hannibal, Timmy'nin suçladığına benzer bir şey yüzünden atıldı görevinden. Bunun ne olduğunu söyleyecek değilim –bilmen de gerekmez zaten– ama kasabanın parasını zimmetine geçirmek gibi bir şey diyebiliriz. Hatta onu dolandırıcılıktan yargılama sözleri de dolaşmıştı ortalıkta ama öylece kaldı işte. Görevini kaybetmek onun için yeterli cezaydı zaten.

Ama o adamların iyi yanları da vardı. İnsanların hatırlamakta güçlük çektikleri bir şeydir bu. Savaştan önce Eastern Merkez Hastanesi için ilk para toplamaya başlayan Hannibal'dı. Alan Purinton yaşamım boyunca tanıdığım en eli açık insandı. George Anderson ise posta müdürlüğü yapmaktan başka hiçbir şey istemezdi yaşamında.

Timmy yalnızca kötü şeylerden söz etmek istiyordu ama. Bizim yalnız kötüleri hatırlamamızı istiyordu, çünkü kendisi kötüydü... kendisi için tehlikeli olduğumuzu anlamıştı çünkü. Askere giden Timmy Baterman iyi yürekli, sıradan bir gençti Louis. Belki biraz kalın kafalıydı ama iyi oğlandı. O gece gördüğümüz... o kızıl güneşe bakan şeyse bir canavardı. Zombiydi belki, şeytandı... Belki de öyle bir şeyin adı bile yoktur. Ama adı olsun olmasın Micmac'lar onun ne olduğunu bilirlerdi."

"Neydi peki?" diye sordu Louis.

"Wendigo'nun dokunduğu bir şey." Jud derin bir soluk aldı, bir an içinde tuttu, sonra bıraktı. Saatine baktı.

"Çok geç olmuş Louis. Hiç niyet etmediğim kadar konuştum."

"Çok iyi konuştun. Bana sonunu anlat şimdi de."

"İki gece sonra Baterman'ın evinde yangın çıktı. Ev tamamen yandı. Alan Purinton yangının kundaklama sonucu çıktığı konusunda hiçbir kuşkusu olmadığını söyledi. Küçük evin her tarafına gaz dökülmüştü. Yangından günler sonra bile kokusu geçmedi."

"İkisi de yandılar öylece?"

"Evet. Ama yangından önce ölmüşlerdi. Timmy, Billy Baterman'ın tabancasıyla göğsünden iki kere vurulmuştu. Tabancayı Billy'nin elinde buldular. Anlaşıldığı kadarıyla oğlunu öldürmüş, cesedi yatağına yatırmış, sonra da evi kundaklamıştı. Radyonun yanındaki koltuğuna oturmuş, gazı ateşlemiş, kendini de tüfeğiyle ağzından vurmuştu."

"Tanrım!"

"İkisi de yanmışlardı ama adli tıp doktoru Timmy Baterman'ın cesedinden iki üç hafta önce öldüğünün anlaşıldığını söyledi." Jud ayağa kalktı. "Oğlunun ölümünde benim de parmağım olduğunu söylerken abartıyor değildim Louis. Micmac'lar o yeri biliyorlardı, ama orasının bu iş için yapıldığı anlamına gelmez bu. Micmac'lar ilk zamanlardan beri burada yaşamamışlardır. Kanada'dan, belki Rusya'dan, hatta Asya'dan gelmiş olabilirler buraya. Bin, iki bin yıl yaşamışlardır Maine'de. Toprakta bir iz bırakmadıkları için zamanı kestirmek güçtür. Şimdi de yine iz bırakmadan yok olup gittiler. Günün birinde bizim de yok olup gideceğimiz gibi. Ama belki de biz daha kalıcı bir iz bırakırız. Ama buralarda kim yaşarsa yaşasın, o yer hep kalacaktır Louis. Birisi orasının sahibiymiş de giderken sırrını da götürmüş gibi değil yani. Kötü bir yer orası. Kediyi gömmek için seni oraya götürmem yanlış bir şeydi. Bunu şimdi anlıyorum. Ailenin, kendinin iyiliğini düşünürsen çok dikkatli olman gereken bir gücü var o yerin. Ben buna karşı koyacak kadar güçlü değildim. Sen Norma'nın hayatını kurtarmak istemiştin, ben de bunun karşılığında sana bir şeyler yapmak istedim... ama o yer benim iyiliğimi kendi kötülüğüne alet etti. Bir gücü var orasının... tıpkı ay gibi çeşitli dönemlerden geçiyor bu güç sanırım. Daha önce gücünün doruğundaydı, yine o zamanın yaklaşmış olmasından korkuyorum. Oğlun aracılığıyla seni ele geçirmek istemesinden korkuyorum. Ne demek istediğimi anlıyor musun Louis?" Yaşlı adamın gözlerinde yalvaran bir bakış vardı.

"O yerin Gage'in öleceğini bildiğini söylüyorsun sanırım."

"Hayır. Sana orasının gücünü gösterdiğim için Gage'i öldürdü diyorum. Niyetimin iyiliğine karşılık oğlunu ben öldürdüm diyorum Louis."

"İnanmıyorum," dedi Louis. İnanmıyordu, inanmayacaktı, inanamazdı.

Sımsıkı tuttu Jud'un elini. "Gage'i yarın gömüyoruz. Bangor'a. Ve Bangor'da kalacak. Hayvan mezarlığına ya da ötesine bir daha gitmeyeceğim."

"Söz ver!" dedi Jud sert bir sesle. "Söz ver bana!"

"Söz veriyorum."

Ama aklının bir köşesinde bir türlü sönmek bilmeyen titrek bir alev yanıyordu.

40

Ama bunlardan hiçbiri olmadı.

Kahkahalarla gülen oğlunun ardından koştuğu birkaç saniye içinde hepsi Louis'in aklından geçti yalnızca: Orinco tankerinin homurtusu, Rachel'ın sabahlığıyla oğlunun ölüsünü ziyarete gitmek istemesi, Eileen'in Gage'in resmini taşıması, iskemlesini yatağının yanına yerleştirmesi, Steve Masterton'ın gözyaşları, Irwin Goldman'la kavga, Jud Crandall'ın Timmy Baterman hikâyesi. Arkasında Rachel bağırıyordu. *Gage, gel buraya, koşma!* Ama Louis soluğunu boş yere harcamıyordu. Çok az zamanı vardı, yolda tankerin homurtusu duyuluyordu. Kafasının içinde bir bellek anahtarı çevrilmişti, Ludlow'daki ilk günlerinde Jud'un Rachel'a söylediklerini anımsıyordu. *Yola dikkat edin Bayan Creed. Çocuklar ve hayvanlar için çok tehlikelidir.*

Gage şimdi bahçeden yola inen hafif eğimli yamacın başındaydı. Küçük bacakları motor gibi işliyordu, normal olarak tökezleyip düşmesi gerekirdi ama düşmeden koşuyordu işte, kamyonun gürültüsü de artmıştı şimdi. Louis'in kimi zaman gece uykuya dalmak üzereyken duyduğu o alçak, horultu gibi motor gürültüsü.

Tanrım, ne olur yakalayayım onu, yola çıkmasın. Tanrım!

Louis son bir hızla ileri fırlayıp bir ragby oyuncusu gibi kendini yere attı. Gözucuyla gölgesini görüyordu, Bayan Vinton'ın arsasında uçurdukları uçurtmanın gölgesini hatırladı. Gage kendini yola attığında parmakları da oğlanın ceketine değmişti...

Gage'i yakaladığı anda kendisi de yüzüstü yere düştü, yüzü taşlara sürtündü, burnu kanadı. Gage'in kıç üstü yere oturup da başını yamaca vurunca çıkardığı sesi duyduğu anda tüm acısı kayboldu ama. Bir an sonra oğlanın ağlaması yanlarında hızla geçen kamyonun gürültüsü ve havalı kornasının böğürmesiyle duyulmaz olmuştu.

Louis, güçlükle doğrulup oğlunu kucakladı. Bir an sonra Rachel da ağlaya ağlaya gelmişti yanlarına. "Bir daha sakın yola inme Gage! Asla! Asla! Yol kötü! Kötü!" Gage bu ağlamaklı derse öylesine şaşmıştı ki, kendi ağlamasını unutup şaşkınlıkla baktı annesine.

"Louis, burnun kanıyor." Rachel kocasını öyle sıkı kucakladı ki, Louis soluğunun kesildiğini hissetti.

Rachel'ın birkaç dakika hiç durmadan gülmesi Louis'i korkutmuştu. *Gage gerçekten ölseydi Rachel buna dayanamaz, mutlaka aklını kaçırırdı,* diye düşündü.

Ama Gage ölmemişti. Güneşli mayıs günü Louis, oğlunun ölümüyle yarışırken yalnızca hayalinden geçmişti bunlar.

Louis yağmurlu sabahın saat yedisinde, yastığını kucaklamış olarak uyandı. Kalbi attıkça başı zonkluyor, sancı bir geliyor, bir hafifleyip kayboluyordu. Geğirdikçe ağzına ekşi bira tadı geliyor, midesi allak bullak oluyordu. Ağlamış olmalıydı, yastığı sırılsıklamdı. Rüyasında bile içinde bir yer gerçeği biliyordu ve ağlamıştı.

İçkinin verdiği baş ağrısının sarsıntısıyla güçlükle kalkıp banyoya gitti. Tam zamanında kalkmış, geceki biranın tümünü öğüre öğüre kusmuştu.

Gözleri kapalı olarak klozetin önünde diz çöktü, ayağa kalkmak için baş dönmesinin hafiflemesini bekledi. El yordamıyla sifonu çekti. Gözlerinin ne kadar kanlı olduğuna bakmak için aynaya gitti, ama aynanın üzerine kâğıt örtülmüştü. Sonra anımsadı. Rachel hatırlamak bile istemediği geçmişine dönmüş ve evdeki bütün aynaları örtmüştü. Eve girerken de ayakkabılarını çıkarıyordu artık.

Dönüp yatağına oturdu. Biranın ekşi tadı dilini pas gibi kaplamıştı. Bir daha ağzına değdirmeyeceğine söz verdi ne ilk, ne de son olarak. Öylece yatağında oturmuş pencerenin dışında camdan süzülerek akan yağmuru seyrederken birden acısı bir tokat gibi çarptı yüzüne. Bir anda gelip hiçe çevirdi kendisini, kalan tüm savunmasını alıp götürdü. Louis yüzünü avuçlarına gömüp hüngür hüngür ağlamaya başladı, bir yandan da olduğu yerde iki yana sallanıyor, ikinci bir fırsata sahip olmak için her şeyi, her ne olursa olsun, her şeyi yapmaya hazır olduğunu düşünüyordu.

41

Gage o öğleden sonra saat ikide gömüldü. Yağmur dinmişti – başlarının üstünde hâlâ bulutlar vardı ama. Cenazeye katılanların çoğu cenaze evinin sağladığı siyah şemsiyeleri kullanıyorlardı.

Rachel'ın isteği üzerine mezar başındaki kısa ayini yöneten cenaze evi müdürü Matta İncili'nden "Küçük çocuklarınız bana gelsin" pasajını okudu. Mezarın kenarında duran Louis karşısındaki kayınpederine baktı. Goldman da bir an damadının yüzüne baktı, sonra bakışlarını indirdi. Kavga edecek gücü kalmamıştı artık. Gözlerinin altında şişkin torbalar vardı, takkesinin çevresindeki örümcek ağı gibi ince ve beyaz saçları rüzgârda savruluyordu. Yanaklarından sarkan kırçıl sakalıyla her zamankinden çok bir ayyaşı andırıyordu. Louis onun nerede olduğunu bilmediği izlenimine kapıldı. Yüreğinde hâlâ adama karşı bir acıma duyamıyordu.

Gage'in kilidi onarılmış küçük beyaz tabutu kızaklar üstündeydi. Mezarın kenarlarına insanın gözlerini kamaştıracak yeşillikte yapma bir ot tabakası serilmişti. Bunun üzerinde renkli çiçek sepetleri vardı. Louis müdürün omzu üzerinden arkaya baktı. Adamın ardında aile mezarlarıyla kaplı alçak bir tepe görünüyordu. PHIPPS adını taşıyan bir tanesinin arkasında sarı bir şey vardı. Müdür, "Dua edelim," diyerek başını yere indirdiğinde bile Louis oraya bakmaya devam etti. Az sonra bunun ne olduğunu anlamıştı. Bir greyderdi bu. Yaşlı ailenin göremeyeceği bir yere park edilmişti. Tören sona erer ermez sürücüsü sigarasını söndürüp yanında taşıdığı her ne biçim bir kutuysa ona atacak (mezarlıkta mezar kazıcıların sigara içmeleri yasaktı, yakalanan hemen kovulurdu; kötü bir izlenim yaratırdı sigara içilmesi, müşterilerden çoğu ciğer kanserinden ölmüştü) aracına atlayıp motoru çalıştıracak ve oğlunun güneşle ilişkisini tümden kesecekti... Yeniden Diriliş gününe kadar.

Yeniden Diriliş... işte bir sözcük sana...

(Bunu kafandan silip atman gerektiğini çok iyi biliyorsun.)

Müdür, "Âmin," deyince Louis, karısının koluna girip kadını oradan uzaklaştırdı. Rachel itiraz etti, birkaç dakika daha kalmak istiyordu *–lütfen Louis–* ama Louis kararlıydı. Arabalara doğru yürüdüler. Müdür cenaze evinin adı yazılı şemsiyeleri saygıyla ziyaretçilerden alıp yanındaki yardımcısına veriyordu. Yardımcısı ıslak çimenler üstündeki şemsiyeliğe yerleştiriyordu bunları. Louis sağ eliyle karısını, sol eliyle de Eileen'in beyaz eldivenli elini tutuyordu. Eileen'in üzerinde Norma Crandall'ın cenazesinde giydiği elbise vardı.

Louis, karısıyla kızını arabaya bindirirken Jud geldi yanına. O da berbat bir gece geçirmiş gibiydi.

"İyi misin Louis?"

Louis başını salladı.

Jud arabanın içine doğru eğildi. "Nasılsın Rachel?"

"İyiyim Jud."

Jud hafifçe kadının omzuna dokundu. Eileen'e baktı. "Sen nasılsın sevgili yavrum?"

"İyiyim." Eileen ne kadar iyi olduğunu göstermek için köpekbalığı gibi açtı ağzını.

"O elindeki resim de ne bakalım?"

Louis bir an kızın resmi göstermeyeceğini düşündü. Ama Eileen insanın yüreğini burkan bir utangaçlıkla resmi Jud'a uzattı. Jud daha çok, büyük yol makinelerinin motorlarıyla ya da vagonların bağlantılarıyla çalışmaya uygunmuş gibi görünen kaba, iri parmakları arasında tuttu resmi. Ama bu parmaklar bir sihirbaz ya da cerrah ustalığı ve inceliğiyle Gage'in boynundan arının iğnesini çekip çıkarmıştı aynı zamanda.

"Bu güzel işte," dedi Jud. "Kardeşinin kızağını çekiyorum, ha? Bundan çok hoşlanmıştı herhalde, öyle mi Eileen?"

Eileen başını salladı, ağlamaya başladı.

Rachel bir şey söylemek için ağzını açarken Louis karısının kolunu sıktı... *Sakin ol biraz.*

"Hep onun kızağını çekerdim," dedi Eileen ağlayarak. "Öyle güzeldi ki. Sonra eve girerdik, annem bize kakao verirdi. 'Ayakkabılarınızı kaldırın,' derdi. Gage de ayakkabılarını yakalar, 'Kabı! Kabı!' diye bağırırdı. Hatırlıyor musun anne?"

Rachel başını eğdi.

"İyi günler geçirmiş olmalısınız," diyen Jud resmi geri verdi. "Şimdi Gage ölmüş olabilir Eileen ama anılarını hep saklayabilirsin artık."

"Saklayacağım." Eileen gözlerini sildi. "Gage'i severdim Bay Crandall."

"Biliyorum yavrum." Jud eğilip kızı öptü. Geri çekilirken taş gibi bakışlarla baktı Louis'le Rachel'a. Rachel anlamayarak, biraz da kırılmış olarak baktı adama. Ama Louis onun ne demek istediğini çok iyi anlamıştı: *"Kız için ne yapıyorsunuz?"* diye soruyordu

Jud'un bakışları. *"Oğlunuz öldü, ama kızınız yaşıyor. Onun için ne yapıyorsunuz?"*

Louis gözlerini kaçırdı. Eileen için yapacak bir şey yoktu. Hiç olmazsa şimdilik. Kız elinden geldiğince başa çıkmalıydı kendi yasıyla. Louis'in aklında yalnızca oğlu vardı.

42

Akşama doğru sert bir kuzey rüzgârı esmeye başlamış, gök bulutlarla dolmuştu. Louis ceketini giydi, fermuarını çekti, duvardaki çividen arabanın anahtarlarını aldı.

"Lou, nereye gidiyorsun?" diye sordu Rachel. Fazla bir merak göstermeden konuşuyordu. Yemekten sonra yine ağlamaya başlamıştı. Louis, karısına bir Valium verdi zorla. Şimdi kadın gazeteyi açmış, bilmece çözmeye çalışıyordu. Eileen ise öteki odada *Küçük Ev*'i seyretmekteydi. Gage'in resmi kucağındaydı.

"Bir pizza alayım dedim."

"Akşamüstü doymadın mı?"

"O zaman aç değildim," diye gerçeği söyledi Louis. Sonra da bir yalan kıvırdı. "Şimdi acıktım."

O öğleden sonra, saat üçle altı arası, Gage'in cenaze töreninin son bölümü yapılmıştı. Ludlow'daki evde. Yemek töreniydi bu. Steve Masterton'la karısı ellerinde bir tencere yemekle gelmişlerdi. Ardından Charlton da bir kap yemek getirmişti. Rachel'a, "Hepsini yiyemezseniz bile yarına da kalabilir," demişti. Az ileride oturan Danniker'lar jambon getirmişlerdi. Goldman'lar –ikisi de Louis'le konuşmamışlar, hatta selam bile vermemişlerdi– çeşitli soğuk et ve peynir getirmişlerdi. Jud da pek sevdiği peynirden bir tekerlek getirmişti. Missy Dandridge limonlu pasta, Surrendra Hardu da elma getirmişti. Yiyecek töreni dini farklılıkların üstündeydi anlaşıldığı kadarıyla.

Cenaze töreni partisi buydu işte, sakin olmasına rağmen pek sessiz sayılmazdı. Normal bir partide olduğundan daha az içki içilmişti. Birkaç şişe biradan sonra (daha bir gece önce biraya tövbe etmişti Louis, ancak öğleden sonrasının o soğuk ışığında bir gece öncesi çok eskilerde kalmış gibiydi) Louis, Carl amcasından öğrendiği bir iki şeyi anlatmayı düşünmüştü ölüler üzerine. Sicilya'da cenaze törenlerinde evlenmemiş kadınlar, aşkta şans getirsin diye kefenden bir parça koparıp yastıklarının altına saklarlardı. Ölülerin ayak parmaklarının bağlanması Keltlerin ölünün hayaletinin kalkıp dolaşmasını önlemek içindi. Carl Amca cesetlerin ayak başparmaklarına küçük levhalar bağlama geleneğinin çoğu İrlandalı olan morgda çalışanlar tarafından başlatıldığını söyler, bunun da eski geleneklerin devam ettirilmesine bağlandığını iddia ederdi. Ama Louis dinleyicilerinin yüzlerine bakınca bu tür hikâyelerin yanlış yorumlanabileceğini fark etmişti.

Rachel yalnızca bir kez ağlamış, annesi de kızını avutmaya koşmuştu. Rachel, Dory Goldman'ın göğsüne kapanıp doyasıya ağlamıştı. Bunu Louis'le yapamamıştı, çünkü ya hem kendisini, hem de kocasını Gage'in ölümünden suçlu tutuyordu, ya da kendi dünyasına kapanmış olan Louis böyle bir şeyi yapması için ona cesaret vermemişti. Her neyse, avuntu aramak için annesine dönmüştü ve Dory Goldman da kızını avutmaya, onunla birlikte gözyaşı dökmeye hazırdı. Irwin Goldman arkalarında, bir elini kızının omzuna dayamış olarak duruyor ve pis bir zafer ifadesiyle Louis'e bakıyordu.

Eileen üzerlerine birer kürdan sokulmuş kanepelerle dolu gümüş tepsiyi odada gezdirmişti. Gage'in resmi kolunun altındaydı.

Louis başsağlığı dileklerini kabul etti. Başsağlığı dileyenlere tek tek teşekkür etti. Gözlerinde bakışları uzak, tavırları biraz soğuksa da herkes onun geçmişi, kazayı, önündeki Gage'siz yaşamı düşündüğünü sanmış olmalıydı. Hiçbiri (belki de Jud bile) onun mezar soygunculuğu düşündüğünü aklına getiremezdi...

bir düşünce olarak kuşkusuz böyle bir şey yapmaya hiç niyeti yoktu. Kafasını meşgul etmek için bir düşünceydi bu yalnızca.

Bir şey yapmaya hiç niyeti yoktu.

Louis, Orrington Corner Mağazası'nın önünde durup bir düzine bira aldı, Napoli'ye telefon edip bir mantarlı pizza sipariş etti.

"Adınızı verecek misiniz efendim?"

Müthiş ve *Büyük Oz*, diye düşündü Louis.

"Lou Creed."

"Tamam Bay Lou, şimdi işimiz biraz fazla, kırk beş dakika sonra falan hazır olur, tamam mı?"

"Tamam." Louis telefonu kapatıp arabasına döndüğünde Bangor civarında en az yirmi pizzacı olduğunu, ama kendisinin Gage'in gömülü olduğu Pleasantview'a yakın olanını seçtiğini fark etti. *Neymiş yani*, diye düşündü. *Esaslı pizza yapıyorlar.* Donmuş mayadan değil. İnsanın gözü önünde yapıyorlar üstelik, havaya atıp tutuyorlar hamuru, Gage ne kadar gülerdi...

Ama hemen silkindi bu tür düşüncelerden.

Napoli'nin yanından geçip arabayı Pleasantview'a sürdü. Bunu yapacağını biliyordu daha ilk baştan, ama ne zararı vardı ki? Hiç.

Arabayı karşı kaldırımda bırakıp sokağı geçti, süslü demir parmaklıklı kapıdan içeri girdi. Günün son ışıklarında parlıyordu kapı. Üstünde yarım daire biçiminde, yine dövme demirden harflerle PLEASANTVIEW (HOŞ MANZARA) yazıyordu. Louis'e göre, manzaranın hoşa gidecek ya da gitmeyecek bir yanı yoktu. Mezarlık birkaç alçak tepe üzerine kurulmuştu. Uzun ağaçlıklı yollar vardı mezarlar arasında. Günün bu son ışıklı birkaç dakikasında ağaçların gölgeleri karanlık suları andırıyordu. Birkaç tane de salkımsöğüt. Sakin bir yer değildi. Karayolu yakın olduğu için rüzgâr estikçe trafiğin boğuk gürültüsü kesintisiz olarak geliyordu; kararan gökyüzündeki parıltı da Bangor Havalimanı'ydı.

Louis, *kilitlidir herhalde,* diye düşünerek elini kapıya uzattı, ama kapı kilitli değildi. Belki de erkendi saat ya da ancak sarhoşlara, sevişmek için kuytu bir yer arayanlara karşı kilitlenirdi daha sonra. Sağdaki kapı hafif bir gıcırtıyla açıldı, Louis kendisini gözetleyen biri bulunmadığından emin olmak için omzu üzerinden arkasına baktıktan sonra içeri girdi. Kapıyı arkasından kapadı, kilidin yerine oturduğunu duydu.

Ölülerin bu alçakgönüllü mahallesinde durup çevresine bakındı.

Güzel ve özel bir yer, ama o kadar işte.

Birden kafasının içinde Jud'un endişeli ve korkulu sesini duydu. Evet, korkulu.

Louis, ne işin var burada? Gitmek istemediğin bir yola bakmaktasın.

Sesi bir yana itti Louis. Eğer işkence ettiği biri varsa, o da kendisiydi. Gün geceye dönüşürken burada olduğunu kimsenin bilmesi gerekmezdi.

Ara yollardan birine dalıp Gage'in mezarına doğru yürümeye başladı. Az sonra ağaçlar arasındaki yoldaydı. Taze yapraklar esrarlı hışırtılarla mırıldanıyorlardı başı üzerinde. Kalbi gümleyerek atıyordu. Mezarlar karışıktı. Müdürlük binasında bir yerde Pleasantview'un yirmi dönüm arazisinin bir planı olacaktı, orada arazi kuşkusuz karelere bölünmüştü ve her karede neresinin dolu, neresinin boş olduğu belliydi. Satılık emlak. Tek odalı apartman daireleri. Yatak odası yalnızca.

Hayvan mezarlığına benzemiyor, diye düşündü. Sonra şaşkın bir halde durdu bir an. Hayır, benzemiyordu. Hayvan mezarlığı kendisinde karmaşıklığın içinden doğan bir düzen izlenimi yaratmıştı. Ortaya doğru gelen o tek merkezli daireler, kaba saba taşlar, tahtalardan yapılmış haçlar... Sanki hayvanlarını oraya gömen çocuklar kendi ortak bilinçaltlarıyla bir biçim yaratmışlar, sanki...

Hayvan mezarlığındaki mezarlar en eski dinsel simgenin taklidiydi: Aşağı, sonsuza doğru giden bir sarmalı belirten küçülen daireler. Karmaşadan düzene ya da düzenden karmaşaya... insanın aklı nasıl kabul ederse. Mısırlılar firavunların mezarlarına bu simgeyi çizmişlerdi, Fenikeliler krallarının gömüldükleri tepelerde, eski Mykenai'nin duvarlarında aynı simge bulunmuştu. Stenehenge'de aynı şey evrenin geçiş süresinin saati olarak kullanılmıştı.

Sarmal yeryüzünün en eski güç simgesiydi. Dünyayla boşluk arasında var olabileceği düşünülen o dönemeçli köprünün simgesi.

Louis sonunda Gage'in mezarına varmıştı. Yol makinesi götürülmüş, yapay çimen kaldırılmıştı. Herhalde işten sonra içeceği birayı düşünürken neşeyle ıslık çalan bir işçi tarafından bir depoya yerleştirilmişti. Gage'in yattığı yer, bir metreye bir buçuk metrelik çıplak topraktı. Başına bir taş dikilmişti henüz.

Louis çömeldi. Rüzgâr saçlarını savuruyordu. Gökyüzü iyice kararmıştı artık. Bulutlar gök kubbeyi örtmek için yarışıyorlardı.

Kimse yüzüme bir fener tutup burada ne işim olduğunu sormadı. Köpek falan da havlamadı. Kapı kilitli değildi. Buraya bir kazma ve kürekle gelirsem...

İrkilerek kendine geldi birden. Gece saatlerinde Pleasantview'un nöbetçisiz olduğunu düşünerek kendi kendiyle tehlikeli bir kafa oyunu oynamaktaydı. Oğlunun mezarı içindeyken gece bekçisi kendisini yakalarsa? Gazetelere geçmeyebilirdi belki ama geçme olasılığı da vardı. Suçlanırdı. Neyle? Mezar soygunculuğu. Olamaz. Barbarlıkla belki. Gazeteler yazsa da, yazmasa da haber kulaktan kulağa yayılırdı. İnsanlar konuşurlardı, saklanmayacak kadar esaslı bir dedikoduydu: Kısa bir süre önce acı bir trafik kazasında ölen iki yaşındaki oğlunun mezarını kazarken yakalanan doktor. İşini kaybederdi. Kaybetmese bile, Rachel söylenen sözlerden huzursuz olurdu, Eileen'in okul yaşamı cehenneme dönerdi. Kendisine karşı dava açılmaması için belki de akıl doktoru muayenesini şart koşarlardı.

Ama Gage'i yeniden yaşama döndürebilirim! Gage yeniden yaşar ama!

Buna gerçekten inanıyor muydu?

İnanıyordu. Gage ölmeden önce de, öldükten sonra da kendi kendine defalarca Church'ün gerçekten ölmediğini, yalnızca bayıldığını söylemişti. Church toprağı eşeleyip kurtulmuş ve eve dönmüştü. Sahibi hayvanın canlı olduğunu bilmeden gömüp üstüne taşlardan bir yığın yapıyor. Sadık hayvan toprağı kazıp eve dönüyor. Çok güzel. Ama gerçek değildi bu. Church *ölmüştü*. Micmac mezarlığı onu diriltmişti.

Gage'in mezarının yanına çöküp bu büyünün imkân verdiği ölçüde mantıklı ve belirli bir düzen içinde düşünmeye çalıştı.

Timmy Baterman. O hikâyeye inanmış mıydı? İnanıp inanmaması ne fark ederdi?

Kendisine kolaylık sağlıyordu, doğru, ama yine de çoğuna inanmaktaydı. Micmac mezarlığı gibi bir yer varsa (ki vardı) ve insanlar bunu biliyorsa (yaşlı Ludlow'lulardan bazıları biliyordu), o zaman er geç biri bunu denemeye kalkışırdı, kaçınılmaz bir şeydi bu. Louis'in anladığı biçimiyle insan doğası bir iki evcil hayvanla tatmin olamazdı.

Peki, o halde Timmy Baterman'ın her şeyi bilen şeytan gibi, cin gibi bir şeye dönüştüğüne inanıyor muydu?

Bu daha güç bir soruydu, buna karşı çok dikkatli olmalıydı, çünkü buna inanmak *istemiyordu* ve böyle önyargılı olmanın sonuçlarını daha önce de görmüştü.

Hayır, Timmy Baterman'ın bir şeytana dönüştüğüne inanmak istemiyordu, ama yine de istediğinin mantığını gölgelemesine izin vermeyecekti.

Louis, Hanratty adındaki boğayı düşündü ondan sonra da. "Hanratty aksi bir hayvan oldu," demişti Jud. Timmy Baterman da öyle olmuş sayılırdı. Hanratty daha sonra, kendisini kızak üstünde Micmac mezarlığına götüren adam tarafından öldürülmüştü. Timmy Baterman da babası tarafından...

Hanratty'nin aksileşmesi, bütün hayvanların aksileşip kötüleşecekleri anlamına gelmezdi ki. Bundan bir genelleme çıkarılamazdı. Hanratty bir istisnaydı. Öteki hayvanlara bak bir kere: Jud'un köpeği Spot, yaşlı kadının kuşu, sonra Church. Hepsi de değişmiş olarak dönmüşlerdi, değişiklik her birinde görülmüştü, ama hiç olmazsa Spot'ta bu değişiklik öyle pek aşırı olmamıştı ki, Jud önermekten kaçınmamıştı...

(Yeniden dirilme.)

Evet, yıllar sonra bir dosta *yeniden dirilmeden* söz etmekten kaçınmamıştı. Tabii daha sonra kem küm etmiş, kendini haklı çıkaracak şeyler söyleyip zihnini karıştırmış, bir sürü palavra sıkmıştı.

Timmy Baterman'ın hikâyesine dayanarak kendi elinde olan bir fırsat –tek fırsattı– kaçırabilir miydi? Bir çiçekle yaz mı olurdu?

Bütün kanıtları kendi lehine yontuyorsun, diyordu içinden bir ses. Hiç olmazsa Church'teki değişiklik hakkında dürüst ol. Fareleri ve kuşları saymak istemiyorsan, hayvanın o haline ne diyeceksin? Kafası karışmış... bulanık... Uçurtmayı uçurduğunuz gün. Gage'in o gün nasıl olduğunu hatırlıyor musun? Nasıl da canlıydı, nasıl da her şeye karşı bir tepki gösteriyordu? Onu hep öyle hatırlamak en iyisi değil mi? İkinci sınıf bir korku filminden bir zombi mi çıkarmak istiyorsun? Yoksa geri zekâlı bir çocuk mu? Yemeğini parmaklarıyla yiyen, anlamadan televizyon ekranına bakan ve hiçbir zaman adını yazmayı göremeyecek bir çocuk mu istediğin? Jud köpeği için ne demişti? "Bir parça et yıkarmışsın gibi." İstediğin bu mu senin? Soluk alıp veren bir et parçası. Sen bununla tatmin olsan bile, oğlunun dirildiğini karına nasıl açıklayacaksın? Ya kızına? Steve Masterton'a? Dünyaya? Missy Dandridge eve gelip de Gage'i üç tekerlekli bisiklet üzerinde görünce ne yapar dersin? Çığlıklarını duyabiliyor musun Louis? Tırnaklarıyla yüzünü parçalayışını gözlerinin önüne getirebiliyor musun? Gazetecilere ne diyeceksin? *Gerçek İnsanlar* programından bir kamera ekibi kapının önüne dikilip de ölümden dönen oğlunun filmini çekmek isteyince ne yapacaksın?

Bunlar gerçekten önemli miydi, yoksa bu yalnızca korkaklığın sesi miydi? Bu işlerin üstesinden gelinmeyeceğine gerçekten inanıyor muydu? Rachel ölü oğlunu sevinç gözyaşlarından başka bir şeyle karşılar mıydı?

Evet, bir olasılıkla Gage döndüğünde biraz... değişmiş olacaktı. İyi ama, bu onun duyduğu sevgiyi azaltacak mıydı? Anne babalar kör doğan, Siyamlı ikizler olarak doğan, sakat doğan çocuklarını severlerdi. Gage sekiz yaşına kadar altında bezle dolaşsa bile onu sevemeyeceğini düşünmek mümkün müydü? On iki yaşına kadar alfabeyi sökemezse ya da hiç okuma yazma öğrenmezse? Silkinip atacak mıydı oğlunu yani...

Louis, sen tek başına boşlukta yaşıyor değilsin ama. İnsanlar...

Öfkeyle attı bu düşünceyi kafasından. Şu anda düşünülmemesi gereken şeylerin en başında kamuoyunun ne diyeceği geliyordu kuşkusuz.

Louis, Gage'in toprağı tırnakla düzeltilmiş mezarına bakarken içinde bir korku ve dehşet dalgasının dolaştığını hissetti. Parmakları, kendisi hiç farkında olmadan, bilinçsizce bir şekil çizmişti toprağın üstüne. Bir sarmal.

Her iki eliyle sildi toprağı, sarmal biçimi gözden kayboldu. Sonra kendini girmemesi gereken bir yere girmiş gibi hissederek, her an durdurulup sorguya çekileceğinden korkarak aceleyle çıktı mezarlıktan.

Pizzasını almaya geç kalmıştı; pizzayı büyük fırının üstünde saklamalarına rağmen soğumuştu, yağlıydı ve pişmiş toprak gibi bir tadı vardı. Louis bir parça yedikten sonra kalanını kutusuyla birlikte arabanın camından dışarı attı. Aslında ortalığı kirleten tiplerden değildi, ama Rachel'ın da evde çöp tenekesinde yarısından çoğu yenmemiş bir pizza görmesini istemiyordu. Bir şeyler gelirdi aklına sonra, Louis'in Bangor'a gitme nedeninin canının pizza çekmesi olmadığını düşünebilirdi.

Louis şimdi zamanı ve yolu yordamı düşünmeye başlamıştı.

Zaman. Zaman çok, ama çok önemliydi. Timmy Baterman babası kendisini Micmac Mezarlığı'na götürmeden çok önce ölmüştü. *Timmy on yedisinde öldü...* Timmy gömüldüğünde, yanlış hatırlamıyorsam temmuzun yirmi ikisiydi. Ondan dört beş gün sonra... Marjorie Washburn, Timmy'yi yolda gördü.

Pekâlâ, diyelim ki, Bill Baterman oğlunun ilk gömülmesinden dört gün sonra... hayır. Eğer bir yanlışlık yapacaksa bu kendi lehine olmalıydı. Üç gün diyelim. Timmy Baterman temmuzun yirmi beşinde dirilmiş olsun. Yani ölümüyle yeniden dirilişi arasında altı gün geçmiş olsun. On gün bile olabilirdi bu. Gage ise öleli dört gün olmuştu henüz. Zaman bir dereceye kadar geçmişti, ama yine de Bill Baterman'ın elindeki süreden çok kısaydı. Eğer...

Eğer Chucrh'ün dirilişini mümkün kılan duruma benzer bir durum yaratabilirse. Church'ün ölüm zamanı çok uygundu, ailesi yoktu bir kere. Yalnızca Jud ve kendisi biliyordu olanları.

Ailesi Chicago'daydı.

Louis son pürüzü de çözümlemişti kafasında.

Rachel kulaklarına inanamamış gibi, "Ne istiyorum dedin?" diye sordu.

Saat onu çeyrek geçiyordu. Eileen yatmıştı. Rachel konuklar gittikten sonra ortalığı temizlemiş, ardından bir Valium daha almıştı. Louis'in Bangor'dan dönüşünden bu yana şaşkın ve sakin görünüyordu... ama kocasının sözlerini, hiç olmazsa o dakikaya kadar söylediklerini anlamıştı.

"Chicago'ya annen ve babanla birlikte gitmeni istiyorum. Yarın gidecekler. Şimdi onlara, sonra da Delta Airlines'a telefon edersen aynı uçakta yer bulabilirsin."

Louis kendisinden hiç beklenmeyen bir rahatlıkla konuşuyordu. Hiç iyi bir yalancı olamamıştı o güne dek, söyleyeceklerini daha önceden tasarlamış da değildi, ama şimdi bir dizi inanılabilir yalan, yarı gerçek ağzından dökülüveriyordu.

"Eileen'le senin onlarla gitmenizi istememin bir nedeni de o kavgamız zaten. Bu açık yaranın artık kapanması gerek Rachel.

Cenaze evinde hissettim bunu. Kavga başladığında ona yaklaşmaya çalışıyordum."

"Ama... bence bu yolculuk iyi bir fikir değil Louis. Tam sana ihtiyacımız varken. Senin de bize ihtiyacın var ayrıca." Rachel kuşkuyla baktı kocasına. "Yani senin de bize ihtiyacın olduğunu *sanıyorum*. İkimiz de..."

"İkiniz de burada kalamazsınız." Louis ateşin yükseldiğini hissediyordu. "Bana ihtiyacın olduğuna sevindim, benim de hem sana, hem Eileen'e ihtiyacım var. Ama şimdi burada bulunman hiç de doğru değil sevgilim. Gage evin her köşesinde, her odasında şu anda. Senin için de öyle, benim için de. Ama sanırım en kötüsü, Eileen için de öyle."

Karısının gözlerinin içindeki acı parıltısını görünce tam can alıcı noktasına dokunduğunu anladı. Bu ucuz zaferi yüzünden bir yerde utanç duymuyor değildi. Ölüm konusunda okuduğu kitapların hepsinde de yaslı insanın en büyük isteğinin olay yerinden uzaklaşmak olduğunu bilirdi... Böyle bir isteğe boyun eğmek de çok zararlı olabilirdi sonunda, çünkü yaslı kişi yeni gerçekle yüz yüze gelmekten kaçınabilirdi. Kitaplar en iyi şeyin olduğun yerde kalmak ve kaybının bir anıya dönmesini beklemek olduğunu yazarlardı. Ama Louis ailesi evdeyken o denemeye giremezdi. Onlardan hiç olmazsa bir süre için kurtulması gerekiyordu.

"Biliyorum," dedi Rachel. Her... her yerde karşına çıkacakmış gibi oluyor insan... Sen Bangor'dayken koltuğun yerini değiştirdim... Düşünmemek için ortalığı elektrikli süpürgeyle temizleyeyim dedim... Kanepenin altında küçük arabalarından dört tanesini buldum... Sanki onun gelip oynamasını bekliyor gibiydiler..." Sesi titriyordu kadının. Gözlerinden yaşlar süzülüyordu. "O zaman ikinci Valium'u aldım işte. Şimdiki gibi ağlamaya başlamıştım... sarıl bana Lou, sarıl bana ne olur..."

Louis, karısını kucakladı. Bir sahtekârdan farksız hissediyordu kendini. Bu gözyaşlarını kendi amacına uygun bir yola dönüştürecek bir şey düşünüyordu.

"Ne kadar sürer bu?" diye ağlıyordu Rachel. "Sona erer mi hiç? Ona bir daha sahip olabilsek Louis, yemin ederim ki, daha iyi bakardım ona. Bir daha böyle bir şey olmazdı. O adamın tankeri aşırı hızlı sürmüş olması bizim sorumluluğumuzu azaltmaz. İnsanın böyle acı çekebileceğini aklımdan bile geçiremezdim Louis. Öylesine acı çekiyorum ki, uyurken bile bir an dinlendiğim yok, rüyalarımda görüyorum bu kez, art arda hem de. Onu yola doğru koşarken görüyorum... bağırıyorum ona..."

"Şişşşt," dedi Louis. "Sus artık Rachel, sus."

Kadın ağlamaktan şişmiş yüzünü kaldırdı. "Kötü bir şey de yapmıyordu ki Louis. Bir oyundu yaptığı... Tanker kötü bir zamanda geldi işte... Ben az önce ağlarken Missy Dandridge telefon etti... *Ellsworth American*'da sürücünün kendini öldürmeye kalkıştığını okumuş."

"Ne?"

"Adam garajda kendini asmış. Ağır bir bunalım geçiriyormuş..."

"Yazık ki, becerememiş," dedi Louis vahşi bir sesle. Ama sesi kendi kulaklarına bile sanki çok uzaktan geliyordu. Vücudunu bir ürpertinin kapladığını hissetti. *O yerin bir gücü var Louis... daha önce de öyleydi... Yeniden eski gücüne kavuşmakta olduğundan korkuyorum...* "Benim oğlum öldü, o bin dolar kefalet vermiş serbest dolaşıyor, yargıcın biri ehliyetini üç ay elinden alıp bir daha sakın böyle yapma diyene kadar beklerken de bunalım geçirip kendini asmaya kalkışıyor."

"Missy, adamın karısının çocuklarını alıp kaçtığını söyledi. Bunu gazeteden değil de Ellsworth taraflarında oturan birinden öğrenmiş. Adam sarhoş değilmiş. Uyuşturucu kullanmazmış. Daha önce aşırı hızdan da hiç tutuklanmamış. Ludlow'a girerken birden gazı köklemek gelmiş içinden. Nedenini bilemiyormuş. Herkes bir şey söylüyor işte."

Birden gazı köklemek gelmişti içinden.

O yerin bir gücü vardır...

Louis bu düşünceleri kafasından atmaya kararlıydı. Karısını hafifçe tuttu kolundan. "Annenle babana telefon et. Hemen şimdi. Eileen'le senin bu evde bir gün bile daha fazla kalmanıza gerek yok. Bir gün bile."

"Sensiz olmaz Louis. Ben bizim bir arada olmamızı istiyorum, buna *ihtiyacım* var."

"Üç, en fazla dört gün sonra gelirim ben de." İşler yolunda giderse Rachel'la Eileen kırk sekiz saat sonra dönerlerdi. "Yerime geçici olarak birini bulmam gerek. İzin hakkım var ama Surrendra'yı güç durumda bırakmak istemiyorum. Biz yokken Jud eve göz kulak olur. Elektriği kesip buzdolabındakileri de Dandridge'lerin buzdolabına taşırım."

"Eileen'in okulu..."

"Okulu batsın. Üç hafta sonra okullar tatil oluyor nasıl olsa. Durumu anlayışla karşılayacaklarından eminim. Her şey yoluna..."

"Louis?"

Louis sözünü yarıda kesti. "Efendim?"

"Benden sakladığın nedir?"

"Saklamak mı?" Louis dürüstçe baktı karısının yüzüne. "Neden söz ettiğini anlayamadım."

"Öyle mi?"

"Evet, anlayamadım."

"Önemli değil. Eğer gerçekten istiyorsan şimdi telefon ederim."

"İstiyorum."

"Eileen için... iyi de olabilir." Rachel, Valium'un etkisiyle hâlâ donuk olan, kenarları kızarmış gözleriyle baktı kocasına. "Ateşin var galiba Louis. Hastalanıyor gibisin."

Kocasının vereceği karşılığı beklemeden kalkıp annesiyle babasının kaldıkları motele telefon etti sonra.

Goldman'lar kızlarının önerisine çok sevinmişlerdi. Louis'in de üç dört gün sonra gelmesi fikri pek hoşlarına gitmemişti, ne var ki, bu konuda endişeye kapılmaları gereksizdi. Louis'in Chicago'ya gitmek gibi en küçük bir niyeti yoktu. Bilet almaya geç kalmış olmaktan korkuyordu sadece. Ama orada da talihi vardı. Delta Airlines'ın Bangor-Cincinnati seferinde boş yer vardı, Cincinnati de Chicago uçağında son anda iki kişinin biletlerini iptal ettiklerini bildirmişti. Rachel'la Eileen, Goldman'larla Cincinnati'ye kadar birlikte gidecekler, oradan da bir saat arayla Chicago'ya uçacaklardı.

Büyülüymüş gibi, diye düşündü Louis, telefonu kapatırken. Jud'un sesi hemen karşılık verdi kendisine: *Eskiden çok güçlüydü, korkarım şimdi de...*

Canın cehenneme, dedi Louis, Jud'un sesine... *Son on ayda pek çok garip şeyi kabullenmeyi öğrendim dostum. Ama bir toprak parçasının havayolları kontuarını etkileyeceğine inandığımı hiç sanmıyorum.*

"Hemen toplanayım," dedi Rachel.

"Bir tek büyük bavul yeter."

Rachel şaşkın şaşkın baktı kocasına. "İkimiz için mi? Şaka ediyorsun Louis."

"Bir bavulla iki çanta al öyleyse. Üç haftanın her günü için ayrı giyecek bir şeyin olsun diye titizlenmene gerek yok." *Nasıl olsa çok yakında Ludlow'a döneceksen,* diye düşünüyordu. "Bir haftalık, on günlük bir şeyler al. Çek defteriyle kredi kartları sende nasıl olsa. İhtiyacın olan şeyleri satın alırsın."

"Ama buna..." diye kuşkuyla söze başladı Rachel. Artık her şeye şaşıyor, karşısına çıkan ne olursa olsun aklı karışıyordu.

"Paramız var," dedi Louis. "Eh... gerekirse Gage'in kolej masrafı için ayırdığımız parayı kullanırız. Ama tahvilleri bozdurmak falan bir iki gün sürer..."

Rachel'ın yüzü birden allak bullak oldu. Louis karısını kucakladı. *Haklı elbette, hiç beklemediğin anda iniyor darbe.* "Rachel, ağlama," dedi. Ama ağladı Rachel, ağlamak zorundaydı.

Rachel yukarıda eşyalarını toplarken telefon çaldı, Louis, Delta Airlines'tan biri arıyor sanıp yerinden fırladı. Bir karışıklık olmuş, bilet bulunamamış diyeceklerdi. *Her şeyin gereğinden fazla yolunda gitmesinden kuşkulanmalıydım zaten.*

Ama arayan havayolları acentesi değil, Irwin Goldman'dı.

"Rachel'ı çağırayım," dedi Louis.

"Hayır." Bir an konuşacak hiçbir şey yoktu. *Herhalde telefonun başında durup bana ne küfür edeceğini düşünüyordur.*

Goldman konuşmaya başladığında sesindeki gerginlik fark ediliyordu. Sanki büyük karşı koymalara rağmen güçlükle çıkarıyordu sözcükleri ağzından. "Seninle konuşmak istiyorum. Dory telefon edip... davranışım için özür dilememi istedi... Louis, sanırım bunu ben de istiyordum."

Vay Irwin vay! Ne kadar da alçakgönüllüymüşsün! Gözlerim yaşardı doğrusu!

"Özür dilemen gerekmez," dedi. Sesi kupkuruydu.

"Bağışlanmaz bir şey yaptım," dedi Goldman. Artık güçlükle konuşmuyordu. "Rachel'la Eileen'in bize gelmelerini istemen senin bu olayda ne kadar büyük ve... benim de ne kadar küçük olduğumu gösterdi bana."

Bu palavralarda Louis'in çok yakından tanıdığı bir şey vardı...

Birden anladı... ve ağzı sanki ekşi bir limon ısırmış gibi sımsıkı büzüldü. Rachel'ın, *Louis, böyle kötü davrandığım için özür dilerim,* deyişinden farksızdı adamın konuşması. Rachel da gerçekten istediği bir şeyi elde ettikten sonra böyle konuşuyordu. Rachel'ın canlılığı ve neşesi eksikti karşısındaki seste, ama aynı şeyi söylüyordu işte.

Adam, kızıyla torununu alıyordu. Baba evine dönüyorlardı ikisi de. Delta ve United Airlines'ın işbirliğiyle Irwin Goldman'ın olmalarını istediği yere dönüyorlardı. Şimdi artık yüce gönüllü olabilirdi. Kendi bildiği kadarıyla zaferi o kazanmıştı. *Ölü oğlunun cesedi başında seni yumrukladığımı, yere düştüğünde tekmelediği-*

mi, tabutu devirince kilidin kırılmasının ardından oğlunun elini son bir kez görmene neden olduğumu unutalım. Hepsini unutalım.

Korkunç bir şey olsa da, Irwin, planlarımı altüst edecek olmasaydı şu anda gebermeni isterdim.

"Önemli değil Bay Goldman," dedi. "Hepimiz için... duygusal bir gündü."

"Önemli olmaz olur mu?" diye adam ısrar etti. Louis, adamın gizli bir amaç gütmediğini, istediğini elde etti diye özür dilemeye çalışmadığını fark etti. Goldman ağlayacak gibiydi. Sesi titriyordu. Ağır ağır, tane tane konuşuyordu. "Hepimiz için *korkunç* bir gündü. Benim yüzümden. Aptallığım ve inatçılığım yüzünden. Yardımıma ihtiyacı olan kızımı kırdım... seni de kırdım... Oysa senin de yardımıma ihtiyacın olabilirdi Louis. Sense böyle... benim o davranışımdan sonra... öyle davranınca kendimi çok bayağı hissettim. Ve böyle de olması gerektiğine inanıyorum."

Tanrım, sussun artık bu herif, yoksa bağırıp çağırmaya başlayıp her şeyi berbat edeceğim.

"Rachel herhalde sana söylemiştir Louis, bizim bir kızımız daha vardı..."

"Zelda," dedi Louis. "Evet, bana Zelda'dan söz etmişti."

"Çok güçtü," dedi Goldman o titrek sesiyle. "Hepimiz için çok güçtü. En çok da Rachel için sanırım... Zelda öldüğünde Rachel yanındaydı... ama Dory ve benim için de çok zordu... Dory az daha bir sinir krizi geçiriyordu..."

Ya Rachel'a ne oldu dersin, diye bağırmak istedi Louis. *Bir çocuk sinir krizi geçiremez mi sanıyorsun yoksa?* Aradan yirmi yıl geçmiş, hâlâ korkudan havalara zıplıyor ölümün gölgesini görünce. Ve şimdi de başına bu iş geliyor. Bu pis iş, bu korkunç iş. Şu anda hastanede yatıyor olmaması bile bir mucize. Onun için bana senin ve karın için ne güç olduğunu anlatıp durma.

"Zelda'nın ölümünden beri Rachel'a... daha sıkı bağlandık sanırım... onu korumak istedik... Çektiği sıkıntıların bedelini ödemek istedik... yıllarca. Zelda ölürken orada olmadığımız için..."

Evet, yaşlı adam gerçekten ağlıyordu. Neden ağlıyordu sanki? Louis'in o tertemiz ve saf nefretine tutunabilmesi güçleşiyordu. Güçleşiyordu ama yine de olanaksız değildi. Goldman'ın cebinden şişkin çek defterini çıkarışını gözlerinin önüne getirdi... ama birden arka planda Zelda Goldman'ı gördü... pis kokulu bir yatakta hiç de sessiz yatmayan bir hayalet, yüzü ıstırap ve nefret dolu, elleri pençe gibi. Goldman hayaleti. Büyük ve Müthiş Oz.

"Lütfen," dedi. "Lütfen Bay Goldman. Irwin. Yeter artık. Durumu olması gerektiğinden daha kötü yapmayalım, olmaz mı?"

"Senin iyi bir insan olduğuna inanıyorum artık, seni yanlış tanımışım Louis. Bak, benim için ne düşündüğünü biliyorum. O kadar aptal mıyım dersin? Hayır. Aptalım ama o kadar değil. İşte istediğini elde etti, şimdi de gözünü boyamak için konuşuyor, bir zamanlar beni satın almak istediği gibi diye düşünüyorsundur... Ama yemin ederim Louis..."

"Yeter," dedi Louis yumuşak bir sesle. "Daha fazlasına gerçekten dayanamayacağım..." Onun da sesi titriyordu. "Tamam mı?"

"Peki." Goldman içini çekti. Louis bunun bir rahatlama olduğunu düşündü. "Ama izin ver de bir kez daha söyleyeyim özür dilediğimi. Kabul etmek zorunda değilsin Louis. Özür diliyorum."

"Pekâlâ." Louis gözlerini kapattı. Başı zonkluyordu. "Teşekkür ederim Irwin."

"Ben *sana* teşekkür ederim... Ayrıca gelmelerine izin verdiğin için de teşekkür ederim. Belki de ikisinin de ihtiyacı olan şeydi bu. Havaalanında bekleyeceğiz onları."

"Çok iyi." Louis'in aklına ansızın bir şey geldi. Mantıklı olduğu kadar çekici ve çılgınca bir şey. Geçmişi karıştırmayacaktı. Gage'in de Pleasantview Mezarlığı'nda yatmasına izin verecekti. Kapanan bir kapıyı açmaya çalışmak yerine onu kilitleyecek, sürgülerini çekecek, anahtarını da atacaktı. Karısına yapacağını söylediği şeyleri yapacaktı sadece. İşlerini yoluna koyduktan sonra uçağa atlayıp yanlarına gidecekti. Belki de yazın tümünü orada geçirirlerdi. Kendisi, karısı ve iyi yürekli kızı. Hayvanat bahçesine, planetaryuma giderler, gölde sandal sefası yaparlardı. Eileen'i Sears Kulesi'nin tepesine çıkarır, dümdüz bir oyun tahtası gibi uzanan ovayı gösterirdi. Ağustos ortalarında da, şimdi bu kadar gölge dolu, acı dolu olan eve dönerlerdi; belki de her şeye yeniden başlamak gibi olurdu bu. Belki de her şeye yeniden başlayabilirlerdi.

İyi ama bu oğlunu öldürmek olmaz mıydı? İkinci kez öldürmek?

İçinde bir ses bunun böyle olmadığını söylüyordu, ama Louis kulaklarını tıkamıştı bir kere. Sesi susturdu hemen.

"Irwin, artık kapatmam gerek. Gidip Rachel'a yardım etmeliyim."

"Peki. Hoşça kal Louis. Sana bir kez daha..."

Ne kadar üzgün olduğunu bir daha söylerse bağırırım.

"Hoşça kal Irwin," deyip kapattı telefonu.

Yukarı çıktığında Rachel elbiseler içinde boğulmuş gibiydi. Yatakların üzerine bluzlar, iskemlelerin arkalarına sutyenler, kapı koluna asılı olan askılara pantolonlar seriliydi. Pencere altında asker dizisi gibiydi ayakkabıları. Ağır ağır ama ustaca toparlanıyordu Rachel. Louis onun en az üç (belki de dört) bavul almak üzere olduğunu gördü, ancak bu konuda bir tartışmaya girmenin yararsızlığını da biliyordu. O da karısına yardıma başladı.

Son bavulu kapatırlarken (kilidin kapanması için Louis bavulun üstüne oturmak zorunda kalmıştı) Rachel, "Louis, bana söylemek istediğin bir şey olmadığından emin misin?" diye sordu.

"Sevgilim, ne demek istiyorsun Tanrı aşkına?"

"Ne olduğunu bilmiyorum. Onun için soruyorum zaten."

"Ne yapacağımı sanıyorsun? Geneleve mi gideceğim? Ne yapacağım?"

"Bilmiyorum. Ama ortada doğru olmayan bir şey var. Sanki bizden kurtulmak istiyormuş gibisin."

"Rachel, *saçma* bu!" Louis'in sesindeki şiddet biraz da bıkkınlıktan doğuyordu.

Karısı hafifçe gülümsedi. "Hiçbir zaman iyi bir yalancı değilsin Lou."

Louis itiraz edecekken Rachel sözünü kesti.

"Eileen rüyasında senin ölmüş olduğunu görmüş. Dün gece ağlayarak uyandı. Yanına gittim. İki üç saat yanında yattıktan sonra döndüm senin yanına. Rüyasında seni mutfak masası başında otururken görmüş, gözlerin açıkmış, ama o senin ölü olduğunu biliyormuş. Steve Masterton'ın çığlıklarını duyduğunu söyledi."

Louis cesareti kırılmışçasına baktı karısına. "Rachel, Eileen'in kardeşi daha dün öldü. Ailesinin diğer üyelerinden birinin de ölmüş olduğunu rüyasında görmesinden daha doğal bir şey olamaz."

"O kadarını ben de düşündüm. Ama kızın anlatışı... sözleri... sanki kehanetmiş gibi geldi."

Rachel acı acı güldü.

"Belki de orada olman gerekiyordu."

"Belki," dedi Louis.

Sanki kehanetmiş gibi geldi bana.

"Gel yatalım," dedi Rachel. "Valium'un etkisi geçti, daha fazla da almak istemiyorum. Korkuyorum ama. Ben de rüyalar gördüm..."

"Ne rüyası?"

"Zelda'yı gördüm. Gage öldüğünden bu yana gece gözlerimi kapatınca Zelda çıkıyor karşıma. Beni almaya geldiğini ve bu kez alacağını söylüyor. Gage'le benden öç alacaklarmış..."

"Rachel, bu yalnızca..."

"Bir rüya, biliyorum. Normal bir şey. Ama bu gece yanıma gel ve mümkünse rüyalarımı benden uzak tut Louis."

Louis'in tek kişilik yatağında yatıyorlardı.

"Rachel, uyanık mısın?"

"Evet."

"Sana bir şey sormak istiyorum."

"Sor bakalım."

Louis karısına daha fazla acı vermek istemediğinden bir an duraksadı, ama öte yandan da bilmek zorundaydı.

"Gage dokuz aylıkken bizi nasıl korkuttuğunu hatırlıyor musun?"

"Hatırlıyorum elbette. Neden sordun?"

Gage dokuz aylıkken Louis, oğlunun kafatasının boyutları konusunda korkuya kapılmıştı. Kendisinin kitaplarında normal çocuk kafataslarının aylara göre ölçüleri veriliyordu. Gage dört aylıkken kafatası kitaplarda yazanın en büyüğüydü. Başını dik tutmakta falan bir güçlüğü yoktu, böyle bir şey olsa hemen anlaşılırdı, ama yine de Louis oğlanı orta-batının en yetenekli nöroloğu olan George Tardiff'e götürmüştü. Rachel ne olduğunu öğrenmek istemiş, Louis de kuşkularını anlatmıştı. Gage hidrosefalik olabilirdi. Rachel'ın yüzü bembeyaz kesilmiş ama metanetini kaybetmemişti.

"Bana normalmiş gibi görünüyor."

Louis başını sallamıştı. "Bana da. Ama yine de bir uzmana göstersek iyi olur."

Tardiff, Gage'in kafatasını ölçerken kaşlarını çatmıştı. İki parmağını oğlanın yüzüne uzatmış, Gage hemen başını geri çekmişti. Ama Tardiff gülümseyince, Louis'in içi biraz rahatlar gibi olmuştu. Tardiff, oğlana tutması için bir top vermişti. Gage topu az sonra bırakmıştı elinden. Tardiff topu alıp yere vurmuş, zıplatmaya başlamış, gözlerini Gage'in gözlerinden ayırmamıştı. Gage'in gözleri topu izliyordu.

"Hidrosefalik olması olasılığı yüzde elli," demişti Tardiff daha sonra Louis'e. "Belki de daha fazla. Eğer öyleyse, bile pek hafif bir vaka. Çok dikkatli görünüyor. Yeni ameliyat yöntemi bu sorunu çözümler... eğer bir sorun varsa."

"Beyin ameliyatı yani."

"Çok küçük bir beyin ameliyatı."

Louis, Gage'in kafasının büyüklüğüne aklını taktıktan sonra bu konudaki kitapları okumuştu, Tardiff'in sözünü ettiği beyindeki fazla suyu çekip almak işi kendisine pek o kadar basit gelmiyordu. Böyle bir ameliyat yöntemi olduğuna şükredip çenesini fazla açmamasının iyi olacağını düşündü.

"Oğlunun başının yaşına göre biraz büyük olabileceği olasılığı da var her zaman," demişti Tardiff. "En iyisi bir CAT taraması yaptırmak, değil mi?"

Louis en iyi yolun bu olduğuna karar vermişti.

Gage hastanede bir gece yatmıştı. Çocuğa genel anestezi yapılmış, uyurken kafasını çamaşır kurutma kazanına benzer bir aletin içine sokmuşlardı. Eileen büyükbabasının yanında kalmış, videoda sabahtan akşama kadar *Susam Sokağı*'nı seyretmişti. Kendisiyle Rachel ise hastanede beklemişlerdi. Çok uzun, bitmek tükenmek bilmeyen kapkaranlık saatler geçirmişti Louis. Genel anestezi sırasında ölüm, ameliyatta ölüm, hidrosefalus sonunda geri zekâlılık, sara, körlük... olasılıklar gerçekten sınırsızdı.

Tardiff saat beşte gelmişti bekleme odasına. Üç puro vardı elinde. Birini Louis'in, birini Rachel'ın (karısı itiraz edemeyecek kadar şaşırmıştı) ağzına sokup üçüncüsünü de kendisi yakmıştı.

"Oğlan iyi, hidrosefalus yok."

"Yakıver şu nesneyi," demişti Rachel aynı anda hem ağlayıp, hem gülerek. "Kusana kadar içeceğim."

Tardiff puroları yakmıştı.

Tanrı onu 15 numaralı karayolu için koruyordu Dr. Tardiff.

"Rachel, Gage'de hastalık olsaydı ve ameliyat başarılı geçmeseydi... onu yine sever miydin?"

"Ne biçim soru bu Louis?"

"Sever miydin?"

"Elbette. Ne olursa olsun severdim Gage'i."

"Geri zekâlı olsaydı bile mi?"

"Evet."

"Onu bir hastaneye kapatmak ister miydin?"

"Sanmıyorum. Şimdi kazandığın parayla bunu yapabilirdik... iyi bir yere yani... ama imkân olursa yanımızda isterdim onu... Louis, neden soruyorsun bunları?"

"Zelda'yı düşünüyordum sanırım." Louis yalan söyleme yeteneğine kendisi de şaşıyordu. "Bir daha aynı şeyi yaşar mıydın diye merak ediyordum."

"Aynı şey olmazdı. Gage... Gage'di işte. Oğlumuzdu. Çok büyük bir fark yapardı bu. Güç olurdu sanırım... *Sen* onu bir yere kapatmak ister miydin? Pineland gibi bir yere?"

"Hayır."

"Uyuyalım hadi."

"İyi fikir."

"Şimdi artık uyuyabileceğimi hissediyorum," dedi Rachel. "Bugünü geride bıraktım artık."

"Buna sevindim," dedi Louis.

Rachel uzun bir süre sonra uykulu bir sesle, "Haklısın Louis... rüyalar işte..." dedi.

"Elbette." Louis karısının kulakmemesini öptü. "Uyu artık."

Sanki kehanetmiş gibi geldi bana.

Louis uzun bir süre uyuyamadı. Uyuyakalacağı anda da ayın kıvrık kemik gibi ucu pencereden kendisine bakıyordu.

43

Ertesi gün hava bulutlu ve sıcaktı. Louis, Rachel'la Eileen'in bavullarını bagaja verip biletlerini alana kadar kan ter içinde kalmıştı. Böylesine meşgul olabilmek bile bir ihsandı sanki kendisine. Şükran Günü'nde ailesini Chicago'ya gönderirken hissettiği acının pek azını duyuyordu şimdi.

Eileen biraz uzak ve garip gibiydi. Louis o sabah kızın yüzünde birkaç kez garip, düşünceli bir bakış görmüştü.

Annesiyle belki de bütün yazı geçirmek için Chicago'ya gideceklerini öğrendiğinde hiçbir şey demeden kahvaltısına devam etmişti. Kahvaltıdan sonra hiç ses çıkarmadan yukarı çıkıp Rachel'ın hazırladığı elbiselerini giymişti. Gage'in resmini havaalanına da getirmişti. Louis bilet kuyruğunda beklerken plastik koltuklardan birinde sesini çıkarmadan oturmuştu.

Bay ve Bayan Goldman uçağın kalkışından kırk dakika önce geldiler. Havanın sıcaklığına rağmen Irwin Goldman'ın sırtında kaşmir bir pardösü vardı (hiç de terlemiş görünmüyordu). Adam gidip kiraladığı arabayı geri verirken Dory Goldman da kızıyla torununun yanına oturdu.

Louis'le Goldman diğerlerinin yanına aynı anda döndüler. Louis özür dileme oyununun tekrarının oynanacağından korkuyordu, ancak Goldman bir el sıkışması ve bir merhabayla yetinmiş gibiydi. Damadına yönelttiği kısa bakış Louis'in o sabah vardığı kanıyı güçlendirmişti. Kayınpederi dün gece sarhoş olmalıydı.

Hep birlikte yukarı çıkıp salonda oturdular. Pek konuşmuyorlardı. Dory Goldman elindeki Erica Jong'un romanına bakıyor ama kapağını açmıyordu. Arada bir de Eileen'in elindeki resme endişeyle bir göz atıyordu.

Louis, kızına birlikte gazeteciye gidip uçakta okuyacak bir şey seçmek isteyip istemediğini sordu.

Eileen yine o düşünceli bakışlarla bakıyordu kendisine. Louis hiç hoşlanmıyordu bundan.

"Büyükbabanda uslu duracak mısın bakalım?" diye sordu yürürlerken.

"Evet, duracağım. Baba okula gitmiyorum diye bana ceza verirler mi dersin? Andy Pasioca okuldan kaçanları yakalayan bir adam olduğunu söyledi."

"Sen merak etme. Okul işine ben bakarım, sonbaharda yeniden başlarsın okula."

"Sonbahara kadar bir şey olmam umarım. Birinci sınıfa hiç gitmedim. Hep ana sınıfındaydım şimdiye kadar. Birinci sınıftaki çocukların neler yaptıklarını hiç bilmiyorum. Onlara ev ödevleri verirler herhalde."

"Başarırsın, hiç merak etme."

"Baba, hâlâ kızgın mısın büyükbabama?"

Louis gözlerine inanamayarak baktı kızına. "Bunu da nereden çıkardın Eileen? Büyükbabandan hoşlanmadığımı nereden çıkardın bakayım?"

Konu kendisini hiç ilgilendirmiyormuş gibi omuzlarını silkti Eileen. "Onun hakkında konuşurken hep öfkelisin de."

Çocuk kitapları tarafına giderlerken Eileen, babasına yine garip garip baktı. *Nasıl hissediyorlardı bunları? Öylece biliyorlar mıydı yoksa? Eileen ne kadar biliyordu? Nasıl bir etki yapıyordu bu üzerinde? Eileen, o soluk yüzün ardında neler var?*

Eileen'in aldığı kitapların parasını ödemek için sıraya girdiklerinde, "Büyükbabanla ben birbirimizi severiz," dedi. Annesinin, bir kadın çocuk istediği takdirde çocuğu "bulduğunu" söylediğini hatırladı sonra. Kendi çocuklarına hiç yalan söylemeyeceğine dair kendi kendine verdiği sözleri anımsadı. Son birkaç gün içinde bayağı gelecek vaat eden bir yalancı olmaya başlamıştı, ama şimdi bunu düşünecek değildi.

"Ya?" dedi kız. Daha fazla konuşmadı.

Sessizlik daha çok huzurunu kaçırmıştı Louis'in. "Chicago'da iyi vakit geçirecek misin dersin?" diye sordu kıza.

"Hayır."

"Neden?"

Kız, babasının yüzüne baktı. "Korkuyorum."

Louis elini kızının başının üstüne koydu. "Korkuyor musun? Neden ama yavrum? Uçaktan korkmuyorsun, değil mi?"

"Hayır. Neden korktuğumu ben de bilmiyorum baba. Gage'in cenazesinde olduğumuzu gördüm rüyamda, cenaze evi müdürü tabutu açtı, içinde Gage yoktu. Sonra eve döndüm, Gage'in yatağına baktım, o da boştu. Ama içinde toprak vardı."

Kalk Lazar.

Louis, aylardan beri ilk kez Pascow'un ölümünden sonra gördüğü rüyayı hatırladı. Uyandığında ayakları ve yatak toprak içindeydi.

Ensesindeki tüyler diken diken oldu.

"Rüya bunlar," dedi Eileen'e. Sesi kendi kulağına normal geliyordu hiç olmazsa. "Geçer hepsi."

"Sen de bizimle gelseydin baba. Ya da biz de gitmeseydik. Burada kalabilir miyiz baba? Büyükbabamlara gitmek istemiyorum ben... Okuluma dönmek istiyorum. Olur mu, ha?"

"Az bir süre için Eileen. Benim... benim yapacak bir iki işim var burada, sonra ben de sizinle olacağım. Ondan sonra ne yapacağımıza o zaman karar veririz."

Louis bir tartışma ya da Eileen'e özgü öfke nöbetlerinden birini bekliyordu. Buna sevinirdi belki de... o bakışa kıyasla tanıdığı, bildiği bir şeydi bu. Ama kızda yalnızca o huzursuzluk verici sessizlik vardı. Louis ona daha başka şeyler de sorabilirdi ama kendisinde soru soracak cesareti bulamadığını fark etti. Eileen kendisine belki de duymak istediğinden daha çok şey anlatmıştı.

Eileen'le bekleme salonuna dönmelerinden az sonra uçakları anons edildi. Biniş kartları çıkarıldı, kuyruğa girdiler. Louis, karısını kucaklayıp öptü. Rachel bir an sımsıkı sarıldı kocasına.

Eileen ciddi bakışlarla baktı babasına. "Gitmek istemiyorum," dedi. Ama yürüyen yolcuların ayak sesleri ve konuşmaları arasında bunu bir tek Louis duymuştu. "Annemin de gitmesini istemiyorum."

"Hadi Eileen," dedi Louis. "Her şey yoluna girecek, görürsün."

"Belki, ama sen ne olacaksın baba? Ya sen ne olacaksın?"

Kuyruk ilerlemeye başlamıştı. Rachel, Eileen'in elini çekti, kız bir an gözlerini babasından ayırmadan direndi.

"Baba?"

"Git artık Eileen. Lütfen."

Rachel, Eileen'e bakınca kızın yüzündeki o karanlık, hayalci bakışı ilk kez fark etti. Korkuyla, "Eileen?" dedi. "Kuyruğu engelliyorsun kızım."

Eileen'in dudakları titredi. Annesinin kendisini çekmesine ses çıkarmadı. Dönüp bakınca Louis kızın gözlerindeki çıplak korkuyu gördü. Sahte bir neşeyle elini kaldırdı.

Eileen el sallamadı.

44

Louis havaalanından çıkarken beyni üzerine soğuk bir örtü gerilmiş gibiydi. Aklında olan şeyi yapmaya kararlı olduğunu fark etmişti. Tıp öğretimi yıllarında aldığı burslar ve karısının haftada altı gün sabahın beşinden on birine kadar bir kahvehanede garsonluk yaparak kazandıklarıyla geçinmesini sağlayan keskin zekâsı sorunu alıp parçalarına ayırmıştı. Sanki şimdiye dek girdiği en büyük sınavdaymış gibi. Ve bundan tam puanla geçmek niyetindeydi.

Penobscot Nehri üzerinde Bangor'un karşısında olan küçük Brewer kasabasına sürdü arabayı. Watson Hırdavat Mağazası'nın hemen karşı kaldırımında bir park yeri buldu.

"Ne istiyordunuz?" diye sordu tezgâhtar.

"Büyük bir el feneri dört köşe olanlarından, bir de ışığını örtecek bir başlık."

Tezgâhtar ufak tefek, çıkık alınlı, keskin gözlü bir adamdı. Pis pis gülümsüyordu Louis'e bakarken. "Avlanmaya mı çıkacaksın ahbap?" diye sordu.

"Anlamadım?"

"Geyiklerin gözüne ışık tutup avlanacak mısın bu gece?"

"Öyle bir niyetim yok. Avlanma ruhsatım bile yok zaten."

Tezgâhtar gözlerini kırpıştırdı, sonra gülmeye karar verdi. "Kısacası, işime burnunu sokma diyorsun, öyle değil mi? Pekâlâ öyle olsun. O büyük fenerlerin üstünde başlık yok, ama istersen üzerini keçeyle kaplayıp ortasına bir delik delersin, o zaman ipincecik bir ışık elde edersin."

"Teşekkürler."

"Başka bir şey ister miydin?"

"Evet. Bir kazma, bir kürek, bir bel. Kürek kısa saplı olacak. Sağlam bir ip. Bir çift iş eldiveni. Bir de iki metreye iki metre bir branda."

"Tamam."

"Fosseptik kanalını boşaltacağım," dedi Louis. "Komşularım şikâyet ediyorlar da. Işığı örtmemin bir yararı olup olmadığını bilemiyorum ama bir deneyeceğim. Yoksa esaslı bir ceza yerim yakalanırsam."

"Çalışırken burnuna bir de mandal takman gerekecek."

Louis kendisinden beklenildiği üzere güldü. Hesabı 58 dolar altmış sent tuttu. Parayı nakit olarak ödedi.

Benzin fiyatları arttığından bu yana steyşın vagonu çok az kullanmışlardı. Direksiyon milinde bir arıza vardı ama Louis en az iki yüz dolar tutacak onarımı hep erteleyip durmuştu. Şimdi arabaya tam ihtiyacı varken kullanamayacaktı işte. Honda'nın arkası açılıyordu. Ludlow'a kazma kürekle dönmek pek hoş olmayacaktı. Jud Crandall'ın gözleri keskindi, kafası da iyi çalışırdı. Ne yapmak üzere olduğunu bir bakışta anlayacaktı.

Birden eve dönmek için hiçbir nedeninin olmadığı geldi aklına. Tekrar Bangor'a dönüp Odlin Caddesi'ndeki Howard Johnson Moteli'ne gitti. Şimdi yine hem havaalanına, hem de oğlunun gömüldüğü mezarlığa yakındı. Dee Dee Ramone adıyla motele kaydını yaptırıp oda ücretini nakit ödedi.

Ertesi sabahtan önce biraz dinlenmek iyi gelecekti, önündeki gece boyunca epey zorlu bir işi vardı.

Ama kafası bir türlü sakinleşmiyordu.

Planı durmadan dönüp duruyordu kafasının içinde. Her açıdan yeniden kontrol ediyordu, zayıf noktalarını arıyordu. Gerçekte bir çılgınlık ırmağının üstünde daracık bir tahtadan geçmeye çalıştığının farkındaydı. Çevresini çılgınlık kaplamıştı. Dört yanını. Sıkıştırıyordu durmadan.

Bu gece saat on bir sularında oğlunun mezarını kazacak, cesedi tabuttan çıkaracak, Gage'i brandaya sarıp arabanın arkasına yerleştirecekti. Tabutu kapatıp mezarı yeniden dolduracaktı. Sonra Ludlow'a dönecek, cesedi arabadan çıkaracak... ve bir yürüyüşe çıkacaktı. Evet, bir yürüyüşe çıkacaktı.

Gage dirilirse, önündeki tek yol ikiye ayrılacaktı. Gage, belki biraz ağır hareketli, hatta geri zekâlı olarak dönecekti. Ama yine oğlu olarak, Rachel'ın oğlu, Eileen'in kardeşi olarak.

Öteki yoldaysa evin arkasındaki ağaçların arasından çıkan bir canavar vardı. Louis o kadar çok şeyi kabullenmişti ki, artık canavarlardan, cinlerden, ruhu uçup gitmiş bir ölünün cesedine giren öteki dünya yaratıklarından korkmuyordu artık.

Her ne olursa olsun, oğluyla yalnız olacaktı. Ve...

Bir teşhis koyacağım.

Evet, yapacağı buydu işte.

Yalnız vücudu için değil, ruhu için de bir teşhis koyacağım. Kazanın getirdikleri için bir pay ayıracağım kuşkusuz. Kendisi kazayı hatırlamayabilir de. Church örneğinde olduğu gibi bir geri zekâlılık bekleyebilirim. Gage'i yirmi dört saatle yetmiş iki saat arasında bir süre izleyerek tekrar ailemize katıp katmama konusunda bir karara varacağım. Eğer kayıp çok büyükse, Timmy Baterman gibi kötü bir şey olarak dönerse... onu öldüreceğim.

Bir doktor olarak Gage'i öldürebileceğini hissediyordu. Hele Gage başka bir varlık taşıyan bir araçsa, işi daha da kolaylaşacaktı. Çocuğun kandırmalarına yalvarmalarına kanmayacaktı. Veba mikrobu taşıyan bir fareyi öldürür gibi öldürecekti onu. Melodramatik olmaya gerek yoktu. Su içinde bir hap ya da gerekirse bir iki hap. Veya bir iğne. Çantasında morfin vardı. Sonra cesedi yeniden Pleasantview'a götürüp gömecekti. Hayvan mezarlığını da düşünmüştü. Orası daha güvenli olurdu kendisi için. Ama oğlunu oraya gömemezdi. Birkaç nedeni vardı bunun. Beş yıl, on yıl, yirmi yıl sonra hayvanını gömen bir çocuk Gage'in kemiklerini bulabilirdi. Ama gerçek neden bu değildi. Hayvan mezarlığı... çok yakın olabilirdi.

O işi de bitirdikten sonra uçakla Chicago'ya gidip ailesiyle buluşacaktı. Rachel'ın da, Eileen'in de ne yaptığını bilmelerine gerek kalmayacaktı.

Sonra öteki yola baktı yine, oğluna olan sevgiyle körü körüne istediği öteki yola. Muayene dönemi sona erince Gage'le birlikte gece yola çıkacaklardı. Yanına bazı belgeler alacak ve bir daha oraya dönmeyecekti. Gage'le bir motele -belki de bu motele- gelirlerdi.

Ertesi sabah bütün parasını bankadan çekip American Express seyahat çeki alacaktı. (*Dirilen oğlunla evden çıkarken onları yanına almayı unutma,* diye düşündü). Bolca da nakit bulunduracaktı yanında. Gage'le Florida'ya giderlerdi belki. Oradan Rachel'a telefon edip nerede olduğunu bildirecek, annesiyle babasına bir şey söylemeden kızı alıp hemen yanına gelmelerini isteyecekti. Louis, Rachel'ı bunu yapmaya ikna edebileceğinden emindi. *Hiçbir şey sorma Rachel. Gel yalnızca. Şu anda, şu dakika gel.*

Ona nerede kaldığını (kaldıklarını) söyleyecekti. Bir motelde herhalde. Rachel'la Eileen kiraladıkları bir arabayla geleceklerdi. Kapıyı vurduklarında Gage'le birlikte açacaktı. Gage'in üzerinde mayosu olacaktı.

Sonra...

Ondan sonrasını düşünmeye cesaret edemiyordu. Planın yeniden başlangıcına döndü. Eğer işler yolunda giderse Irwin Goldman'ın o şişkin çek defteriyle izlerini bulamaması için yepyeni yaşamlarının ayrıntılarını düşünmek zorundaydı. Böyle şeyler çözümlenirdi nasıl olsa.

Ludlow'daki evlerine yorgun, gergin ve biraz da ürkmüş olarak gelişini hatırlıyordu. Yolda arabayı Orlando'ya sürüp Disneyland'de doktor olarak bir iş aramayı düşünmüştü bir ara. Belki de sanıldığı kadar uzak bir hayal olmayabilirdi bu.

Kendisini beyazlar içinde, Tılsımlı Dağ'a çıkmış ve sonra korkudan bayılmış bir kadını muayene ederken görebiliyordu. *Geri çekilin, biraz hava alsın,* dediğini duyar gibi oluyordu. Kadın gözlerini açıyor, minnetle gülümsüyordu kendisine.

Louis hoş sayılabilecek bu tür düşünceler içindeyken birden uyuyakaldı. O sırada Niagara Şelalesi'nin üzerinden geçerlerken karabasan gören kızının yanına koşan Rachel onu avutmaya çalışırken Louis uyuyordu. Eileen, *"Gage bu anne! Gage!"* diye bağırırken uyuyordu. *"Gage yaşıyor! Babamın çantasından bıçağını almış! Beni öldürmesin ne olur anne! Babamı öldürmesin!"*

Sakinleşen Eileen hıçkırarak annesinin göğsüne yaslanıp iri ve yaşlı olmayan gözlerle çevresine bakarken, Dory Goldman bu olanların Eileen için çok kötü olduğunu, kızın kendisine Rachel'ın Zelda öldükten sonraki halini hatırlattığını düşünürken Louis uyuyordu.

Saat beşi çeyrek geçe uyandığında, hava yavaş yavaş kararmaya başlamıştı.

Çok iş var, diye düşünerek kalktı.

45

United Airlines'ın 419 sefer sayılı uçağı O'Hare Havalimanı'na inip yolcularını üçü on geçe boşalttığında, Eileen Creed hafif bir isteri nöbetine kapılmıştı ve Rachel da korku içindeydi.

Eileen'in omzuna dokunulursa sıçrayarak dönüp iri ve anlamsız gözleriyle insanın yüzüne bakıyor, vücudu hiç durmadan yaprak gibi titriyordu. Sanki elektrik yüklüymüş gibi. Uçaktaki karabasan yeteri kadar kötüydü zaten, ama bu... Rachel ne yapacağını bilemiyordu.

Terminale girerken Eileen'in ayakları birbirine dolandı, yere düştü. Rachel kızı kucaklayıp kaldırana kadar da yerden kalkmadı. Uçaktan inenler kızın çevresinden dolanıyorlar ya da transit geçen yolculara özgü o ilgisiz ama hafifçe acıyan bakışlarla bakıyorlardı.

"Neyin var Eileen?" diye sordu Rachel.

Ama Eileen cevap vermedi. Lobiden geçip bagaj bantlarına doğru yürüdüler. Rachel, annesiyle babasının kendilerini beklediklerini gördü. Elini salladı. Yaşlı karıkoca kızlarının yanına geldiler.

Dory, "Sizi kapıda bekleyemeyeceğimizi söylediler," dedi. "Biz de... Rachel? Eileen nasıl?"

"İyi değil."

"Anne, tuvalet var mı burada? Kusacağım galiba."

"Tanrım!" Rachel şaşkın bir halde tuttu kızının elini. Karşıda bir tuvalet görmüştü, oraya gittiler.

"Ben de geleyim mi?" diye seslendi Dory.

"Hayır. Siz bavulları alın."

Tuvalet boştu neyse ki. Rachel çantasında bozukluk para ararken tuvaletlerden birinin kilidinin kırık olduğunu görüp kızı hemen oraya soktu. Eileen şimdi inleyerek karnını tutuyordu. İki kere öğürdü ama kusmuk gelmiyordu.

Eileen biraz daha iyi olduğunu söyleyince Rachel kızını musluğa götürüp yüzünü yıkadı. Eileen kâğıt gibi beyazdı, gözlerinin altında halkalar oluşmuştu.

"Eileen, ne var? Neden söylemiyorsun bana?"

"Bilmiyorum," dedi kız. "Ama babam bana bu yolculuğa çıkacağımızı söylediğinden beri bir şey var. Onun bir şeyi vardı çünkü."

Louis, ne saklıyorsun benden? Bir şey saklıyordun. Görüyordum bunu. Eileen bile görüyordu.

Rachel birden kendisinin de o gün sabahtan beri sinirli olduğunu fark etti, sanki hep bir şeylerin olmasını beklermiş gibi. Âdetlerinden iki üç gün önce olduğu gibi sinirli ve gergin hissediyordu kendini, gülmeye ya da ağlamaya hazır veya her an başının ağrımasını beklermiş gibi.

"Ne?" diye sordu aynadan Eileen'e. "Babanın nesi olabilir yavrum?"

"Bilmiyorum. Bir rüya gördüm. Gage vardı galiba rüyamda ya da Church. Hatırlamıyorum. Bilemiyorum."

"Eileen, rüyanda ne gördün?"

"Hayvan mezarlığındaymışım," dedi Eileen. "Paxcow beni oraya götürdü ve babamın da oraya gelip korkunç bir şey yapacağını söyledi."

"Pawcox mu?" Hem keskin, hem de pek belirli olmayan bir korku bıçak gibi saplanmıştı Rachel'a. Neden yabancı gelmemişti bu ad? Bu adı ya da buna benzer bir adı bir yerlerde duymuştu ama nereden duyduğunu anımsayamıyordu. "Paxcow diye birinin seni hayvan mezarlığına götürdüğünü mü gördün rüyada?"

"Evet. Adının öyle olduğunu söyledi. Ve..." Kızın gözleri birden irileşti.

"Başka bir şey mi hatırladın?"

"Kendisinin *uyarmak* için gönderildiğini ama işe *karışamayacağını* söyledi. Bir... bir şeymiş... babama yakınmış, çünkü ruhları... hatırlamıyorum işte!"

"Eileen, Gage'i düşündüğün için rüyanda hayvan mezarlığını gördün. Babanın da iyi olduğundan eminim. Biraz daha iyisin ya şimdi?"

"Hayır," diye fısıldadı Eileen. "Korkuyorum anne. Sen korkmuyor musun?"

"Hayır," dedi Rachel başını sertçe sallayıp gülümseyerek. Korkuyordu ama. Paxcow adını bir yerden anımsıyordu, aylar belki yıllar önce kötü bir şeyle birlikte duymuştu bu adı.

İçinde giderek büyüyen, patlamaya hazır bir şey vardı sanki. Kaçınılması gereken bir şey. Ne ama? Ne?

"Eminim her şey yolundadır," dedi. "Büyükbabanların yanına gidelim mi?"

"Gidelim," dedi Eileen isteksizce.

"Yürü hadi, büyükbabanın evinden babana telefon ederiz."

"Üzerinde şort vardı," dedi birden Eileen.

"Kimin yavrum?"

"Paxcow'un. Rüyamdaki adam kırmızı şort giymişti."

Yine o ad... Rachel'ın dizlerinin bağı çözülür gibi oldu yine...

Babası bavullarını alırken annesi duvar kenarında iki koltuk tutmuştu kendileri için. O yana yürüdüler.

"Şimdi biraz daha iyi misin yavrum?" diye sordu Rachel.

"Biraz," dedi Eileen. "Anne..."

Rachel'a baktığı anda sustu kız. Rachel dimdik oturuyordu koltukta, eliyle ağzını kapatmıştı, yüzü bembeyazdı. Bulmuştu! Sanki küt diye bir şey inmişti kafasına. İlk duyduğunda hatırlaması gerekirdi, ama onu kafasından atmak için az çalışmamıştı.

"Anne?"

Rachel ağır ağır döndü kızına, Eileen annesinin boyun kemiklerinin çıtırdadığını duyuyordu. Rachel elini ağzından çekti.

"Rüyandaki adam sana ilk adını söyledi mi Eileen?"

"Anne, bir şey mi..."

"Rüyandaki adam ilk adını söyledi mi?"

Dory, kızıyla torununa ikisi de çıldırmışlar gibi bakıyordu.

"Evet ama hatırlamıyorum. Anne, canımı acıtıyorsun..."

Rachel başını eğince Eileen'in kolunu mengene gibi sıktığını fark etti.

"Victor mıydı?"

Eileen derin bir soluk aldı. "Evet, Victor'dı. Adının Victor olduğunu söyledi. Sen de mi onu rüyanda gördün?"

"Paxcow değil, Pascow," dedi Rachel.

"Ben de öyle dedim ya? Paxcow?"

"Rachel, ne oluyor?" Dory, kızının elini tutunca buz gibi olduğunu fark ederek irkildi. "Eileen'in nesi var?"

"Eileen'in değil, Louis'in başı dertte galiba. Bir şeyler oldu. Ya da olacak. Eileen'le otur sen anne, ben eve telefon etmek istiyorum."

Rachel eve ödemeli bir telefon açtı, ama karşı tarafta cevap veren yoktu.

"Daha sonra bir daha denemek ister misiniz?" diye sordu santral memuru.

"Evet," diyen Rachel telefonu kapattı.

Durup baktı telefona.

Uyarmak için gönderildiğini ama işe karışamayacağını söyledi. Babamın yanındaymış, çünkü ruhu... hatırlayamıyorum işte!

Çünkü ruhu bedeninden ayrıldığında birlikteydiler, diye düşündü Rachel.

Düşüncelerini toparlamaya çalıştı. Başka bir şeyler mi vardı Gage'in ölümünden dolayı içinde bulundukları kederlerinin ve bir kaçışı andıran bu yolculuğun altında? Eileen, Louis'in işteki ilk gününde ölen genç hakkında neler biliyordu?

Hiçbir şey, diye kendi kendini cevapladı. *Ölümle ilgili her şey gibi onu da sakladın çünkü ondan. Günün birinde o aptal kedisinin de ölebileceğini sakladığın gibi. Kilerdeki o aptalca tartışmayı hatırlasana. Sakladın kızdan. Çünkü sen kendin korkuyordun. Şimdi de korkuyorsun. Adı Pascow'du. Victor Pascow. Durum ne acaba şu anda Rachel? Ne demek bunlar? Neler oluyor Tanrı aşkına?*

Elleri öyle titriyordu ki, parayı telefona ancak üçüncü keresinde atabildi. Bu kez üniversite dispanserini aramıştı. Charlton ödemeli konuşmayı biraz da şaşkınlıkla kabul etti. Hayır, Louis'i görmemişti, zaten o gün gelmiş olsa şaşardı. Rachel, Charlton'dan Louis geldiği takdirde kendisini annesinin evinden aramasını rica etti. Evet, kocasında numara vardı, Charlton'ın sorularına karşılık verdi (hemşire annesinin evinin yarım kıta ötede olduğunu söylemek istemiyordu)...

Titreyerek kapattı telefonu.

Pascow'un adını bir yerden duymuş olacak, hepsi bu. Tanrım, insan çocuğunu akvaryumdaki balık gibi büyütemez ya? Radyoda bir şey duymuştur. Ya da okulda biri bir şey söylemiş, aklının bir köşesinde kalmıştır.

Kolejdeyken bir psikoloji dersinde öğretmenin belirli koşullar altında insan zihninin yaşam boyunca tanıştığı bütün insanların adlarını, yediği her yemeği, tüm günlerin tek tek hava durumunu sayabileceğini anlatmıştı. İnsan zihni akıl almaz bir yeteneğe sahip bir bilgisayardı. Belki de bir milyar bellek hücresi vardı ve bunlardan her birinin ne kadar bilgi alabildiği bilinmiyordu. Bellek hücreleri bu kadar çok olduğundan, yeni bir bilgiyi kafaya sokmak gerekince, bunlardan herhangi birinin silinmesine gerek yoktu. Gerçekte insan çıldırmamak için bir korunma önlemi olarak bildiği şeylerden bazılarını unutur, üstünü örterdi.

İyi ama şimdi parlak floresan ışıkları altındaki sınıfta değiliz ve öğretmen de son on beş dakikayı eğlenceli geçirmeye çalışmıyor. Kötü bir şeyler var ortalıkta, bunu biliyorum, hissediyorum. Pascow'la, Gage'le ya da Church'le ne ilgisi var bilmiyorum, ama Louis'le...

Birden buz gibi bir şey çarpmıştı yüzüne sanki. Telefonu açarken çantasında bozukluk aradı. Louis intiharı mı düşünüyordu yoksa? O yüzden mi kendilerini kapı dışarı atarmış gibi aceleyle kovalamıştı evden? Eileen her nasılsa... psikolojinin de canı cehenneme! Bir önsezi miydi bu?

Bu kez Jud Crandall'ı ödemeli arıyordu. Beş kere çaldı zil... altı... yedi... Tam kapatacakken yaşlı adamın soluk soluğa sesi duyuldu. "Alo?"

"Jud, Jud! Ben..."

"Bir dakika hanımefendi," diye santral araya girdi. "Bayan Louis Creed'den ödemeli kabul ediyor musunuz?"

"Evet," dedi Jud.

"Teşekkür ederim. Devam edebilirsiniz hanımefendi."

"Jud, bugün Louis'i gördün mü?"

"Bugün mü? Görmedim Rachel. Brewer'a alışverişe gitmiştim. Öğleden sonra da hep arka bahçedeydim. Neden sordun?"

"Bir şey değil belki ama Eileen uçakta kötü bir rüya gördü, o yüzden kızın içinin rahat etmesini istiyordum.

"Uçak mı?" Jud'un sesi birden sertleşmişti sanki. "Neredesin Rachel?"

"Chicago'dayım. Eileen'le birkaç haftalığına annemde kalmaya geldik."

"Louis sizinle gelmedi mi?"

"Hafta sonunda gelecek." Jud'un sesinde Rachel'ın hiç hoşuna gitmeyen bir şey vardı.

"Oraya gitmenizi o mu istedi?"

"Şey... evet Jud. Bir şey var, değil mi? Ve sen de biliyorsun..."

Jud uzun bir duraklamadan sonra, "Bana kızın rüyasını anlatsan iyi olur," dedi.

46

Jud telefonu kapattıktan sonra pardösüsünü giydi –hava bulutlanmış, rüzgâr da sertleşmişti– karşıya, Louis'in evine gitti. Yoldan geçerken iki yanına iyice bakmıştı geçen kamyon var mı diye. Bütün bu işi başlatan o lanet olasıca kamyonlar olmuştu.

Aslında öyle değildi tabii.

Hayvan mezarlığının ve onun da ötesinde bir şeyin kendisini çektiğini hissediyordu. Bir zamanlar uyutucu bir ninni, huzur veren bir ses ve buğulu bir güç şimdi giderek kötüleşiyordu – sert ve tehdit ediciydi. *Sen bu işe karışma.*

Ama karışmadan olamazdı. Sorumluluğu o kadar hafif değildi.

Louis'in Honda'sının garajda olmadığını gördü. Ford steyşın vagon ise çoktandır kullanılmamış gibiydi. Arka kapıya gidince açık olduğunu gördü.

"Louis?" Ama Louis'in cevap vermeyeceğini biliyordu. Yine de bu ağır sessizliği dağıtmak istemişti. Yaşlılık başına iyice dert oluyordu. Bacakları, kolları kütük gibi ağırlaşmıştı. Bahçede iki saat çalıştıktan sonra sırtının ağrısı dayanılır gibi değildi.

Evi dikkatle araştırmaya başladı. Aradığı şeyleri biliyordu. *Dünyanın en yaşlı hırsızı,* diye neşesizce düşündü. Kendisini gerçekten rahatsız edecek şeylerden hiçbirini görmemişti, saklanmış bir kutu oyuncak, bir dolapta ya da bir kapı arkasında küçük bir çocuk için birkaç parça giyecek... ya da en kötüsü Gage'in odasında yeniden kurulmuş olan küçük karyola. Bu işaretlerden hiçbiri yoktu, ama evde yine de hoş olmayan bir şey vardı... sanki bir şeyle doldurulmayı bekliyormuş gibi.

Pleasantview Mezarlığı'na kadar bir uzansam iyi olur belki de. Bakalım aralarda bir şey var mı? Louis Creed'le bile karşılaşabilirim belki? Bir yemek falan ısmarlarım ona.

Ama tehlike Bangor'daki Pleasantview Mezarlığı'nda değildi, buradaydı, bu evdeydi, evin ötesindeydi.

Jud evine döndü. Mutfaktaki buzdolabından altı şişe bira çıkarıp oturma odasının Creed'lerin evine bakan penceresinin önüne oturdu, birayı açtı, bir de sigara yaktı. Öğleden sonra çevresine yerleşirken, son birkaç yıl olduğu gibi zihninin gerilere doğru gittiğini hissetti. Rachel Creed'in aklından geçenleri bilseydi ona psikoloji öğretmeninin haklı olduğunu söylerdi, ancak insan yaşlandıkça belleğin o örtücü işlevi azalıyor ve insan çok eski günleri, yüzleri, olayları inanılmaz bir kesinlikle anımsıyordu. Donuk renkli anılar yeniden renklenip canlanıyor, sesler zamanın o tenekemsi yankısını kaybedip kendi özgün tınılarına kavuşuyorlardı. İşte bunun adı bunama, diyebilirdi Rachel'a.

Şimdi de Lester Morgan'ın boğası Hanratty'yi görüyordu. Gözleri kan çanağı gibi. Gördüğü her şeye, hareket eden her şeye saldıran boğayı. Rüzgâr yapraklarını salladıkça ağaçlara saldırırdı. Lester hayvanın işini bitirene kadar Hanratty'nin içinde bulunduğu çitle çevrili çayırlıktaki bütün ağaçlar boynuz darbelerinden parçalanmış, hayvanın boynuzları yarılmış, başı kan içinde kalmıştı. Lester, Hanratty'yi öldürdüğü zaman artık korku içinde yaşıyordu; aynen Jud'un şimdi kendini hissettiği gibi.

Jud birasını içti, sigarasını tüttürdü. Gün sona ermişti. Işığı yakmadı. Sigarasının ucu giderek kızıl bir nokta oldu karanlıkta. Bira içiyor, sigara tüttürüyor, gözlerini Louis Creed'in evinden ayırmıyordu. Louis her neredeyse, eve döndüğünde gidip biraz konuşacaktı. Yapması gereken bir şeyi yapmayı planlamadığından emin olacaktı.

Yine de o şeytani yerin içinden gelen gücün kendisini çektiğini hissediyordu.

Sen karışma, buna. *Karışma yoksa çok pişman olacaksın.*

Jud sese kulak vermemeye çalışarak birasını yudumladı. Ve de bekledi.

47

Jud Crandall hasır arkalıklı sallanır koltuğunda oturmuş kendisini beklerken, Louis de Howard Johnson'ın yemek salonunda lezzetsiz bir yemek yiyordu.

Yemek bol ve tatsızdı, tam da vücudunun istediği şey. Dışarıda hava kararmıştı. Geçen arabaların farları parmakları andırıyordu. Yemeği tadını almadan yiyordu. Bir biftek, haşlanmış bir patates. Doğada hiç olmadığı kadar parlak yeşil bir tabak fasulye. Üzerinde dondurma olan bir parça elma turtası. Bir köşede oturmuş, geleni geçeni seyrederek yiyor, tanıdığı birinin çıkıp çıkmayacağını düşünüyordu. Belli belirsiz, böyle bir şeyin olmasını umuyordu. Sorular sorulacaktı – Rachel nerede? Burada ne işin var? Bu sorular karışıklığa yol açardı ve belki kendisi de karışıklıkları istiyordu. Bir kurtuluş yolu.

Pastasıyla ikinci fincan kahvesini bitirirken gerçekten tanıdığı bir çift içeri girdi. Bangor'lu bir doktor olan Rob Grinnell'la sevimli karısı Barbara. Louis onların kendisini tek kişilik masasında otururken görmelerini istedi, ama garson onları salonun öteki ucunda bir bölmeye sokunca Louis ancak Grinnell'ın erken beyazlamış saçlarını görebiliyordu.

Garson, Louis'in hesabını getirdi. Louis pusulayı imzaladı, odasının numarasını yazdı, yan kapıdan çıktı.

Dışarıda rüzgâr fırtınaya dönüşüyor, elektrik telleri homurdanır gibi sesler çıkarıyordu. Louis yıldızları göremiyordu, ama başının üstünden bulutların hızla geçtiğini hissediyordu. Bir an kaldırım kenarında, elleri ceplerinde, yüzünü rüzgâra çevirmiş olarak durdu. Sonra dönüp odasına çıktı, televizyonu açtı. İşe girişmeyecek kadar erkendi, birdenbire çıkan bu rüzgâr da yeni olasılıklar getiriyordu. Heyecanlanmıştı.

Dört saat televizyon seyretti. Sekiz tane yarım saatlik komedi filmi. Böyle kesintisiz televizyon seyretmeyeli çok olmuştu.

Chicago'da Dory Goldman neredeyse ağlıyordu. "Geri mi döneceksin kızım? Neden ama? Daha yeni geldin?"

Ludlow'da Jud Crandall pencere önünde oturmuş bira içiyor, sigarasını tüttürüyor, Louis'in evine dönmesini beklerken geçmişi düşünüyordu. Louis er geç gelecekti, o eski filmdeki Lassie gibi. Hayvan mezarlığına ve ötesine başka yollar da vardı ama Louis onların hiçbirini bilmezdi. O işi yapacaksa, yola kendi arka kapısından çıkacaktı.

Saat on bir haberleri başlayınca Louis televizyonu kapattı ve belki de Gage'in beyzbol kasketini kanlar içinde yolun ortasında gördüğü zaman aklına gelen şeyi yapmaya koyuldu. Her yanı buz gibiydi ama içinde garip bir sıcaklık vardı, istek, tutku, belki de ihtiras. Önemli değildi. Soğuğa karşı koruyordu kendisini, içini ısıtıyordu. Honda'nın motorunu çalıştırırken Jud'un o yerin gücü konusunda belki de haklı olduğunu düşündü. Şimdi bunu çevresinde duyuyor, kendini ittiğini hissediyordu.

Durabilir miyim artık? İstesem bile durabilir miyim artık?

48

"Ne dedin?" diye Dory bir daha sordu. "Rachel... yorgunsun... sabaha kadar uyursan..."

Rachel başını salladı. Annesine neden geri gitmesi gerektiğini anlatamazdı. Bu duygu içine rüzgârın doğuşu gibi doğmuştu, önce çimenlerin gözle fark edilmeyecek kadar ağır kıpırtısı, sonra havanın hareketinin artması, dinginliğin bir anda yok olması, ardından rüzgârın uğultulu sesi... İnsan o zaman evin sallandığını hisseder, biraz daha artarsa bir şeylerin uçup kırılacağından korkardı.

Chicago'da saat altıydı. Bangor'da Louis lezzetsiz yemeğine başlamak üzereydi. Rachel'la Eileen iştahsızdılar, şöyle bir çatal değdirmişlerdi önlerindeki tabağa. Rachel tabağından gözlerini her kaldırışında kızının bakışlarını üzerinde hissediyordu. Eileen babasının başında dolaşan dert her neyse, ne yapacağını soruyordu.

Rachel telefonun çalmasını, Jud'un Louis'in eve döndüğünü bildirmesini bekliyordu. Telefon gerçekten de bir kez çaldı –Rachel yerinden fırlamıştı, Eileen de az daha süt bardağını deviriyordu– ama arayan annesinin briç kulübünden bir arkadaşıydı.

Kahvelerini içerken Rachel birden önündeki peçeteyi fırlatarak, "Baba... anne... kusura bakmayın ama benim evime dönmem gerek," dedi. "Uçak bulabilirsem bu gece gideceğim."

Annesiyle babası kulaklarına inanamayarak baktılar kızlarına. Eileen ise bir yetişkinin rahatlama ifadesiyle gözlerini kapatmıştı. Derisinin o gergin, balmumu gibi hali olmasaydı insan gülebilirdi de.

"Rachel, yavrum." Babası ağır ağır, geçici ama tehlikeli bir isteri nöbetine tutulmak üzere olan biriyle konuşur gibi konuşuyordu. "Bütün bunlar oğlunun ölümüne karşı tepkilerin. Sen de, Eileen de çok şiddetli tepki gösteriyorsunuz, bunun için kimse kınayamaz sizi. Ama birden yıkılıverirsin eğer..."

Rachel, babasına cevap vermeden koridordaki telefona gitti, rehberde havayollarını bulup Delta'nın numarasını çevirdi. Dory, kızının yanı başında durmuş şunu düşünmeleri, bunu düşünmeleri gerektiğini, bu konuyu bir kez oturup sakinlikle konuşmalarını, belki de bir liste yapmalarını söylüyordu. Arkasında Eileen vardı... Yüzü hâlâ karanlıktı ama şimdi Rachel'a cesaret verecek bir umut ışığı parlıyordu gözlerinde.

Telefonun ucundaki ses, "Delta Airlines, adım Kim, buyurun efendim?" dedi.

"Bu gece Chicago'dan Bangor'a gitmek istiyorum... Çok önemli, acil bir durum. Acaba bir bağlantı sağlayabilir miydiniz?"

"Olabilir hanımefendi. Ama pek umudum yok."

"Lütfen bir kontrol edin." Rachel'ın sesi titriyordu. "Yedek listeye de razıyım."

"Pekâlâ hanımefendi. Lütfen bekleyin."

Rachel gözlerini kapattı, bir an sonra kolu üzerinde soğuk bir el hissetti. Gözlerini açınca Eileen'in yanına gelmiş olduğunu gördü. Irwin'le Dory ise kendilerine bakarak alçak sesle konuşuyorlardı. *Çıldırdığı sanılan insanlara bakıldığı gibi,* diye düşündü Rachel. Eileen'in hatırı için hafifçe gülümsedi.

"Sakın sana engel olmalarına izin verme," diye fısıldadı Eileen. "Lütfen anne."

"Sen hiç korkma ablacığım." Rachel, kızına göz kırptı. Gage'in doğumundan sonra kıza böyle diyorlardı. Ama artık kimsenin ablası değildi.

"Teşekkür ederim," dedi Eileen.

"Çok önemli, değil mi?"

Eileen başını salladı.

"Sana inanıyorum yavrum. Ama bana daha fazla anlatsaydın daha çok yardımcı olurdum. Yalnızca rüya mı?"

"Hayır. Şimdi... her şey gerçek artık. İçimden geçtiğini hissediyorum. Sen hissetmiyor musun anne? Sanki... sanki..."

"Rüzgâr gibi mi?"

Eileen başını salladı.

"Ama ne olduğunu bilmiyorsun, değil mi? Rüyada başka neler gördüğünü hatırlamıyor musun?"

Eileen biraz düşündü, sonra istemeye istemeye başını salladı. "Babam. Gage. Church. Yalnız bunları hatırlıyorum. Ama nasıl bir arada olduklarını anımsamıyorum."

Rachel, kızı kucakladı. "Her şey yoluna girecek yavrum." Ama yüreğindeki ağırlık kalkmamıştı.

"Alo?" dedi havayolları memuru.

"Alo?"

"Sizi Bangor'a götürebiliriz sanırım hanımefendi, ama oraya çok geç varacaksınız."

"Önemli değil," dedi Rachel.

"Kalem kâğıdınız var mı? Biraz karışıktır da."

"Var." Rachel çekmeceden bir kalem aldı, bulduğu bir zarfın arkasını çevirdi.

Adamın söylediklerini dikkatle yazdı. Memur sözünü bitirirken kızına dönüp sessiz bir *tamam* dedi. *Sonuna kadar bir aksilik çıkmazsa,* diye düşündü. Bağlantılardan bazıları pek kısa süreliydi. Hele Boston'da...

"Lütfen biletleri kesin," dedi. "Teşekkür ederim."

Memur Rachel'ın adını ve kredi kartının numarasını aldı. Rachel yorgun ama rahatlamış olarak kapattı telefonu. Babasına baktı. "Baba, beni havaalanına götürür müsün?"

"Belki de hayır demem gerekir. Bu çılgınlığı sona erdirmek sorumluluğu benim belki de."

"Bunu yapamazsın!" diye bağırdı Eileen. "Çılgınlık değil bu! Değil işte!"

Goldman bu öfke patlayışı karşısında geri çekildi.

Araya çöken sessizlikte Dory Goldman, "Arabayla götür Irwin," dedi. "Ben de heyecanlanmaya başladım. Louis'in iyi olduğunu öğrenince içim rahatlayacak."

Goldman bir süre karısına baktı, sonra Rachel'a döndü. "Pekâlâ, bu kadar istiyorsan götürürüm. Rachel, ben... istersen seninle de gelirim oraya..."

Rachel başını iki yana salladı. "Teşekkür ederim baba. Ama son yerleri de ben kapattım. Sanki Tanrı benim için ayırmış gibi."

Irwin Goldman içini çekti. O anda çok yaşlı görünüyordu. Rachel birden onun Jud Crandall'a benzediğini fark etti.

"Bir tek çanta alacak vaktin var," dedi babası. "Havaalanına kırk dakikada gideriz, annenle ilk evlilik yıllarında geçtiğimiz yollardan geçersek. Dory, senin el çantanı ver ona."

"Anne," dedi Eileen. Rachel kızına döndü. Eileen'in yüzünde hafif bir ter tabakası vardı şimdi.

"Efendim yavrum?"

"Dikkatli ol anne."

49

Pek uzakta olmayan havaalanının ışıklarının yansıdığı bulutlar altında ağaçlar yalnızca hareket eden şekillerdi. Louis arabasını Mason Sokağı'nda park etti. Pleasantview Mezarlığı'nın güney sınırını oluşturuyordu bu sokak. Rüzgâr arabanın kapısını elinden koparacakmış gibi sert esiyordu. Kapatmak için epeyce zorlandı. Honda'nın bagaj kapağını açıp içine aletlerini sardığı brandayı çıkarırken rüzgâr ceketini savuruyordu.

İki sokak lambasının ortasındaki karanlık bölgedeydi şimdi. Brandaya sarılı aletlerini kolunun altına sıkıştırıp karşıya geçmeden önce iyice bakındı iki yanına. Görülmek istemiyordu. Görüp de kendisini bir an sonra unutacaklar tarafından bile. Çok korkuyordu. Çılgınlıktı bu yaptığı.

Sokakta trafik yoktu. Mason Sokağı tarafında sokak lambaları dümdüz bir sıra halinde beyaz ışık halkalarını diplerine yayıyorlardı. Şimdi boş olan sokakta gündüzleri Fairmount İlkokulu boşaldıktan sonra oğlan çocukları bisiklete binerler, kızlar ip atlarlar, seksek oynarlar, yanı başlarındaki mezarlığın farkında bile olmazlardı.

"Gage..." diye mırıldandı Louis. Gage oradaydı, o demir kapının ardında, kapkara bir toprak tabakasının altında haksızca tutuklanmış yatıyordu. *Seni oradan çıkaracağım Gage,* dedi içinden. *Seni oradan çıkaracağım evlat, ya da bu yolda canımı vereceğim.*

Louis ağır yükünü kucaklayıp karşı kaldırıma geçti, yeniden iki yanına baktıktan sonra brandayı duvarın öte tarafına attı. Sonra yürüdü. Yeri kafasında işaretlemişti. Unutsa bile içeriden duvarı izleye izleye yürürse nasıl olsa bulurdu.

İyi ama kapı bu saatte açık olur muydu?

Louis, Pleasant Sokağı'nın köşesini döndü. İleride araba farları görününce bir ağacın arkasına saklandı. Gelen polis arabası değildi. Hammond Caddesi'ne doğru giden bir kamyon. Kamyon uzaklaştıktan sonra çıktı ağacın gölgesinden.

Elbette kilitli değildir. Öyle olması gerek.

Dökme demirden bir katedrali andıran ve sokak ışıkları altında ince ve zarif görünen kapıya gidip kolu çevirdi.

Kilitliydi.

Aptal herif, kilitli olacak elbette. Herhangi bir Amerikan kasabasında gece saat on birden sonra mezarlığın kapısını açık bırakacaklarını mı sanmıştın? Kimse artık o kadar güvenmiyor bir başkasına. Şimdi ne yapacaksın bakalım?

Louis, Pleasant Sokağı boyunca yürüdü, ilk köşeden sağa saptı. Yüksek demir parmaklık da acımasızca uzanıp gidiyordu önünde. Rüzgâr alnında biriken ter damlalarını buharlaştırıyor, gölgesi sokak ışıkları arasında uzanıp kısalıyordu. Arada bir durup parmaklığa bakıyordu. Bir ara durup kendini parmaklığa iyice bakmaya zorladı.

Buna tırmanacaksın, öyle mi? Güldürme beni Tanrı aşkına.

Louis Creed bir seksen beş boyundaydı ama parmaklık en az iki yetmiş vardı ve demirlerden her biri sipsivri bir ok ucuyla son buluyordu. Evet, süstü bunlar, ama bacağını üzerinden atarken yüz kilo ağırlık birden aşağı doğru bastırınca demir ok bir girdi mi, insanın hayaları paramparça olurdu. Şişe geçirilmiş domuz gibi bağırır dururdun sonra orada biri polisi çağırana kadar.

Terler sırtından aşağı boşanıyor, gömleği derisine yapışıyordu. Hammond Caddesi'ndeki trafik gürültüsü dışında hiç ses yoktu ortalıkta.

Oraya girmenin bir yolu olmalıydı.

Olmalıydı.

Hadi, hadi Louis, gerçekleri görmezlikten gelme. Çılgın olabilirsin ama o kadar da değil. O parmaklığın üstüne tırmanırsın belki, ama sivri uçlara dokunmadan öteki tarafa atlamak için insanın usta bir jimnastikçi olması gerek. Girdin diyelim, peki Gage'in cesediyle nasıl geçeceksin bu yana?

Louis yapıcı hiçbir şey düşünmeden mezarlığın çevresini adımlamakta olduğunu fark etti.

Pekâlâ, işte sana çözüm: Ludlow'a eve döner ve yarın öğleden sonra gelirim buraya. Saat dört sularında içeri girer ve gece yarısına kadar saklanacağım bir yer bulurum. Kısacası akıllı olsaydım bugün başaracağım işi yarına bırakırdım.

Çok esaslı fikir Louis... Peki bu arada duvarın öte yanına fırlattığım şeyler ne olacak? Kazma, kürek, el feneri... Bari bir de üstüne MEZAR SOYGUN ARAÇLARI diye yazsaydın...

Çalıların arasına düştü nasıl olsa. Kim bulur ki Tanrı aşkına?

Bir bakıma mantıklıydı bu. Ama yaptığı mantıklı bir iş değildi, içinden bir his ertesi gün oraya gelemeyeceğini söylüyordu. İşi bu gece yapamazsa hiç yapmayacaktı. Bir daha bu kadar çılgınlığa kapılması olanaksızdı. Eğer işi yapacaksa bunun zamanı ancak ve ancak şimdiydi.

Sokağın başından bir araba dönüyordu. Çok ağır hareket eden arabanın ön sağ tarafından bir el uzandı, mezarlığın parmaklığını bir fener aydınlattı. Louis'in yüreği duracak gibi oldu saklandığı ağacın ardında. Polis arabasıydı bu, mezarlığı kontrol ediyorlardı.

Louis yüzünü ağaca dayayıp bekledi. Ağacın kendisini saklayacak kadar geniş olduğunu umuyordu. El feneri kendisine doğru uzanıyordu şimdi. Louis yüzünün beyazlığını saklamak için başını öne eğdi. Işık ağaca erişti, bir an kayboldu, sonra Louis'in sağında belirdi yine. Louis ağacın öteki yanına kaydı. Stop lambalarının biraz daha kızıllaşmasını, kapıların birden açılmasını, fenerin büyük beyaz bir parmak gibi kendisini kovalamasını bekledi. *Hey, sen! Ağacın arkasındaki! Çık da yüzünü görelim bakalım! Ellerin de boş olsun! ÇIK dedik sana!*

Polis arabası yola devam etti. Köşeye gelince dönüş işareti verdi, sola saptı. Louis soluk soluğa yaslandı ağaca. Ağzı kupkuruydu. Honda'nın yanından geçeceklerini düşündü. Ama önemi yoktu bunun. Akşamın altısından sabahın yedisine kadar Mason Sokağı'nda park etmek serbestti. Kendisininkinden başka bir sürü araba vardı orada. Sahipleri herhalde sokağın karşı tarafındaki apartmanlarda oturuyorlardı.

Louis ardına saklandığı ağaca baktı.

Başının hemen üstünde bir dal vardı. Oraya bir çıkarsa...

Daha fazla düşünmeden dalların çatal yaptığı yere çıktı. Polis arabası dönmüş olsaydı ağacın üstünde pek garip bir kuş göreceklerdi şimdi. Acele etmeliydi.

Daha yukarıdaki bir dala tutundu. Dalın ucu parmaklığın öte yanına kadar uzanıyordu. On iki yaşındaymış gibi hissediyordu kendini. Ağaç da sert esen rüzgârda sallanıyor, yapraklar hışırdıyordu. Louis durumunu bir an gözden geçirdi, sonra korkuya kapılmayı beklemeden dala eliyle tutunup ayaklarını aşağı sarkıttı, iriyarı bir adamın kolundan daha kalın olmayan dalın parmaklık ucuna doğru ağır ağır ilerledi. Dal bükülmüştü ama kırılacak gibi değildi. Louis altındaki kaldırımda kendi gölgesini görüyordu. Rüzgâr ıslak koltuk altlarını dondurmuştu, yüzünden ve sırtından akan terlere rağmen tir tir titriyordu. Tek eliyle asılıp öteki elini bir karış öteye koyduğunda dal sallanıyordu. Elleri ve bilekleri yorulmuştu artık. Islak avuç içlerinin kayacağından korkuyordu.

Parmaklığa varmıştı. Tenis ayakkabıları ok uçlarının bir karış altındaydılar. Bu açıdan bakıldığında uçlar sipsivri görünüyorlardı. Sivri olsa da olmasa da, tehlikede olanın yalnızca hayaları olmadığını düşündü. Şimdi düşüp de tüm ağırlığıyla o sivri uçlardan birine çarparsa demir ciğerlerini delerdi. Devriye gezen polisler Pleasentview parmaklığında asılı korkunç bir ceset bulurlardı.

Parmak uçlarını demirlere değdirmeye çalıştı. Bir an boşlukta kaldı. Ayaklarıyla uzanıyor, havada sallanıyor, ama dokunacak bir yer bulamıyordu.

Bir ışık parladı üzerinde.

Tanrım, bir araba bu, bir araba geliyor...

Dalın üstünde ellerini kaydırmaya çalıştı, ama dal parmakları arasından kayıp gidiyor, parmakları açılıyordu.

Hâlâ sıkı sıkı tutunmaya çalışarak başını sola çevirdi, kolunun altından baktı. Gelen bir arabaydı, ancak hiç yavaşlamadan geçip dört yol ağzına varmıştı bile. Talihi vardı. Eğer...

Elleri kaydı yine. Ağaç kabuklarının saçlarına düştüğünü hissetti.

Ayağının biri bir yere değdi, sonra öteki paçası ok uçlarından birine takıldı. Daha fazla asılı duramayacaktı. Louis umutsuz bir hareketle bacağını salladı. Dal biraz daha eğildi. Pantolonunun paçası yırtıldı. Birden kendini iki demir uç üzerinde hissetti. Sivri uçlar lastik ayakkabılarını deliyorlardı, ayağının acısı dayanılacak gibi değildi, ancak ellerinin ve kollarının rahatlaması çektiği acıdan önemliydi.

Louis bir an daha durdu sivri uçlar üstünde, sonra ellerini dalın ilerisine kaydırdı. Dal şimdi incelmiş olduğundan parmaklarını daha sıkı sarabiliyordu çevresine. Tarzan gibi ileri attı kendini. Dal epeyce eğrildi, bir çatırtı duydu, ellerini bıraktı.

Kötü düşmüştü. Dizinin biri bir mezar taşına çarpmış, kasıklarına kadar bir sancı yayılmıştı. Dizini tutarak otlar arasında yuvarlandı. Dizkapağının parçalanmamış olduğunu umuyordu. Sonunda acısı biraz azalmaya başladığında dizini bükebildiğini fark etti. Katılaşmasına izin vermeden hareket ettirirse bir şey olmazdı.

Louis kalkıp parmaklık boyunca brandayı bıraktığı yere doğru yürüdü. Dizi çok sancı veriyordu ilk başlarda, topallıyordu, ama biraz yürüyünce açıldı. Honda'nın ilkyardım çantasında aspirin vardı. Çantayı da almayı unutmaması gerekirdi aslında. Çok geçti artık. Gözünü yoldan ayırmıyor, yaklaşan arabaları duyduğunda mezarlığın içlerine doğru çekiliyordu.

Daha çok trafiğin olduğu Mason Sokağı'nda, arabasının karşısına gelene kadar hep içerilerden yürüdü. Parmaklığın altına koşup torbasını alacaktı ki, birden kaldırımda ayak sesleri ve bir kadın kahkahası duyuldu. Louis büyük bir mezar taşının ardına oturup bir çiftin ağır ağır yürümesini seyretti. Kadınla erkek kollarını birbirlerinin beline dolamışlar, yürüyorlardı. Arabasının hemen ötesindeki ışığın altında durup öpüştüler. Louis onları seyrederken garip bir şaşkınlık ve kendinden iğrenme içindeydi. Kendisi ucuz bir resimli roman kahramanı gibi mezar taşının ardında durmuş sevgilileri seyrediyordu. *Aradaki çizgi bu kadar ince mi*, diye düşündü. *Fazla bir telaşa kapılmadan öte tarafa geçebileceğin kadar ince demek. Bir ağaca tırman, bir dala tutunup ilerle, mezarlığa atla, sevgilileri seyret... çukur kaz... Bu kadar basit demek? Çılgınlık mı bu? Sekiz yıl okudum doktor olmak için... ama tek bir adımda mezar soyguncusu oldum...*

İçinden gelen bir çığlığı bastırmak istercesine yumruğunu ağzına soktu. O iç soğukluğunu aradı. O uzaklaşma duygusunu... Evet, oradaydı işte. Louis bunu minnetle sardı çevresine. Çift yollarına devam ederken Louis artık sabırsızlıkla bakıyordu arkalarından. Apartmanlardan birinin kapısı önünde durdular. Erkek cebinden anahtarını çıkardı, bir an sonra da gözden kayboldular. Sokak rüzgârın uğultusu dışında sessizdi yine. Yapraklar hışırdıyor, terden ıslanmış saçları alnında savruluyordu.

Louis parmaklığa koştu, çalılar arasında brandadan yaptığı dengi aradı. Evet, oradaydı işte. Dengi aldı, kapının önünden uzaklaşan geniş yola çıktı nerede olduğunu anlamak için. Buradan doğru gidecek, sonra sapaktan sola sapacaktı. Bir sorun değildi.

Yolun kenarından yürüyor, mezarlık bekçisi falan varsa her an gölgelere dalmaya hazır bekliyordu.

Yol ayrımında sola saptı. Gage'in mezarına yaklaşıyordu artık. Birden oğlunun yüzünü hatırlamadığını fark etti. Durup sıra sıra mezarlara baktı, oğlunu anımsamaya çalıştı. Bölük pörçük bir şeyler geliyordu gözlerinin önüne. Sarı saçları, çekik gözleri, küçük ve beyaz dişleri, çenesindeki o Chicago'da düştüğü zamandan kalma yara izi. Bunları tek tek görüyor ama anlaşılır bir bütün içinde toplayamıyordu. Gage'i yola, Orinco tankeriyle randevusuna koşarken görüyordu. Ama yüzü dönüktü. Uçurtma uçurdukları günün gecesinde yatağında nasıl yattığını hatırlamaya çalıştı, ama gözlerinin önünde yalnızca karanlık vardı.

Neredesin Gage?

Louis, oğluna bir iyilik yapıyor olmadığını düşündün mü hiç? Belki de olduğu yerde mutludur. Belki de palavra değildir bütün o şeyler. Belki meleklerin yanındadır ya da uyuyordur. Uyuyorsa eğer... acaba nasıl bir şeyi uyandıracağını biliyor musun?

Neredesin Gage? Senin bizimle birlikte, evimizde olmanı istiyorum.

Peki ama hareketleri gerçekten kendisinin kontrolünde miydi bakalım? Neden Gage'in yüzünü gözlerinin önüne getiremiyordu? Neden herkesin uyarısına karşın –Jud'un, Victor Pascow rüyasının, kendi sıkıntılı yüreğinin dehşetle titremesinin– yoluna devam ediyordu?

Hayvan mezarlığındaki o mezar taşlarını, o kaba halkaları, *bilinmeyene* doğru giden o sarmalı düşündü, yeniden bir soğuk dalgası kapladı vücudunu. Neden burada durmuş Gage'in yüzünü hatırlamaya çalışıyordu ki?

Yakında görecekti nasıl olsa.

Mezar taşı karşısındaydı şimdi: GAGE WILLIAM CREED, altında da iki tarih. Biri o gün mezarı ziyarete gelmiş olmalıydı. Taze çiçek vardı mezarın üstünde. Kim olabilirdi? Missy Dandridge belki.

Kalbi ağır ağır atıyordu göğsünde. Eğer gerçekten yapacaksa işe başlama zamanı gelmişti işte. Gecenin de belirli bir süresi vardı, ardından gündüz gelecekti.

Louis kalbini son bir kez yokladı; evet, bu işe devam edecekti. Başını belli belirsiz sallayıp cebinden çakısını çıkardı. Brandayı seloteyple bağlamıştı, onu kesti, sonra mezarın önünde yatak gibi açıp araçlarını ameliyattaymış gibi düzenle dizdi.

İşte keçe bir başlık yapılmış el feneri. Keçeyi de seloteyple tutturmuş, ortasında küçük bir delik bırakmıştı. İşte kısa saplı kazması, ama bunu her ihtimale karşı getirmişti, yoksa kullanmaya niyeti yoktu. Yeni kazılmış mezarda taş falan olmazdı, tabutun kapağı da kilitli değildi nasıl olsa. İşte beli, ipi ve eldivenleri. Louis eldivenleri giyip beli kavradı ve işe başladı.

Toprak yumuşaktı. Mezarın sınırları da belliydi, kendisinin küreklediği toprak kenarlarındakinden daha yumuşaktı. Burasıyla, işler yolunda giderse oğlunu yeniden gömeceği taşlı toprağı kıyasladı. Orada kazmaya ihtiyacı olacaktı. Sonra hiç düşünmemeye çalıştı. Düşünmek çalışmasını aksatıyordu.

Toprağı mezarın soluna yığıyor, çukur derinleştikçe güçleşen sürekli bir tempoyla çalışıyordu. Mezarın içindeydi artık, taze toprağın ıslak kokusunu duyuyordu. Carl amcasının yanında çalıştığı günlerden bilirdi bu kokuyu.

Kazıcı, diye düşündü durup alnında biriken terleri silerken. Carl amcası Amerika'da bütün mezar kazıcılarına böyle dendiğini söylemişti. Arkadaşları onlara hep "Kazıcı" derlerdi.

Yeniden işe başladı.

Bir kere daha durup saatine baktı. On ikiyi yirmi geçiyordu. Yağa bulanmış bir şey gibi kayıyordu zaman avuçlarının arasından.

Kırk dakika sonra bel sert bir şeye sürtündüğü anda Louis'in dişleri üstdudağına öylesine sert battı ki, dudağından kanlar süzüldü. Feneri alıp ışığı yaktı. Yerde toprak, toprağın arasında da enlemesine gri bir çizgi görünüyordu. Louis toprağın çoğunu attı, ama bir yandan da fazla gürültü yapmaktan korkuyordu. Küreğin ağzının çimentoya sürtünmesinden daha gürültülü bir ses de olamazdı gecenin sessizliğinde.

Mezardan çıkıp ipi aldı. Mezar kapağını oluşturan çimentonun kenarlarındaki demir halkalara geçirdi. Sonra mezardan çıktı, brandayı yayıp üzerine oturdu, ipin uçlarını kavradı.

Louis, son an geldi işte. Son şansın bu.

Haklısın. Son şansım ve ben de bunu kullanacağım.

İpi bileklerine dolayıp çekti. Beton parçası kolaylıkla kalktı, karanlık çukurun kenarında dimdik durdu. Yatay bir mezar kapağı değil de, sanki dikey bir mezar taşıydı şimdi.

Louis ipi çekip halkalardan kurtardı, bir yana fırlattı. Diğer kapağı çıkarmak için ipe ihtiyacı yoktu. Mezarın kenarlarına basıp ötekini kaldırabilirdi.

Yeniden mezara indi. Ayaklarının altında ufak taşlar yuvarlanıyordu, bir iki tanesinin Gage'in tabutuna çarptığını duydu.

Eğilip mezarın öteki kapağını tuttu, yukarı çekti. Parmakları arasında soğuk ve yumuşak bir şey hissetmişti. Avucuna baktı, iri bir solucanın parmakları arasında kıvrandığını gördü. Boğuk bir çığlık atarak elini oğlunun mezarının kenarına sildi.

Feneri mezarın içine doğrulttu sonra.

En son cenaze töreni sırasında, yapay çimenliğin yanında gördüğü tabuta baktı. Oğlu için umutlarının tümünü gömmesi beklenen kutu buydu işte. Akkor halinde bir öfke yükseldi içinde. Az önceki soğukluğuyla tam bir çelişki oluşturan bir öfke. Saçma! Cevabı hayırdı!

Louis küreği aldı, tabutun kilidine birkaç kez vurdu. Dudakları öfkeli bir çizgi halinde gerilmişti.

Kırıp çıkaracağım seni Gage! Görürsün bak!

Kilit ilk darbede kırılmıştı, daha başkası gerekmezdi, ama Louis yalnızca tabutu açmak için değil, ona bir zarar vermek için de vuruyordu. Sonunda aklını başına toplar gibi oldu, küreği havaya kaldırmışken durdu.

Kürek eğrilmiş ve çizilmişti. Louis onu bir yana atıp tutmayan dizleri üstünde doğrularak mezardan çıktı. Midesi bulanıyordu, öfkesi kabardığı gibi geçmişti. Şimdi o soğuk duygu doldurmuştu içini, hayatında kendini hiç bu kadar yapayalnız ve her şeyden kopmuş hissetmemişti. Uzay gemisinden çıkan ve karanlık boşlukta uçan bir astronot gibi hissediyordu kendini. *Bill Baterman da böyle mi hissetmişti,* diye düşündü.

Devam edecek durumda olup olmadığını anlamak için bu kez sırtüstü toprağa uzandı. Ayaklarındaki o uyuşma geçince doğrulup mezara indi yine. Feneri kilide doğrultunca paramparça olduğunu gördü. Çevresindeki tahtalar bile un ufak olmuştu.

Louis feneri kolunun altına sıkıştırdı. Hafifçe çömeldi. Elleri ip cambazı gibi uzanmıştı. Tabutun kapağındaki oyuğu bulup parmaklarını arasına soktu. Bir an durakladı, sonra oğlunun tabutunu açtı.

50

Rachel Creed az daha Boston-Portland arasında uçmayı başarabilecekti. Az daha. Chicago uçağı zamanında kalkmış –bu bile başlı başına bir mucizeydi– LaGuardia'ya zamanında inmiş –başka bir mucize– ve New York'tan ancak beş dakika gecikmeli hareket etmişti. Boston'a on beş dakika geç gelmişti, saat 23.12'de. On üç dakikası vardı aktarma yapmak için.

O uçağa da yetişebilirdi belki, ancak Logan Havalimanı'nın terminal binaları arasında sefer yapan otobüs geç kalmıştı. Şimdi ağırlığını bir ayağından diğerine aktararak, sanki hep tuvalete gitmek ihtiyacındaymış gibi, annesinin verdiği çantasını bir omzundan diğerine asarak bekliyordu.

Otobüs 23.25'te de gelmeyince koşmaya başladı. Topukları alçaktı ama yine de rahat koşamıyordu. Bileği burkulunca durup çıkardı ayakkabılarını. Çıplak ayakla koştu. Allegheny ve Eastern Airlines binaları yanından.

Soluğu alev gibi yakıyordu boğazını, yan tarafına da bir sancı saplanmıştı. İleride görünüyordu Delta'nın üç köşeli logosu. Rachel bomba gibi daldı içeri. Bir ayakkabısı elinden fırladı, onu da düşmeden yakaladı. Saat 23.37'ydi.

Nöbetçi memurlardan biri başını kaldırdı.

"104 sefer sayılı uçuş," dedi Rachel soluk soluğa. "Portland uçağı. Kalktı mı?"

Memur arkasındaki ekrana baktı. "Hâlâ kapıda, ama beş dakika önce yolcuları çağırdılar. Telefon edip haber veririm. Bagajınız var mı?"

"Yok." Rachel terden ıslanmış saçlarını geriye attı. Kalbi yerinden fırlayacakmış gibi çarpıyordu.

Çok hızlı koşamıyordu artık. Ama elinden geldiğince koşuyordu yine de. Gece olduğu için yürüyen merdiven kapatılmıştı. Merdivenlerden koşarak çıkarken ağzında berbat bir pas tadı vardı. Güvenlik kontrolüne geldi, elindeki çantayı röntgen aletinin altındaki yürüyen kayışa attı, koşup öteki tarafa geçti, çanta aletin içinden çıkar çıkmaz omzuna atıp koşmaya devam etti.

Koşarken ekranlardan birine baktı.

SEFER 104 – PORTLAND KALKIŞ 23.25 – KAPI 31

Kapı 31 binanın öteki ucundaydı, Rachel ekrana bakarken birden KALKTI yazısının belirdiğini gördü.

Bir çığlık koptu içinden. Kapıya vardığında memur BOSTON-PORTLAND yazısını kaldırıyordu.

"Gitti mi gerçekten?" diye gözlerine inanamayarak sordu. "Gitti mi?"

Memur acıyarak baktı yüzüne. "Saat 23.40'ta harekete geçti. Özür dilerim hanımefendi. İyi bir çaba gösterdiniz." Geniş camı işaret etti. Rachel, Delta logolu büyük 727'yi görüyordu, pist Noel ağacı gibi aydınlanmıştı.

"Peki, size benim geldiğimi söylemediler mi?"

"Telefon ettiklerinde 104 hareket etmiş, piste doğru gidiyordu. Geri çağırsaydım pilot beni öldürürdü. Kusura bakmayın. Dört dakika önce gelebilseydiniz..."

Rachel, adamı dinlemeden yürüdü, güvenlik kontrolüne geldiği anda hafif bir baygınlık hissetti. Başka bir bekleme salonuna girip baş dönmesi geçene kadar bekledi. Çorabının yırtılmış parmak kenarından bir izmarit çıkardı. *Ayaklarım pis ve umurumda bile değil,* diye düşünerek ayakkabılarını giydi.

Terminal binasına doğru yürüdü.

Güvenlik memuru, "Kaçırdınız mı?" diye sordu.

"Kaçırdım."

"Nereye gidiyordunuz?"

"Portland'a. Oradan da Bangor'a."

"Neden araba kiralamıyorsunuz peki? Gerçekten orada olmanız gerekiyorsa yani? Normal olarak size havaalanına yakın bir otel önerebilirdim ama gitmek istediğiniz yerde olması gereken bir insana benziyorsunuz."

"Çok doğru," dedi Rachel. Bir an düşündü. "Evet, bu olabilir, değil mi? Eğer acentelerde araba varsa."

Güvenlik memuru güldü. "Vardır. Logan'da ancak sis olduğunda araba kalmaz. O da pek sıktır ya."

Rachel, adamı duymadı bile. Kafasının içinde hesaba başlamıştı.

Otoyolda cehennemi bir hızla gitse bile Portland'a Bangor uçağına yetişecek zamanda varamazdı. Dümdüz gittiğini düşünmeliydi. Ne kadar sürerdi? Kaç kilometre olduğuna bağlıydı bu. Dört yüz kilometre. Jud öyle demişti bir seferinde. Yola çıkana kadar saat on ikiyi çeyrek geçerdi, hatta yarım bile olabilirdi. Saatte yüz kilometreyle giderse ve trafik ekibine yakalanmazsa... eh, dört saat tutardı. Yolda bir kez tuvalete gitmesi gerekecekti. Pek uykusu geleceğini sanmıyorsa da, bir kahve içmek için de dururdu. Yine de sabah şafak sökmeden Ludlow'da olurdu.

Bunları kafasında hesaplayarak kiralık araba acentelerinin bulunduğu alt kata yöneldi.

"Talihiniz açık olsun hanımefendi," diye seslendi güvenlik görevlisi arkasından. "Kendinize dikkat edin."

"Teşekkür ederim." Rachel talihe ihtiyacı olduğunu düşünüyordu.

51

Louis yüzüne çarpan kokudan boğulacak gibi oldu. Mezarın kenarına tutunup bir iki kez derin soluk aldı, midesini kontrol altına aldığını sandığında birden yediği o lezzetsiz yemek tümüyle boşandı içinden. Mezarın öteki yanına kustu, sonra soluk soluğa başını toprağa dayayıp bekledi. Bulantı geçti sonunda. Dişleri kenetlenmiş bir halde feneri koltuk altından çekip açık tabuta çevirdi.

Birden müthiş bir dehşete kapıldı, insanın en kötü karabasanlarında olduğu gibi, uyandığında anımsayamadığın korkunç rüyalarda olduğu gibi.

Gage'in başı yoktu.

Louis'in elleri öylesine titriyordu ki, feneri iki eliyle tutmak zorunda kalmıştı. Polislere atış talimlerinde öğrettikleri gibi. Yine de ışık sağa sola kayıyordu. İnce ışığı mezarın içine doğrultabilmesi için bir iki dakika geçmesi gerekti.

Olamaz, diye düşünüyordu. *Gördüğüm imkânsız bir şey.*

Işığı Gage'in ayaklarından, pantolonundan, ceketinden (iki yaşında bir çocuğa ceket giydirilmemeliydi), açık yakasından yukarı...

Soluğu birden boğazında tıkanır gibi oldu, Gage'in ölümüne duyduğu öfke birden içini doldurdu, doğaüstü korkularını silip attı.

Arka cebinden mendilini çıkardı, feneri bir eliyle tutarak yeniden mezarın içine eğildi. Mezar kapaklarından biri şimdi düşseydi boynunun kırılması içten bile değildi. Mendille Gage'in yüzünü kaplamaya başlamış olan ıslak yosunları hafifçe sildi. Yosunlar öylesine karaydı ki, bir an için çocuğun başının yok olduğunu sanmıştı.

Bunu beklemeliydi, yağmur yağmıştı ve mezar da su sızdırmaz biçimde yapılmış değildi. Feneri iki yana tutunca tabutun bir su birikintisi içinde yattığını gördü. Oğlunu gördü sonra. Böylesine korkunç bir kazadan sonra tabutun açılmayacağını bildikleri halde cenaze evinde ellerinden geleni yapmışlardı. Kötü yapılmış bir bebek gibiydi oğlu. Başında garip şişler vardı. Gözleri şişkin çukurlar içinde kaybolmuştu. Ağzından bembeyaz dil gibi bir şey uzanıyordu. Louis bir an çok fazla tahnit sıvısı kullandıklarını düşündü. Pek kolay çalışabilen bir şey değildi bu, özellikle de bir çocuk söz konusuysa ne kadarının yeterli, ne kadarının fazla olduğu kolay kolay kestirilemezdi...

Sonra bunun pamuk olduğunu fark etti. Uzanıp çocuğun ağzından çekti pamuğu. Gage'in gevşek dudakları hafif ama yine de belirli bir pilip sesiyle kapandı. Louis mezarın içine fırlattı pamuğu. Su birikintisi içinde iğrenç beyaz bir parıltıyla yüzmeye başladı pamuk parçası. Gage'in yanaklarından biri şimdi yaşlı bir insanmış gibi çökmüştü.

"Gage, seni şimdi çıkaracağım, tamam mı?"

Louis gece yarısı nöbetine çıkan bir bekçinin falan oradan geçmemesi için dua etti. Artık yakalanmaktan korkusu yoktu. Eğer kendisi mezarın içinde çalışırken başka biri fenerini üzerine doğrultacak olursa, küreği kaptığı gibi gelenin kafasına indirmeye kararlıydı.

Kollarını Gage'in vücudunun altına soktu. Küçük vücut sanki kemiksizmiş gibi iki yana sallanırken korkunç bir şey geldi aklına: Gage'i kaldırırken oğlanın vücudu parçalanacak, elinde yalnızca birkaç parça kalacaktı. İki ayağı mezarın iki yanında çıldırmış gibi çığlıklar atarken bulacaklardı kendisini.

Hadi korkak herif, hadi!

Gage'i koltuk altlarından tuttu, akşamları banyosundan çıkardığı gibi tutup kaldırdı. Gage'in kafası arkaya düşmüştü. Louis oğlanın başını omzuna bağlayan dikişleri gördü.

Cesedi tabuttan çıkardı, kucağından bırakmadan mezarın kenarına oturdu. Bacakları mezarın içine sarkıyordu. Yüzü kıpkırmızıydı, gözleri kara delikler gibiydi, ağzı dehşet, acıma ve kederle gerilmişti.

"Gage," diyerek oğlunu kolları arasında sallamaya başladı. Gage'in tel kadar cansız saçları bileğine sürtünüyordu. "Her şey düzelecek Gage. Hepsi sona erecek bunların. Bir gece hepsi... Gage. Seni seviyorum. Baban seni seviyor yavrum."

Louis, oğlunu kollarında salladı bir süre.

Saat ikiye çeyrek kala mezarlıktan çıkmaya hazırdı. İşin en güç yanı cesedi taşımak olmuştu. İçindeki o astronot işte o anda en karanlık boşluğa uçmuş gibiydi. Şimdi sırtının yorgun kasları açılıp açılıp kapanırken geri dönmenin mümkün olabileceğini düşünebiliyordu artık.

Gage'in cesedini iyice sardı brandayla. Kalın koli bandıyla yükünü bağladı, sonra ipini kesip iki ucunu da sıkı sıkı sardı. Artık dürülmüş bir halı gibiydi yaptığı denk. Tabutu kapattı, bir an duraksadıktan sonra açıp beli içine koydu. Bu da bir anı olarak Pleasantview'a kalsındı. Oğlunu veremezdi o mezarlığa. Tabutu kapattı, kapaklarından birini yavaş yavaş indirdi. Diğerini de itmeyi düşündü bir an, ama kırılacağından korktu. Belinden kemerini çıkarıp demir halkalardan geçirdi ve beton kapağı yerine yerleştirdi. Sonra çıkardığı toprağı doldurdu. Mezarın içine doldurduğu toprak yetmemişti, mezar çevresindeki topraktan biraz daha aşağı düzeydeydi. Gündüz gözüyle fark edilebilirdi, belki de fark edilir ama umursamazdı. Bunu düşünecek, bunun için endişelenecek değildi. Çok iş vardı önünde. Çılgınca işler. Çok da yorulmuştu.

Rüzgâr ağaçlar arasında çığlıklar atarak estikçe Louis huzursuzlukla çevresine bakınıyordu. Kazmayı, eldivenleri ve feneri yaptığı dengin yanına bıraktı. Cesedi ve aletleri bırakıp arabayı park ettiği yerdeki parmaklığa doğru yürüdü. İşte arabası karşısındaydı. Kaldırım kenarına park edilmiş bekliyordu. O kadar yakın ama aynı zamanda öylesine de uzak.

Louis arabaya bir an daha baktıktan sonra bambaşka bir yöne doğru yürüdü.

Demir parmaklık boyunca Mason Sokağı'nın sonuna kadar dönüp sağa saptı. Burada bir kanalizasyon hendeği vardı. Louis hendeğe bakınca ürperdi. Üst üste atılmış çürüyen çelenkler vardı burada. Mevsimler boyunca yağan yağmur ve kar, çiçekleri kokuşturmuştu.

Ey İsa.

Hayır, İsa değil. Bu kalıntılar Hıristiyan Tanrı'sından daha eski bir tanrıyı yatıştırmak için bırakılmıştı. İnsanlar ona çeşitli zamanlarda çeşitli adlar vermişlerdi. Ama en güzeli sanırım Rachel'ın kız karde-

şinin verdiğiydi: Büyük ve Müthiş Oz. Toprağa bırakılan ölü şeylerin tanrısı. Kanalizasyon hendeklerinde çürüyen çiçeklerin tanrısı. Bilinmezin tanrısı.

Louis ipnotize olmuş gibi bakıyordu çukura. Sonunda güçlükle ayırdı gözlerini, ona kadar sayılmış da, on sayısını duyar duymaz uyanmış gibi.

Yola devam etti. Çok geçmeden aradığını bulmuştu. Gage'in gömüldüğü gün buraya bilinçsiz bir şekilde dikkat etmiş olmalıydı.

Rüzgârlı karanlıkta karşısına bir yapı dikilmişti. Mezarlığın deposu.

Kışın toprak iş makinelerince bile kazılamayacak kadar sertken tabutları burada saklarlardı. İş çok olduğu zaman da depo aynı amaçla kullanılırdı.

Bu meslekte de "iş mevsimleri" vardı. Herhangi bir insan toplumunda insanlar kimi zaman anlaşılmayan bir nedenle sık aralıklarla ölürlerdi.

"Hepsi bir değildir," demişti Carl amca. "Mayısta hiç kimsenin ölmediği iki hafta geçirirsem, kasımda iki hafta içinde on kişinin öleceğini bilirim. Ama çoğunlukla kasım değildir bu ay, Noel zamanı hiç değildir. Oysa insanlar genellikle ölümlerin Noel'lerde çok olduğunu sanırlar. Noel bunalımı falan denilen o şeyler palavradır. Noel'de çoğu insan mutludur ve ölmek istemez. Bunun için yaşarlar. İşler şubatta açılır. Yaşlılar grip ve zatürreeden ölürler. Ama yalnızca bunlar değil. Bir yıl, bir buçuk yıl kanserle savaşmış olanlar da şubat gelince birden pes etmiş gibi ölüverirler. 31 Ocak'ta hastalığı yenmiş gibidirler, 24 Şubat gelince ise gömülmüşlerdir artık. Şubatta kalp krizleri, felçler, böbrek yetmezlikleri ortaya çıkar. Çok kötü bir aydır şubat. İnsanlar şubatta yorulurlar. Biz bu meslekte buna alışmışızdır. Ama bir de bakarsın ki, hiçbir neden olmadan haziranda ya da ekimde de aynı şey oluvermiş. Ağustosta olmaz ama, ağustos çok ağır geçen bir aydır. Bir gaz borusu patlamadıkça ya da köprüden aşağı bir otobüs uçmamışsa ağustosta mezarlığı dolduramazsın. Ama öyle şubatlar olmuştur ki, kucak dolusu para verip bir dondurucu kiralamamak için deliler gibi toprağın yumuşamasını beklemişizdir."

Deponun çifte kapısı bir kadın memesini andıran –Louis bunun doğal olmayıp özellikle böyle yapıldığından emindi– hafif bir tepenin altındaydı. Tepe demir parmaklığın bir karış altına kadar yükseliyor, parmaklığı aşacak yerdeyse düzleşiyordu.

Louis çevresine bakındıktan sonra tepeye tırmandı. Parmaklığın öte yanında iki dönüm kadar boş bir alan vardı. Hayır, pek boş denilemezdi. Bir kulübe falan gibi bir yapı vardı ileride. *Herhalde burası da mezarlığa aittir,* diye düşündü. Araç gereçlerini falan orada saklıyor olmalıydılar.

Bu bölüm Mason Sokağı'ndan yolun kenarındaki ağaçlarla ayrılıyordu. Ortalıkta hareket eden hiçbir şey yoktu.

Louis dizkapağını incitmekten korkarak kıç üstü gerisingeri kayıp oğlunun mezarına döndü. Az daha brandaya çarpıp düşüyordu. İki sefer yapması gerekecekti. Biri ceset, diğeri aletler için. Sırtının ağrısına yüzünü buruşturarak eğilip brandayı yüklendi. İçinde Gage'in cesedinin kaydığını hissediyordu. Kafasının içinde artık tümüyle çıldırmış olduğunu söyleyen sese kulak bile vermedi.

Cesedi tümseğe kadar taşıdı. Deponun iki yana kayarak açılan çifte kapısı bile iki arabalık bir garaja benzetilmişti. O dik yamaçtan yirmi kiloluk yükü taşımanın kolay olmayacağını düşündü. Artık kendisine kolaylık sağlayacak ipi de yoktu. Tam tepeye varıyordu ki, ayağı kaydı, geri geri gidecekken elindeki brandayı kollarının olanca gücüyle ileri fırlattı, kendisi de tümseğin altına kadar kaydı. Branda tepedeki düzlüğe düşmüştü. Louis bir kez daha tırmandı tepeye kadar, brandaya sarılı yükünü parmaklığa dayadı. Sonra öteki eşyaları almaya gitti.

Sonra bir daha tepeye çıkıp eldivenleri giydi, fenerle kazmayı brandanın yanına koydu. Sonra sırtını parmaklığa dayayıp ayaklarını uzatarak dinlendi. Rachel'ın Noel armağanı olarak verdiği saate baktı, ikiyi bir geçiyordu.

Birkaç dakika daha dinlendikten sonra küreği parmaklığın öte yanına attı. Küt diye yere çarptı kürek. El fenerini cebine saklamaya çalıştı ama büyük geldi, girmedi. İki parmaklık demiri ardından aşağı kaydırdı onu da, bir taşa çarpıp kırılmayacağını umarak. Yanına bir çanta almamakla hata etmişti.

Sonra cebinden koli bandı çıkarıp kazmanın sapını brandanın üstüne bağladı. Bant bitene kadar çepeçevre sardı brandayla kazmayı. Sonra da yükü kaldırıp parmaklığın öte tarafına bıraktı. Ardından kendisi de parmaklığın öte tarafına geçti.

Otlar arasında attığı yerde hemen buldu küreği. Feneri eliyle koymuş gibi bulamayınca bir an yüreği ağzına geldi. Parmaklıktan aşağı kaydı, arasında nereye kadar yuvarlanmış olabilirdi ki? Kalbi kulakları içinde zonklayarak atarken diz çöküp onu da aramaya başladı.

Sonunda buldu, düştüğünü sandığı yerin bir iki metre ötesinde uzun kara bir gölge. Feneri aldı, camını eliyle kapatıp düğmesine bastı, avucunun içi aydınlanmıştı, kapattı yine. Sağlamdı.

Çakısıyla kazmayı tutan bandı kesti, aletlerini ağaçların dibine taşıdı. En geniş gövdeli ağacın arkasında durup Mason Sokağı'na baktı. Sokak bomboştu şimdi. Bir tek ışık vardı sokak boyunca, yukarı katlardan birinin tek bir penceresinde sarı bir ışık. Uykusuz biri belki ya da bir hasta.

Koşmadan, ama yine de hızlı adımlarla kaldırıma çıktı. Mezarlığın karanlığından sonra sokak lambalarının altı gündüz gibi geliyordu. Bangor'un ikinci büyük mezarlığından birkaç adım ötede kolunun altında kazma kürek ve fenerle görülecek olursa ne iş yapmakta olduğunu fazla düşünmeye gerek kalmazdı.

Hızlı adımlarla geçti karşıya. Arabası elli metre ötedeydi. Beş kilometre ötedeymiş gibi geliyordu oysa. Her an bir motor sesi, kedisininkiler dışında bir ayak sesi, hatta açılan bir pencere gıcırtısı duymayı bekleyerek yürüdü.

Honda'sına vardı, kazmayla küreği arabaya dayayıp anahtarlarını aradı. Her iki cebinde de değildi anahtarları. Birden yüzünden terler boşandı. Kalbi yine kopacakmış gibi atmaya başladı, içinden kopup fırlayacak paniği önlemek istermiş gibi çenesi kenetlenmişti.

Herhalde dizi mezar taşına çarptığı zaman düşmüştü cebinden anahtarlar. Şimdi orada çimenler arasında yatıyor olmalıydılar. Fenerini bulmakta o kadar güçlük çekmişken anahtarlarını nasıl bulacaktı? Her şey bitmişti işte. Bir kez talihi kötüye gitmeye görsün insanın...

Dur bir dakika, dur bakalım. Ceplerini bir daha ara. Bozukluk paraların cebinde, paralar düşmediyse anahtarlar da düşmemiştir.

Bir kere daha ağır ağır aradı ceplerini, paraları çıkardı, hatta ceplerinin içini dışına çıkarıp baktı.

Anahtarlar yoktu.

Louis arabaya yaslanıp ne yapması gerektiğini düşündü. Yeniden içeri girecekti, başka yolu yoktu. Oğlunu orada bırakacak, feneri alacak ve geceyi boşu boşuna...

Birden bir kıvılcım yanıp söndü kafasında.

Eğilip arabanın içine baktı. Anahtarlar motorun üstündeydi.

Hemen koşup anahtarları aldı, arabanın arkasına gidip arka kaputunu açtı, kazmayı, küreği ve feneri içine koyup kaputu kapattı. Kaldırımda yirmi metre kadar uzaklaşmıştı ki, anahtarları hatırladı. Bu kez arka kaputun üstünde bırakmıştı.

Aptal, dedi içinden. *Bu kadar aptal olacaksan unut bu işi!*

Dönüp anahtarlarını aldı.

Gage'i kucaklamış, Mason Sokağı'nı yarılamıştı ki, bir yerde bir köpek havlamaya başladı. Havlamak değildi bu, başka bir şeydi. Köpek uluyor, uluması giderek artıp sokağı baştan başa dolduruyordu. AURUUUU! AURUUU!

Louis ağaçlardan birinin ardında durup ne olacağını, ne yapacağını düşündü. Sokağın bütün ışıklarının yanmasını bekliyordu.

Yalnızca bir ışık yandı. Kendisinin durduğu yerin hemen karşısındaki bir evde. Kısık bir ses, "Sus Fred!" diye bağırdı.

"ARRRRRUUUUU!" diye karşılık verdi Fred.

"Sustur şunu Scanlon, yoksa polis çağırırım!" diye biri Louis'in bulunduğu taraftan seslendi. Louis korkuyla sıçradı olduğu yerde. Boşluk ve terk edilmişlik duygusunun ne kadar sahte olduğunu anlamıştı. Çevresi insanlarla doluydu, yüzlerce göz... ve köpek de kendisinin tek dostu olan uykuya saldırıyordu. *Lanet olsun Fred,* dedi içinden. *Lanet olsun.*

Fred yeniden ulumaya başladı. Ama birden sert bir tokat sesi duyuldu, hayvan sesini alçalttı.

Bir evin çarpılan kapısının ardından yine sessizlik çöktü. Fred'in tarafındaki evin ışığı bir dakika kadar daha yanık kaldıktan sonra söndü.

Louis gölgeler arasından çıkmak istemiyordu, biraz daha beklemesi çok daha iyi olacaktı kuşkusuz. Ama zaman da giderek azalıyordu.

Kucağındaki yükle karşıya geçti, yoluna kimse çıkmadan arabaya kadar yürüdü. Fred de hırlamamıştı. Arabanın arka kaputunu açtı.

Gage içeri sığmıyordu.

Louis brandayı yatay, dikey, sonra da eğik koymaya çalıştı. Ama Honda'nın arka bölmesi çok küçüktü. Gage'i ikiye bükmesi gerekecekti oraya sığdırmak için. Gage'in umurunda bile olmazdı bu, ama Louis yapamıyordu işte.

Oğlunun cesedi kucağında, olduğu yerde aklına hiçbir şey gelmeden durdu bir süre. Birden uzaktan bir araba sesi duydu, daha fazla düşünmeden sürücünün yanındaki kapıyı açtı, yükünü koltuğa yerleştirdi.

Kapıyı kapattı, arkaya koşup kaputu da kapattı. Sesini duyduğu araba kavşaktan geçip gitti. Louis direksiyona oturdu, motoru çalıştırdı, tam elini far düğmesine uzatıyordu ki, birden korkunç bir şey geldi aklına. Ya Gage'i ters oturtmuşsa, dizleri tersine bükülmüşse, çökmüş gözleriyle ön cam yerine arka camdan dışarı bakıyorsa?

Önemi yok, diyordu yorgunluktan doğan bir öfkeyle kafasının bir yanı. *Önemi yok işte! Kalın kafan almıyor mu bunu?*

Önemi var elbette. Önemi var. Gage oradaki, bir havlu yığını değil.

Uzanıp elleriyle brandayı yoklamaya, altındaki girintileri çıkıntıları kestirmeye çalıştı. Belirli bir nesnenin ne olduğunu anlamaya çalışan bir kör gibiydi. Sonunda ancak burun olabilecek bir çıkıntıya dokundu. Gage doğru yöne bakıyordu.

Ancak ondan sonra arabayı vitese takıp Ludlow'a olan yirmi beş dakikalık yola koyulabildi.

52

O sabah saat birde Jud Crandall'ın telefonu çaldı. Boş evin içinde çınlayan ses adamı uyandırmıştı. Rüyasında yirmi üç yaşındaydı ve arkadaşlarıyla demiryolu kenarında bir sırada oturmuş konuşuyorlardı...

Telefon çalınca oturduğu koltukta birden doğruldu, boynunun kasılıp kalması nedeniyle yüzünü buruşturdu, içine bir taş düşmüş gibi olmuştu. *Öyle de,* diye düşündü. Yirmi üçle seksen üç arasındaki o altmış yıl. Ardından da, *uyuyakaldın,* diye düşündü. *Bu iş böyle yapılmaz, özellikle bu gece hiç yapılmaz.*

Arayan Rachel'dı.

"Jud? Geldi mi?"

"Hayır. Rachel, neredesin? Sesin daha yakından geliyor."

"Daha yakındayım." Kadının sesinin yakından gelmesine rağmen hatta bir uğultu vardı. İki hat arasında rüzgâr var demekti bu. Jud bu sesi duyunca hep koro halinde şarkı söyleyen ölü sesleri hatırlardı. "Ben Maine otoyolu üzerinde Biddeford'dayım."

"Biddeford mu?"

"Chicago'da kalamadım. Bana da bir şeyler oluyordu... Eileen'e olan her neyse... Sen de hissediyorsun bunu, sesinden anlıyorum."

"Öyle." Jud paketten bir sigara alıp ağzının köşesine yerleştirdi. Kibriti yakarken eli titriyordu. Bu karabasan başlamadan önce hiç titremezdi elleri. Dışarıda rüzgâr uğultularla esiyordu. Evi kavrayıp sallıyordu sanki.

Güç giderek artıyor. Hissediyorum bunu.

Yaşlı kemiklerinde belli belirsiz bir korku. Cam gibi ince, kırılabilir bir şey.

"Jud, lütfen bana neler olduğunu söyler misin?"

Bilmek hakkıydı kadının... bilmesi gerekirdi. Söyleyecekti nasıl olsa. Gün gelecek hikâyenin tümünü anlatacaktı. Ona halka halka düğümlenen zinciri gösterecekti. Norma'nın kalp krizi, kedinin ölmesi, Louis'in sorusu –oraya hiç insan gömen oldu mu?– Gage'in ölümü... Tanrı bilir Louis şimdi daha başka ne halkalar hazırlıyordu. Evet, sonunda söyleyecekti, ama telefonda değil.

"Rachel, nasıl oluyor da uçakta değil de karayolundasın?"

Rachel, Boston'da aktarma yapacağı uçağı nasıl kaçırdığını anlattı. "Bir araba kiraladım ama sandığım kadar çabuk gelemiyorum. Londra'dan otoyola gireyim derken yolumu kaybettim, Maine'e de ancak şimdi geldim. Sabahtan önce orada olamayacağım bu gidişle. Jud... lütfen bana neler olup bittiğini söyler misin? Öyle korkuyorum ki... Üstelik neden korktuğumu da bilmiyorum."

"Rachel, iyi dinle beni, Portland'a gir ve orada kal, anlıyor musun? Bir motele git ve biraz..."

"Jud, bunu yapamam..."

"Biraz uyu. Korkma Rachel. Bu gece burada bir şeyler olabilir, olmayabilir de. Eğer düşündüğüm olacaksa zaten burada olmaman daha iyi olur. Olacak şeyin sorumlusu ben olduğum için gerekeni ben yaparım. Hiçbir şey olmuyorsa, o zaman öğleden sonra buraya gelirsin. Louis'in seni gördüğüne sevineceğinden eminim."

"Bu gece uyuyamam Jud."

"Evet." Kendisi de aynı kanıdaydı; kim bilir, belki de İsa tutuklandığında Aziz Petrus da aynı şeye inanıyordu. Nöbette uyumak. "Uyursun Rachel. O kiralık arabanın direksiyonu başında uyuyakalıp da ölürsen ne olur sonra Louis'e? Eileen'e neler olur?"

"Orada ne olup bittiğini söyle bana! Jud, eğer bunu söyleyebilirsen sözünü dinlerim belki. Ama bilmem *gerek.*"

"Ludlow'a gelince doğruca buraya gelmeni istiyorum. Evine gitme. Önce buraya gel, sana bütün bildiklerimi anlatacağım. Louis'in dönmesini bekliyorum zaten."

"*Şimdi söyle,*" dedi Rachel.

"Olmaz. Telefonda söyleyemem. Söyleyemem diyorum Rachel. Hadi, sen şimdi Portland'a git ve yat biraz."

Karşı tarafta uzun bir sessizlik oldu.

"Pekâlâ. Belki de sen haklısın Jud. Bir tek şey söyle bana. Ne kadar kötü?"

"Ben gereğine bakabilirim," dedi Jud. "Kötü olabileceği kadar kötü işte."

Dışarıda bir arabanın farları göründü. Araba çok ağır geliyordu. Jud ayağa kalktı, araba Creed'lerin evinin önünden geçince yine oturdu.

"Peki," dedi Rachel. "Zaten bu yolun geri kalan kısmı bir taş gibi oturmuştu kafama."

"Bırak o taş yuvarlanıp gitsin canım. Lütfen. Kendini yarın için hazırla. Her şey yolunda gidecek burada."

"Hikâyenin tümünü anlatacağına söz veriyor musun?"

"Evet. Bir bira içeriz, hepsini anlatırım sana."

"Hoşça kal öyleyse," dedi Rachel. "Şimdilik."

"Şimdilik. Yarın görüşeceğiz Rachel."

Kadın başka bir şey söyleyemeden Jud telefonu kapattı.

Jud ilaç dolabında kafein tabletleri olduğunu sanıyordu, ama ne kadar aradıysa da bulamadı. Geri kalan bira şişelerini esefle yeniden buzdolabına yerleştirip bir fincan koyu kahve hazırladı. Kahveyi alıp pencere önüne gitti yine.

Kahve ve Rachel'la konuşması hemen hemen üç çeyrek saat uyanık kalmasını sağlamıştı. Ondan sonra yine başı öne düşmeye başladı.

Nöbette uyumak yok moruk. Bir iş açtın başına, şimdi de bedelini ödemen gerek. Onun için nöbette uyumak yok.

Bir sigara daha yaktı, derin bir nefes çekti, yaşlıların o hırıltılı öksürüğüyle sarsıldı. Sigarayı küllüğe bırakıp iki eliyle gözlerini ovuşturdu. Dışarıda on tekerlekli bir kamyon ışıklarıyla geceyi yararak geçiyordu.

Bir kez daha başı önüne düştü, irkilerek uyandı, yüzüne, alnına vurdu eliyle. Yüreğinde bir korku uyanmıştı şimdi. O gizli yere sinsice biri girivermişti.

Beni uyutuyor... ipnotize ediyor... bir şey. Uyanık kalmamı istemiyor. Yakında gelecek de ondan. Evet, bunu hissediyorum. Yolundan çekilmemi istiyor.

"Hayır," dedi. "Olamaz. Duydun mu? Bir son vereceğim buna. Çok ileri gitti artık."

Rüzgâr evin çevresinde uğulduyor, yolun karşısındaki ağaçların yaprakları insanı ipnotize eder gibi tekdüze sallanıyordu. Jud, Brewer'da o eski demiryolu kulübesinde soba başında oturdukları geceye döndü yine. Kendisi, George ve René Michaud sabaha kadar konuşmuşlardı. Şimdi hayatta bir tek kendisi kalmıştı. Rene Mart 1939'da iki vagon arasında ezilerek ölmüştü. George Chapin ise geçen yıl kalpten gitmişti. O kadar çok insandan bir tek kendisi kalmıştı ve yaşlılar ise yaşlandıkça aptallaşırlardı. Bu aptallık kimi zaman iyilik, kimi zaman da gurur biçiminde ortaya çıkardı. Eski sırları açıklamak ihtiyacı...

Küllükte sigaranın külü gittikçe uzuyordu.

Jud ise uyumaktaydı.

Dışarıda stop lambalarının ışığı görünüp de Louis arabasını kırk dakika kadar sonra garajına soktuğunda Jud hiçbir şey duymadı, uyanmadı, kıpırdamadı... Romalı askerler İsa adındaki dilenciyi tutuklamaya geldiklerinde Petrus'un uyanmadığı gibi...

53

Louis mutfak çekmecelerinden birinde bir rulo koli bandı buldu, garajda da geçen kışın kar lastiklerinin yanında bir roda ip vardı. Bantla kazmayla küreği sıkıca sardı, ipten de sırtına bir askı yaptı.

Aletler askıya. Gage kucağına.

Askıyı sırtına attı, arabanın kapısını açıp yükünü çıkardı. Gage, Church'ten daha ağırdı. Oğlunu Micmac mezarlığına götürdüğünde yorgunluktan sürünecekti yerlerde. Üstelik ondan sonra o taşlı, bağışlamasız toprağı büyük bir mücadele vererek kazması gerekecekti.

Nasıl olsa bir yolunu bulur, başarırdı.

Louis Creed garajdan çıkarken ışığı dirseğiyle söndürdü, asfaltın bitip çimenli yolun başladığı yerde bir an durakladı. Karanlığa rağmen önünde hayvan mezarlığına giden yolu görüyordu. Kısacık kesilmiş çimenler bir tür ışıkla parlıyor gibiydi.

Rüzgâr parmaklarını saçları arasına sokarken bir an için o eski, çocuksu karanlık korkusunu hissetti. Zayıftı, küçüktü ve korkuyordu. Gerçekten kucağında bir cesetle ormana mı gidiyordu? Rüzgârın karanlıktan karanlığa dolaştığı ağaçların altında mı yürüyecekti? Ve bu kez tek başına?

Düşünme. Yap sadece.

Louis yürümeye başladı.

Yirmi dakika sonra hayvan mezarlığına vardığında kolları ve bacakları yorgunluktan titriyordu. Kucağındaki brandayı dizlerine indirerek çömeldi. Yirmi dakika kadar dinlendi orada, hafifçe uyukladı. Artık korkmuyordu, yorgunluk korkuyu silip atmıştı.

Sonunda bir daha ayağa kalktı. O kuru ağaç yığınına tırmanabileceğini sanmıyordu, ama bir kere denemesi gerektiğini de biliyordu. Kollarındaki yük yirmi kilo değil de yüz kiloydu sanki.

Ancak daha önce olan yine oldu. Ansızın bir rüyayı hatırlar gibiydi; hayır, hatırlama değil, *yeniden yaşama.* Ayağını ilk kütüğe değdirdiğinde içinde o garip duygu bir daha dolaştı. Coşku denilebilecek o duygu. Yorgunluğu artık önemsizdi, katlanılabilir bir şeydi.

Beni izle yalnızca. Beni izle ve önüne bakma. Louis. Duraksama, önüne de bakma. Ben yolu biliyorum. Ama çabuk ve kendinden emin olarak geçmek gerek.

Çabuk ve kendinden emin... Jud'un arının iğnesini çıkarması gibi.

Ben yolu biliyorum.

Ama yalnızca bir tek yol var, diye düşündü Louis. Geçmene ya izin verir ya da vermez. Bir kere kendi başına yığına tırmanmaya çalışmış, başaramamıştı. Bu kez çabuk adımlarla, kendine güvenle tırmanıyordu. Jud'un o gece yol gösterdiğinde olduğu gibi.

Yukarı, hep yukarı, hiç önüne bakmadan, oğlu brandanın içinde... Rüzgâr saçlarının diplerinde gizli yollar bulurken hep yukarı...

Tepede bir an durdu, sonra sanki merdivenden aşağı iniyormuş gibi hızla indi. Kazma ve kürek sırtına çarpıyordu. Bir dakika sonra yeniden patikanın çam iğneleriyle kaplı düzlüğündeydi. Kuru ağaç yığını, mezarlığın parmaklığından daha yüksekti arkasında.

Ağaçlar arasında rüzgârın iniltisini dinleyerek yürüdü. Ses kendisini korkutuyordu artık. İşi bitmek üzereydi.

54

Rachel ÇIKIŞ 8 – PORTLAND-WESTBROOK SAĞA yazan levhayı gördü, dönüş işaretini verdi, arabayı çıkış yoluna sürdü. Karanlık göğü aydınlatan yeşil bir HOLIDAY INN yazısı görüyordu ileride. Bir yatak ve uyku. Bu sürekli, sarsıcı ve kaynağı belirsiz gerilemeye bir son. Artık yaşamayan bir çocuk nedeniyle içine düşülen o büyük boşluğa –hiç olmazsa bir süre için– bir son. Acısı diş çektirmeye benziyordu. Önce bir uyuşukluk, ama uyuşukluk içinde bile acıdan kuyruğunu sallayan kıvrılmış bir kedi gibi bekleyişi, acının başlamasını bekleme. Novocaine'in etkisi geçince insan düş kırıklığına uğramazdı.

Uyarmak için gönderildiğini söyledi Eileen'e... ama işe karışamazdı... Ruhu uçtuğu zaman birlikte oldukları için yakındı babasına...

Jud biliyor ama söylemiyor. Bir şeyler oluyor. Bir şey. Ama ne?

İntihar mı? Louis kendini öldürmez. Buna inanamam. Ama bir şey konusunda yalan söylüyordu. Gözlerinden okunuyordu bu... bütün yüzünden hatta... sanki yalanını görmemi istermiş gibi... görüp de ona engel olayım diye... çünkü bir yanıyla çok korkuyordu... öyle korkuyordu ki...

Korkmak mı? Louis hiç korkmazdı ki!

Arabanın direksiyonunu birden sola kırdı. Araba küçük arabaların âdeti olduğu üzere lastiklerinden çığlıklar atarak döndü. Bir an devrileceğini sandı Rachel. Ama devrilmedi, şimdi yine kuzeye doğru gidiyordu, Holiday Inn işaretiyle 8 numaralı çıkış arkasında kalmıştı. Yeni bir levha çıkmıştı şimdi önüne. İLK ÇIKIŞ YOLU CUMBERLAND 12 – CUMBERLAND MERKEZ – JERUSALEM'S LOT – FALMOUTH – FALMOUTH FORESIDE, *Jerusalem's Lot,* ne garip bir yer adı. Her nedense hoş bir ad değil... Gelin Jerusalem'de uyuyun...

Ama o gece kendisi için uyku yoktu. Jud'a söz vermesine karşın hiç durmadan yola devam etme kararındaydı. Jud neler olduğunu bildiğini ve olacakları önleyeceğini söylemişti. Ama adam seksenini geçmiş ve daha üç ay önce karısını kaybetmişti. Rachel, Jud'a güvenemezdi. Louis'in kendisini kandırıp evden göndermesine izin vermeyecekti ama Gage'in ölümüyle zayıf düşmüştü işte. Gage'in resmiyle Eileen... Bir kasırgadan çıkmış ya da masmavi gökyüzünde birdenbire belirip bombalar yağdıran bir uçak saldırısından kurtulmuş bir çocuk yüzü vardı Eileen'de.

Arabanın göstergesi yüz kilometrenin üzerinde duruyordu. Dakikada bir buçuk kilometre, Ludlow'a iki buçuk saat. Belki de güneş doğmadan yetişebilecekti.

Radyoyu açıp Portland'da rock and roll çalan bir istasyon buldu. Uyumamak için sesi sonuna kadar açıp kendisi de birlikte söylemeye başladı. Yarım saat sonra istasyon parazitlenmişti. Augusta'da bir istasyon bulup onu dinlemeye başladı bu kez. Camını indirip huzursuz gece havasını içeriye doldurdu.

Bu gecenin sona erip ermeyeceğini merak ediyordu.

55

Louis yeniden rüyasını yaşıyordu artık; iki adımda bir durup brandanın içinde taşıdığının bir ceset olup olmadığına bakıyordu. Yeşil plastik torba mıydı yoksa kucağındaki? Jud'un Church'le kendisini oraya götürdüğü gecenin sabahı uyandığında neler yaptıklarını hayal meyal hatırlıyordu. Ama duyularının ne kadar canlı olduğunu, sanki uzanıp ağaçlara dokunur gibi olduğunu anımsıyordu.

Patikada yürürken yolun kimi zaman bir otoyol gibi geniş, kimi zaman da kucağındaki yükün çalılara takılmaması için dikkat etmesini gerektirecek kadar dar olduğunu yeniden görüyordu. Bazı yerlerdeyse ağaçlar bir katedral gibi yükseliyordu başının üstünde. Çam reçinesi kokusu duyuyor, ayaklarının altında çam iğnelerinin yumuşaklığını hissediyordu.

Yol artık aşağı doğru inen bir yokuşa dönüşmüştü. Az sonra ayağı sığ bir suya girdi, çamurlara gömüldü... bataklıktı bu, Jud'un sözüne inanmak gerekirse. Louis önüne bakınca sazlar ve tropikal denecek kadar geniş yapraklı bitkiler arasında suyu gördü. Bu gece ışığın da öteki geceden daha parlak olduğunu hatırladı. Daha elektrikle yüklü gibi.

Yere bakarak yürürken birden ilk çimenli tümseği gördü. Adımlarını artık tümsekten tümseğe atıyordu... Oğlu kolları arasında, Micmac mezarlığının ölüleri diriltme gücüne inanarak yürüyordu. Bataklık şimdi ağustos sonunda olduğundan daha gürültülüydü. Kamışlar arasında kuşlar ötüyordu. Louis bunun yabancı ve itici bir koro olduğunu düşündü. Bir kurbağa boğazındaki esnek bir teli titretiyordu zaman zaman.

Şimdi çevresini bir sis bulutu sarmıştı, sis önce ayakkabılarını, sonra dizlerini örtmüş, sonunda kendisini parıltılı beyaz bir kapsüle hapsetmiş gibiydi. Işık daha parlaktı. Garip bir yüreğin atışı gibi hareketli. Doğanın gücünü böyle canlı olarak hiç görmemişti. Bataklık canlıydı, ama müzik sesiyle değil. Bu canlılığın yapısını ya da duygusunu tanımlaması istense yapamazdı. Olasılıklardan yana zengin ve güç dolu olduğunu söyleyebilirdi ancak. Doğanın içinde kendisini çok küçük ve çok ölümlü hissediyordu.

Son geldiği zamandan hatırladığı gibi bir ses vardı, iniltiye dönüşen bir kahkaha. Bir an sessizlik oldu, ardından kahkaha yeniden duyuldu, Louis'in kanını donduran çılgınca bir çığlığa dönüştü. Sis çevresinde ağır ağır dönüyordu. Kahkaha zayıfladı, yerini yalnızca duyulan ama hissedilmeyen bir rüzgârın uğultusuna bıraktı. Çevresi kapalı bir yerde olmalıydı, yoksa rüzgâr buraya dolar ve sisi paramparça ederdi... Louis o zaman ortaya çıkacak olan şeyleri görmek isteyeceğinden emin değildi.

İnsan sesi gibi gürültüler işiteceksin, dalgıçkuşlarıdır onlar. Ses buraya kadar gelir ta Prospect taraflarından.

"Dalgıçkuşları," dedi Louis. Kendi boğuk sesini tanıyamadı.

Bir an duraksadıktan sonra yoluna devam etti. Bu duraklamanın cezasıymış gibi ayağı tümsekten kaydı, sığ suyun altındaki çamurun içinden ayağını çekerken az daha ayakkabısını düşürüyordu.

Ses –eğer sesse– şimdi soldan gelmişti. Birkaç dakika sonra da arkasından... tam arkasından. Sanki geri dönüp baksa bir adım gerisinde kanı çekilmiş, dişleri ortada, parlak gözlü bir şey görecekti. Ama bu kez yavaşlamadı Louis. Önüne bakıp yürümeye devam etti.

Sis birden parlaklığını kaybedince Louis önünde havada asılı sırıtan bir yüz gördü. Klasik bir Çin resminde olduğu gibi gözleri çekik, sarımtırak gri, çökmüş ve parlaktı. Ağzı kuş gagası gibiydi, altdudağı ileri fırlamıştı, diplerine kadar erimiş ve kararmış dişleri görülüyordu. Louis'i en şaşırtan şey kulakları oldu... Bunlar kulak değil kıvrımlı boynuzlardı... Şeytan boynuzu değil ama, keçi boynuzu...

Bu korkunç ve havada yüzen baş konuşuyor gibiydi... gülüyordu. Ağzı oynuyor, ama o aşağı kıvrık altdudağı hiç yerine gelmiyordu. Burun delikleri kalkıp iniyor, beyaz buharlar salıyordu.

Louis yaklaşınca uçan başın dili dışarı çıktı. Uzun ve sivri, kirli sarıydı. Üzeri kabuk kabuktu, Louis bakarken kabuklardan biri kalktı, içinden beyaz bir solucan sürünerek çıktı. Dilin ucu, boynunun olması gereken yerden aşağı sarkmıştı... gülüyordu.

Louis, Gage'i sıkıca kucakladı korumak istercesine.

Aziz Elmo Ateşi'ni görebilirsin, gemici nuru denilen bataklık gazlarının yanması yani. Çok garip şekiller çıkar ortaya, ama önemli değildir. Onları görecek olursan ve bunlar seni rahatsız ediyorsa, başını öteki yana çevirirsin...

Kafasının içindeki Jud'un sesi kararlılığını bir ölçüde artırmıştı. Daha hızlı adımlarla ilerlemeye başladı. Başını çevirmemişti, ama önündeki yüzün –eğer bu yüz, sisin ve kendi hayalinin bir ürünü değilse– hep aynı uzaklıkta kaldığına dikkat etti. Birkaç saniye sonra yüz sislerin arasında kayboldu.

Aziz Elmo Ateşi değildi o.

Değildi elbette. Ruhlarla doluydu burası. Çevrene bakınca göreceğin şeyler karşısında çıldırman işten bile değil. Düşünmeyecekti bunları. Düşünmesine gerek yoktu. Hiç gerek...

Bir şey geliyordu.

Louis yaklaşan sese kulak vererek durdu. Ağzı açıldı birden, çene kasları gevşemişti.

Hayatında böyle bir şey duymamıştı. *Kesif* bir sesti bu, *canlı* bir ses. Çok yakında, daha da yaklaşıyor, dallar kırılıyordu. Hayal edilemeyecek kadar büyük ayakları altında dallar parçalanıyordu. Louis'in ayaklarının altındaki çamurlu toprak titremeye başlamıştı. İnlemekte olduğunu fark etti.

(Tanrım, Tanrım nedir bu gelen sislerin arasından, Tanrım?)

Gage'i göğsüne bastırdı yine. Kuşlar ve kurbağalar susmuştu. Islak, rutubetli hava şimdi bozulmuştu, sıcak domuz eti kokuyordu.

Gelen her neyse, dev gibiydi.

Louis'in başı uzaya fırlatılan bir roketi izlermiş gibi havaya çevrildi. O şey üzerine doğru geliyordu, yakınlarda bir yerde devrilen bir ağaç –dal değil, ağaç– gürültüsü duyuldu.

Louis bir şey gördü.

Sis bir an için açık griye dönüşmüştü. Karşısındaki belli belirsiz şey en az yirmi metre boyundaydı. Gölge değildi, hayal değildi, geçerken havanın yarıldığını hissediyordu, ayakları yere bastıkça çamurların vıcık vıcık emişini duyuyordu.

Bir an yükseklerde bir çift sarı turuncu kıvılcım görür gibi oldu. Göze benzeyen kıvılcımlar.

Ses uzaklaşmaya başladı. Bir kuş öttü. Bir diğeri ona karşılık verdi. Bir üçüncüsü konuşmaya katıldı. Dördüncü, beşinci, altıncı araya girdiler. Şey'in yürümesinin sesleri kuzeye doğru uzaklaşıyordu. Daha azalmıştı şimdi... daha uzaklaşmıştı... kaybolmuştu...

Louis yeniden yürümeye başladı. Sırtı ve omuzları donup kalmış bir ağrıydı sanki. Boynundan ayak bileklerine kadar terden bir çamaşır vardı sanki üzerinde. Mevsimin ilk sivrisinekleri üstüne üşüştüler.

Wendigo'ydu o, kuzey ülkesinde dolaşan, insana dokunduğu anda yamyama çeviren yaratık. Oydu işte. Wendigo yirmi metre ötemden geçti.

Gülünç olmamasını söyledi kendine, Jud gibi olmalı ve hayvan mezarlığının ötesinde görülen ya da işitilen şeyleri düşünmemeliydi. Dalgıçkuşlarıydı onlar, Aziz Elmo Ateşi'ydi, başka şeylerdi. İki dünya arasında sıçrayan, sürünen, dolanan yaratıklardan başka her şeydiler. Başka şeyler olsunlardı. Tanrı olsundu, pazar sabahı olsundu, bembeyaz cüppeler içinde gülümseyen Episkopal rahipleri olsundu... ama evrenin karanlık tarafındaki bu korkunç şeyler olmasındı...

Louis oğlunu kucaklamış yürürken ayağının altındaki toprak sertleşmişti. Az sonra devrilmiş bir ağaca rastladı. Ağacın tepesi yavaş yavaş kaybolan sisin arasında bir devin hizmetçisinin elinden attığı grili yeşilli tüy süpürgeye benziyordu.

Ağacın gövdesindeki kırık o kadar yeniydi ki, Louis üstünden geçerken içinden hâlâ ılık olan özsuyu akıyordu. Ağacın öte yanında da içine dalıp öteki tarafından çıkmasını gerektiren derin bir çukur vardı. Çalılar ve çiçekler toprağın içine gömülmüşlerdi. Louis bunun bir ayak izi olduğunu düşünmek istemedi. Çukurdan çıktıktan sonra arkasına dönüp bir ayak izine benzeyip benzemediğine bakabilirdi, ama bunu da yapmayacaktı.

Ayağının altındaki yapışkan çamur az sonra yok oldu. Bir süre çam iğnelerine bastı, sonra kayalara. Sonuna yaklaşmıştı.

Şimdi yokuş yukarı yürüyordu. Dizini bir kaya parçasına çarptı. Ama bu sıradan bir kaya değildi. Elini uzatıp dokundu.

Basamaklar var burada. Kayalara açılmış. Beni izle. Tepeye varınca geldik sayılır. Tırmanırken coşku başlamıştı... Yorgunluğu yeniden geri plana itiliyordu. Kafasının içinde basamakları sayarak yükselirken hava serinlemişti, şimdi yine o dur durak bilmeden akan rüzgâr nehrindeydi. Rüzgâr elbiselerini savuruyor, Gage'in sarılı olduğu brandanın ucunu yelken gibi havalandırıyordu.

Başını bir kez daha geriye atıp gökyüzüne çılgınca serpilmiş yıldızlara baktı. Tanıdığı yıldızlar değildi bunlar, huzursuzluk duyarak başını çevirdi. Yanı başındaki kayadan duvar girintili çıkıntılıydı, kâh bir kayık biçimi, kâh bir insan yüzü, kâh bir hayvan başı görür gibiydi. Yalnızca kayalığa oyulmuş olan basamaklar dümdüzdü.

Louis tepeye çıktı, başını eğip derin derin soluk alarak durdu. Ciğerleri paramparça olmuş gibiydi, böğrüne iri bir şey sokulmuştu sanki.

Rüzgâr bir dansöz gibi saçları arasında kıvrılıyor, bir canavar gibi kulakları içinde uğulduyordu.

Bu gece ışık da daha parlaktı, geçen geldiğinde hava daha kapalı mıydı, yoksa dikkat mi etmemişti? Önemli değildi. Görebiliyordu ve bu da sırtında yeni bir ürpertinin başlamasına neden olmuştu.

Tıpkı hayvan mezarlığı gibiydi burası da.

Bunu biliyordun elbette, diye içinden söylendi bir zamanlar mezarların başına yığılı olan taşlara bakarken. *Bunu biliyordun, bilmen gerekir... Tek merkezli daireler değil, sarmal...*

Evet. Burada, bu kayanın yüzü soğuk yıldızlara çevrili dümdüz tepesinde dev bir sarmal vardı. Ama taş yığınları yığın halinde, sanki altlarında gömülü bir şey toprağın içinden çıkarken onları patlatıp atmış gibi yayılmışlardı çevreye. Ancak taşlar öyle bir biçimde düşmüşlerdi ki, sarmal yine kesin olarak görülüyordu.

Burasını havadan gören olmuş mudur hiç, diye düşündü. Aklına Güney Amerika'daki Kızılderili kabilelerinden birinin çölde çizdikleri biçimler gelmişti. *Burasını hiç havadan gören oldu mu, olduysa ne düşündüler acaba?*

Çömelip Gage'in cesedini yere bıraktı.

Bilinci yerine gelmeye başlamıştı artık. Çakısını çıkarıp sırtında asılı duran kazmayla küreği bağlayan bantları kesti. Küt diye yere düştüler ikisi de. Louis dönüp bir süre sırtüstü yattı.

Ağaçlar arasındaki o şey neydi? *Louis, oyuncuları arasında öyle şeyler bulunan bir oyunun sonundan hayır gelir mi hiç?*

Ama artık geri dönülmeyecek kadar geçti, bunu da iyi biliyordu.

Üstelik her şey iyiye de gidebilir, diye saçmaladı kendi kendine. *Rizikosuz kazanç olmaz, sevgisiz de riziko belki de. Çantam var hâlâ, aşağıdaki değil de yukarı banyonun rafındaki. Norma kalp krizi geçirdiğinde Jud'u alması için yolladığım. Şırıngalar var... Bir şey olursa... kötü bir şey... benden başkasının bilmesi gerekmez.*

Düşünceleri sesle ifade edilemeyen dualara dönüşürken Louis'in eli kazmaya uzandı... hâlâ dizleri üstüne çökmüş olarak toprağı kazmaya başladı. Kazmayı her indirişinde kılıcının üstüne kendini atan bir Romalı asker gibi öne yıkılıyordu. Ancak çukur giderek bir biçim alıp derinleşmeye başladı. Taşları elleriyle çıkarıyordu, çoğunu toprakla birlikte bir yana itiyor ama bazılarını da saklıyordu.

Mezarın başına yığmak için.

56

Rachel yüzünü acıtana kadar tokatladığı halde hâlâ başı önüne düşüyordu. Bir keresinde tüm uykusu dağılmış gibi gözleri açıldı –şimdi Pittsfield'daydı ve otoyolda kendisinden başka kimse yoktu– yüzlerce gümüş rengi acımasız gözün, aç ve soğuk bir ateş gibi parıldayarak kendisine baktığını gördü.

Gözler birden yol kenarındaki korkulukların üstündeki küçük yansıtıcılara dönüştüler. Araba yolun iyice sağına kaymıştı.

Direksiyonu sola çevirirken hafif bir çatırtı duydu. Belki de sağ çamurluğu korkuluklardan birine çarpmıştı. Kalbi duracak gibi oldu, sonra öyle bir kuvvetle çarpmaya başladı ki, gözlerinin önünde kalbinin atışlarıyla küçülüp büyüyen lekeler görmeye başladı. Yine de bir dakika sonra, o korkusuna, ölümden bu kadar ucuza kurtulmasına ve radyoda bangır bangır bağıran Robert Gordon'a rağmen yine uyukluyordu.

Çılgın bir düşünce takıldı kafasına. *Hem de nasıl,* diye düşündü rock and roll temposuna uyarak. Gülmeye çalıştı ama gülemedi. Düşünce kafasına takılmıştı bir kez, gecenin karanlığında ürkütücü bir inandırıcılığa bürünmüştü. Dev bir sapanın lastiğine çarpan kartondan bir kukla gibi hissediyordu kendisini. Zavallı ileri gitmenin her an biraz daha güçleştiğini fark eder... sonunda lastik bandın potansiyel gücü koşucunun gerçek gücüne eşit olur ve... bir şey kendisini ileri gitmekten alıkoyar... *Buna karışma sen...* Bu kez lastiklerin kopardığı çığlık daha yüksek, kazadan dönüş daha güç olmuştu. Araba bir süre korkuluklara sürtündü, maden madene değdi, direksiyon hâkimiyeti kayboldu, sonra frene bastı... Hıçkırıklarla ağlıyordu şimdi. Bu kez gerçekten uyumuştu, saatte yüz kilometre hızla giderken hem uyumuş hem de rüya görmüştü. Korkuluk olmasaydı...

Rachel arabayı kenara çekip başını ellerinin arasına aldı, uzun uzun ağladı.

Bir şey beni Louis'den uzak tutmaya çalışıyor.

Kendini toparladığından emin olunca yeniden yola koyuldu. Küçük arabaya pek bir şey olmamış gibiydi, ama yine de ertesi gün arabayı acenteye teslim etmeye gittiğinde söyleyecek çok şey bulacaklardı kuşkusuz.

Boş ver. Her şey sırasıyla. Önce bir kahve içmem gerek. İlk yapacak şey bu.

Pittsfield çıkışı gelince hemen sağa saptı. Bir kilometre kadar ileride ışıklar vardı, diğer motorların tekdüze homurtuları duyuluyordu. Rachel arabayı benzinciye çekti, depoyu doldurttu, sonra yağ, yumurta ve kahve kokan restorandan içeri girdi.

Birbiri ardına üç fincan bol şekerli kahve içti. Tezgâhın önünde ve masalarda oturan birkaç kamyoncu garson kızlarla dalga geçiyorlardı. Gecenin bu geç saatinde floresan ışıklarının altındaki kızların hepsi de kötü haber getiren yorgun hemşireleri andırmaktaydılar.

Rachel kahve parasını ödeyip arabasına döndü. Motor çalışmıyordu. Anahtarı çevirince bir çıt sesi çıkıyordu, hepsi o kadar.

Rachel direksiyon simidini yumruklamaya başladı. Bir şey kendisini engellemeye çalışıyordu. Bu yepyeni, daha beş bin kilometre yapmış olan arabanın birdenbire bozulması için hiçbir neden yoktu ama bozulmuştu işte. Her nasılsa bozulmuştu ve kendisi de evinden yaklaşık yüz kilometre geride, Pittsfield'da kalakalmıştı.

Büyük kamyonların tekdüze homurtusunu dinlerken oğlunu öldüren kamyonun da onların arasında olduğu duygusuna kapıldı ama onunki homurtu değildi, gülüp alay ediyordu kendisiyle.

Rachel başını direksiyona dayayıp tekrar ağlamaya başladı.

57

Louis'in ayağı bir şeye takıldı, yüzüstü yere yuvarlandı. Bir an yerinden kalkamayacağını sandı, orada yatacak ve arkasındaki Küçük Tanrı Bataklığı'ndan gelen kuş sesleri ile içindeki sancıların korosunu dinleyecekti. Uyuyana kadar orada kalacaktı. Ölene kadar ya da. Daha doğrusu ölene kadar.

Kazdığı çukura brandayı ittiğini, toprağın büyük bir bölümünü elleriyle çukura doldurduğunu hayal meyal hatırlıyordu –

sonra taşları üst üste dizdiğini, geniş bir tabandan başlayıp sivri bir uçla bitirerek...

Ondan sonrasını pek hatırlamıyordu. Basamaklardan aşağı inmiş olmalıydı, yoksa şimdi burada olmazdı... Burası neresiydi ki? Çevresine bakınca devrilmiş ağaç yığınının gerisindeki büyük çam ağaçlarının arasında olduğunu anladı. Farkına varmadan Küçük Tanrı Bataklığı'nı geçmiş olabilir miydi? Olabilirdi elbette. Her şey olabilirdi.

Bu kadar yeter. Burada uyuyacağım artık.

Ancak kendisini ayağa kaldırıp harekete geçiren yine bu sahte huzur verici düşünce oldu. Orada kalırsa o şey kendisini bulabilirdi... ağaçlar arasında kendini arıyordu şu anda belki de...

Elinin içini yüzüne sürüp ovuşturdu, elinde kan görünce şaşırmıştı... bir yerde burnu kanamış olmalıydı. "Kimin umurunda?" diye söylenerek sağına soluna bakındı, kazmayla küreği bulup yola düştü.

On dakika sonra ağaç yığınına gelmişti. Tökezleyerek ama hiç düşmeden tırmanıyordu, bir ara ayaklarına baktı, bakar bakmaz da bir dal kırıldı (*önüne bakma,* demişti Jud), bir dal daha kırıldı, ayağı büküldü, küt diye yan tarafı üstüne düştü bu kez.

Bu gece düştüğüm ikinci mezarlık bu... iki tane yeter de artar artık...

Yine el yordamıyla kazmasıyla küreğini aradı, buldu. Yıldızların ışığında çevresine bakındı. Yakınında SMUCKY'nin mezarı vardı. *Söz dinlerdi,* diye düşündü bitkin bir halde. TRIXIE, OTOYOLDA ÖLDÜ. Rüzgâr olanca gücüyle esiyordu, bir teneke parçasının takırdaması duyuluyordu – belki de zamanında bir konserve kutusuydu bu, hayvanı ölen yaslı bir çocuk tenekeyi babasının makasıyla kesmiş, çekiçle vura vura düzeltmiş ve tahtaya çivilemişti. Bu düşünce korkusunu geri getirdi yine. Ancak şimdi korkuyu bir zonklamadan fazla hissetmeyecek kadar yorgundu. Karanlıktan gelen o tın tın diye ses her şeyden çok korkuyu yanı başında hissetmesine neden oluyordu.

Hayvan mezarlığı içinde yürüdü, 1 MART 1965'te ölen SEVGİLİ TAVŞANIMIZ MARTA'nın yanından, POLYNESIA'nın son dinlenme yerini işaretleyen tahta parçasının üstünden geçti. Teneke takırtısı daha artmıştı şimdi. Louis durup yere baktı. Toprağa yarı yarıya gömülü bir tahta parçasının üstüne bir parça teneke çakılıydı, sesi çıkaran buydu. Louis tenekeyi düzeltmek için eğildi... birden korkuyla yarı yolda durdu.

Hareket eden bir şey vardı. Yığının öte yanında bir şey hareket ediyordu.

Sinsice bir yürüyüş, çam iğnelerinin hafif çatırtısı, bir dalın sessizce kırılması... Ağaçlar arasından esen rüzgârda kaybolan sesler.

Ne yaptığını fark etmesiyle –karanlıkta durmuş ölü oğluna sesleniyordu– tüyleri diken diken oldu. Elinde olmadan titremeye başladı. Öldürücü bir ateşli hastalığa yakalanmış gibiydi.

"Gage?"

Sesler kesilmişti.

Daha olmaz, çok erken daha. Nasıl bildiğimi bilmiyorum, ama biliyorum işte. Gage değil oradaki... O... o başka bir şey.

Eileen'in anlattıkları geldi aklına: *Kalk Lazar, dedi. Öğretmen isteseydi mezarlıktaki herkesi diriltebileceğini söyledi.*

Ağaç yığınının öteki tarafında gürültüler yeniden başlamıştı. Engelin öte tarafında. Rüzgârın uğultusu ardına saklanır gibi. Sanki görmeyen bir şey eski içgüdüleriyle izliyordu kendisini.

Louis sırtını yığına çevirmeden geri geri yürüyüp çıktı hayvan mezarlığından. Patikaya girdi. Sonra hızlı hızlı yürümeye başladı... Koşacak gücü ancak evini gördüğü zaman bulmuştu.

Louis garaja girince kazmayla küreği bir yana fırlatıp bir an kapının önünde durdu, önce geldiği yola, sonra gökyüzüne baktı. Saat sabahın dördüydü, şafak çok geçmeden sökerdi herhalde. Atlantik'in üzeri şimdi aydınlık olmalıydı, ama Ludlow'da hâlâ geceydi. Rüzgâr da hiç durmadan esiyordu.

Eliyle garajın yan duvarına tutunarak arka kapıdan evine girdi. Işık yakmadan mutfaktan geçti, yemek odasıyla mutfak arasındaki küçük banyoya girdi. Burada ışığı yakınca ilk gördüğü şey klozetin üstüne oturmuş çamurlu sarı gözleriyle kendisine bakan Church oldu.

"Church, seni biri dışarı çıkardı sanıyordum."

Church klozetin üstünden bakmaya devam etti. Evet, biri Church'ü dışarı çıkarmıştı. Kendisi. Çok iyi hatırlıyordu. Bodrumun camını takıp da bu işin çözümlendiğini kendi kendine söylediği zaman olduğu gibi. Ama kimi kandırıyordu ki? Church içeri girmek isteyince girerdi. Çünkü Church değişmişti artık.

Önemli değildi ama. Bu yorgunluğun sonunda artık hiçbir şey önemli değildi. Şimdi kendini insandan aşağı bir şeymiş gibi hissediyordu. O filmlerdeki yavaş hareket eden zombiler gibi. "Kafam saman dolu sanki Church," dedi kısık sesiyle. Gömleğinin düğmelerini çözüyordu. "İnan bana, hiç farkım yok."

Sol tarafında, kaburgalarının hemen altında bir morluk vardı, pantolonunu çıkarınca mezar taşına vurduğu dizinin de balon gibi şişmekte olduğunu gördü. Daha şimdiden mosmor olmuştu, dizini bir süre düz tutacak olursa, betondan kalıba sokulmuş gibi kaskatı kesileceğinden hiç kuşkusu yoktu. Hayatının sonuna kadar yağmurlu günlerde kendisiyle konuşmayı sürdürecek türden bir yaraya benziyordu.

Church'ü okşamak için elini uzattı, ama kedi oturduğu yerden atladı, o sarhoş ve hiç de kediye yakışmayan salınmasıyla başka bir yere yürüdü.

İlaç dolabında Ben-Gay vardı. Louis tuvaletin üstüne oturup merhemden biraz dizine, biraz da sırtına sürdü.

Sonra yemek odasına gitti, koridorun ışığını yakıp bir an merdivenin başında durdu, sersem bakışlarla çevresine bakındı. Her şey ne kadar garip görünüyordu! Noel gecesi Rachel'a safir yüzüğü verirken burada durmuştu. Yüzük cebindeydi. Norma Crandall'ın ölümle sonlanan kalp krizinden sonra Eileen'e hayatın gerçeklerini şu koltukta anlatmıştı. Noel ağacı o köşedeydi. Eileen'in kartondan hindisini şu camın önüne asmışlardı. Daha önceyse odada yalnızca ta orta-batıdan getirdikleri eşyalarının bulunduğu United Van Nakliye Şirketi'nin kutuları vardı. Eşyalarının öyle ambalajlanmış olarak pek önemsiz göründüğünü düşündüğünü anımsıyordu. Adlarının ve aile geleneklerinin bilinmediği dış dünyayla ailesi arasında küçük bir engeldi bu kutular.

Ne kadar garipti her şey... Maine Üniversitesi'ni hiç duymamış olmayı, Ludlow'u, Jud'u ya da Norma Crandall'ı hiç tanımamış olmayı ne kadar isterdi.

Yukarı banyoya çıktı, ilaç dolabının üstünden küçük siyah çantasını aldı. Çantayı yatak odasına taşıyıp karıştırmaya başladı. Evet, gerek olursa şırıngalar buradaydı, bantlar, cerrah makasları ve ameliyat iplikleri arasında da öldürücü etkisi olan birkaç ampul vardı.

Gerekirse...

Louis çantayı kapatıp yatağın yanına bıraktı. Tavan lambasını söndürdü, yatağa uzanıp ellerini başının arkasına koydu. Böyle yatmak, dinlenmek zevk verici bir şeydi. Disneyland'i düşündü sonra. Kendini beyaz bir önlük içinde, beyaz bir kamyoneti sürerken görüyordu. Kamyonetin dışında bir ilkyardım birimi olduğunu gösteren, müşterileri korkuya sevk edecek olan hiçbir şey yoktu.

Gage de güneş yanığı teniyle yanı başındaydı. Gözlerinin beyazları sağlıklı olduğunu gösteren hafif maviye dönüşmüştü. Goofy küçük bir oğlanla el sıkışıyordu. Oğlan zevkten donakalmıştı. Winnie The Pooh iki büyükanneyle resim çektiriyordu. Resmi çeken de üçüncü bir büyükanneydi. Hepsi kahkahalarla gülüyorlardı. En iyi elbisesini giymiş küçük bir kız, "Seni seviyorum Tigger! Seni seviyorum Tigger!" diye bağırıyordu.

Oğluyla devriye geziyordu Louis. Bu tılsımlı ülkenin nöbetçisiydiler. Beyaz arabalarıyla parkın içinde dolaşıp duruyorlardı.

Bir bela arıyor değillerdi, ama belalı bir şey olduğunda da hazırdılar. Böyle masum zevklere adanmış burada bile kötü şeyler olurdu. Anacaddede film satın alan güleç yüzlü bir adam birden göğsünü tutardı bir kalp krizi gelince, hamile bir kadının sancıları başlardı, kapak kızı kadar güzel bir kız birden bir sara nöbeti geçirebilirdi. Güneş çarpardı insanı, sıcak dokunurdu, hatta bir yaz günü sonunda yıldırım düşerdi. *Büyük ve Müthiş Oz* da buradaydı. Tılsımlı Krallık'ın kapısında ya da uçan Dumbo'lardan birinin üstünde görülebilirdi. Louis'le Gage onun Goofy, Miki, Donald ya da Tigger gibi bir eğlence parkı gösterisi olduğunu bilirlerdi. Ama kimse onunla resmini çektirmek istemez, kimse kızını ya da oğlunu onunla tanıştıramazdı. Louis'le Gage onu daha eskiden tanırlardı, New England'da tanışmışlardı. İnsanı boğmaya, bir naylon torbayla soluksuz bırakmaya, bir parça elektrik akımıyla kızartmaya hazırdı. Bir torba fıstıkta, bir dilim biftekte, bir paket sigarada ölüm vardı. Oz hep çevresindeydi insanın, ölümüyle sonsuzluk arasındaki bütün yolları o kesmişti. Pis iğneler, zehirli böcekler, ucu açık teller, orman yangınları. Küçük çocukları trafiğin aktığı dört yol ağızlarına uçuran kontrolden çıkmış patenler. Duş yapmak için banyoya girdiğinde Oz da girerdi seninle... Arkadaşınla birlikte duş yap. Uçağa bindiğinde biniş kartını Oz toplardı. İçtiğin sudaydı, yediğin yemekteydi Oz. *Kim var orada,* diye yapayalnız ve korkuyla karanlığa seslendiğinde duyduğun yalnızca *onun* yanıtıydı: *Korkma, benim. Nasılsın?* Bağırsak kanserin var! Koleran var! Kan zehirlenmen, kan kanserin, damar sertliğin var! Gece yarısı bir telefon. Kuzey Carolina otoyolunun bir çıkışında kaportanın üstünde kan. Avuç dolusu hap, iç hepsini yut. Boğulmanın sonunda parmakların o garip morluğu. Beyin son bir çabayla vücuttaki bütün oksijeni kendisine çeker, tırnak diplerindekini bile. Selam dostlar, benim adım Büyük ve Müthiş Oz, ama isterseniz siz sadece Oz diyebilirsiniz, eski dost sayılırız artık.

O ince ses: "*Seni seviyorum, Tigger! Seni seviyorum! Sana inanıyorum! Seni hep sevdim ve hep seveceğim. Genç kalacağım hep. Kalbimde yaşayan tek Oz, o Nebraska'lı iyi yürekli sahte Oz olacak. Seni seviyorum...*

Oğlumla devriye geziyoruz... çünkü işin aslı savaş ya da seks değil, yalnızca Büyük ve Müthiş Oz'a karşı o insanın midesini bulandıran, soylu ve umutsuz savaş. Florida güneşi altında, bembeyaz kamyonetimizle dolaşıyoruz... kırmızı yanardöner ışığımızın üstü örtülü, ama gerekirse hazır orada... Bizden başkasının onun orada olduğunu bilmesi gerekmez... çünkü insanın yüreğinin toprağı daha taşlıdır; insan yetiştirebildiğini yetiştirir ancak...

Louis Creed uyanıklığa olan bağını ağır ağır çözerek, bütün düşünceleri sona erip de yorgunluğu kendisini kapkara, rüyasız bilinçsizliğe çekene kadar bunları düşündükten sonra birdenbire uyudu.

Şafağın ilk ışıkları doğuda gökyüzünü aydınlatmadan az önce merdivende ayak sesleri duyuldu. Ağır, güçlükle ilerleyen ancak amaç dolu ayak sesleri. Koridorun gölgeleri arasında bir gölge yürüdü. Bir koku da birlikte geliyordu gölgeyle... kötü bir koku. Derin uykuda olan Louis bile uykusunun arasında mırıldanarak başını çevirdi koku yüzüne çarpınca. Bir soluk sesi duyuluyordu.

Gölge hiç kıpırdamadan durdu yatak odasının önünde. Sonra içeri girdi. Louis'in yüzü yastığa gömülüydü. Beyaz eller uzandı, yatağın yanındaki doktor çantası çıt diye bir ses çıkararak açıldı.

Çantanın içinde dolaştı bir el, aletler hafifçe şangırdadılar.

El ampulleri, şırıngaları, kapsülleri ilgisizce bir yana itti. Sonra bulduğu bir şeyi çıkardı çantadan. Sabahın ilk soluk ışıklarında bir gümüş parıltısı görüldü.

Gölge odadan çıktı.

3. BÖLÜM

Büyük ve Müthiş Oz

İsa yine derinden hüzünlenerek mezara vardı. Mezar bir mağaraydı; girişinde de bir taş duruyordu. İsa, "Taşı çekin!" dedi

Ölenin kız kardeşi Marta, "Rab, o artık kokmuştur, öleli dört gün oldu," dedi.

İsa bir süre dua ettikten sonra yüksek sesle, "Lazar, dışarı çık!" diye seslendi.

Ölü, elleri ve ayakları sargılarla bağlı, yüzü peşkirle sarılmış olarak dışarı çıktı. İsa oradakilere, "Onu çözün, bırakın gitsin," dedi.

– Yuhanna İncili

"Benim şimdi aklıma geldi," dedi kadın. "Neden daha önce düşünmedin sanki? Neden senin aklına gelmedi?"

"Ne?" diye sordu adam.

"Diğer iki istek. Yalnızca bir istekte bulunduk."

"Yetmez miydi?" diye sordu erkek öfkeyle.

"Hayır! Bir istekte daha bulunacağız. Git ve çabuk getir, oğlumuzun dirilmesini isteyelim."

– W.W. JACOBS, *Maymun Pençesi*

58

Jud Crandal ansızın, irkilerek uyandığında az daha koltuktan aşağı düşüyordu. Ne kadar uyuduğunu bilemiyordu, on beş dakika da olabilirdi, üç saat de. Saate bakınca beşi beş geçtiğini gördü. Odanın içindeki her şeyin ustaca değiştirilmiş olduğu gibi bir duygu vardı içinde. Oturarak uyumaktan sırtı ağrıyordu.

Aptal moruk, şu yaptığını gördün mü?

Ama kalbinde, ta kalbinde işin aslını biliyordu. Yalnızca kendisi değildi sorumlu. Nöbette uyuyakalmak değildi bu; uyutulmuştu.

Bu düşünceden korktu, ama kendisini korkutan, daha çok korkutan bir şey daha vardı: Neden uyanmıştı? Bir ses, bir...

Soluğunu tuttu, kalbinin kâğıt gibi hışırtısına aldırış etmeden kulak verdi...

Bir ses... kendisini uyandıran ses değil, ama yine de bir ses... Menteşe gıcırtısı.

Jud evinin her gürültüsünü bilirdi; hangi tahtanın oynadığını, hangi basamağın gıcırdadığını, rüzgârın nereden eserken düdük çalar gibi ses çıkardığını. Bu sesi de onlar kadar iyi biliyordu. Evin ön kapısı açılmıştı. Bunu anlayınca kendisini uyandıran sesi de hatırladı. Ön kapının dışındaki verandaya açılan tel kapının yayının ağır ağır gerilmesi.

"Louis?" diye seslendi pek fazla bir umut beslemeden. Louis değildi oradaki. Oradaki her neyse, yaşlı bir adamı boşboğazlığı ve gururu için cezalandırmaya gelmişti.

Ayak sesleri koridordan oturma odasına yaklaşıyordu. Jud sonunda ayağa kalkabildi. "Gage?" Gözünün ucuyla küllükteki upuzun kıvrık külü gördü. "Gage, sen mi..."

Çirkin bir miyavlama duyuldu. Jud'un bütün kemikleri bir anda donmuş gibiydi. Mezardan dönen Louis'in oğlu değil, bir canavardı.

Hayır, ikisi de değildi.

Church'tü gelen. Kapının önünde durmuş o sesi çıkarıyordu. Kedinin gözleri kirli lambalar gibi parıldıyordu. Jud gerilemeye başladı, düşünmeye çalışıyor, o koku karşısında mantığını kaybetmemeye çalışıyordu. Öyle soğuktu ki içerisi... o şey soğuğunu da birlikte getirmişti.

Jud ayakları üstünde sallanıyor, bacakları arasına giren kedi dengesini kaybettiriyordu. Jud kediye bir tekme atıp yanından uzaklaştı. Hayvan dişlerini göstererek tısladı.

Düşün! Seni moruk seni, düşün bir bakalım! Çok geç değildir belki, hâlâ çok geç olmayabilir... Geri döndü ama yine öldürülebilir... Bir yapabilsen... bir yolunu düşünebilsen...

Jud mutfağa doğru geriledi, birden mutfaktaki çatal bıçak çekmecesini anımsamıştı. Çekmecede bir satır vardı.

İnce bacakları mutfağa açılan kapıya çarptı. Kapıyı itti. Evine gelen şey hâlâ belirsizdi, ama soluklarını işitebiliyordu. İleri geri sallanan beyaz bir el görünüyordu, el bir şey tutuyordu ama bunun ne olduğunu anlayamadı Jud. Mutfağa girince yaylı kapı yeniden kapandı. Jud hemen arkasını dönüp çekmeceye koştu. Satırı iyice yıpranmış tahta sapından kavradığı gibi yine kapıya doğru döndü. Hatta bir iki adım bile attı. Cesaretini az da olsa bulmuştu.

Onun bir çocuk olmadığını unutma. Canına okuyacağını anladığında bağırabilir, hatta ağlayabilir de. Ama sakın kanma ona. Şimdiye kadar çok şeye kandın moruk. Son fırsatın bu.

Kapı yine açıldı; ama bu kez yalnızca kedi girmişti içeri. Jud hayvanı gözleriyle izledi bir süre, sonra başını kaldırdı.

Mutfak doğuya baktığı için pencerelerden şafağın ilk sütbeyaz ışığı giriyordu. Çok değil, ama yeterli. Hem de fazlasıyla yeterli.

Gage Creed üzerinde gömüldüğü elbiseyle içeri girdi. Ceketinin yakalarında ve omuzlarında yosunlar vardı. Yosun beyaz gömleğini de kirletmişti. Sarı saçları toz toprak içindeydi. Bir gözü duvara dönüktü, müthiş bir dikkatle boşluğa bakıyordu. Diğer gözüyse Jud'a çevriliydi.

Gage sırıtıyordu.

"Merhaba Jud," dedi çocuksu ama anlaşılabilir bir sesle. "Kokmuş ruhunu cehenneme göndermeye geldim. Bir kere sıçmıştın ağzıma. Er geç dönüp benim de senin ağzına sıçacağımı düşünmedin mi?"

Jud satırı kaldırdı. "Gel bakalım öyleyse, her neysen, gel bakalım. Kim kimin ağzına sıçacak görürüz."

"Norma öldü, ardından yas tutacak kimsen yok artık," dedi Gage. "Ne ucuz orospuydu o ama. Arkadaşlarının hepsiyle yatmıştı Jud. En çok da o işi arkadan severdi. Şimdi romatizmasıyla falan cehennemde cayır cayır yanıyor. Onu orada *gördüm* Jud. Onu *gördüm* orada."

Gage iki adım ilerledi, ayakkabıları muşambanın üstünde çamurlu izler bırakıyordu. Bir elini sanki Jud'un elini sıkmak istermiş gibi öne uzatmıştı, öteki eli arkasındaydı.

"Dinle Jud." Gage'in ağzı açıldı, küçük sütdişleri göründü. Dudakları kıpırdamadığı halde şimdi Norma'nın sesiyle konuşuyordu.

"Seninle öyle çok alay ettim ki! Hepimiz alay ettik seninle! Nasıl da güldük..."

"Kes artık!" Satır titriyordu Jud'un elinde.

"Bizim yatakta yaptık, Herk'le ben. George'la da yattım, hepsiyle yattım, ben senin orospularla yattığını biliyordum ama sen hiçbir zaman bir orospuyla evlendiğini bilmedin. Nasıl da alay ederdik seninle Jud! Hem çiftleşir, hem de kahkahalarla..."

"KES ARTIK!" diye bağırdı Jud. Kirli elbisesi içindeki küçük şekle doğru atıldı. Tam o anda kedi saklandığı tezgâhın altından ok gibi fırladı. Kulaklarını kısmış tıslıyordu... Jud'un ayaklarına çarptı. Satır adamın elinden fırladı, eskimiş muşambanın üstünde kayıp dönmeye başladı. Sonra bir kenara çarpıp buzdolabının altında kayboldu.

Jud yeniden oyuna getirildiğini anlamıştı, tek avuntusu bunun son olduğuydu. Kedi bacaklarını tırmalıyordu şimdi, ağzı açık, gözleri pırıl pırıldı, fokurdayan bir çaydanlık gibi tıslıyordu. Gage de yanındaydı artık, suratında mutlu bir sırıtma, kenarları kızıl, ay biçimindeki gözleriyle... Sağ eli arkasından yavaş yavaş çıktı. Jud çocuğun elinde Louis'in siyah çantasından çıkma bir neşter gördü.

"Tanrım..." diye mırıldanarak darbeyi önlemek için sağ elini kaldırdı. Optik bir yanılsama olmalıydı, aklını kaçırmıştı herhalde, çünkü neşteri aynı anda elinin hem içinde, hem dışında görüyordu. Birden yüzünden ılık bir şey akmaya başladığında ne olduğunu anladı.

"Canına okuyacağım senin moruk!" diye Gage'e benzeyen şey zehirli soluğunu yüzüne üfledi. "Canına okuyacağım senin! Canına!"

Jud elini uzatıp Gage'in bileğini yakaladı. Gage'in derisi kâğıt gibi kaldı elinde.

Neşter yaşlı adamın elinde dikey bir ağız bırakarak çekilip alındı.

"Canına okuyacağım senin!"

Neşter bir daha indi.

Bir daha.

Bir daha.

59

"Bir kere de şimdi deneyin hanımefendi," dedi kamyon sürücüsü. Adam, Rachel'ın kiralık arabasının kaputunu açmış, motora eğilmişti.

Rachel kontak anahtarını çevirdi. Arabanın motoru birden çalıştı. Kamyoncu kaputu kapattı, ellerini kocaman mavi mendiline silerek Rachel'ın yanındaki cama yaklaştı. Hoş, kırmızı bir suratı vardı.

Ağlamak üzere olan Rachel, "Çok teşekkür ederim," dedi. "Ne yapacağımı bilmiyordum doğrusu."

"Bir çocuk bile yapardı bunu canım. Garip bir şey. Böyle yeni bir arabada bu tür arıza olacağı aklıma bile gelmezdi."

"Neden? Ne vardı?"

"Akü kablolarından biri çıkmış. Bir oynayan falan olmadı ya?"

"Hayır." Rachel dünyanın en büyük sapanının lastiğine çarptığını düşünüyordu yine.

"Yolda sallantıdan gevşemiş olacak. Ama bundan sonra bir şey olmaz, iyice sıkıştırdım artık."

"Acaba borcum ne kadar?" diye sordu Rachel unutarak.

Kamyoncu sesli bir kahkaha attı. "Ne münasebet hanımefendi! Bizler yolların şövalyeleriyiz, unuttunuz mu?"

Rachel gülümsedi. "Teşekkür ederim öyleyse."

"Bir şey değil." Adam sabahın bu saatinde güneş ışığı dolu bir gülümsemeyle baktı kadına.

Rachel da gülümseyerek arabayı parktan çıkarıp otoyola giden dar yola soktu. İki yanına dikkatle baktı. Beş dakika sonra yeniden otoyola çıkmış kuzey yönünde ilerliyordu. Kahve tahmin edemeyeceği kadar iyi gelmişti. Şimdi uykusu falan kalmamıştı artık, gözleri kapı tokmakları gibi irileşmişti. O huzursuzluk duygusu, sanki biri tarafından yönetiliyormuş gibi o saçma duygu bir kez daha yokladı kadını. Akü kablosunun öyle birden çıkışı...

Zaman tanıyacak kadar gecikmesi için...

Sinirli sinirli güldü kendi kendine. *Neye zaman tanıyacak kadar?*

Geri alınamayacak bir şeyin yapılmasına kadar.

Saçmaydı bu. Gülünçtü. Ama Rachel yine de arabayı biraz daha hızlandırdı.

Saat beşte, Jud iyi dostu Dr. Creed'in çantasından çalınan neşterden korunmaya çalışırken, Eileen neyse ki hatırlayamadığı karabasanından çığlıklar ata ata uyanırken, Rachel otoyoldan çıkıp Hammond Caddesi kavşağına girdi. Burası oğlunun, içinde yalnızca bir bahçıvan beli bulunan tabutunun bulunduğu mezarlığa çok yakındı. Rachel saat beşi çeyrek geçe 15 numaralı karayolunda Ludlow'a doğru ilerliyordu.

Önce doğruca Jud'a gidecekti, hiç olmazsa verdiği bu sözü tutmaya kararlıydı. Zaten arabaları evin önünde değildi; kuşkusuz arkada garajda olabilirdi, ancak evin uykuda, bomboş bir hali vardı. Louis'in evde olacağına dair hiçbir önsezi yoktu içinde.

Rachel arabayı Jud'un kamyonetinin arkasına park edip çevresine dikkatle bakarak dışarı çıktı. Bu tertemiz, yeni ışıkta otlar çiyle parıldıyordu. Bir yerde bir kuş öttü, sonra sustu. Çocukluğundan bu yana herhangi bir zorlayıcı neden olmadan şafak sökerken ancak birkaç kez uyanık ve yalnız olmuştu. Yalnızlıkla birlikte bir yücelme duygusu da hissetmişti o zamanlar. Yenilik ve devamlılık gibi çatışan bir duygu. Bu sabah öyle temiz ve iyi şeyler hissetmiyordu. İçindeki sürekli huzursuzluğu da dehşet dolu son yirmi dört saati ile daha çok yeni olan kaybına bağlayamıyordu tümüyle.

Basamakları çıkıp tel kapıyı açtı. Ön kapının eski biçim çıngıraklı zilini çalacaktı. Oraya Louis'le ilk geldiğinde bayılmıştı zile, saat yönünde çevirince gürültülü ama müzikal, hoş bir ses çıkarırdı.

Yere bakarak zile uzandı. Birden kaşları çatıldı. Yerde çamurlu ayak izleri vardı. Arkasına bakınca ayak izlerinin telli kapıdan içeri doğru geldiğini gördü. Çok küçük izler. Çocuk izleri belki de. Ama kendisi bütün gece yoldaydı ve hiç yağmur yağmamıştı. Rüzgâr vardı evet, ama yağmur yağmamıştı.

Uzun bir süre baktı ayak izlerine... çok uzun hem de... Zili çevirmek için güç harcaması gerektiğini fark etti. Zili tuttu... sonra yine bıraktı.

Zilin sesini duyar gibi oluyorum, hepsi bu. Bu sessizlikte zil sesi duyuyor gibiyim. Sonunda uyumuştur herhalde, ben zili çalınca da korkarak uyanacak...

Ama korktuğu bu değildi. Uyanık durmanın ne kadar güç olduğunu anladığında endişelenmiş, garip bir korkuya kapılmıştı, ama bu yeni korku bambaşka bir şeydi, yalnızca o küçük ayak izleriyle ilgili bir şey... *O boydaki izler...*

Aklına gelen düşünceyi engellemeye çalıştı, ama çok yorgundu, kafası çok ağır çalışıyordu.

Gage'in ayak izleri...

Yeter! Kes artık!

Rachel uzanıp zili çevirdi.

Zilin sesi hatırladığından daha kuvvetli, ama hatırladığı kadar müzikal de değildi, sessizlikte keskin, boğuk bir çığlık. Rachel geri çekilip Jud'un ayak seslerini bekledi. Ama Jud'un ayak sesleri duyulmuyordu. Sessizlik vardı içeride, sonra yine sessizlik, o demirden kelebek biçimli zilin anahtarını bir daha çevirip çevirmemeyi düşünürken kapının ardından bir ses duyuldu. En çılgın hayallerinde bile aklına getiremeyeceği bir ses.

Miyav... miyaaav... miyaaaav...

"Church?" diye şaşkın şaşkın seslendi. Öne eğildi, ama içerisini görmesi olanaksızdı. Kapının camı beyaz bir perdeyle örtülüydü. Norma'nın elişi. "Sen misin Church?"

Miyav!

Rachel kapıyı açmayı denedi. Açıktı. Church holde, kuyruğunu ayakları çevresine sarmış, oturuyordu. Tüyleri koyu renkli bir şeyle boyanmıştı. *Çamur*, diye düşündü Rachel.

Sonra hayvanın bıyıklarındaki sıvı damlacıklarının kırmızı olduğunu fark etti.

Kedi ayağının birini kaldırıp yalamaya koyuldu, gözlerini Rachel'ın yüzünden bir an olsun ayırmamıştı.

Şimdi gerçekten korkan Rachel, "Jud?" diye seslendi. Kapıdan içeri girdi.

Evden çıt çıkmıyordu. Yalnızca sessizlik...

Rachel düşünmeye çalışıyordu, ama kız kardeşi Zelda'nın hayali zihnine giriyor, düşüncelerini bulanıklaştırıyordu. Elleri nasıl da bükülmüştü. Kızdığı zaman nasıl da kafasını duvara vururdu, başını vurduğu yerde duvar kâğıdı yırtılmış, sıvalar hep dökülmüştü. Ama şimdi Zelda'yı düşünmenin zamanı değildi. Jud'a bir şey olmuştu belki de. Ya düşmüşse? Yaşlı bir insandı ne de olsa.

Onu düşün, çocukluğunda gördüğün rüyaları değil. Bir dolabın kapağını açıp da Zelda'nın kararmış, sırıtan yüzüyle üstüne sıçradığını, banyonun deliğinden onun sana bakan gözlerini gördüğünü, Zelda'nın bodrumda kalorifer kazanının ardına saklandığını gördüğünü değil...

Church ağzını açtı, keskin dişlerini gösterdi ve bir daha miyavladı.

Louis haklıydı, onu hiç kısırlaştırmayacaktık, o günden beri bir daha eski Church olamadı. Ama Louis onun tüm saldırgan içgüdülerinden kurtulacağını söylemişti. Yanıldı oysa, Church hâlâ avlanıyor. Hâlâ.

Miyav, diye bağıran kedi dönüp merdivenden yukarı çıktı.

"Jud!" diye seslendi Rachel. "Orada mısın?"

Miyav, diye bağırdı Church merdivenin üst başından Rachel'ın sorusuna karşılık verirmiş gibi, sonra koridorda gözden kayboldu.

İçeri nasıl girdi acaba? Jud mu içeri aldı yoksa? Neden?

Rachel ne yapması gerektiğini düşünerek ağırlığını bir ayağından diğerine aktardı. İşin en kötü yanı... bütün bunların önceden düzenlenmiş gibi gelmesiydi... Sanki bir şey onun burada olmasını istiyordu...

Birden bir inilti duyuldu yukarıdan... *alçak sesli*, ıstırap dolu... Jud'un sesi. *Banyoda düşmüş olmalı, belki bacağını kırmıştır ya da kalçası çıkmıştır, yaşlıların kemikleri gevrek olur. Çişin gelmiş gibi ne sallanıp duruyorsun burada? Church'ün üzerindeki kandı kan... Jud yaralanmış olmalı, sense burada duruyorsun öyle kazık gibi! Nen var senin?*

"Jud!" İnilti yeniden duyulunca Rachel koşa koşa yukarı çıktı.

Daha önce buraya hiç çıkmamıştı, koridorun tek penceresi batıya, nehre baktığından içerisi hâlâ karanlıktı. Koridor, merdiven boşluğunun yanından evin arkasına kadar uzanıyordu, merdivenin kiraz ağacından korkuluğu yumuşak bir zariflikle parlamaktaydı. Duvarda Akropolis'in bir resmi asılıydı.

(Zelda bu kadar yıldır peşini bırakmadı, şimdi de kapıyı açmasının zamanı geldi. Kapının ardında olacak; kamburuyla, çiş ve ölüm kokusuyla. Zelda'nın günü geldi sonunda, yakaladı seni sonunda işte...)

İnilti bir daha duyuldu, sağdaki ikinci kapının ardında...

Rachel topukları tahtalar üzerinde takırtılar çıkararak kapıya doğru yürüdü. Bir değişim geçiriyor gibiydi. Küçülüyordu sanki. Duvardaki Akropolis resmi giderek yükseliyordu, kapının kesme kristalden tokmağı neredeyse gözü hizasına gelecekti. Elini uzattı... ama tokmağa dokunamadan kapı içeriden hızla açıldı.

Zelda duruyordu karşısında.

Kamburdu, eğri büğrüydü, gövdesi öyle çarpılmıştı ki, iki karış boyunda bir cüceden farksızdı. Üzerinde her nasılsa Gage'in gömülürken üzerinde olan elbise vardı. Ama Zelda'nın, hiç kuşkusuz, gözleri çılgın bir neşeyle parıldıyordu, kırmızıydı yüzü, bağırıyordu. *"Sonunda geldim işte sana Rachel. Senin belini de benimki gibi bükeceğim, bir daha yataktan hiç çıkamayacaksın, yataktan hiç çıkamayacaksın YATAKTAN HİÇ ÇIKAMAYACAKSIN..."*

Church, Zelda'nın bir omzuna oturmuştu. Zelda'nın yüzü bulanıklaşıyor, değişiyordu. Rachel müthiş bir dehşetle onun Zelda olmadığını gördü. Böylesine aptalca bir yanlışlığı nasıl yapmıştı? Gage'di bu. Yüzü kara değil pisti, kana bulanmıştı. Şişmişti, sanki çok ağır yaralanmış da sonradan kaba, beceriksiz ellerle birleştirilmiş gibi.

Rachel oğluna seslenerek kollarını uzattı. Gage annesine koştu, kollarına atıldı. Bir eli hep arkasındaydı, sanki bir başkasının bahçesinden topladığı bir demet papatya saklıyormuş gibi.

"Sana bir şey getirdim anne!" diye bağırdı. *"Sana bir şey getirdim anne! Sana bir şey getirdim! Sana bir şey getirdim!"*

60

Louis Creed gözlerine dolan güneş ışığıyla uyandı. Doğrulmaya çalışırken sırtındaki ağrıyla yüzünü buruşturdu. Müthiş bir ağrıydı bu. Yastığa yaslanıp baktı. Üstünde hâlâ elbisesi vardı.

Kaslarının katılaşmış olmasına karşın kendini iyice gererek uzun bir an yattı öylece. Sonra doğruldu.

"Tüh!" diye söylendi. Oda bir iki saniye döndü gözlerinin önünde. Sırtı çürük bir diş gibi zonkluyordu, başını oynatmaya çalıştığında boynundaki sinirler yerlerini paslı testerelere bırakmışlardı sanki. Ama en kötüsü diziydi. Ben-Gay hiçbir işe yaramamıştı. Merhem falan sürmek değil, en iyisi bir kortizon iğnesi yapmalıydı. Dizkapağındaki şiş pantolonunu germişti, bacağında bir balon vardı sanki.

"Vay vay vay!"

Yatağın kenarında oturabilmek için dizini ağır ağır büktü, ısırmaktan bembeyaz kesilmiş dudakları.

Gage! Gage döndü mü?

Duyduğu sancıya rağmen kalktı ayağa. Kapıdan güçlükle çıkıp Gage'in odasına girdi. Dudaklarında oğlunun adı titreyerek çılgıncasına baktı çevresine. Oda boştu. Topallaya topallaya Eileen'in odasına gitti. Oda boştu. Yandaki oda da. Yola bakan odada da kimse yoktu. Ama...

Yolun karşısında yabancı bir araba vardı. Jud'un kamyonetinin arkasında.

Ne çıkardı bundan?

Oradaki bir yabancı araba bir sorun demekti, işte bu çıkardı.

Louis perdeleri aralayıp daha bir dikkatle baktı arabaya. Küçük mavi bir Chevette'ti bu. Arabanın üstünde de Church kıvrılıp yatmış, belki de uyuyordu.

Perdeyi kapatmadan uzun bir süre bekledi Louis. Jud'un konuğu vardı demek! Ne çıkardı bundan? Üstelik Gage'in durumu hakkında endişelenmek için de çok erkendi henüz. Church saat birde falan dönmüştü, oysa şimdi saat dokuzdu daha. Güzel bir mayıs sabahının dokuzu. Şimdi aşağı inip kahve yapacak, elektrikli yastığı çıkarıp dizine saracak ve...

Church o arabanın tepesinde ne arıyordu?

"Hadi canım sen de!" dedi yüksek sesle. Aksak adımlarla koridorda yürümeye başladı. Kediler her yerde yatıp uyurlardı, huyları böyleydi.

İyi ama Church artık yolun öte yanına geçmiyor ki, unuttun mu?

"Boş ver..." diye mırıldandı tırabzana yaslanarak aşağı inmeye çalışırken. Birden durdu. Kendi kendine konuşmak iyi bir şey değildi.

Dün gece ağaçlar arasındaki o şey neydi?

Hiç istemeden, düşünmeden aklına gelmişti bu, yataktan bacağını atarken duyduğu acıdan yaptığı gibi yine dudakları gerildi. Dün gece rüyasında görmüş olmalıydı o şeyi. Disneyland rüyası arasında onu da görmesi doğaldı. Rüyasında o şeyin kendisine dokunduğunu, bütün iyi rüyaları sonsuza dek berbat ettiğini, bütün iyi niyetleri çürüttüğünü görmüştü. Wendigo'ydu o, kendisini yalnız yamyama değil, yamyamların babasına da çevirmişti. Rüyasında yine hayvan mezarlığına gitmişti, ama yalnız değildi bu kez. Bill'le Timmy Baterman da oradaydılar. Jud da çamaşır ipinden yaptığı bir kayışla bağladığı köpeği Spot'la oradaydı. Lester Morgan da boğası Hanratty'yi bir araba çekme zinciriyle bağlamıştı. Hanratty yere yan yatmış, aptalca, sersemce bir öfkeyle çevresine bakınıyordu. Her nedense Rachel da oradaydı. Yemek yerden bir kaza yapmış olmalıydı, salça kutusunu ya da kirazlı pastayı dökmüştü galiba, çünkü elbisesinde kırmızı lekeler vardı.

Ağaç yığınının ardında derisi çatlamış bir sürüngen sarısı, gözleri sis lambaları gibi iri, kulaklarının yerinde büklüm büklüm boynuzları olan Wendigo vardı. Bir kadının doğurduğu dev bir sürüngen. Hepsi başlarını kaldırmış kendisine bakarlarken, o da nasırlı, tırnaklı parmağını onlara doğru uzatıyordu...

"Yeter!" diye mırıldandı. Kendi sesini duyunca bile ürpermişti. Sıradan bir günmüş gibi mutfağa gidip kahvaltı hazırlamaya karar verdi. Bir bekâr kahvaltısını, şöyle gönlünce kolesterol dolu. İki yumurtalı sandviç, üzerlerine biraz mayonez ve bir dilim soğan. Ter ve pislik kokuyordu, ama duşunu daha sonra yapacaktı. Şu anda soyunmak başlı başına bir iş gibi geliyordu. Hem belki de çantasından neşterini alıp pantolonunun paçasını kesmek zorunda kalacaktı. Güzelim keskin bıçakla bu iş yapılmazdı ama evde de kotun kalın kumaşını kesecek başka bir şey yoktu.

Ama her şeyden önce kahvaltı.

Oturma odasına gitti, sonra yolunu değiştirip ön kapıdan Jud'un evinin önünde duran mavi arabaya baktı. Araba çiyle kaplıydı, demek uzun bir süredir orada duruyordu. Church hâlâ üstündeydi ama artık uyumuyordu. Çirkin yeşilimsi sarı gözleriyle Louis'e bakıyordu.

Louis sanki birisi kendisini dikiz ederken yakalamış gibi hemen geri çekildi.

Mutfağa girdi, bir tava çıkarıp ocağa koydu, buzdolabından iki yumurta aldı. Mutfak tertemiz, pırıl pırıldı. Islık çalmaya çalıştı –bir ıslık sabahı yerli yerine oturtacaktı– ama çalamadı. Her şey yolunda görünüyordu ama yolunda değildi. Ev bomboştu... bir gece öncesinin işleri de ağır bir yük gibi eziyordu kendisini. Her şey aksiydi, kötüydü, üzerinde bir gölge hissediyordu, korkuyordu.

Topallayarak banyoya gidip bir bardak portakal suyuyla iki aspirin içti. Telefon çaldığında ocağa doğru gidiyordu.

Telefonu hemen açmadan dönüp baktı. Kendini hiç anlamadığı bir oyunda bulmuş gibiydi, ağır ve şaşkındı hareketleri.

Açma sakın, kötü haber olduğu için açmak istemezsin onu, ucu köşenin ardında ve karanlıkta olan ip o, o işin öteki ucunda ne olduğunu görmek istediğini sanmıyorum Louis. Hiç sanmıyorum, onun için açma telefonu, kaç şimdi, hemen kaç, oradan garaja, atla ve sür gitsin, ama sakın telefonu açayım deme...

Louis odanın öteki tarafına gidip telefonu açtı. Karşısında Irwin Goldman vardı. Irwin daha merhaba derken Louis mutfağın yerinde izleri gördü... küçük, çamurlu izler... Kalbi göğsünde donmuş gibi oldu, gözlerinin yuvalarında şiştiğini hissediyordu. O anda kendini aynada görebilseydi on yedinci yüzyıl tımarhane tablolarından bir yüzle karşı karşıya olacağından emindi. Gage'in ayak izleriydi bunlar. Gage buraya gelmişti, *gece eve gelmişti...* Peki öyleyse şimdi neredeydi?

"Louis, ben Irwin... Alo, Louis? Duyuyor musun?"

"Merhaba Irwin." Louis kayınpederinin ne diyeceğini biliyordu. Mavi arabayı anlamıştı şimdi. Her şeyi anlamıştı. İp... karanlığa giden ip... Elini ipten çekmeden hızla ilerliyordu şimdi ucuna doğru. Sonunda ne olduğunu görmeden ipi bir bırakabilseydi! Ama kendi ipiydi bu. Kendisi isteyip almıştı bunu.

"Bağlantı kesildi sandım," dedi Goldman.

"Telefon elimden kaydı," dedi Louis. Sesi çok sakindi.

"Rachel dün gece gelebildi mi eve?"

Mavi arabayı düşünen Louis, "Evet," dedi. Church hareketsiz duran arabanın üstündeydi hâlâ. Bakışlarıyla yerdeki çamurlu ayak izlerini takip ediyordu.

"Onunla hemen konuşmam gerek," dedi Goldman. "Eileen hakkında."

"Eileen hakkında mı? Ne oldu Eileen'e?"

"Bence Rachel..."

"Rachel şu anda evde değil. Ekmek ve süt almaya çıktı. Eileen'e ne oldu? Hadi, çabuk söyle Irwin!"

"Kızı hastaneye kaldırmak zorunda kaldık. Kötü bir rüya ya da bir dizi kötü rüya gördü. İsteri nöbetine tutulmuştu..."

"Sakinleştirici verdiler mi?"

"Ne?"

"Sakinleştirici ilaç," diye Louis sabırsızlıkla tekrarladı. "Sakinleştirici ilaç verdiler mi?"

"Evet. Bir hap verdiler, kız hemen uyudu sonra."

"Bir şey söyledi mi? Neden korkmuş biliyor musunuz?" Telefonu kavrayan eli bembeyazdı şimdi.

Karşı tarafta uzun bir sessizlik oldu. Louis sessizliği bozmak istiyorsa da, bu kez hiçbir şey söylemedi.

"Dory'yi korkutan da bu oldu," dedi Irwin sonunda. "Ne dediğinin anlaşılmayacağı kadar çok ağlamadan önce çok sayıkladı... Dory Dory de az daha... Büyük ve Müthiş Oz'un annesini öldürdüğünü söyledi. Tıpkı öteki kızımız gibi söyledi bunu. Zelda gibi. Louis, inan bana bu soruyu aslında Rachel'a sormak isterdim. Eileen'e Zelda'yı ve ölümünü ne kadar anlatmıştınız?"

Louis gözlerini kapattı; dünya çevresinde dönüyor gibiydi, Goldman'ın sesi de kalın bir sis tabakasının ardından geliyordu sanki.

"Louis, duyuyor musun?"

"Düzelecek miymiş?" Kendi sesi de uzaklardan geliyordu şimdi. "Düzelecek mi Eileen? Bir teşhis koydular mı?"

"Cenazenin gecikmiş şoku dediler. Benim doktorum geldi, Lathrop. İyi bir insandır. Kızın ateşi olduğunu, ama bu öğleden sonra uyandığında hiçbir şey hatırlamayacağını söyledi. Rachel'ın buraya gelmesi gerek Louis, ben korkuyorum. Sen de gelsen iyi olur."

Louis cevap vermedi. Tanrı bir serçeyi bile görür diye yazardı İncil'de. Ama kendisi çok küçük bir yaratıktı ve gözlerini yerdeki çamurlu ayak izlerinden ayıramıyordu.

"Gage öldü artık Louis," diyordu Goldman. "Bunu kabul etmenin hem senin, hem de Rachel için güç olduğunu biliyorum, ama kızınız yaşıyor ve size ihtiyacı var."

Buna inanırım. Hıyar herifin biri olabilirsin Irwin, ama 1965'in o nisan gününde iki kızının arasında geçen şeyin sana duygulu olmak diye bir şeyin var olduğunu öğrettiğini tahmin ederim. Eileen'in bana ihtiyacı var, ama ben gelemem, çünkü korkuyorum... Ellerimin annesinin kanıyla kirlendiğinden korkuyorum...

Louis ellerine, tırnakları arasındaki toprağa baktı. Yerdeki ayak izlerini oluşturanın eşi olan toprağa.

"Anladım," dedi. "İlk fırsatta geleceğiz Irwin. Olabilirse, bu gece hatta. Teşekkür ederim."

"Elimizden geleni yaptık biz. Belki de çok yaşlandık artık. Belki de hep yaşlıydık Louis."

"Eileen başka bir şey söyledi mi?"

Goldman'ın cevabı kalbinin duvarına çarpan bir kilise çanıydı sanki. "Çok şey söyledi ama ben ancak birini anlayabildim. 'Pascow artık çok geç diyor,' dedi."

Louis telefonu kapatıp şaşkın bir halde ocağa döndü. Kahvaltıyı mı hazırlayacaktı, yoksa bulaşıkları mı toplayacaktı bilemiyordu. Birden yarı yolda bir baygınlık çöktü üzerine, gözlerinin önüne bir perde indi ve baygın bir halde yere düştü. Yaralı dizi yere çarpınca elektrikli bir sancıyla birden kendine geldi. Bir an gözlerinden yaşlar boşanarak dizüstü kaldı.

Sonunda sallanarak ayağa kalkabilmişti. Ama açık seçik düşünebiliyordu artık. Bu da bir şeydi.

Son bir kez daha kaçmayı düşündü. Cebinde araba anahtarlarının huzur verici şişkinliğini hissediyordu. Arabaya atladığı gibi Chicago'ya gidecekti. Eileen'i alıp tekrar devam edecekti yola. Tabii Goldman işin içinde bir bityeniği olduğunu anlayacaktı o zamana kadar ama kendisi gerekirse kaçıracaktı kızını...

Elini anahtarlardan çekti birden. Kaçma duygusunu yok eden şey ne suçluluktu, ne umutsuzluk, ne de ta içindeki o sonsuz yorgunluk. Yerdeki çamurlu ayak izlerine gözü ilişince birden her şeyin bittiğini anlamıştı. O izlerin kendisini önce İllinois, sonra Florida'ya, gerekirse dünyanın öteki ucuna kadar izlediğini görür gibi oluyordu. Satın aldığın şey senin olurdu ve senin olan şey de er geç sonunda yanına gelirdi.

Bir gün gelip kapısını açınca karşısında Gage'i bulacaktı. Asıl Gage'in çılgın bir kopyası, sırıtkan, gözlerinin mavisi sarıya dönüşmüş... Ya da Eileen sabah duş yapmak için banyonun kapısını açtığında küvetin içinde görecekti vücudu geçirdiği kazadan yarık yarık olmuş, yara izleri henüz kapanmamış ve temiz ama mezar kokan kardeşini.

O günün geleceğinden hiç kuşkusu yoktu.

"Nasıl da bu kadar aptallık edebildim?" diye sordu boş odaya. Kendi kendiyle konuşuyordu yine, ama artık buna bile aldırış ettiği yoktu. "Nasıl?"

Aptallık değil, yas. Bir fark var arada... küçük ama çok önemli. O mezarlığın bataryası çalışmaya devam ediyor. Jud, gücü artıyor, demişti. Haklıydı. Sen de o gücün bir parçasısın şimdi. Senin duyduğun yasla beslendi o... hayır, bundan da öte. İki katına, dört katına, sonsuza kadar çoğaldı. Yalnızca yasla değil, akılla da besleniyor. Senin aklını yedi bitirdi. Sana karına mal oldu bu, oğluna hem de, belki de en iyi arkadaşına da. Gece yarısı kapını vuran şeyin gitmesini istemekte ağır davranırsan sonu bu olur işte: Saf karanlık.

Şimdi intihar edebilirim, diye düşündü. *Bu da mümkün. Çantamda bunun için gerekli her şey var. Daha ilk baştan beri her şeyi o yönetti. Mezarlık, Wendigo ya da her neyse. Kedimizi yola çıkmaya o zorladı, belki de Gage'i de. Rachel'ı eve o döndürdü ama kendi istediği zaman. Ben de yapmam gerekeni yapmak zorundayım... ve bunu istiyorum da.*

Ama önce işlerin düzeltilmesi gerek, değil mi?

Evet. Öyleydi.

Gage vardı düşünecek. Gage hâlâ oralardaydı. Bir yerlerde.

Louis ayak izlerini takip ederek salona, oturma odasına, oradan da yukarı kata yürüdü. Kendisi aşağı inerken görmeden bastığı için merdivenlerdeki izler bozulmuştu. Ayak izleri yatak odasına gidiyordu. *Buradaydı,* diye düşündü Louis. Sonra çantasının açık olduğunu gördü.

Her zaman büyük bir özenle yerleştirdiği çantasının içi şimdi karmakarışıktı. Louis'in neşterinin kayıp olduğunu anlaması uzun sürmedi. Elleriyle yüzünü örtüp bir süre öylece oturdu, boğazından hafif, umutsuz bir hırıltı çıkıyordu.

Sonra çantasını bir daha açıp içini karıştırdı.

Yine aşağıdaydı sonra.

Kiler kapısının açılırken çıkardığı ses. Bir dolabın açılıp kapanması. Elektrikli konserve açacağının mırıltısı. Sonunda garaj kapısının açılıp kapanması. Sonra da ev mayıs güneşi altında bomboş... Geçen yıl ağustos ayında o gün yeni sahiplerini beklerken olduğu gibi... gelecekte başka yeni sahiplerini bekleyeceği gibi. Genç bir çift belki, çocuksuz – ama bu konuda planlı ve umutlu. Mondawi şarabı ve Löwenbräu birasına düşkün yeni evliler; erkek Northeast Bank'ın kredi bölümü başkanı belki, karısı da bir diş ya da göz doktorunun yanında çalışıyor. Erkek şömine için odun keserken kadın yüksek belli kadife pantolon giymiş Bayan Vinton'ın çayırında dolaşıyor. Saçı atkuyruğu yapılmış. Başının üstündeki hava boşluklarında görünmeyen kartal uçurtmanın uçtuğundan habersiz. Kör inançları olmadığı için seviniyorlar, evin tarihçesine rağmen inat edip burayı aldıkları için memnunlar. Arkadaşlarına evi bedavaya kapattıklarını, tavan arasında hortlak olduğunu anlatacaklar, sonra bir Löwenbräu ya da bir kadeh Mondawi daha içip tavla oynayacaklar.

Belki bir de köpekleri olacak.

61

Louis suni gübre yüklü bir Orinco kamyonunun yanından geçerken saldığı egzozdan korunmak için yolun kenarında bekledi, sonra karşıya, Jud'un evine doğru yürüdü. Elinde açık bir konserve kedi maması vardı.

Church adamın geldiğini görünce gözleri pür dikkat, yerinde doğruldu.

"Selam Church," dedi Louis sessiz eve bakarak. "Biraz yemek ister misin?"

Konserveyi arabanın kaputunun üzerine koydu. Church arabanın üstünden atlayıp yemeye başladı. Louis elini ceketinin cebine soktu. Church sanki aklından geçenleri okumuş gibi gerileyip çevresine bakındı. Louis gülümsedi, bir adım geri çekildi. Church yine yemeye başladığında cebinden bir şırınga çıkardı, bir ampule daldırıp 75 miligram morfin çekti içine. Ampulü yine cebine koyup çevresine yine güvensizlikle bakan Church'ün yanına gitti. Gülümsedi kediye. "Hadi, ye bakalım Church. Tamam mı?" Kediyi okşadı, hayvanın sırtı kamburlaştı. Ancak yeniden yemek yemeye koyulunca Louis hayvanı boynundan yakalayıp iğneyi batırdı.

Church parmakları arasında çırpınıyor, geriliyor, pençelerini geçirmeye çalışıyordu. Ama Louis şırınganın pistonunu sonuna kadar itti, sonra bıraktı kediyi. Hayvan arabadan atladı, fokurdayan bir çaydanlık gibi hırlıyordu şimdi, sarı yeşil gözleri çılgın gibiydi. Şırınga düşüp kırıldı. Louis aldırmadı. Her şeyden çok miktarda vardı yanında.

Kedi yola doğru yürüdü, sonra bir şey hatırlamış gibi eve döndü. Yarı yoldayken sarhoş gibi sallanmaya başladı. Merdivenin önüne kadar gelebildi, birinci basamağa çıktı, sonra güçlükle soluk alarak yana devrildi.

Louis arabaya baktı. Kalbinin yerine yerleşmiş olan taştan daha başka bir kanıt istiyorsa, onu da bulmuştu şimdi. Rachel'ın el çantası duruyordu ön koltukta, eşarbı, Delta Airlines zarfından taşan bir avuç uçak bileti.

Dönüp eve doğru yürümeye başladığında Church artık ölmüştü. Bir kez daha.

Louis hayvanın üstünden atlayıp eve girdi.

"Gage?"

Hol serindi. Serin ve karanlık. O tek sözcük derin bir kuyuya atılmış bir taş gibi düştü sessizliğin ortasına. Louis bir taş daha attı.

"Gage?"

Hiç ses yoktu. Salondaki saatin tıkırtıları bile kesilmişti. Bu sabah saati kuracak kimse yoktu.

Ama yerde ayak izleri vardı.

Louis oturma odasına girdi. Çoktan sönmüş izmarit kokusu vardı odada. Jud'un koltuğu pencerenin önüne çekilmişti. Sanki birden ayağa kalkmış gibi çarpılmıştı koltuk. Pencere denizliğinde bir küllük vardı.

Jud burada oturup bekliyordu. Neyi? Beni elbette. Benim eve dönmemi bekliyordu. Ama kaçırdı işte. Her nasılsa kaçırdı.

Louis yan yana dizilmiş dört bira kutusuna baktı. Uyutacak kadar çok değildi içtiği, belki de banyoya gitmek için kalkmıştı. Her ne olursa olsun, bir rastlantı olmayacak kadar kusursuzdu her şey.

Çamurlu izler pencerenin yanındaki koltuğa kadar gidiyordu. İnsan izlerinin arasında birkaç kedi ayak izi vardı. Sanki Church, Gage'in küçük ayakkabılarının bıraktığı çamurlar arasında gezinmiş gibi. İzler sonra da mutfağa açılan kapıya yöneliyordu.

Kalbi yerinden fırlayacakmış gibi atan Louis o yana yürüdü.

Kapıyı açınca Jud'un iki yana açılmış ayaklarını, yeşil tulumunu, kareli pamuk gömleğini gördü. Adam kurumakta olan bir kan gölü içinde yatıyordu.

Louis elleriyle örttü gözlerini. Ama gördüğünü görmemesi olanaksızdı. Gözler görüyordu, Jud'un gözlerini, Louis'i suçlayan, belki de bütün bunları başlattığı için kendi kendini suçlayan açık gözlerini.

Ama gerçekten o mu başlattı, diye düşündü.

Jud'a Stanny B söylemişti, ona da babası, Stanny B'nin babasına da Kızılderililerle ticaret yapan kendi babası.

"Çok üzgünüm Jud," diye mırıldandı.

Jud'un bomboş gözleri kendisine bakıyordu.

"Çok üzgünüm," diye tekrarladı Louis.

Ayakları kendiliğinden hareket ediyordu, aklı birden geçen Şükran Günü'ne takılmıştı, Jud'la kediyi hayvan mezarlığına ve daha ötelere götürdükleri geceye değil de, Norma'nın hindi ziyafetine. Hepsi masa başında gülmüş konuşmuşlardı. İki adam bira, Norma ise bir kadeh beyaz şarap içmişti... Norma dolabın çekmecesinden beyaz masa örtüsünü çıkarmıştı, şimdi kendisinin yaptığı gibi...

Louis örtüyü Jud'un üstüne örttü. Beyaz örtü bir anda küçük kızıl lekelerle kaplanmıştı.

"Üzgünüm..." dedi üçüncü kez. "Çok..."

Birden başının üstünde bir gürültü işitti, bir iskemlenin çekilirken çıkardığı bir ses. Sözü ağzında düğümlendi kaldı. Gürültü çok hafifti, sinsiydi, ama *isteyerek* yapılmıştı sanki. Evet bundan emindi. Duyması için çıkarılmış bir ses.

Elleri titremek istiyordu, ama buna izin veremezdi. Mutfak masasının yanına gidip cebinden her biri kapalı kâğıt ambalajı içinde üç şırınga daha çıkardı. Ambalajlarını açıp şırıngaları masaya dizdi. Yine cebinden üç tane morfin ampulü daha çıkardı, şırıngaları bir atı, hatta boğa Hanratty'yi bile öldürecek dozda morfinle doldurdu. Üçünü de cebine yerleştirdi sonra.

Mutfaktan çıktı, oturma odasından geçti, merdivenin altında durdu.

"Gage?"

Yukarıda gölgeler arasında bir kıkırdama işitildi, Louis'in tüylerini ürperten soğuk ve neşesiz bir kahkaha.

Yukarı çıkmaya başladı.

Çok uzun yoldu yukarıya kadar. Elleri arkasında bağlı bir idam mahkûmunun idam sehpasına doğru yürürken yolun ne kadar uzun ya da kısa geldiğini anlayabilirdi.

Sonunda bir eli cebinde yukarı çıktı. Duvara bakmaya başladı orada. Böylece ne kadar durduğunu bilemiyordu. Yavaş yavaş aklını kaybetmekte olduğunu hissediyordu. Gerçek bir duyguydu bu. İlginçti. Korkunç bir fırtınada tümüyle buz kaplamış bir ağacın da kendini böyle hissedeceğini biliyordu, devrilmeden az önce.

"Gage, benimle Florida'ya gelmek ister misin?"

Yine o kıkırdama.

Louis dönünce bir zamanlar kendisine dişleri arasında bir gül sunduğu karısıyla karşılaştı. Rachel koridorun ortasında yatıyordu. Ölmüştü. Jud gibi onun da bacakları iki yana açılmıştı. Sırtı ve başı duvara dayanmıştı. Yatakta kitap okurken uyuyakalmış bir kadına benziyordu.

Louis, karısına doğru yürüdü.

Nasılsın sevgilim, evine döndün artık, diye düşündü.

Kan garip biçimler yaratmıştı duvar kâğıdının üzerinde. On yerinden, belki de yirmi yerinden bıçaklanmıştı karısı. Onun neşteriyle...

Birden gördü kadını Louis, gerçekten gördü ve bağırmaya başladı.

Şimdi yalnızca ölümün yaşadığı ve yürüdüğü evde çığlıkları çınlıyordu. Gözleri fırlamış, yüzü kıpkırmızı, saçları diken diken olmuş olan Louis bağırıyordu; şişen boğazından cehennem çanları gibi çıkan sesler sevgisini değil düştüğü dehşeti ifade ediyordu. Kafasının içinde bütün o çirkin sahneleri anbean yaşıyordu. Dispanser halısının üstünde ölen Victor Pascow, Church'ün tüyleri arasında yeşil naylon parçalarıyla dönüşü,

Gage'in yol kenarında yatan içi kan dolu beyzbol kasketi, Küçük Tanrı Bataklığı'nda gördüğü o şey, sarı gözlü Wendigo, kuzey ülkesinin o yaratığı, dokunuşu ağza alınmayacak iştahlar uyandıran ölü şey.

Rachel yalnızca öldürülmemişti.

Bir şey olmuştu... bir şey saldırmıştı üstüne...

(TIK!)

Kafasının içindeydi bu tık sesi. Bir sigortanın hiç onarılmayacak biçimde atmasıydı, bir yıldırımın bir yere tam isabet düşmesiydi, bir kapının açılmasıydı.

Çığlığı boğazında titreyerek başını kaldırdığında karşısında ağzı kan içinde, çenesinden kanlar akan, dudakları iğrenç bir sırıtmayla gerilmiş Gage duruyordu. Bir elinde Louis'in neşteri vardı.

Çocuk neşteri indirirken Louis pek fazla düşünmeden kendini yana attı. Neşter yüzünün yanından geçti, Gage dengesini kaybeder gibi oldu. *Church kadar dengesiz,* diye düşündü Louis. Bir tekme savurdu bacaklarına doğru. Gage düştü, Louis çocuk kalkmaya fırsat bulamadan sırtına oturdu, bir diziyle neşterli elini yere bastırdı.

"Hayır," diye soluyordu altındaki şey. Yüzü kasılmıştı. "Hayır, hayır..."

Louis şırıngalardan birini çıkardı. Çabuk davranması gerekecekti. Altındaki şey yağlı bir balık gibiydi ve üzerine ne kadar bassa da elini açıp neşteri bırakmıyordu. Yüzü de değişiyordu sanki. Jud'un ölü yüzüydü; Victor Pascow'un parçalanmış yüzüydü. Louis'in kendi yüzüydü, sapsarı ve çılgın. Sonra yine değişti, ormandaki o yaratık oldu, kalın kaşlar, ölü sarı gözler, uzun ve sivri dil.

"Hayır, hayır, hayır..."

Şey altında debeleniyordu. Şırınga Louis'in elinden uçup koridorun ilerisine doğru yuvarlandı. Louis bir tane daha çıkardı, fazla düşünmeden Gage'in sırtına sapladı.

Gage çılgınlar gibi debeleniyor, Louis'i sırtından atmaya çalışıyordu. Louis üçüncü şırıngayı da çıkarıp Gage'in koluna batırdı. Sonra kalkıp ağır ağır yürüdü. Gage de sallanarak kalktı, babasına doğru yürümeye çalıştı. Daha beşinci adımda neşter elinden düşmüştü. On adım sonra gözlerinde o sarı ışık solmaya başladı. İki adım sonra da dizüstü düştü.

Gage kendisine bakınca Louis oğlunu, gerçek oğlunu gördü; yüzü mutsuzluk ve ıstırap doluydu oğlanın.

"Baba!" diye bağıran Gage yüzüstü yuvarlandı.

Louis bir an olduğu yerde kaldı, sonra bir oyun bekleyerek dikkatle yürüdü Gage'e doğru. Ama bir oyun yoktu, pençe haline gelmiş elleriyle birden üzerine sıçramak yoktu. Parmaklarını Gage'in boynuna götürüp damarının atıp atmadığına baktı. Hayatında son kez doktorluk yapıyor, nabız dinliyordu... hiçbir şey kalmayana kadar.

Oğlanın artık yaşamadığına kanaat getirince kalkıp uzak bir köşeye yürüdü, oraya çömeldi, sırtını duvara dayadı, kendi içine girmeye çalışıyordu sanki. Parmağını ağzına sokarsa daha küçüleceğini sandığı için onu da yaptı.

İki saat kadar öyle kaldı... Sonra hafiften hafiften kapkara ve kapkara olduğu kadar inanılabilir bir fikir geldi aklına. Başparmağını ağzından çıkardı. Yeniden ayağa kalktı.

Gage'in saklandığı odada yataktan çarşafı çıkarıp karısını iyice sardı. Çalışırken bir şarkı mırıldanıyordu, ama bunun farkında değildi.

Jud'un garajında bir teneke benzin buldu. Jud'un Şükran Günü örtüsünün altında yattığı mutfaktan başlayarak benzini boşaltmaya başladı, oradan oturma odasına geçip halının, kanepenin, iskemlelerin üzerine benzin döktü. Oradan aşağı koridora ve arka yatak odasına girdi. Evi benzin kokusu sarmıştı şimdi.

Jud'un kibritleri nöbet tuttuğu koltuğun yanındaki sigara paketinin üstündeydi. Louis kibrit kutusunu aldı, evin ön kapısından çıkarken bir tane yakıp omzu üzerinden içeri attı. Sıcak dalgası ani ve korkunçtu, boynunun derisi büzülür gibi olmuştu. Louis kapıyı dikkatle kapatıp bir an durdu, Norma'nın perdelerinin ardındaki turuncu gölgelere baktı. Sonra da yürüdü.

62

Louis'in evinden hemen önceki dönemeci dönen Steve Masterton dumanı görmüştü. Louis'in evi değildi yanan, karşıdaki moruğun eviydi.

Louis için çok endişe duyduğundan o sabah arabasına atlayıp gelmişti. Charlton, Rachel'ın bir gün önceki telefonundan söz edince Louis'in nerede olduğunu merak etmişti. Bunun için de buraya gelmişti işte.

Gidip kendi gözüyle neler olup bittiğini göremezse içi rahat etmeyecekti.

Bahar havası dispanseri sihirli bir değnek değmiş gibi boşaltmıştı. Surrendra da gitmesini söylemişti, bir iş çıkarsa Hintli idare ederdi. Steve de Honda motosikletine atlamış ve Ludlow yoluna düşmüştü. Belki de fazla hızlı gelmişti, gerek yoktu belki de buna, ama içinde kendini yiyip bitiren bir endişe vardı. Sanki çok geç kalmış gibi aptalcasına bir duygu. Geçen sonbaharda o Pascow işi olduğunda da aynı şeyi duymuştu, anlamsız bir şaşkınlık ve kurşun gibi ağır bir düş kırıklığı... Dindar bir insan değildi –kolejdeyken Dinsizler Derneği üyesiydi; ancak profesörü bunun ileride bir burs alabilme olasılığını yok edeceğini söylediğinde ayrılmıştı dernekten– ama yine de insanlarda önsezi yerine geçen biyolojik ya da biyoritmik tempodan kendisi de nasibini almıştı, Pascow'un ölümünün ertesi yılın nasıl geçeceğini belirttiğine inanıyordu. İyi bir yıl geçmeyecekti. Surrendra'nın akrabalarından ikisi ülkelerinde tutuklanmışlardı, Surrendra onlardan en sevdiği amcasının ölmüş olduğuna inandığını söylüyordu. Surrendra ağlamış, Hintlinin bu durumu Steve'i korkutmuştu. Charlton'ın annesi de ağır bir ameliyat geçirmişti. Hemşire annesinin geleceğini hiç de parlak görmüyordu. Victor Pascow'un ölümünden bu yana Steve dört cenazeye katılmıştı; karısının kız kardeşi bir trafik kazasında, bir kuzeni saçma bir iddianın üstüne elektrik direğine tırmanırken elektrik çarpmasından ölmüştü, sonra büyükbabası, ardından da Louis'in oğlu.

Louis'i çok severdi, çok şey geçmişti başından son zamanlarda, ona bir şey olmasını istemezdi.

Dumanları uzaktan görünce, *Victor Pascow'a bağlanacak bir şey daha,* diye düşünmüştü. Victor Pascow ölümüyle bu sıradan insanlarla kötü talih arasındaki engeli yıkmıştı sanki. Ama saçmaydı bu, Louis'in evine bir şey olmamıştı işte.

Steve motosikletini Louis'in evinin önüne çekerken komşular da yaşlı adamın evine doğru koşuyorlardı. Steve birinin evin kapısına kadar geldiğini, ancak sonra birden geri çekildiğini gördü. İyi ki böyle yapmıştı, bir an sonra kapının ortasındaki cam olduğu gibi patlayarak dışarı uçtu, açıklıktan alevler akmaya başladı. Adam kapıyı açmış olsaydı şimdi ıstakoz gibi kararmıştı.

Steve bir an unutmuştu Louis'i. Yangının o hep süregelen esrarı çekiyordu kendisini. Beş altı kişi toplanmıştı şimdi, kahramanlığa niyet eden ve Crandall'ların bahçesinde duran biri dışında diğerleri epey gerideydiler. Şimdi pencereler de birer birer patlıyordu. Havada cam kırıkları uçuşuyordu. Kahraman eğilip ileri doğru koştu. Steve kapının önündeki hasır koltukların önce dumanlar içinde kalıp birden alev alev yanışını seyretti.

Steve itfaiyeye haber verilip verilmediğini sormak için ağzını açtığı anda uzaktan siren seslerini duydu. Haber verilmişti demek. Ama evi kurtarmak olanaksızdı. Alevler şimdi bütün kırık camlardan dışarı uzanıyordu. Louis'i hatırlayıp döndü Steve. Ama Louis evde olsaydı şimdi sokağın karşısında duranların arasında bulunması gerekmez miydi?

Tam o anda gözünün ucuyla bir şey görür gibi oldu.

Louis'in asfalt kaplı otomobil yolunun ötesinde bir çimenlik, onun ardında da alçak bir tepe vardı. Bu mayıs ayında epey yükselmiş olan otlar arasında bir golf alanında olduğu gibi dümdüz kırpılmış bir patika görünüyor, patika ufuk çizgisinin hemen altında başlayan ormana doğru kıvrılarak uzanıyordu. İşte soluk yeşilin koyu yeşille birleştiği bu noktada hareket eden bir beyazlık görür gibi olmuştu Steve. Sırtında beyaz bir yük taşıyan bir adam sanki.

Louis'di bu, dedi içinden bir his mantıksız bir kesinlikle. *Louis'di o ve kötü şey olduğu için onu çabuk bulman gerek. Eğer onu önleyemezsen daha da kötü bir şey olacak.*

Steve kararsız bir halde durdu yolun başında, ağırlığını bir ayağından diğerine aktarıyor, ne yapacağını bilemiyordu.

Steve yavrum, korkudan ödün bokuna karışıyor, değil mi?

Evet, korkuyordu. Korkudan ödü bokuna karışıyordu ve bunun için hiçbir neden yoktu. Ama yine de belirli bir...

(çekicilik)

evet, çekici bir şey vardı. O patikanın, tepeye kadar giden ve belki daha ötelere de uzanan patikanın çekici bir yanı vardı. Herhalde sonu bir yere varıyordu, bütün patikaların sonu bir yere varırdı.

Louis, Louis'i unutma aptal. Buraya Louis'i görmeye gelmiştin, değil mi? Ludlow'a lanetli ormanlarda gezmeye gelmedin.

"Nedir o Randy?" diye bağırdı yangının kahramanı.

Randy'nin sesi yaklaşan sirenlerin sesi ardında kayboluyordu. "Ölü bir kedi."

"Yanmış mı?"

"Yanmışa benzemiyor. Ölü işte."

Bu konuşma gördüğü ya da gördüğünü sandığı şeyle ilgiliymiş gibi geldi Steve'e: Louis'di o.

Yangını ardında bırakıp patikaya yöneldi. Ağaçların yanına vardığında iyice terlemişti. Gölgelik serin ve hoştu. Çam kokusu sarmıştı her yanı.

Ormana girince koşmaya başladı, neden koştuğunu, kalbinin neden öyle hızlı attığını bilmiyordu. Soluk soluğaydı. Yokuş aşağı inerken adımlarını daha da açmıştı. Sonunda hayvan mezarlığının girişini belirten kemere geldiğinde böğrüne bir sancı saplanmıştı.

Gözleri halka biçimindeki mezarları görmüyordu bile. Açıklığın öteki tarafındaki garip görüntüye takılmıştı bakışları. Louis yerçekimi yasalarına karşı koyuvermiş gibi bir ağaç yığınını tırmanmaktaydı. Gözleri ileride, uykuda yürüyen bir insan gibi adım adım çıkıyordu yığının üzerine. Kolları arasında Steve'in gözucuyla gördüğü beyaz şey vardı. Bu kadar yakından bunun ne olduğu anlaşılıyordu, bir ceset. Alçak topuklu siyah bir ayakkabı görünüyordu bir ucundan. Steve, Louis'in Rachel'ın cesedini taşıdığından emindi.

Louis'in saçları bembeyaz kesilmişti.

"Louis!"

Louis duraksamadı. Yığının tepesine varıp öteki tarafına inmeye devam etti.

Düşecek, diye düşündü Steve. *Talihi var, hem de çok talihi var, ama az sonra düşecek ve yine talihi varsa yalnızca bacağını kırar...*

Ama Louis düşmedi. Yığının öte yanına indi, bir an gözden kayboldu, sonra ormana doğru yürürken yeniden ortaya çıktı.

"Louis!" diye bağırdı Steve.

Louis bu kez durup döndü.

Steve'in gözleri fal taşı gibi açılmıştı. Saçlarının ağarmasının yanı sıra Louis'in yüzü yaşlı bir insan yüzüydü şimdi.

İlk başta Steve'i tanıdığını belirten hiçbir şey yoktu yüzünde. Sanki biri kafasında bir düğme çeviriyormuş gibi yavaş yavaş fark etti olanları sonra. Louis'in ağzı titriyordu. Steve ancak bir süre sonra anladı Louis'in gülümsemeye çalıştığını.

"Steve. Merhaba Steve. Gömeceğim onu. Çıplak ellerimle yapmam gerek sanırım. Geceye kadar sürer artık. Orada toprak çok taşlıdır. Bana yardım etmek istemezsin değil mi?"

Steve ağzını açtı, ama hiçbir şey söylemedi. Şaşkınlığına, duyduğu dehşete rağmen Louis'e yardım etmek istiyordu. Burada, bu ağaçlar arasında, çok... çok doğaldı bu sanki...

"Ne oldu Louis?" diye sorabildi sonunda. "Neler oldu Louis? Rachel... yanan evde miydi?"

"Gage için çok beklemiştim. Çok beklediğim için bir şey oldu ona. Ama Rachel için öyle olmayacak. Bundan eminim."

Steve, Louis'in çıldırmış olduğunu görüyordu. Louis ölesiye yorgun ve çılgındı. Ama her nasılsa yalnız yorgun olması ilgilendiriyordu Steve'i.

"Doğrusu yardıma ihtiyacım var," dedi Louis.

"Louis, sana yardım etmek istesem bile bu ağaç yığınına tırmanamam ki."

"Tırmanırsın. Hiç önüne bakmadan emin adımlarla çıkarsan. İşin sırrı bu Steve."

Louis bundan sonra döndü ve Steve'in kendisine seslenmesine aldırmadan ağaçların arasına girdi. Steve bir süre ağaçlar arasında gördü çarşafın beyazlığını. Sonra gözden kayboldu.

Steve ağaç yığınına koşup hiç düşünmeden tırmanmaya başladı. Sonra ayağa kalktı. Bir coşkuya kapılmıştı birden. Sanki saf oksijen çekmiş gibi içine. Bunu yapabileceğine inanıyordu. Yapıyordu da. Emin adımlarla ilerleyip tepeye varmıştı bile. Bir an durup ileri baktı. Louis öte yandan da devam eden patikada yürüyordu.

Louis dönüp Steve'e baktı. Kanlı çarşafa sarılı karısının cesedi kolları arasındaydı.

"Sesler duyabilirsin," dedi Louis. "İnsan sesi gibi. Ama bunlar Prospect tarafındaki dalgıçkuşlarının sesidir. Sesler buraya kadar geliyor. Garip bir şey."

"Louis..."

Ama Louis dönmüştü bile.

Steve bir an adamın ardından gidecek gibi oldu...

Ona yardım edebilirim, eğer istediği buysa... yardım ederim, elbette. Ama burada insanın görebildiğinden başka şeyler de oluyor, ben de bunu öğrenmek istiyorum. Çok... çok önemli şeyler sanki. Bir sır belki de. Esrarlı bir şey.

Birden ayağının altında bir dal çatırdadı. Tabanca sesi gibi kupkuru bir gürültü. Steve nerede olduğunu, ne yapmakta olduğunu fark etti o an. İçi korkuyla doldu, kollarını iki yana açıp arkasına döndü, korkudan dili damağına yapışmıştı, uykusunda gezerken uyanıp da kendisini bir gökdelenin tepesinde bulmuş bir insan gibiydi.

Rachel öldü, sanırım Louis öldürdü onu, Louis çıldırdı, ama...

Burada çılgınlıktan da öte bir şey vardı... çok daha kötü bir şey. Sanki o ormanda bir mıknatıs vardı da, beyninin bir bölümünü çekiyordu. Louis'in Rachel'ı götürdüğü yere çekiyordu.

Hadi, patikada yürü de nereye gittiğini gör... Sana gösterecek şeylerimiz var. Lake Forest'ta Dinsizler Derneği'nde hiç anlatılmayan şeyler.

Belki de bir gün için yeterli olduğundan ya da kendisine olan ilgiyi kaybettiğinden beynindeki o yerin çağrısı birden kesildi. Steve ağaç yığınından inmek için iki adım attı. Ayağının altındaki dallar kaydı, bir ikisi çatırdadı, sol ayağı dalların arasına girdi, sivri çubuklar lastik ayakkabısını ayağından ittiler, kurtulmaya çalışırken bacağına uçları girdi. Steve yüzüstü hayvan mezarlığına doğru düşerken karnını delebilecek olan bir portakal sandığını sıyırarak geçti.

Sendeleyerek ayağa kalktı, şaşkın şaşkın bakındı çevresine ne olduğunu anlamak için. Ya da bir şey olup olmadığını. Başından geçenler daha şimdiden bir rüya gibi geliyordu.

Bir ayakkabısı ayağında hem koşuyor, hem bağırmaya çalışıyordu. Ama ağzından ses çıkmıyordu. Louis'in evine vardığında hâlâ koşuyor, motosikletini çalıştırıp yola çıktığında hâlâ bağırmaya çalışıyordu. Brewer'dan gelen bir itfaiye aracıyla çarpışıyordu az daha. Miğferi içinde saçları diken dikendi.

Orono'daki dairesine döndüğünde Ludlow'a gittiğini bile kesin olarak hatırlayamıyordu. Dispansere telefon edip hasta olduğunu bildirdi, bir ilaç alıp yattı.

Steve Masterton o günü hatırlamadı bir daha... sabahın erken saatlerinde insanın üzerine çöken o derin rüyalar dışında. Rüyalarında dev gibi bir şeyin kendisine sürtünecek kadar yakın geçtiğini, dokunmak için elini uzattığını... ama son anda elini geri çektiğini görüyordu.

Sis lambaları gibi parıldayan iri sarı gözlü bir şey.

Steve'i kimi zaman çığlıklar atarak uyandırdı bu rüyalardan. Gözleri fırlayacak gibi olurdu. *Bağırdığını sanıyorsun,* diye düşünürdü, *ama yalnızca Prospect tarafındaki dalgıçkuşlarının sesi bu. Sesler buraya kadar geliyor. Çok garip.*

Ama bunun ne demek olduğunu bilemiyordu, anımsayamıyordu. Ertesi yıl ülkenin öteki ucundaki St. Louis'de bir işe girdi.

Louis Creed'i son görüşüyle orta-batıya göç ettiği süre içinde bir daha Ludlow kasabasına hiç gitmedi Steve.

SON SÖZ

Polis o öğleden sonra geç saatlerde geldi. Sorular sordular ama herhangi bir şeyden kuşkulandıklarını hiç belirtmediler. Küller sıcaktı hâlâ, karıştırılmamıştı. Louis sorularına cevaplar verdi. Adamlar tatmin olmuş göründüler. Dışarıda konuşuyorlardı. Louis'in başında şapkası vardı. İyiydi bu. Ağarmış saçlarını görselerdi belki daha çok şey sorarlardı. Bu da kötü olurdu. Elinde bahçıvan eldivenleri vardı. Bu da iyiydi. Elleri çizik çizik ve kan içindeydi.

O gece yarısına kadar iskambil kâğıtlarıyla fal açtı durdu.

Arka kapının açıldığını duyduğunda yeni bir el dağıtıyordu.

Louis ağır, topraklı ayak sesleri yaklaşırken başını çevirmedi. Önünde maça kızı vardı. Elini kâğıdın üstüne koydu.

Ayak sesleri tam arkasında durdu.

Sessizlik.

Soğuk bir el dokundu Louis'in omzuna. Rachel'ın sesi gıcırtılıydı, topraklıydı.

"Sevgilim," dedi ses.

Şubat 1979-Aralık 1982